HEYNE
BÜCHER

Tip des Monats

W0047760

3 Romane in einem Band

Alistair MacLean

Geiseldrama in Paris
Die Hölle von Athabasca
Höllenflug der Air Force I

WILHELM HEYNE VERLAG
MÜNCHEN

HEYNE TIP DES MONATS
Nr. 23/59

QUELLENHINWEIS:

Die beiden Titel „Geiseldrama in Paris" und
„Höllenflug der Air Force 1" schrieb Alistair MacLean
zusammen mit John Denis.

Geiseldrama in Paris/Hostage Tower
Copyright © 1980 by Devoran Trustees Ltd.
Lizenzausgabe mit freundlicher Genehmigung
des Kindler Verlag GmbH, München
Aus dem Englischen übersetzt von Wilhelm Thaler
(Der Titel erschien bereits in der Allgemeinen Reihe
mit der Band-Nr. 01/6032.)

Die Hölle von Athabasca/Athabasca
Copyright © 1980 by Devoran Trustees Ltd.
Lizenzausgabe mit freundlicher Genehmigung
des Kindler Verlag GmbH, München
Aus dem Englischen übersetzt von Hellmut Lochner
(Der Titel erschien bereits in der Allgemeinen Reihe
mit der Band-Nr. 01/6144.)

Höllenflug der Air Force 1/Air Force one is down
Copyright © 1981 by Devoran Trustees Ltd.
Lizenzausgabe mit freundlicher Genehmigung
des Kindler Verlag GmbH, München
Aus dem Englischen übersetzt von Leonore Germann
(Der Titel erschien bereits in der Allgemeinen Reihe
mit der Band-Nr. 01/6332.)

Copyright © dieser Ausgabe 1990 by Wilhelm Heyne Verlag
GmbH & Co. KG, München
Printed in Germany 1990
Umschlagfoto: Photodesign Mall, Stuttgart
Autorenfoto: dpa, München
Umschlaggestaltung: Atelier Ingrid Schütz, München
Gesamtherstellung: Presse-Druck Augsburg

ISBN: 3-453-04678-1

Inhalt

Geiseldrama
in Paris

PROLOG

Paris lag in pastell-goldenem Licht, und Lorenz van Beck hatte drei Stunden totzuschlagen – keine sehr effektive Beschäftigung für einen Mann, der sich für gewöhnlich eher mit dem Totschlag von Menschen befaßt.

Er wanderte unter den Bäumen der Île Saint-Louis dahin, Sonnenstrahlen blitzten hier und da durch das Laub und fielen auf sein kantiges ausdrucksloses Gesicht. Er trug keinen Hut auf den kurzgeschorenen grauen Haaren, die hochgeschlossene Weste unter dem dunklen Anzug aus schwerem Wollstoff verdeckte den Großteil der unauffälligen Krawatte. Jeder Passant hätte ihn für einen seriösen Geschäftsmann gehalten.

Mit einem gottergebenen Seufzer beschloß van Beck schließlich, sich an die Arbeit zu machen. Sein Ziel waren das Musée Rodin und das Musée de Cluny für Moderne Kunst, Porzellan und Glas. Er registrierte Neuerwerbungen, ihre Standorte, Beleuchtung und die Sicherheitsvorkehrungen. Er machte Vermerke in einem Notizbuch: durch welches Fenster man sich Zutritt verschaffen konnte, daß man Nachschlüssel für Tür 2, 9, 15 brauchte, welche Statur das Wachpersonal hatte und wie freundlich es war, wie weit die Kanäle entfernt waren und wie es mit Zufahrtsstraßen aussah und welche Arbeitsweise sich empfahl – Bomben oder Gas.

Ab und zu notierte er Namen von Dieben, Mördern, Waffenexperten, Sprengstoffachleuten, Biologen, Mittelsmännern, Stuntmen, Fahrern, Zuhältern – alles freiberufliche Mitarbeiter Lorenz van Becks, des internationalen Hehlers besonderer Art. Neben die Notierung einer besonders schönen Leihgabe aus venezianischem Glas schrieb er einen anderen Namen – den Namen einer Dame der besten Gesellschaft. Diese war allerdings keine Mitarbeiterin, sondern eine Kundin.

Van Beck blätterte in seinem Notizbuch bis zum Teil mit der Tageseinteilung zurück und sah nach, welche Kundenverabredung er für diesen Tag getroffen hatte. Er warf einen Blick auf die goldene Uhr, die er an einer Kette in der Westentasche trug, sog abschließend genießerisch die Luft des Museums ein – wie köstlich doch Reichtum duftete – und schlenderte zu dem Wagen, den er mit falschem Namen und Führerschein auf der Gare d'Austerlitz gemietet hatte. Er nahm eine schäbige Ledertasche mit massivem Schloß vom Vordersitz, sperrte den Wagen ab und ließ ihn stehen – er würde später als vermißt gemeldet werden, aber das interessierte van Beck nicht besonders.

Er ließ sich mit einem Taxi zu einer anderen Autovermietung auf dem Boulevard Haussmann bringen, wo er der hübschen Sekretärin als Marcel Louvain bekannt war. Auf dem Weg nach Rambouillet machte er in Versailles Station, wo er ofenwarmes Brot und eine Ardenner Leberpastete aß. Vom Glockenturm in Rambouillet begann es sechs zu schlagen, als Lorenz van Beck die knarrende Innentür öffnete und in die dunkle Stille der Kirche trat...

Der Glockenschlag dröhnte durch das leere Kirchenschiff. Van Beck blieb stehen, um seine Augen an das Dämmerlicht zu gewöhnen und steuerte dann auf den vorletzten einer Reihe von Beichtstühlen zu, die ganz hinten in der dunkelsten Ecke standen. Er schob den schmuddeligen roten Vorhang zur Seite, ließ sich auf die Sitzbank nieder, räusperte sich und zog hörbar die Luft durch die Nase ein. Jenseits des trennenden Gitters antwortete ein Hüsteln.

»Segnen Sie mich, Hochwürden, denn ich habe gesündigt«, murmelte van Beck.

»In nomine patris et filii et spiriti sancti –«, begann der Priester.

Van Beck unterbrach ihn: »Lassen wir's gut sein, Smith – Schauspielerei liegt uns beiden nicht. Kommen Sie zur Sache.«

»Ich rechne wie immer mit Ihrer absoluten Diskretion, van Beck«, sagte Smith leise, aber sehr akzentuiert.

»Und ich mit Ihrer Passion, illegal Geld zu machen.«

»Sie tun mir ein wenig unrecht«, sagte Smith. »Mich fasziniert das Verbrechen mehr als das Geld, wie Sie wohl wissen – für mich ist der Diebstahl von zehn Dollar aus der Kaffeekasse der Sekretärin des Direktors von Fort Knox interessanter als alle Jackpots der Welt. Ich habe das Verbrechen zu meinem Lebenszweck gemacht – es verschafft mir das denkbar höchste Lustgefühl.«

»Ja, ja«, seufzte van Beck. »Ich kann alles Gestohlene verscherbeln – von der Mona Lisa bis zur Uranmine, ich könnte Kunden für das Tadsch Mahal oder für die Zehnte von Beethoven finden, und ich habe sogar dem Direktor von Fort Knox sein eigenes Gold wiederverkauft – aber ich bin ein Bauer. Sie sind ein Künstler. Was brauchen Sie?«

»Ein Team.«

»Wofür?«

»Das wissen Sie ganz genau, van Beck«, schnappte Smith.

»Okay, okay.« Und nach einer kurzen Pause: »Wieviel Mann?«

»Drei.«

Van Beck schrieb die Zahl in sein Notizbuch. »Irgend jemand speziellen?« fragte er.

»Nein.«

»Dann also los.«

Smiths Stimme wurde noch leiser. »Erstens einen Waffenexperten. Den besten – gewitzt und erfahren.«

Van Becks stumpf werdender Bleistift grub sich in das billige Papier.

»Zweitens einen Dieb. Natürlich auch den besten. Ich muß zweieinhalb Millionen Nieten und eine Mutter stehlen.« Smith kicherte.

»Was bekommt man derzeit für Alteisen und ältere Damen?« fragte van Beck.

»In diesem Fall? Etwa dreißig Millionen.«

»Nieten?«

»Dollars.«

Van Beck stieß einen leisen, unmelodischen Pfiff aus. »Für einen Teil davon kann ich ein gutes Team zusammenstellen.«

»Dann tun Sie's«, flüsterte Smith. »Tun Sie's!«

»Und wer soll der Dritte im Bunde sein?«

»Jemand mit Erfindungsgeist. Unglaublich clever. Stark und absolut ohne Furcht – vor allem in bezug auf Höhen.«

Van Beck rieb sich nachdenklich das Kinn.

»Gilt das auch für die beiden anderen?« fragte er.

»Was?«

»Daß sie keine Höhenangst haben dürfen.« Der Deutsche versuchte vergeblich, Nieten, die alte Dame und schwindelnde Höhen auf einen Nenner zu bringen.

Smiths Flüstern wurde zu einem drohenden Zischen: »Drängen Sie mich nicht, van Beck. Tun Sie Ihre Arbeit, aber strapazieren Sie Ihr Glück nicht allzusehr.«

Van Beck schluckte unbehaglich. »Ich werde die Leute beschaffen.« Er wollte aufstehen, aber Smiths gebieterisches Flüstern hielt ihn zurück.

»Noch etwas. Es gibt eine neue Kanone, eine Laserkanone – die Lap-Laser. Sie wird von der amerikanischen Armee benutzt.

Ich brauche ein paar davon. Der Waffenexperte muß sie beschaffen.«

»Wird einiges kosten.«

»Ich werd's bezahlen.«

»Klar«, murmelte van Beck. »Sie zahlen, ich liefere – so läuft das Geschäft.«

»Das wär's – Sie können gehen. Nehmen Sie mit mir Verbindung auf wie gewöhnlich. Sie haben einen Monat Zeit.«

Van Beck nickte – eine verbale Antwort erübrigte sich. Er schob den Vorhang zur Seite, ging den dämmrigen Mittelgang entlang und trat in das sanfte Abendlicht. In einem Straßencafé gegenüber trank er ein Glas Weißwein und einen Cognac, dann stieg er in seinen Wagen und bog in die Straße nach Chartres ein.

Vom Kirchenvorbau aus beobachteten ihn durchdringende Augen. Das Gesicht des Mannes, dem sie gehörten, wurde zum Teil von der Kapuze einer Kutte verdeckt.

Kurze Zeit nachdem van Becks Wagen verschwunden war, öffnete sich das schwere Kirchenportal, und ein gebeugter, kleiner Priester mischte sich unter die Passanten. Er lächelte einer alten, wie er in bräunliches Schwarz gekleideten Frau gütig zu und streckte die Hand aus, um einem vorbeigehenden Knaben den Kopf zu tätscheln, verfehlte ihn aber.

1

Der Platz lag sehr geschützt: ein Plateau in bewaldetem Gebiet, fünfundvierzig Kilometer westlich von Stuttgart, durch Bäume von der Straße abgeschirmt und kaum jemals überflogen – für geheime Schießübungen schlechthin ideal. Die US-Army verwendete es, um ihr neuestes Spielzeug – die General Electric Lap-Laser-Kanone – zu testen.

Es gab vier Stück davon in Stuttgart. Das hörte sich nicht gerade eindrucksvoll an, aber wenn man wußte, daß insgesamt nur zwölf gebaut worden waren, sah die Sache schon wieder anders aus. Da sowohl die US-Army als auch General Electric davon überzeugt waren, daß ihre neueste Errungenschaft noch absolut geheim war, ließen sie sich Zeit damit, die Lap-Laser auf Herz und Nieren zu prüfen. Schließlich würde sie ja niemand stehlen...

An dem von Smith für den Diebstahl der vier Kanonen vorgesehenen Tag behinderte leichter Nieselregen die Sicht des bebrillten Leiters der Waffenausbildungsabteilung der US-Army, als er die Augen himmelwärts richtete, um den ankommenden Hubschrauber auszumachen. Das Brummen des Motors drang mit Unterbrechungen durch die schwere Wolkendecke. Der Oberst kaute grimmig auf seinem Gummi herum und spuckte gleichzeitig – eine Kombination, die langes Training verriet.

Der Hubschrauber gehörte zur täglichen Lap-Laser-Routine: er brachte die kostbaren Kanonen von dem großen, streng bewachten Stützpunkt Stuttgart jeden Morgen zum Testgelände und transportierte sie abends wieder zurück in sicheren Gewahrsam – im Stützpunkt selbst konnten sie nicht getestet werden, dazu waren sie zu stark und zu unberechenbar.

Davon abgesehen brauchten sie enorme Energiemengen, und die US-Army zog einen isolierten Testplatz, wo sie einen kleinen Kernreaktor installieren konnte, dem Transport riesiger, unhandlicher Generatoren von einem Ort zum anderen vor.

Der Colonel ließ seinen Blick einen Moment lang stolz auf seinen vier todbringenden ›Babys‹ ruhen, die zum Abtransport bereitstanden. Er grinste und zwinkerte dem stellvertretenden Kommandeur zu, der neben ihm stand.

»Sie sind schon eine Wucht, was?« Es war eine rein rhetorische Frage. »Ja«, quetschte der Major hervor, dessen Aussprache erheblich durch einen Zigarrenstummel beeinträchtigt wurde, den er ständig von einem Mundwinkel in den anderen wandern ließ.

Es gab eine Menge Generäle in der US-Army, die jeder Frage nach einer Laserkanone mit aufrichtig fassungslosem Staunen begegnet wären, und der Waffenausbildungschef und sein Stellvertreter sonnten sich in dem Bewußtsein, zu den sehr wenigen Experten zu gehören. Sie waren zum Beispiel imstande, zu erklären, daß die Lap-Laser nicht auf Fortschritten auf dem Gebiet der Ballistik oder Aerodynamik basierte, sondern auf denen der optischen Forschung – und diese Eröffnung allein genügte meist schon, um die Fragesteller ehrfurchtsvoll verstummen zu lassen.

Das Richtsystem der Lap-Laser war dem eines konventionellen Radargerätes ähnlich, nur daß sie anstelle von Peilstrahlen Lichtstrahlen reflektierte, wenn sie ihr Ziel suchte. Sie konnte auf jedes Ziel innerhalb ihres Aktionsbereichs eingestellt werden und auf jede Art von Ziel, weil die Mauseohr-Detektoren der Lap-Laser zu beiden Seiten ihrer Abschußvorrichtung darauf geeicht waren, eine Reihe verschiedener Materialien zu unterscheiden – von einem Dutzend Sorten Metalle bis zu Holz, Ziegeln oder menschlichen Körpern.

Sobald das Ziel geortet war, sandte die Lap-Laser einen Strahl von vernichtender Stärke aus, der alles auf seiner Bahn zerstörte.

Ihr anderer großer Vorteil war die Geschwindigkeit. In orthodoxer Elektronik ist es üblich, auf eine Nano-Sekunde (= ein Tausendstel einer Millionstelsekunde) genau zu arbeiten. Wenn eine noch höhere Geschwindigkeit benötigt wird, bleibt als einziger Alternativträger das Licht, das auf eine Pico-Sekunde oder Mikromikro-Sekunde (= ein Millionstel einer Millionstelsekunde) genau kontrolliert werden kann – eine Zeitspanne, die das menschliche Begriffsvermögen übersteigt.

Die Lap-Laser funktionierte in Pico-Sekundentoleranzen, sie arbeitete mit einem Prozessor, den General Electric speziell dafür in den Kontrollcomputer eingebaut hatte. Um dem optischen System die der hochentwickelten Laserkanone entsprechende Geschwindigkeit zu verleihen, arbeitete der Prozessor mit Mini-Lasern, die nicht größer waren als ein Salzkorn.

An die erforderliche Energiequelle angeschlossen, stellten die Lap-Laser-Kanonen eine geradezu apokalyptische Bedrohung dar, und niemand wagte sich auszumalen, was geschehen würde, wenn sie in falsche Hände gerieten – und die Hände von Mr. Smith waren ganz sicher nicht die richtigen.

AUSFAHRT STUTTGART besagte die Straßentafel, und Michael Graham manövrierte den BMW in den Verkehrsstrom, der von der Autobahn abbog.

Er war außerordentlich zufrieden – das Honorar hatte seine Erwartungen bei weitem überschritten. Der anonyme Kunde, hatte van Beck erklärt, sei bereit, für erstklassige Arbeit einen erstklassigen Preis zu zahlen. Und Mike Grahams Kenntnisse auf dem Waffensektor, das wußte van Beck, waren unerreicht. Er hatte eine Ausbildung erhalten, wie sie nur die US-Army zu bieten hatte, und er hatte seine Sonderstellung dazu benutzt, seine Kenntnisse zu erweitern und seine Leistungen zu ehrfurchtgebietender Perfektion zu steigern.

Smith hatte via van Beck den Diebstahl der Lap-Laser finanziert, aber der *Plan* stammte von Mike Graham, und diesen ließ er sich jetzt zum tausendstenmal durch den Kopf gehen.

Mittels eines lasergesteuerten, auf Stativ montierten, elektronischen Überwachungsgerätes mit einer Reichweite von etwa einem Kilometer hatte Graham das Wachlokal des Stützpunktes der US-Army angezapft, um die wöchentliche Serie von Losungsworten zu erfahren. Nur mit deren Hilfe würde er zur fraglichen Zeit Zutritt zu dem Gelände erlangen, dessen Betreten verboten war – wenn der Hubschrauber auf seinem Rückflug vom Testgebiet auf dem Boden aufsetzte.

Graham hatte sich auch über die anderen Teile des Stützpunktes informiert, die ihn interessierten: den Offiziersclub und die Unterkünfte für hohe Offiziere, die zu Besuch kamen und deren Gesichter den Wachtposten jeweils unbekannt waren. Er hatte sich einen bestimmten Offizier ausgesucht und besaß nun einen vollständigen Satz gefälschter Papiere, die ihn als eben diesen Offizier auswiesen. Er fuhr langsam die öffentliche Straße entlang, die durch den Stützpunkt führte und bog dann in eine Sackgasse ein, die unweit der Offiziersquartiere endete, die aus einem Block mit Einzimmer-Apartments bestanden.

Zehn Minuten später schlenderte ein Mann in der Uniform eines Generals der Armee der Vereinigten Staaten das kurze Stück vom Quartier zum Offiziersclub hinüber. Er trug ein Bündel unter dem Arm. Nach einem Blick auf seine Armbanduhr sah er zum Himmel empor und ging zu einem Jeep, der an der Hinterseite des Clubs geparkt war.

Der wachhabende Corporal ließ seine Illustrierte mit den Pin-ups fallen und sprang auf, als der Jeep mit kreischenden Bremsen vor dem Wachlokal hielt. Er trat zu dem Soldaten, der an der Tür stand, und sie starrten in die Dunkelheit hinaus. Das ohrenbetäubende Motorengedröhn des herabsinkenden Hubschraubers ließ die Fensterscheiben vibrieren.

Ein Mann sprang aus dem Jeep, und die Generalssterne auf seiner Uniform blinkten in dem Licht, das aus dem Wachraum nach draußen fiel. Der Corporal faßte seinen M-1-Karabiner fester.

»Halt!« befahl er.

Graham blieb stehen. »Ein Notfall, Corporal!« brüllte er. »Es eilt!«

»Treten Sie vor und geben Sie sich zu erkennen!«

Schnaubend vor Ungeduld trat Graham ins volle Licht. Die GIs sahen einen Mann, den sie nicht kannten: hochgewachsen und braungebrannt, mit braunem Haar und Schnurrbart, breitschultrig, mit schmalem Gesicht und scharfem Blick aus lebhaften, intelligenten Augen. Er wirkte herrisch und arrogant – aber das taten Generale gewöhnlich, dachten die Soldaten.

»Beeilen Sie sich!« befahl Graham. Das Heulen des Motors sagte ihm, daß der Hubschrauber bald auf dem Landeplatz jenseits des Wachlokals niedergehen würde.

»Losungswort!« knurrte der Corporal.

»Keine Spielchen!« schnauzte Graham. »Zuerst Sie – wie üblich.«

»Schlafmütze«, sagte der Wachtposten.

»Winkeleisen«, erwiderte Graham und reichte ihm die Papiere.

Der Corporal erinnerte sich des Namens: General Otis T. Brick. Hohes Tier auf Besuch. Waffenexperte. Er salutierte zackig. »Sofort, General!« rief er, während sein Untergebener auf den Knopf drückte, der die Schranke hochschwenken ließ.

Graham sprang wieder in den Jeep, trat das Gaspedal durch und kam unweit des Hubschrauberplatzes in einem Sprühregen von Kies wieder zum Stehen. Drei Soldaten, die auf den Helikopter warteten, fuhren zusammen wie verbrühte Kater, als Graham brüllte: »Los! Weg da, aber sofort!«

»Stillgestanden!« brüllte der diensthabende Corporal, und alle drei standen stramm.

Graham salutierte und befahl: »Bringen Sie Ihre Leute weg! In der Kerngeneratorabschirmung auf dem Testgelände ist ein Leck. Die Kanonen oder vielleicht sogar der Hubschrauber sind möglicherweise radioaktiv verseucht. Ich habe den Befehl, den Helikopter wegzuschaffen.«

»Wer – wer sind Sie, Sir?« stammelte der Corporal. Graham war schon zum Jeep zurückgeeilt und zog den Strahlenschutzanzug heraus, den er mitgebracht hatte. Er stieg in den Anzug, und seine Antwort ging im Motorenlärm des landenden Hubschraubers beinahe unter. »General Brick, Dritte Spezialwaffendivision. Vorwärts, Mann – Beeilung!«

Graham griff nach hinten in den Jeep und holte einen Geigerzähler und eine Art stählernen Aktenkoffer heraus. Die Hubschrauberrotoren peitschten die Luft, und der Pilot spähte beunruhigt nach draußen auf das geschäftige Treiben auf dem Landeplatz. Graham lief geduckt unter den Rotorblättern hindurch zur Pilotenkanzel und riß die Tür auf.

»Raus!« befahl er dem Piloten. »Strahlungsalarm! Sie können was erwischt haben. Der ärztliche Notdienst wird bald hier sein, um Sie zu überprüfen. Ich bringe den Hubschrauber weg – lassen Sie den Motor laufen!«

Der Pilot brauchte keine zweite Aufforderung. Er sprang so hastig auf die Erde hinunter, daß er Graham fast umgestoßen hätte.

»Und was ist mit Ihnen, Sir?« fragte er.

»Der Anzug wird mich schützen«, sagte Graham. »Ich werde den Hubschrauber ans andere Ende des Geländes fliegen und ihn unter Quarantäne stellen. Kümmern Sie sich jetzt um sich selbst, Mann.«

Das Plärren einer Autohupe aus der Richtung des Wachlokals lenkte die Blicke der vier Männer auf dem Boden von dem Hubschrauber ab, dessen Motor von Graham bereits auf Touren gebracht wurde.

Zwei vollbesetzte Jeeps rasten auf den Startplatz zu. Aus dem vorderen Fahrzeug wurde eine Maschinengewehrsalve abgefeuert. Die drei Soldaten und der Pilot warfen sich zu Boden, während die Jeeps hundert Meter vom Hubschrauber entfernt neben einem Stapel Benzinkanister zum Stehen kamen. Graham ließ den Motor aufheulen, eine weitere Salve mit Leuchtspurmunition war die Antwort.

Kugeln prallten von der Pilotenkanzel ab, eine schlug durch und riß die Schulter des Strahlenschutzanzugs auf, aber er spürte keinen Schmerz. Eine dritte Salve prasselte auf die Kanzel ein, und Graham fluchte. Er machte den Stahlkoffer auf und riß eine Schmeisser-Maschinenpistole heraus.

Er konnte die beiden Fahrzeuge in dem blendenden Licht kaum erkennen, deshalb feuerte er auf das leichtere Ziel.

Ein wahres Inferno brach los, als die Benzinkanister explodierten. Die GIs waren zwar hinter ihren Jeeps in Sicherheit, aber von dort aus gab es keine Möglichkeit, Graham aufzuhalten.

Hinter einer Schutzmauer aus Rauch und Flammen stieg der Hubschrauber in die Luft und mit ihm der falsche General und vier in Kisten verpackte, aber voll einsatzfähige Lap-Laser-Kanonen – ganz wie es Mister Smith angeordnet hatte.

Die Soldaten am Boden feuerten wie verrückt hinter dem entschwindenden Helikopter her, um ihre Wut und Enttäuschung abzureagieren, aber schließlich winkte der diensthabende Offizier resigniert ab.

»Wer, zum Teufel, war das, Sir?« fragte sein Sergeant.

»Keine Ahnung«, antwortete der Captain müde. »Aber eines ist sicher: es war *nicht* General Brick, denn mit dem habe ich mich gerade erst im Offiziersclub unterhalten. Jemand hat sich mit seiner Dienstuniform davongemacht – und da es nicht sein Bursche war, muß es also der Hurensohn dort oben gewesen sein.«

Er schob seine Schirmmütze nach hinten, stemmte die Hände in die Seiten und schnitt eine gequälte Grimasse.

»Könnt ihr euch vorstellen, was hier los sein wird, wenn die Bonzen rausfinden, daß uns nicht bloß eins von ihren Lieblingsspielzeugen durch die Lappen gegangen ist, sondern alle vier? Gütiger Himmel!« Er schüttelte in widerwilliger Bewunderung den Kopf. »Man muß es dem Burschen lassen: er hat ganz schön was auf dem Kasten – wer immer er auch ist.«

Die US-Army fand Grahams Identität nie heraus. Die Herkunft des BMW war nicht festzustellen, und Graham hatte keine Fingerabdrücke hinterlassen. Man hätte ihn für einen Geist halten können.

Graham steuerte den Hubschrauber etwa fünfzehn Minuten lang nach Osten, dann ging er knapp bis über die Baumwipfel hinunter. Seine Augen suchten den Boden ab.

Und da war es. Ein blinkendes Licht in der tiefen Dunkelheit. Er schaltete die Landescheinwerfer ein, drei Paar Autoscheinwerfer antworteten.

Mike setzte den Hubschrauber schnell und geschickt auf, so daß er mit dem großen dunklen Citroën, dem Volkswagen und dem robusten kleinen Transporter, die ihn erwarteten, auf dem verlassenen Feld ein Quadrat bildete.

Er lief zu dem größeren Wagen, und das Fenster auf der Fahrerseite glitt lautlos nach unten. »Haben Sie sie?« fragte ein Mann in Chauffeursuniform.

»Ja«, sagte Mike.

»Ausgezeichnet«, erwiderte der Chauffeur kurz. Er sprach ein gutturales Deutsch. Er griff neben sich und reichte Graham ein lose verpacktes Bündel und eine Aktentasche aus weichem Mattleder hinaus.

»Kleidung – Ihre Größe«, grunzte er. »Im Handkoffer – Geld und die Schlüssel für den Volkswagen. Machen Sie sich keine Sorgen um die Laser – die laden wir in den Transporter. Für Phase Zwei wird man mit Ihnen Verbindung aufnehmen. Und jetzt verschwinden Sie!«

Graham öffnete die Aktentasche und zog die Brauen hoch, als er die dicken Bündel US-Dollar mit kleinem Nennwert sah. »Donnerwetter«, sagte er. »Danke.« Der Chauffeur nickte.

Mike versuchte, den Mann zu erkennen, der auf der anderen Seite im Fond des Wagens saß, aber eine getönte Trennscheibe blockierte die Sicht. Auch die Fensterscheiben waren getönt. Der Mann hatte kein Wort gesprochen. Er saß nur da – in einen Mantel gehüllt, einen schwarzen Homburg weit in die Stirn gezogen.

»Ich danke Ihnen ebenfalls«, sagte Graham aufgeräumt.

Der geheimnisvolle Mann blieb stumm und unbeweglich. Mike gab es auf und entfernte sich pfeifend.

Der Chauffeur drehte sich um und schob die Trennscheibe zur Seite. »Ich werde die Kanonen umladen und den Transporter zum Lagerhaus bringen, Sir«, sagte er respektvoll.

»Tun Sie das«, brummte Smith. »Ich werde den Citroën fahren und sehe Sie dann im Hotel. Machen Sie keine Fehler. Graham hat keine gemacht. Ein guter Mann.«

Der Chauffeur nickte. »Und der Hubschrauber?«

»Sprengen«, befahl Smith. »Samt Grahams Uniform und seinem Strahlenschutzanzug!«

Mike war etwa anderthalb Kilometer weit entfernt, als er die Detonation hörte. Im Rückspiegel sah er am Nachthimmel undeutlich den Rauchpilz, der das Ende des Hubschraubers bedeutete.

»Man muß es dem Burschen lassen«, murmelte er und tätschelte die Aktentasche auf dem Sitz neben sich. »Er hat was auf dem Kasten – wer immer er auch ist.«

2

Weesperplein ist keiner der großen öffentlichen Plätze von Amsterdam wie Sophiaplein, Rembrandtplein oder der Dam-Platz, aber seine kommerzielle Bedeutung läßt sich nicht bestreiten. An diesem Freitagabend wimmelte der Weesperplein von Verkehr, als sich der Panzerwagen geduldig im Strom mittreiben ließ und schließlich vor Haus Nummer Vier hielt.

Der uniformierte, bewaffnete und mit Schutzhelm versehene Fahrer stieg aus und schlug die automatisch schließende Tür zu. Er ging zum Heck des Wagens und klopfte mit seinem Gummiknüppel an die Außenwand. Zwei ebenfalls uniformierte und bewaffnete Männer stiegen aus und gesellten sich zu ihm.

Der Fahrer blickte auf die Uhr über dem schweren zweiflügeligen Portal von Weesperplein 4: Die kunstvoll gearbeiteten vergoldeten Zeiger standen auf vier vor sechs. »Auf die Minute«, bemerkte er.

Während der Fahrer läutete, brachten seine Kollegen eine mit Griffen versehene, schwere Kiste aus dem Wagen und stellten sie vor dem Haus ab. Die gewaltige Tür öffnete sich, und ein mittelgroßer Mann mit beginnender Glatze, sanften grauen Augen und nervösem Gehabe erschien. Er nickte dem Fahrer zu, der sich an seine Begleiter wandte und »okay« sagte.

Sie hoben die Kiste gemeinsam hoch und trugen sie ins Haus. Eine zweite, ähnlich aussehende Kiste nahm denselben Weg. Beide waren plombiert. Danach kamen die Sicherheitsleute wieder heraus – diesmal in Begleitung des nervösen Mannes, der die Tür abschloß und sich mehrfach vergewisserte, daß sie auch wirklich versperrt war.

Der Fahrer sah wieder nach oben auf die große Uhr – es war drei Minuten nach sechs. »Also dann nach Hause«, sagte er.

Weesperplein 4 war ein eindrucksvolles, ausgesprochen schönes Gebäude, und die kunstvollen Lettern in gotischer Schrift, die einen Fries um die Uhr bildeten, gaben in zwei knappen Worten an, was sich hinter der imposanten Fassade verbarg: AMSTERDAM DIAMANTENBEUR.

Auf einer Messingplatte an der Hauswand stand in mehreren Sprachen: DIAMANTENBÖRSE AMSTERDAM.

Sabrina Carver hatte ihren ersten Diebstahl im zarten Alter von sieben Jahren verübt.

Sie lebte damals – und noch weitere zehn Jahre – in ihrer Geburtsstadt Fort Dodge, Iowa, die die Kreishauptstadt von Webster County war. Sabrina hatte dies zwar schon in frühem Alter gelernt, aber sofort wieder vergessen.

Es wurde ihr geduldig erklärt, daß *Fort Dodge* 1850 als *Fort Clarke* gegründet, der Name jedoch im darauffolgenden Jahr aufgrund der unumgänglichen Ehrung eines gewissen Colonel Henry Dodge geändert worden war. Das Fort wurde 1853 aufgegeben, und die kleine Siedlung, die alles daransetzte, sich auf dem höchst ungünstigen Untergrund aus Flußschlamm und Gips zu halten, übernahm den Namen. Gut für Colonel Dodge, dachte Sabrina und vergaß ihn sofort wieder.

Fort Dodge liegt am Des Moines River, und dieser spielte eine entscheidende Rolle in Sabrinas Leben, denn er war der Schauplatz ihres ersten Diebstahls: Während einer Flußfahrt klaute sie seelenruhig eine Silberbrosche von der Jacke der Dame, die neben ihr saß und angeregt mit Sabrinas Mutter plauderte. Der Diebstahl blieb eine halbe Stunde lang unbemerkt, bis Sabrinas Mutter plötzlich die Brosche am Kleid ihrer Tochter bemerkte.

Die gutmütige Besitzerin verzieh ihr sofort – »Das unschuldige kleine Ding weiß ja noch gar nicht, daß man so etwas nicht tun darf –«, und Sabrina gab die Brosche zurück.

Die Dame war von dem reumütigen Ausdruck der dunklen Augen in dem ernsten, von langen, rotblonden Haaren umspielten Gesichtchen so gerührt, daß sie dem ›kleinen Engel‹ einen Vierteldollar schenkte. Als Sabrina sich von ihrer neu gefundenen Freundin verabschiedete, nahm sie die Brosche wieder an sich, achtete diesmal jedoch darauf, daß ihre Mutter nicht dahinterkam.

Sie verkaufte das Ding einem Jungen in der Schule für zwei Dollar, für einen absolut absurden Preis, denn die Brosche war mit drei Diamanten besetzt. Sabrina hielt sie für Glas.

Diesen Fehler beging sie nie wieder.

Von da an stahl Sabrina regelmäßig, um ihr langweiliges Mittelstandsleben etwas aufzumöbeln. Als sie neun war, tat sie einen professionellen Hehler auf, den sie damit beeindruckte, daß sie ihm im Laufe von drei Monaten, Stück für Stück, die Instrumente ihres Vaters brachte, der eine Zahnarztpraxis hatte, wobei sie bei jedem Diebstahl den Modus operandi wechselte. Die Polizei stand vor einem Rätsel.

Schon ziemlich früh erkannte Sabrina, worin das Ziel ihres Lebens lag: sie wollte die beste Diebin aller Zeiten werden. Und so setzte sie ihre Intelligenz, ihre hervorragende, körperliche Kondition, ihre sportlichen Fähigkeiten und sogar ihre Schönheit ein, um diesem Ziel möglichst schnell näher zu kommen. Ob sie neue Kleider kaufte, Bücher las, Vorlesungen besuchte oder einen Ferienort wählte – alles geschah ausschließlich unter diesem Aspekt.

An ihrem siebzehnten Geburtstag verließ sie die Highschool, mit Auszeichnungen überschüttet und mit einer Empfehlung der Direktorin, unbedingt die Colleges von Vassar oder zumindest Bryn Mawr zu besuchen, denn sie sei die klügste Schülerin, die jemals diese Schule absolviert habe.

Auf dem Konto des Hehlers hatten sich inzwischen siebenundsechzigtausend Dollar für Sabrina angesammelt, und bis zum Ende der folgenden Woche hatte sie diesen Spargroschen durch einen Raubzug in einem Hotel von Des Moines fast verdoppelt – die Polizei war davon überzeugt, daß der Raub das Werk einer kleinen Gruppe akrobatisch geschulter Profis gewesen sein müsse.

Sabrina bedankte sich herzlich bei ihrem Freund, dem Hehler, hob ihr Kapital bis auf den letzten Cent ab und verzichtete auf die laufenden Zinsen. Sie verwendete das Geld, um sich in New York selbständig zu machen, und richtete später Zweigniederlassungen in Paris, Monte Carlo, Rom und Gstaad ein.

Sie kehrte nie wieder nach Fort Dodge zurück und machte niemals den Versuch, mit ihren Eltern Kontakt aufzunehmen.

Sabrina war ein gesundes Mädchen und mit fünfundzwanzig Jahren beinahe unanständig schön. Sexuelle Freuden waren leicht zu finden, und sie genoß sie in vollen Zügen.

Doch letztlich gab es nur eine einzige große Leidenschaft in ihrem Leben: das Stehlen von Diamanten – und auf diesem Gebiet war Sabrina international die Nummer Eins.

In Amsterdam gibt es wahrscheinlich mehr Diamanten als an irgendeinem anderen Ort der Welt. Diamanten wurden zuerst in Indien entdeckt, aber die Holländer – die dazu neigen, alles Wertvolle mit übertriebenem Respekt zu behandeln – schneiden und schleifen sie seit dem sechzehnten Jahrhundert. In Fabriken wie Asscher starren adleräugige Diamantenschleifer auf Spaltfacetten parallel zu Oktaederflächen und teilen die Kristalle mit ungeheurer Sorgfalt, Geschicklichkeit und Kühnheit.

Es war die Firma Asscher, die den 2024 Karat schweren Cullinan-Diamanten teilte. Joseph Asscher selbst führte den Meisterschnitt durch. Hätte er gepfuscht, wäre seine Firma zweifellos bankrott gegangen, und in den britischen Kronjuwelen gäbe es eine Menge leerer Stellen.

Asscher und andere Betriebe sind die Orte, wo die Diamanten bearbeitet werden, aber das Zentrum für den *Handel* ist die Amsterdamer Diamantenbörse. Sie befaßt sich mit ungemünzten Werten aller Art, und deshalb zögerte ihr Sicherheitschef auch keinen Augenblick, dem Wunsch eines wichtigen Kunden zu entsprechen, der nicht Edelsteine betraf, sondern eine Sendung Goldbarren.

»Ich würde Sie nicht belästigen«, hatte der Kunde, Kees van der Goes, gesagt, »aber ich schulde einem Freund einen Gefallen. Es sollte am Wochenende eine große Goldsendung durch Amsterdam kommen, aber die Weiterfahrt nach London ist verschoben worden. Und jetzt hat er mich gebeten, Sie zu fragen, ob Sie die Kisten bis Montag früh für ihn aufbewahren könnten. Sie würden Freitagabend bei Ihnen eintreffen.«

Van der Goes, ein sehr bekannter Diamanten- und Goldbarrenhändler, war ein geschätzter Kunde der Börse. Der Sicherheitschef, der von chronischer Nervosität geplagt war, erklärte sich sofort einverstanden.

»Wir werden den Tresorraum für die Sendung offenhalten«, versprach er, »aber ich wäre sehr dankbar, wenn Sie es einrichten könnten, daß die Kisten noch vor sechs Uhr geliefert werden, dann müßten wir das Zeitschloß nämlich nicht umstellen.«

Van der Goes versprach, sein möglichstes zu tun, und der Sicherheitschef sagte ihm jegliche Unterstützung zu. Sie hatten aber alle nicht mit der pedantischen Sorgfalt des Agenten des Händlers gerechnet, der kurz vor Eintreffen der Sendung an der Börse ankam und darauf bestand, wenigstens einen Teil des Inhaltes beider Kisten zu überprüfen.

Sie waren in die hintere Halle getragen worden, und dort stand die massive Stahltür immer noch offen, die zum Tresorraum führte – obwohl die elektrische Wanduhr bereits sieben Minuten nach sechs zeigte. Die Kisten standen nebeneinander auf dem Metallfußboden. Der umständliche Agent war soeben mit dem Plombieren der ersten Kiste fertig und wollte die zweite öffnen.

Die Ungeduld des nervösen Sicherheitschefs wuchs mit jeder Sekunde.

»Müssen Sie die zweite Kiste denn wirklich auch noch kontrollieren?« fragte er. »Der Inhalt wird doch sicher der gleiche sein.«

»Ich hoffe aufrichtig, daß es so ist«, sagte der Agent, »denn so soll es ja schließlich auch sein, nicht wahr? Aber man muß sichergehen, mein Lieber. Sie möchten doch bestimmt nicht, daß ich meine Arbeit nur halb mache, oder?«

»Meine Arbeit ist es, den Tresorraum abzuschließen.«

»Und das werden Sie auch *tun* – aber alles zu seiner Zeit.«

Der Sicherheitschef warf dem Agenten einen Blick tiefer Feindseligkeit zu, der jedoch völlig ignoriert wurde. Der Agent löste die Plomben und nahm den Deckel der zweiten Kiste ab. Sie war, wie die erste, bis zum Rand mit glänzenden Goldbarren gefüllt. Der Agent bestand jedoch darauf, auch hier an verschiedenen Stellen Goldbarren hochzuheben, um die Lage darunter zu prüfen. Schließlich hatte er das Gefühl, seiner Pflicht Genüge getan zu haben, setzte den Deckel wieder auf die Kiste und befestigte mit einiger Mühe die Klammern und Plomben an ihren ursprünglichen Stellen.

Der Sicherheitschef war einem Zusammenbruch nahe. Er wischte sich die Stirn ab und schloß die Tresortür, ließ die Sperräder herumwirbeln und stellte die Kombination und die Uhr für das Zeitschloß ein. Damit war gewährleistet, daß der Tresorraum bis zum folgenden Montagmorgen um neun luft- und schalldicht geschlossen bleiben würde. Kein Mensch konnte ihn vor diesem Zeitpunkt von außen öffnen – es sei denn, er nahm eine Bombe zu Hilfe.

Und mit der Möglichkeit, ihn von *innen* zu öffnen, hatte man sich nie befaßt.

Die Luft im Tresorraum war stickig, die Stille fast greifbar.

Um so lauter wirkte es, als die schmale Seite einer der Kisten heftig nach außen getreten wurde.

Mit den Füßen voran wand sich eine dunkle Gestalt in die völlige Finsternis des Tresorraums hinaus. Trotz der zunehmenden Wärme (die schließlich unter thermostatischer Kontrolle 20 Grad Celsius erreichen sollte) zitterte der Eindringling, denn die Atmosphäre erinnerte stark an die einer Gruft.

Der Lichtstrahl einer schlanken Taschenlampe durchbrach das völlige Dunkel und erfaßte die andere Kiste. Mit Werkzeugen aus dem klimatisierten Versteck in der ersten Kiste stemmte der Einbrecher eine Platte am Ende der zweiten Kiste auf und holte weitere Werkzeuge, batteriebetriebene Lampen, ein tragbares Atemgerät, ein Radio sowie einen ausgesprochen gut sortierten Proviantvorrat heraus.

Eine der Lampen wurde eingeschaltet und machte die Gestalt sichtbar: sie war von Kopf bis Fuß in das unheimliche, schwarze Kapuzengewand eines Nindschah-Mörders eingehüllt.

In regelmäßigen Abständen wurde die Kapuze hochgehoben, um dem Eindringling zu ermöglichen, durch eine an einen Sauerstofftank angeschlossene Maske zu atmen.

Schließlich nahm Sabrina die Kapuze ganz ab und löste ihr hochgestecktes langes, schwarzes Haar. Sie machte das Radio an und widmete sich einem Paket Sandwiches mit Räucherlachs und einer Flasche mit ausgezeichnetem *Pouilly fuissé*.

Es war noch lange bis Montagmorgen, dachte sie, und sie hatte nichts, um sich die Zeit zu vertreiben – außer dem Diebstahl eines kleinen Vermögens – in Diamanten natürlich.

Die elektrische Kontrolluhr des Zeitschlosses sprang auf eine Minute vor neun. Der Sicherheitschef zuckte zusammen – dabei öffnete er den Tresorraum am Montagmorgen nun schon seit zwölf Jahren.

Die Zeiger der Uhr gingen ihren Weg ohne jegliches Geräusch, aber der Sicherheitschef benahm sich stets, als sei der Durchgang des großen Zeigers der Donner des Jüngsten Gerichts.

Der Sicherheitschef befand sich wie immer in Begleitung des stellvertretenden Direktors der Börse. Hinter ihnen standen zwei bewaffnete, uniformierte Wachmänner. Einer davon behielt van der Goes' eifrigen, kleinen Agenten im Auge.

Neun Uhr.

Über einem Schaltkasten neben der Tresortür leuchtete eine weiße Glühbirne auf. Ein Schild kennzeichnete den Kasten als ›Zeitschloß-Löser‹. Ein Sicherheitsbeamter streckte den Arm aus und drückte auf das Nicken des stellvertretenden Direktors einen Hebel nach unten.

Der Sicherheitschef stieß zutiefst erleichtert einen Seufzer aus und trat vor, um die Kombination einzustellen und die Sperräder aufzudrehen.

Die Wachen brachten ihre Waffen in Anschlag und traten vor, um die beiden hohen Angestellten zu flankieren.

Die Riegel an der Innenseite der Tresortür glitten mit einem metallenen Geräusch zurück, und die massive Tür öffnete sich geräuschlos.

Der Sicherheitschef sah den stellvertretenden Direktor an – und zum erstenmal seit Freitagabend lag ein Lächeln auf seinem Gesicht.

Die Männer hatten kaum Zeit, den unglaublichen Anblick zu erfassen, der sich ihnen bot – Stahlbehälter lagen offen und leer auf dem Boden verstreut zwischen gleichfalls leeren Weinflaschen –, da raste plötzlich eine ganz in Schwarz gehüllte Gestalt auf sie zu, und bevor die Wachen begriffen hatten, daß jemand im Tresorraum gewesen war, war dieser Jemand schon an ihnen vorbei.

Die fünf Männer standen wie angewurzelt da und versuchten, das Geräusch zu definieren, das in ihren Ohren surrte, da löste sich eine der Wachen aus ihrer Erstarrung, wirbelte herum, feuerte einen Schuß ab und schrie: »Rollschuhe! Er hatte Rollschuhe an!«

In der Halle brachten sich Sekretärinnen und frühe Kunden eiligst in Sicherheit, als die geheimnisvolle Gestalt in gebückter Haltung quer durch den Raum fegte.

Die Räder der Rollschuhe kreischten über den Marmorboden, als Sabrina um die Ecke in einen Korridor schoß.

Die Leute vom Personal, die sich gerade unglücklicherweise durch den Flur bewegten, stoben entsetzt auseinander und drückten sich an die Wände oder verschwanden durch offene Türen, um ihr die Bahn frei zu machen.

Vornübergebeugt und mit rhythmisch hin und her schwingenden Armen, einen schwarzen Rucksack auf dem Rücken, sauste sie in perfektem Rennstil vier Korridore hinunter, durch eine halboffene Glastür und um weitere Rechtskurven, bis sie wieder an der Hinterseite des Gebäudes angelangt war.

Es war eine Darbietung atemberaubender Geschicklichkeit, wie sie durch Knäuel erschrockener Menschen fegte, über Hindernisse sprang und an Handkarren und Akten schleppenden Angestellten vorbeischoß.

Aber schließlich landete sie in einer Sackgasse.

Sie knirschte mit den Zähnen und spannte ihre Muskeln an.

Der Korridor endete nicht mit einer Wand, sondern mit einem vom Boden bis zur Decke reichenden Aussichtsfenster. Sabrina raste darauf zu, duckte sich noch tiefer, stieß einen schrillen Schrei aus und riß die Füße hoch. Die Rollschuhstiefel und die behandschuhten Fäuste durchschlugen das Glas. Es zerstob in einen Schauer von Splittern.

Sie flog an einem fassungslosen Passanten vorbei über das Trottoir, landete sicher auf der Fahrbahn, legte sich in die Kurve und sauste die leicht abschüssige Straße hinunter. Und dann war sie auch schon bei dem Durchgang angelangt, der zu ihrem Fluchtweg gehörte. Sie schlängelte sich an Mülltonnen vorbei und fuhr bis zu einer geschützten Stelle an der Rückseite eines etwas abseits gelegenen Theaters.

Draußen auf der Straße heulten Martinshörner, schrien Wachen und Polizisten hilflos durcheinander. Sabrina blieb stehen, schraubte die Rollschuhe von den Stiefeln ab und steckte sie in den offenen Rucksack. Mit einem Schlüssel, den sie von ihrem Gürtel nahm, öffnete sie den Hintereingang zu dem menschenleeren Theater, um es gleich darauf durch den Hauptausgang wieder zu verlassen.

Die Leute, die von den Fenstern ihrer Wohnungen aus interessiert das ungewohnt hektische Treiben in ihrer ansonsten so stillen Straße beobachteten, hielten das schöne Mädchen für eine Schauspielerin – schließlich kam sie ja aus dem Theater. Sabrina hatte ihren Rucksack zu einer Hängetasche umfunktioniert. Sie lächelte den Polizisten, die an ihr vorbeihasteten, freundlich zu.

In der Weesperplein angekommen, nahm sie eine Tram zum Rijksmuseum, verbrachte eine halbe Stunde mit der eingehenden Betrachtung von Rembrandts Meisterwerken und ging dann durch die Fußgängerzone zum Grand Hotel Krasnapolsky am Dam-Platz.

In der Amsterdamer Diamantenbörse konferierten der stellvertretende Direktor und der Sicherheitschef mit der Polizei.

»Der Inhalt der geöffneten Behälter war um die vierhunderttausend Dollar wert«, sagte der stellvertretende Direktor. »Es war an diesem Wochenende gottlob nur wenig im Tresorraum.«

»Immer noch genug«, jammerte der Sicherheitschef. »Weiß Gott – immer noch genug.« Er seufzte tief und schüttelte in tragikomischer Verzweiflung den Kopf. »Rollschuhe! Ich bitte Sie – Rollschuhe!«

»Was ist mit dem Gold meines Kunden?« fragte der Agent von Kees van der Goes.

»Es darf nichts entfernt werden«, erklärte ein Polizist mit gestrenger Miene.

»Aber die Plomben sind doch unberührt«, gab der Agent zu bedenken. »Die Kisten befanden sich im selben Zustand wie Freitagabend.«

Und so war es auch – abgesehen von den leeren Weinflaschen, die sie aus bloßem Übermut zurückgelassen hatte, hatte Sabrina alles wieder sorgfältig in die Kisten gepackt und die Platten wieder eingesetzt. Sie würden jeder Überprüfung standhalten.

»Woher kam denn dieses schwarze Gespenst?« fragte der Polizist eisig. »Und woher kommen diese verdammten Flaschen?«

Darauf wußte der Agent auch keine Antwort.

3

Die Schwarze Spinne war unterwegs.

Auch in New York haben die Reichen die Angewohnheit, ihre Besitztümer – Zeugnisse ihrer Tüchtigkeit – zur Schau zu stellen. Sie bezahlen Leute dafür, die Trophäen ästhetisch erfreulich zu arrangieren, und dann laden sie andere Leute ein, um sich und ihre Kostbarkeiten bestaunen zu lassen.

Dies hat zwei Folgen: erstens lehrt es die Besucher, daß Neid eine hervorragende Triebkraft ist, und zweitens gewährleistet es den Pollocks, Mingvasen und Mayamasken, regelmäßig abgestaubt zu werden.

Aber die Sache hat auch eine Schattenseite: es gibt doch tatsächlich Leute, die so unverfroren sind, sich mit dem Gedanken zu tragen, den Reichen ihre Spielzeuge wegzunehmen – und deshalb müssen die Schätze so streng bewacht werden, daß die Penthouse-Paläste Festungen, ja Gefängnissen gleichzusetzen sind.

Manchmal allerdings treibt die Geltungssucht einige Reiche auch dazu, ihre Kleinodien für öffentliche Ausstellungen zur Verfügung zu stellen, so daß noch mehr Menschen sie sehen und die Plakette lesen können, die zur Kenntnis bringt, wessen Leihgabe das Kunstwerk ist.

Und bei diesen öffentlichen Ausstellungen sind die Sicherheitsmaßnahmen noch um einiges schärfer als in den Privatpalästen, denn die Versicherungen wissen, daß sie im Falle eines Diebstahls erbarmungslos zur Kasse gebeten werden.

Manchmal langweilt es die Schwarze Spinne, Kunstschätze aus Privathäusern zu stehlen – und in solchen Fällen wendet sie ihre Aufmerksamkeit öffentlichen Ausstellungen zu.

In der Fifth Avenue in Manhattan gibt es viele Glaspaläste. Einer davon befindet sich zwischen der 58. und 59. Straße. Ein geschmackvolles Plakat auf einer Staffelei vor dem Gebäude verkündet: DIE T'ANG-SCHÄTZE. Eine Ausstellung von Leihgaben. BESICHTIGUNG IM 38. STOCK.

Ein großer Teil des Gebäudes ist dunkel, aber die Halle – und vor allem die Fahrstühle – sind hell erleuchtet. Zwei bewaffnete Männer in der Uniform von Sicherheitsbeamten sitzen dort, unterhalten sich und rauchen...

C. W. kletterte die Glaswand hoch, der Stahlträger Stabilität verliehen. Er war schwarz gekleidet und dunkelhäutig – seine nackten Zehen gaben ihm ebenso Halt wie seine behandschuhten Hände. Er brauchte nicht weit hochzusteigen – sechs Meter über ihm hing die Gondel eines Fensterputzers, die auf Rollen über den I-Träger lief.

C. W. erreichte sie mühelos und kletterte hinein. Langsam stieg die Gondel nach oben. C. W. ersparte es sich, die Stockwerke zu zählen – er würde mit Sicherheit beim richtigen anhalten.

Er blickte nach unten: in der einen Richtung erstreckte sich die Fifth Avenue, soweit sein Blick reichte, in der anderen lag riesig und dunkel der Central Park.

Die Ausstellungssuite im 38. Stock war nicht ganz dunkel – obwohl die Ausstellung über Nacht natürlich geschlossen war, hatte man die kostbarsten Stücke so raffiniert beleuchtet, daß sie optimal zur Geltung kamen.

C. W. spähte durch das Fenster, und sein geschultes Auge entdeckte sofort das Glanzstück – ein herrliches geflügeltes Pferd aus der T'ang-Dynastie.

C. W. hielt den Atem an – ein Gefühl erfaßte ihn, das Ähnlichkeit mit Ehrfurcht hatte, aber er mußte sich davon frei machen, denn er hatte den Auftrag, dieses erlesene Kunstwerk zu stehlen. Aber, wenigstens die Stunden bis zur Übergabe würde es ihm gehören.

C. W. löste seinen Blick von dem Kleinod und wandte seine Aufmerksamkeit den Sicherheitsbeamten zu: laserbetriebene Lichtstrahlen liefen kreuz und quer durch den Raum und gewährleisteten einen Schutz der Ausstellungsstücke, wie ihn kein noch so zuverlässiges Wachpersonal hätte bieten können.

Ein Eindringling brauchte nur in einen Strahl zu geraten, schon würden die Alarmglocken schrillen – nicht nur im Ausstellungsraum und in der Halle und in der Wohnung des Sicherheitschefs des Gebäudes, sondern auch in Manhattan Central und zwei anderen Polizeirevieren. Da stand das geflügelte Pferd, anmutig und elegant – und doch vermittelte es den Eindruck ungeheurer, nur mühsam gebändigter Kraft.

C. W. hatte plötzlich die irre Vorstellung, er brauchte nur zu pfeifen, und das Pferd würde aus seinem Gefängnis in seine Arme springen. Er verstieg sich sogar so weit, es zu versuchen. Und dann bildete er sich auch noch ein, das Pferd hätte ihm zugezwinkert. An diesem Punkt schüttelte er energisch den Kopf, bückte sich und hob vom Boden der Gondel einen großen Gummisaugnapf. Er drückte ihn fest an das Fenster und befestigte die daran hängende Schnur am Pfosten des I-Trägers. Dann nahm er aus seinem Gürtel ein Skalpell mit Diamantspitze und zog damit rund um den Saugnapf einen Kreis. Diesen Vorgang wiederholte er und steckte dann das Skalpell wieder ein. Mit den Fingerknöcheln beider Hände klopfte er nun rund um den Saugnapf vorsichtig gegen das Glas. Dann hob er den Saugnapf, auf dem das ausgeschnittene Glas jetzt wie ein Deckel saß, behutsam ab und ließ ihn an der Schnur hinunterhängen.

Nun zwängte er sich durch das kreisförmige Loch und wich sorgfältig einem tief unten schräg verlaufenden Lichtstrahl aus. Er paßte Augen und Körper der Beleuchtung und Temperatur an, atmete tief und gleichmäßig und spannte seine Muskeln an – er hatte ganze zehn Sekunden, um das Pferd zu holen und durch das

Loch wieder in die Gondel zu steigen. C. W. wußte, daß er nicht die leiseste Chance hatte, unbemerkt zu entkommen. Ein Stab von Elektronikfachleuten hätte es ihm vielleicht ermöglichen können – aber C. W. arbeitete grundsätzlich allein.

Seine einzigen Hilfsmittel waren seine vollendete Körperbeherrschung und seine Waghalsigkeit.

Und er hatte eine in seinem Metier sehr selten vorkommende Eigenschaft: er verabscheute Gewalt, wobei sich diese Abscheu nicht nur auf Türschlösser, Safes oder Sicherheitsvorrichtungen erstreckte – Menschen schätzte er beinahe so hoch wie die Kostbarkeiten, die sie besaßen.

Er holte tief Luft und schnellte wie ein Panther in die Mitte des Raumes.

Wenn man Clarence Wilkins Whitlock heißt, die Schulkameraden einen fragen, mit welchem Namen sie einen rufen sollen, und man sagt, mit keinem davon, muß man eine Alternative bieten – und Clarence Wilkins Whitlock setzte es schon sehr früh durch, ›C. W.‹ genannt zu werden.

Er hatte einen angeborenen Sinn für die landschaftliche Schönheit des Teiles von Nordflorida, in dem Tallahassee liegt – hoch über dem Meer, eingebettet in Hügel, zwischen Flüssen und Seen. In seiner Freizeit floh er am liebsten in die Stille des Hochlands hinauf, lag auf dem Rücken im Gras und schaute in den Himmel oder ließ das klare Wasser der Bergbäche über seine Beine plätschern – und oft saß er hoch oben in einem der riesigen Magnolienbäume oder einer mächtigen Eiche, von deren Ästen dichte Schleier von spanischem Moos herabhingen.

Doch sein Zuhause war der Hafen – und dort herrschten Armut, Bitterkeit und Haß. Die Zeit seines Heranwachsens fiel mit dem Erwachen des Rassenbewußtseins der Farbigen zusammen, und diese trügerische Morgendämmerung übte eine magische Anziehungskraft auf ihn aus – wobei er die Weißen nicht haßte, sondern fürchtete; nach einiger Zeit kam er zu dem Schluß, daß Angst ein viel stärkeres Gefühl sei als Haß.

Im Lauf der Jahre, in denen er sich eine beachtliche Position innerhalb seiner Umgebung erkämpfte, verwandelte sich seine Furcht zunächst in widerwillige Zurkenntnisnahme, und schließlich erkannte er die Weißen als notwendigen Bestandteil seiner eigenen Gesellschaft an – denn wenn es sie nicht gäbe, wer sollte dann der Neger des Negers sein? Der Jude? Oder der Polack? Oder der Puertoricaner? Oder vielleicht der Itaker?

Für C. W. war es ganz selbstverständlich, daß er die Laufbahn eines Kriminellen einschlug – und wie Sabrina Carver hatte auch er den Ehrgeiz, auf seinem Gebiet das Optimale zu leisten.

Er besaß außer seinem kühlen Kopf und seinem geschmeidigen, durchtrainierten Körper ein unschätzbares Talent: er konnte klettern wie ein Affe. Einige seiner Freunde belegten ihn denn auch prompt mit diesem Spitznamen, machten jedoch sehr bald die schmerzhafte Erfahrung, daß er das ganz und gar nicht schätzte. Als er jedoch erfuhr, daß er in der Unterwelt ehrfurchtsvoll als ›Schwarze Spinne‹ bezeichnet wurde, fand er diesen Beinamen durchaus passend.

Eine Weile arbeitete er gelegentlich mit einem Freund zusammen, mit dem er auch Vietnam erlebte – Pawnee Michaels, einem Vollblutindianer. Doch im Grunde war Pawnee ein Hemmschuh – und er wußte es. Eines Tages versuchte er auf eigene Faust, ein Ding zu drehen – C. W. sah ihn vom Dach der City Bank in Trenton, New Jersey, stürzen, drehte sich um und ging davon.

Seither arbeitete er allein. Er zog, wie Sabrina Carver, nach New York, wo die Gebäude höher waren und größere Ansprüche an seine Fähigkeiten stellten. Und so wie Sabrina hatte auch er einen Hehler namens Lorenz van Beck...

C. W. übersprang die Lichtstrahlen, landete sicher neben dem Sockel in der Mitte des Raumes und verharrte regungslos, bis sich seine Muskeln wieder entspannt hatten. Dann schnellten seine Hände vor und ergriffen das T'ang-Pferd, das im Kreuzpunkt der Lichtstrahlen stand.

Das Schrillen der Alarmglocken durchbohrte die Stille wie ein Blitzstrahl. Der Sicherheitschef fuhr jählings aus dem Tiefschlaf hoch und stieß dabei die Uhr von seinem Nachttisch. Er fluchte und griff nach dem Telefon.

Der oft geprobte Ernstfall war eingetreten. Die Wachtposten in der Halle sprangen von ihren Stühlen auf, der eine stürzte zum Lift, der andere versperrte die Eingangstür zweimal und rannte dann zurück, um die drei leeren Fahrstühle nach unten zu holen. Sobald sie ankämen, würde er sie blockieren.

Er starrte wie hypnotisiert auf den Stockwerksanzeiger des besetzten Fahrstuhls, der zum achtunddreißigsten Stockwerk hinaufschoß. Das Telefon klingelte. Er nahm den Hörer ab und sagte: »Alles klar.« Dann legte er auf und ging wieder zu den Fahrstühlen hinüber. Die drei unbenutzten kamen kurz nacheinander an, ihre Türen öffneten sich mit leisem Zischen.

Der Wachtposten schaltete sie ab und grinste: der Schweinehund saß in der Falle – wo immer er sich auch versteckte, *raus* konnte er nicht!

Der Sicherheitschef sprang aus dem Bett, fuhr in seine Unterhose, griff nach seinem Revolver und rannte los. Seine Wohnung lag unmittelbar unter der Ausstellungssuite, und er brauchte nur sieben Sekunden bis zur Treppe.

Weder über noch unter ihm war jemand zu entdecken – also mußte der Bursche noch *oben* sein.

Der Wachtposten und der Sicherheitschef stürmten exakt im selben Moment durch verschiedene Türen in die Suite – und nur die geschult blitzschnelle Reaktion der Männer verhinderte, daß sie sich gegenseitig über den Haufen schossen.

Der Sicherheitschef brummte »Scheiße!«, als er den leeren Sokkel sah, auf dem das T'ang-Pferd gestanden hatte. Der Wachtposten sah sich suchend im Raum um und entdeckte schließlich das Loch im Fenster. Er schrie »Da!«, und beide liefen hin, beugten sich hinaus und schauten nach unten. Der Dieb *mußte* unten sein – aber er *war* es nicht. Bei Auslösung des Alarms hatte sich auch die Flutlichtanlage eingeschaltet, und die gesamte Vorderfront des Hauses war hell erleuchtet. Aber es war niemand zu sehen.

Also mußte der Übeltäter *oben* sein. Die beiden Männer blickten hinauf und feuerten gleich darauf auf die fahrende Gondel, die nur noch wenige Meter vom Dach entfernt war.

»Los! Rauf!« brüllte der Sicherheitschef. »Ich schicke Tommy hoch und alarmiere den Polizeihubschrauber!« Er schoß erneut und *sah* zwar, daß die Kugeln das Metallgehäuse trafen, konnte jedoch nicht beurteilen, ob sie es auch *durchschlugen*.

C. W. drückte sich flach an die Wand der Gondel. Mit einem Ruck hielt sie an – das Dach war erreicht. Er hatte die Kugeln gezählt: es fehlte noch die letzte der erwarteten sechs – aber er konnte seine Flucht nicht länger hinauszögern.

Er stieß sich vom Boden der Gondel ab. Seine Finger schlossen sich um die rauhe Granitbrüstung, die um das Dach lief. Winzige Steinsplitter bohrten sich durch seine dünnen Handschuhe. Seine Zehen fanden auch den kleinsten Halt an der fast glatten Fassade.

Der letzte Schuß krachte – die Kugel drang zwei Zentimeter von seiner linken Hand entfernt in die Brüstung. Zwei Fingernägel brachen ab, als er seinen Körper in höchster Konzentration anspannte.

Er holte tief Luft und stieß sie als Urlaut wieder aus, als er sich unter Aufbietung aller Kraft über die Brüstung auf das Dach hinaufschwang. Er rannte zu der Holzhütte, in der sich der Deckel des Ventilationsschachtes und der Klimaanlage befand – er wußte, daß es nur noch Sekunden dauern konnte, bis jemand vom Sicherheitspersonal hier oben auftauchte.

Er riß das Paket auf, das er eine Woche vorher dort versteckt hatte, und setzte eiligst den Apparat zusammen, der ihm die Flucht ermöglichen würde. Während er sich anschnallte, gestattete er sich ein kurzes, höhnisches Grinsen: Es gab jetzt keinen Zweifel mehr, daß er es schaffen würde – denn C. W. Whitlock war ein As unter den Drachenfliegern.

Er kletterte auf den Deckel des Ventilationsschachtes, der ihm als Startrampe dienen sollte. In diesem Augenblick wurde die Tür zum Dach aufgerissen, und der Sicherheitsbeamte feuerte eine Salve ab – Sekundenbruchteile zu spät: C. W. war nicht mehr da.

Die Schwarze Spinne war noch nie in einer Stadt mit dem Drachen geflogen und hätte beim erstenmal einen weniger spektakulären Start vorgezogen, als sich von einem Wolkenkratzer senkrecht in die Tiefe zu stürzen – aber er hatte keine Wahl.

Auf seinem rasenden Weg nach unten fiel ihm ein, daß er der erste Mensch war, der auf die Idee gekommen war, in Manhattan Drachen zu fliegen. Nun – die Anhänger dieser Sportart würden bald wissen, ob es funktionierte.

Er hatte den unorthodoxen Plan, große Geschwindigkeit als Voraussetzung für seinen Flug zu nehmen, anstatt die warme Luft zu nutzen, die von den Straßen der Stadt aufstieg. Hätte er auf einer Fahrbahn landen müssen, wäre er dem Verkehr und der Polizei ausgeliefert gewesen – wenn er aber mit seiner Methode im Gleitflug den Central Park erreichen konnte ...

Der Luftstrom dröhnte dumpf in seinen Ohren, und der Turm aus Beton, Glas und Marmor neben ihm verschmolz zu einer verschwommenen, dunkelgrauen Masse, während C. W. weiter der Straße entgegenstürzte. Er versuchte, aus dem Sturzflug hochzukommen, aber er hatte zuviel Tempo drauf.

Er riß den Flugdrachen mit aller Kraft in eine enge Kurve und renkte sich dabei beinahe die Arme aus. Die senkrechten Lichtstreifen, die die Ränder eines anderen Giganten aus Stahl, Glas und Beton bezeichneten, drehten sich plötzlich um neunzig Grad, und C. W.s Augen funkten seinem Gehirn die irre Botschaft, daß New York gekippt sei.

Die Fassade des Wolkenkratzers, dem er ausweichen wollte, befand sich einen Augenblick lang unter seinen Füßen, und er hätte fast dem Gefühl nachgegeben, darauf langen zu können. Aber dann gewann er den Kampf gegen den Wind, und New York kippte wieder in seine ursprüngliche Stellung zurück.

Ein thermischer Luftstrom erfaßte ihn und hob ihn hoch. Im Augenblick war er außerhalb des Schußbereichs der Sicherheitsleute auf dem Dach des Ausstellungsgebäudes – aber wenn er weiter an Höhe gewann…

Doch der thermische Zephyr hatte seine neckischen fünf Minuten – nachdem er ihn noch fünfzehn Meter höher gehoben hatte, trieb er ihn hinüber zum nächsten Wolkenkratzer. C. W. bog um die Ecke und erreichte gleich darauf das Ende des Blocks.

Unterwegs winkte C. W. fröhlich einem Liebespaar, als er an dessen Schlafzimmerfenster im vierzehnten Stock vorbeiflog. Die beiden waren so überrascht, daß sie auseinanderfuhren und aus dem Bett fielen.

Der lebensrettende, thermische Luftstrom beförderte ihn über die 59. Straße hinweg in den Central Park. C. W. ging tiefer und überflog einige Bäume, bis er einen geschützten Landeplatz fand. Von dort ging er zu einem Kleinlaster, dessen Fahrer auf ihn gewartet hatte, verstaute den Flugdrachen und das Fliegende Pferd unter dem doppelten Boden des Laderaums und fuhr nach Hause – die Straßensperre der Polizei an der Fifth Avenue und 59. Straße zwang ihn noch nicht einmal zu einem Umweg.

Lorenz van Beck stieg aus dem Bus, der ihn nach Rambouillet gebracht hatte und ging quer über den Platz zu einem Café – er wählte bewußt ein anderes als bei seinem letzten Besuch. Diesmal trug er ein auffallend kariertes Sporthemd, eine Jacke mit losem Gürtel, Jeans und eine Sonnenbrille.

Als er die Kirche betrat, wurde er vom Schlag der Turmuhr begrüßt, und als er im Beichtstuhl Platz nahm, hörte er, wie Smith auf der anderen Seite des Gitters mit Papieren raschelte.

»Nun?« fragte Smith.

»Segnen Sie mich, Hochwürden, denn ich –«

»Schluß damit!«

»Verzeihen Sie«, entschuldigte sich van Beck, »das letztemal –«

»Ich habe es eilig.«

Van Beck überlegte, wie er diese Information zu seinem Vorteil nutzen könnte. »Also –«, begann er langsam. »Ich – äh – ich nehme an, Sie waren mit Mike Grahams Leistung zufrieden? Und Sie haben natürlich die Lap-Laser – oder?«

»*Haben* wir«, bestätigte Smith, »und ich *war* zufrieden. *Sehr* zufrieden. Ich will ihn *wieder* haben – für den großen Einsatz. Sagen Sie ihm das. Und sagen Sie ihm auch, daß er gut bezahlt wird.«

»*Wurde* er bereits«, erinnerte van Beck.

»Und mit Recht«, entgegnete Smith. »Spitzenpreise für Spitzenleute.«

»Ich werde es ausrichten«, sagte der Deutsche. Dann schwieg er wieder.

»Nun machen Sie schon«, schnauzte Smith. »Was ist mit den anderen?«

»Es gibt da zwei, die ich empfehlen kann«, sagte van Beck zögernd. »Aber leider sind beide Einzelgänger. Ich weiß nicht, wie sie auf den Vorschlag reagieren werden, für Sie zu arbeiten. Sie haben bestimmt noch nie von Ihnen gehört – das ist um so sicherer, da Sie ja bei jeder Ihrer kleinen – äh – Eskapaden einen anderen Namen und eine andere Verkleidung benutzen. Nicht einmal *ich* habe eine Ahnung, wer Sie sind – oder welche Unternehmungen direkt oder indirekt auf Ihr Konto gehen.«

»Das höre ich gern.«

»Sie könnten genausogut mein bester Freund sein.«

»*Diese* Information will ich Ihnen gewähren: ich bin es *nicht*.«

»Oh.«

»Ich habe den Eindruck, Sie halten mich hin, um Ihr Honorar in die Höhe zu treiben. Ich habe keine Zeit für solche Mätzchen – stellen Sie Ihre Forderungen, sie werden erfüllt.«

Van Beck grinste in sich hinein. »Es gibt da eine äußerst fantasiereiche Juwelendiebin – Sabrina Carver – und einen Fassadenkletterer mit ausgefallenen Ideen – C. W. Whitlock. Beide in New York. Ich glaube, die wären die Richtigen für Sie.«

»Fühlen Sie den beiden auf den Zahn«, befahl Smith. »Wenn sie einverstanden sind, sagen Sie ihnen – und auch Graham – daß sie bald weitere Instruktionen erhalten werden. Sowie Geld und Flugkarten.«

»Flugkarten für –?«

»Paris«, sagte Smith, »zunächst jedenfalls.«

»Wie Sie meinen.«

Smith stand auf. »Heute bleiben *Sie*, und *ich* gehe.«

Smith verließ gemessenen Schrittes die Kirche. Diesmal war er hochgewachsen, seine Priesterkleidung makellos – und er wäre nicht im Traum auf die Idee gekommen, mit einer seiner sorgfältig manikürten Hände den Kopf eines Kindes zu tätscheln.

Lorenz van Beck saß noch immer im Beichtstuhl und dachte über Nieten, schwindelnde Höhen und Paris nach. Und plötzlich fügte sich eins zum anderen und nahm Gestalt an – eine sehr *bekannte* Gestalt...

4

Es gibt auf der ganzen Welt wahrscheinlich weniger als ein Dutzend Nachtclubs oder Discotheken, in denen sich die Creme des Jet-set sehen läßt. *Studio 54* oder *Regine's* in New York, und *Annabel's* oder *Tramps* in London gehören nicht dazu – wohl aber *Il Gattopardo* in Rom.

Wenn man im ›Gattopardo‹ *gesehen* werden will, kommt man am besten kurz vor Tagesanbruch – allerdings ist das Erscheinen um diese Zeit bei den Profi-Jet-settern eher eine Reflexhandlung als Berechnung.

Für Sabrina Carver, die vor dem illustren Club auf ihren Wagen wartete, war es allerdings lediglich der Abschluß einer langweiligen Nacht. Sie brachte etwa drei Meter Distanz zwischen sich und zwei recht gutaussehende junge Männer, die aus besten römischen Häusern stammten und eng miteinander und mit Sabrina befreundet waren. Sie versuchten in diskreter Lautstärke, sich darüber zu einigen, wer von ihnen mit ihr nach Hause gehen sollte.

Die Diskussion interessierte Sabrina nicht. Sie würde mit jedem von beiden zurechtkommen, aber auch *ohne* sie.

Giulio und Roberto hatten sich gerade geeinigt, als der Parkwächter Sabrinas Alfa Romeo brachte. Der kleine, dicke Mann hielt

Sabrina die Tür auf und verneigte sich tief als Dank für ihr großzügiges Trinkgeld – außerdem konnte er auf diese Weise einen Blick in ihr Dekolleté werfen, ohne dreist zu erscheinen.

Sie glitt hinter das Steuer, und der Wächter reichte ihr eine kleine Schachtel, die mit einem hübschen weißen Band verschnürt war.

»Das hat jemand für Sie gebracht, Signorina Carver«, flüsterte er vertraulich, wobei er Sabrina in eine Knoblauchwolke hüllte.

»Wer?«

Er zog die Schultern so hoch, daß sogar die Spitzen seines gewichsten Schnurrbarts eine Aufwärtsbewegung vollführten.

Sie bedankte sich und drückte ihm ein weiteres Trinkgeld in die Hand. Der Wächter beschloß schweren Herzens, von einem zweiten Blick in Sabrinas Dekolleté abzusehen und zog sich devot einen Meter zurück. Das Agreement zwischen Giulio und Roberto war inzwischen wieder in die Brüche gegangen, und sie kamen überein, eine Münze entscheiden zu lassen.

Signorina Carvers geschickte Finger beschäftigten sich eifrig mit der Verpackung der Schachtel. Der Parkwächter konnte sich nicht entschließen, zu seinem Arbeitsplatz zurückzukehren – und das war durchaus verständlich: Sabrina war eine atemberaubende Schönheit! Eine Flut kastanienbrauner Haare fiel auf ihre nackten Schultern und umrahmte ein Gesicht, daß mehr als einmal sinnend von den Titelseiten von *Vogue* und *Women's World* geblickt hatte. Es war ein leidenschaftliches Gesicht, mit hoher Stirn, weit auseinanderstehenden, großen Augen, einem vollendet geformten Mund und einem Grübchen im Kinn.

Die Leute in Fort Dodge hatten sie stets wie eine exotische Pflanze betrachtet, und da Sabrina auch der Ansicht gewesen war, daß sie nicht in diese Umgebung paßte, hatte sie sie verlassen. Mitgenommen hatte sie nur ihren Namen und ihre Vorliebe für Edelsteine, mit denen sie – wie sie schon oft bewiesen hatte – auf bestem Fuß stand.

In der Schachtel lagen – auf Watte und in Seidenpapier gewickelt – fünf Tausenddollarnoten und ein Flugticket Erster Klasse nach Paris – Abflug in drei Tagen. Keine erklärende Notiz.

Sie starrte einen kurzen Augenblick verblüfft auf das Geld und die Flugkarte, aber dann grinste sie plötzlich – sie hatte in der linken oberen Ecke der Tickethülle die hingekritzelten Initialen ›L. van B.‹ entdeckt.

Roberto lieh sich gerade eine Münze vom Parkwächter, als Sabrina die Handbremse löste und im Leerlauf auf das Gaspedal trat. Giulio rief ›Ciao‹ und schwang sich elegant über die Tür des offenen Sportwagens auf den Beifahrersitz. Der Alfa schoß los, und Giulio klinkte eiligst seinen Sicherheitsgurt ein – er war zwar noch nie mit Sabrina gefahren, aber sie war allgemein als ziemlich unorthodoxe Fahrerin bekannt.

Wie in der Fifth wimmelte es auch in der Upper Madison Avenue von hübschen kleinen Boutiquen und Läden, in denen finanzkräftige Exzentriker finden, was ihr Herz begehrt. Und dann gibt es da auch noch einige Galerien, die mit ausgefallenen Kunstprodukten handeln. Eine von ihnen war die PRIMITIVES INC., die an diesem Morgen ein tadellos gekleideter Farbiger betrat.

PRIMITIVES INC. handelte, wie man an dem Namen erkennen konnte, mit den Kunstwerken von Primitivvölkern. Und das bedeutete, daß sie Mittelsmänner beschäftigte, die irgendwo im Busch Häuptlinge mit den berühmten Glasperlen bestachen, damit sie ihre Stammesmitglieder dazu veranlaßten, Schnitzereien anzufertigen, die dann in der Upper Madison für sechshundert Dollar pro Stück verkauft wurden.

Die Empfangsdame saß an einem Schreibtisch aus Stahl und Glas inmitten eines gekonnt arrangierten Durcheinanders von Masken, südafrikanischen Wurfspießen und Fruchtbarkeitssymbolen.

»Guten Morgen, Mr. Whitlock«, flötete sie.

»Gleichfalls, Mary-Lou«, erwiderte C. W. und schenkte ihr ein strahlendes Lächeln. Mary-Lou strahlte zurück: eigentlich war er hinreißend – nur schade, daß er nicht die richtige Hautfarbe hatte.

»Gibt's vielleicht etwas Neues, Süße?« fragte C. W.

»Zufällig ja«, antwortete Mary-Lou mit kokettem Augenaufschlag.

C. W. wurde ungeduldig, versuchte aber, es nicht zu zeigen. Die *blöden* weißen Zicken, dachte er, gingen einem noch mehr auf die Nerven als die *intelligenten* – wobei es von letzteren nicht allzu viele gab.

»Vielleicht eine Nachricht?«

»Ein Paket.« Sie wandte ihren wasserstoffblonden Kopf. »Ich habe es nach hinten gebracht.«

C. W. durchquerte den Raum und verschwand in dem luxuriösen, nur besonderen Kunden offenstehenden Ausstellungsraum, der hinter der Hauptgalerie lag. Die Stücke, die hier in den Regalen standen, waren zwar noch teurer als die anderen, dafür aber auch sorgfältiger gearbeitet – und wirklich alt.

C. W. stellte die Galerie auch als ›toten Briefkasten‹ zur Verfügung – er hatte eine ganze Menge davon in New York, und sie brachten ihm nicht unbeträchtliche Summen ein. Wie Sabrina Carver liebte auch *er* es, mehrgleisig zu fahren.

Auf einem langen Refektoriumstisch aus massiver Eiche lag ein großes, flaches Paket. C. W. zerriß die Verpackungsschnur mühelos, als handle es sich um Nähseide. Dann entfernte er das geschmackvolle Geschenkpapier – ein großes Rad seines Lieblingskäses kam zum Vorschein: französischer Brie.

C. W. nahm einen antiken Afghanendolch von der Wand und schnitt sich ein großes Stück ab. Er biß hinein und kaute genießerisch. Dann setzte er den Dolch erneut an und teilte das Käserad genau in der Mitte. Und dann begann er, den Käse systematisch in Segmente zu zerlegen – und endlich traf die Klinge auf das erwartete Hindernis. Er grub es aus.

Es war ein kleines Päckchen, in Reispapier gewickelt, und es enthielt fünf Tausenddollarnoten und ein Flugticket Erster Klasse nach Paris – Abflug in drei Tagen. Keine erklärende Notiz.

Er starrte einen Augenblick verblüfft auf das Geld und die Flugkarte hinunter, aber dann grinste er plötzlich – er hatte in der linken, oberen Ecke der Tickethülle die hingekritzelten Initialen ›L. v. B.‹ entdeckt.

»Klasse«, sagte C. W. bewundernd. »Wirklich Klasse.« Er ging hinaus und summte dabei *The last time I saw Paris*.

Bürokratie gedeiht auf Papier, aber Papier ist knapp – und so wurde die Abkürzung geboren.

Die Vereinten Nationen schwelgen geradezu in Bürokratie – und dort vermehren sich die Abkürzungen wie Wildkaninchen. Nur wenige der Ämter sind wichtig – und dann gibt es noch welche, denen man ihre Wichtigkeit nicht ansieht. Eines davon liegt in einem abgelegenen Teil des New Yorker UN-Gebäudes. Auf dem Schild an der Tür steht UNACO, und darunter ›Malcom G. Philpott, Direktor‹ und ›Sonja Kolschinsky, stellvertr. Direktor.‹

Die schlichte Abkürzung UNACO bedeutet ›United Nations

Anti-Crime Organization‹ – und es wird jedem einleuchten, daß ein solches Amt wirklich von großer Bedeutung ist.

Sonja Kolschinsky nahm das reichverzierte Silbertablett und trug es vorsichtig quer durch das Zimmer zu Philpotts Schreibtisch, der – ebenso wie Philpott selbst – stets ordentlich war. Es gab demnach reichlich Platz das Tablett abzustellen, was sie gleichfalls vorsichtig tat, denn es war sehr voll: eine kleine Espressomaschine stand darauf, des weiteren zwei Tassen und Untertassen, eine silberne Zuckerdose, ein Sahnekännchen und eine Kristallkaraffe mit Cognac.

Sonja goß Kaffee in eine Tasse, fügte einen halben Löffel Zucker hinzu, rührte um und goß noch ein paar Tropfen *Rémy Martin* in die Tasse. Sie rührte noch einmal um, dann fügte sie Sahne hinzu. Philpott, dessen Blick unverwandt auf die Akte gerichtet war, die vor ihm auf dem Tisch lag, führte die Tasse an seine Lippen.

»Köstlich«, lobte er geistesabwesend.

»Ich weiß«, sagte sie.

Er blickte auf und lächelte verlegen. »Verzeih – ich war gerade meilenweit entfernt.«

»Es sei dir verziehen.« Sonja war hochgewachsen und vollendet gebaut. Sie hatte ein rundes Gesicht mit einer leicht nach oben gebogenen Nase und hellbraunes, ziemlich kurzgeschnittenes Haar mit schwungvollen Ponyfransen, das sie im übrigen streng nach hinten gekämmt trug.

Sonja war Anfang Vierzig, in der Tschechoslowakei geboren, aber naturalisierte Amerikanerin. Sie war eine erfahrene Linguistin, hatte Molekularphysik studiert – und ihr Intelligenzquotient lag um einiges höher als der des Mannes, vor dem sie gerade stand. Sie hatte klare graue Augen – und manchmal machte es ihr Spaß, Malcolm Gregory Philpott mit einem undefinierbaren Blick zu verwirren.

Sie setzte sich ihm gegenüber auf einen Stuhl und zog fragend die Brauen hoch. »Die Liste?«

»Dringend«, antwortete Philpott. Er legte den Zeigefinger auf eine Taste der Wechselsprechanlage, und eine Stimme schnarrte: »Herr Direktor?«

»Die Liste.«

»Sofort, Sir.«

In dem geräumigen Nebenraum nahm ein junger, unauffällig gekleideter Mann mit Rasierausschlag und randloser Brille einen

Stapel beschriebener Blätter und machte sich auf den Weg über den dicken Teppich – vorbei an einer von Wand zu Wand reichenden, leuchtenden Weltkarte. Vor der Landkarte stand ein ebenso von Wand zu Wand reichender Tisch mit leicht abgeschrägter Platte.

Und an diesem Pult saßen auf gepolsterten Drehstühlen drei Techniker verschiedener Nationalität. Jeder hatte einen Kopfhörer auf, wie ihn üblicherweise *Piloten* tragen – mit einem kleinen Mikrofon, das sich am Ende eines freitragenden Armes genau vier Zentimeter vor dem Mund befand. Gelegentlich murmelten sie Grüße oder Befehle in einer von über dreißig Sprachen und machten Notizen auf liniertem Papier, das am Pult aufgepinnt war. Jedesmal wenn ein neuer Anruf hereinkam, zeigte ein rotes Blinklicht auf der Landkarte den Standort des Anrufers an.

Auf Philpotts untadeligem Schreibtisch lag die exakte Miniaturausgabe der Riesenkarte von nebenan – sie war nur fünfzehn mal zweiundzwanzig Zentimeter groß. Ein leises Klingeln machte ihn auf jeden neuen Anruf aufmerksam, der auch auf seiner winzigen Karte jeweils durch ein Blinklicht gekennzeichnet wurde.

Der junge Mann reichte Sonja die mitgebrachten Notizen. Sie sagte: »Danke, Basil« und begann, die sorgfältig getippte Zusammenfassung des Nachrichtenverkehrs der ersten Vormittagshälfte zu studieren. – Nachrichten über Verbrechen, deren Bearbeitung der UNACO oblag. Wie Mister Smith, hatte auch Malcolm Gregory Philpott das Verbrechen zu seinem Lebensinhalt gemacht – wenn auch in entgegengesetzter Weise –, und Mister Smith faszinierte ihn regelrecht. Er wußte eine Menge über ihn, kannte seine Decknamen und seine psychische Struktur – und hier war Mister Smith entscheidend im Nachteil, denn er ahnte nicht einmal, daß Philpott existierte, und auch der Begriff UNACO war ihm unbekannt.

Philpott *selbst* hatte die Bildung der streng geheimen Abteilung vorgeschlagen, als er noch Professor mit Forschungsauftrag an einer Universität in New England war und eine Gruppe leitete, die sich mit hochkomplizierten technischen Forschungen beschäftigte und deren Arbeit teils von der Industrie, teils – via Regierung – von der CIA finanziert wurde. Die Regierung war von der Idee begeistert gewesen und hatte Philpotts Bedingung akzeptiert, daß die Abteilung den Vereinten Nationen unterstellt wurde – denn nur so war es möglich, daß die Arbeit der Organisation allen Mitgliedsstaaten zugute kam, ohne von nationalistischen Interessen beeinflußt zu werden.

Philpott hatte keine Sekunde bezweifelt, daß die Regierung dem Projekt nicht nur beipflichten, sondern auch die Mühe auf sich nehmen würde, der Abteilung alle notwendigen Voraussetzungen zu schaffen. Es wurde ihm bewilligt, seinen gesamten Stab selbst auszusuchen und Agenten anzuwerben, und wie sich herausstellte, hatte er auch – und vor allem – bei der Wahl seiner Stellvertreterin eine besonders glückliche Hand gehabt.

Sonja Kolschinsky und Philpott waren beide der Überzeugung, daß das Verbrechen auf internationaler Ebene – wenn es gut organisiert war – ebenso verheerende Folgen haben konnte wie der Angriff des kriegerischsten Ostblockstaates. Und so weihten sie ihr Leben dem Kampf gegen das Verbrechertum und hatten sich im Laufe der Zeit die Achtung und Bewunderung der überwiegenden Zahl der Mitgliedsstaaten der UNO erworben – einschließlich einiger Länder des Ostblocks.

Die Erklärung für sein hohes Ansehen war sein erstaunlicher Erfolg – und der Hauptgrund für diesen lag in Philpotts Fähigkeit, internationale Verbrecher gegen das internationale Verbrechertum einzusetzen.

Er teilte die Verbrecher in zwei Hauptkategorien ein – in die, die zu ihrem eigenen Nutzen arbeiteten, und die, die etwa wie Terroristen gegen Regierungen, Nationen oder Gesellschaftsordnungen vorgingen.

Und dann gab es noch eine *dritte* Kategorie, deren Angehörige sich als ›reinigende Kraft‹ sahen und ohne jede Achtung von Menschenleben ihr Ziel verfolgten: die Anarchisten.

Die UNACO bekämpfte die zweite und die dritte Kategorie. Gelegentlich bat Philpott in seinem ständigen Krieg gegen den internationalen Terrorismus Regierungen um Hilfe – aber die Kämpfe gegen die *Napoleons* des Verbrechens focht er *allein* aus. Und er *gewann* sie – denn die Leute, die Philpott anwarb, waren oft den Verbrechern ebenbürtig, zu deren Vernichtung er sie einsetzte.

Und deshalb hatte er auch Sabrina Carver und C. W. Whitlock mit der Aufgabe betraut, die Welt von Mister Smith zu befreien.

Sonja überflog noch einmal die Notizen und sagte: »Also – folgendes: Auf dem Diamantensektor scheint sich was zu tun – Berichten zufolge ist gestern geschmuggeltes Rohmaterial im Wert von etwa zwei Millionen aus Kapstadt verschwunden. Kurier unbekannt. Maßnahme?«

»Ist jemand darauf angesetzt?« fragte Philpott.

»Ja.«

»Okay Code Blau. An INTERPOL Amsterdam durchgeben!«

Sonja schrieb in deutlicher Schrift eine Anweisung an den Rand des betreffenden Berichts. Dann fuhr sie fort: »Ein tschechischer Gerichtsmediziner hat das Gift beim Branski-Mord identifiziert.«

Philpott grinste. »Mit ein bißchen Hilfe von dir, nehme ich an. Code Gelb. Und schick es an unser Labor. Sie sollen sich beeilen.«

Sonja notierte. »Willst du was über Gold wissen?«

Philpott nickte. »Starkes Abstoßen durch die Außenseiter in Bombay.«

Philpott zuckte zusammen und seufzte. »Code Grün.«

»Dein Ernst?«

»Mein Ernst.«

»Und nun das Bonbon des Vormittags«, verkündete Sonja, »ein Bericht aus Rom! Über Smith!«

Philpott schlug mit der Hand auf die polierte Tischplatte. »Großartig!« sagte er. »Sabrina hat ihn also an der Angel! Hervorragend!«

»Mit ein wenig Hilfe von uns und van Beck«, erinnerte Sonja.

»Bei dem Raub in der Diamantenbörse haben wir *nicht* mitgeholfen«, protestierte Philpott. »So etwas können wir ja schließlich auch nicht tun – das würden uns die Holländer nie verzeihen. Und INTERPOL auch nicht.«

»Jetzt können wir nur noch die Daumen halten«, sagte Sonja.

»Das tun wir auch – obwohl es bei Sabrina wirklich nicht nötig ist.«

»Möchtest du mit ihr sprechen?« fragte Sonja.

»Ja, sehr gern. Aber nicht jetzt.« Sonja sah ihn fragend an.

»Wenn Smith bei *Sabrina* angebissen hat, dann müßte es bei C. W. genauso funktionieren – und ich möchte erst seinen Anruf abwarten«, erklärte Philpott.

Wie aufs Stichwort ertönte das Klingelzeichen, und auf Philpotts Landkarte blinkte New York auf. Er gab Order, den Anruf durchzustellen.

C. W.s Bericht war kurz und präzise. »Ausgezeichnet!« Philpott war hochzufrieden. »Drei Tage also? Nicht viel Zeit – aber wir werden schon herausfinden, worum es geht. Im Augenblick genügt es zu wissen, daß Smith dahintersteckt – damit ist sicher, daß es sich um eine brisante Sache handelt.«

Philpott legte auf und sah Sonja an. »Ich bin wirklich neugierig, was da im Busch ist. Und wo...«

»In Paris, nehme ich an«, antwortete Sonja. »Warum hätte er ihnen sonst Flugkarten nach dort schicken sollen?«

»Das leuchtet ein«, gab Philpott zu. »Und es würde auch zu der verrückten Vermutung passen, die van Beck hat.«

»Was für eine Vermutung?« fragte sie gespannt. Normalerweise hatte Philpott keine Geheimnisse vor ihr, und sie hatte auch Zugang zu dem Informationsmaterial der UNACO – es sei denn, Philpott war der Ansicht, die Kenntnis einer Information könne sie in Gefahr bringen.

Er grinste verlegen. »Macht es dir etwas aus, wenn ich dir das jetzt noch nicht sage? Ich möchte erst noch ein wenig darüber nachdenken.«

Sonja nickte: »Dann *tu* das.« Sie runzelte nachdenklich die Stirn und sagte: »Wir sind also nur bezüglich der Laserkanonen noch nicht auf dem laufenden?«

Philpott nickte. Er rieb sich die linke Nasenseite, was anzeigte, daß er angestrengt nachdachte. Sein Gesicht war von tiefen Falten durchzogen, aber er war ein gutaussehender Mann, etwa zehn Jahre älter als Sonja, mit grauen, stets leicht zerzausten Haaren. Er hatte ein ausgeprägtes Kinn und hohe Backenknochen, war schlank und durchtrainiert und für einen ehemaligen Akademiker ungewöhnlich gut angezogen.

Sonja Kolschinsky war in ihn verliebt – und er wußte es.

»Die Laser«, sagte er. »Ja, die Laser. Wer hat sie gestohlen? Und warum? Und für wen?« Er schwieg eine Weile, und Sonja unterbrach seine Überlegungen nicht. Philpott klopfte mit den Fingern arhythmisch auf den Tisch. »Für Smith wahrscheinlich«, sagte er unvermittelt. »Sicher braucht er sie für sein neuestes Vorhaben. Und was den Dieb angeht – da kommen diverse Leute in Frage.« Er sah auf die Akte hinunter, die vor ihm auf dem Schreibtisch lag. »Da stehen sie alle drin: Exsoldaten, Exgeheimdienstler, Verärgerte, mögliche Agenten – das Problem ist nur, den Richtigen herauszufinden. Schade, daß van Beck keinen Waffenexperten für Smith auftreiben konnte – dann hätten wir alle *drei* in der Tasche.«

Mike Graham kam aus dem Münchner Bierkeller und überquerte den belebten Platz vor der herrlichen Kirche.

Er nahm eine Abkürzung zum Viktualienmarkt und blieb schließlich bei einer alten Frau stehen, die zwischen zwei Gemüse-ständen hinter einem kleinen Tisch saß, auf dem eingepackte Schnitzel lagen. In einem Kessel, der auf einem Kohleofen neben ihr stand, wurden Maroni geröstet.

Graham trug Jeans und eine abgeschabte, lederne Fliegerjacke. Er hatte ein weißes Halstuch um, dessen lange Enden im Wind flatterten, und über der oberen linken Jackentasche prangte ein Abzeichen der American Legion.

»Guten Morgen«, sagte er auf deutsch. Die scharfen Augen der Alten registrierten blitzschnell das Abzeichen, das Halstuch und das Gesicht darüber.

»Good morning«, erwiderte sie mit starkem Akzent. »Möchten Sie ein paar Kastanien?«

Mike nickte: »Ja, bitte.« Die alte Frau nahm eine Papiertüte und füllte sie mit Maroni. »Sie sind heiß«, warnte sie, »sehr heiß. Verbrennen Sie sich nicht die Finger.«

Graham versicherte, er werde aufpassen. Er fischte vorsichtig eine Kastanie heraus, schälte sie und schob sie in den Mund. Sie schmeckte köstlich. »Auf Wiedersehen«, sagte er.

»Good-bye«, erwiderte sie.

Er ging den Weg zurück, den er gekommen war, und setzte sich in ein Straßencafé, um einen Kaffee und einen Schnaps zu trinken. Er schüttete die Kastanien zum Auskühlen auf den Tisch. Das Päckchen lag ganz unten in der Tüte.

Er öffnete es, wobei er schützend eine Hand über den Inhalt hielt: Fünf Tausenddollarnoten und ein Flugticket Erster Klasse nach Paris – Abflug in drei Tagen. Keine erklärende Notiz.

Graham faltete das Ticket auseinander. In der linken oberen Ecke befand sich die stümperhafte Skizze einer Lap-Laser, darun-ter der kurze Befehl: ›Benutzen Sie sie!‹ Keine Unterschrift.

Graham bestellte sich einen zweiten Schnaps.

Giulio saß stocksteif auf dem Beifahrersitz des Alfa Romeo. Sie befanden sich inzwischen südlich von Rom, und er hatte sich noch nicht einmal dazu aufraffen können, Sabrina zu fragen, wohin sie eigentlich fuhren – er wünschte sich nur inbrünstig, irgendwo anders zu sein.

Zwischen _____ durch:

Heiße Kastanien sind etwas Köstliches – doch wer hat sie gerade in diesem Moment zur Hand? Wenn der Leser jetzt einen würzigen, heißen Genuß für zwischendurch sucht, sollte er etwas genießen, was praktisch überall problemlos zuzubereiten ist: den ...

Zwischen_____durch:

Die geschmackvolle Trinksuppe für den kleinen Appetit. – In Sekundenschnelle zubereitet. Einfach mit kochendem Wasser übergießen, umrühren, fertig.

Viele Sorten – viel Abwechslung.

Guten Appetit!

Endlich jedoch faßte er sich ein Herz und öffnete den Sicher-heitsgurt – er fand es an der Zeit, den Arm um Sabrinas Schulter zu legen und ihr mit der Hand über das Knie zu streichen.

Sabrinas Reaktion bestand darin, daß sie kurz und heftig auf die Bremse trat. Giulios Kopf flog nach vorn und krachte gegen das Armaturenbrett. Sabrina trat wieder aufs Gas, und als Giulio unsanft zurückgeschleudert wurde, sah er im Vorbeirasen undeut-lich einen Wegweiser, der in die Richtung zeigte, aus der sie kamen. Er trug die Aufschrift ›Roma 170‹. Sie hatten die Autobahn längst verlassen, und Sabrina jagte den Alfa in halsbrecherischem Tempo um die Kurven der gewundenen Landstraße. Als vor ihnen eine schmale, holprige Brücke auftauchte, fing Giulio unwillkür-lich an zu beten. Sabrina wandte ihm ihr Gesicht zu und schenkte ihm ein bezauberndes Lächeln, während sie gleichzeitig das Gas-pedal bis zum Anschlag durchtrat. Giulio umklammerte den Halte-griff vor sich so fest, daß seine Fingerknöchel weiß hervortraten. Der kleine Wagen schoß über die Brücke und um die nächste Kurve.

Plötzlich wurde das Röhren des Motors von einem durchdrin-genden Piepsen übertönt. Sabrina nahm den Fuß vom Gas und verlangsamte das Tempo auf dreißig Stundenkilometer. Giulio öffnete vorsichtig die Augen, die er in seiner Verzweiflung fest zugekniffen hatte.

Sabrina nahm eine Hand vom Steuer, griff unter das Armatu-renbrett und holte ein Funksprechmikrofon hervor.

»Pronto«, sagte sie.

Sonjas Stimme fragte: »Ist die pasta al dente?«

»Noch nicht«, sagte Sabrina. »Einen Augenblick, bitte.«

Sie steuerte den Alfa auf die Wiese, die an die Straße angrenzte, und schaltete die Zündung aus. Giulio ließ seinen Kopf nach vorn auf die Haltestange sinken und stammelte schluchzend Dankgebe-te an alle Heiligen, die ihm in den Sinn kamen. Sabrina schloß das Handschuhfach auf und steckte einen Schlüssel in die dort einge-baute Code-Box.

»Code 8-2-Baker«, sagte sie. »Können Sie mich verstehen?«

»Laut und deutlich, meine Liebe«, bestätigte Philpott. »Sind Sie allein?«

»Oh, hallo, Mr. Philpott«, sagte Sabrina vergnügt, »welche Freude, von Ihnen zu hören. Nein, ich bin nicht allein – aber mein Begleiter kann nur Italienisch. Und im Augenblick«, fuhr sie nach einem kurzen Blick auf Giulios zusammengesunkene Gestalt fort, »wahrscheinlich nicht einmal *das*.«

Philpott machte sie mit der jüngsten Entwicklung vertraut und teilte ihr mit, daß C. W. bei Smiths neuestem Vorhaben mit ihr zusammenarbeiten würde. »Was für eine erfreuliche Nachricht! Küssen Sie ihn von mir und sagen Sie ihm, ich werde dafür sorgen, daß er nicht in Schwierigkeiten gerät.«

»Und Sie werden freundlichst auch auf sich *selbst* aufpassen, junge Dame«, befahl Philpott mit gespielter Strenge. »Ich möchte, daß Sie Freitag absolut hinreißend aussehen. Sonja und ich werden auch dort sein.«

»Ich werde mein Bestes tun«, versicherte Sabrina.

»Halt, Sabrina!« rief Philpott. »Ich muß Ihnen noch etwas sagen: Sie müssen die Diamanten zurückgeben! Unbedingt! Ich kann Mitgliedern meiner Organisation nicht gestatten, in die eigene Tasche zu wirtschaften – das sehen Sie doch sicher ein, nicht wahr?«

»Was haben Sie gesagt?« schrie Sabrina ins Mikrofon. »Hallo! Hallo, New York, hallo? Sind Sie noch dran, Mr. Philpott? Ich kann Sie nicht mehr hören. Irgendwas stimmt nicht mit meinem Gerät. Na, ja, so wichtig wird's schon nicht gewesen sein. Wiedersehn.« Sie steckte das Mikrofon in die Halterung zurück und wandte sich an ihren kreidebleichen Begleiter. »Na, wie geht's, mein Schatz?«

Giulio stöhnte leise. Auf italienisch.

Philpott grinste. »Dieses Mädchen! Sie wird...«

»...dich jung erhalten«, vollendete Sonja den Satz.

»Nein – das tust *du*!« Er zwinkerte ihr zu. Basil kam herein.

Philpott schaltete blitzschnell um. »Rufen Sie den Generalsekretär an, Mrs. Kolschinsky«, sagte er, »und sehen Sie zu, ob er er uns von der Französischen Regierung eine Rote Priorität besorgen kann.«

»Sofort, Sir«, erwiderte Sonja, das Gesicht tief über den Notizblock gebeugt.

»Und lassen Sie in der Morgenmaschine nach Paris für Freitag zwei Plätze reservieren.«

»Wird erledigt, Mr. Philpott.«

Basil legte einen Ordner auf den Tisch und wandte sich zum Gehen. Philpott senkte verschwörerisch die Stimme: »Und sorge dafür, daß wir unser übliches Zimmer im Ritz bekommen.«

»Selbstverständlich«, flüsterte Sonja und stand auf. Basil und sie kamen im gleichen Moment bei der Tür an. Im Hinausgehen zwinkerte er ihr zu.

5

Dampf stieg von der Oberfläche des sanft sprudelnden Wassers des Pools auf. Smith lag auf dem Rücken und paddelte träge vor sich hin. Plötzlich durchbrach das Klappern von hohen Absätzen die Stille, und ein Hauch von *Calèche* wehte zu Smith herüber. Oder war es *Cabochard*? Egal – der Körper, von dem der Duft ausging, war ihm nur zu vertraut.

Eine schöngeformte Hand tauchte in seinem Gesichtsfeld auf, die langen, schlanken Finger hielten einen Kelch aus venezianischem Glas umschlossen, der eine bernsteinfarbene Flüssigkeit enthielt.

Smith war so betrunken, daß er alles nur noch verschwommen sah. Er versuchte, dagegen anzukämpfen, indem er die Augen auf einen bestimmten Punkt richtete – in diesem Fall auf einen Kondensationstropfen, der an der Kachelwand herunterlief. Aber sein benebeltes Gehirn verwandelte den Tropfen in einen Katarakt, dessen schäumende Wassermassen den Raum, das Schloß, den Park, ganz Orléans, ganz Frankreich und schließlich auch alles, was dahinter lag, unter sich begruben.

Er rülpste und nickte. Sofort neigte sich der Kelch zu seinen Lippen, und die ölige Flüssigkeit rann durch seine Kehle – wenigstens ein Teil davon, der Rest lief ihm über das Kinn, denn er war zu betrunken, um den Mund richtig ans Glas zu setzen. Lea nahm das Glas weg, ging in die Hocke und betrachtete ihn mit liebevoller Belustigung.

»Ich habe nachgedacht, Lea«, sagte er undeutlich.

Sie lächelte. »Ja, den Eindruck habe ich auch.« Sie sprach mit dem deutlichen Akzent ihrer Vaterstadt Wien.

»Wie kommt es, Lea«, murmelte er kaum hörbar, »daß ich nicht aufhören kann – bei all dem Geld, das ich besitze... diesem Schloß und den anderen Häusern... den Jachten, der Ranch, der Insel... den Bildern, Skulpturen, der Juwelensammlung, den unzähligen Büchern und Originalhandschriften... ganz zu schweigen von dir und meinen anderen – kleinen Freundinnen ... alles ... alles ... ich habe doch alles, Lea ... mehr Besitz, als sich irgendein Mensch erträumen könnte ... beinah wenigstens – ich besitze die Chinesische Mauer nicht. Aber ich *könnte* sie bekommen.«

»Ja, das könntest du, Liebster.« Sie war blond, nicht allzu groß, hatte grünblaue Augen und einen verführerischen Körper.

»Wie kommt es dann, daß mich diese Sucht quält – der Zwang, Verbrechen zu begehen? Das ist doch absolut plebejisch.«

Lea zog ihre schöngeschwungenen Brauen hoch und lächelte. »Plebejisch? Nicht, wie *du* die Dinge angehst. Und ohne diese Sucht, wie du es nennst, wärst du nicht nur ständig gelangweilt, sondern auch langweilig.«

Smiths Verfassung hatte sich dank des heißen Wassers inzwischen immerhin soweit gebessert, daß er Lea bewußt wahrnahm. Er sah sie an und nickte. Sie stand auf, ließ ihren Bademantel zu Boden sinken und glitt zu ihm ins Wasser.

Das Schloß stand südlich von Orléans – auf einem Grundstück von mehr als hundert Hektar. Der Park war unnatürlich geometrisch angelegt. Es gab Pferde im Stall, die Smith nur selten ritt, Teile des Gartens, in denen er nie gewesen war, Räume im Schloß, die er nie betreten hatte. Das Schloß war sein Besitztum, und diese Gewißheit genügte ihm.

Wie er selbst gesagt hatte, besaß er alles, was ein Mensch sich erträumen konnte. Sein neuestes Vorhaben würde ihm glatte dreißig Millionen Dollar einbringen – Geld, das er nur dazu verwenden würde, seine nächsten Coups zu finanzieren, die ihm wiederum Millionen einbringen würden.

Seine Art zu leben hatte ihn seine Identität gekostet. Er hatte so oft seine Erscheinung und seinen Namen gewechselt, daß er selbst nicht mehr wußte, wie er als junger Mann ausgesehen und wie er ursprünglich geheißen hatte. Er erinnerte sich nicht einmal mehr daran, wo er geboren worden war. In Paraguay? Oder Samoa? Schon möglich. Vielleicht aber auch in Island. In welcher Sprache hatte er als Kind die ersten Worte gesprochen? Es spielte keine Rolle – jetzt sprach er *alle* Sprachen.

Smith drehte sich um und tastete nach Lea. Sie war da – irgend jemand war *immer* da. Es spielte keine Rolle, wer es war.

Auf dem Rasen vor dem Schloß setzte ein Hubschrauber auf, und ein junger Mann stieg aus. Er war hochgewachsen, muskulös und dunkelhaarig. Eine häßliche Narbe verlieh seinem an sich sympathischen Gesicht einen tückischen Ausdruck. Er hieß Claude Légère – und auch *er* gehörte Smith.

Smith und Lea waren eingehend miteinander beschäftigt, als Claude anklopfte. Auf Smiths »herein!« öffnete er die Tür – und blieb wie angewurzelt stehen.

»Verzeihen Sie«, stotterte er, »ich dachte, Sie seien allein.«

Smith zog sich von Lea zurück, und blickte Claude ruhig an. »Sie wissen doch, daß ich *nie* allein bin«, sagte er. »Ist alles in Ordnung? Es scheint so – sonst hätten Sie sich wohl kaum hierher gewagt.«

»Natürlich klappt alles«, bestätigte Claude. »Wie könnte es anders sein?«

Smith nickte und wandte seine Aufmerksamkeit wieder Lea zu.

Claude blickte starr geradeaus. »Ich – ich fahre jetzt zum Flughafen«, stieß er hervor. »Ich werde unsere neuen Mitarbeiter abholen.«

Smith drehte sich wieder zu ihm um: »Vergessen Sie die Sicherheitsvorkehrungen nicht, Sie gehen genauso vor, wie wir es besprochen haben.«

»Ja, natürlich«, versicherte Claude hastig. »Wenn sie hier ankommen, werden sie keine Ahnung haben, wo sie sind, wie lange der Flug gedauert hat – nicht einmal, ob noch derselbe Tag ist.«

»Ausgezeichnet«, lobte Smith. »Alles laut Plan. So soll es sein, Claude.«

»Und so *wird* es auch sein«, sagte Claude.

Smith drehte sich im Wasser um und streckte die Beine aus.

Lea schwamm zum Rand des Beckens, zog sich nach oben und setzte sich auf die Kante.

Smith grinste Claude an: »Wollen Sie sich uns anschließen?«

Claude löste seinen Blick von Lea und bemühte sich, mit neutraler Stimme zu antworten: »Vielleicht ein andermal – wenn ich weniger beschäftigt bin. Aber ich danke für das Angebot.«

»Keine Ursache. Sie sind jederzeit willkommen.«

Die Wolken teilten sich, und Sonja blickte von ihrem Fensterplatz in der Concorde auf den futuristisch anmutenden Charles-de-Gaulle-Flughafen hinunter, der achtzehn Kilometer nordöstlich vom Pariser Zentrum auf der weiten Ebene der Île-de-France liegt.

Eine Stewardeß kam, um die Gläser abzuräumen, die noch Reste von Eiswürfeln enthielten. Eine andere Stewardeß kam mit einer Nachricht.

»Vom Elysée-Palast durchgegeben«, flüsterte sie. »Sie müssen aber sehr wichtig sein.«

»*Bin* ich«, antwortete Sonja ebenfalls flüsternd.

»Sie meint, *ich* bin es«, brummte Philpott.

»Würden Sie sich bitte trotzdem anschnallen«, sagte die Stewardeß, »wir landen nämlich in wenigen Minuten.«

»Wenn nicht«, bemerkte Philpott, »hätten wir uns den Flug sparen können.« Das Mädchen grinste und ging weiter.

Sonja faltete das Papier auseinander. »Von Giscard«, sagte sie. »Du hast deine Rote Priorität.«

Philpott lehnte sich mit einem zufriedenen Schmunzeln in seinem Sitz zurück. Die Concorde setzte zur Landung an.

Philpott, der VIP-Räume haßte, ging mit Sonja durch den Concorde-Eingang in eins der sieben Satellitengebäude des Terminals Eins – im Kielwasser der leitenden Angestellten und Popstars, aus denen sich die Ladung der Flaggschiffe der Air France üblicherweise zusammensetzt. Sie schlossen sich dem Gedränge auf dem Travelator an und fuhren durch geschlossene Glastunnel zur Transfer-Plattform, die sämtliche ankommenden und abreisenden Passagiere passieren mußten. Philpott sah sich aufmerksam um, entdeckte jedoch kein bekanntes Gesicht.

Sie durchliefen die Paß- und Zollkontrolle und fuhren mit dem nächsten Travelator nach oben zur Ankunftsplattform, die in drei konzentrische Zonen unterteilt war: die Gepäckhalle, einen Ring von Zollkontrollschaltern und eine äußere Galerie, von der aus man zu Bussen, Taxis und zum Autoparkplatz gelangte.

Sie holten ihre Koffer und warteten dann in der äußeren Galerie – denn es würde sich binnen kurzem einiges im Flughafengebäude ereignen, das Philpott interessierte.

Zwei Passagiere kannten sie bereits: Sabrina und C. W. Sie würden mit verschiedenen Maschinen eintreffen, aber etwa zur gleichen Zeit. Philpott war sicher, daß sie jemand abholen würde – und er mußte erfahren, *wer* das tat.

Es war aber der *dritte* potentielle Fluggast, der ihn am meisten beschäftigte – wenn Smith Sabrina und C. W. an diesem Tag nach Frankreich beordert hatte, dann war sicher auch der Dieb der Laser-Kanonen herbestellt worden.

Es lag Malcolm Philpott ganz besonders viel daran, den Dieb der Laser-Kanonen zu sehen – er konnte der Schlüssel zu Smiths Vernichtung sein. Oder zur Niederlage der UNACO.

Nach der Concorde landete eine Boeing 747 der PANAM, und C. W. trat die fantastische Reise über die Transfer- zur Ankunfts-Plattform an. Philpott, der im Restaurant auf Plattform Zwei saß, sah ihn, wandte den Blick aber sofort wieder ab.

Eine halbe Stunde später landete die Maschine aus München. Michael Graham lehnte in der Nähe des Gepäckkarussells an einer Säule und wartete auf seinen Koffer. Als das Förderband ihn in seine Nähe gebracht hatte und er hinging, um ihn zu holen, ertönte eine quäkende Lautsprecheransage: »Mr. Graham, Mr. Graham, Passagier aus München. Mr. Michael Graham bitte zum Gepäck-Fundbüro auf Plattform Eins!«

Graham bahnte sich den Weg durch den grünen Zollkanal und fragte sich zu Plattform Eins durch. Vor dem Schalter des Fundbüros standen die Leute Schlange. Er stellte sich hinten an – er hatte keine Eile.

Als die Reihe an ihn kam, wies er sich aus, und die Beamtin legte ein kleines Taschenradio auf den Tisch.

»Ich glaube, das gehört Ihnen«, sagte sie.

Mike, der das Radio noch nie gesehen hatte, schaltete blitzschnell: »Ja, das ist meins. Wo in aller Welt haben Sie es gefunden?«

Das Mädchen lachte. »Sie haben es im Flugzeug vergessen. Die Stewardeß erinnerte sich, es bei Ihnen gesehen zu haben – sie kannte Ihren Namen und brachte es zu uns.«

»Wollen Sie ihr bitte für mich danken«, sagte Mike.

»Schon geschehen«, antwortete das Mädchen. »Wir sind froh, daß wir es Ihnen zurückgeben konnten.«

»Ja, ich auch«, sagte Mike.

Eine Stewardeß holte Sabrina Carver auf dem Travelator ein.

»Sie haben Ihr Radio verloren, als Sie das Flugzeug verließen, Signorina«, keuchte sie atemlos und hielt es ihr hin.

Sabrina nahm es entgegen. »Wie dumm von mir. Ich danke Ihnen vielmals.«

»Keine Ursache.«

C. W., dessen Ungeduld sich mehr als einmal als Vorteil erwiesen hatte, wurde es müde, darauf zu warten, daß jemand Kontakt mit ihm aufnahm. Er ging zum Informationsschalter auf der Ankunftsplattform und fragte, ob eine Nachricht für ihn da sei.

»Nein, Sir«, sagte der Beamte, »aber es ist etwas für Sie hinterlegt worden.«

Er übergab C. W. das Radio, und C. W. sagte: »Meine Güte, ich hätte doch tatsächlich vergessen, es abzuholen. Vielen Dank.« Er hängte sich das Radio am Tragriemen über die rechte Schulter.

In einem Abstand von zwei Sekunden wurden an alle drei Radios gleichzeitig Signale gefunkt, bis die Besitzer sie schließlich eingeschaltet hatten.

»Inzwischen sollten mich alle hören«, ertönte schließlich Claudes Stimme.

»Klar und deutlich«, bestätigte Graham. »M-hmm«, kam von C. W. und »Roger« oder so ähnlich von Sabrina.

»In Ordnung«, fuhr Claude fort, »bitte hören Sie aufmerksam zu. Begeben Sie sich alle zu den Travelators. Während der Fahrt erhalten Sie weitere Weisungen. Der Passagier aus Rom beginnt bei Plattform eins, der Passagier aus New York bei Plattform zwei und der Passagier aus München von Plattform drei aus. Wenn Sie an einem Aussteigepunkt ankommen, nehmen Sie einfach den nächsten Travelator in die Gegenrichtung. Verstanden?«

Alle drei bestätigten es. München? überlegte Sabrina fieberhaft. Wer zum Teufel kommt aus München?

C. W. dagegen war mehr an der Information interessiert, daß sie offensichtlich zu dritt waren.

Philpott und Sonja hatten sich aus Sicherheitsgründen getrennt, und Philpott mimte einen total erschöpften Reisenden, der in einer Ecke der Auskunftsplattform im Erdgeschoß auf seinem Koffer saß. Ab und zu warf er einen auffälligen Blick auf seine Uhr, seufzte gequält und kaute mißmutig an einer Schokoladenstange. Er beobachtete verblüfft, wie Sabrina sich von einem Glastunnel in den anderen tragen ließ. Und dann fiel ihm plötzlich auf, daß sie etwas an ihr Ohr hielt.

»Verdammt!«, knirschte er. Instruktionen über Funk – also kein persönlicher Kontakt. Ganz schön gerissen!

Aber dieses Vorgehen der Gangster hatte auch einen Vorteil für Philpott: er brauchte nur noch einen Reisenden finden, der ein Radio ans Ohr hielt, dann hatte er den dritten Mann – den Dieb der Laser-Kanonen.

Er suchte die Travelators ab. Sie waren dicht besetzt, und das erschwerte die Sache erheblich. Dort? Nein – da! Nein – der kratzte sich bloß. Ah – C. W.! Und dann kam auch Sabrina wieder einmal kurzzeitig in sein Blickfeld. Aber nirgends war ein Unbekannter mit einem Radio am Ohr zu entdecken.

»Hören Sie gut zu«, sagte Claude leise. »Es folgt eine Durchsage Ihres Auftraggebers.«

Er stand ganz in Sonjas Nähe in einer Telefonzelle und hielt ein winziges Tonbandgerät an das Mikrofon seines Radios.

Philpott sah, wie C. W. ein Feuerzeug aus der Tasche holte und es in die Hand schob, in der er das Radio hielt. »Kluger Junge«, grinste Philpott verstohlen.

Smiths Stimme erklang aus den Radios der drei auf den Travelators.

»Willkommen in Paris«, sagte er. C. W. hörte zwar genau hin, konnte die kühle, neutrale Stimme jedoch mit keinem bekannten Gesicht in Verbindung bringen.

»Sie werden mich Mister Smith nennen«, fuhr der Unbekannte fort. »Ich werde Ihnen meine Bedingungen bekanntgeben – Sie können sie akzeptieren oder ablehnen. Für letzteren Fall liegen die Rückflugtickets für Sie am Schalter im Erdgeschoß bereit.

Sollten Sie von diesen Tickets Gebrauch machen, werden zwar keine unmittelbaren Maßnahmen gegen Sie unternommen, aber ich muß Sie darauf aufmerksam machen, daß ich dafür sorgen werde, daß Sie nie wieder für eine Organisation arbeiten können, die ich kontrolliere – und mein Einfluß ist *erheblich*.«

C. W. blieb völlig ungerührt, aber Sabrina war doch etwas eingeschüchtert – sie hatte als einzige eine Ahnung, wer Smith war und wieviel Macht er hatte. Mike Graham dagegen hatte für Smiths Drohung nur ein verächtliches Grinsen.

Philpott suchte die Travelators weiter verbissen nach dem Dieb der Laser-Kanonen ab. Aber Graham hielt sich ständig im Windschatten eines riesigen Afrikaners in wallenden Häuptlingsgewändern auf, der aus reinem Übermut in den Tunnels hin und her fuhr.

Smith sprach weiter. »Wenn Sie meine Bedingungen annehmen, werden Sie von diesem Augenblick an völlig isoliert. Ferner haben Sie mir oder meinen Bevollmächtigten zu gehorchen wie Soldaten ihren Offizieren – jegliche Verletzung der Disziplin wird mit äußerster Strenge geahndet. Auf Verrat steht die Todesstrafe.« C. W. zog die Brauen hoch, Sabrina preßte die Lippen zusammen.

»Ich habe jedoch nicht die Absicht«, fuhr Smith fort, »bei der Operation jemanden zu verwunden – am allerwenigsten einen von Ihnen dreien. Sollte es sich aber als unumgänglich erweisen, kann ich von Ihnen verlangen, einen Tötungsbefehl auszuführen.«

Diesmal zeigte Mike Graham Überraschung, obwohl er auf dem Mordsektor bereits einige Übung hatte – C. W.s Erfahrungen auf diesem Gebiet rührten dagegen ausschließlich aus Vietnam her.

»Als Entgelt für die Annahme meiner Bedingungen«, sagte Smith nach einer kleinen Pause, »erwartet jeden von Ihnen eine Million Dollar. Sie werden Ihr Honorar auf *jeden* Fall erhalten – gleichgültig, ob die Operation erfolgreich verläuft oder nicht. Sie haben zehn Sekunden Bedenkzeit.«

Sabrina und C. W. brauchten nicht zu überlegen – ihre Zustimmung war vorprogrammiert. Und Graham bewog die Höhe der ausgesetzten Summe zur sofortigen Annahme.

Claude schaltete das Bandgerät ab und sagte in das Mikrofon: »Mister Smith erwartet Ihre Antwort.«

C. W. meinte nach einem Augenblick gespielten Zögerns: »Ich mache mit.« Sabrina sagte: »Ich bin dabei.« Und von Mike Graham kam: »Natürlich. Warum nicht?« Nach dieser befriedigend einhelligen Reaktion erteilte Claude den neuen Mitarbeitern weitere Instruktionen.

Philpott sah, daß Sabrina und C. W. mit einem Travelator ins Erdgeschoß fuhren, und kombinierte, daß die Radio-Konferenz zu Ende war. Damit hatte er keine Chance mehr, den Laser-Kanonen-Dieb auszumachen. Er stand auf und winkte Sonja zu, die in der Mitte der von Menschen wimmelnden Halle stand und sich suchend umsah.

Als sie ihn entdeckte, machte sie ihm in perfektem Französisch eine Szene, die jeder echten Ehefrau zur Ehre gereicht hätte. Wo zum Teufel er plötzlich gewesen sei, sie habe den gesamten Flugplatz nach ihm abgesucht, was er sich eigentlich einbilde, und so weiter, und so weiter.

Philpott versuchte sich – in ebenso untadeligem Französisch – zu verteidigen, aber Sonja machte auf dem Absatz kehrt und wollte davonrauschen – aber der Zusammenstoß mit einem gut-gekleideten jungen Farbigen, der sich gerade mit einem kostspielig aussehenden Feuerzeug eine Zigarette anzünden wollte, bremste ihren Abgang.

Bei dem Aufprall ließ der Mann das Feuerzeug fallen. Er bückte sich, um es aufzuheben. Sonja murmelte eine Entschuldigung und bückte sich hastig, so daß sie das Feuerzeug kurz vor C. W. in die Hand bekam. Sie reichte es ihm lächelnd und drehte sich um.

Sie bat Philpott wortreich um Verzeihung für ihren Zornesausbruch und küßte ihn auf die Wange.

»Hat der Tausch geklappt?« flüsterte er. »Natürlich«, antwortete sie und drückte ihm C. W.s Feuerzeug in die Hand.

Philpott nahm seinen Koffer, legte den Arm um Sonja und führte sie auf einen der Ausgänge zu – doch plötzlich schob er sie hinter den Informationsschalter.

»Was ist los?« flüsterte sie.

»Dort geht ein Mann zum Ausgang«, sagte er leise. »Groß, braunes Haar, kein Hut, lederne Fliegerjacke, dunkle Jeans. Siehst du ihn?«

»Der mit dem Radio über der Schulter?«

»Radio? Das hatte ich gar nicht gesehen. Dann *muß* er es sein!«

»Er?« fragte sie. »Der Dieb der Laser-Kanone?«

»Ja, ich kenne ihn – ich bin ihm ein paarmal begegnet. Ich kann nicht verstehen, warum er nicht in meiner Akte stand – er paßt so genau ins Programm. Er heißt Michael Graham und war früher bei der CIA.«

»Früher?«

Philpott nickte. »Ja. Vor drei Jahren hatte er so etwas wie einen Zusammenbruch. Jedenfalls verließ er den Geheimdienst. Er ist gewalttätig und labil. Und außerordentlich gefährlich!«

»Ist er gut?« fragte Sonja und gab sich Mühe, die sich entfernende Gestalt nicht allzu auffällig zu mustern.

»Absolute Spitze«, antwortete Philpott. »Spezialist für Waffen der Klasse A und Waffensysteme. Kennt Laser in- und auswendig. Wenn ich es mir so recht überlege«, – er runzelte die Stirn –, »dann muß jemand seinen Namen aus meinen Unterlagen entfernt haben, denn er müßte von Rechts wegen in jeder Liste potentieller Laser-Kanoniere aufgeführt sein – und das kann nur bedeuten, daß Smith jemanden in der CIA sitzen hat.«

Sonja schnappte nach Luft. »Das könnte kritisch werden.«

»Schon möglich«, sagte Philpott. »Es gibt auch noch etwas Wichtiges über Graham, ich komme bloß im Augenblick nicht drauf. Aber es fällt mir sicher wieder ein. Jetzt aber nichts wie hinter unseren Leuten her – wir müssen schließlich herausfinden, was sie vorhaben.«

Sie hatten Graham aus den Augen verloren, aber C. W. ermöglichte ihnen den Anschluß, indem er sich eine Stange *Lucky Strike* kaufte. Als er feststellte, daß seine Taktik Erfolg gehabt hatte, beschleunigte er sein Tempo, denn er war neugierig auf den Dritten im Bunde – weder er noch Sabrina hatten die besonderen Fähigkeiten des Mannes aus München erraten können.

C. W., der sein nächstes Ziel von früheren Besuchen auf dem Charles-de-Gaulle-Flughafen kannte, kam eine Minute vor Sabrina am Hubschrauber-Landeplatz an. Claude stand neben einem startbereiten Helikopter. Als Sabrina erschien, stellte er ihr C. W. vor, der ihr die Hand schüttelte. »Wie angenehm, mit einer so schönen Frau zusammenzuarbeiten«, sagte er galant. Dann stiegen alle drei in den Hubschrauber.

Philpott und Sonja, die die Szene aus sicherer Entfernung im Schutze eines Frachthangars beobachtet hatten, sahen einander niedergeschlagen an. »Damit sind wir raus«, stellte Philpott lapidar fest. »Smith hat uns wieder einmal ausgetrickst.«

»Du hast recht«, stimmte Sonja zu. »Wie, zum Teufel, sollen wir sie in einem Hubschrauber verfolgen?«

»Können wir nicht. Mein Fehler. Schlechte Planung. Ich hätte mit einer solchen Möglichkeit rechnen müssen – und entsprechende Maßnahmen treffen müssen.«

»Das könntest du mit einer Roten Priorität noch *immer*«, bemerkte Sonja.

Philpott schüttelte den Kopf. »Zu spät – die starten sicher gleich. Ich könnte mir höchstens den Flugplan besorgen, den sie angegeben haben – aber wer sagt uns, daß sie sich auch daran halten?«

Er versuchte Sonja und sich zu trösten: »Sabrina ist gut. Und C. W. auch. Sie werden sich melden, wenn sie können. Ich hoffe nur, daß der Kerl da ihnen keine Schwierigkeiten macht.«

Ihr Blick folgte der Richtung seines ausgestreckten Armes: Mike Graham, der durch einen hilfsbereiten Flughafenangestellten auf den richtigen Weg gebracht worden war, lief auf den Hubschrauber zu. Die Tür öffnete sich, wurde sofort hinter ihm wieder geschlossen, der Motor sprang an, und die Rotoren begannen sich zu drehen.

Sabrina und C. W. waren auf sich selbst gestellt.

Graham zählte sechs Personen in dem großen Hubschrauber – und keines der Gesichter kam ihm bekannt vor. Eines davon gehörte einem Arzt im weißen Mantel und mit einem Stethoskop um den Hals. Vier von den anderen Passagieren lagen auf Feldbetten, die entlang der Seitenwände der Maschine verankert waren. Mike kam zu dem Schluß, daß der einzige Mann, der aufrecht stand, der Verantwortliche sein mußte. Er streckte Claude die Hand hin und sagte: »Mike Graham.«

Sabrina, die ihn von ihrer Liege aus verstohlen beobachtet hatte, drehte rasch den Kopf zur Wand. Zuerst das *Gesicht*, dachte sie ... und jetzt der Name! Sie kannte ihn. Und sie wußte, was er war – oder zumindest, einmal *gewesen* war. Seit ihrem letzten Zusammentreffen waren die Informationen über ihn eher unerfreulich gewesen.

»Die anderen werden Sie später kennenlernen«, sagte Claude zu Graham. Mike bemerkte, daß einer seiner Kollegen ein gutaussehender Farbiger war – ein Arzt; und Claude, der Mann mit dem Narbengesicht, war offensichtlich Franzose. Als Claude ihn zu einem Feldbett wies, ließ er sich widerspruchslos darauf sinken.

Er schloß seine Augen, so wie alle anderen es zu tun schienen, doch ein plötzliches Zischen veranlaßte ihn, die Lider wieder zu öffnen: Der Arzt beugte sich gerade über den Stiernacken und drückte ihm eine Betäubungsmaske auf das Gesicht.

Mike akzeptierte dieses Vorgehen als einsehbare Sicherheitsmaßnahme und machte keinen Einwand, als der Arzt zu ihm kam, um ihm das Gas zu verabreichen. Er war ihm sogar willkommen – der Arzt hatte einen ausgesprochen üblen Mundgeruch.

Philpott und Sonja hörten die Bandaufzeichnung, die C. W. von Smiths kleiner Ansprache gemacht hatte – das Feuerzeug war eine Erfindung der UNACO und nun an das Radio der Limousine angeschlossen, die die Französische Regierung ihnen samt Chauffeur zur Verfügung gestellt hatte.

Als die Aufnahme zu Ende war, schnitt Sonja eine Grimasse, und Philpott stieß einen Pfiff aus. »Eine Million pro Kopf! Donnerwetter! Gott sei Dank, daß ich mich auf C. W. und Sabrina verlassen kann.« Er wandte sich an Sonja: »Ich kann mich doch auf die beiden verlassen, oder? Schließlich haben sie die beste Ausbildung genossen!«

Das Funktelefon quäkte. Sonja hob ab – und Philpott schlug sich mit der flachen Hand auf den Schenkel. »Das ist es!« rief er. »Ich hab's! Ausbildung! Natürlich! Dort war es!«

Sonja sprach ins Telefon und machte Notizen auf ihrem allgegenwärtigen Block. Schließlich legte sie auf, riß das oberste Blatt ab und gab es Philpott. Er studierte es aufmerksam und nickte finster.

»Er ist es tatsächlich«, sagte Sonja. »Am 14. Januar 1977 nach einem schweren Zusammenbruch aus dem Dienst entlassen. Seither unberechenbares Verhalten. Und das« – ihr lackierter Fingernagel tippte auf eine bestimmte Zeile – »ist es, woran du dich nicht erinnern konntest, nicht wahr, Malcolm?«

»Gerade ist es mir wieder eingefallen«, antwortete Philpott, schloß die Augen und ließ sich in die luxuriöse Polsterung zurücksinken. Der Wagen mit den getönten Scheiben blieb vor dem Sitz stehen.

»Er war ihr bester Waffenexperte, und es war nur natürlich, daß er gelegentlich bei Schulungskursen für die CIA und auswärtiges Personal zu Gastvorträgen aufgefordert wurde. Das war auch bei dem Kurs der Fall, den Sabrina damals belegt hatte.«

Sonja legte beruhigend die Hand auf seine. »Ein Lehrer erinnert sich doch nicht an jeden Studenten.«

Philpott sah sie nachsichtig an. »Liebste«, sagte er, »wenn du ein Mann wärst, würdest du dich dann nicht an Sabrina Carver erinnern?«

Sonja grinste. »Ich verstehe.«

»Und wenn er sich an sie erinnert – was ich wie gesagt stark annehme –, wird er sie an Smith verraten.«

»Und dann...?« Es war eine rein rhetorische Frage.

»...wird Smith sie umbringen. Erinnerst du dich nicht, was er sagte? Auf Verrat steht die Todesstrafe.«

6

Claude stand neben dem Arzt, als sich dieser über Sabrinas bewegungslose Gestalt beugte. Der Arzt schob das Augenlid hoch und entblößte das bläuliche Weiß des Augapfels und die enorm erweiterte Pupille.

»Ist sie in Ordnung?« fragte Claude besorgt.

Der Arzt fuhr ihn an. »Selbstverständlich – was denken *Sie* denn?«

»Ich meinte doch nur...«, begann Claude, aber der hitzige, kleine Mediziner war beleidigt und erging sich in einer Tirade darüber, was für eine Plage es doch sei, sich vor blutigen Laien rechtfertigen zu müssen. Claude hob beschwichtigend die Hände. »Schon gut, schon gut. Ich will Ihnen ja nicht dreinreden«, versicherte er dem Arzt. »Es ist nur ... also, Mr. Smith sagte ... wissen Sie ...«

»Ich weiß genau, was Mr. Smith sagte«, schnauzte der Arzt. »Ich darf Sie daran erinnern, daß *ich* die medizinische Autorität hier bin und daß den Leuten, solange sie sich in meiner Obhut befinden, nichts geschehen wird – vorausgesetzt, man läßt mich ungestört meine Arbeit tun. Aber wenn Sie wollen, daß ich Mr. Smith erzähle, wie lästig Sie waren ...«

»Nein, nein«, protestierte Claude hastig. »*Sie* sind der Verantwortliche. Ich wollte nur absolut sicher sein, daß nichts, ah, daß nichts schiefgeht.«

»Schief?« polterte der Arzt. »Der Puls dieser jungen Dame, ihr Blutdruck, ihre Atmung, Herz und Lunge, und, soviel ich weiß, ihr Becken und ihre großen Zehen sind in erstklassigem Zustand – und ihre Gesichtsfarbe ist bei weitem gesünder als die *Ihre*! Und jetzt möchte ich die anderen Passagiere untersuchen – wenn Sie mir freundlichst aus dem Weg gehen würden.«

Claude trat zur Seite und ging nach vorn, um den Piloten zu nerven. Er blickte mürrisch aus dem Fenster – nicht einmal die Schönheit des herrlichen Frühherbsttages konnte seine Laune bessern. Der Hubschrauber jagte seinen eigenen Schatten und verfolgte ihn über smaragdgrüne Wiesen, weitläufige Mais- und Gerstefelder, saubere kleine Bauernhöfe und wiederkäuende Charolais-Kühe.

Sie waren erst eine Stunde von Paris entfernt, aber Claude, ein eingefleischter Großstädter, hatte bereits Heimweh nach der Stadt – und er mißtraute den Landbewohnern.

Er starrte angestrengt aus dem Fenster: das Schloß zeichnete sich bereits am Horizont ab.

»Hau ab, Claude«, sagte der Pilot. »Du machst mich nervös.«

Claude ging in die Hauptkabine zurück, wo der Arzt gerade die Untersuchung seines letzten Schützlings beendete.

»Wie sieht's aus, Doktor?« fragte Claude. Die Kleidung der fünf bewußtlosen Passagiere war entweder geöffnet oder ganz entfernt worden.

Der Arzt antwortete mit einem resignierenden Seufzer: »Sie haben keine erkennbaren Krankheiten, nehmen keine intravenösen Drogen und haben sich – mehr oder weniger – heute gewaschen. Und sicher wird es Sie ganz besonders interessieren, daß keiner eine Waffe bei sich hatte, stimmt's?«

»Stimmt«, sagte Claude und grinste ihn versöhnlich an. Er kniete sich auf ein freies Feldbett und blickte aus dem seitlichen Bullauge. Das Schloß war jetzt schon ziemlich gut zu erkennen, und der Anblick nötigte Claude ehrliche Bewunderung ab.

Es war eines der etwa dreißig Schlösser im Loiretal, die teilweise älter als fünfhundert Jahre sind. Es war vielleicht nicht so prachtvoll und bekannt wie das berühmte Trio von Blois-Chambrod, Chaumont und Cheverny – oder das Königsschloß von Blois selbst; es war auch keine Festung wie Sully-sur-Loire oder das Château Angers mit seinen siebzehn Rundtürmen; es war nicht so prunkvoll wie Jacques Cœurs Renaissance-Schloß in Bourges und nicht so anmutig wie Talleyrands Château Valency – aber Mr. Smiths Château Clérignault war abgelegen, ungeheuer behaglich und elegant, und es beherbergte wahrscheinlich mehr Kunstschätze als ein Großteil der anderen Schlösser zusammen.

Auf seinem Dach thronte ein gigantischer Adler aus Bronze, der einen Wald aus Zinnen, funktionsfähigen Glockentürmen, vergoldeten Wetterfahnen und hohen Kaminen überragte. Hoch oben lagen schmale, schießschartenartige Fenster, weiter unten blickte man durch riesengroße Glasscheiben auf die großzügigen Rasenflächen, von denen Stufen zu den hohen Doppeltüren führten, durch die man ins Schloß gelangte. Zu beiden Seiten der Treppe standen Statuen, und das Portal wurde von nackten Karyatiden flankiert, die eine riesige Muschel mit gezacktem Rand hielten.

Die stufenförmig angelegten Gärten zeugten von der Fantasie der besten Architekten, die anschließende Parklandschaft war von unzähligen Wegen durchzogen, die unter majestätischen Bäumen zu lauschigen Pavillons führten, die in alten Zeiten unter den Seufzern ehebrecherischer Liebe gebebt hatten. Smith zog jedoch sein Sprudelbad oder sein Schlafzimmer mit dem überdimensionalen Bett und den Spiegelwänden vor.

»Bitte, wecken Sie sie jetzt«, sagte Claude, worauf der Arzt zu der entsprechenden Spritze griff.

Zehn Minuten später setzte der Hubschrauber auf dem makellosen Rasen vor Smiths Schloß auf.

Lea wartete, bis die Rotoren zum Stillstand gekommen waren. Die Tür wurde geöffnet, und sie stieg in die Kabine. Smiths neue Mitarbeiter waren schon wieder bei Bewußtsein. Sabrina hatte durch das Fenster das Schloß bewundert und wandte sich ihr zu, als Lea sagte: »Willkommen auf Schloß Clérignault. Mein Name ist Lea Fischer. Ich bin Mister Smiths persönliche Assistentin. Ich hoffe, Sie hatten eine angenehme Reise und leiden nicht unter unangenehmen Nachwirkungen des Betäubungsmittels. Haben Sie irgendwelche Fragen?«

»Ja«, sagte Graham. Er fuhr mit einem Finger über eine Fensterscheibe: eine Fettspur zeichnete sich ab. »Warum wurden meine Fingerabdrücke genommen, während ich bewußtlos war?«

»Das geschah bei Ihnen allen«, erklärte Lea freundlich. »Wir müssen doch überprüfen, ob Ihre Identität mit den Angaben in unseren Akten übereinstimmt.«

Mike entspannte sich, sah zu Sabrina hinüber und grinste. Sie erwiderte sein Lächeln und versuchte, das wachsende Unbehagen zu verbergen, das sie erfüllte.

Mike Graham hatte weder durch ein Wort, ein Zeichen oder eine Andeutung verraten, daß er sie wiedererkannt hatte – ganz zu schweigen davon, daß er sie als das kannte, was sie *war*. Plante er eine dramatische Bloßstellung? Oder war es möglich, daß er sie nicht erkannt hatte, obwohl *sie* sofort gewußt hatte, wer *er* war? Sabrina wußte nur zu genau, wie sie auf Männer wirkte – er mußte sie erkannt haben. Ihr Lächeln erstarrte zur Maske, aber seins blieb völlig unbefangen. Es war die Art von Lächeln, die ein Mann bei einem hübschen Mädchen anwandte, das er nicht kannte – oder bei einem, an das er sich nur noch dunkel erinnerte.

»Kommen Sie jetzt, bitte«, sagte Claude vom Rasen her. C. W., der der Tür am nächsten war, sprang als erster hinaus und streckte die Arme nach oben, um Sabrina herunterzuhelfen.

»Mann, sind *Sie* aber höflich«, spottete Graham. »Aber ich fürchte, Ihre Galanterie beschränkt sich nur auf Damen – ich muß mich also wohl allein in die Tiefe stürzen.« C. W. drehte sich wortlos um und ging davon.

»Vorsicht, Graham«, warnte Lea. »Mister Smith wünscht keine Reibereien – und er könnte zu dem Schluß kommen, daß Whitlock oder Sabrina für das Unternehmen wichtiger sind als Sie. Und das wäre recht unangenehm für Sie: niemand verläßt ein Smith-Projekt – es sei denn in einem Sarg.«

»Vielleicht habe ich eine Überraschung für Mister Smith«, sagte Graham. »Aber ich danke Ihnen auf jeden Fall für den Hinweis.«

Lea, die es fertigbrachte, sogar in ihrem Overall aus rauhem Wollstoff attraktiv auszusehen, ging voran – nicht zum Portal des Schlosses, sondern zur Hinterseite des Hauses, wo die Gemüsebeete lagen. Sie kamen zu einem von Ställen umgebenen Hof, wo ein halbes Dutzend Männer, ebenso gekleidet wie Lea, einen Waffendemonstrator umstanden. Eine große Zielscheibe in Form eines Freskos von vier laufenden Gestalten war von einer Seite des Hofs zur anderen gespannt.

Lea hob die Hand, und das Grüppchen hinter ihr blieb stehen. Der Demonstrator schwenkte das großkalibrige Maschinengewehr auf seinem Dreifuß herum, so daß es auf das hundert Meter entfernte Ziel gerichtet war. Lea rief einen Befehl, und die Figuren begannen sich zu bewegen: nach unten, bis sie fast verschwanden, dann wieder nach oben und von einer Seite zur anderen – und das alles mit atemberaubender Schnelligkeit.

Mit schlafwandlerischer Sicherheit gab der Schütze nacheinander die knappen Feuerstöße. Soweit Graham sehen konnte, wurde keine einzige Kugel zuviel verschossen. Es war eine eindrucksvolle Leistung, und Mike hatte das Gefühl, die Demonstration finde speziell für ihn statt.

»Machten diese Burschen auch bei uns mit?« fragte C. W.

»Nicht unbedingt«, erwiderte Lea. »Mister Smith hat viele Unternehmungen in verschiedenen Teilen der Welt laufen – aber Ihre wird seine besondere Aufmerksamkeit genießen.«

»Wir fühlen uns sehr geehrt«, spöttelte Graham. Lea drehte sich um und ging wieder voraus. Durch einen kleinen Durchgang gelangten sie in einen kleineren Hof, wo sich ein herrlicher Rappe gerade mit einer wiehernden Stute paaren wollte.

Schließlich endete der Fußmarsch in einem langen, mit Kiefernholz getäfelten Raum, in dem ein kaltes Buffet aufgebaut war. Gekühlter Manzanilla-Sherry und Apéritifs standen neben Platten mit Hummern, Krabben und auserlesenen Schinken.

»Mister Smith dachte, Sie würden vielleicht gern hier essen und miteinander Bekanntschaft schließen, da Sie ja in den nächsten Tagen ziemlich viel zusammensein werden. Mike, Sabrina und C. W. – Pei und Tote sind Ihnen noch nicht vorgestellt worden.«

»Pei stammt aus – Indonesien, nicht wahr?« Der fröhliche, kleine Asiate nickte und grinste noch breiter. »Und Tote ist Finne. Wir waren nie imstande, seinen Familiennamen richtig zu buchstabieren und schon gar nicht, ihn auszusprechen, aber er freut sich, wenn man ihn Tote nennt.« Der massige, untersetzte Gorilla sah aus, als wäre Freude ein ihm völlig fremdes Gefühl, aber er verzerrte seine Lippen zu etwas, das er offenbar für einen freundlichen Gesichtsausdruck hielt. Pei schien das zu genügen, denn er schlug Tote freundschaftlich auf den Rücken.

»Werden wir Mister Smith bald zu Gesicht bekommen?« fragte Sabrina. Sie war neugierig darauf, den Mann zu sehen, der, wie sie Gesprächen mit Philpott entnommen hatte, imstande war, der UNACO – und der Welt – unnennbaren Schaden zuzufügen.

»Heute nicht mehr«, sagte Lea. »Aber morgen früh. Sobald wir mit dem Lunch fertig sind, bringe ich Sie zu Ihren Zimmern, und Sie können es sich dort bequem machen. Später werden wir einen Rundgang durch das Schloß und die Übungsgelände machen. Ich darf Sie noch einmal warnen, auf keinen Fall den Versuch zu machen, mit der Außenwelt in Verbindung zu treten. Die Telefone hier sind für Sie tabu. Das Personal wird keine Botschaften für Sie befördern. Jeder Versuch, mit irgend jemandem außerhalb dieses Schlosses Kontakt aufzunehmen, wird als Verrat gewertet – und die Strafe für Verrat ist Ihnen allen bekannt.«

Ihre Zimmer im Schloß waren abgeschlossene Apartments, die nach Menschen, Orten oder Perioden der französischen Geschichte benannt und entsprechend eingerichtet waren. Sabrina fühlte sich als Sonnenkönig besonders geehrt, während Pei und Tote, die darauf bestanden, die Thermidor-Suite miteinander zu teilen, zwar den Kalender der Französischen Revolution nicht kannten, aber von den funktionierenden Modellen der Guillotine sehr angetan waren. C. W. fand Louis XVI. zu stilisiert, während Graham Napoleon als ungemütlich, aber militärisch beeindruckend betrachtete.

Sobald sie konnte, schlüpfte Sabrina in die Louis-Seize-Suite und fand C. W. in der riesigen Badewanne – züchtig bekleidet von einem wahren Berg von Schaum. Sie ließ sich auf dem Toilettendeckel nieder. C. W. seufzte gequält. »Ich weiß, ich bin unerhört anziehend – aber konnten Sie mich nicht wenigstens in Ruhe baden lassen?«

»Nicht Ihr Sex-Appeal hat mich zu diesem Besuch veranlaßt, C. W.«, grinste sie. »Jedenfalls *diesmal* nicht. Es geht um Mike Graham.«

»Warum gehen Sie dann nicht rüber und setzen sich auf *sein* Klo?« fragte C. W. logisch.

Sabrina lachte. »Können Sie noch mehr Wasser vertragen?« Er nickte. Sie drehte beide Hähne auf und betätigte die Toilettenspülung. Nachdem es ihrer Meinung nach laut genug war, sagte sie: »Graham war ein Spitzenmann bei der CIA. Er hat mich einmal bei einem Waffenkurs unterrichtet. Er muß mich erkannt haben!«

»Na, das sind ja schöne Aussichten!« Das Wasser schwappte über den Wannenrand. »Hören Sie, es sind keine Wanzen da – ich habe vorhin alles abgesucht. Also drehen Sie das Wasser zu.«

Sie gehorchte und fragte. »Was sollen wir tun?«

C. W. machte eine kreisende Bewegung mit dem nach unten gerichteten Zeigefinger, und sie drehte sich folgsam um. »Okay«, sagte er nach einer Minute. Sie wandte sich wieder zu ihm um: Der weiße Bademantel brachte seine feuchtglänzende, dunkle Haut reizvoll zur Geltung.

»Hat Graham erkennen lassen, daß er sich an Sie erinnert?«

Sabrina schüttelte den Kopf. »Aber ich bin sicher, daß er mich erkannt hat.«

»Wahrscheinlich haben Sie recht«, sagte C. W.. »Aber wir können nur abwarten. Wenn er Sie bei Smith verpfeift, erfahren wir es bald genug. Sagt er Smith *nichts*, dann haben Sie entweder unrecht, oder er hat Sie nicht erkannt, oder er hat was anderes vor.«

»Eine reizvolle Alternative«, sagte Sabrina und schnitt eine Grimasse.

Die Schloßbibliothek war außerordentlich eindrucksvoll: ganz in Rosenholz getäfelt, mit wundervoll gearbeiteten Randleisten und einer zart getönten Decke. Ein riesiger indischer Teppich lag in der Mitte des Raumes, zu den deckenhohen Bücherregalen führten Stufen, und Leitern auf Rollen ermöglichten es, auch die oberste Reihe zu erreichen. Es gab eine ganze Reihe von Lesepulten und Punktstrahlern und entlang der Wände weiche, mit kastanienbraunem Leder bezogene Sofas, vor denen zierliche Rosenholztischchen mit kunstvollen Einlegearbeiten standen. Ein kaltes Buffet und eine reichhaltige Getränkeauswahl vertrieben den Neuankömmlingen die Zeit, während sie mit Claude und Lea auf den Schloßherrn warteten.

Mike Graham lümmelte auf einem Chesterfield-Stuhl, trank weißen Port und aß Käse-Cracker mit Beluga-Kaviar. Sabrina hatte sich so weit von ihm entfernt niedergelassen, wie es möglich war, ohne Verdacht zu erregen; Pei und Tote inspizierten gemeinsam den Raum und kicherten über einen Band orientalischer Erotika. C. W. entdeckte eine Broschüre mit dem Titel: STRENG GEHEIM. US-ARMEE ARTILLERIE. BAT-RICHTSYSTEM. Er blätterte sie durch: sie war tatsächlich echt!

Smith trat durch die offene Tür. Er hatte sein Äußeres verändert, seit Lea ihn am Morgen im Sprudelbad zuletzt gesehen hatte, und Claude erkannte ihn zuerst überhaupt nicht: Sein Haar war jetzt dunkelbraun, sein Gesicht etwas voller, er sah größer, jünger und energischer aus. Er trug einen perfekt geschnittenen Reitanzug, glänzende Stiefel und hatte eine Reitgerte dabei, mit der er rhythmisch auf seine linke Handfläche schlug. Und als er sprach, bediente er sich des Akzents der englischen Oberschicht. Seinen weißen Kragen zierte eine Nadel mit einer schwarzen Perle.

»Guten Tag«, sagte er, »und willkommen diejenigen von Ihnen, die ich noch nicht kennengelernt habe. Ich bin Mister Smith. Kein sehr origineller Name, wie ich zugebe, aber für meine Zwecke am besten geeignet.«

Er blickte aufmerksam von einem Gesicht zum anderen, studierte die Züge, prägte sich ihre Mienen ein. Sein Blick verweilte auf Sabrina, und um Leas Mund erschien ein harter Zug. Aber das Leben mit Smith hatte sie zum Fatalisten gemacht – und wenn sie ihren Platz in Smiths Bett dem bezaubernden Neuankömmling abtreten müßte, dann würde sie es ohne Szene tun und darauf warten, daß Smith sich wieder ihrer erinnerte.

Nur Pei und Tote wurden unter Smiths prüfendem Blick verlegen. Graham reagierte gelassen, und C. W. warf ein lässiges ›Hallo‹ ein.

Smith sagte tadelnd: »Ich wünsche, daß Sie mich mit ›Mr. Smith‹ ansprechen – *alle*.«

»Sehr wohl«, grinste C. W., ließ ein paar Sekunden verstreichen und fügte hinzu, »ach ja – Mr. Smith.«

Smith fuhr fort: »Ich bin sicher, es wird Sie freuen zu hören, daß die Überprüfung Ihrer Personen durch unsere Computer zufriedenstellend ausgefallen ist. Sie sind genau die Leute, die ich für meine Operation brauche – ich bin sehr zufrieden mit meiner Wahl. Aber sicherheitshalber möchte ich Sie fragen, ob Ihnen von einem Ihrer anwesenden Kollegen vielleicht etwas bekannt ist, das die Unternehmung gefährden könnte.« C. W. spannte die Muskeln an. Jetzt oder nie, dachte er. Er sah zu Claude hinüber, von dem er zu Recht annahm, daß er der einzige Bewaffnete im Raum war. Dann blickte er durch die offene Tür der Bibliothek: der Waffeninstruktor stand mit verschränkten Armen in der Halle. Er wandte ihnen den Rücken zu, über seiner Schulter hing lässig eine Maschinenpistole, sein Zeigefinger befand sich unweit des Abzugs.

C. W. ließ den Blick durch den Raum schweifen und sah plötzlich Dinge, die ihm vorher entgangen waren: die Ecken der Randleisten enthielten Fernsehkameras, und eine der erhabenen Deckenverzierungen kaschierte bestimmt eine MG-Mündung. Oder hatte er schon Wahnvorstellungen? Grāham ließ sich Zeit, dachte er – der sadistische Bastard.

Mike Graham blickte zu Sabrina hinüber. Sie hatte angelegentlich die Spitzen ihrer Schuhe betrachtet, aber als Graham sie jetzt fixierte, hob sie wie unter Zwang den Kopf und begegnete seinem durchdringenden Blick. Ein kaum merkliches Lächeln zuckte um seine Mundwinkel, dann lehnte er sich zurück und schaute nachdenklich vor sich hin.

Sabrina bemühte sich, ihren Atem unter Kontrolle zu halten. C. W. trat nervös von einem Fuß auf den anderen – jederzeit bereit, sich auf Claude zu stürzen. Mike Graham schwieg. Und auch sonst sagte keiner ein Wort.

»Ausgezeichnet«, sagte Smith. »Wir alle vertrauen einander. Wir könnten einander sogar mögen – das wäre in meinen Augen ein echter Vorteil. Ich spreche natürlich nicht von engen Bindungen«, erklärte er mit einem Blick auf Pei und Tote, »aber Freundschaften finde ich durchaus begrüßenswert.« Die Anspannung verebbte, und Sabrina hoffte inständig, daß man ihr die Panik nicht angesehen hatte, die sie erfaßt hatte. Smith sprach weiter:

»Hat übrigens einer von Ihnen Höhenangst?« Sie blickten einander an und schüttelten die Köpfe wie Marionetten. »Gut«, sagte Smith. »C. W. – wären Sie in der Lage, einem französischen Küchenchef gegenüber einen französischen Küchenchef zu spielen? Es gibt hier schwarze Chefköche – ich habe das überprüft.«

C. W. grinste und gab eine Kostprobe seines diesbezüglichen Könnens: »Un morceau de gâteau.«

Smith lachte und wandte sich an Sabrina: »Und dann brauche ich Sie und Tote als Team – zum Schweißen.« Sabrina nickte Tote zu.

»Damit sind, glaube ich, die Vorbesprechungen beendet«, verkündete Smith und schlug mit der Reitgerte kräftig auf seine behandschuhte Hand. »Weitere Einzelheiten später – Termine und dergleichen. Aber jetzt brauchen wir alle noch eine wichtige Information. Mr. Graham – wären Sie so freundlich, uns zu erklären, was eine Lap-Laser ist?«

Mike richtete sich auf. »Natürlich. Die Lap-Laser-Kanone ist eine taktische, selbstsuchende Kampfwaffe, mit Laser ausgerüstet, automatisch wiederladend – unterbrechen Sie mich, wenn ich allzu technisch werde... Nein? Okay. Sie ist bis auf tausend Meter Entfernung tödlich und verwendet ein unter der Bezeichnung BAT bekanntes Richtsystem.

Rußland und die Vereinigten Staaten waren jahrelang im Wettrennen, die Kanone zu vervollkommnen«, fuhr Mike fort, »aber keiner von beiden hatte Erfolg, bis die Amerikaner ein neues Element im Richtsystem testeten – Laser. Und jetzt funktioniert sie wirklich.

Vor einem Monat schickte General Electric aus Buffalo, New York, zwölf Lap-Laser an Versuchsgelände der US-Armee, von denen eines in Europa liegt. Die vier Kanonen, die auf einem geheimen Testplatz des Stützpunktes in Stuttgart geprüft wurden, wurden gestohlen – von mir! Und sie müßten jetzt eigentlich hier sein«, sagte er mit einem fragenden Blick zu Smith. Der nickte. »Ausgezeichnet! In diesem Fall haben wir – was immer unser Ziel ist, wie schwierig unsere Arbeit auch sein mag – einen unschätzbaren Vorteil jedem gegenüber, der versucht, uns aufzuhalten. Diese Kanonen sind wirklich etwas Besonderes. Sie benötigen soviel Energie wie eine Kleinstadt – und sie haben eine derartige Vernichtungskraft, daß eine althergebrachte Raketenkanone daneben wie ein Blasrohr wirkt. Mit unseren *vier* könnten wir es mit einer Armee aufnehmen.«

»Komisch, daß Sie das sagen«, meinte Smith, »denn es kann sein, daß wir das tatsächlich *müssen*.«

Sabrina und C. W. machten erschrockene Gesichter. Tote ließ seine Knöchel knacken und strahlte.

Philpott hatte doch noch eine Lösung gefunden, den Hubschrauber mit seinen wertvollen Mitarbeitern zu verfolgen – mit einem Mach-III-Späherflugzeug ›Blackbird‹. Er hatte sogar ihre Gesichter erkannt und sie sowie Smith und seine Leute fotografiert. Er hatte mehr von der Bewaffnung der Schloßanlage gesehen als C. W. und Sabrina – und *was* er sah, hatte ihm nicht gefallen. Was er nicht kannte, war das Projekt und der Schauplatz – und es fiel ihm auch keine Möglichkeit ein, wie er sich diese Information verschaffen konnte. Er und Sonja Kolschinsky warteten im Ritz darauf, daß Smith etwas unternahm. Sie wagten nicht, französische oder amerikanische Truppen in einem Angriff auf das Schloß der tödlichen Wirkung der Laser-Kanonen auszusetzen. So hatten sie keine andere Wahl als abzuwarten.

Die Zeit verging schnell genug für Smiths Team. Am nächsten Abend, nach einer Führung durch den ausgedehnten Landsitz, ließ Smith sie in dem von den Ställen umschlossenen Hof zusammenkommen.

Die Luft war würzig und erfrischend, und es herrschte tiefe Stille – doch letzteres änderte sich schlagartig, als auf ein Handzeichen von Mr. Smith die Stalltüren geöffnet wurden: ohrenbetäubender Lärm erfüllte den Hof. Flutlichtscheinwerfer flammten auf. Smith zeigte auf die Ställe, in denen nebeneinander drei gewaltige Generatorlaster standen. Dicke Kabelschlangen wanden sich von einem Fahrzeug zum anderen. Weiter hinten brummte eine Reihe von Turbogeneratoren mit gebremster Energie. Von dem letzten Lastwagen aus verliefen Kabel zu einer Holzplattform, die im Hof aufgestellt worden war. Die Seiten der drei Lastwagen trugen die Aufschrift: RESTAURANT LAROUSSE.

Smith hatte nahezu hundert Mann in den Hof beordert. Alle trugen Overalls. Smith hob gebieterisch einen Arm, und die Lastwagenfahrer schalteten die Motoren ab. »»Sie werden jetzt gleich eine Demonstration der Wirkungsweise der Lap-Laser-Kanonen erleben«, kündigte Smith an, und auf ein Handzeichen von ihm sprangen die Maschinen wieder an. Auf der Holzplattform stand Graham an einem Schaltbrett voll aufleuchtender Lämpchen und eindrucksvoller Hebel. Einen Meter von ihm entfernt stand eine Lap-Laser-Kanone. Hinter Mike arbeiteten Pei und C. W. an einer Computerkonsole. Toté und Sabrina standen daneben.

Graham tätschelte die Lap-Laser liebevoll und gab Smith mit hochgestrecktem Daumen das Okay. Smith nickte Claude zu, der daraufhin einen Schalter betätigte, worauf am anderen Ende des Hofes eine Signallampe aufleuchtete. Sofort hoben dort vier Mann, die sich hinter einem Bleischirm befanden, russische AK-47-Schnellfeuergewehre und schossen mit Leuchtspurmunition auf konventionelle Zielscheiben.

Gleichzeitig legte Graham eine Reihe von Schaltern um, und die

Lap-Laser schoß einen Lichtstrahl ab. Die Leuchtspurkugeln pfiffen quer durch den Hof – und verschwanden. Die Lap-Laser nahm mit unglaublicher Geschwindigkeit geringe Kurs- und Flugbahnregulierungen vor, und jedesmal, wenn sie aufblinkte – so schnell, daß das menschliche Auge keine Unterbrechung des Strahls erkennen konnte –, zerstörte sie eine Kugel.

Ein Raunen erfüllte den Hof. Smith bat um Ruhe und ging zu den Zielscheiben hinüber. Diesmal hatte er ein kleines Mikrofon in der Hand.

»Keine einzige Kugel hat das Ziel getroffen«, teilte er den staunenden Zuschauern sachlich mit. »Die Lap-Laser hat jede einzelne vernichtet. Mit vier von diesen Waffen zu unserem Schutz und zum Angriff auf ausgewählte Ziele sind wir unverwundbar.«

Graham schaltete die Lap-Laser ab. Die Lastwagenmotoren erstarben. Die Luft war erfüllt von Pulverrauch. Mike freute sich über das Ergebnis des Tests. Smith trat zur Plattform: »Gute Arbeit, ich danke Ihnen.«

»Keine Ursache«, sagte Graham.

Smith wandte sich an C. W.: »Haben Sie den Sicherheitscode schon?«

»Ich glaube, ja.« Er sah Sabrina an, die zu ihm und Pei an den Computer getreten war. Sie sagte: »Wir glauben, daß die Lap-Laser derzeit auf das hier eingestellt ist.« Sie wies auf ein Metallplättchen, das C. W. in der Hand hielt. Graham betrachtete es interessiert.

»Sie kann vermutlich auf jede Metallegierung eingestellt werden«, sagte C. W. »Wenn Sie etwas nicht beschädigen wollen, füttern Sie den Computer einfach mit den Angaben über das betreffende Element oder die Legierung. Die Sache oder die Person, die geschützt werden soll, hat dann ein Stückchen des gesperrten Metalls an sich, und die Lap-Laser verschont sie.«

»Sind Sie dessen sicher?« fragte Smith.

C. W. nickte nachdrücklich. »Da wette ich mein Leben drauf.«

»Eine gute Idee!« meinte Mike Graham.

C. W. lächelte. »Was haben Sie gesagt?«

»Daß ich diese Wette sehr interessant finde.«

C. W. sah nachdenklich auf das glänzende Metallplättchen in seiner Hand hinunter. Schließlich sagte er: »Also gut – warum nicht.« Und zu Graham: »Na, dann los!«

Smith signalisierte den Lastwagenfahrern, und sie starteten die

Motoren wieder. Graham bediente das Schaltbrett, Pei kontrollierte den Computer. C. W. befestigte das Metallplättchen mit der Klammer an seiner Brusttasche und ging quer über den Hof zu dem Bleischirm hinüber. Dort wartete er, bis das Licht über ihm aufblinkte.

Sein Schritt war sicher, aber Kälte kroch in ihm hoch, als er sah, wie Graham an den Schaltern hantierte. C. W. kam dem Zielgerät immer näher. Die Mündung der Lap-Laser zeigte jetzt in seine Richtung. Die Mauseohr-Detektoren erfaßten ihn.

Sabrina stand neben der Lap-Laser und hörte es trotz des Lärms klicken, als die Abfeuervorrichtung der Kanone ausgelöst wurde – aber kein Todesstrahl schoß los, um C. W. zu pulverisieren.

»Ein Versagen?« meinte Smith.

Mike lächelte mitleidig. Er drückte auf einen anderen Hebel, und auf einer elektrischen Rolle fuhr eine Zielsilhouette soweit heraus, bis sie die von der Lap-Laser bestrichene Zone erreichte. C. W. blieb stehen, um zuzusehen.

Die Lap-Laser richtete sich auf das neue Ziel, das Laufende erglühte, der Strahl zuckte einmal auf, und die Silhouette löste sich auf. Die Lastwagenmotoren verstummten. C. W. setzte seinen Weg zur Plattform fort. Er blieb unter der Laserkanone stehen und warf Graham das Metallplättchen vor die Füße. »Provozieren Sie mich ja nie wieder!« zischte er. Er starrte Graham haßerfüllt an, aber in Grahams Gesicht stand nur Verachtung. C. W. ballte die Fäuste: »Kommen Sie runter, Graham!«

Mike wollte der Aufforderung gerade Folge leisten, als Smith sich einmischte: »Aufhören! Sofort!« Sie gehorchten widerwillig. Smith fuhr fort: »Ich dulde keinen Streit! Und Ihren kindischen Schaukampf habe ich lediglich zugelassen, weil er den eindeutigen Beweis dafür erbracht hat, daß die Lap-Laser alles vernichtet, was man zerstören will, aber jedes Ziel übergeht, das man entsprechend schützt.« Er hob das Metallplättchen auf und steckte es in die Tasche.

»Ich besitze ein ganzes Sortiment dieser Plättchen«, sagte er. »Sie sind unter Verschluß – und das werden sie auch *bleiben*. Auf dem Dach des Schlosses habe ich übrigens eine Lap-Laser montieren lassen – keine unbefugte Person kann das Schloß betreten. Und ebensowenig kann es jemand verlassen. Gute Nacht.«

Am nächsten Morgen brachten Lastwagen das Führungsteam und eine Gruppe von Kommandos in einen abgelegenen Teil des Schloßparks. Sie nahmen in militärischer Formation bei einem Seerosenteich Aufstellung. Neben dem Teich stand ein fast zehn Meter hoher Turm, der größtenteils aus hölzernen Gerüststangen bestand.

Auf ein schrilles Signal aus Claudes Trillerpfeife hin stürzten die Männer auf den Turm los. Manche hakten sich mit Händen und Füßen an den Querhölzern fest und bewegten sich wie Riesenfaultiere vorwärts, andere balancierten über Stangen oder schwangen sich Hand über Hand von einer Seite zur anderen. Der Turm sah aus wie ein Turngerät, und genau das *war* er auch.

Smith erschien und winkte C. W. und Graham zu. Er hielt eine Stoppuhr in der Hand, die er durch einen Daumendruck in Gang brachte. Im oberen Teil des Turms waren die Streben aus Metall. Sabrina und Tote saßen rittlings auf einem Querträger und schweißten Stützen an das Eisen. Ein Seil schlängelte sich nach unten. Sein Ende fiel C. W. vor die Füße. Er kletterte daran hoch und setzte sich zu Sabrina und Tote auf den Träger. Unten befestigte Graham das Seilende an einer Lap-Laser. Tote und C. W. zogen die Kanone hoch und montierten sie auf dem Querträger. Dann wiederholten sie den Arbeitsvorgang mit einer zweiten Lap-Laser, der Graham folgte. Smith drückte wieder auf die Stoppuhr.

Er trat zum Fuß des Turms und rief hinauf: »Bravo! Beste Zeit bis jetzt! Sie steigern sich – das muß die Verpflegung sein!«

Am Abend desselben Tages arbeitete Pei mit zwei Helfern bei Flutlicht im Stallungshof. Pei und einer der Männer trugen Handschuhe, wie sie Arbeiter an Hochspannungsleitungen benützen. Jedes der Kabel, mit denen sie es zu tun hatten, trug ein Etikett mit einem Blitz und der Aufschrift ›2000 Volt‹.

Der Helfer mit den Handschuhen machte unter dem wachsamen Blick Peis einen langen Schnitt in die Schutzumhüllung des Kabels. Dann zog er sie mit einer isolierten Schere auseinander und entblößte ein Stück glänzenden Kupferdrahtes. Der zweite Mann beugte sich vor und schob eine große Schelle über das bloßliegende Kabel. Er zitterte und war in Schweiß gebadet. Seine Hand rutschte ab. Ein grellblauer Blitz schoß aus dem Kupferdraht in die Schelle und den Körper des Unglücklichen. Pei sah ihn ungerührt zu Boden sinken. Er wandte sich an den anderen Mann und sagte: »Schalt den Strom ab und schaff den Mann fort.«

Als die Leiche weggebracht worden war und der Geruch von verbranntem Fleisch sich verflüchtigt hatte, setzte *Pei* die Schelle an – aber *er* beging keinen Fehler.

Die Tage vergingen – mit einer endlosen Reihe von Turnstunden, Waffentraining, schriftlichen und mündlichen Prüfungen, Marschieren, Nahkampf, und so weiter, und so weiter. Doch dann kam endlich der letzte Tag.

Sie versammelten sich am Seerosenteich. Smiths Stoppuhr lief. Graham befestigte Plastiksprengstoff und Zündkapseln an allen vier Eckstützen des Turms, lief zurück und blickte über Smiths Schulter auf die Stoppuhr: Der Zeiger näherte sich der Null. Die vier kleinen Explosionen knallten, und der Turm stürzte in sich zusammen. Smith war begeistert, erklärte aber nicht, warum.

An diesem Abend – nach der Mahlzeit im Großen Speisesaal, bei der sie im Licht des strahlenden Kristallüsters von Silbertellern gespeist hatten und bedient worden waren wie Maharadschas – stand Mister Smith auf, klopfte an sein kostbares Glas und wandte sich an seine fünf neuen Mitarbeiter: »Sie haben in den zehn Tagen großartige Arbeit geleistet – ich bin sehr angetan. Sie beherrschen sämtliche für unsere Operation erforderlichen Techniken, und Sie sind in absoluter Hochform. Es wäre grausam, Ihnen die Einzelheiten meines Projektes noch länger vorzuenthalten. Ich bin sicher, Sie werden es mit Erfolg durchführen.«

Und dann enthüllte Smith den Plan – in allen Details. Nachdem er geendet hatte, herrschte eine Zeitlang tiefe Stille. Dann flüsterte C. W. Sabrina zu: »Er ist verrückt! Allmächtiger Gott – er ist total verrückt!«

Verrückt vielleicht – aber nicht dumm: als Sabrina nach halb zwei morgens probeweise ihre Schlafzimmertür einen Spaltbreit öffnete, sah sie zwei bewaffnete Wachen in der Mitte des Korridors zwischen ihrem und C. W.s Zimmer sitzen – da sein Plan jetzt allen neuen Mitarbeitern bekannt war, wollte Smith offensichtlich das Risiko ausschließen, daß irgendwie Informationen nach draußen durchkamen.

»Aber irgendwie«, murmelte Sabrina wütend, »*muß* ich Philpott eine Nachricht zukommen lassen.« Entweder sie oder C. W. mußten ihm Informationen über den Plan zuspielen, wenn es auch nur eine vage Chance geben sollte, Smith zu stoppen.

Sie war sicher, daß die Wächter sie nicht gesehen hatten, war sich aber ebenso klar, daß sie nicht unentdeckt an ihnen vorbei konnte. Also blieb nur das Fenster. Sie machte ihre Schlafzimmerlampe aus und ließ das Licht im Badezimmer brennen, damit es von draußen aussah, als nehme sie ein spätes Bad. Dann zog sie die schweren Vorhänge auf – wie sie erwartet hatte, waren Scheinwerfer auf den Zinnen des Schloßdaches angebracht, die die Rasenflächen, Gärten und Zufahrtsstraßen hell erleuchteten. Die Schloßfassade war in Flutlicht getaucht. Sabrina sah Kommandos, die mit Spürhunden an der Leine über das Gelände patrouillierten.

Sie seufzte. Dann öffnete sie das Fenster und blickte nach oben. Von der Dachrinne fielen dicht belaubte Klettergewächse zwischen den Fenstern nach unten.

Das Licht der Scheinwerfer an beiden Enden des Daches strich unaufhörlich über die makellosen Rasenflächen und das gepflegte Parkgelände, aber zwei Lichtstrahlen von einem zentralen Punkt auf dem Dach waren unbeweglich auf die Zufahrtsstraße zum Schloß gerichtet. Sabrina hatte den Plan, nach oben zu klettern und einen der feststehenden Scheinwerfer zum Signalisieren zu benützen – die Botschaft würde auf Videoband aufgenommen werden.

Sie zog schwarze Jeans und einen schwarzen Pullover an und beschmierte sich Gesicht und Hände mit Schmutz aus der Dachrinne über ihrem Giebelfenster. Dann schwang sie sich auf das Fensterbrett, richtete sich auf und bewegte sich mit dem Gesicht zur Mauer im Krebsgang den Sims entlang, bis sie das Gewirr der Kletterpflanzen erreichte.

Sie glitt hinter den undurchdringlichen Vorhang aus grünen und roten Blättern und kletterte in seiner Deckung zum Dach hinauf. Oben angekommen, legte sie sich erst einmal keuchend flach auf den Bauch. Nach einer Weile hob sie den Kopf und sah sich suchend um: die beiden feststehenden Scheinwerfer waren rechts von ihr auf dem Scheitel des Daches angebracht. Es wimmelte hier oben geradezu von Schornsteinen, Türmchen und Türmen, in deren grotesken Schatten sich Sabrina vorwärtsbewegen konnte.

An beiden Enden des Daches erhoben sich kleine Glockentürme, und von dem offenen Raum über den Glockenaufhängungen aus beobachteten acht helle, runde Augen ihr Vorrücken...

Sabrina verharrte bewegungslos, als sie plötzlich erschreckend nah Flügelschlagen in der Luft spürte: die beiden afrikanischen

Wanderfalken waren aufgeflogen – Sekundenbruchteile vor dem grönländischen Geierfalken vom gegenüberliegenden Glockenturm.

Die Wanderfalken stiegen hoch in die Nachtluft hinauf, dann setzte der eine zum Sturzflug an, ging kurz vor Sabrinas weitaufgerissenen Augen in Gleitflug über und schoß an ihr vorbei. Unmittelbar danach stürzte sich der zweite Wanderfalke auf sie hinunter. Sabrina unterdrückte einen Schrei, als eine der Flügelspitzen ihr Haar streifte.

Gleich darauf veranlaßte sie ein heiseres Kreischen, wieder nach oben zu blicken: einer der weißgefiederten Geierfalken kam im Sturzflug auf sie zu. Sie rollte sich blitzschnell zur Seite, und die Krallen des Geierfalken kratzten mißtönend über die Stelle des Ziegeldaches, an der eben noch ihr Gesicht gewesen war.

Sie verlor den Halt, rutschte die drei Meter wieder hinunter, die sie so mühsam hinter sich gebracht hatte und suchte schnellstens Deckung im Schutz der Zinnen, aber nicht schnell genug für den zweiten Geierfalken, der seinen Kurs im letzten Augenblick änderte und ihr ein Stückchen Fleisch von ihrem linken Knöchel riß, wonach er sich wieder in die Luft schwang.

Alle vier Falken kreisten jetzt hoch über ihr, und Sabrina fürchtete, sie würden sich alle gemeinsam auf sie stürzen. Und dann hörte sie Schreie von unten: man hatte die aufgescheuchten Raubvögel entdeckt!

Sabrina hoffte, daß die Aufmerksamkeit der bewaffneten Patrouille auf Smiths fliegende Wachtposten konzentriert war und stürzte sich mit einem Kopfsprung über die Dachrinne in das Gewirr der Kletterpflanzen – genau in dem Augenblick, als wieder einer der Falken kreischend zum Sturzflug ansetzte.

Sabrinas Hände fanden Halt an ein paar dicken Ranken, und so schickte sie ein Stoßgebet zum Himmel, daß sie ihr Gewicht aushielten. Mauerstaub stob auf, Kletterwurzeln rissen – aber die Ranken hielten. Sabrina wartete, bis sie wieder zu Atem gekommen war, und tastete dann mit den Füßen nach dem Sims.

Ein Blick zeigte ihr, daß ihr Fenster in schier unerreichbarer Ferne lag. Aber als sie gerade der Mut verlassen wollte, hörte sie direkt neben sich ein leises Knarren, und C. W. zischte: »Los, hierher!«

Sabrina spannte alle Muskeln an und sprang. Sie landete mit den Füßen voran in seinen Armen.

Er stellte sie auf den Boden des dunklen Badezimmers, schloß das Fenster und befahl barsch: »Ausziehen!«

Sie gehorchte.

Zehn Minuten später saß Sabrina, frisch gebadet und frisiert, auf einer Chaiselongue in der Louis-Seize-Suite. Ein gebieterisches Klopfen veranlaßte C. W., zur Tür zu gehen. Smith, von zwei Wachen flankiert, musterte den nur mit einem Bademantel bekleideten Schwarzen, dann wanderte sein Blick zu Sabrina, die nur ein Handtuch umhatte.

»Meine Wachen haben mir berichtet, daß die Falken aufgestört wurden. Könnte vielleicht einer von Ihnen beiden die Ursache dafür sein?«

»Schon möglich«, sagte C. W. unbekümmert.

»Ich war es«, gab Sabrina zu. Smith zog überrascht die Brauen hoch.

»Als ich vorhin feststellte«, fuhr sie gelassen fort, »daß Sie es mir durch Posten im Flur unmöglich gemacht hatten, mein Zimmer zu verlassen, beschloß ich, den Weg über den Sims zu nehmen, um meinen Freund C. W. zu besuchen.«

»Zu welchem Zweck?« fragte Smith.

Sabrina ließ das Handtuch ein wenig weiter rutschen und lächelte mitleidig: »Was glauben Sie wohl?«

Smith war nicht überzeugt: »Die Patrouille hat Sie nicht bemerkt.«

»Die Mauer war sozusagen in Licht gebadet«, sagte Sabrina.

»Und?«

»Und ich war nackt. Tarnung – n'est-ce pas?«

Smiths mißtrauisches Gesicht entspannte sich zu einem Lächeln. »Soviel Kühnheit kann ich nur bewundern. Aber ich nehme an, Sie haben trotzdem nichts dagegen, wenn ich Sie jetzt auf einem weniger gefährlichen Weg in Ihr Zimmer zurückbringe.«

Sabrina stand auf und ließ das Handtuch zu Boden fallen. »Danke, C. W. – für alles«, sagte sie mit einem vielsagenden Blick.

Smiths Blick glitt über ihren nackten Körper. »Ich hoffe, Sabrina, meine kleinen Falken haben Sie nicht allzu schlecht behandelt.«

Sie zeigte ihm ihren blutigen Knöchel. »Kaum der Rede wert.«

Smith besah sich die Wunde und sagte: »Hoffentlich sind die Vögel jetzt nicht auf den Geschmack gekommen...«

7

Sonja Kolschinsky stand früh auf und ging vom berühmtesten und luxuriösesten Pariser Hotel zum harmonischsten Platz dieser schön proportionierten Stadt – Place Vendôme. Sie schlenderte über den Markt hinter dem Platz und machte dann einen Schaufensterbummel durch die Rue Castiglione und die Rue du Faubourg St. Honoré zum Boulevard Haussman und weiter über die Avenue de Friedland zum Arc de Triomphe.

Dann nahm sie den Bus durch die Avenue Kléber zum Palais Chaillot, überquerte die Seine und ging am Eiffelturm vorbei zum Boulevard Garibaldi. Sie sah auf ihre Uhr: erst acht Uhr fünfzehn.

Schließlich erreichte sie das kleine Arbeitercafé an der Rückseite der Ecole Militaire. Es war ziemlich voll und roch zu ungefähr gleichen Teilen nach Kaffee, Hörnchen und schwarzen Zigaretten. An einem Ecktisch saßen zwei Arbeiter in Sweat-Shirts.

Sonja näherte sich dem Tisch sehr zögernd. Der eine Arbeiter betrachtete sein Cognacglas mit dem Wohlbehagen des Kenners, der andere war in eine Zeitung vertieft. Sie blickte über den Rand der Zeitung: auch dieser Mann hatte einen Cognac vor sich stehen. Er trug eine schmierige Mütze, und auf seinem Sweat-Shirt standen die Worte APRES MOI LE DELUGE. »Nun setz dich schon«, sagte Philpott. Sie ließ sich auf dem freien Stuhl nieder und konstatierte verlegen, daß sie für *La Chatte qui siffle* zweifellos eine Spur zu formell gekleidet war.

»Katzen pfeifen nicht«, sagte sie. Ohne von seiner Zeitung aufzublicken, antwortete Philpott: »Hier schon, mein Schatz – wenn man es ihnen befiehlt…« Ihr Nachbar erhob sich zum Gehen und wünschte ihnen mit einem verschmitzten Zwinkern »bon appétit«. Sonja warf ihren tadellos frisierten Kopf zurück und bestellte Kaffee und Croissants. Sie waren köstlich.

Philpott faltete die Zeitung zusammen. »Zum Geschäft«, sagte er. »Heute nacht um zwei kam ein Anruf, aber ich brachte es nicht fertig, dich zu wecken. Der Hubschrauber und ein halbes Dutzend Lastwagen haben am frühen Morgen das Schloß verlassen. Das Ding auf dem Schloßdach war übrigens eine Lap-Laser – und die ist jetzt weg. Es wird also vermutlich ernst.«

»Und noch immer nichts von Sabrina oder C. W.«, sagte Sonja verzweifelt.

»Du hast dich erkundigt?«

Sie nickte. »Auf dem Weg hierher und drüben im Ritz. In den Standorten – überall. Kein einziges Wort. Wir wissen nicht einmal, ob sie noch am Leben sind.«

»Wenn Graham Sabrina verraten hat, ist sie tot«, murmelte Philpott grimmig, »und ich kann mir nicht vorstellen, daß C. W. das einfach so hinnimmt. Wir müssen auf einiges gefaßt sein.«

Sonja trank ihren Kaffee aus und stellte die Tasse mit lautem Klirren ab. »Und wir wissen noch immer nicht, was Smith vorhat oder wann er zuschlagen wird – wir wissen *gar nichts*.« Sie sah Philpott niedergeschlagen an. »Haben wir versagt, Malcolm, haben wir gegen Smith verloren – und noch dazu C. W. und Sabrina geopfert? War alles umsonst?«

Philpott legte seine Hand auf die ihre. Er schüttelte den Kopf. »Nein. Es sieht zwar im Moment nicht gut für uns aus, aber verloren haben wir noch lange nicht.« Er stand auf und legte zwei Zehn-Franc-Scheine auf den Tisch. »Komm«, sagte er, »ich hab' die Nase voll von dieser Umgebung. Fahren wir zurück ins Hotel.«

Sonja stand auf. »Es ist mir ein völliges Rätsel, warum du dieses abscheuliche Lokal für unsere Verabredung ausgesucht hast – und noch dazu eine dermaßen unchristliche Zeit.«

»Das sag' ich dir im Hotel«, versprach er.

Sie bogen in den Boulevard Garibaldi ein und dann gleich hinter der Ecole Militaire auf den Champ-de-Mars. Philpott blieb stehen, um sich eine Zigarre anzuzünden und blickte nach oben.

Vor ihnen stand der Eiffelturm in seiner ganzen imponierenden Scheußlichkeit.

Tote und Pei verließen den Tisch neben der Tür des *Chatte qui siffle*, an dem sie gesessen hatten, und schlugen den gleichen Weg ein, den Philpott und Sonja wenige Minuten zuvor gegangen waren. Auch sie blickten zum Eiffelturm hinauf, und Pei grinste Tote fröhlich an. Sie überquerten den Champ-de-Mars und die verkehrsreiche Straßenkreuzung und kamen zum Fuß des Turms.

Der exzentrische Ingenieur Gustave Eiffel hatte fünftausend Blatt Papier im Format eines Quadratmeters für seinen Plan des Turmes in Originalgröße gebraucht – und als das Monstrum dann glücklich fertig gebaut war, kursierte unter der Bevölkerung von Paris die Scherzfrage: ›Was besteht aus zweieinhalb Millionen Nieten und zwölftausend Stück Metall, wiegt dreizehneinhalb Millionen Pfund, ist fast dreihundert Meter hoch und sieht aus wie eine Giraffe?‹ Nachdem man das Bauwerk eine Weile bestaunt und belacht hatte, beschloß man, es in irgendeiner Form zu nutzen – und so wurde der Eiffelturm nach erfolgreichen Experimenten zwischen ihm und dem Panthéon im Quartier Latin als Rundfunksender verwendet. Und in der heutigen Zeit ist er sogar zum Fernsehsender avanciert.

Abgesehen von der Tatsache, daß der Anblick von Paris ohne den Turm heute undenkbar wäre, bietet sich von den rundumlaufenden Balkonen ganz oben eine geradezu märchenhafte Aussicht. Unter dem Turm fließt die Seine, dahinter steht das herrliche Palais de Chaillot mit seinen Gärten und dekorativen Brunnen. Die Füße des Turms stehen in der Parkanlage, die sich neben der Zufahrtsstraße erstreckt. Im Vordergrund gibt es breite Prachtstraßen, gesäumt von makellosen Rasenflächen. Theater, Museen, Paläste ... Paris.

Pei und Tote machten einen Bogen um den Ballonverkäufer und gingen zum Eingang des Turmes. Das Geschäft des Ballonverkäufers lief wie am Schnürchen – zweifellos dank der Tatsache, daß Michael Graham schon früher Ballons gefüllt hatte und es gewohnt war, mit Gas umzugehen.

Er blies einen Schuß Wasserstoffgas in ein längliches, purpurrotes Gebilde und reichte es einem strahlenden holländischen Mädchen.

»Klick!« machte der automatische Auslöser einer teuren Kamera, die an einem Riemen um den Hals eines Touristen hing. Smith trug einen gutgeschnittenen, leichten Anzug mit passendem Schlips und Taschentuch in der linken Brusttasche. Um seine Leute nicht zu verwirren, hatte er sein Gesicht nicht erneut verändert.

Smith knipste noch einmal den Blick durch den Mittelbogen des Turmes auf das Palais de Chaillot. Dann schlenderte er zu dem wartenden Fahrstuhl und stieg ein. Sabrina und Claude, die ein wenig entfernt von ihm standen, führten eine ebenso angeregte wie belanglose Unterhaltung.

Der Fahrstuhl erreichte die erste und größte Plattform, und Smith stieg aus. Lea Fischer hatte die Ellbogen auf das Geländer gestützt, blickte durch den Sucher ihrer Kamera und machte eine Aufnahme von anscheinend großer touristischer Wichtigkeit. Sie ignorierte es, als Smith sie im Vorbeigehen leicht streifte. Pei und ein anderes Mitglied des Kommandoteams, beide im Straßenanzug, machten die Runde um die Galerie: Pei war in technische Papiere vertieft, und sein Begleiter deutete gelegentlich auf eine Textstelle und gab Erläuterungen.

Auf seiner Talfahrt hielt der Lift auch wieder bei der ersten Plattform. Ein stämmiger Arbeiter stieg aus – er trug einen Overall und hatte ölverschmierte Hände. Er trat wie zufällig neben Lea und murmelte, ohne die Lippen zu bewegen: »Alles okay.«

Die drei Generatorlastwagen mit der Aufschrift RESTAURANT LAROUSSE fuhren über die Lieferantenzufahrt zum Fuß des Turms und parkten unweit des Service-Fahrstuhls. Ein weißgekleideter Küchenchef stieg aus dem Führerhaus des vordersten Fahrzeugs und zwinkerte dem Ballonverkäufer zu.

»Idiot«, murmelte Graham, aber C. W. war zu weit entfernt, um es zu hören.

Einer der Turmwächter trat aus seinem Büro und sprach mit dem schwarzen Küchenchef. Inzwischen waren noch zwei kleinere Fahrzeuge angekommen, deren Besatzung emsig Kisten, Dampfkochkessel, Bierfässer, tragbare Herde und Mikrowellenherde auslud. Der Wächter besichtigte das Kistengebirge. »Aufmachen!« befahl er dem Küchenchef, der ihm einwandfreie Unterlagen über den Inhalt der Behälter vorgelegt hatte.

»Aufmachen?« echote C. W. entsetzt. »Sollen etwa meine Soufflés zusammenfallen, wollen Sie, daß Staub in meine Saucen kommt? Daß mein Meisterwerk einer Eisbombe schmilzt? Das ist entweder ein äußerst schlechter Scherz, Monsieur, oder Sie sind nicht ganz bei Sinnen.«

Der Wächter ignorierte ihn und stemmte den Deckel eines Behälters hoch. C. W. schloß die Augen und murmelte ein Gebet zum heiligen Schutzpatron der *haute cuisine*. Reihen von ungebackenen Broten, abwechselnd *flûtes* und *baguettes*, starrten dem Wächter entgegen.

»Erschrecken Sie sie nicht mit Ihrem Atem«, knurrte C. W. und schloß den Deckel mit unendlicher Vorsicht. »Sie müssen ruhen – wie unschuldige Kinder. Wenn Sie sich an einem weiteren Behälter vergreifen, werde ich dafür sorgen, daß Sie Ihres Postens enthoben werden!«

Graham betrachtete die Szene amüsiert und mit widerwilliger Bewunderung. C. W. sah wieder zu ihm hinüber. Mike tat, als bemerke er es nicht. Plötzlich fuhr er erschrocken zusammen und blickte nach oben, als ein gelber Ballon aus dem Strauß rasch in den blauen Himmel stieg. Graham schüttelte seine freie Faust und fluchte lästerlich – C. W. war schließlich nicht der einzige, der eine überzeugende Show abziehen konnte...

Nach einer längeren Diskussion mit C. W. mußte der Kontrolleur einsehen, daß er gegen den Küchenchef keine Chance hatte.

»Eh bien – allez!« sagte er und seufzte. Triumphierend winkte C. W. sein Team heran, und die Leute begannen, den Service-Fahrstuhl zu beladen.

Oben auf der ersten Plattform hatte Smith seine Kamera mit einem Feldstecher vertauscht, beobachtete leicht belustigt die Szene unten und sah dann dem gelben Luftballon nach. Dann richtete er sein Fernglas auf den Fluß, auf dem die Aussichtsboote – die *bâteaux mouches* – zwischen April und Oktober vom rechten Seine-Ufer aus einstündige Fahrten durchführten. Er sah auch eine Flottille von Eifelturmpinassen – Motorboote mit Glasdach und zweiundachtzig Sitzplätzen –, die von der Pont d'Iéna, unweit des Turmes, oder vom Quai de Montebello starteten.

Smith fand das Aussichtsboot, das er gesucht hatte, und grinste zufrieden.

Der Service-Fahrstuhl hielt bei der ersten Plattform an. C. W. trat heraus und gab seinen Leuten Anweisung, die Ladung des Lifts in die Restaurantküche zu schaffen. Zwei Kommandos eilten herbei, um die Türen aufzuhalten. Im Restaurant war ein französisches Fernsehteam mit den Vorbereitungen für eine Sendung beschäftigt.

Smith stand jetzt neben Lea am Geländer und blickte durch den Feldstecher auf die Menschenmenge am Turmeingang hinunter. Claude war darunter, und eine ganze Reihe weiterer Mitarbeiter – als Touristen, Arbeiter, Kellnerinnen und sonstige Angestellte des Turms verkleidet.

Mister Smith sagte leise zu Lea: »Sag mir Bescheid, wenn alle hier oben sind.«

Etwa drei Minuten später berührte sie unauffällig seinen Arm und flüsterte: »Okay.«

Das durchdringende Signal einer Zweiklangfanfare ertönte. Smith richtete seinen Feldstecher auf die Lärmquelle: eine Limousine – eine der imposantesten, die die Französische Regierung zur Verfügung hatte – bog in die Zufahrtsstraße zum Turm ein. Ihre Eskorte bestand aus sechs Motorrädern – zwei vorneweg, je eins zu beiden Seiten, und zwei, die hinterher fuhren.

Am Turmeingang hielt die Staatskarosse, ein Mann stieg aus

und schloß die Wagentür hinter sich wieder. Smith sah deutlich die Ausbuchtung, die das Schulterhalfter hervorrief. Der Geheimdienstler sah sich lange prüfend um. Schließlich schien er zufrieden zu sein.

Ein zweiter Agent stieg aus dem Wagen, sondierte ebenfalls das Terrain und nickte seinem Kollegen zu, worauf dieser den Schlag öffnete und ehrerbietig beiseite trat, um eine hochgewachsene, gutaussehende Dame von etwa siebzig Jahren aussteigen zu lassen.

Das vierköpfige Empfangskomitee eilte vom Turmeingang heran – allen voran ein kleiner, rundlicher, nervöser Mann in Cut und gestreifter Hose. Er strahlte: »Meine *liebe* Mrs. Wheeler! Welche *Auszeichnung* für uns! Welch große Freude und Ehre! Welch wahrhaftig prächtiger Tag für den Eiffelturm, für den Kinderhilfsfond, für Frankreich, für –«

»Monsieur Verner, wie nett, Sie wiederzusehen«, unterbrach ihn Adela Wheeler. »Es war sehr freundlich von Ihnen, mich einzuladen, und ich freue mich, hier zu sein.«

Bertrand Verner stammelte einen überschwenglichen Dank und stellte ihr die übrigen Mitglieder des Empfangskomitees vor. Sie begrüßte alle gleich freundlich – je nachdem in nahezu akzentlosem Französisch oder Amerikanisch.

Hinter dem Empfangskomitee standen unauffällig französische Sicherheitsleute, die beiseite traten, um Mrs. Wheeler und ihre Beschützer durchzulassen, die zum Fahrstuhl geleitet wurden, um zur ersten Plattform hinaufzufahren.

In der Küche des Turmrestaurants, wo das mittägliche Bankett zum Nutzen des Internationalen Kinderhilfsfonds stattfinden sollte, herrschte unter dem regulären Küchenchef Albert kontrolliertes Chaos. Das Letzte, was Albert sich wünschte, war, daß die Türen sich öffneten und ein Rivale hereinkam – ein Küchenchef, gefolgt von offenbar Dutzenden von Gehilfen und Kellnern, die ihm alles durcheinanderbrachten. Albert war zwar auf die Einmischung des ›Restaurants Larousse‹ – des ›Party-Service mit Niveau‹ – vorbereitet worden, aber er begegnete C. W. mit ausgesuchter Feindseligkeit.

Albert sah schweigend zu, wie C. W. in seiner Küche herumkommandierte, und murmelte schließlich verächtlich: »Tiens! Aufgewärmte Speisen! Pffft!«

C. W. fuhr zu ihm herum: »Aufgewärmt? AUFGEWÄRMT? Hier,

mein unwissender Freund«, er wies auf einen Stapel dampfender Behälter, »hier werden an die fünfzig unvergleichliche *Soufflés aux crevettes démoulés* mittels modulierter Mikrowellen gezaubert! *Frisch* – nicht aufgewärmt! Und hier, Sie Ignorant, schmoren Trüffel in *Sauce brune aux fines herbes*. Nennen Sie das aufwärmen? Wie?«

Albert machte Anstalten, den Deckel eines Behälters anzuheben. C. W. schlug ihm auf die Hand wie einem ungezogenen Kind und fauchte: »Ne touche pas!«

Im Speiseraum des Restaurants wartete die zweite Garnitur darauf, den Ehrengast willkommen zu heißen. Smith flüsterte Claude etwas zu, worauf dieser hinausging und den Service-Fahrstuhl nach unten schickte. Unter dem Turm öffnete ein Eisverkäufer seinen Eiskasten und nahm zwei Maschinenpistolen heraus, von denen er eine Mike Graham gab, worauf dieser das Büro des Turmwächters aufsuchte.

Der Wächter sah Mikes Waffe und griff nach seiner eigenen. Graham packte ihn am Revers seiner Livree, riß ihn über den Tisch und versetzte ihm einen Schlag mit der Pistole. Dann stieß er ihn und den Fahrstuhlführer bis zum Service-Fahrstuhl vor sich her und fuhr mit ihnen nach oben.

Der Hauptfahrstuhl stoppte im Stockwerk des Restaurants, der Fahrstuhlwärter öffnete die Tür, und Mrs. Wheelers zwei Geheimdienstagenten traten in den Korridor, wo sie von Claude nebst Assistenten empfangen wurden.

Den ersten Agenten fällte er mit einem Tritt in den Unterleib. Der zweite Mann griff nach seiner Waffe, doch sein Arm wurde von dem zweiten Kommando gepackt, Claude wirbelte in einer balletttreifen Drehung herum und versetzte ihm einen Tritt in den Bauch. Ein zusätzlicher Schlag mit dem Bleiende eines Schlagstokkes beendete sein Interesse an den Vorgängen.

Drüben in der Küche wandte sich C. W. wieder an Albert: »Und nun, mein geschätzter Freund, werde ich Sie endgültig von meinen Qualitäten überzeugen.« Er hob den Deckel eines besonders großen Behälters ab. Alberts wider Willen neugierige Miene wich schierer Fassungslosigkeit, als C. W. dem Behälter Maschinenpistolen entnahm und sie seelenruhig an sein Team verteilte. »Hände hoch!« kommandierte er.

Der Küchenchef und sein gesamter Stab rissen die Arme hoch und standen still wie Statuen.

C. W. grinste. »Ich wette, das ist die verrückteste Delikatesse, die Sie je gesehen haben, mein lieber Albert.« Albert strafte ihn mit Verachtung.

C. W.s Leute schoben mit Tischtüchern abgedeckte Servierwagen in den Speiseraum. Dort nahmen sie die Tücher ab, und es kam ein Sortiment eindrucksvoller Schußwaffen zum Vorschein. Smith trat auf Mrs. Wheeler zu und sagte: »Guten Tag, Mrs. Wheeler. Mein Name ist Smith – und ich muß Ihnen leider mitteilen, daß Sie meine Gefangene sind. Falls Sie sich dazu bereit finden, sich in die Obhut dieser jungen Dame zu begeben«, damit deutete er auf Lea, »garantiere ich Ihnen, daß Ihnen nichts geschehen wird.«

Adela Wheeler sah ihn verächtlich an: »Wenn Sie auch nur einen Funken Intelligenz hätten, wäre Ihnen klar, daß Sie mit diesem albernen Gaunerstück niemals ungestraft davonkommen können.«

Smith sah sie bewundernd an: Sie war die personifizierte Würde – exquisit gekleidet, ihr graues Haar tadellos frisiert, ihr Gesicht gebieterisch, stolz und absolut furchtlos.

»Bitte«, sagte Smith mit einer Geste zu Lea, »Sie werden sich im VIP-Raum sicher wohl fühlen.«

»Ich möchte wissen, wie *Sie* das beurteilen wollen«, sagte Mrs. Wheeler, »denn Sie haben ihn bestimmt noch nie von innen gesehen.« Damit drehte sie sich auf dem Absatz um, schob Lea beiseite und verließ energischen Schrittes den Speiseraum.

Die Speisesaal-Kommandos trieben die Gäste mit vorgehaltenem Revolver in einer Ecke zusammen. Graham und sein Eisverkäufer brachten Angehörige des Turmpersonals herein. Auf der zweiten Plattform, hoch über ihren Köpfen, strömten Kommandos aus den Fahrstühlen und richteten ihre Waffen auf die Touristen. Ein Wächter rannte auf einen Alarmknopf zu, wurde aber durch eine Salve aus einer Kalaschnikow an seinem Vorhaben gehindert.

Pei rief in ein Megafon: »Niemand rührt sich! Versuchen Sie nicht, Helden zu spielen – es wäre Ihr sicherer Tod!«

Der Fahrstuhl setzte seinen Weg nach oben fort. Auf der Aussichtsplattform unter dem Fernsehmast hielten sich nur wenige Besucher auf – sie waren leichte Beute.

Im Restaurant öffnete C. W. eine Kiste mit der Aufschrift »Mikrowellenherd P 769/521 Schnellkoch«. Gemeinsam mit Mike Graham hob er vorsichtig eine Lap-Laser heraus.

Sabrina Carver kletterte – angeseilt und von drei Männern

gesichert – über das Geländer der zweiten Plattform und hing schließlich in luftiger Höhe an der Außenseite des Turms. Sie trug eine Schweißermaske. Jemand reichte ihr einen Acetylenbrenner und eine dicke Eisenstange, und Sabrina machte sich an die Arbeit – und sie arbeitete rasch . . .

Währenddessen saß Mrs. Wheeler im VIP-Raum in einem bequemen Sessel. Sie hatte sich geweigert, mit Lea zu sprechen, worauf diese den Raum verlassen und von außen abgeschlossen hatte. Mrs. Wheeler zerbrach sich den Kopf darüber, was dieser Smith sich wohl von ihrer Gefangennahme versprechen mochte – aber außer Lösegeld fiel ihr nichts ein. Sie hatte das Gefühl, daß sie diesen Tag nicht überleben würde – aber merkwürdigerweise erschreckte sie dieser Gedanke nicht im mindesten.

Die Gefangenen auf allen Plattformen drängten sich auf der Galerie der untersten Plattform und im Restaurant zusammen. Smith nahm ein Megafon: »Besucher und Turmpersonal herhören! Sie werden alle unversehrt freigelassen, wenn Sie nicht in Panik geraten und genau das tun, was man Ihnen sagt. Sie werden sich auf Anweisung meiner Leute gruppenweise zu den Fahrstühlen begeben. Sobald Sie unten sind, werden Sie das Gelände sofort verlassen.«

Sabrina beendete ihre Schweißarbeit an der Stützkonstruktion zwischen der ersten und zweiten Plattform und gab Mike, der sie von der untersten Plattform aus die ganze Zeit beobachtet hatte, ein Zeichen, worauf dieser gemeinsam mit C. W. ein Seil an der Lap-Laser befestigte und sie über das Geländer hievte. Das andere Ende des Seils lag in den Händen eines Kommandoteams auf der zweiten Plattform, und diese Männer machten sich jetzt an die schwere Arbeit, die Kanone hochzuziehen.

Am Fuß des Turms hatte sich eine Menge Schaulustiger eingefunden, die mit wachsender Spannung den Weg der Kanone verfolgte.

Sabrinas Anspannung beruhte auf Besorgnis, denn sie wußte etwas, das die Leute unten nicht wußten: daß ein Zusammenstoß der Eisenstreben des Turms mit dem empfindlichen Zündmechanismus – insbesondere mit den runden, seitlich angebrachten Radardetektoren – die Wunderwaffe scharf machen konnte. Sabrina sprach ein stilles Gebet, daß es passieren möge, bevor sie die Laserkanone verankern mußte – denn für diesen Fall hatte sie einen Plan, mit dem sie wenigstens *eins* von Smiths Spielzeugen unschädlich machen und somit Philpotts Chancen vergrößern konnte.

Aber die Kanone erreichte ihr Ziel unversehrt. Als die Kommandos das Halteseil gelöst hatten, wollte Sabrina die Kanone gerade in die Tiefe stürzen lassen, als sie Smiths Stimme hörte: »Jetzt nur keinen Schnitzer, Sabrina! Ich ziehe Sie persönlich zur Verantwortung, wenn dieser Kanone etwas zustößt.«

In der Wartungszone zapften Pei und seine Männer die Hauptstromkabel an, wie sie es auf Schloß Clérignault geübt hatten. Diesmal gab es keinen Unfall – und innerhalb von Minuten lag die Kontrolle der Stromversorgung des gesamten Turms und dessen Umgebung in Peis tüchtigen Händen.

Die ersten Touristen verließen den Turm und hasteten an den Polizisten vorbei, die der plötzliche Abbruch der Verbindung mit dem Turm, die Gewehrsalven und das Ausbleiben des Berichts der Sicherheitsleute alarmiert hatten, die zum Schutz von Mrs. Wheeler abkommandiert worden waren.

Die Polizisten kämpften sich durch die herausströmende Menge schimpfender Männer, schluchzender Frauen und hysterischer Kinder ins Innere des Turms durch und drückten immer wieder ungeduldig auf die Fahrstuhlknöpfe – aber natürlich tat sich nichts.

Ein Sonderkommando der Polizei erschien – mit Stahlhelmen und bis an die Zähne bewaffnet. Die Männer hörten sich die dramatische Schilderung der Polizisten an, formierten sich und stürmten die Treppe. Aber ihre kugelsicheren Anzüge hielten den Spezialgeschossen nicht stand, und so zogen sie sich in wildem Durcheinander zurück – Tote und Verwundete blieben auf den Stufen.

Smith hörte die Schüsse auf seinem Weg zu den ersten ankommenden Fahrstühlen. »Schießt so wenig wie möglich!« brüllte er den Leuten durch das Megafon zu, die die Treppen besetzt hielten.

»Sagen Sie das den Bullen!« brüllte einer seiner Männer zurück.

Smith ersuchte einen seiner Adjutanten, den Namen des Mannes in Erfahrung zu bringen. »Ich dulde kein derart respektloses Verhalten«, sagte er kalt. »Wenn die Operation beendet ist, schießen Sie ihm dafür eine Kugel in den Rücken – aber sorgen Sie dafür, daß er am Leben bleibt.«

Der Turm wurde jetzt schnell geräumt. Die einzigen Leute, die

Smith unter Verschluß behielt, waren die mutigeren unter den Wächtern und die Sicherheitsleute, die vorsichtshalber bewußtlos geschlagen wurden.

Sabrina und C. W. montierten gerade die dritte Lap-Laser, während ein anderes Team unter Peis Leitung die vierte und letzte Superwaffe verankerte. Smith versammelte seine gesamte Truppe auf Plattform eins, wo Lea sie erwartete. Sie nahm einen großen Packen Metallplättchen aus einer Schachtel. »Das sind die Schutzplättchen«, sagte sie. »Bitte tragen Sie sie ständig – Sie wissen ja, was Ihnen blüht, wenn Sie es *nicht* tun. Wir werden die Lap-Laser in wenigen Augenblicken scharf machen – und ich teile jetzt die Plättchen aus.«

»Danke, Lea.« Smith befestigte seines gut sichtbar am Revers seines Jacketts. »Wir sehen uns im Restaurant, wenn es soweit ist.«

»Ich würde es um nichts in der Welt versäumen, Mister Smith«, erwiderte sie.

Die letzte Gruppe Touristen verließ den Turm und mischte sich unter die Menge, die nun von einem Polizeikordon auf sichere Entfernung gehalten wurde. Auf seinem Rückweg zum Restaurant trat Smith an das Geländer: Hoch oben flogen Vögel zwischen stählernen Stützen und Verstrebungen ein und aus, und unten harrte die Menge dessen, was wohl kommen würde. Es herrschte vollkommene Stille.

Die Zufahrtsstraßen und die Hauptkreuzung waren abgeriegelt worden, die Gehwege vom Champ-de-Mars und vom Palais de Chaillot geräumt – sogar die Brunnen hatte man abgestellt.

Und aller Augen, so sagte sich Smith in seinem Größenwahn, waren auf seine geniale Persönlichkeit gerichtet. Er setzte seinen Weg zum Restaurant fort, das als Kommandozentrale diente. An der Tür empfing ihn Pei: »Alles klar, Mister Smith – die Lap-Laser sind scharf.«

»Ausgezeichnet, Pei«, lobte Smith, »ausgezeichnet.«

Im Restaurant wartete unter anderem auch das französische Fernsehteam, das in dem folgenden Geschehen eine Rolle spielen sollte, die es sich nicht in seinen kühnsten Träumen ausgemalt hätte, als es an diesem Morgen zu einer Routinearbeit aufgebrochen war.

Unter Peis Leitung waren Unmengen von Kabeln in den ausgeräumten Speisesaal geschleppt worden. Das kleine Musikpodium diente als Standplatz für eine Reihe von Fernsehmonitoren, die das

Gebiet rund um den Turm zeigten. Auf einer Seite standen mehrere Farbmonitore, auf denen im Augenblick RTF-Testbilder flimmerten. Smith sah sich um, nickte zufrieden und warf gelegentlich einen Blick auf seine Stoppuhr.

Schließlich ließ er den französischen Fernsehkameramann zu sich kommen, der wie die meisten Nachrichtenleute auf dem Kontinent lieber eine kleine elektronische Kamera benutzte als die Arriflex oder ein ähnlich schwerfälliges Modell.

»Sie werden Ihre Kamera nach meinen Anweisungen einsetzen und sich ins Programm einschalten, wie Ihnen befohlen worden ist?« fragte Smith.

»Oui, Monsieur«, antwortete der Mann.

»Wenn Sie es nicht tun«, fuhr Smith fort, »oder irgendwelche Tricks versuchen...«

»Keine Tricks, Monsieur«, versicherte der Kameramann hastig. »Ich habe Frau und Kinder.«

»In Ordnung«, erwiderte Smith. »Dann treffen Sie Ihre Vorbereitungen.«

»Und wofür genau, Monsieur?« fragte der Kameramann.

»Ganz einfach«, sagte Smith. »Ich will eine Fernsehansprache an die Welt halten – man soll erfahren, daß ich den Eiffelturm in meiner Gewalt habe und die Mutter des Präsidenten der Vereinigten Staaten hier gefangenhalte.«

8

Sonja ließ den Lunch auf Suite 701 schicken. Der Zimmerkellner servierte Omeletts mit Salat, ein leichtes Dessert und eine Flasche *Chablis* – zu einem ausgedehnten Mahl hatten sie nicht genügend Appetit.

Der Vormittag war recht turbulent gewesen: Philpott hatte in ständigem Kontakt mit den Informationsquellen in Paris, mit INTERPOL und der *Sûreté*, mit dem Elysée-Palast, der CIA und dem Dienstmonitor der UNACO gestanden – bisher ohne jeden Erfolg.

Als er den ersten Bissen in den Mund schob, läutete das Telefon. »Sonst klingelt es immer, wenn ich unter der Dusche stehe«, brummte Philpott. Er nahm den Hörer ab, meldete sich – und dann vergingen etwa drei Minuten.

Endlich sagte er: »Mein Gott, François, ich war ja wirklich auf allerhand gefaßt – aber *das*! Bleib bitte einen Augenblick dran.« Er deutete auf den Fernsehapparat, der in einer Ecke des exquisit eingerichteten Raumes stand, von dem aus man eine atemberaubende Sicht auf Paris hatte. »Mach an, Sonja«, sagte er ungeduldig. Und dann wieder ins Telefon: »Erzähl weiter, François.«

Philpott hörte wieder zu, stellte zwei kurze Fragen, machte Notizen auf einen Block, der neben dem Telefon lag, und sagte schließlich: »Ich werde mich sofort mit dem Botschafter in Verbindung setzen. Ich weiß über Smith mehr als irgend jemand sonst. Natürlich helfe ich gern – ich *bestehe* sogar darauf! Danke. Auf Wiedersehen.«

Er legte den Hörer auf.

»Was ist denn los, um Himmels willen?« fragte Sonja alarmiert.

»Du wirst es nicht glauben«, antwortete Philpott. »Smith hat den Eiffelturm! Jedenfalls sagt das die Polizei. Das war gerade François Le Maitre von der Sûreté.«

»Er hat den Eiffelturm?« Sonja sah ihn ungläubig an.

»Er hat ihn mit einer ganzen Kompanie besetzt. Aber das ist nicht alles – bei Gott, das ist keineswegs *alles*!«

»Was meinst du damit?«

»Er hat eine Geisel, Sonja – und ich zweifle nicht daran, daß er sie opfern wird, wenn er sein Ziel nicht erreicht.«

»Wer ist es, Malcolm?«

»Jemand, dessen Leben wir unter keinen Umständen aufs Spiel setzen können«, sagte Philpott dumpf. »Warrens Mutter. Adela Wheeler – die Mutter von Warren G. Wheeler, dem Präsidenten der Vereinigten Staaten von Amerika.«

Sonjas Gesicht wurde leichenblaß. »W-was – was wollte...?«

»Was sie hier wollte? Sie kam auf Einladung des Internationalen Kinderhilfsfonds – du weißt ja, das ist ihr Lieblingskind. Heute mittag sollte im Eiffelturm ein Wohltätigkeitsbankett stattfinden. Mein Gott, wie konnte ich nur so dumm sein, keine Maßnahmen einzuleiten, als mir Lorenz van Beck andeutete, es gehe um den Eiffelturm.«

»Das hat van Beck getan?«

Philpott nickte und fuhr sich mit den Fingern durchs Haar. Er öffnete den obersten Hemdknopf und zerrte an seinem Schlips. »Ja«, murmelte er verzweifelt. »Er sagte: ›Was hat zweieinhalb Millionen Nieten...?‹ Deshalb gingen wir heute morgen in das kleine Café – einfach auf die entfernte Möglichkeit hin, ich könnte jemanden oder etwas sehen, das uns einen Hinweis geben würde. Was für ein Schwachsinn!« schnaubte er voller Wut über sich selbst. »Wenn ich Smith persönlich umgerannt hätte, hätte ich ihm vermutlich noch den Staub abgeklopft und ihn auf ein Bier eingeladen. Großartig!«

»Selbstkritik ist doch sonst nicht dein Fall, Malcolm. Raff dich auf – wir müssen einen Gegenschlag ausarbeiten.« Sonja zog seinen Schlips zurecht und glättete sein Haar. Er nahm sie dankbar in die Arme und küßte sie auf die Wange. Über seine Schulter fiel ihr Blick auf den Bildschirm des Farbfernsehers. Eine nichtssagende Familienserie lief – was sie jedoch interessant machte, war das Wort ›Sondersendung‹, das in Abständen aufblinkte.

Sonja machte sich los. »Schau mal, ich glaube, da kommt ein Bericht über die Sache.«

Philpott drehte sich um und blickte auf den Bildschirm. Dann ließ er sich auf einem Sofa nieder. »Smith«, erklärte er. »Offenbar hat er vom Turm eine direkte Verbindung zum RTF hergestellt. Seine Spezialisten haben es so eingerichtet, daß die Post ihn nicht behindern kann – aber im Augenblick *will* ihn sicher niemand behindern. Laß uns hören, was er zu sagen hat.«

Sonja setzte sich neben ihn. Die Familienserie wurde abgebrochen, der Hinweis ›Sondersendung‹ blieb. Nach einer Minute wurde auch die Ankündigung ausgeblendet, und der Bildschirm wurde dunkel. Und dann erschien das Gesicht von Mister Smith. »Leider«, begann er, »muß ich Ihr normales Fernsehprogramm unterbrechen – aber ich bringe Ihnen als Entschädigung eine Darbietung, die Sie, wie ich hoffe, noch fesselnder finden werden.« Er sprach in akzentfreiem Französisch und wiederholte den Satz auf englisch.

Dann fuhr er fort: »Mein Name ist Mister Smith, und ich habe soeben den Eiffelturm in meinen Besitz gebracht. Nein, ich scherze nicht – sehen Sie selbst.«

Eine andere Kamera übernahm. Sie zeigte die erste Plattform, die bewaffneten Wachen und schwenkte dann nach unten zum Polizeikordon und der Menge dahinter. Keine der Laserkanonen kam ins Bild, und einen Augenblick lang erfüllte Philpott die wahnwitzige Hoffnung, daß es C. W. und Sabrina gelungen war, die Lap-Laser auszuschalten und somit wenigstens den Hauch einer Chance für einen Angriff zu schaffen. Doch dann gewann sein Realitätssinn wieder die Oberhand: »Nein – es ist ein reiner Nervenkrieg. Smith macht uns *portionsweise* fertig.«

Smiths triumphierendes Gesicht erschien wieder auf dem Bildschirm. »Jetzt glauben Sie mir, nicht wahr? Aber es erwartet Sie noch eine weitere Überraschung: ich habe eine Gefangene hier – der allerdings nichts geschehen wird, wenn die französische Regierung meine Forderungen erfüllt.«

Plötzlich sah man Adela Wheeler: sie saß sehr gerade mit gesenktem Blick auf einem Stuhl. Der Kameramann klopfte an die Glastür des VIP-Raumes, die alte Dame hob den Kopf, und die Kamera zeigte ihr Gesicht in Großaufnahme. »Ja«, sagte Smith, »das ist Mrs. Adela Wheeler, in der sicherlich viele von Ihnen die Mutter des amerikanischen Präsidenten erkennen werden.« Die Kamera kehrte zu Smith zurück.

»Wie Sie gesehen haben – und ich verbürge mich für die Echtheit der gezeigten Aufnahmen – befinden sich der Eiffelturm und Mrs. Wheeler fest in meiner Hand. Und das wird sich erst ändern, wenn ich das Lösegeld erhalte, das ich für beide Objekte als angemessen betrachte.

Soviel mir bekannt ist, hat der Bau des Turms ungefähr eine Million sechshunderttausend Dollar gekostet. Ich habe ausgerechnet, daß der Wiederaufbau an die achtundsechzig Millionen Dollar kosten würde.

Ich schlage vor, dem französischen Volk den Turm im gleichen hervorragenden Zustand, in dem ich ihn übernommen habe, zum Gelegenheitspreis von dreißig Millionen Dollar zurückzugeben. Die Tatsache, daß ich Mrs. Wheeler als Gast bei mir habe, dürfte als Anreiz ausreichen, mein Angebot anzunehmen.«

Es war offensichtlich, daß Smith die Situation in vollen Zügen genoß. Philpott saß niedergeschlagen auf dem Sofa und wartete darauf, daß Smith sein letztes As aus dem Ärmel holte.

Das Telefon läutete. Sonja sprang auf und nahm den Hörer ab. »Bitte gedulden Sie sich, Herr Botschafter«, bat sie, »er will Smiths Fernsehsendung noch zu Ende sehen.«

Und dann war sie plötzlich im Bild: die drohende, schwarze Schnauze der Lap-Laser an der Außenseite der zweiten Plattform. »Was Sie jetzt sehen«, erklärte Smith sachlich, »ist eine von vier Laserkanonen, die den Eiffelturm und seine unmittelbare Umgebung bewachen – und natürlich auch den Himmel darüber. Passen Sie jetzt gut auf: ich möchte Ihnen erklären, warum jedes Vorgehen gegen den Turm – ob vom Boden oder aus der Luft – völlig zwecklos ist.«

Sonja sagte vom Telefon her: »Es ist Richard Ravensberg. Ich bat ihn zu warten.«

Philpott gab zu verstehen: Botschaft erhalten. Tatsächlich erhielten Paris, ganz Frankreich, Belgien, Deutschland und Luxemburg Smiths Botschaft – alle Länder, die französische Fernsehsender empfangen können.

»Lassen Sie mich Ihnen ein wenig über diese Kanonen erzählen«, fuhr Smith fort. »Sie heißen Lap-Laser, und ich habe sie mir gewissermaßen von der US-Armee ausgeborgt, die sie in einem Stützpunkt bei Stuttgart testete. Sie sind wahrscheinlich die Kleinwaffen mit der größten Vernichtungskraft, die je erfunden wurden. Natürlich können sie nicht mit einer Wasserstoffbombe von hundert Megatonnen konkurrieren – aber vom Einsatz einer Kernwaffe hätte ich nichts. Die Lap-Laser ist für meinen Zweck absolut ideal: sie wird alles, was sich dem Eiffelturm nähert –ob auf dem Boden oder aus der Luft – orten und vernichten. Ich würde dem hier versammelten Publikum sowie der Polizei und der französischen Armee raten, den Einsatz dieser Waffen nicht herauszufordern, die armiert an der Fassade des Turms verankert sind. Das ist alles, was ich im Augenblick zu sagen habe. Ich werde in einer Stunde wieder auf Sendung gehen. Auf Wiedersehen.«

Der Bildschirm wurde dunkel. In den Regierungsbüros, Bars und Wohnungen der gesamten Länder saßen die Menschen wie gelähmt und starrten ins Leere.

In Washington und London, Moskau, Peking und Kairo lasen Staatsoberhäupter und Presseleute die eintreffenden Fernschreiben und Telegramme mit wachsender Fassungslosigkeit.

Philpott rannte zum Telefon. »Haben Sie es gesehen, Richard?« stieß er hervor. »Alles? Gut. Hören Sie zu: Ich kenne Smiths Methoden, seinen Charakter – ich habe ihn studiert. Ich weiß auch eine Menge über diese Lap-Laser – denn sie sind der wirklich wichtige Faktor, verstehen Sie? Ohne die Laser hätten wir vielleicht eine Chance, obwohl wir Adelas Leben natürlich nicht aufs Spiel setzen dürfen. Da aber Smith im Besitz der Lap-Laser ist, sind die Behörden absolut machtlos.

Aber es gibt noch eine Möglichkeit. Ich sage Ihnen jetzt etwas, das nur für *Ihre* Ohren bestimmt ist: Ich habe zwei Agenten von uns auf dem Turm in Smiths Mannschaft. Und jetzt möchte ich, daß Sie bei der französischen Regierung grünes Licht für Sonja, mich und die UNACO erwirken. Ich habe übrigens Rote Priorität von Giscard. Sie rufen zurück? Okay – bis gleich.« Er legte den Hörer auf und sagte zu Sonja: »Wir warten.«

Gleich darauf läutete das Telefon wieder. Philpott ergriff den Hörer und sagte: »Richard? Wer? Oh... ach, ich verstehe. Nein, natürlich. Ich warte.« Er sah Sonja an und schüttelte langsam den Kopf – aber nicht enttäuscht, sondern voller Mitgefühl. Dann sagte er in die Sprechmuschel: »Ja, Mister President, hier spricht Malcolm. Ich weiß, Sir, ich weiß... vielleicht haben wir doch eine Chance. Natürlich, natürlich – alles, was nur den Schatten einer Gefahr für Mrs. Wheeler bedeuten könnte, kommt selbstverständlich nicht in Frage. Nein, Sir, nein«, fuhr er fort, »Sie können absolut sicher sein, ich verspreche es. Es wird mir eine Ehre sein, als Ihr persönlicher Vertreter zu handeln. Bitte machen Sie sich darüber keine Sorgen. Und – Warren – haben Sie Vertrauen. Okay. Ich halte Verbindung mit Ihnen.« Er legte auf – und sofort klingelte es wieder.

Es war Ravensberg, der Philpott mitteilte, die UNACO sei mehr als willkommen beim Notstandsteam – man wolle ihm sogar die Leitung der Operation übertragen.

Philpott ließ den Hörer auf die Gabel sinken und lächelte Sonja freudlos an: »Na, dann los! Wir haben verdammt viel zu tun. Bete zu Gott, daß alles rechtzeitig klappt!«

Die Menschen haben die an sich verständliche Angewohnheit, ihre Kinder, wenn es irgendwo etwas zu sehen gibt, nach Möglichkeit in die vorderste Reihe zu schieben, damit sie alles genau beobachten können – und die Menge am Eiffelturm machte da keine Ausnahme.

Ein kleines Mädchen von vielleicht sieben Jahren mit einem Band im Haar stand zwischen zwei Polizisten. Es hielt einen großen bunten Ball in den Händen.

Die Mutter hatte ihm zwar eine Hand auf die Schulter gelegt, aber ihre Aufmerksamkeit war voll auf den Turm konzentriert, obwohl es absolut nichts Interessantes zu sehen gab. Plötzlich ließ das Kind aus Langeweile seinen Ball hüpfen, konnte ihn aber nicht wieder auffangen. Bei dem Versuch, ihn doch noch zu erwischen, stieß es mit dem Knie daran, und er rollte quer über die Straße – auf die mit Kreide markierte äußere Begrenzungslinie des Turms zu.

Das Mädchen stieß einen ärgerlichen Laut aus und lief dem Ball hinterher.

Die Mutter schrie auf und wollte dem Kind nachrennen, aber der Polizeikordon hielt sie zurück. Ein stämmiger, junger Mann stieß einen Polizisten zur Seite und stürmte dem kleinen Mädchen nach.

Oben auf dem Turm schwenkte eine Lap-Laser eine Idee nach links. Die Mauseohrdetektoren richteten sich auf und begannen die laufenden Gestalten zu verfolgen. Der Computer erfaßte das kleinere Ziel zuerst, und die Generatorlaster unter den Türmen begannen Strom zu produzieren.

Der junge Mann erreichte das Kind – wenige Zentimeter vor der weißen Linie, die auf Smiths Anordnung hin gezogen worden war.

Der Ball rollte über die Linie. Die Laserkanone bewegte sich mit blitzartiger Geschwindigkeit. Ihr Rohr leuchtete plötzlich strahlend weiß, die Umrisse des Balles glühten auf ... dann war nichts mehr da – nur ein Rauchwölkchen zeigte an, wo er gelegen hatte.

Die riesige Menschenmenge stand wie erstarrt. Der einzige Laut war das Schluchzen der Mutter, die ihr Kind an sich preßte und hin und her wiegte.

Die Limousine hielt vor dem französischen Innenministerium. Philpott und Sonja stiegen aus und eilten in das Gebäude. Sie wurden ohne Formalitäten direkt in den eleganten Konferenzraum geführt, wo Guilleaume Ducret, der Minister, mit Vertretern der Polizei, der Armee und ziviler Verteidigungskräfte konferierte. Ducret steckte sichtlich erleichtert die Hand aus und sagte: »Mr. Philpott, ich kann Ihnen gar nicht sagen, wie sehr ich mich freue, Sie zu sehen.« Er stellte die beiden den anderen Anwesenden vor.

Ducret, ein gutaussehender Aristokrat aus der Schule Giscard-Malraux, begann gerade Philpott Fragen zu stellen, als die Tür aufgerissen wurde und Polizeipräfekt Auguste Poupon hereinstürzte. Pourpon war ein Energiebündel – ein Fels in der Brandung jeder Krise. Kurz nach ihm kam Richard Ravensberg, gefolgt von zwei Viersterne-Generälen – Holmwood und Hornbecker – samt Adjutanten. Die Nachhut bildeten französische Militärchefs und Industriebosse.

General Hornbecker und Pierre Jaubert begannen zu diskutieren, wer in der kürzesten Zeit die wirkungsvollsten Maßnahmen treffen könnte. »Ich habe im Augenblick eine Staffel Mirage-Bomber in der Luft«, erklärte Jaubert. »Sie könnten innerhalb von Sekunden auf dem Weg sein.«

»Die Lap-Laser werden sie innerhalb von Sekunden pulverisieren!« erwiderte Hornbecker verächtlich. »Aber wir könnten sie mit speziellen Fernlenkgeschossen einzeln abschießen.«

»Und damit den Eiffelturm, Mrs. Wheeler und halb Paris in die Luft jagen«, warf Philpott schneidend ein. »Nein, meine Herren. Monsieur Ducret und mir wurde das Kommando dieser Operation übertragen. Wenn wir Ihre Hilfe brauchen, werden wir Sie darum bitten. Das wird zwar sehr wahrscheinlich der Fall sein – aber zu *unseren* Bedingungen. Bis dahin wäre ich Ihnen dankbar – es sei denn, Sie haben etwas wirklich Nützliches beizutragen –, wenn Sie den Mund hielten.« Das war grob, aber wirkungsvoll – letzten Endes die einzige Art, mit Generälen umzugehen.

Ducret hüstelte. Jaubert und Hornbecker gaben in plötzlicher Eintracht durch einen Blickwechsel ihrer Wut über Philpott Ausdruck.

Ducret brach das unangenehme Schweigen, indem er sagte: »Ich halte es für äußerst wichtig, daß wir möglichst viel über diesen Mann erfahren, der sich Mister Smith nennt – und ich glaube, Mr. Philpott kann uns da wertvolle Informationen liefern.«

Philpott räusperte sich und begann: »Smith ist einer der außergewöhnlichsten Verbrecher der Welt. Er ist immens reich und hat das schreckliche Verlangen – den unwiderstehlichen Zwang –, ausgefallene Verbrechen zu begehen. Er interessiert sich weder für Politik noch für Menschen – nur Verbrechen begeistern ihn. Deshalb organisiert er fast jedes Jahr eine geniale kriminelle Operation. Er scheint unbesiegbar zu sein.«

»Was geht denn zum Beispiel auf sein Konto?« fragte Ducret.

»Darüber«, sagte Philpott, »kann Ihnen Mrs. Kolschinsky Bericht erstatten.«

»1963«, begann Sonja, »stahl er sechzig Kilo Uran von Spaltqualität aus dem Kernkraftwerk in Blythe, Wyoming. Erinnern Sie sich noch? Er zwang San Diego damals, zehn Millionen Dollar Lösegeld zu zahlen. In der Panik fanden zwanzig Menschen den Tod.

1976 verkaufte er eine Ladung gestohlener russischer Handfeuerwaffen – supermoderne Ausrüstung aus ihrem Testgebiet in Newjansk – an Terroristen in Libyen. Sie tauchten überall auf. Hundertfünfzig Tote in Manchester, England; zweihundert in

Tokio; das Verkehrsflugzeug über Haifa; das Blutbad in Darm-
stadt. Es war nicht Smith *selbst*, das gebe ich zu – aber er war der
Katalysator.«

Sonja blickte von einem zum anderen. »Soll ich weitermachen?
Erinnern Sie sich noch an den Banküberfall auf den Kanal-Inseln?
Er hatte praktisch ganz Jersey besetzt.«

Sie wollte fortfahren, aber Ducret unterbrach sie: »Danke,
Mrs. Kolschinsky, das genügt uns schon. Es ist mir nur ein völliges
Rätsel, weshalb niemand hier bei uns je von ihm gehört hat –
immerhin lebt er doch in einem Schloß an der Loire und gibt
anscheinend enorme Summen in unserem Land aus.«

»Er ist ein Meister der Verstellung«, gab Philpott die Erklärung.
»Er kann seine Erscheinung derart verändern, daß ihn nicht einmal
seine engsten Mitarbeiter erkennen. Vor fünf Jahren in Tokio
erschien er als Deutscher – er spricht Gott weiß wie viele Sprachen.
In Johannesburg trat er vor zwei Jahren als Spanier auf. Aber das
Wichtigste an ihm ist folgendes: Wenn Smith eine Forderung stellt,
bereitet er alles so vor, daß es unmöglich ist, sie abzulehnen.«

»Sie meinen, er läßt einem keinen Spielraum«, warf Ravensberg
ein.

»Genau«, nickte Philpott. »Jedenfalls *normalerweise*. In diesem
speziellen Fall jedoch gibt es den Schimmer einer Chance: Meine
Organisation, die UNACO, hat zwei Agenten in Smiths Team eingeschleust.« Philpott bedauerte, die allgemeine Begeisterung durch
einen Zusatz dämpfen zu müssen: »Allerdings nützt uns das im
Augenblick recht wenig, da wir keine Möglichkeit haben, mit
unseren Leuten in Verbindung zu treten. Wir sind also auf ihren
Einfallsreichtum angewiesen.«

Mike Graham blickte die Gruppe, die sich in der Küche um ihn
versammelt hatte, durchdringend an. Ein Plan des Turms lag vor
ihnen auf dem Tisch.

»Hier, hier, da und dort«, sagte Graham und tippte mit dem
Zeigefinger auf vier Stellen, »das sind die neuralgischen Punkte.
Zündet man dort die Sprengsätze, ist der Eiffelturm nur noch
Schrott.«

»An jedem Punkt eine volle Ladung?« fragte Sabrina.

Mike nickte. »Einen Fünfundzwanzigpfünder.« Er nahm eine
Sprengkapsel aus einer Stahlbüchse. »Und eine von diesen hier.
Sie ist radioaktiv – absolut ungefährlich, bis sie durch ein Funksi-

gnal aktiviert wird. Dann allerdings gibt es kein Zurück mehr. Und es bleibt nicht viel Zeit für Sie, sich in Sicherheit zu bringen.«

Sie machten sich an die Arbeit. Zwei der Kommandos erwiesen sich als unbrauchbar, da sie plötzlich von panischer Höhenangst ergriffen wurden. Tote stieß den einen beiseite und zerrte den anderen grob aus dem am Geländer befestigten Sitzgurt. Dann nahm er den Platz des zitternden Mannes ein und befestigte in aller Ruhe zwei Ladungen Plastiksprengstoff.

Als auch Sabrina mit ihrer Arbeit fertig war, saßen insgesamt vier Klumpen harmlos aussehender Knetmasse an den vorgesehenen Stellen – sie konnten das Ende des Turms bedeuten.

Sabrina sah nach oben: Einer aus dem Kommando streckte ihr die Hand entgegen, um sie hochzuziehen. »Danke, es geht schon«, winkte sie ab, worauf der Mann mit einem Achselzucken den Weg über einen Querträger antrat, auf dem er zu der Wendeltreppe gelangen wollte. Er warf sich nach vorn, um das Geländer zu fassen – und verfehlte es. Er stieß einen gellenden Schrei aus und hakte sich mit den Kniekehlen an dem Träger fest.

Das scharfkantige Eisen schnitt tief in sein Fleisch, und der Schmerz zwang ihn, die Beine auszustrecken. Und dann geschah alles in Sekundenbruchteilen: Mit einem zweiten Schrei stürzte er ab, prallte gegen eine Verstrebung – und dann bohrten sich plötzlich Sabrinas Fingernägel in sein Handgelenk, als sie es wie eine Stahlklammer umschloß: Als sie ihn fallen sah, hatte sie eine Hand vorschnellen lassen und den Mann mitten im Flug gestoppt. Der Ruck, den das Gewicht des plötzlich an ihrer Hand hängenden Mannes verursachte, kugelte ihr fast die Schulter aus. Sie keuchte vor Schmerz und Anstrengung.

Tote schrie von der anderen Seite des Turms: »Nicht loslassen! Halt ihn fest!« Was meint er denn, was ich hier versuche!, dachte Sabrina wütend. Ihre Kraft schwand schnell.

»Versuch irgendwo Halt zu finden!« rief sie dem Mann zu, dessen Füße ziellos in der Luft herumtasteten. Sie wußte, daß es nur noch Sekunden dauern konnte, bis sie ihn loslassen oder mit ihm in die Tiefe stürzen würde.

»Ich kann dich nicht mehr halten!« schrie sie verzweifelt. Der Träger, an den sie sich klammerte, schnitt in ihr Fleisch und jagte Wellen von Schmerz durch ihren Körper. Ihre Finger begannen sich vom Eisen zu öffnen, und sie merkte, wie sie anfing, abzurutschen.

Und dann geschah plötzlich ein Wunder: Tote schwang sich herüber und packte den Mann um die Taille. Als das Gewicht plötzlich weg war, hätte Sabrina den Träger vor Überraschung fast losgelassen, aber sie reagierte gerade noch rechtzeitig. Mit letzter Kraft zog sie sich auf die Plattform hoch, ließ sich flach auf den Boden fallen und bemühte sich, ihren keuchenden Atem wieder unter Kontrolle zu bringen. Tote lud den geretteten Mann vom Kommando neben ihr ab. Sie wandte ihm ihr Gesicht zu und flüsterte: »Bist du okay?« Er nickte. Und dann riß es ihn plötzlich hoch, als Totes Stiefelspitze sich in seine Seite bohrte.

»Du Scheißkerl«, knurrte der Finne. »Ich hätte dich fallen lassen können. Hast du gehört?« Er versetzte dem Mann *noch* einen Tritt. »Du hättest sie fast umgebracht! *Dich* brauchen wir nicht! *Sie* ist zehnmal soviel wert wie du! Hundertmal! Hörst du? Wenn ich dich noch mal hier sehe, schmeiße ich dich höchstpersönlich vom Turm!«

Unten am Turm herrschte geschäftiges Treiben: Die ›Larousse‹-Laster bildeten eine Wagenburg. Unter der Leitung von Claude und C. W. wurden Kabel aus einem Laster abgespult und zu einer unterirdischen Kammer gezogen. Dort wurden sie an die Hauptstarkstromleitung des Turms angeschlossen. Andere Mitglieder der Mannschaft brachten mehrere kleine Kartons, die sie neben zwei Bierfässern an der Wand aufstapelten.

Die Verbindung der Kabel war eine nervenaufreibende Arbeit, und als sie erledigt war, richtete C. W. sich auf und wischte sich den Schweiß von der Stirn. Er sah sich nach einer Erfrischung um, und sein Auge fiel auf die Bierfässer. Er ging hinüber, hockte sich hin und drehte den Hahn auf.

Aus der Öffnung kam nichts als das Zischen komprimierter Luft. »Du meine Güte«, beklagte sich C. W., »in dem Bier ist aber viel Kohlensäure, Claude.«

Claude fuhr herum und brüllte: »Finger weg! Wenn Sie was trinken wollen, warten Sie, bis Sie nach oben kommen!«

C. W. stand auf. Er konnte auch ohne Trinken auskommen – aber die Entdeckung, daß zumindest einige von Smiths Bierfässern mit Sauerstoff gefüllt waren, konnte vielleicht noch von Vorteil sein.

Nicht zum erstenmal zerbrach sich der Schwarze sein cleveres Gehirn, wie er die unschätzbaren Informationen, die er besaß, Philpott in die Hände spielen könnte. Hier im Keller, auf dem

Boden, war er der Sicherheit so nah – er brauchte nur loszurennen. Allerdings hätte Claude ihm bei dem Versuch postwendend den Kopf vom Rumpf geschossen...

Das Innenministerium summte vor Geschäftigkeit. Philpott und Ducret versuchten mit Hilfe der Militärs und Wissenschaftler, eine Lösung zu finden – und dann meldete sich schließlich ein großer, hagerer Franzose zu Wort: »Die Kanonen operieren doch mit Lichtstrahlen – also brauchen wir sie nur zu reflektieren.«

Philpott sprang auf. »Bei Gott – das ist es: Wir müssen den Strahl einfangen und mittels eines Spiegels zurückstrahlen. Warum haben wir nicht früher daran gedacht?«

Aber eine halbe Stunde später – nach komplizierten Berechnungen – mußte der französische Wissenschaftler zugeben, daß die praktische Durchführung seiner zweifellos genialen Theorie möglicherweise verheerende Folgen haben konnte: Wenn der Brechungswinkel nicht hundertprozentig stimmte, würde die Lap-Laser das Manöver unbeschadet überstehen – aber dem Eiffelturm würde ein ganzes Stück fehlen.

Philpott akzeptierte schweren Herzens, daß dieses Risiko zu groß war. Und während er noch dabei war, diese herbe Enttäuschung zu verkraften, eröffnete ihm Ravensberg, daß sowohl das Capitol als auch der Elysée-Palast darauf drängten, daß etwas unternommen werde.

»Ich kann nicht hexen!« schnauzte Philpott.

Ducret warf ihm einen mitfühlenden Blick zu: »Ich beneide Sie nicht darum, daß man Ihnen in dieser Sache das Oberkommando übertragen hat – wenn etwas schiefläuft, haben *Sie* den Schwarzen Peter. Wenn der Eiffelturm beschädigt oder gar zerstört wird, dann ist es Ihre Schuld – und damit die der Vereinigten Staaten.«

Philpott nickte düster: »Meiner eigenen Regierung gegenüber stehe ich auch nicht besser da: Sollte der Mutter des Präsidenten etwas zustoßen, zweifle ich keinen Augenblick daran, daß meine Abteilung, trotz meiner langjährigen Freundschaft mit Warren Wheeler, umgehend aufgelöst wird – und dann kann ich als Holzfäller nach Kanada gehen...«

»Was werden Sie also tun?«

»Das weiß ich noch nicht, aber ich weiß, was ich *will*!«

»Und das wäre?«

»Smith! Ich *muß* ihn haben – und ich *kriege* ihn!«

»Sie sind bereit, dafür Ihre Abteilung, Ihre Karriere aufs Spiel zu setzen?« fragte Ducret.

»Bin ich – vielleicht sogar mein *Leben*.«

»Dann kann ich nur hoffen, daß Ihre Entscheidungen in den nächsten Stunden die richtigen sein werden.«

Nach langem Hin und Her kamen Warren G. Wheeler und Valéry Giscard D'Estaing schließlich zu dem Schluß, daß sie keine andere Möglichkeit hatten, als Smiths Forderung zu erfüllen – ohne zu merken, daß Philpott sie dahingehend manipuliert hatte.

Marcel Le Grain, der Finanzminister, wurde in den Konferenzraum gerufen. »Ich sage Ihnen eins«, schnaubte der kampflustige, beleibte Mann, »wenn Sie vorhaben, diesem Strolch nachzugeben, trete ich zurück und nehme den Schlüssel zur Schatzkammer mit. Wir können doch nicht zulassen, daß ein Bandit in solch haarsträubender Weise Schindluder mit ganzen Nationen treibt. Wir werden diesen Smith zertreten wie ein Insekt.« Er grub demonstrativ seinen Absatz tief in den dicken Teppich.

»Hört sich sehr gut an, Marcel«, sagte Ducret. »Vor allem jetzt – im Wahljahr...«

Philpott grinste. Le Grain wollte gerade eine scharfe Antwort geben, als ein Adjutant das Geplänkel unterband, indem er auf den Fernsehschirm zeigte: »Unser ›Star‹ wird gleich wieder erscheinen.«

Alle versammelten sich um den Apparat. Smith gestattete gnädig, daß ein Werbespot zu Ende lief, dann kam er ins Bild.

»Es ist jetzt dreizehn Uhr«, stellte er fest. »Wenn die dreißig Millionen Dollar, die ich verlangt habe, nicht innerhalb der nächsten zwölf Stunden in meinen Händen sind, werde ich mit meinen Leuten den Turm verlassen. Kurz darauf werden vier gleichzeitige Explosionen den Eiffelturm in sich zusammenfallen lassen. Ich bin sicher, daß das nicht im Sinne der Pariser Bevölkerung wäre – und ich kann mir auch nicht vorstellen, daß Präsident Wheeler seine Mutter auf diese Weise verlieren möchte, die im Augenblick noch gesund neben mir sitzt.«

Die Kamera schwenkte etwas nach links und brachte Adela Wheeler ins Bild.

»Wir haben es hier mit einem größenwahnsinnigen Irren zu tun«, sagte sie. »Wenn das französische Volk es für notwendig erachtet, den Eiffelturm freizukaufen, so ist das seine Sache – aber ich möchte nicht, daß meine Anwesenheit hier diese Entscheidung in irgendeiner Form beeinflußt. Ich möchte Ihnen mit allem Nachdruck davon abraten, diesem habgierigen Verrückten eine derart horrende Summe in den Rachen zu werfen – wenn Sie bereit sind, soviel Geld zu opfern, dann spenden Sie es dem Kinderhilfsfonds – der braucht es *wirklich*!«

Die Kamera schwenkte zurück zu Smith, dessen Gesicht dunkelrot vor Wut war. »Wie ich schon sagte«, knirschte er: »Sie haben zwölf Stunden Zeit.« Dann wurde der Bildschirm dunkel.

9

Smith ging unruhig im Restaurant auf und ab – das Warten zerrte an seinen Nerven. Er konnte sich lebhaft vorstellen, wie die Köpfe auf der Gegenseite rauchten, bei dem Versuch, eine Möglichkeit zu finden, ihn zu überlisten und ihr kostbares Geld zu behalten. Dabei interessierte ihn ihr Geld überhaupt nicht – es war für ihn nur Mittel zum Zweck, seine Gegner in die Knie zu zwingen. Sie mußten einsehen, daß er unbesiegbar war – dann war er zufrieden.

Er goß sich einen Cognac ein, trank ihn in einem Zug und winkte Claude zu sich. »Es ist an der Zeit, einige – hm – Vorsichtsmaßregeln zu treffen. Was meinen Sie, Claude?«

Claude betrachtete die Leute, die vor sich hin dösten, Karten spielten oder sich unterhielten. »Die Waffen?« fragte er.

Smith nickte. »Aber taktvoll, Claude – taktvoll.«

Claude räusperte sich und wandte sich an die Crew: »Ich möchte Sie alle bitten, Ihre Waffen abzuliefern – solange Sie sie haben, kann es durch Unvorsichtigkeit nur allzu leicht zu Unfällen kommen, und dieses Risiko wollen wir doch lieber ausschließen. Mit unnötigem Blutvergießen ist schließlich niemandem gedient.«

Ein Raunen des Befremdens lief durch die Reihen. Tote gefiel der Vorschlag offensichtlich überhaupt nicht, und Graham und C. W. sahen äußerst argwöhnisch drein. Aber schließlich fügten sich alle dem Befehl – nicht zuletzt beeinflußt durch den Anblick der schußbereiten Waffen in den Händen von Lea und Claude.

»Ist das vielleicht als Mißtrauensvotum zu werten?« fragte Sabrina, als sie ihr Sturmgewehr AK 47 und ihre MA 28 ablieferte.

»Aber keineswegs, meine Liebe«, sagte Smith, »ich will lediglich das Risiko von Unfällen vermeiden.«

»Erstreckt sich diese Überlegung auch auf Sie, Claude und Lea?« wollte Graham wissen.

»Nein«, antwortete Smith. »Jemand *muß* bewaffnet sein – und es ist wohl selbstverständlich, daß *ich* das bin – und meine engsten Mitarbeiter.«

Graham und C. W. wollten gerade gemeinsam Protest erheben, als das Telefon läutete. Pei hob ab und sagte: »Es ist der Innenminister, Monsieur Ducret, Sir.«

Smith grinste selbstgefällig. »Das ging ja schneller, als ich dachte.«

Er ging zum Telefon.

»Wir gehen auf Ihre Forderung ein«, sagte Ducret, »aber der Finanzminister hat mir erklärt, daß die Beschaffung und Zahlung der verlangten Summe unmöglich innerhalb der von Ihnen gestellten Frist zu bewerkstelligen ist. Er hält eine Verlängerung Ihres Ultimatums bis morgen früh um zehn für unerläßlich.«

Smiths selbstzufriedenes Lächeln verschwand. »Kommt nicht in Frage«, erklärte er schroff. »Wir werden Punkt ein Uhr nachts den Turm verlassen und die Sprengladungen zünden, wenn ich bis dahin nicht dreißig Millionen Dollar in nicht gekennzeichneten Scheinen in Händen habe. Melden Sie sich bei mir, sobald Sie das Geld haben. Ich werde dann dafür sorgen, daß die Überbringer den Turm unbeschadet erreichen – was allerdings nicht bedeutet, daß ich die Laserkanonen abschalten lasse.«

Das Gespräch wurde im Konferenzraum des Ministeriums über Lautsprecher übertragen. Ducret sah Philpott und Poupon mit hochgezogenen Brauen an. Philpott kritzelte rasch etwas auf einen Block und reichte die Notiz Poupon, der sie an Ducret weitergab.

Der Minister sagte: »Sie sind zweifellos ein überaus intelligenter Mann, Mister Smith – und deshalb werden Sie auch sicher einsehen, daß Ihre Vorstellung von der Abwicklung der Transaktion nicht realisierbar ist. Wir haben nur fünfzehn Millionen in amerikanischer Währung im Lande – die können Sie bis heute abend um zehn haben. Den Rest müssen wir aus der Schweiz und aus Luxemburg beschaffen – und das erfordert Zeit.«

Nach einer kurzen Pause gab Smith in diesem Punkt nach: »Also gut, Ducret – fünfzehn Millionen Dollar bis heute abend um zehn. Aber den Rest will ich spätestens um vier Uhr haben – eine weitere Verlängerung gibt es nicht. Ist das klar?«

»Einen Augenblick, Mister Smith«, sagte Ducret. »Ich muß mich kurz mit meinen Kollegen beraten.« Und damit unterbrach er das Gespräch.

»Warum ist ihm die Zeit so wichtig?« fragte er Philpott.

»Vielleicht ist bis dahin die Energieversorgung der Laserkanonen erschöpft«, überlegte dieser. »Oder er hat den Abzug vom Turm auf einen bestimmten Termin festgelegt.«

»Wie dem auch sei – wir haben wohl keine Wahl«, sagte Ducret und stellte die Verbindung zum Turm wieder her: »Wir werden das Zeitlimit einhalten, Mister Smith.«

Sabrina trat zum Geländer der Plattform – sie wollte ein wenig frische Luft schöpfen. Graham schlenderte heran und stellte sich neben sie. Er zündete sich eine Zigarette an.

Sabrinas Herz hämmerte. Würde er jetzt zuschlagen? Während Smith noch genügend Zeit blieb, sich ihrer zu entledigen – sie aber keine Chance hatte, sich mit Philpott in Verbindung zu setzen?

»Merkwürdig«, sagte er gedehnt, »ich ...«

»Ja, Mike?«

»Ach – es ist nur so ein Gefühl. Seit wir uns neulich im Hubschrauber sahen ...«

»Nämlich?« Cool!, dachte sie. Ganz cool bleiben!

Graham lächelte sie an: »Ich werde das Gefühl nicht los, Sie schon irgendwo gesehen zu haben – früher irgendwann.«

»Das ist durchaus möglich«, sagte sie leichthin. »Ich war eine Zeitlang Fotomodell – ein ziemlich gut beschäftigtes sogar. Covergirl, wissen Sie.«

Graham nahm einen tiefen Zug aus seiner Zigarette, blies den Rauch aus und sagte: »Ja, das könnte es sein. Aber bei Ihrem Beruf war es doch wohl ein bißchen riskant, von Titelblättern zu lächeln, oder?«

Sie nickte zustimmend. »Deshalb habe ich es auch aufgegeben.«

»Nein«, sagte er, »wenn ich es mir recht überlege, können wir uns noch nie persönlich begegnet sein – das hätte ich bestimmt nicht vergessen.«

»Wie charmant«, entgegnete Sabrina und zwang sich, seinem herausfordernden Blick standzuhalten.

Schließlich wandte Graham seine Aufmerksamkeit wieder der Umgebung zu und stieß Sabrina plötzlich leicht in die Seite. »Da!«

Ihr Blick folgte seinem ausgestreckten Arm: Jenseits der weißen Umgrenzungslinie des Turms rollten Militärfahrzeuge heran. Sie stoppten, und eine Menge Infanteristen sprangen heraus.

Sabrina sagte: »Meinen Sie, das ist ernst?«

Mike schüttelte den Kopf. »Glaube ich nicht.« Und dann fügte er hinzu: »Mal sehen, wie es mit der Abwehr steht.«

Er schnippte die Zigarette weit hinaus in die kühle Brise. Ein gleißender Blitz zuckte auf – und die Zigarette war verschwunden.

Claude hatte sich lautlos von hinten herangeschlichen – er war ein passionierter Lauscher. Er berührte Grahams Schulter, und Mike fuhr herum. »Sie sollten mit dem Rauchen vorsichtiger sein«, riet ihm der Franzose mit dem Narbengesicht. »Es könnte Ihrer Gesundheit schaden.«

Als die Sonne zu sinken begann und den Turm in rosiges Licht tauchte, verstärkte sich die militärische Aktivität im Parkgelände des Palais de Chaillot. In den letzten Stunden war genau tausend Meter von seiner Mitte entfernt rund um den Turm eine niedrige Barriere errichtet worden.

Zwischen der Barriere und dem Ring von Truppen und Militärfahrzeugen lag ein Niemandsland von nicht ganz zehn Metern Breite. Und dort stand ein Funkwagen der Polizei.

Er war als perfektes Kommunikationszentrum eingerichtet worden, von dem aus Philpott und Präfekt Poupon mit jedem in Verbindung treten konnten, den sie zu sprechen wünschten – einschließlich des Turms und des US-Präsidenten. Die Verlegung der Kommandozentrale war Philpotts Idee gewesen – als ihm die Untätigkeit auf die Nerven gegangen war, hatte er beschlossen, den Bau zu verlassen und Sabrina und C. W. die Möglichkeit zu geben, Kontakt mit ihm aufzunehmen.

»*Smith* hat mich auf die Idee gebracht«, erklärte er Poupon. »Mit seiner Bemerkung, daß er dafür sorgen würde, daß die Überbringer des Geldes den Turm unbeschadet erreichen würden. Ich hatte natürlich schon angenommen, daß Smith und seine Leute irgendwie gegen die Laserkanonen geschützt sein müssen, da sie sonst ja ständig gefährdet wären, sobald sie sich dem Geländer auch nur näherten – und Smith hat meine Vermutung bestätigt. C. W. wird also möglicherweise versuchen, den Turm zu verlassen – und dann ist es gut, wenn wir in der Nähe sind.«

»Aber sie werden ihn doch sicher vom Turm aus erschießen«, wandte Poupon ein.

Philpott grinste. »Das werden sie nicht schaffen – es sei denn, sie schalten die Laser aus. Ansonsten würden die Kugeln genauso pulverisiert wie alles andere, das in den Schußbereich gerät. Und Smith wagt es nicht, die Lap-Laser zu desaktivieren, weil er genau weiß, daß wir dann sofort den Turm stürmen. C. W. hat also wirklich eine Chance.«

Poupon nickte. »Wenigstens ist es hier spannender, als im Ministerium herumzuhocken.«

»Ja, aber vor Einbruch der Nacht wird sich nichts tun, C. W. braucht den Schutz der Dunkelheit – wenn auch nicht so notwendig wie Sabrina.«

»Warum nicht?« fragte Poupon.

»Weil er so schwarz ist wie das Pik-As. Genaugenommen *ist* er sogar das Pik-As.«

Ein Polizeioffizier klopfte an die Tür der Kommandozentrale und meldete die Ankunft eines hohen Beamten des Pariser Stadtbauamts. Gleich darauf vertieften sich alle drei in detaillierte Pläne des Eiffelturms.

Die Dämmerung brach herein, und ein schwarzer Schatten glitt hinter eine Treppe, die hoch oben am Turm zwei Partien gekreuzter Eisenträger verband. Ein Gegenstand fiel und schlug leise gegen eine Stahlverstrebung. C. W. erstarrte zu absoluter Regungslosigkeit.

Im Funkwagen nützten Sonja, Philpott und Poupon das noch vorhandene Licht, um den Turm mit Feldstechern abzusuchen.

»Was entdeckt?« brummte Philpott.

»Nichts«, antwortete Sonja. »Wie soll man in diesem Gewirr von Eisenstangen auch was erkennen?«

»Ich weiß«, seufzte Philpott.

»Gleich ist es *ganz* dunkel«, warf Poupon hilfreich ein.

»Tausend Dank für den Hinweis«, sagte Philpott säuerlich. Dann starrte er wieder durch den Feldstecher auf den Turm und flüsterte: »Los doch, C. W., mach schon, mein Junge! Wir warten auf dich!«

C. W. löste sich aus seiner Erstarrung und kletterte die Verstrebungen entlang, bis er sich gegenüber von Philpotts Wagen befand. Er machte das Metallblättchen an seiner Brust los und hielt es vor sich hin.

Ein Sonnenstrahl drang durch die Wolkenwand im Westen, und C. W. drehte das Metallplättchen hin und her und betete, daß der Lichtstrahl darauf treffen würde. Sonja entdeckte das kurze Blinken und rief: »Da! Knapp unter dem zweiten Absatz! C. W. signalisiert uns! Ich kann ihn sogar sehen.«

»Wo?« fragte Philpott.

»Gegenüber der kleinen Treppe, gleich neben dem Stützpfeiler.«

Sonja wies auf einen Punkt.

»Ich hab' ihn«, sagte Philpott. »Sonja, nimm Block und Bleistift. Schnell!«

C. W. signalisierte in Windeseile, und Philpott dechiffrierte ebenso fließend.

»Schreib auf«, befahl er. »... unglaubliche – Sicherheitsvorkehrungen... Scheiße, das hab' ich verpaßt. Warte... Mrs. Wheeler – bisher – okay – gesamter Stab – entwaffnet – außer Smith – und – Adjutanten.«

Der Sonnenstrahl verschwand – er hatte seinen Zweck erfüllt: C. W. hatte seinen Bericht beendet. Sonja las atemlos vor: »Smith hat uns Fluchtplan nicht verraten, aber Training betraf alles von Sauerstoffgeräten bis zu Hochspannungsleitungen. Sechssitziger Hubschrauber auf Château Clérignault an der Loire...«, sie brach ab.

»Was weiter?« fragte Philpott.

»Nichts«, sagte Sonja. »Das ist alles.«

Eine Hand legte sich über C. W.s Mund und riß ihn mit einem Ruck zurück ins Dunkel hinter einen Träger. »Keinen Laut!« flüsterte Graham dicht an seinem Ohr.

C. W.s Augen blickten nach oben: Claude kam mit einer Taschenlampe in der Hand die Treppe herunter. Er blieb knapp vor C. W. und Graham stehen und starrte auf den Funkwagen hinunter. Es war jetzt völlig dunkel. Claude stieg die Treppe wieder hinauf und nahm den Fahrstuhl zum Restaurant. Er war unruhig wegen C. W.s langer Abwesenheit – und dann fiel ihm auf, daß er auch Mike Graham seit etwa zehn Minuten nicht gesehen hatte. Und Sabrina Carver ebenfalls nicht.

Mike nahm die Hand vorsichtig von C. W.s Mund und zischte: »Ihre gute Fee hat soeben Ihr Leben gerettet.« In diesem Augenblick traf ihn eine Handkante am Hals. Er stöhnte, taumelte, und seine Knie knickten ein.

Sabrina setzte gerade zu einem zweiten Schlag an, aber C. W. fing ihre Hand in der Luft ab: »Nicht! Er hat mir gerade das Leben gerettet!«

»Dann seid ihr quitt – denn *Sie* haben gerade *seins* gerettet.«

Graham rieb sich den Hals und grinste schief: »Alle Achtung. In dem Lehrgang in waffenlosem Einzelkampf haben Sie allerhand gelernt, nachdem ich weg war!«

»Sie haben mich also doch wiedererkannt«, stieß sie hervor. Mike feixte. »Klar – bei *der* Figur...«

Sabrina warf ihm einen trotzigen Blick zu.

»Und auf welcher Seite stehen Sie derzeit, Mike?« erkundigte sich C. W.

»Auf meiner«, antwortete Graham, »und auf der der CIA.«

»Und warum waren Sie dann immer von derart ausgesuchter Unliebenswürdigkeit?« fragte Sabrina.

»Alles Tarnung«, grinste Graham. Dann fragte er, ob Philpott auf C. W.s Nachricht geantwortet habe, und C. W. erklärte ihm, daß dazu die Zeit nicht gereicht habe.

»Na ja«, sagte Mike, »dann müssen wir's eben allein schaffen.«

»Haben Sie einen Plan?« fragte Sabrina.

»Gewissermaßen«, antwortete Mike. »Wir werden improvisieren müssen... Ich werde jetzt mal darlegen, was ich mir so vorstelle, und dann müssen wir sehen, daß wir aus verschiedenen Richtungen ins Restaurant zurückkommen, damit Claude keinen Verdacht schöpft.«

Abgesehen von einem argwöhnischen Blick Claudes erweckte ihre Rückkehr zur ersten Plattform kein Interesse. Sie trudelten einer nach dem anderen ein: Graham, um seine Kartenpartie mit Pei und Tote fortzusetzen, Sabrina, um mit zwei hübschen Japanerinnen zu plaudern, die für Angehörige der Rote-Armee-Fraktion in westlichen Modetrends recht bewandert waren, und C. W. ließ sich in einen tiefen Sessel sinken und schloß die Augen. Es verging eine halbe Stunde, während der Smith mit Claude und Lea sprach. Dann verließ er den Raum. Nach zehn Minuten kämpfte sich C. W. mühsam aus seinem Sessel hoch und verkündete, er werde sich auf die Suche nach etwas Bettähnlichem begeben. Keiner beachtete ihn.

Er nahm den Fahrstuhl nach oben und kam an der zweiköpfigen Patrouille vorbei, die zwar keine Waffen mehr, aber immer noch den Befehl hatte, die Augen offenzuhalten und regelmäßig Bericht zu erstatten. C. W. nahm an, es würde drei Minuten dauern, bis sie wiederkämen. Er hatte recht.

Kaum waren sie vorbei, schlängelte sich ein Seil, das C. W. in einer Kühlbox eingeschmuggelt hatte, zur ersten Plattform hinunter. Er hatte es in der Höhlung eines Doppel-T-Trägers versteckt. Man konnte es auf dem Turm nur sehen, wenn man sich weit vorbeugte. C. W. glitt an dem Seil nach unten.

Der erste – und wichtigste – Teil von Grahams Plan bestand darin, Mrs. Wheeler wegzubringen. Wenn das gelang, mußten sie sich nur noch um dreizehneinhalb Millionen Pfund scheußlich verarbeiteten Eisens kümmern.

Endlich war C. W. auf gleicher Höhe mit dem Fenster des VIP-Raumes. Mrs. Wheeler saß halb mit dem Rücken zum Fenster. C. W. wollte schon ans Glas klopfen, um sie auf sich aufmerksam zu machen, da kam Smith ins Bild. Er ging zwar auf das Fenster zu, sah aber Mrs. Wheeler an. C. W. beeilte sich, sich außer Sicht zu bringen. Plötzlich wandte Mrs. Wheeler den Kopf – und sah ihn. Sie ließ nicht die leiseste Spur einer Reaktion erkennen und wandte sich wieder Smith zu.

»Ich wünschte, ich könnte Sie überzeugen, Mrs. Wheeler«, sagte dieser, »daß ein Appell Ihrerseits an die Regierung den ganzen Vorgang beschleunigen, mögliches Blutvergießen, ja sogar Verluste von Menschenleben verhindern und Ihre eigene Freiheit sicherstellen würde.«

Mrs. Wheeler richtete sich würdevoll auf. »Ich finde das Ansinnen, um mein Leben zu bitten, überaus abstoßend, Mister Smith«, sagte sie. »Ich bin Großmutter, ich habe einen Mann aufgezogen, der jetzt Präsident der Vereinigten Staaten ist, und ich werde mich nicht herabwürdigen, indem ich einem Barbaren wie Ihnen helfe. Sie werden Ihre Forderung ohne meine Mitarbeit durchsetzen müssen. Das ist mein letztes Wort zu diesem Thema.«

»Ich kann sehr unangenehm werden«, drohte Smith.

Adela Wheeler lachte – ehrlich belustigt.

»Daumenschrauben?« spottete sie. »Die Eiserne Jungfrau, der Chinesische Stiefel, die Wasserfolter? Vielleicht die Wippe? Wirklich, Mister Smith, ich bin zu alt für derart kindische Angeberei. Verschwinden Sie und bedrohen Sie jemanden Ihres Alters!«

C. W. hatte Halt an einem Träger gesucht und den Griff am Seil gelockert, um seine Arme etwas zu entlasten. Dadurch war es nicht mehr straff gespannt – ein Windstoß erfaßte es, und es schlug gegen die Metallwand des Raumes.

Smiths Kopf fuhr blitzschnell herum.

Adela Wheeler sagte laut: »Mister Smith! Ich habe Sie ersucht, mich allein zu lassen. Sicher hat sogar eine Gefangene das Recht, sich Belästigungen ihres Wärters zu verbitten. Wollen Sie jetzt bitte endlich gehen! Wir haben einander nichts mehr zu sagen.«

Sie hatte es geschafft – Smith hatte seine Aufmerksamkeit wieder *ihr* zugewandt. Er deutete eine Verbeugung an und sagte: »Ich verstehe jetzt, wie Ihr Sohn zu dem großen Staatsmann wurde, der er ist. Ich werde Ihrem Wunsch entsprechen.«

Smith drehte sich auf dem Absatz um, verließ den Raum und schloß die Tür hinter sich ab. Mrs. Wheeler verharrte regungslos und spähte durch die in der Tür eingelassene Glasscheibe.

Adela spürte seinen durchdringenden Blick, tat aber, als bemerke sie ihn nicht. Sie lehnte sich in ihrem Stuhl zurück, faltete die Hände im Schoß und schloß die Augen. Smith nahm sein Gewehr von der Schulter, entsicherte es und stieg vorsichtig die Treppe hinunter.

Mike Graham hörte ihn kommen: Er befand sich selbst auf der Treppe – in der Mitte zwischen beiden Plattformen. Er verließ eiligst die Treppe und preßte sich in den schützenden Schatten eines Eisenträgers. Jetzt hätte er alles für eine Waffe gegeben!

Claude ging an ihm vorbei, und Mike schlich lautlos zurück zum Treppenabsatz.

Claude tastete sich die Stufen hinunter und verfluchte seine Gedankenlosigkeit, keine Taschenlampe mitgenommen zu haben. Und dann sah er plötzlich das Seil: es pendelte gut sichtbar im Wind hin und her, der zwischen den Eisenverstrebungen des Turms hindurchpfiff. Claude beugte sich vor und spähte nach unten. Am Ende des Seils glaubte er etwas zu sehen. Er richtete seine Kalaschnikow darauf, und sein Finger krümmte sich um den Abzug.

Grahams volles Gewicht riß ihn nieder, die Waffe entglitt ihm, prallte gegen einen Träger und wurde in die Nacht hinausgeschleudert. Von oben ortete sie eine Lap-Laser, glühte weiß auf, sandte einen Strahl aus – und die Kalaschnikow verschwand.

Claude rappelte sich auf und stürzte sich auf den Mann, der ihn von oben überfallen hatte. Sie kämpften eine Weile schweigend – an Kraft waren sie einander ebenbürtig.

Es gelang Mike, seinen Gegner in den Schwitzkasten zu nehmen, worauf dieser sich plötzlich völlig entspannte. Automatisch lockerte Mike seinen Griff, und Claude, der genau damit gerechnet hatte, entwand sich ihm blitzschnell. Mit katzenhafter Geschmeidigkeit sprang er auf den nächsthöheren Treppenabsatz, ging ein paar Schritte zurück, nahm eine Savate-Stellung ein und zischte: »Komm schon, Kleiner, ich mach' dich fertig!«

Graham erreichte die Plattform, blieb dann jedoch stehen: Er hatte beim Training auf Schloß Clérignault ausreichend Gelegenheit gehabt, festzustellen, daß er Claude in den chinesischen Kampfkünsten nicht das Wasser reichen konnte – ein gezielter Tritt und Mike Graham würde in die Tiefe stürzen.

10

Auf Zehenspitzen, die Beine leicht gespreizt, kam Claude auf Graham zu. Mike kauerte sich in einer klassischen Judostellung nieder, um ein möglichst kleines Angriffsziel zu bieten. Mike hatte gerade noch Zeit, sich zu ducken, und so traf die Fußspitze nur seinen Oberarm – aber er hatte das Gefühl, als habe jemand einen Steinbohrer angesetzt. Er keuchte vor Schmerz und sprang zurück. Claude kam mit tänzelnden Schritten auf ihn zu und musterte ihn – auf der Suche nach der Stelle an Grahams Körper, an der er einen entscheidenden Tritt landen konnte.

Mike war klar, daß der erste Tritt eigentlich seinen Bauch hätte treffen sollen – und nun zielte Claude auf sein Knie, da Mike sich zur Verteidigung wieder geduckt hatte. Jetzt sprang er zur Seite und warf sich nach vorn, wobei er mit der Handkante auf das zustoßende Bein des Franzosen zielte – das Bein war nicht mehr dort: Claude hatte in der Luft eine Pirouette vollführt und stieß nun mit dem anderen Fuß nach hinten. Er traf Grahams Schienbein – aber es war nicht genug Kraft dahinter, und so hinterließ der Tritt nur eine häßliche Schramme.

Wieder drehte sich Claude wirbelnd um die eigene Achse und landete dann in vollendeter Turnerstellung mit geschlossenen Füßen und gestreckten Armen in der Hocke. Blind vor Zorn stürzte sich Graham auf ihn. Claude lachte auf, schlug einen Rückwärtssalto und kam in Kampfstellung wieder auf die Füße. Graham stürmte wieder vor – überzeugt, daß die Wucht des Aufpralls Claude aus dem Gleichgewicht bringen und in den Abgrund katapultieren würde. Aber genau damit hatte Claude gerechnet: Er sprang hoch und setzte zu dem Tritt an, der Mike genau ins Herz treffen und den Kampf damit beenden sollte. Doch Mike hatte die Gefahr im letzten Augenblick erkannt, mitten in der Bewegung innegehalten – und Claude trat ins Leere. Er landete flach auf dem Rücken, Sterne tanzten vor seinen Augen – und dann stießen plötzlich Mikes Knie in seinen Magen und nahmen ihm die Luft. Graham riß den Franzosen hoch, und seine Faust landete mit voller Wucht in Claudes Gesicht. Claude taumelte rückwärts gegen einen Querträger. Und schon grinste er wieder, denn Graham befand sich jetzt erneut im Trittbereich seiner todbringenden Füße.

Doch er war angeschlagen, und die Fußspitze, die Graham in den Magen traf, verfehlte bei weitem die beabsichtigte Wirkung. Mike warf sich auf Claude und drückte ihn mit der ganzen Bärenkraft, die ihm seine Wut verlieh, über den Eisenträger nach hinten. Claude hatte das Gefühl, als würde jeden Moment sein Rückgrat brechen: Sein Kopf und sein Oberkörper ragten weit über das Turmgerüst hinaus.

Mike riß das Schutzplättchen von Claudes Brust. Er erstarrte – fünfzehn Meter über ihm ging die Lap-Laser in Stellung. Ein Lichtblitz zuckte auf und durchbohrte das Herz des Franzosen.

Im Restaurant stand Smith bei Pei am Computer. Pei berichtete, daß eine Lap-Laser gefeuert habe: Eine Reihe von Lichtpunkten war über den Bildschirm gelaufen.

Smith betrachtete aufmerksam den Monitor. Vielleicht war es nur ein Vogel gewesen – vielleicht aber auch etwas Größeres.

»Da!« rief Pei. »Das zweite Mal!«

»Die Position!« befahl Smith. »Die genaue Position!«

Er verließ das kleine Podium, um seine engsten Mitarbeiter zu alarmieren. Er konnte Claude im Restaurant nicht finden und eilte hinaus, wo er fast mit Lea zusammenstieß, die gerade hinein wollte.

»Wo ist Claude?« fragte Smith.

Lea erwiderte, sie habe angenommen, er sei bei ihm im Restaurant.

»Wenn er hier wäre, würde ich dich nicht nach ihm fragen!« schnauzte Smith. »Ruf ihn über Funk!«

Lea lief zum Funkgerät und sandte das Signal aus, das Claudes

Kommunikator aktivieren würde. Es verging einige Zeit, und dann signalisierte sie noch einmal. Smith trat zu ihr, schob sie grob zur Seite und betätigte selbst die Tasten.

»Warum antwortet er nicht?« knurrte er.

»Vielleicht...«

»Vielleicht was?«

»Vielleicht – kann er nicht«, murmelte Lea.

Sabrina kletterte an der Fassade des Turms entlang wie eine Fliege. Sie hatte ein Seil um ihren Körper geschlungen und ließ sich lautlos auf die Plattform hinunter, wo sie mit Graham zusammentreffen sollte. Da sah sie, wie er Claudes Leiche über die schmale Laufplanke schleifte.

»Was ist passiert?« fragte sie. »Sind Sie unverletzt?«

Mike blicke hoch: »Was für ein erfreulicher Anblick«, grinste er. »Ich hatte eine kleine Kontroverse mit Claude und mußte ein ziemlich drastisches Mittel anwenden, um sie zu beenden.«

Sabrina sah ihn fragend an, und Mike öffnete die Hand, in der das Metallplättchen lag. Sie starrte einen Augenblick darauf hinunter, richtete dann den Strahl der Taschenlampe auf Claudes Gesicht und ließ ihn anschließend über seinen Körper wandern. »Mein Gott!« flüsterte sie.

»Sparen Sie sich Ihr Mitleid«, sagte Mike kalt, »er hat versucht, mich umzubringen.«

»Wo ist C. W.?« fragte Sabrina.

»Immer noch bei Mrs. Wheeler, nehme ich an«, antwortete Mike. »Warum?«

Sabrina löste das Seil von ihrem wohlgeformten Körper. »Wir wollen ihm ein Geschenk schicken.«

Mike grinste und befestigte das Metallplättchen wieder an Claudes Körper. Sie banden ihm das Seil um die Taille, hievten ihn über den Querträger und ließen ihn langsam nach unten. Mike richtete sich nach dem Lichtschein, der aus dem Fenster des VIP-Raumes drang: »Vielleicht noch einen Meter.«

Vorsichtig gaben sie noch etwas Seil nach, bis Graham sagte: »Halt! So müßte es richtig sein.«

Adela Wheeler schlug erschrocken die Hand vor den Mund, als plötzlich eine baumelnde Leiche in ihrem Blickfeld erschien. »Du großer Gott«, sagte sie.

C. W. durchquerte den Raum und sah sich die Leiche näher an.

»Behalten Sie die Tür im Auge, Madam«, bat er. »Wir haben einen ungeladenen Gast.«

Dann öffnete er das Fenster und zog die Leiche herein.

In diesem Augenblick hallte Smiths Stimme durch das Megaphon. »Hier spricht Mister Smith. Die gesamte Mannschaft sofort ins Restaurant!«

Sabrina ließ das Seil los und drückte sich mit Mike in den Schatten von Doppel-T-Trägern, während die Patrouille von der zweiten Plattform die Treppe zur ersten hinunter polterte. Mike und Sabrina folgten ihnen – in angemessenem Zeitabstand.

Im Restaurant zählte Smith die Häupter seiner Lieben. »Hat jemand in den letzten fünfzehn Minuten Claude Légère gesehen?« Allgemeines Kopfschütteln.

»Oder C. W.?« Wieder nichts. Smiths Blick flog von einem zum anderen. Am längsten verweilte er auf Graham und Sabrina. »Es gibt keine Stelle auf dem Turm«, sagte er langsam, »wo sie meine Aufforderung hätten überhören können. Sie sind also entweder nicht auf dem Turm – was kaum vorstellbar ist –, oder es ist dem einen oder dem anderen oder beiden etwas zugestoßen. Ich wünsche, daß sie gefunden werden. Sofort!«

Smith teilte die Suchtrupps ein. Dann wandte er sich an Graham: »Sie begleiten mich zu Mrs. Wheeler.«

Lea folgte pflichtgemäß in seinem Kielwasser, und Sabrina, deren Suchgebiet die Sektion beinhaltete, in der der VIP-Raum lag, schlug dieselbe Richtung ein. Vor der Tür zu Mrs. Wheelers Aufenthaltsraum stand Tote.

»Warum sind Sie meiner Aufforderung nicht gefolgt?« schnauzte Smith.

»Hätte ich meinen Posten vielleicht *verlassen* sollen?« fragte Tote aufsässig.

Smith war verärgert, entschloß sich aber, sowohl den Ton als auch das Fehlen der vorschriftsmäßigen Anrede zu ignorieren – Tote hatte recht daran getan, seinen Platz nicht zu verlassen. »Ist alles in Ordnung?« fragte er.

»Hier war niemand«, antwortete Tote, »jedenfalls *nicht*, seit *ich* hier stehe.«

»Schließen Sie auf!«

Adela Wheelers Sessel stand drei Viertel dem Fenster zugewandt. Von der Tür aus konnte man ihre im Schoß gefalteten Hände und ihre Füße in den hochhackigen Schuhen sehen, nicht aber ihren Kopf – der war durch die hohe Lehne verdeckt. Sie schlief offensichtlich – und diese Mißachtung seiner Gefährlichkeit versetzte Smith in Wut.

»Sie bleiben bei der Tür, Graham!« ordnete er an. »Lea – weck sie auf!«

Mike blieb mit im Rücken verschränkten Händen in der offenen Tür stehen. Plötzlich bewegte sich die Tür. Graham spannte alle Muskeln an.

Lea machte einen Schritt auf den Sessel zu: »Sind Sie wach?« Als sie keine Antwort erhielt, wiederholte sie lauter: »Mrs. Wheeler – sind Sie wach?«

Als immer noch keine Reaktion erfolgte, trat sie zu dem Stuhl und legte eine Hand auf die Schulter der reglosen Gestalt. Der Körper sank zur Seite, der Kopf kippte nach hinten – und Claudes tote Augen starrten sie an.

Lea schrie – der groteske Anblick der Männerleiche in den Kleidern der Präsidentenmutter brachte sie aus der Fassung. Alarmiert durch ihren Schrei stürzten Smith und Tote zu dem Stuhl.

»Jetzt!« zischte Graham und trat beiseite.

»Danke, Kumpel«, flüsterte C. W. und schlüpfte mit Mrs. Wheeler, die jetzt Claudes Kleider und sein Schutzplättchen trug, aus dem Raum.

Lea schrie noch immer, und Smith schlug ihr brutal ins Gesicht, worauf ihr Schreien zu leisem Wimmern abebbte. Smith trat mit Tote zum Fenster, und Tote zeigte auf das Seil, das draußen im Wind hin und her schwang. Smith riß das Fenster auf und streckte den Kopf hinaus: Weder oben noch unten am Turm war etwas Verdächtiges zu bemerken.

Smith wandte dem Fenster den Rücken zu. Sein Gesicht glänzte vor Schweiß, und in seinen Munkwinkeln sammelte sich Speichel. Es war unmöglich, daß eines seiner Projekte schiefging – er war unfehlbar! »Wer immer du auch bist«, flüsterte er, »du hast keine Chance gegen mich!«

Graham sah ihn mit hochgezogenen Brauen an, und Smith verlor die Beherrschung. »Sucht!« kreischte er. »Sucht, zum Teufel! Überall! Durchsucht alles!« Er packte Tote am Hemd: »Sie haben niemanden gesehen, solange Sie hier waren?«

Tote schüttelte stumm den Kopf.

»Wie ist sie dann hier herausgekommen?« fragte Smith eisig. Tote wies auf das Fenster.

»Unmöglich«, sagte Lea, die sich wieder gefaßt hatte. »In ihrem Alter? Sie ist doch keine Gemse.«

»Nein – aber C. W. ist eine«, sagte Tote.

Smith fluchte, lief quer durch den Raum zu einem Sofa und riß die Kissen herunter. »Etwas muß hier sein!« schrie er. Er lief zu einem Schrank, riß die Tür auf und zerrte Handtücher und Servietten heraus. Die anderen standen wie angewurzelt da und sahen zu, wie ihr großer Meister durchdrehte.

Schließlich ging Lea zu ihm, legte eine Hand auf seinen Arm und sagte: »Liebster – beruhige dich. Du darfst nicht den Kopf verlieren. Du mußt nachdenken. Ohne dich sind wir alle verloren – wir sind doch auf deinen genialen Verstand angewiesen.«

Es zeigte sich, wie gut Lea Smith kannte: Mit ihrer Schmeichelei hatte sie ihn bei seiner Eitelkeit gepackt und damit wieder zu sich gebracht.

Er gab sich einen Ruck. »Du hast recht, Lea – jetzt ist keine Zeit für Hysterie. Wir müssen methodisch vorgehen. Sie sind noch auf dem Turm – und wir werden sie finden. Graham, Tote... beim ersten Anblick von Whitlock – tötet ihn sofort. Ich will gar nicht wissen, für wen er arbeitet – ich will ihn *tot* sehen! Aber macht keinen Fehler! Vermutlich trägt Mrs. Wheeler Claudes Kleider – im Dunkeln könnte man sie für den Neger halten. Also seid vorsichtig. Los jetzt! Und holt euch die anderen zu Hilfe.«

Graham und Tote hasteten aus dem Raum – Graham, um C. W. zu suchen, Tote, um mit Pei Verbindung aufzunehmen, der im Restaurant zurückgeblieben war, um den Computer und das Telefon zu überwachen.

Aus dem Dunkel kam eine Gestalt im Kampfanzug auf Smith zu. Er hob seine Maschinenpistole. »Wer da?« fragte er. »Vortreten, oder ich schieße!«

Sabrina trat ins Licht und hielt ihm einen Metallgegenstand hin. »Das Ding habe ich da hinten am Geländer gefunden.« Es war Claudes Kommunikator.

Graham hatte erst ein paar Meter zurückgelegt, als er C. W.s Stimme aus dem Dunkel einer offenen Tür neben dem VIP-Raum hörte. »Was jetzt?« fragte C. W.

Mike drehte sich um und sah Smith und Lea an der Fundstelle mit der Untersuchung von Claudes Kommunikator beschäftigt, als ob dieser ihnen das Geheimnis enthüllen könnte, wie der Franzose den Tod gefunden hatte. »Kommen Sie«, antwortete Graham.

C. W. und Adela Wheeler folgten ihm zurück in den VIP-Raum. Mikes Körper deckte sie gegen die Gruppe, die am Geländer stand. C. W. löschte sofort das Licht. Mike sperrte die Tür ab, und bedauerte es gleich darauf – sie hätte von *innen* versperrt werden müssen.

Er wollte gerade wieder aufschließen, als Smith zu ihm trat: »Sie haben abgesperrt?«

Mike nickte.

»Gut.« Smith zog den Schlüssel vom Schloß und steckte ihn ein. »Wenigstens wissen wir mit Sicherheit, daß Mrs. Wheeler da *nicht* drin ist«, sagte Smith und ging davon.

Graham wandte sich verzweifelt ab und trottete zurück zum Restaurant.

Es gab kaum etwas, das er jetzt tun konnte – außer hoffen, daß er Smith den Schlüssel später wieder abnehmen könnte. Bis dahin waren C. W. und Adela gefangen.

Die Mutter des Präsidenten und der schwarze UNACO-Agent duckten sich hinter das Sofa, das Smith in einem hysterischen Anfall auseinandergenommen hatte. »Haben Sie irgendwelche Pläne, Mr. Whitlock?« fragte Mrs. Wheeler.

»Nur einen«, antwortete C. W. »Ich werde mit meinem Chef Kontakt aufnehmen.«

Er deckte die Glühbirne zu drei Vierteln ab und machte dann das Licht an: Von der Birne war nur ein Lichtspalt sichtbar, der zum Fenster hinzeigte. C. W. war überzeugt, daß der Turm ständig beobachtet wurde – und er hatte recht: Sonja Kolschinsky lag bäuchlings auf dem Dach des Funkwagens, hatte die Ellbogen aufgestützt und blickte unverwandt durch den Feldstecher zum Turm hinüber.

»Da!« rief sie plötzlich.

»Was ist los?« frage Philpott von drinnen.

»Blinkzeichen vom Turm«, antwortete sie aufgeregt. »Es ist C. W.!«

Philpott und Poupon stürzten aus dem Wagen. »Wie lautet die Nachricht?« fragte Philpott ungeduldig.

»Einen Moment – er wiederholt sie: ›Wir – haben – einen – neuen – Mitarbeiter.‹ Gray? Nein – ›Graham.‹ Mike Graham! Er ist also auf unserer Seite!«

Philpott stieß einen Seufzer der Erleichterung aus. »Ein Glück für Sabrina! Und für *uns* – jetzt haben wir ein Spitzenteam da drüben!«

»Es geht weiter«, sagte Sonja. »Wir – werden – versuchen – Mrs. – Wheeler – hinauszubringen – Können – Sie – jetzt – Ablenkung – arrangieren – Fragezeichen. Vorschläge – erste – Hälfte – Lösegeld – bezahlen. Ist – möglich – Fragezeichen.‹«

Philpott wandte sich an Poupon. »Es muß möglich sein – vielleicht ist es die einzige Chance, Mrs. Wheeler zu retten. Und wenn jemand sie von dem verdammten Turm herunterbringen kann, dann ist es C. W. Sie müssen es möglich machen, Poupon!«

Poupon kletterte in den Wagen zurück und riß den Telefonhörer von der Gabel. »Hallo? Konferenzraum? Den Finanzminister! Aber schnell!«

Smith ging im Restaurant auf und ab, ein Walkie-Talkie in einer Hand, die Reitpeitsche, die er rätselhafterweise vom Schloß mitgebracht hatte, in der anderen. Ab und zu schlug er damit auf einen Tisch oder eine Stuhllehne. Graham, Sabrina und Lea standen in ständigem Funkkontakt mit den Suchtrupps.

»Hat jemand etwas gefunden?« fragte Smith.

Mike schüttelte den Kopf – Lea und Sabrina desgleichen.

»Wie konnte C. W. nur durch alle Kontrollen schlüpfen?« fragte sich Smith. »Und für wen arbeitet er? Wer kann ihm mehr bezahlen als ich? Aber vielleicht...«

»Vielleicht was?« fragte Lea.

»Vielleicht *ist* er gar nicht C. W. Whitlock?«

»Unmöglich!« erklärte Lea entschieden. »Fingerabdrücke, Stimmtests, Fotos... alles überprüft. Ich weiß nicht, warum er tut, was er tut – aber er ist Whitlock. Dafür lege ich beide Hände ins Feuer!«

Smith sah auf ihre langen, schlanken Finger hinunter und sagte: »Es wäre ausgesprochen schade um sie.«

Lea wurde aschfahl: *sie*, nicht Smith, hatte alle fünf Mitglieder des Teams genehmigt. Laut Computerauskunft waren sie das, was sie zu sein behaupteten – aber der Computer konnte ihre Gedanken nicht lesen. Wenn nun einer von ihnen – oder alle – Agenten waren und zugleich die Verbrecher, als die sie eindeutig identifiziert worden waren? Lea dachte den Gedanken nicht zu Ende...

»Ich habe noch nie einen Fehler gemacht, oder?« sagte sie.

»Nein – sonst wärst du nicht mehr am Leben. Denn wer für mich arbeitet, kann sich nur *einen* Fehler leisten.«

Smith wandte sich an Sabrina: »Sie stehen doch gewissermaßen auf – äh – freundschaftlichem Fuß mit C. W., nicht wahr? Vielleicht ein wenig *zu* freundschaftlich?« Er hob die Peitsche und zeichnete mit ihrem Ende zart die Konturen von Sabrinas Gesicht nach. Sie wagte nicht zu atmen. Als er die Reitgerte sinken ließ, sagte sie mit zitternder Stimme: »Ich schwöre Ihnen – ich bin keine Verräterin!«

»Mister Smith«, mischte sich Graham ein. »Mir kam die Beziehung zwischen C. W. und ihr auch spanisch vor. Deshalb habe ich sie ständig beobachtet – und ich kann bestätigen, daß sie sauber ist.«

Smith begann wieder auf und ab zu gehen. »Möglich... möglich...«, murmelte er. Und plötzlich ließ er seine Reitpeitsche auf die Glasplatte eines Tisches hinuntersausen.

Lea fuhr zusammen, Sabrina duckte sich unwillkürlich, und sogar Graham blinzelte erschrocken.

»Findet sie!« schrie Smith. »Findet sie!«

Poupon legte den Hörer auf und wandte sich triumphierend an Philpott: »Alles klar – in fünf Minuten marschiert die erste Zahlung. Sie sagen Smith Bescheid.«

Philpott steckte den Kopf aus dem Wagen. »Haben Sie gehört, Sonja?«

»Ja«, sagte sie.

»Geben Sie die Neuigkeit zu C. W. rüber – und er soll Graham schön grüßen.«

Sonja machte sich an die Arbeit.

Poupon zündete sich eine extrem übelriechende Pfeife an und sagte: »Wenn wir nur wüßten, wie Smith unbemerkt vom Turm verschwinden will!«

Philpott trat zu dem Mann vom Stadtbauamt, der noch immer über seinen Karten brütete.

»Sind Sie absolut sicher?« fragte Philpott mindestens zum zehntenmal, »daß es keine unterirdischen Verbindungen vom Turm zur Métro, den Kanälen oder sonstwohin gibt?«

»Ich sagte Ihnen schon, Monsieur – auf den Plänen sind keine eingezeichnet. Die Fundamente der vier Füße des Turms sind massiv. Und unter dem Turm gibt es nur die üblichen Rohrleitungen und Kabel.«

»Dann also auch Wartungs-Kriechgänge«, hakte Philpott sofort ein.

Der Mann vom Stadtbauamt schüttelte den Kopf. »Non, Monsieur. Rien.«

Philpott seufzte ratlos. Er kaute auf seiner Unterlippe herum und sagte zu Sonja: »Ich glaube, wir haben etwas übersehen. Lesen Sie mir doch bitte noch einmal C. W.s erste Nachricht vor.«

Sonja begann zu lesen. Als sie bei der Angabe über den Hubschrauber angekommen war, unterbrach Philpott sie: »Natürlich – der Hubschrauber! Der Pilot muß wissen, wo und wann er Smith abholen soll! Poupon – schicken Sie die Polizei zu Smiths Schloß! Und die Armee! Wir brauchen den Piloten! Bis Mitternacht muß er ausgepackt haben!«

»Wird gemacht, Monsieur«, strahlte Poupon, der sich freute, daß seine Tätigkeit endlich ein Ende hatte.

Das Telefon im Restaurant klingelte. Pei, der wieder Telefondienst hatte, nahm den Hörer ab, meldete sich, hörte kurz zu und sagte dann: »Ich werde es Mister Smith sofort mitteilen.«

Er rannte hinaus, wo Smith sich gerade von einem Suchtrupp Bericht erstatten ließ. »Das Geld kommt, Sir«, rief Pei. »Sie haben gerade angerufen. Fünfzehn Millionen Dollar! Sie sind schon auf dem Weg!«

»Ausgezeichnet!« sagte Smith. Dann wandte er sich an einen Mann, der neben ihm stand: »Max – richten Sie einen Scheinwerfer auf den Haupteingang. Und schicken Sie zwei Mann hinunter, die das Geld in Empfang nehmen.«

Wo die Pont d'Iéna auf der Flußseite des Turms den Quai de Branly schneidet, fuhr ein gepanzertes Militärfahrzeug ins Niemandsland ein. Der Wagen näherte sich der Umgrenzungslinie beim Quai de Branly mit voll aufgeblendeten Scheinwerfern, und eine Sektion der Barrikade öffnete sich. Acht französische Fallschirmjäger sprangen hinten aus dem Lastwagen und gingen nach vorn zu ihrem Offizier, der auf dem Beifahrersitz gesessen hatte.

Wo die Barrikade gewesen war, malte einer der Fallschirmjäger mit Leuchtfarbe eine Linie auf den Boden. Der Offizier gab einen Befehl. Die Fallschirmjäger kehrten zum Wagen zurück und holten vier Aluminiumkoffer heraus. Der Leutnant ordnete an, sie einen Meter diesseits des leuchtenden Grenzstrichs abzustellen.

Der starke Scheinwerfer vom Turm beleuchtete die Pantomime und dann auch die beiden Gestalten mit Kapuzen, die vom Turm her auf die Umgrenzungslinie zugingen. Die acht Fallschirmjäger warteten regungslos – die Gewehre schräg vor dem Körper, die

Finger am Abzugsbügel. Sie waren harte Burschen, Draufgänger –
die Elite der französischen Armee.

Die beiden Männer vom Turm, deren Metallplättchen im
Scheinwerferlicht blinkten, blieben stehen. Einer flüsterte etwas in
sein Walkie-Talkie. Oben auf dem Turm stellte Smith seinen Feldstecher schärfer ein und erteilte einen Befehl in sein Funksprechgerät, worauf einer der beiden Männer unten bis auf einen halben
Meter an die Leuchtlinie heranging, auf die Koffer deutete und
sagte: »Mister Smith wünscht, daß sie auf die Linie gestellt werden.«

»Meine Order lautet«, antwortete der Offizier, »daß sie dort
bleiben sollen, wo sie sind. Wenn Sie sie *haben* wollen, werden Sie
sie *holen* müssen.«

Der Mann überlegte: Wenn er die Leuchtlinie überschritt, war er
mit Sicherheit ein toter Mann – und diese Aussicht erschien ihm
wenig reizvoll. Er ging zu seinem Gefährten zurück und setzte sich
wieder mit Smith in Verbindung.

Gleich darauf kamen *beide* Männer bis knapp vor die Linie, und
der Wortführer sagte: »Stellen Sie die Koffer auf die Linie! Falls Sie
es nicht tun, sagt Mister Smith, übernimmt er keine Verantwortung für die Folgen.«

Der Leutnant schüttelte den Kopf. »Ich nehme keine Befehle
entgegen – mein Vorgesetzter ist General Jaubert.«

»Trotzdem werden Sie das tun, was Mister Smith verlangt«,
sagte Philpott und trat ins Scheinwerferlicht. »Stellen Sie die Koffer
auf die Linie!«

»Wer sind Sie, Monsieur?« fragte der Offizier.

»Mein Name ist Malcolm Philpott, und ich habe die rote Vor-
rangsdirektive von Präsident Giscard d'Estaing bei mir.« Er hielt
dem Leutnant das Dokument unter die Nase. »Ich leite diese
Operation«, fuhr Philpott ruhig fort. »Ich habe General Jaubert
heute schon einmal gesagt, daß er sich nicht ungebeten einmi-
schen soll, und er wird für seine Eigenmächtigkeit zur Verantwortung gezogen werden. Und jetzt«, sagte er scharf, »stellen Sie
sofort die Koffer auf die Linie!«

Der Leutnant gab sich noch nicht geschlagen: »Einen Augenblick – ich muß erst Rücksprache halten.« Er ging zum Wagen und
rief seinen General an. Zwei Minuten später kam er zurück. »In
Ordnung, Monsieur«, murmelte er und beauftragte zwei Fallschirmjäger, die Koffer auf die Leuchtlinie zu stellen.

»So, ihr zwei«, sagte Philpott, »jetzt holt sie euch.«

Die Kommandos grinsten, nahmen in jede Hand einen Koffer und gingen zum Turm zurück.

Oben im Restaurant war ein Team gebildet worden, das die fünfzehn Millionen Dollar durchzählen sollte. Die beiden Kommandos stellten die Koffer ab und erstatteten Bericht. Als sie geendet hatten, rieb Smith sich nachdenklich das Kinn und sagte dann: »Beschreibt mir diesen Philpott! Aber ganz genau!« Dann befahl er Lea, mit dem Schloß Verbindung aufzunehmen und den Hauptcomputer nach Philpott zu fragen. Fünf Minuten später hatte er alle gewünschten Informationen.

»UNACO?« sagte er ungläubig. »Nicht die CIA, INTERPOL oder das FBI? Nicht die US-Armee oder die NATO? UNACO? Malcolm Philpott kann es sich leisten, C. W. mehr zu bezahlen, als ich? Es bekämpfen mich ein seniler Professor, ein Haufen Staatsbeamter und ein paar versponnene Wissenschaftler? Und ich hatte mir schon Sorgen gemacht!«

Smith stieß ein bellendes Lachen aus. Dann zog er Lea zu sich heran. »Jetzt kann ich mich wieder entspannen«, flüsterte er. »Ich war zu lange ohne deinen Körper. Wir wollen feiern.«

Sie lächelte zu ihm empor. »Dann laß uns zuerst etwas trinken«, schlug sie vor.

»Ausgezeichnet«, stimmte Smith zu.

Er rief nach Champagner, ließ auch Sabrina und Mike Graham einschenken und brachte triumphierend einen Toast aus: »Auf die UNACO – und auf Malcolm Gregory Philpott.«

Graham blickte zu Sabrina und blinzelte ihr unauffällig zu.

C. W. kletterte auf das Fensterbrett des VIP-Raumes, beugte sich weit vor und holte das Nylonseil zu sich heran. Dann sprang er in das Zimmer zurück, wandte sich an Adela Wheeler und erklärte: »Ich habe die Rumsitzerei satt – ich will hier raus.«

»Ich auch«, erwiderte sie, zu allem bereit.

»Okay.« C. W. nickte. »Wie fühlen Sie sich in großer Höhe?«

»Äußerst unbehaglich«, gab sie zu.

C. W. nickte wieder. »Das dachte ich mir. Dann müssen Sie eben die Augen zumachen.«

Die Kontrolle der Banknoten ging gut voran. Zwei von Smiths Kommando waren im Geldzählen geübt, und die Scheine sausten förmlich durch ihre Finger. Smith hatte sich mit Lea in ein Zimmer neben dem VIP-Raum zurückgezogen.

Graham und Sabrina standen hinter der zählenden Gruppe, die an einem Tisch in der Mitte des Restaurants arbeitete. Sabrinas Aufmerksamkeit erlahmte bald: Sie hatte kein Interesse am Geld anderer Leute – es sei denn, sie hatte es gestohlen.

Aus dem Augenwinkel bemerkte sie plötzlich eine Bewegung vor dem Restaurantfenster. Sie blickte genauer hin und stieß Graham an: Deutlich sichtbar glitt C. W. an einem Seil am Fenster vorbei – und auf dem Rücken hatte er Adela Wheeler, die sich mit festzugekniffenen Augen an seinem Hals festklammerte. Graham und Sabrina hielten den Atem an, bis die beiden außer Sicht waren, dann sahen sie einander an: Ihre Gesichtsfarbe spielte leicht ins Grünliche.

C. W.s Gesicht war schweißüberströmt. Er tastete mit den nackten Zehen nach einem Halt und fand einen Platz, an dem sie dicht nebeneinander stehen konnten.

»Wie weit ist es noch?« fragte Adela und senkte den Kopf, um nach unten zu schauen.

»Tun Sie das nicht!« sagte C. W. »Davon wird Ihnen nur schwindlig. Keine Angst – ich bringe Sie bestimmt heil runter!« Er nahm sie wieder auf den Rücken und setzte seinen mühevollen Weg fort. »Wir haben es bald geschafft«, flüsterte er – aber er war sich nicht ganz sicher, ob er damit seiner Begleiterin Mut zusprechen wollte oder sich selbst. Plötzlich hörte er über sich ein Geräusch. Er blickte nach oben: Mike Graham und Sabrina standen am Geländer und winkten ihm zu.

C. W. lächelte und ließ sich weiter hinunter.

Plötzlich gab es einen Ruck: C. W.s Jacke hatte sich irgendwo festgehakt. Stoff riß. C. W. versuchte, sich wieder ein Stückchen nach oben zu ziehen, aber die Jacke saß fest. »Aufpassen, Adela«, sagte er. »Ich muß es mit Gewalt probieren.«

Mrs. Wheeler verstärkte ihren Würgegriff um seinen Hals. Und dann waren sie frei – aber genau das Stück Stoff, an dem das Metallplättchen befestigt war, blieb an der Niete hängen: C. W. war den Laser-Kanonen jetzt schutzlos ausgeliefert.

11

Präfekt Poupon legte den Hörer auf und lehnte sich in seinem klapprigen Segeltuchstuhl zurück. »Endlich tut sich was!« strahlte er. Als keine Reaktion erfolgte, sah er zu Philpott hinüber: Er saß in einer Ecke, und das Kinn war auf seine Brust gesunken.

Poupon lächelte, stand auf und legte Philpott leicht die Hand auf die Schulter.

Philpott fuhr hoch und starrte Poupon einen Augenblick entgeistert an. Dann schüttelte er den Kopf, um seine Benommenheit loszuwerden, und grinste: »Was sagen Sie zu meinen Nerven – ich kann in einer solchen Situation doch tatsächlich schlafen! Gibt es was Neues?«

»Allerdings«, sagte Poupon stolz. »Wir haben hundert Mann über dem Schloß abspringen lassen. Eine halbe Stunde später war es in unserer Hand.«

»Hervorragend!« Philpott stand auf und streckte sich. »Und was ist mit dem Piloten?«

»Den haben wir.«

»Und?«

»Er soll Smith an einer bestimmten Stelle auf der Seine abholen.«

»Auf dem Fluß?« fragte Philpott verblüfft. »Und *wo?*«

»Etwa anderthalb Kilometer vom Eiffelturm entfernt«, so Poupon. »Zwischen der Freiheitsstatue und der Kirche Nôtre Dame d'Auteuil.«

»Und wie will er da hinkommen? Da muß er doch ein ziemliches Stück über offenes Gelände – und selbst wenn er die Laser-Kanonen eingeschaltet läßt, ist er nach einer gewissen Strecke außerhalb ihres Wirkungsbereichs.«

Poupon zog die Schultern hoch, »Je ne sais pas, Monsieur... ziemlich rätselhaft, wir müssen abwarten.«

C. W.s Seil war zu Ende, als er sich noch etwa zwölf Meter über dem Boden befand. »Jetzt wird es ein bißchen umbequemer«, kündigte er der Last auf seinem Rücken an. »Den Rest der Strecke muß ich zu Fuß gehen.«

Adela Wheeler stieß einen kaum hörbaren, ergebenen Seufzer aus und klammerte sich noch fester an C. W., der seinen Balance-akt über die Querverstrebungen begann.

Oben auf dem Turm erwachten die Mäuseohrdetektoren von zwei Laser-Kanonen zum Leben: Irgendwo bewegte sich etwas Verdächtiges...

C. W. ermüdete zusehends. Schweiß lief ihm in die Augen, das Blut rauschte in seinen Ohren, und seine Arme und Beine schienen wie Blei.

Er wußte, er mußte sich ausruhen, aber er wußte nicht, wie er das machen sollte, denn ohne die Deckung von Adela, die Claudes Schutzplättchen trug, würden die Laser-Kanonen ihn sofort orten – und ohne ihn war die alte Dame verloren: Sie würde sich hilflos an irgendeinen Träger klammern, bis die Erschöpfung sie überwältigte, und dann in die Tiefe stürzen.

»Fuck!« fluchte C. W., ohne sich darum zu scheren, daß er eine *Dame* auf dem Rücken hatte. »Fuck, fuck, fuck!«

Adela Wheeler schnalzte mißbilligend mit der Zunge: »Ich will doch nicht hoffen, daß Sie *mich* dabei im Auge haben – und falls *doch*, wäre ich Ihnen sehr verbunden, wenn Sie Ihr Vorhaben auf einen günstigeren Zeitpunkt verschieben könnten.«

Das war zuviel für C. W.: Er löste Adelas Hände von seinem Hals, stellte sie dicht neben sich auf einen Träger, nahm ihr Gesicht in beide Hände und gab ihr einen schallenden Kuß. »Sie sind ein absoluter Schatz, Mrs. Wheeler«, grinste er. »Und Witwe! Und auch noch reich! Ich hätte es wirklich schlechter treffen können.«

Adela lächelte und gab ihm einen Kuß auf die Wange. »Sie sind ein schlimmer Junge, C. W.«, sagte sie, »und wenn Sie nicht aufpassen, werde ich die lächerlichen vierzig Jahre Altersunterschied zwischen uns beiden vergessen und Ihnen ein paar Dinge beibringen.«

C. W. rollte mit den Augen. Adela kicherte, und C. W. sagte: »Wir müssen weiter – steigen Sie wieder auf.«

Mike entschloß sich, seinen Beobachtungsposten am Geländer aufzugeben und zum Restaurant zurückzukehren – Sabrina hatte er schon vorgeschickt. Auf dem Weg traf er Smith und Lea, die ihr Schäferstündchen beendet hatten.

»Luft geschnappt, Mike?« fragte Smith.

»Geld interessiert mich nur, wenn ich es ausgeben kann, Mister Smith.«

»Na – diesem Vergnügen können Sie nach Beendigung unserer Operation ja ausführlich frönen«, grinste Smith und ließ Lea und Mike den Vortritt ins Restaurant.

Obwohl die Rast und die Blödelei mit Mrs. Wheeler seine Batterien frisch aufgeladen hatten, wußte C. W., daß er einen langen, langsamen Abstieg vom Turm nicht durchstehen konnte.

»Sicherheitsgurt anlegen!« sagte er – und warf sich nach vorn.

Seine Hände schlossen sich um kaltes Eisen, und der plötzliche Ruck schien seine Arme aus den Gelenken zu reißen. »Werden Sie das noch mal machen, C. W.?« fragte Adela erstickt.

C. W. nickte keuchend. »Allerdings«, sagte er. Und sprang. Nach drei weiteren, halsbrecherischen Sprüngen ließ er sich die letzten Meter zum Boden hinunterfallen. Er trug den größten Teil des Aufpralls – aber die Mutter des Präsidenten bekam auch ihr Teil davon ab und hätte fast aufgeschrien, als ihr die Luft aus der Lunge gedrückt wurde.

»Sie können jetzt runter«, sagte er, »aber bleiben Sie ganz dicht bei mir.« Sie rutschte von seinem Rücken herunter, und er drehte sich zu ihr um. »Das Problem ist folgendes«, erklärte er. »Wir haben zusammen nur ein Schutzplättchen. Meins ist an der verdammten Niete da oben hängen geblieben – Sie haben das von dem Toten, dessen Kleider Sie tragen. Nun weiß ich zwar nicht, ob ein Plättchen ausreicht, um zwei Körper gegen die Laser-Kanonen zu schützen, aber wir müssen es darauf ankommen lassen. Sind Sie bereit?«

Adela nickte. »Ich bin eine alte Frau – und wenn die Dinger da oben uns töten, dann sterbe ich wenigstens mit einem Mann, den ich aus tiefstem Herzen bewundere. Also – dann gehen wir mal.«

Sie traten eng umschlungen ins Freie. C. W. hielt das Schutzschildchen vorn zwischen ihre Köpfe, die sie fest aneinanderdrückten.

Als sie den Schutz des Turms verließen, blickte C. W. nach oben: Er hätte schwören können, daß sich eine der Kanonen bewegte.

Pei, der am Computer stand, rief Smith zu: »Die Laser haben unten am Boden etwas entdeckt! Etwas Großes! Es bewegt sich vom Turm weg!«

Smith brüllte: »Scheinwerfer!« und stürzte auf die Plattform hinaus.

Adela Wheeler und C. W. gingen langsam im Gleichschritt auf die Umgrenzungslinie zu. C. W. hatte das Gefühl, daß die Lap-Laser genau auf ihre Köpfe zielten – und er hatte recht. Aber sie feuerten nicht.

Plötzlich wurden C. W. und Adela vom Lichtkegel eines Scheinwerfers erfaßt. Und dann hörten sie Smith schreien: »Es ist der Schwarze! Er hat Mrs. Wheeler bei sich! Der Teufel soll ihn holen, den verdammten Kerl!«

Auch jenseits der Umgrenzungslinie flammte Licht auf.

Philpott hüpfte vor Aufregung von einem Bein aufs andere. »Sie schaffen es, mein Junge, Sie schaffen es! Nur noch ein paar Schritte! Nur ein paar Schritte!«

Auf der Plattform tobte Smith: »Warum feuern die Kanonen nicht, verdammt noch mal?«

Pei antwortete: »Die beiden haben doch Schutzplättchen, Sir. Whitlock hat seins doch von Lea bekommen – und die Frau muß das von Claude haben.«

Tote stieß einen Wutschrei aus und riß dem ihm am nächsten stehenden Mann die Kalaschnikow aus der Hand. Er legte an und schoß. Die Lap-Laser zerstrahlten die Kugeln im Flug.

»Lassen Sie den Blödsinn!« schnauzte Smith. »Damit machen wir uns nur lächerlich. Schalten Sie den Scheinwerfer aus, und dann gehen wir ins Restaurant zurück. Wir haben noch viel zu tun – und die Zeit drängt.«

Graham und Sabrina, die neben Lea am Geländer standen, wechselten einen Blick. Graham fand Sabrinas Hand und drückte sie. Sabrina stellte überrascht fest, daß ihr die Berührung durchaus nicht unangenehm war.

»Eins zu null für uns«, flüsterte Mike.

Die Mutter des Präsidenten und die Schwarze Spinne überschritten die Umgrenzungslinie und wurden sofort von einer aufgeregten Menge umringt. Adela Wheeler schlang die Arme um C. W.s Hals, drückte ihn fest an sich – und gestattete sich endlich ein paar Tränen.

Dann ließ er sich von Philpott umarmen, während Sonja C. W. an sich drückte und ihm sagte, wie wunderbar er gewesen sei...

»Malcolm«, sagte Adela zu Philpott, »dieser junge Mann ist bewundernswert – auch wenn er mich behandelt hat wie einen Sack Kartoffeln.«

Philpott grinste. »Hauptsache, Sie sind in Sicherheit.«

»Nein«, widersprach sie, »die Hauptsache ist, daß diesem gräßlichen Kerl da oben das Handwerk gelegt wird.«

»Wir arbeiten daran«, versicherte Philpott. »Können wir irgend etwas für Sie tun?«

»Ein heißes Bad wäre schön«, sagte Adela. »Und eine Kleinigkeit zu essen – und einen Drink. Aber zuerst möchte ich mit Warren sprechen.«

»Er ist bereits am Telefon«, teilte Philpott ihr mit. »Er ist überglücklich.«

Philpott hatte in einer Ecke des Funkwagens ein Farbfernsehgerät aufstellen lassen. Es war zwar eingeschaltet, aber der Ton lief nur so laut, wie es unbedingt erforderlich war, um zu bemerken, wenn Smith eine neuerliche Ansprache halten sollte – was nach seiner soeben erlittenen Schlappe durchaus wahrscheinlich war.

Die Tür wurde aufgerissen, und General Jaubert erschien – dicht gefolgt von Ducret.

»Also – was ist, Monsieur Philpott? Kann ich den Turm jetzt endlich stürmen?«

Philpott sah von der Flußkarte auf, die er gerade studierte. »Ach, sieh da, General Jaubert«, sagte er bissig. »Ihre Idee mit den Fallschirmen war ja wohl ein Geniestreich. Wenn Sie die Burschen nicht auf meine Anordnung hin in letzter Sekunde zur Räson gebracht hätten, dann hätte Smith mit Sicherheit durchgedreht. Um nun Ihre Frage zu beantworten: Nein, Sie dürfen *nicht* angreifen. Ich hoffe immer noch, daß wir die Sache erledigen können, ohne dem Eiffelturm oder den unschuldigen Menschen da oben ernstlichen Schaden zuzufügen. Irgendein kluger Mensch hat einmal gesagt, der Krieg sei eine viel zu ernste Angelegenheit, als daß man ihn in die Hände der Generäle geben sollte – und wir stehen im Krieg mit Smith. Halten Sie sich also bitte raus – auch für den Fall, daß eine zweite Geldübergabe erfolgen sollte.«

»Aber, Monsieur«, sagte Jaubert scharf, »es ist doch nicht Ihr Geld, oder?«

»Da haben Sie recht«, räumte Philpott ein, »aber auch Präsident Giscard d'Estaing ist der Ansicht, daß ich Smith auf *meine* Art zur Strecke bringen soll.«

Wie aufs Stichwort erschien Smiths Gesicht auf dem Bildschirm. Poupon drehte den Ton lauter.

»Guten Abend, meine Damen und Herren«, begann Smith. »Bitte verzeihen Sie, daß ich Ihr abendliches Fernsehvergnügen nochmals unterbreche, aber ich habe Neuigkeiten für Sie. Und ich möchte auch Innenminister Ducret und Mr. Malcolm Philpott ein paar Worte sagen, der eine Organisation namens UNACO leitet, die sich weltweit mit Verbrechensbekämpfung befaßt.«

Philpott fuhr auf wie von der Tarantel gestochen: »Das habe ich *auch Ihnen* zu verdanken, Jaubert! Um diesen verdammten Fallschirmjäger zu bremsen, muß ich mich deklarieren – und Smiths Mann hat seinem Chef natürlich brühwarm darüber berichtet. Jetzt kennt uns natürlich die ganze Welt!«

General Jaubert schien einige Zentimeter kleiner zu werden. Smith fuhr fort: »Ich möchte zunächst Minister Ducret, Finanzminister Le Grain und der gesamten französischen Regierung für die fünfzehn Millionen Dollar danken, die Sie mir in so erfreulich kurzer Zeit zur Verfügung gestellt haben. Viele von Ihnen wissen vielleicht noch nicht, daß meine Geisel, Mrs. Adela Wheeler, sich dafür entschieden hat, den Turm zu verlassen. Ich hatte immer die Absicht, sie unversehrt gehen zu lassen – aber auf einem weniger strapaziösen Weg. Übrigens bin ich froh, daß Ihr Agent Whitlock wieder bei Ihnen ist. Ihre anderen Leute hier werden vielleicht nicht so viel Glück haben.«

Philpott sprang auf.

Poupon legte ihm beruhigend die Hand auf den Arm: »Das ist doch reiner Bluff. Sie sind bestimmt kein Pokerspieler.«

»Wahrscheinlich haben Sie recht«, sagte Philpott. »Und Poker spiele ich tatsächlich nicht...«

Auf Smiths Gesicht lag ein herablassendes Hohnlächeln. »Nehmen Sie's nicht allzu schwer, Philpott – Sie haben noch nie mit jemandem meines Kalibers die Klingen gekreuzt. Vielleicht wird Ihnen das eine Lehre sein.«

Philpott murmelte: »Du lieber Gott – wenn er nicht blufft, habe ich zwei Menschenleben auf dem Gewissen.«

Ducret schüttelte den Kopf. »Nein, Malcolm«, sagte er. »Wie Sie selbst sagten, befinden wir uns im Kriegszustand. Ihre Leute sind Soldaten. Es wird von ihnen erwartet, daß sie die Gefahren kennen und Risiken eingehen. Und Soldaten sind ersetzbar – so war es immer, und so wird es immer sein.«

Philpott verzog das Gesicht. »Vielleicht habe ich den falschen Posten.«

»Das glaube ich nicht«, sagte Poupon. »Das glaube ich wirklich nicht.«

Ihre Aufmerksamkeit wandte sich wieder dem Fernseher zu. Smith sagte gerade: »Die Wendung der Dinge hat mich gezwungen, meine Pläne zu ändern. Ich bin nicht so habgierig, wie Mrs. Wheeler angenommen hat – ich gebe mich mit der bis jetzt erhaltenen Summe zufrieden. Ich und meine Leute werden den Eiffelturm in« – er warf einen Blick auf seine Uhr – »ungefähr fünfzehn Minuten verlassen. Ich habe bemerkt, das Fernsehteams für Außenaufnahmen da sind. Ich bin sicher, daß das vorgesehene Programm ausgeblendet und statt dessen unsere Flucht übertragen wird – und ich kann Ihnen versichern, daß Sie davon gefesselt sein werden.

Hiermit möchte ich mich von Ihnen verabschieden. Mein schönes Loire-Schloß wird mir fehlen – ich vermache es dem französischen Volk. Au revoir, mes amis.«

Der Bildschirm wurde dunkel. General Jaubert stöhnte theatralisch auf, und Philpott murmelte: »Fünfzehn Minuten – das ist nicht viel.« Und dann sagte er zu Sonja: »C. W. soll kommen.«

Smith erhob sich von dem Stuhl vor der Fernsehkamera und wandte sich an das französische Team: »Das wäre alles, meine Herren. Ich danke Ihnen, Sie haben gute Arbeit geleistet.« Dann sagte er zu Lea: »Ich habe in den Fernsehtext die verschlüsselte Botschaft eingeschmuggelt, daß der Hubschrauber früher kommen soll – es ist also höchste Zeit. Geh schon voraus – ich komme nach.«

C. W. drängte sich durch einen Pulk von Soldaten und kletterte in den Funkwagen.

»Mrs. Wheeler ruht sich aus«, berichtete er.

»Mann, das ist wirklich großartig!«

»Das *sind Sie* ihrer Ansicht nach *auch*«, sagte Philpott grinsend, wurde aber gleich wieder ernst und informierte den schwarzen Agenten über die neueste Entwicklung.

C. W. stieß einen Pfiff aus: »Wie soll uns denn so schnell was einfallen?«

»Denken Sie nach, C. W.«, drängte Philpott. »Wir wissen, daß ihn der Hubschrauber von der Seine abholt – aber wie kommt er dorthin? Denken Sie nach, Mann, überlegen Sie!«

»Das *tue* ich doch, Himmelherrgott!« schnauzte C. W. respektlos.

»Es muß irgendwo einen Hinweis geben«, sagte Philpott. »Etwas, das wir alle übersehen haben. Also, was ist es? Na?«

»Mir fällt jetzt nur eine Sache ein – aber vielleicht ist sie völlig belanglos. Stutzig gemacht hat mich eigentlich nur, daß man auf meine Entdeckung so empfindlich reagiert hat.«

»Nun erzählen Sie schon endlich!«

»A-l-s-o«, begann der Agent mit einer Langsamkeit, die die anderen rasend machte, »wir waren in der Inspektionskammer im Keller und stellten Kabelverbindungen mit der Hauptstromversorgung her. Das war ganz schön anstrengend, und ich bekam mit der Zeit Durst.«

Alle sahen ihn erwartungsvoll an.

»Und?« stieß Philpott hervor.

»In einer Ecke standen zwei Bierfässer. Ich ging zu dem einen hin, hielt den Mund unter den Hahn und drehte auf – aber es kam nur Luft.«

»*Luft*?«

C. W. nickte. »Komprimierte Luft. Sauerstoff.«

Philpotts Mund öffnete und schloß sich wieder. Aber dann strahlte er plötzlich entzückt: »Natürlich – Sauerstoff! Das ist es! Bei Gott, C. W., das ist es!«

Er stürzte zum Tisch und begann in den inzwischen wirren Haufen von Plänen zu wühlen. Endlich hatte er gefunden, was er suchte und stieß den Mann vom Stadtbauamt in die Seite:

»Da!« Er wies auf das Gitterwerk von Kabeln und Rohren. »Sehen Sie? Wasserrohre! Er setzt sich durch ein Wasserrohr ab! Deshalb braucht er Sauerstoff. Die Rohre haben doch Inspektions- und Reparaturluken, oder?« schrie er den Mann vom Gesundheitsamt an.

Dieser nickte. »Da zum Beispiel ist eine.« Er zeigte mit der Bleistiftspitze auf eine punktierte Linie, die durch die Inspektionskammer des Eiffelturms lief.

»Wo kann er herauskommen?«

»Mit der richtigen Ausrüstung überall.«

»Auch in der Seine?« fragte Poupon.

»Natürlich. Die Rohre münden ja direkt in den Fluß – jedenfalls die großen.«

Philpott kratzte sich nachdenklich am Kopf, dann leuchteten seine Augen wieder auf. »Gibt es irgendwo in der Nähe der bâteaux mouches eine Ausstiegsmöglichkeit?«

Nach einem Blick auf den entsprechenden Teil der Karte verkündete der leitende Beamte: »Da ist tatsächlich eine!«

»Ist es den Versuch wert?« fragte Philpott Poupon und C. W.

»Das entscheiden Sie, Monsieur«, erwiderte Poupon.

Philpott überlegte eine volle Minute. Dann nickte er. »Wir tun folgendes...«

Er begann, seinen aufmerksamen Zuhörern seinen Plan zu erläutern, als draußen in der inzwischen wieder beachtlichen Menge ein Tumult entstand. Sonja drängte sich zur Tür durch, öffnete sie – und hielt den Atem an. C. W., der hinter sie getreten war, stieß einen bewundernden Pfiff aus und sagte: »Das muß man gesehen haben – jetzt brennt dieser Irre doch tatsächlich ein richtiges Feuerwerk ab!«

Poupon grinste. »Smith muß Franzose sein. Möglich, daß er verrückt ist – aber er hat Sinn für Stil.«

Fachkundige Pyrotechniker hatten die Vorführung auf der obersten Plattform vorbereitet. Es war eine der verblüffendsten, die man je in Paris gesehen hatte – gleichsam der Jahrestag der Erstürmung der Bastille, der fünfte November und der vierte Juli in einem.

Fantasievolle Regenbogen brachen aus dem Turm hervor, Sterne regneten auf die Menge herunter, Strahlen in Gold und Silber, Grün und Blau und grellem Orange schossen in den Nachthimmel hinauf.

Die Zuschauer jubelten sich heiser. Oben auf den Fernsehmast war ein Modell des Eiffelturms montiert worden, an dem sich Feuerräder drehten. Und aus den Lautsprechern des Turms dröhnte die Marseillaise.

Poupon stand stramm, bis Philpott ihm auf den Arm tippte und sagte: »Das ist wahrscheinlich alles nur ein Ablenkungsmanöver.« Von der ersten Plattform blickte Smith auf die jetzt schier unübersehbare Menschenmenge hinunter. »Adieu«, flüsterte er, »ihr habt mir die angemessene Bewunderung gezollt. Ich werde euch nicht vergessen – und ihr werdet *mich* nicht vergessen.« Auf Smiths Anordnung hin begaben sich seine Kommandos und die restlichen Geiseln in den Hauptfahrstuhl. Smith zog einen Schlüssel aus der Tasche und gab ihn Pei.

Der Asiate steckte ihn in das Schlüsselloch eines roten Kästchens mit der Aufschrift GEFAHR! Neben dem Schlüssel befand sich ein harmlos aussehender schwarzer Knopf. Smith nickte kurz: »Scharfmachen!«

Pei drückte auf den Knopf. »Erledigt«, sagte er. »Wir haben zehn Minuten Zeit – und es gibt jetzt keine Möglichkeit mehr, es sich anders zu überlegen.«

»Es ist nicht meine Gewohnheit, mir etwas anders zu überlegen«, erwiderte Smith.

Er warf einen Blick auf die beiden Segeltuchsäcke, die am Geländer lehnten. Pei stand daneben und blickte Smith an: »Soll ich sie in den Fahrstuhl stellen?«

»Nein – um das Geld kümmere *ich* mich jetzt – Sie steigen zu den anderen in den Fahrstuhl.«

Pei stellte sich neben Graham und Sabrina in den Fahrstuhl. Smith lehnte sich mit dem Rücken an das Geländer der Plattform und richtete seine Maschinenpistole auf seine Mannschaft. »Meine Herren und Miß Carver«, sagte er mit einem teuflischen Grinsen, »Sie haben alle großartig gearbeitet – und ich wünschte auch, Sie könnten ebenfalls fliehen. Da ich aber, wie Sie wissen, nur die Hälfte des geforderten Geldes bekommen habe, mußte ich bedauerlicherweise umdisponieren – ich kann es mir unter den gegebenen Umständen nicht leisten, Sie zu bezahlen. Adieu.« Dann herrschte er den Fahrstuhlführer an. »Türen schließen!« Wie in Trance gehorchte der Mann. »Abwärts!« lautete der nächste Befehl, und der Mann drückte auf den Knopf. Der Fahrstuhl verschwand außer Sicht.

Smith drückte auf den Sendeknopf seines Funksprechgerätes und fragte: »Bist du bereit?« Aus dem kleinen roten Kästchen kam das regelmäßige, unbarmherzige Ticken des Metronom-Zeitrelais. Lea bejahte. »Na, dann los!« befahl Smith. Leas Hand legte sich locker auf einen Hebel an der Wand – den Trennschalter für die Haupt-Starkstromleitung zum Turm, der aber nicht die Generatoren betraf, die die Laser-Kanonen mit Energie versorgten. Sie legte den Hebel um, und Smith sah befriedigt, wie der Fahrstuhl zitternd stehenblieb.

Die beiden Geldsäcke waren mit einem Lederriemen zusammengebunden, und Smith nahm ein Schutzplättchen aus seiner Tasche und befestigte es daran. Dann bückte er sich, hob die Säcke auf und warf sie über das Geländer.

Die beiden nach Westen gerichteten Laser-Kanonen folgten wie Smiths Blick dem Weg der Säcke bis zum Boden. Die Detektoren zitterten, aber die Lap-Laser respektierten die Metallplättchen.

Smith trat zu einem Seil, das aufgerollt auf dem Boden der Plattform lag – ein Ende war bereits am Geländer festgeknotet. Er ließ sich in aller Ruhe daran herunter, und als er unten war, dachte er mit einem häßlichen Lächeln daran, wieviel mühevoller sich C. W.s Abstieg gestaltet hatte.

Auf dem Weg zur Inspektionskammer sammelte er die beiden Geldsäcke ein.

Allmählich lösten sich die Menschen im Fahrstuhl aus ihrer Erstarrung, und Panik flammte auf. Graham packte Pei am Arm: »Sind die Bomben scharf?«

Pei nickte stumm.

Mike schlug wütend mit den Fäusten gegen eines der Fahrstuhlfenster. »Dieser Hund!« brüllte er. »Dieser gottverdammte Hund!«

Dann fiel sein Blick auf die Metallbank, die an einer Wand stand. »Macht Platz!« schnauzte er. »Los, Pei, helfen Sie mir!«

Gemeinsam hoben sie die Bank hoch und stießen sie durch eines der Fenster.

»Noch einmal!« rief Mike. »Noch einmal!« Ein zweites Fenster barst, ein drittes und dann eine Mittelstrebe. Das genügte. Sabrina wurde in dem Gedränge brutal zu Boden gestoßen. Graham half ihr auf die Beine und sagte: »Du weißt, was du zu tun hast.« Er wies mit dem Kopf nach oben.

»Ja . . . wenn noch genügend Zeit ist.«

»Es muß noch Zeit sein«, erwiderte Mike. »Wir müssen es zumindest versuchen!«

Sie nickte. »Und was machst du?«

»Ich verfolge Smith.«

Sie wandte sich zum Gehen.

Graham sagte leise: »Sabrina!« Sie blickte zurück. »Viel Glück, Liebling – und paß auf dich auf.«

Sie lächelte. »Du auch, Mike.«

Er fand, sie hatte nie reizvoller ausgesehen.

Mike sah das Seil, das Smith benutzt hatte, knapp außerhalb seiner Reichweite im Wind baumeln. Er hielt sich an einem Pfeiler fest und beugte sich hinaus, aber er erreichte es nicht. Er stieß einen tiefen Seufzer aus und murmelte: »C. W., C. W., wo bist du?«

Dann duckte er sich, spannte alle Muskeln an, fluchte einmal herzhaft auf Malcolm Philpott – und sprang. Seine Finger schlossen sich um das Seil. Etwa zwei Meter rutschte er daran entlang, bis er es richtig in den Griff bekam. Seine Handflächen brannten wie Feuer – aber er lebte . . .

Eine der Sprengladungen saß wie ein Vogelnest etwa drei Meter über Sabrinas Kopf. Sie schätzte, daß ihr etwa sechs Minuten blieben, um die vier Bomben zu entschärfen.

Sie sah Smiths Seil, das Graham unten gerade losgelassen hatte. Mit dem Seil konnte sie zwei Sprengladungen erreichen – viel schneller als durch mühsame Akrobatik. Sie hatte Glück: Der Wind wehte es zu ihr hin. Sie packte es und kletterte zu der Bombe hinauf.

Oben angekommen, stellte sie sich auf einen Querträger und klemmte sich das Seil zwischen die Beine. Vorsichtig streckte sie die Hand nach der grauen Plastikmasse aus, in deren Innerem sich die tödliche Kapsel befand.

Ein heftiger Windstoß warf sie buchstäblich gegen den Träger, in dessen Höhlung die Bombe saß: Sie war keine fünfzehn Zentimeter von ihrem Gesicht entfernt.

Die Zeit in dem kleinen roten Kästchen tickte weiter: 5.15, 5.14, 5.13...

Graham durchsuchte das Gelände unter dem Turm, aber Smith hatte keine Spur hinterlassen. »Wohin zum Teufel ist er verschwunden?« fragte sich Mike.

Plötzlich hörte er hinter sich ein leises Geräusch. Er wirbelte herum – bereit, es mit dem Teufel persönlich aufzunehmen. Aber es war nur C. W. Er kam hinter einem Generator vor und sagte: »Hallo.«

Mike entspannte sich. »Wo ist Smith?«

»In der Inspektionskammer im Keller – wir nehmen an, daß er durch ein Wasserrohr fliehen will.«

»Durch ein Wasserrohr!« stöhnte Mike. »Lieber Gott – natürlich! Das wäre das einzig Plausible.«

»Wo ist Sabrina?« fragte C. W.

Graham zeigte nach oben. »Sie hat alle Hände voll zu tun«, sagte er. »Kaum fünf Minuten, um vier Bomben zu entschärfen – oder sie fliegt in die Luft.«

»Scheiße«, sagte C. W. »Dann wird es wohl besser sein, wenn ich ihr ein bißchen helfe, was?«

Er packte das Seil und war fast in der gleichen Zeit auf der ersten Plattform, die Graham nach unten gebraucht hatte...

Lea Fischer hob ein ›Bierfaß‹ hoch und befestigte es neben einem dicken Rucksack auf dem Rücken von Smith. An dem Tank waren jetzt Gurte befestigt, und oben aus dem Deckel kamen Schläuche. Sie drehte einen Hahn auf.

Smith zwinkerte Lea hinter seiner Gesichtsmaske zu. Er hatte, ebenso wie sie, einen Atemschlauch im Mund.

Smith hatte bereits eine Inspektionsplatte von einem der mächtigen Rohre abgenommen. Es hatte einen Durchmesser von einem Meter zwanzig, und schäumende Wassermassen rasten unter Druck hindurch.

Hoch über ihnen tasteten sich Sabrinas schlanke Finger zu der Sprengkapsel vor. Das Zeitrelais tickte unbarmherzig weiter. 4.22, 4.21, 4.20.

12

Smith bedeutete Lea, seine Sauerstoffzufuhr abzudrehen. Er nahm ihr behutsam die Maske ab und zog den Schlauch zwischen ihren weißen Zähnen hervor.

Und dann wußte sie es!

Smiths Stimme war wie eine teuflische Liebkosung. »Lea, du hast mir immer sehr gefallen«, sagte er. »Ich hätte mir keine bessere Gefährtin wünschen können. Du warst loyal, fantasiereich, wagemutig – und du empfindest wie ich, daß das Verbrechen eine herrliche Macht ist, die den Geist beflügelt und die Seele erquickt.«

Lea fuhr sich mit der Zunge über die trockenen Lippen – sie schmeckten nach Angst. Smith sah Panik in ihre blaugrünen Augen steigen, die ihn sonst immer mit uneingeschränkter Bewunderung angesehen hatten. Er hob die Hand und zeichnete mit dem Zeigefinger zart die Konturen ihres Gesichts nach. Lea öffnete den Mund, aber sie brachte kein Wort heraus.

»Es ist nur leider so«, fuhr Smith fort, »daß ich deiner müde bin – ich brauche eine Abwechslung, mein Liebling. Und außerdem bist du eine Behinderung auf der Reise, die ich plane.«

Endlich fand Lea die Sprache wieder. Eine Flut von Worten brach aus ihr hervor: Liebeserklärungen, Treueschwüre, Bitten, Flehen.

Smiths sorgfältig manikürte Hände legten sich locker um ihren Hals. »Ich verstehe dich ja, mein Liebes – und wir werden uns sicher eines Tages wiedersehen. Aber jetzt muß ich gehen. Dieses eine Mal«, sagte er und zeigte mit einem Kichern auf die schäumenden Wassermassen, die durch das Rohr unter ihnen rauschten, »werde ich ein *Sprudelbad* allein genießen.« Er legte einen

Finger auf den Nervenpunkt in ihrem Nacken und ließ die Bewußtlose behutsam zu Boden gleiten. Dann rückte er seine Maske und den Atemschlauch zurecht, drehte den Hahn des Sauerstofftanks auf und stieg in das Wasserrohr. Während sein Hand sich am Rand der Luke festhielt, machte er eine Nylonschnur von der Befestigungsschraube los und zog daran: drei blaue Tauchersäcke aus Gummi schwammen in Sicht. Sie waren miteinander verbunden und sahen aus wie dicke Riesenwürste. Smith wickelte sich das Ende der Schnur um die Hand und ließ sich mit seiner Beute von der Strömung zur Seine tragen.

Sabrinas Finger faßten die Sprengkapsel. Millimeter um Millimeter glitt sie heraus und löste sich schließlich mit einem ›Plopp‹ endgültig aus ihrem Bett.

Sabrina stieß pfeifend den Atem aus, den sie während der Operation unwillkürlich angehalten hatte.

»Noch drei! O Gott –«

Das Zifferblatt auf dem roten Kästchen zeigte 3.52, 3.51. 3.50, 3.49 . . .

Grahams warf sich mit aller Kraft gegen die Tür der Inspektionskammer.

Sie sprang auf, und er stürmte geduckt in den Raum. Mit einem Blick erfaßte er die bewußtlose Frau und die offene Luke.

Ohne eine Sekunde zu zögern, bückte er sich, riß Maske und Schlauch von Leas Kopf und den Tank von ihrem Rücken, legte in Windeseile alles an und ließ sich ins Wasser hinunter . . .

Sabrina hangelte sich an dem schwankenden Seil nach unten und hielt vor der nächsten Ladung inne.

Smiths Leute und die Geiseln verließen den Turm – je nachdem in Richtung Freiheit oder Gefangenschaft –, während C. W. mit einer Taschenlampe in der Hand auf der Suche nach Sabrina das Eisengerüst hinaufkletterte. Als er sie entdeckte, war sie gerade dabei, die Sprengkapsel herauszuziehen, und er verhielt sich ruhig, bis sie fertig war.

Dann sagte er leise, um sie nicht zu erschrecken: »Sabrina – ich bin es. Wie weit bist du?«

Sie schrak zusammen: »C. W.! Mein Gott – beinahe wäre ich abgestürzt!« Aber dann machte der Schreck Erleichterung Platz. »Gut, daß du da bist. Die Bomben am West- und Südpfeiler habe ich entschärft – bleiben noch Norden und Osten. Such dir eine aus.«

Ohne ein weiteres Wort machte C. W. sich auf den mühevollen Weg zum Ostpfeiler.

2.48, 2.47, 2.46, 2.45...

Rund um den Turm flammten Scheinwerfer auf und tauchten ihn in helles Licht.

Im Funkwagen verfolgten Ducret und Poupon durch Feldstecher angespannt die Bemühungen, ihren scheußlich-schönen Turm zu retten.

»Wieviel Zeit bleibt noch?« fragte Ducret.

»Wir wissen nicht genau, wann die Ladungen armiert wurden«, antwortete Poupon und hüllte Ducrets Kopf in eine Wolke stinkenden Pfeifenrauchs, »aber es können nicht mehr als drei von Smiths fünfzehn Minuten übrig sein.«

In Wahrheit war die Zeit schon weiter fortgeschritten: C. W. hatte Glück: Ein Windstoß wehte ihm das Seil direkt in die ausgestreckten Hände. Er packte es, schwang sich weit hinaus und dann mit gefährlicher Geschwindigkeit auf den Ostpfeiler zu. Er prallte gegen einen Träger, seine haltsuchende Hand rutschte von dem taufeuchten Eisen ab. Er fluchte, stieß sich ab und versuchte es noch einmal. Diesmal klappte es. Er klemmte sich das Seil zwischen die Beine und streckte die Hand aus. Sein nackter Fuß, mit dem er sich an einem Querträger festhielt, glitt ab. Seine Ferse knallte schmerzhaft gegen einen Horizontalträger. »Jetzt nur nicht die Nerven verlieren, Kleiner«, sagte er und zog die Sprengkapsel mit einem Ruck aus ihrer Umhüllung.

Dann sah er sich um: Sabrina war noch immer auf dem Weg zum Nordpfeiler. 0.59, 0.58, 0.57...

»Ich komme, Sabrina!« brüllte er gegen den Wind und bewegte sich mit halsbrecherischer Geschwindigkeit und ohne jede Rücksicht auf sein Leben auf den Nordpfeiler zu.

0.23, 0.22, 0.21...

Auch Sabrina hatte jedes Gefühl für Gefahr verloren und lieferte sich jetzt mit C. W. ein regelrechtes Wettrennen. Sie kamen gleichzeitig an und prallten so stark aufeinander, daß sie beinahe in die Tiefe gestürzt wären.

»Wo ist das verdammte Ding?« fragte C. W., dessen Hand suchend umhertastete.

«O Gott, wir sind zu weit unten!« schrie Sabrina und zeigte nach oben: Der Plastikklumpen saß außerhalb ihrer Reichweite in der Höhlung des Trägers.

Noch vierzehn Sekunden...

»Rauf!« kommandierte C. W. und verschränkte seine Finger zu einem Steigbügel. Sabrina setzte einen Fuß hinein, und er hob sie hoch. Sie stieg auf seine Schultern. Es war keine Zeit mehr für Vorsicht. Vier Sekunden.

Sie grub die Finger in den Plastikklumpen, zog die Sprengkapsel heraus und schleuderte sie über ihren Kopf nach hinten. Eine Sekunde. Null. Zündung!

Die Sprengkapsel verpuffte wirkungslos in der Luft – gleichzeitig mit den dreien von den anderen Pfeilern, die unter ihren Nestern auf dem Boden lagen.

Sabrina Carver klammerte sich an den kalten Eisenträger, und der scharfe Wind wehte ihr die Tränen vom Gesicht.

Der Eiffelturm war gerettet.

Die Mündung des Wasserrohrs spie drei dicke Würste und einen Mann im schwarzen Taucheranzug aus.

Smith stieg zur Oberfläche, schaute sich prüfend um, zog die Gummisäcke zu sich heran, legte sich bäuchlings halb drauf und machte sich auf den Weg zu einem flußabwärts verankerten bâteau mouche.

Zwei Minuten später schoß eine zweite Gestalt in schwarzem Gummianzug mit Tauchgerät aus dem Rohr und wurde von der Strömung in den Fluß hinauskatapultiert. Es dauerte ein paar Sekunden, bis Graham herausgefunden hatte, wo oben und unten war, dann kam er hoch und und sah sich suchend um: In einiger Entfernung vor ihm trieb Smith auf seinem kostbaren Floß gemächlich den Fluß hinunter...

Smith erreichte das bâteau mouche, kletterte die Leiter hoch und zog die Säcke an Deck. Dann verstaute er sie und ging nach vorn, um die Bugleine loszumachen. Als er ans Heck des Bootes kam, um auch dort die Halteleine zu lösen, sah er eine dunkle Gestalt auf sich zu schwimmen.

Er hatte keine Schußwaffe bei sich, und es gab auch keine auf dem Boot – aber es ging auch anders. Er startete den Motor – und legte den Rückwärtsgang ein. Vollgas. Das Wasser unter dem rückwärts fahrenden Boot kochte förmlich. Smith blickte auf den am Bug vorbeiziehenden Schaum hinunter, und sein tückisches Lächeln ging in ein breites Grinsen über, als ein Atemgerät mit abgerissenen Haltegurten vorbeitrieb.

Befriedigt schaltete er auf Vorwärtsgang um, und das *bâteau mouche* tuckerte die Seine hinunter. Es unterschied sich von den übrigen nur dadurch, daß es kaum beleuchtet war. Smith hatte sich umgezogen, stand am Steuer, pfiff ein flottes Seemannsliedchen vor sich hin und war mit sich und der Welt zufrieden.

In Höhe der Wasserlinie waren als Puffer große Gummireifen an den Seiten des *bâteau mouche* befestigt – und an dem letzten der einen Reihe hing Mike. Er wartete, bis seine Muskeln ihm wieder gehorchten. Smiths Manöver hatte seine Kraftreserven stark angegriffen – dann zog er sich am Rand des Bootes hoch und ließ sich auf das Deck fallen. Nachdem er diese Anstrengung verkraftet hatte, rappelte er sich auf und schlich unter dem gestreiften Stoffdach zwischen den Bänken nach vorn zum Ruderhaus. Und dann stand er plötzlich Auge in Auge mit Smith.

Smith schaltete auf Leerlauf, bückte sich in aller Ruhe und zog ein Messer mit langer Klinge aus einer Scheide, die an seiner rechten Wade befestigt war. Graham ging einen Schritt zurück.

Smith kam auf ihn zu. Seine scharfen Augen musterten Graham von Kopf bis Fuß. Er ließ keine Überraschung erkennen, als er sah, wen er vor sich hatte.

Ohne ein Wort zu sagen, sprang er ihn an. Aber Mike kannte sich aus mit Messerkämpfern. Er wich blitzschnell aus, die Spitze des Messers, die sein Herz hätte durchbohren sollen, stach ins Leere – und gleichzeitig traf Mikes Fußspitze Smith mit einem gezielten Stoß genau unter der Kniescheibe. Smith hatte nicht einmal Gelegenheit, einen Schmerzensschrei auszustoßen: Grahams Schuhabsatz rammte sich in seinen Unterleib und nahm ihm den Atem. Er krümmte sich zusammen, aber ein sauberer Uppercut, den Mike mit seinem rechten Knie ausführte, riß ihm den Kopf nach hinten. Smith hatte das Gefühl, als säße kein Zahn und kein Rückenwirbel mehr an seinem Platz. Graham packte die Hand, die das Messer hielt, und drehte seinem Widersacher brutal den Arm um.

Das Messer fiel auf die Holzplanken.

Mike bückte sich danach, und diesen Moment nutzte Smith, um – allerdings ziemlich unsicher auf den Beinen – zum Ruderhaus zu laufen. Er stieg auf ein Faß und von dort aus auf das Dach des Ruderhauses. Mike setzte ihm nach. Keuchend standen sie einander gegenüber.

Smith erkannte, daß er im offenen Kampf gegen Mike keine

Chance hatte – also beschloß er, eine andere Taktik anzuwenden.
»Okay, Graham«, begann er, »Sie haben gewonnen. Gratuliere.«

Mike schwieg.

»Ich nehme an, daß *Sie* die Bombe entschärft haben.«

Graham schüttelte den Kopf.

Smith zog die Brauen hoch. »Whitlock?«

»Nein.«

»Wer denn?«

»Sabrina Carver – jedenfalls habe ich ihr den Auftrag dazu gegeben.«

»Die war also auch dabei«, sagte Smith enttäuscht. »Schade – ich mochte sie ganz gern. Ich dachte sogar daran, ihr eine Stellung in meiner Organisation anzubieten, Sabrina und C. W. arbeiten für Philpott, nehme ich an.«

Graham nickte. Smith rieb sich sein schmerzendes Kinn. Aus der Ferne näherte sich sehr schnell ein Hubschrauber.

»Und was ist mit *Ihnen*? Sind *Sie* vielleicht auf das *Geld* scharf? Ich bin bereit, mit Ihnen zu teilen.«

Graham schüttelte den Kopf. »Kein Interesse.«

»Was wollen Sie denn?«

Der Hubschrauber war jetzt schon nah, und Mike mußte schreien, um sich verständlich zu machen.

»Libyen! Vor vier Jahren! Wissen Sie noch? Sie verkauften russische Waffen an eine Gruppe verrückter Terroristen.«

»Möglich«, sagte Smith.

»Ein CIA-Agent war Ihnen auf der Spur«, fuhr Mike fort. »Sie haben seinen Wagen in die Luft gejagt. Erinnern Sie sich daran, Smith?«

»Manchmal sind derartige Maßnahmen notwendig.«

»Sie haben damals nicht den CIA-Mann erwischt. Sie haben seine *Frau* getötet. Sie war schwanger mit ihrem ersten Kind!«

Smith starrte ihn an: »*Ihre* Frau?«

Mike nickte. Seine haßerfüllten Augen hatten sich zu schmalen Schlitzen verengt. »Und seit damals bin ich hinter Ihnen her.«

Der Hubschrauber war jetzt direkt über ihnen, und plötzlich flammte von oben ein Scheinwerfer auf und tauchte die Szenerie in gleißendes Licht. Mike schloß unwillkürlich die Augen, Smith hob zur Abschirmung eine Hand und griff nach einem Bootshaken.

Mike machte gerade rechtzeitig die Augen wieder auf, um zu sehen, wie der Bootshaken auf ihn zu flog. Er traf ihn seitlich am

Kopf, und Mike sank zu Boden. Das Messer entglitt seiner kraftlosen Hand und verschwand im Fluß.

Der Hubschrauberpilot winkte Smith zu. Das Ende eines Seils schlug auf dem Dach des Ruderhauses auf. Smith lief hin und zog es hinter sich her zum Hauptdeck des *bâteau mouche*. Er riß den Lukendeckel eines kleinen Laderaums auf und befestigte das Seil an den zusammengebundenen Geldsäcken. Dann zog er heftig an dem Seil, und die grellblauen Würste verschwanden im Bauch des Hubschraubers.

Mike Graham kam allmählich wieder zu sich und richtete sich gerade mühsam auf, als das Seil wieder unten ankam.

Smith ergriff es mit beiden Händen und zog zweimal daran: Seine Füße lösten sich von den Planken.

Mit einem wütenden Gurgeln warf sich Mike nach vorn, erreichte das Deck mit einem Sprung, stieß sich ab und griff nach Smiths Knöchel. Seine Fingernägel gruben sich tief ins Fleisch. Er streckte die andere Hand aus und umschloß die Spitze des teuren Modellschuhs.

Smith trat wie wild mit seinem freien Fuß nach Mikes ungeschützten Händen – der Absatz des Schuhs riß einen Fetzen Haut herunter.

Mike ließ los.

Graham kam hoch und sah, daß der Mann, den er mehr haßte als alles auf der Welt, gerade von helfenden Händen in den Hubschrauber gehievt wurde, der ihn in die Freiheit bringen würde. Smith stolperte erschöpft auf die Gummisäcke zu, die in einer Ecke des Helikopters lagen, und sank vornüber darauf nieder.

Er hatte es geschafft! Er hatte gewonnen! Das perfekte Verbrechen – ausgearbeitet von dem perfekten Verbrecher. Das Gefühl, das seinen Körper durchlief, war fast orgastisch.

Er war unbesiegbar! Niemand war ihm gewachsen – weder Regierungen noch Geheimdienste oder Armeen. Es gab nichts, was er nicht erreichen konnte.

»Willkommen an Bord, Mister Smith«, sagte Malcolm Philpott vom Sitz des Kopiloten aus.

Smith hob den Kopf von den Geldsäcken und starrte den Mann, der ihn so freundlich begrüßt hatte, entgeistert an. Dann fiel sein Blick auf die Frau daneben, und im allmählichen Verstehen ließ er ihn durch den Hubschrauber wandern: Drei Fallschirmjäger schaukelten grinsend auf ihren Fersen, ihre Maschinenpistolen waren auf seinen Kopf und sein Herz gerichtet.

Und dann konnte Malcolm G. Philpott nicht umhin, die Haltung seines Erzfeindes zu bewundern: Smith sah ihn mit einem resignierenden Lächeln an und sagte: »Touché, Mr. Philpott. Touché.«

EPILOG

Am Ende eines Sackgasse zwischen der Avenue Emile Dechanel und der Allée Adrienne Lecouvreur liegt ein Restaurant, das bedeutend luxuriöser ist als das ›La Chatte qui siffle‹. Nachdem Smith in die Obhut der französischen Polizei und eines Verhörbeamten vom alten Schlag überstellt worden war, gab Malcolm Philpott ein Mittagessen für sechs Personen: für sich selbst und Sonja Kolschinsky, C. W. und Sabrina, Mike Graham und Polizeipräfekt Poupon.

Auf dem Weg zum Restaurant hatte Sonja darauf bestanden, zweimal Gruppenfotos zu machen – einmal mit der Kuppel der Ecole Militaire als Hintergrund (wo Napoleon selbst, wie Poupon erläuterte, Kadett gewesen war), und dann vor der Reiterstatue des Helden der Marneschlacht, Marschall Joffre.

Während der lukullischen Orgie hatte Philpott sorgfältig darauf geachtet, daß kein Arbeitsessen daraus wurde – er hatte für Diskussionen über abgeschlossene Fälle nichts übrig.

Er war erfreut zu sehen, daß sich zwischen Graham und Sabrina eine Beziehung entwickelte. Mikes Hände waren noch verbunden, und Sabrina schnitt sorgfältig sein Châteaubriand in mundgerechte Stücke und spießte sogar, zu seiner großen Verlegenheit, einige Fleischstückchen auf die Gabel.

C. W. saß neben Sabrina und amüsierte sich über Grahams Versuche, sie zu überreden, mit ihm einen kurzen Urlaub in Südfrankreich zu verbringen: Mike besaß ein Haus in den Bergen unweit von Carcassone im Languedoc, und er erging sich in wahren Hymnen darüber.

»Ich werde es mir überlegen, Mike«, sagte Sabrina. »Ich habe in nächster Zeit allerhand vor – aber später komme ich gern auf deine Einladung zurück – wenn sie dann noch gilt.«

»Ich hoffe, daß sich Ihre Pläne nur auf *seriöse* Dinge beschränken«, grinste Philpott.

»Sie haben doch nicht etwa etwas anderes angenommen?« Sie zwinkerte ihm zu.

»Aber woher – wie könnte ich!«

Graham hüstelte. »Selbstverständlich halte ich die Einladung aufrecht«, sagte er. »Wenn du die nächste Zeit mit jemand anderem verbringen willst, dann ist das natürlich deine Sache.«

»Du sagst es«, pflichtete sie ihm bei.

»Wenn Sie das glauben, Liebste«, sagte C. W. trocken, »dann glauben Sie sicher auch noch an den Osterhasen.«

Sabrina errötete, und Graham warf dem Farbigen einen gespielt zornigen Blick zu.

C. W. zwinkerte ihm zu und sagte: »Ist ja nur Spaß, Mike. Aber mir schien es nach der Art, wie Sie das Haus beschrieben haben, als gäbe es dort im weiten Umkreis niemand anderen als den guten alten Mike Graham. Oder?«

Nun war es an Philpott, zu hüsteln. »Ich möchte einen Toast ausbringen«, verkündete er. »Auf uns alle! Wir waren vielleicht nicht die ganze Zeit obenauf – aber bei Gott, am Ende haben wir es *doch* geschafft!«

Sie tranken, und Philpott fügte hinzu: »Und ein besonderer Toast auf Sie, Mike – ohne Sie wäre es unmöglich gewesen.«

Mike sagte verlegen: »Ach, Unsinn«, und Philpott warf rasch ein: »Falls Sie sich übrigens verändern wollen – ich glaube, Sie würden die UNACO etwas weniger – sagen wir mal – orthodox finden als die CIA.«

»Das kann man wohl sagen«, grinste C. W.. »Was meinen Sie zu dem Vorschlag, Mike?«

Graham zögerte, und Sabrina legte ihre Hand auf seine und sagte: »Wir haben doch gut zusammengearbeitet, oder?«

Mike sah nacheinander jeden einzelnen der UNACO-Leute an. Am längsten ruhte sein Blick auf Sabrina. »Nun«, antwortete er langsam, »wie mir eine Person sagte, als ich sie zu einem idyllischen Urlaub nach Südfrankreich einlud: Ich werde es mir überlegen.«

Philpott strahlte: »Wann immer Sie wollen, Mike. Sie sind jederzeit willkommen.« Dann bat er, ihn für den Kaffee und die Liköre zu entschuldigen. »Ich habe noch etwas zu erledigen«, erklärte er Sonja. »Nur ein paar Kleinigkeiten – für das Protokoll und die Akten. Wir sehen uns dann im Ritz – und heute abend machen wir das *Moulin Rouge* unsicher.«

»Glauben Sie, die haben da etwas dagegen, wenn auch ein kleiner Schwarzer dabei ist?« erkundigte sich C. W. unschuldig.

Lorenz van Beck hatte zwei Stunden Zeit.

Diesmal wählte er das Musée d'Art Moderne in der Avenue du Président Wilson, und das Jeu de Paume in den Tuilerien, beim Place de la Concorde – beide wegen ihrer herrlichen Kunstwerke. Nach kurzer Überlegung sah er sich auch noch das Centre Culturel Georges Pompidou an – in der berechtigten Annahme, daß bei einem so überspannten Bau wohl kaum für maximale Sicherheit gesorgt worden war.

Er mietete einen Peugeot-Kombi unter dem Namen Maurice T. Randall – auf den lautete sein britischer Paß – und fuhr auf einer so umständlichen Route nach Rambouillet, daß sie sogar ihn selbst verwirrte – ganz zu schweigen von einem eventuellen Verfolger.

Punkt sechs war er vor der Kirche und steckte seinen Kopf durch die Tür: Die Abendsonne blinzelte schwach durch die Sterne und Schäfer, die das runde Westfenster schmückten. Er war allein – abgesehen von einem glatzköpfigen, umherschlurfenden Küster, der irgendwelche Gefäße von einem Altarende zum anderen trug.

Van Beck wanderte zu den Beichtstühlen – in seinen Schuhen von Church, die gut zu seinem schmal geschnittenen Anzug aus der Savile Row und dem Hemd und Schlips aus der Jermyn Street paßten. Er war recht zufrieden mit sich.

Um den Tag besser auszunutzen, hatte er auch noch das Medici-Château in Rambouillet besucht, bevor er zu seiner Verabredung in die Kirche ging.

Das Château ist für den Präsidenten der Republik reserviert, aber van Beck sah nicht ein, warum diese Tatsache anderen Menschen den Zugang verwehren sollte. Jemand mit Talent, dachte er, wie – sagen wir – Sabrina Carver, konnte sich da glänzend amüsieren – mit oder ohne den Präsidenten.

Der Deutsche zog den roten Vorhang zur Seite und nahm auf dem Sitz des Bußfertigen Platz. Die Gestalt hinter dem Metallgitter sagte: »Mein Sohn?«

»Segnen Sie mich, Hochwürden, denn ich habe gesündigt«, murmelte van Beck.

»Das kann man wohl sagen«, erwiderte Philpott. »Sie haben mich schamlos belogen.«

»Ich lüge nie«, widersprach van Beck, »besonders nicht Kunden gegenüber.«

»Dann haben Sie mir nicht die ganze Wahrheit gesagt«, meinte Philpott.

»Das ist etwas ganz anderes«, erklärte van Beck. »Von welcher taktischen Weglassung sprechen Sie?«

»Bei der Besprechung mit Michael Graham nach der Operation erfuhr ich beispielsweise, daß Sie Smith nicht nur Sabrina und C. W., sondern auch ihn empfohlen haben. Ist das richtig?«

Van Beck gab es zu.

»Ebensowenig sagten Sie mir«, fuhr Philpott fort, »daß Graham die Laser-Kanonen gestohlen und Smith übergeben hat.«

Van Beck gab auch das zu.

»Noch, daß Smith die Laser in seinem Schloß im Loiretal hatte«, endete Philpott.

»Es gab für mich keinen Zweifel, daß Sie mit Ihrer Priorität, die es Ihnen möglich machte, einen ›Blackbird‹ in den französischen Luftraum zu bringen, Smiths kleines Versteck sehr schnell finden würden – und so war es dann ja auch.«

»Stimmt«, sagte Philpott und fragte sich verblüfft, wie van Beck von dem Flugzeug erfahren haben konnte.

»Soviel ich weiß«, fuhr van Beck fort, »kann diese vielseitige Maschine in einer Höhe von über 24 000 Metern fliegen und ein Gebiet von 150 000 Quadratkilometern in einer Stunde inspizieren. Zusätzlich zu ihrer hochentwickelten Radar- und Fotoausrüstung verfügt sie über Infrarotsensoren, die Menschen aufgrund ihrer Körperwärme orten können – sogar, wenn sie sich in Gebäuden befinden. Ist es nicht so?«

»Schluß jetzt«, sagte Philpott. »Ich verlange Antworten – und zwar sofort.« Der glatzköpfige Küster schlurfte an den Beichtstühlen vorbei und sang bemerkenswert falsch einen gregorianischen Choral. Van Beck seufzte. »Also gut, Mr. Philpott. Ich bin es Ihnen wohl schuldig.«

Philpott brummte zustimmend.

»Als erstes müssen Sie einsehen, daß ich Geschäftsmann bin. Ich arbeite mit jedem, der mir paßt, und zu der Zeit, die mir paßt. Wenn ich gleichzeitig mit Ihnen und Smith beschäftigt bin, wäre ich ein Narr, Ihnen beiden alles zu sagen, was ich weiß – und ich bin kein Narr. Der Grund, warum ich Sie über Graham nicht informiert habe, ist rein persönlicher Natur«, fuhr er fort. »Und diese Information ist ausschließlich für *Sie* bestimmt.«

Nach einer kurzen Pause fuhr er fort: »Hat Graham Ihnen erzählt, daß er auf Smith Jagd machte, weil Smith dafür verantwortlich war, daß seine Frau getötet wurde?«

»Ja, das hat er mir erzählt. Eine furchtbare Geschichte.«

»Den *Namen* seiner Frau hat er Ihnen nicht gesagt?«

»Nein.«

»Sie geben aber zu, daß Graham guten Grund hatte, auf Smith Jagd zu machen?«

»Natürlich«, sagte Philpott, »das hätte jeder getan. Er muß vor Kummer halb verrückt gewesen sein.«

»Das war er auch.«

Philpott sah ihn durch das Gitter scharf an. »Woher wissen Sie das?« fragte er.

»Seine Frau hieß Sieglinde. Er nannte sie ›Ziggy‹. Sie war fünfundzwanzig, als sie starb. Vor ihrer Heirat mit Michael Graham hieß sie Anneliese Sieglinde van Beck.

Sie war mein einziges Kind, Mr. Philpott – und das ungeborene Baby wäre mein Enkel gewesen.«

Philpott schwieg bestürzt. Van Beck hatte die Hände vor das Gesicht geschlagen, und seine Schultern bebten vor unterdrücktem Schluchzen.

»Es tut mir leid, Lorenz«, sagte Philpott leise. »Das wußte ich nicht.«

»Natürlich nicht – wie sollten Sie? Aber verstehen Sie, Mr. Philpott, ich mußte dafür sorgen, daß Michael Graham – die CIA hatte ihn extra dafür freigestellt – Smith erledigte. Und nachdem es mir gelungen war, ihn in Smiths Organisation einzuschleusen, beschloß ich, nichts zu tun, was seine Sicherheit gefährden konnte.«

»Das kann ich gut verstehen«, antwortete Philpott.

»Wer gab Ihnen eigentlich den Wink, daß Smith wieder eine große Sache plante?« fragte van Beck.

»INTERPOL.

»Und wer sagte es wohl INTERPOL – unter dem Siegel der Verschwiegenheit und der Bedingung, daß sie die Information an Sie weitergab?«

Philpott lächelte. »Offenbar *Sie*.«

Van Beck nickte. »Ich fürchtete, die CIA oder INTERPOL würden die Sache verpfuschen«, sagte er, »und ich war überzeugt, daß sie bei der UNACO in den richtigen Händen wäre.«

Philpott schnitt eine Grimasse. »Ich hoffe, unsere Verbindung wird in Zukunft ebenso ergiebig sein wie in der Vergangenheit.«

Van Beck stand auf. »Darf ich jetzt gehen?«

»Einen Augenblick noch. Können Sie mir sagen, was mit den

Steinen passiert ist, die Sabrina aus der Amsterdamer Diamantenbörse – sagen wir mal – mitgenommen hat?«

»Die Diamanten wurden mir übergeben. Ich habe mich bereits
von ihnen getrennt. Miß Carver hat ihr Honorar erhalten, und
meine Provision betrachte ich als angemessene Bezahlung für die
Information, die zur Rückführung von den vier Laser-Kanonen zur
US-Armee führte. Wie ich Ihnen schon sagte: Ich bin Geschäftsmann.«

»Dieser Argumentation kann ich mich nicht verschließen«, grinste Philpott.

»Leben Sie wohl«, antwortete van Beck. »Bis zum nächsten
Mal.«

Philpott hörte die Kirchentür zuschlagen, dann verließ auch er
den Beichtstuhl und segnete im Vorübergehen noch schnell den
Küster. Dann zog er das Priestergewand aus, hängte es an einen
Haken in der Sakristei und trat in die milde Dämmerung hinaus.

Die Hölle
von Athabasca

Für Sabrina und Tony

Vorwort

Dieses Buch handelt nicht in erster Linie von Öl, aber es hat mit Öl und mit den Methoden der Ölgewinnung zu tun. Es könnte daher von Interesse und von Nutzen sein, einen kurzen Blick auf diese Phänomene zu werfen.

Was Öl ist und wie es überhaupt entstanden ist, scheint niemand ganz genau zu wissen. Es gibt eine Unzahl von Fachbüchern und Abhandlungen zu diesem Thema. Ich bin sicher, daß ich nur einen kleinen Teil davon gelesen habe – und sie stimmen, soweit ich mich überzeugt habe, weitgehend überein, es sei denn in der Frage, die man für besonders interessant halten kann: Wie *entsteht* Öl? Hierzu scheint es ebenso viele und unterschiedliche Theorien zu geben wie hinsichtlich der Entstehung des Lebens. Sieht sich ein gutinformierter Laie der Komplexität solcher Fragen gegenübergestellt, so flüchtet er sich in übertriebene Vereinfachungen – was ich nun auch mache, weil mir nichts anderes möglich ist.

Nur zwei Hauptbestandteile sind für die Entstehung von Öl nötig: Stein und eine unvorstellbare Menge von Pflanzen und primitiven Lebewesen, die die Flüsse, Seen und Meere vor mehr als einer Milliarde Jahren bevölkerten. Aber erst die Jahrtausende verwandeln Fossilien in Öl.

Der biblische Hinweis auf den Stein der Ewigkeit veranlaßt zu falschen Vorstellungen über die Natur und die Beständigkeit von Stein. Stein – das Material, aus dem die Erdkruste besteht – ist weder ewig noch unzerstörbar, noch bleibt er ewig gleich. Im Gegenteil, er befindet sich in einem Zustand steter Veränderung, Bewegung, und es ist heilsam, wenn wir uns ins Gedächtnis rufen, daß es eine Zeit gab, wo gar kein Stein existierte. Sogar heutzutage gibt es noch einen bemerkenswerten Mangel an Übereinstimmung in der Frage, wie die Erde entstanden ist. Geologen und Geophysiker stimmen lediglich darin überein, daß es erst ein weißglühendes und gasförmiges Stadium gab, gefolgt von einem flüssigen – und daß keines dieser Stadien irgend etwas geformt hat, Stein eingeschlossen. Es ist ein Irrtum, anzunehmen, daß Stein war, ist und bleibt.

Hier geht es aber nicht um die allererste Entstehung von Stein, sondern um Stein, wie wir ihn heute haben. Es ist ohne Zweifel schwierig, den fortlaufenden Prozeß zu beobachten, weil eine kleine Veränderung zehn Millionen Jahre, eine größere hundert Millionen Jahre dauern kann.

Stein wird fortwährend zerstört und neu gebildet. Innerhalb des Destruktionsprozesses spielt die Witterung die Hauptrolle, bei der Neuentstehung die Schwerkraft.

Fünf Haupteinflüsse wirken auf Stein. Frost und Eis zerbrechen ihn. Der Staub in der Luft kann ihn zerbröckeln. Die Einwirkung des Meeres, entweder durch die dauernde Bewegung der Wellen und der Gezeiten oder durch den Aufprall von Sturmfluten, zerstört die Steinküsten unaufhörlich. Flüsse sind außerordentlich mächtige Zerstörungskräfte – man braucht sich nur den Grand Cañon anzusehen, um sich davon zu überzeugen –, und schließlich ist es der Regen, der seit Äonen Stein abbaut.

Was auch immer die Ursache der Erosion ist, das Ergebnis ist stets das gleiche: Stein wird reduziert auf seine kleinstmöglichen Bestandteile, auf Steinpartikel oder ganz einfach Staub. Regen und geschmolzener Schnee tragen Staub durch die kleinsten Bäche und mächtigsten Flüsse in Seen, Binnenmeere und die Küstenregionen der Ozeane. Staub, so fein und pudrig er auch ist, ist schwerer als Wasser, und immer dann, wenn das Wasser einigermaßen ruhig ist, sinkt er allmählich zu Boden, auch in den trägen, unteren Regionen der Flüsse oder dort, wo die Gezeiten einwirken.

So sind über unvorstellbar lange Zeiträume ganze Gebirge in die Meere gespült worden, und dabei ist durch die Wirkung der Schwerkraft neuer Stein entstanden, indem sich Schicht über Schicht auf dem Grund gesammelt hat, die unterste Schicht allmählich zusammengepreßt durch den immensen, ständig zunehmenden Druck von oben, bis die Partikel sich verbanden und die neue Form von Stein annahmen.

In diesem Zwischenstadium und im Endprozeß der Neuentstehung von Stein hat sich Öl gebildet. Jene Seen und Ozeane sind vor Hunderten von Millionen Jahren fast erstickt worden von Wasserpflanzen und den meist primitiven Formen von Wassertieren. Nach dem Absterben sind sie zusammen mit dem Staub auf den Grund gesunken und allmählich von unzähligen Schichten von Staub, abgestorbenen Pflanzen und toten Lebewesen, die sich allmählich über ihnen angesammelt haben, begraben worden. Im Verlauf von Jahrmillionen und unter dem zunehmenden Druck von oben haben sich die verwitterten Pflanzen und die toten Lebewesen allmählich in Öl verwandelt.

So einfach und schnell beschrieben, erscheint der Prozeß verständlich zu sein. Aber hier fangen Grauzonen und Kontroversen an. Die Voraussetzungen für die Entstehung von Öl sind bekannt, der Grund für die Metamorphose dagegen ist es nicht. Es ist wahrscheinlich, daß irgendein chemischer Katalysator eine Rolle spielt, aber er ist noch nicht entdeckt worden. Das erste, rein synthetische Öl, zum Unterschied von sekundären künstlichen Ölen, wie sie aus Kohle hergestellt werden, muß erst erfunden werden. Bis jetzt können wir nur sagen, daß es Öl gibt, daß es in Steinschichten in ziemlich genau bekannten Gebieten auf der ganzen Welt vorkommt, aber immer da, wo früher Meere oder Seen waren, die heute zum Teil Trockenland sind oder sich unter neu entstandenen Ozeanen befinden.

Wäre das Öl in diesen Steinformationen eingebunden geblieben und wäre die Erde ein stabiles Gebilde, so könnte man das Öl heute nicht fördern. Aber unser Planet ist ein höchst unstabiles Gebilde. So was wie einen festen Kontinent, der sicher im Erdinnern verankert ist, gibt es nicht. Die Kontinente ruhen auf sogenannten tektonischen Platten, die wiederum auf dem flüssigen Magma schwimmen, ohne Anker oder Ruder, und sie können in jede beliebige Richtung wandern, wie es der Zufall will. Und ohne Zweifel tun sie das: sie stoßen aneinander, sie scheuern sich aneinander, sie überlappen die angrenzende Platte oder schieben sich darunter – in unvorhersehbarer Weise. Da sich dieses Stoßen und Reiben über Hunderte von Jahrmillionen hinzieht, bemerken wir es nicht, es sei denn in Form von Erdbeben, die nur dort vorkommen, wo zwei tektonische Platten aneinanderstoßen.

Die Kollision zweier derartiger Platten entwickelt einen unvorstellbaren Druck, der zwei Folgen hat, die uns näher interessieren. In erster Linie bewirken die wechselnden Druckverhältnisse, daß das Öl aus den Schichten, in die es eingebettet ist, herausgepreßt und in irgendeine Richtung gedrängt wird, wohin der Druck es immer zuläßt. Nach unten, nach oben oder seitwärts. Die zweite Folge der Kollision ist das Aufbäumen oder Falten der Gesteinsschichten, so daß die obere Schicht, nach außen gedrängt, Gebirge bildet. So hat die Bewegung der indischen tektonischen Platte im Norden das Himalaja-Massiv und im Süden regelrechte unterirdische Gebirge gebildet, die die Form von riesigen Domen oder Gewölben haben.

Soweit die Ölförderung davon betroffen ist, sind diese Steinstrukturen von großer Bedeutung. Der poröse Stein, zum Beispiel Gips, erlaubt, daß Flüssigkeiten wie Öl durchsickern können. Nichtporöser Stein, zum Beispiel Kalkstein, läßt Öl nicht durch. Ist der Stein porös, so sickert das Öl unter dem ungeheuren Druck so lange nach oben, bis der Druck nachläßt, und sammelt sich dann an oder nahe der Erdoberfläche. Ist der Stein nicht porös, wird das Öl in den tiefgelegenen Gewölben festgehalten und kann nicht entweichen.

Im letztgenannten Fall werden die sogenannten konventionellen Methoden der Ölförderung angewandt. Die Geologen orten einen solchen Dom, und es wird ein Loch gebohrt. Wenn sie mit einigem Glück den Dom treffen und er nicht zu stabil ist, sind die Hauptprobleme gelöst. Der gewaltige unterirdische Druck preßt das Öl an die Oberfläche.

Die Ausbeute von Sickeröl stellt ganz andere und viel größere Probleme, deren Lösung erst Ende der sechziger Jahre möglich wurde. Und auch das war nur eine Teillösung. Das Problem ist natürlich, daß sich das Öl an der Oberfläche nicht in Bassins sammelt, sondern mit anderen Materialien, wie Sand oder Lehm, verbunden ist, von denen es erst getrennt und gereinigt werden muß.

Es ist in einem festen Zustand und muß im Tagebau gewonnen werden. Und obwohl das fest gebundene Öl bis zu 2000 Meter Tiefe geht, kann es nach dem heutigen Stand von Wissen und Technik nur bis zu einer Tiefe von 60 Metern abgebaut werden. Konventionelle Bergbaumethoden – das Niedertreiben eines großen Schachts und das Vorantreiben mehrerer Stollen – wären vollkommen unangemessen, weil sie nur einen Bruchteil des Rohmaterials zutage fördern könnten, das zu einer kommerziell tragbaren Verwertung nötig ist. Das letzte derartige Ölfeld, das erst im Sommer 1978 in Betrieb genommen wurde, muß 10000 Tonnen Rohmaterial in der Stunde fördern, damit sich die Nutzung der Vorkommen rentiert.

Zwei ausgezeichnete Beispiele für die beiden unterschiedlichen Methoden der Ölgewinnung befinden sich im Nordwesten von

Nordamerika. Die konventionelle Methode des Ölbohrens wird auf den Feldern von Prudhoe Bay an der arktischen Küste von Nordalaska praktiziert. Ihr Gegenstück, der Tagebau von Öl, findet sich – und es ist der einzige Platz, wo man ihn finden kann – auf dem Teersandgebiet von Athabasca.

1

»Das ist keine Gegend für uns«, sagte George Dermott, lehnte seinen massigen Oberkörper vom Tisch zurück und schaute ungnädig auf die Reste einiger übergroßer Lammkoteletts. »Jim Brady erwartet von seinen Männern im Außendienst, daß sie schlank, fit und athletisch sind. Sind wir schlank, fit und athletisch?«

»Da drüben gibt's Nachtisch«, sagte Donald Mackenzie. Wie Dermott war er groß und wohlbeleibt, mit einem markanten, wettergegerbten Gesicht – ein bißchen größer und nicht ganz so füllig. Er und sein Partner wirkten wie ein Paar Schwergewichtsboxer im Ruhestand. »Ich sehe Kuchen, Plätzchen und alle möglichen Leckereien«, fuhr Mackenzie fort. »Hast du übrigens ihre Ernährungsbroschüre gelesen? Da steht drin, daß ein Durchschnittsmensch mindestens fünftausend Kalorien am Tag braucht, um dem arktischen Klima zu trotzen. Aber wir sind eben keine Durchschnittsmenschen, George. Sechstausend sind im Zweifelsfall besser. An die sieben sind noch sicherer, würde ich sagen. Schokoladencreme mit Schlagsahne?«

»Da hing sogar eine Hausmitteilung am Schwarzen Brett«, sagte Dermott mit einem Grinsen. »Mit einem dicken schwarzen Rand. Aus irgendeinem Grund. Von Jim Brady unterschrieben.«

»Alte Mitarbeiter schauen nicht aufs Schwarze Brett«, sagte Mackenzie, wuchtete mit einem Seufzer seine zwei Zentner auf die Beine und ging zielstrebig zum Büfett. Kein Zweifel, BP/Sohio kümmerte sich sehr um das Wohl ihrer Leute. Hier in Prudhoe Bay, an der grimmigen Kante des arktischen Meeres, wurden die Räume auch bei minus 40 Grad Außentemperatur auf angenehme 22 Grad gehalten. Zentralheizung mit automatischer Luftbefeuchtung. Der Speisesaal war groß, hell und luftig, und die pastellfarbenen Wände zeigten immer wieder das bekannte Motiv mit den fünfzackigen Sternen. Die Auswahl an exzellent zubereiteten Speisen war erstaunlich.

»Hungern sich ja wirklich nicht zu Tode hier«, sagte Mackenzie, als er mit zwei Portionen Creme und einem Kännchen dicker Sahne zurückkehrte. »Ich stell' mir gerade vor, was die alten Goldgräber hier in Alaska dazu gesagt hätten.«

Ein Goldgräber oder Trapper von damals hätte zunächst geglaubt, an Halluzinationen zu leiden. Alles in allem konnte man schwer sagen, was ihn am meisten erstaunt hätte. Achtzig Prozent der Speisen auf der Karte wären ihm unbekannt gewesen. Aber noch mehr hätten ihn der zwölf Meter lange Swimmingpool verblüfft und der Hinterglasgarten mit seinen Nadelbäumen, Birken und der Fülle von Blumen – gleich neben dem Speisesaal.

»Weiß der Himmel, was einer von den alten Jungs sich gedacht hätte«, sagte Dermott. »Du kannst ja *ihn* mal fragen.« Er deutete auf einen Mann, der auf sie zukam. »Jack London hätte ihn sofort wiedererkannt.«

Mackenzie sagte: »Das ist mehr der Robert-Service-Typ.«

Der Ankömmling war sicher nicht ganz von heute. Er trug schwere Filzstiefel, Englischleder-Hosen und einen abgetragenen dicken Wollmantel mit den dazugehörigen abgewetzten Flicken an den Ärmeln. Ein Paar Seehundfell-Handschuhe baumelten von seinem Hals herunter, und er hielt eine Waschbärmütze in der rechten Hand. Sein Haar war lang und in der Mitte gescheitelt. Er hatte eine leicht gebogene Nase und klare blaue Augen mit tief eingekerbten Krähenfüßen, die von zuviel Sonne, zuviel Schnee oder einem allzusehr entwickelten Sinn für Humor herrühren konnten. Der Rest seines Gesichts war von einem prächtigen Bart und Schnurrbart verdeckt, beide waren in diesem Augenblick von Eisperlen eingerahmt. Der gelbe Schutzhelm, der an seiner Linken hin und her schwang, gab ein quietschendes Geräusch von sich. Der Mann blieb an ihrem Tisch stehen, und aus dem Aufleuchten seiner weißen Zähne konnte man schließen, daß er lächelte.

»Mr. Dermott? Mr. Mackenzie?« Er streckte ihnen die Hand entgegen. »Finlayson. John Finlayson.«

Dermott sagte: »Mr. Finlayson – Betriebsleiterbüro?«

»Ich bin der Betriebsleiter.« Er zog einen Stuhl unter dem Tisch hervor, setzte sich, seufzte und entfernte einige Eisstückchen aus seinem Bart. »Ja, ich weiß. Es ist kaum zu glauben.« Er lächelte wieder und zeigte auf seine Kleidung. »Die meisten Leute denken, ich sei auf Schienen hierhergekommen. Sie verstehen: Landstreicher auf dem Güterwagen. Weiß der Himmel warum. Die nächste Eisenbahn ist so weit weg von Prudhoe Bay wie Tahiti und Blumenröckchen. Bin eben schon ein Eingeborener. Zu viele Jahre im hohen Norden.« Seine merkwürdige Art, Stakkato zu sprechen, war vielleicht bezeichnend für eine Person, die nur gelegentliche

Kontakte zur Zivilisation hat. »Tut mir leid. Ließ sich nicht machen. Sie abholen, mein' ich.«

Mackenzie sagte: »Nicht so schlimm.«

»Wir hatten etwas Ärger an einer der Sammelstellen. Passiert immer wieder. Bei sehr tiefen Temperaturen spielt die Molekularstruktur von Stahl verrückt. Ich hoffe, Sie sind gut versorgt.«

»Keine Klagen.« Dermott lächelte. »Ist ja nicht so, daß wir besonders umsorgt werden müssen. Dort ist das Büfett, hier Mackenzie. Die Wasserstelle und das Kamel.« Dermott stellte fest, daß er anfing, wie Finlayson zu reden. »Na ja. Eine kleine Reklamation vielleicht. Es steht zuviel auf der Speisekarte, und die Portionen sind zu groß. Die schlanke Linie meines Kollegen...«

»Die schlanke Linie deines Kollegen kann auf sich selbst aufpassen«, sagte Mackenzie freundlich. »Ich habe allerdings noch etwas auf dem Herzen, Mr. Finlayson.«

»Kann ich mir vorstellen.« Wieder ein kurzes Aufblitzen seiner Zähne, und Finlayson stand auf den Beinen. »Erzählen Sie's mir im Büro. Nur ein paar Schritte.« Er ging quer durch den Speisesaal zur Tür, blieb draußen stehen und zeigte auf eine andere Tür links. »Das Hauptkontrollzentrum. Das Herz von Prudhoe Bay – oder der westlichen Hälfte wenigstens. Jeder Produktionsvorgang der Gesamtanlage wird hier elektronisch überwacht.«

Dermott sagte: »Ein unternehmungslustiger Kerl mit ein paar Handgranaten könnte sich hier'ne ganze Weile halten.«

»In fünf Sekunden könnte er das ganze Ölfeld dichtmachen. Sie sind sicher von Houston hergekommen, um mich aufzuheitern? Hier geht's weiter.«

Er führte sie durch eine Doppeltür in ein kleines Büro. Tische, Stühle, Aktenschränke, alles in Metall, alles in Schlachtschiff-Grau. Er lud sie mit einer Handbewegung zum Sitzen ein und lächelte Mackenzie an: »Die Franzosen sagen ›Eine Speise ohne Wein ist wie ein Tag ohne Sonnenschein‹.«

Mackenzie nickte zustimmend und sagte: »Wir leiden ja sehr unter Staub in Texas. Bleibt in der Kehle stecken wie kein anderer Staub. Nichts zu machen mit Wasser.«

Finlayson sagte mit einer weitausholenden Handbewegung: »Ganz schön große Anlage da draußen. Verdammt teuer und verdammt schwer damit umzugehen. Stellen Sie sich mal vor, es ist stockdunkel und an die 40 Grad unter Null, und Sie sind müde – man ist immer müde hier oben. Vergessen Sie nicht, daß wir zwölf

Stunden arbeiten am Tag, sieben Tage in der Woche. Und dann ein paar Whiskys, und Sie können für eine Million Dollar Technik abschreiben. Oder Sie machen die Pipeline kaputt. Oder Sie bringen sich selbst um. Oder, noch schlimmer, Sie bringen ein paar von Ihren Kameraden um. Da war es zur Zeit der Prohibition schon leichter. Jede Menge Schmuggel von Kanada, Badewannen voll Gin, Tausende von Schwarzbrennereien. Hier oben ist das ganz anders. Lassen Sie sich erwischen mit einem Teelöffel Schnaps, und Schluß. Keine Debatten, kein Gericht. Aus. Aber das ist auch nicht unser Problem – keiner riskiert hier achthundert Dollar die Woche wegen Bourbon für zehn Cent.«

»Ich glaube, ich fliege wieder nach Anchorage«, sagte Mackenzie.

Finlayson grinste: »Es ist noch nicht alles verloren.« Er sperrte einen Aktenschrank auf, holte eine Flasche Scotch und zwei Gläser hervor und schenkte großzügig ein. »Willkommen im hohen Norden, Gentlemen!«

»Ich hatte gerade eine Vision«, sagte Mackenzie. »Wanderer, die sich bei Schneesturm in den Bergen verlaufen haben, und ein Bernhardiner, der zu ihnen hinwatschelt mit der üblichen ›Erfrischung‹. Sie sind kein Trinker, oder?«

»Doch. Jede fünfte Woche, wenn ich wieder bei meiner Familie in Anchorage bin. Das gilt nur für Besuche von VIPs. Man darf wohl annehmen, daß Sie dazu gehören.« Er strich sich gedankenvoll das geschmolzene Eis aus dem Bart. »Nun mal ehrlich: ich habe noch nie etwas von Ihrer Organisation gehört, bis vor wenigen Tagen.«

»Halten Sie uns für so etwas wie Wüstenrosen«, sagte Mackenzie. »Geboren, um im verborgenen zu leuchten und zu blühen. Das ist wahrscheinlich ein bißchen übertrieben, aber das mit der Wüste kommt der Wahrheit recht nahe. Jedenfalls verbringen wir dort die meiste Zeit.« Mit einer Kopfbewegung zum Fenster sagte er: »Eine Wüste muß ja nicht immer aus Sand bestehen. Ich meine, das hier kann man eine arktische Wüste nennen.«

»Ich denke da genauso. Aber was tun Sie in solchen Wüsten? Ihre Funktion, meine ich.«

»Unsere Funktion?« Dermott überlegte. »Es klingt zwar merkwürdig, aber ich würde sagen, unsere Funktion ist, unseren werten Arbeitgeber, Jim Brady, an den Rand des Ruins zu bringen.«

»*Jim* Brady? Ich dachte, sein Vorname beginnt mit A.«

»Seine Mutter war Engländerin. Sie taufte ihn Algernon. Wären Sie *nicht* dagegen? Er ist immer schon als Jim bekannt gewesen. Jedenfalls gibt es nur drei Leute auf der Welt, die wirklich etwas vom Feuerlöschen auf Ölfeldern verstehen, besonders von Bränden an der Quelle, und alle drei sind in Texas zu Hause. Jim Brady ist einer von den dreien.

Man hatte bisher allgemein angenommen, daß es nur drei Ursachen von Ölbränden gibt: Selbstentzündung – was nicht passieren sollte, aber immer wieder passiert –, menschliches Versagen, sprich: pure Schlamperei, und technische Mängel. Fünfundzwanzig Jahre in der Branche haben Brady davon überzeugt, daß es noch eine vierte, viel ernstere Ursache gibt, die man einigermaßen zutreffend Industriesabotage nennen kann.«

»Und wer verlegt sich auf Sabotage? Was ist die Motivation?«

»Das sehr naheliegende Motiv – Rivalität zwischen den großen Ölgesellschaften – können wir ausschließen. Es existiert nicht. Die Vorstellung von einem so mörderischen Konkurrenzkampf existiert nur in der Sensationspresse und in kranken Gehirnen gewisser Leute. Wäre man eine Fliege an der Wand – in einer Geheimsitzung der Öllobby in Washington –, dann würde man ein für allemal verstehen, was das heißt: *ein Herz und eine Seele*. Multipliziert mit zwanzig natürlich. Angenommen, Exxon setzt den Benzinpreis um einen Pfennig rauf, dann tun Gulf, Shell, BP, Elf, Agip und alle andern am nächsten Tag dasselbe. Oder nehmen Sie Prudhoe Bay: wirklich ein klassisches Beispiel für Kooperation. Ein ganzer Haufen Firmen arbeitet Hand in Hand, zum Wohl aller Beteiligten – aller finanziell Beteiligten, versteht sich. Der Staat Alaska und die breite Öffentlichkeit sehen das vielleicht ein bißchen anders und etwas gehässiger.

Wir können jedenfalls derartige Konkurrenzkämpfe ausschließen. Was bleibt, ist eine andere Sorte von Gewalt: Macht. Internationale Machtpolitik. Sagen wir mal, Land X kann seinen Feind, Land Y, schwer anschlagen, indem es dessen Ölförderung drosselt. Das ist eine alte Geschichte. Dann gibt es aber noch *interne* Machtkämpfe. Angenommen, unzufriedene Bevölkerungsteile in einer Diktatur mit großen Ölvorkommen sehen in der Sabotage eine Möglichkeit, ihren Unwillen zu demonstrieren – gegen ein Regime, das mit unlauteren Mitteln große Profite anhäuft oder bestenfalls einen gewissen Teil seines Reichtums an seine nächsten Verwandten und Busenfreunde verteilt, während es dafür sorgt, daß die Landbevölkerung in nahezu mittelalterlicher Armut verharrt. Hunger eignet sich glänzend als Vorwand, läßt viel Raum für persönliche Rache, für das Begleichen alter Rechnungen oder das Hochspielen langgehegter Neidgefühle.

Und vergessen Sie nicht den Typ des Pyromanen, der im Öl ein leicht erreichbares Ziel und eine Quelle der so geliebten Flammen sieht. Kurz gesagt, man muß praktisch an jede Möglichkeit denken, und wenn sie noch so bizarr und unvorstellbar ist. Ein typisches Beispiel.«

Er nickte Mackenzie zu. »Donald und ich sind gerade vom Persischen Golf zurückgekommen. Die dortigen Sicherheitsorgane und die Polizei waren durch eine Reihe kleiner Brände aufgeschreckt worden – *sogenannte* kleine Brände, aber mit einem Gesamtschaden von zwei Millionen Dollar. Offenbar das Werk eines Brandstifters. Wir spürten ihn auf, nahmen ihn fest und bestraften ihn. Wir gaben ihm Pfeil und Bogen.«

Finlayson schaute sie an, als hätte ihr Scotch etwas zu schnell gewirkt.

»Der elfjährige Sohn eines britischen Konsuls. Er hatte eine starke Webley-Luftpistole. Webley stellt die übliche Bleimunition her – hohl und konkav. Sie stellt keine Kugeln aus gehärtetem Stahl her, die prächtige Funken geben, wenn sie eisenhaltiges Metall streifen. Dieses Kerlchen bekam nun reichlich Nachschub von einem Araberjungen, der die verbotene Stahlmunition benutzte – in einer ähnlichen Luftpistole, mit der er Jagd auf alle möglichen Wüstentiere machte. Zufällig gehörte das fragliche Ölfeld dem alten Herrn des Araberjungen, einem Prinzen. Der kleine Engländer hat jetzt Pfeile mit Gummispitzen.«

»Ich bin sicher, daß da irgendeine Moral dahintersteckt.«

»Sicher. Man lernt daraus, daß das Unvorhersehbare immer möglich ist. Unsere Abteilung für Industriesabotage – das ist Jim Bradys Bezeichnung dafür – wurde vor sechs Jahren gegründet. Vierzehn Leute wie wir gehören dazu. Zuerst war es ein reines Ermittlungsbüro. Wenn wir ankamen, war es schon passiert, und das Feuer war aus. Wir versuchten dann herauszubekommen, ob es Sabotage war, wer es getan hatte, warum und was sein *modus operandi* war. Offen gesagt, wir hatten herzlich wenig Erfolg. Meistens war die Kuh schon aus dem Stall, und alles, was wir tun konnten, war, die Stalltür zuzusperren. Jetzt hat sich das Schwergewicht unserer Arbeit verlagert – wir versuchen bei Gefahr die

Tür derart zu schließen, daß sie niemand öffnen kann. Mit anderen Worten: Vorsorge – optimale Absicherung von Mensch und Gerät. Das Echo auf unsern Service war beachtlich. Wir sind jetzt der rentabelste Zweig von Jims Unternehmungen. Bei weitem. Ölfontänen kappen, Feuer ausmachen ist ein alter Hut – wenn Sie den Ausdruck gestatten – gegen unseren Sicherheitsdienst. Wir haben so viele Aufträge, daß wir unsere Abteilung verdreifachen könnten. Und dann kämen wir immer noch nicht nach.«

»Gut. Aber warum machen Sie das nicht? Das Geschäft verdreifachen, meine ich.«

»Qualifizierte Leute«, sagte Mackenzie, »sind einfach nicht da. Genauer: es gibt so gut wie keine erfahrenen Leute, und es herrscht ein fast totaler Mangel an Leuten, die überhaupt die Voraussetzungen für diesen Job haben. Eine bestimmte Kombination von Anlagen kann man nicht einfach erwerben. Man muß einen gewissen Spürsinn haben, und der wiederum basiert auf einem angeborenen Instinkt für das Enträtseln – die grauen Zellen von Sherlock Holmes, könnte man sagen. Man hat sie, oder man hat sie nicht. Sie lassen sich nicht einpflanzen. Man muß ein Auge und ein Ohr für Abwehr haben, beinahe eine Besessenheit – und so was kann nur von jahrelanger Praxis auf Ölfeldern kommen. Und man muß ziemlich detaillierte Kenntnisse von der Ölindustrie haben, weltweit. Vor allem muß man Ölexperte sein.«

»Und Sie sind Ölexperten, Gentlemen.« Das war eine Feststellung, keine Frage.

»Solange wir arbeiten«, sagte Dermott. »Wir sind beide Betriebsleiter gewesen.«

»Wenn Ihre Dienste so gefragt sind, wie kommt dann der Glanz in unsere Hütte, daß Sie ausgerechnet hier sind?«

Dermott sagte: »Soviel wir wissen, ist es das erste Mal, daß eine Ölgesellschaft die *Mitteilung* von einem geplanten Anschlag erhalten hat. Eine echte Chance, unsere Vorsorge-Medizin auszuprobieren. Wir sind allerdings ein bißchen erstaunt in einer Hinsicht, Mr. Finlayson. Sie sagen, Sie haben noch nie etwas von uns gehört, bis vor ein paar Tagen. Wie kommt es dann, daß wir schon vor drei Tagen davon wußten, als wir vom Mittleren Osten zurückkehrten? Wir haben einen Tag damit verbracht, uns zu erholen, einen Tag, um die Anlage und die Sicherheitsvorkehrungen der Alaska-Pipeline zu studieren, und...«

»Wie bitte? Was haben Sie gemacht? Ist das keine Geheiminformation?«

Dermott war geduldig. »Wir hätten sie sofort anfordern können, als wir um Unterstützung gebeten wurden. Das hatten wir aber nicht nötig. Die Information, Mr. Finlayson, ist nicht geheim. Sie ist längst Allgemeingut. Große Firmen neigen in solchen Fragen zu unglaublichem Leichtsinn. Ob sie nun die Öffentlichkeit in Sicherheit wiegen oder ihr Image aufpolieren wollen, sie lassen nicht nur eine Menge Einzelheiten durchsickern, sondern bombardieren die Öffentlichkeit regelrecht mit Informationen über ihre Unternehmungen. Die Information kommt natürlich ungeordnet und in größeren und kleineren Schüben, aber ein einigermaßen intelligenter Kerl kann sich das schon zusammenpuzzeln.

Nicht, daß so große Firmen wie Alyeska sich deswegen Vorwürfe machen müßten. Sie fangen nämlich erst an, in demselben Verein für Indiskretion zu arbeiten wie der ewige Meister, die US-Regierung. Nehmen Sie nur als klassisches Beispiel, wie sie aufgehört haben, das Geheimnis der Atombombe für sich zu behalten. Als die Russen die Bombe hatten, dachte die Regierung wohl, es gebe nichts mehr, was man geheimhalten müßte, und erzählte schließlich alles. Sie wollen wissen, wie man eine Atombombe herstellt? Sie brauchen nur einen kleinen Betrag an die Atomenergie-Kommission zu senden, und Sie erhalten postwendend Nachricht. Daß solche Informationen von Amerikanern gegen Amerikaner verwendet werden könnten, ist den überragenden Intellektuellen des Großkapitals und des Pentagons offensichtlich noch nie in den Sinn gekommen. Sie müssen unter der Vorstellung gelitten haben, daß amerikanische Verbrecherkreise in vornehmer Zurückhaltung bis zum Ende der Geheimhaltung *en masse* geschlafen haben.«

Finlayson machte eine abwehrende Handbewegung. »Halt. Genug. Ich nehme an, daß sie in Prudhoe Bay nicht ein Bataillon Spione eingeschleust haben. Die Antwort auf Ihre Frage von vorhin – warum wir so spät von Ihrer Ankunft unterrichtet wurden – ist einfach. Als ich diesen unfreundlichen Brief erhielt – er war an mich adressiert, nicht an unsere Zentrale in Anchorage –, habe ich sofort mit dem Generaldirektor von Alaska gesprochen. Wir waren uns darin einig, daß es sich mit großer Wahrscheinlichkeit um einen dummen Scherz handelt, obwohl – das muß ich leider sagen – viele Leute in Alaska nicht besonders gut auf uns zu sprechen sind. Wir stimmten auch darin überein, daß es etwas sehr Ernstes sein konnte, sofern es *kein* Blödsinn war. Leute wie wir – auch wenn wir auf unserem Gebiet recht gut klarkommen – treffen keine endgültigen Entscheidungen über die Sicherheit und die Zukunft eines Zehn-Milliarden-Dollar-Projekts. Also haben wir die hohen Tiere verständigt. Ihre Direktiven kamen von London. Daß die Herren auch uns verständigen konnten, ist ihnen wohl nicht eingefallen.«

»Hauptbüros sind nun mal so«, sagte Dermott. »Haben Sie den Drohbrief hier?«

Finlayson holte das Papier aus einer Schublade und reichte es über den Tisch.

»›Mein lieber Mr. Finlayson‹«, las Dermott vor. »O ja, das ist höflich genug. ›Ich darf Sie davon in Kenntnis setzen, daß Sie in Kürze einen kleinen Ölverlust erleiden werden. Nicht viel, das kann ich Ihnen versichern, aber genug, um Sie davon zu überzeugen, daß wir die Ölleitung unterbrechen können, wann und wo immer wir wollen. Bitte verständigen Sie ARCO.‹«

Dermott schob den Brief zu Mackenzie hinüber. »Verständlicherweise nicht unterschrieben. Keine Forderungen. Wenn er echt ist, dann ist er als ›Weichmacher‹ gedacht, als Vorbereitung auf die große Drohung und die entsprechend große Forderung. Ein moralischer Tiefschlag also, um einen aus den Schuhen zu werfen.«

Finlaysons Blick war etwas abwesend. »Ich bin nicht so sicher, ob er das nicht schon geschafft hat.«

»Sie haben ARCO verständigt?«

»Ja. Das Ölfeld ist ungefähr halbe-halbe aufgeteilt. Wir machen den westlichen Sektor, und ARCO – das ist Atlantic Richfield, Exxon und ein paar kleinere Gruppen –, die machen den Osten.«

»Wie haben die darauf reagiert?«

»Wie ich. Das Beste hoffen und aufs Schlimmste gefaßt sein.«

»Und Ihr Sicherheitschef? Seine Reaktion?«

»Völlig pessimistisch. Er ist ja zuständig. Wenn ich in seiner Haut stecken würde, hätte ich auch ein mieses Gefühl. Er ist überzeugt, daß die Drohung ernst gemeint ist.«

»Ich auch«, sagte Dermott. »Das kam in einem Kuvert? Ah, ja. Danke.« Er las die Adresse. »›Mr. John Finlayson. B. Sc., A. M. I-. M. E.‹ Nicht nur sehr genau, sondern auch ausdrücklich an *Sie* gerichtet. ›BP/Sohio, Prudhoe Bay, Alaska.‹ Abgestempelt in Edmonton, Alberta. Sagt Ihnen das was?«

»Nicht das geringste. Ich habe weder Freunde noch Verwandte dort und erst recht keine Geschäftsbeziehungen.«

»Was ist Ihrem Sicherheitschef dazu eingefallen?«

»Dasselbe wie mir. Null.«

»Wie heißt er?«

»Bronowski. Sam Bronowski.«

»Sollten wir ihn nicht herrufen? Was meinen Sie?«

»Da werden Sie etwas warten müssen, fürchte ich. Er ist unten in Fairbanks. Kommt abends zurück. Wenn das Wetter hält. Hängt von der Sicht ab.«

»Blizzard-Saison?«

»So was haben wir nicht. Schneefall hier oben ist sehr gering, vielleicht 20 cm im ganzen Winter. Scharfer Wind ist unser größter Gegner. Er wirbelt die Schneedecke hoch, so daß die Luft 10 bis 15 m über der Erdoberfläche völlig undurchsichtig sein kann. Kurz vor Weihnachten, vor ein paar Jahren, hat eine Herkules, normalerweise das sicherste Flugzeug, hier zu landen versucht. Sie hat's nicht geschafft. Zwei von den vier Mann Besatzung sind umgekommen. Die Piloten sind seitdem etwas vorsichtiger geworden. Wenn das schon einer Herkules passieren kann, dann erst recht einer anderen Maschine. Diese scharfen Winde und die Oberflächen-Schneestürme, die sie verursachen – der Schnee kommt manchmal mit 100 Stundenkilometern an –, sind wirklich die Pest für uns hier oben. Deswegen ist diese Überwachungszentrale auch auf Pfeilern gebaut – zwei Meter über dem Boden. Da kann der Schnee unten durchblasen. Sonst wären wir nämlich am Ende der Saison unter einer riesigen Schneewehe begraben. Die Pfeiler verhindern natürlich auch, daß Wärme vom Permafrost absorbiert wird, aber das ist nur ein Nebeneffekt.«

»Was macht Bronowski in Fairbanks?«

»Er verstärkt unsere Notleine. Heuert noch Wachmänner an für Fairbanks.«

»Nach welchen Maßstäben?«

»Nach verschiedenen, nehme ich an. Wirklich, das ist Bronowskis Sache. Er hat *carte blanche* in solchen Angelegenheiten. Ich schlage vor, Sie fragen ihn, wenn er wieder zurück ist.«

»Ach, kommen Sie. *Sie* sind hier der Boss, er ist Untergebener. Bosse behalten ihre Leute immer im Auge. Also, wie ungefähr heuert er seine Leute an?«

»Na ja, er hat wahrscheinlich eine Liste von Leuten, mit denen er persönlich gesprochen hat und die man im Ernstfall einsetzen könnte. Ich weiß das wirklich nicht so genau. Schon richtig, daß ich sein Boß bin. Aber wenn ich schon Verantwortung delegiere, dann tu ich das auch. Ich weiß jedenfalls, daß er sich an den Polizeichef wendet und um brauchbare Empfehlungen bittet. Vielleicht hat er eine Anzeige aufgegeben im *All-Alaska Weekly*, vielleicht auch nicht. Das Blatt kommt in Fairbanks heraus.« Finlayson dachte kurz nach. »Ich will nicht sagen, daß er über derartige Dinge nicht gern spricht. Aber ich nehme an, daß jemand, der sein Leben lang im Sicherheitsdienst ist, die rechte Hand von Haus aus nicht wissen läßt, was die linke macht.«

»Und was für Leute engagiert er?«

»Fast alles frühere Polizisten. State Troopers, meine ich.«

»Aber keine ausgebildeten Sicherheitsbeamten?«

»Eigentlich nicht, obwohl ich gedacht habe, daß Beschützen zur Natur eines State Troopers gehört.« Finlayson lächelte. »Ich nehme an, Sams Hauptkriterium ist, ob der Mann schießen kann.«

»Sicherheit ist eine geistige Sache, keine körperliche. Jedenfalls in erster Linie.«

»Er hat zwei erstklassige Sicherheitsbeamte von außerhalb eingestellt. Einer ist in Fairbanks stationiert, der andere in Valdez.«

»Wer sagt, daß sie erstklassig sind?«

»Sam. Er hat sie höchstpersönlich ausgesucht.« Finlayson strich sich durch den Bart, der allmählich trocknete. War er irritiert? »Also wirklich, Mr. Dermott, Sie sind ja sehr nett und sogar anregend, aber ich habe das dumpfe Gefühl, daß ich nach allen Regeln der Kunst verhört werde.«

»Ach was. Wenn das der Fall wäre, würden Sie es sofort merken, weil ich erst mal Fragen zu Ihrer Person stellen würde. Ich habe nicht die Absicht, das zu tun, weder jetzt noch später.«

»Sie haben doch nicht etwa ein Dossier über mich, oder?«

»Dienstag, der 5. September 1939, war genau der Tag, an dem Sie auf die Mittelschule kamen. In Dundee, Schottland.«

»Lieber Gott!«

»Was ist denn so anfällig da unten in Fairbanks? Warum verstärken Sie Ihre Sicherheitsvorkehrungen gerade dort?«

Finlayson rutschte in seinem Stuhl hin und her. »Kein besonderer und unmittelbarer Anlaß, wirklich.«

»Egal, ob es einen besonderen Anlaß gibt oder nicht. Was für einen Anlaß gibt es?«

Finlayson zog die Luft ein, als wollte er seufzen, schien es sich dann aber anders überlegt zu haben. »Ein bißchen dumm, wirklich. Sie wissen, daß man das Unglück herbeibeschwören kann. Unsere Mitarbeiter in dieser Gegend sind ein bißchen verunsichert. Sie wissen sicher, daß die Pipeline drei Bergketten überqueren muß. 1300 km bis zum Depot im Süden, in Valdez. Dazu braucht man im ganzen zwölf Pumpstationen. Station 8 ist in der Nähe von Fairbanks. Sie ging in die Luft, im Sommer '77. Total zerstört.«

»Unglück?«

»Ja.«

»Eine Erklärung für die Explosion?«

»Natürlich.«

»Zufriedenstellend?«

»Die Baufirma – Alyeska – war zufrieden.«

»Aber nicht jeder?«

»Die Öffentlichkeit war skeptisch. Staats- und Bundesbehörden enthielten sich des Kommentars.«

»Welche Ursache hat Alyeska genannt?«

»Mechanischer Defekt und Kurzschluß.«

»Glauben *Sie* das?«

»Ich war nicht dort.«

»Die Erklärung wurde allgemein akzeptiert?«

»Die Erklärung wurde weitgehend angezweifelt.«

»Sabotage vielleicht?«

»Vielleicht. Ich weiß es nicht. Ich war zu der Zeit hier. Ich habe Pumpstation 8 noch nie gesehen. Ist wieder aufgebaut worden.«

Dermott seufzte. »Jetzt werde ich aber doch ein klein bißchen ärgerlich. Sie glauben nicht, daß Sie sich selber kompromittieren, Mr. Finlayson, oder? Ich nehme an, daß Sie sich nicht zu der Frage äußern wollen, ob hier etwas vertuscht worden ist.«

»Meine Meinung zählt wohl nicht. Was zählt, ist meines Erachtens, daß die Presse hier in Alaska verdammt sicher war, daß etwas vertuscht worden ist, und daß sie das laut und deutlich gesagt hat. Die Tatsache, daß die Zeitungen offensichtlich nicht befürchteten, sich dem Vorwurf der Verleumdung auszusetzen, darf man als Indiz ansehen. Die Presse hätte eine öffentliche Untersuchung begrüßt, Alyeska vermutlich nicht.«

»Was hat die Zeitungen so aufgebracht – oder ist das eine überflüssige Frage?«

»Was die Presser verärgert hat, war, daß sie stundenlang am Besuch der Unfallstelle gehindert wurde. Und was sie erst recht geärgert hat, war die Tatsache, daß sie nicht von der Polizei, sondern vom Werkschutz der Firma Alyeska zurückgehalten wurde, der sich unglaublicherweise erlaubt hat, die Staatsstraßen zu sperren. Sogar der PR-Mann der Alyeska gab zu, daß das eine illegale Maßnahme war.«

»Wurde jemand angeklagt?«

»Kein gerichtliches Nachspiel.«

»Warum?«

Als Finlayson mit den Achseln zuckte, fragte Dermott: »Möglicherweise, weil Alyeska der größte Arbeitgeber des Landes ist und weil der Lebensnerv so vieler Firmen an den Verträgen mit der Alyeska hängt? Mit andern Worten: Wer zahlt, schafft an?«

»Möglich.«

»Jetzt ist es gleich soweit, daß ich Sie an Jim Brady weiterreiche. Was *hat* die Presse geschrieben?«

»Nachdem man sie einen ganzen Tag von der Unfallstelle ferngehalten hatte, glaubte sie, daß die Angestellten der Alyeska die ganze Zeit fieberhaft damit beschäftigt waren, aufzuräumen, die schwersten Folgen des Unfalls zu beseitigen, den Eindruck einer größeren Umweltverschmutzung zu verwischen und zu vertuschen, daß die Sicherheitsvorkehrungen sich als gefährlich unsicher erwiesen hatten.«

»Könnte es auch sein, daß sie Spuren verwischt oder gar beseitigt haben, die auf einen Sabotageakt hinweisen?«

»Verschonen Sie mich mit Vermutungen.«

»Schon gut. Wissen Sie oder Bronowski etwas von oppositionellen Elementen in Fairbanks?«

»Kommt darauf an, was Sie unter oppositionell verstehen. Falls Sie Umweltschützer meinen, die gegen den Bau der Pipeline waren, ja. Hunderte, die absolut dagegen sind.«

»Aber die sagen es ganz offen, nehme ich an – geben immer Namen und volle Adresse an, wenn sie an die Presse schreiben.«

»Ja.«

»Außerdem sind Umweltschützer meistens sehr empfindsame und gewaltfeindliche Leute, die im Rahmen der Gesetze bleiben.«

»Wie es sich mit anderen Gegnern verhält, weiß ich nicht. Fairbanks hat 15000 Einwohner, und es wäre optimistisch zu erwarten, daß ihre Seelen alle so rein sind wie frischer Schnee.«

»Was hat denn Bronowski von dem Fall gehalten?«

»Er war nicht hier.«

»Das habe ich nicht gefragt.«

»Er war zu dieser Zeit in New York. Er war noch gar nicht bei der Firma.«

»Er ist also noch ziemlich neu?«

»Ja. In Ihren Augen ist er damit schon automatisch verdächtig, nehme ich an. Wenn Sie unbedingt was unternehmen wollen, wenn Sie Zeit vergeuden wollen, dann können Sie ja in seiner Vergangenheit herumstöbern, soviel Sie wollen, aber es erspart Ihnen wahrscheinlich Zeit und Arbeit, wenn ich Ihnen sage, daß wir ihn noch und noch durchgecheckt haben durch drei voneinander unabhängige Spitzenagenturen. Das New Yorker Polizeipräsidium hat ihm beste Gesundheit bescheinigt. Sein polizeiliches Führungszeugnis und das Zeugnis seiner Firma sind – waren jedenfalls – einwandfrei.«

»Ich bezweifle das nicht. Aber was hat er für eine Qualifikation, und was war das für eine Firma?«

»Das ist wirklich ein und dasselbe. Er hat einen der größten und wahrscheinlich sogar den besten Überwachungsdienst von New York geleitet. Vorher war er bei der Polizei.«

»Worauf war die Firma spezialisiert?«

»Nur auf das Beste. Bewachung, hauptsächlich. Verstärkung der Wachmannschaften einiger der größten Banken, wenn deren Leute krank oder im Urlaub waren, Überwachungsdienst bei den reichsten Leuten von Manhattan, wenn die vornehme Gesellschaft zusammenkam, vor allem, um den unchristlichen Gewohnheiten mancher Besucher vorzubeugen, die eine Vorliebe für die Juwelen der Gäste haben. Seine dritte Spezialität war Absicherung von Ausstellungen, ob es um Edelsteine ging oder um Gemälde. Sollte es irgend jemandem gelingen, sich Rembrandts ›Nachtwache‹ für ein paar Monate von den Holländern auszuleihen, dann wäre Bronowski bestimmt der rechte Mann, um das Bild abzuholen.«

»Und was kann einen Mann veranlassen, das alles aufzugeben und an dieses Ende der Welt zu kommen?«

»Er spricht nicht darüber. Ist auch nicht nötig. Heimweh. Genauer: das Heimweh seiner Frau. Sie stammt aus Anchorage. Er fliegt jedes Wochenende hinunter.«

»Ich dachte, Sie müssen hier oben vier Wochen Dienst machen, bevor Sie eine Woche frei haben?«

»Das gilt nicht für Bronowski – nur für die Leute, die ständig hier arbeiten. Hier ist offiziell sein Standort, er ist aber für den ganzen Abschnitt zuständig. Wenn zum Beispiel irgendwas los ist in Valdez, dann kommt er von Anchorage sehr viel schneller hin als von hier, und er ist sehr mobil, unser Sam. Ist er wirklich. Er hat eine eigene Comanche und fliegt sie auch selbst. Wir zahlen ihm den Sprit, das ist alles.«

»Kriegt er etwa keinen Cent für seine Arbeit?«

»Ich glaube nicht. Er hat den Job wirklich nicht nötig, aber er kann nicht untätig sein. Geld? Er hält immer noch die Mehrheit in seiner New Yorker Firma.«

»Kein Interessenkonflikt?«

»Wie zum Teufel soll es da einen Interessenkonflikt geben? Er hat nicht ein einziges Mal den Staat verlassen, seit er vor über einem Jahr hierhergekommen ist.«

»Ein vertrauenswürdiger Kerl, wie's aussieht. Von der Sorte gibt's wenig heutzutage.« Dermott schaute zu Mackenzie hinüber. »Donald?«

»Ja?« Mackenzie nahm den nicht unterschriebenen Brief aus Edmonton wieder in die Hand. »Hat das FBI ihn gesehen?«

»Natürlich nicht. Was hat das FBI damit zu tun?«

»Es wird eine ganze Menge damit zu tun haben, und zwar bald. Ich weiß, daß die Leute in Alaska glauben, sie seien eine Nation für sich und das sei ihr ganz spezielles und eigenes Land hier oben, und wir Pechvögel werden die unteren Achtundvierzig genannt, aber ihr seid immer noch Teil der Vereinigten Staaten. Wenn das Öl von hier in Valdez ankommt, wird es verschifft und zu einem der Staaten der Westküste gebracht. Jede Unterbrechung des Öltransfers zwischen Prudhoe Bay und, sagen wir mal, Kalifornien wird als ungesetzliche Unterbrechung des innerstaatlichen Handels betrachtet und bringt automatisch das FBI auf den Plan.«

»Schön. Aber das ist bis jetzt noch nicht passiert. Außerdem, was kann das FBI schon machen? Sie verstehen nichts von Öl und vom Schutz der Pipeline. Auf die Pipeline aufpassen? Die könnten nicht mal auf sich selber aufpassen. Wir würden die meiste Zeit damit zubringen, die paar Leute, die sich nicht schon in den ersten zehn Minuten totfrieren, wieder aufzutauen. Die könnten hier nur unter unserem Schutz überleben. Also, was sollen sie hier? Unsere Terminal-Computer und Nachrichten-Zentrale und Alarm-Melde-stellen in Prudhoe Bay, Fairbanks und Valdez übernehmen? Wir haben hochqualifizierte Spezialisten zur Überwachung von dreitausend Alarmsignalen. Wenn wir das FBI bitten sollten, das zu machen, dann wäre das genauso, als wenn wir einen Blinden bitten würden, Sanskrit zu lesen. Drinnen oder draußen, sie wären höchstens im Weg und eine unnötige Belastung für alle Beteiligten.«

»Alaska State Troopers könnten überleben. Wahrscheinlich könnten sie sogar überleben, wo einige *Ihrer* Leute es nicht mehr könnten. Haben Sie sich mit ihnen in Verbindung gesetzt? Haben Sie die Behörden in Juneau informiert?«

»Nein.«

»Warum nicht?«

»Die mögen uns nicht. Ja, natürlich, wenn wir Schlägereien hatten oder Krawalle, waren sie sofort da. Ansonsten wollen sie nicht viel von uns wissen. Ich möchte nicht behaupten, daß ich ihnen deswegen böse bin. Und bevor Sie mich fragen warum, will ich es Ihnen erklären. Wir haben von Alyeska die Gesamtleitung ›geerbt‹. Das hat sein Gutes und sein Schlechtes. Alyeska hat die Pipeline gebaut und hält sie in Schuß, aber wir benutzen sie. Das hat allen möglichen Verwechslungen Tür und Tor geöffnet. Für die meisten Leute war die Alyeska die Pipeline, und jetzt sind *wir* die Pipeline.«

Finlayson überdachte die nächsten Worte. »Alyeska kann einem schon leid tun. Die Leute sind furchtbar angegriffen worden. Sicher, sie tragen die Verantwortung für beträchtliche Schäden, sie haben die Kosten erheblich überschritten, aber das Ganze war ein unmöglicher Job unter unmöglichen Bedingungen, aber, was noch toller ist, sie waren pünktlich zum Termin fertig. Zur Zeit ist es die beste Baufirma von Nordamerika. Glänzende Technik und glänzende Ingenieure, aber der Glanz hörte auf bei den PR-Leuten. Bei dem bißchen Ahnung, das sie von Alaska hatten, hätten sie genausogut in Manhattan bleiben können. Ihr Job wäre es gewesen, die Pipeline an die Leute zu verkaufen, aber alles, was sie erreichten, war, daß sie große Teile der Bevölkerung ernsthaft gegen die Pipeline und die Baufirma aufbrachten.«

Er schüttelte den Kopf. »Man muß schon eine besondere Begabung haben, um das so falsch zu machen wie die. Sie haben versucht, den guten Namen von Alyeska zu schützen, aber was haben sie gemacht? Sie haben offensichtlich alles mögliche vertuscht, sie haben vorsätzlich gelogen, sie haben den ehemals guten Namen in totalen Mißkredit gebracht.«

Finlayson langte in eine Schublade, holte zwei Bogen Papier heraus und reichte sie Dermott und Mackenzie. »Fotokopien. Ein klassisches Beispiel für die Art, wie sie mit den Leuten umgehen, die sie unter Vertrag haben. Man könnte annehmen, daß sie ihr Geschäft in einem Polizeistaat gelernt haben. Lesen Sie das. Sehr instruktiv.«

Die beiden Männer lasen die Fotokopien:

Alyeska Pipeline Service Company   1. April 1974

C. In keinem Fall darf der Vertragspartner oder dessen Belegschaft ein Leck oder Ölverlust irgendeiner Behörde melden. Derartige Meldungen unterliegen der ausschließlichen Zuständigkeit von Alyeska. Der Vertragspartner hat dies allen leitenden Angestellten und den Arbeitnehmern einzuschärfen.

D. Ferner darf der Vertragspartner oder dessen Belegschaft in keinem Fall mit Vertretern der Medien diskutieren, ihnen berichten oder Verbindungen aufnehmen, ganz gleich, ob es sich um Rundfunk, Fernsehen, Zeitungen oder Zeitschriften handelt. Jegliche derartige Mitteilungen werden als schwerer Vertragsbruch durch den Vertragspartner betrachtet. Alle Abmachungen mit Medien bezüglich Lecks oder Ölverlusten werden von Alyeska geführt. Sofern Vertreter der Medien zum Vertragspartner oder dessen Belegschaft Kontakte aufnehmen, sind sie an Alyeska zu verweisen, und zwar ohne vorherige Diskussion, Berichterstattung oder Mitteilung. Der Vertragspartner hat obengenannte Nachrichten-Vorschriften allen leitenden Angestellten und den übrigen Betriebsangehörigen einzuschärfen.

Dermott legte die Fotokopie auf sein Knie. »Das hat ein *Amerikaner* geschrieben?«

»Ein Amerikaner von fremder Herkunft«, sagte Mackenzie, »der offenbar bei Goebbels gelernt hat.«

»Das ist ja eine reizende Anweisung«, sagte Dermott. »Still sein, vertuschen oder den Vertrag lösen. Bleib bei der Stange, oder du fliegst raus! Ein leuchtendes Beispiel von amerikanischer Demokratie! Schön, schön.« Er schaute kurz auf das Papier und dann zu Finlayson hinüber. »Wie sind Sie daran gekommen? Sicher Geheiminformation.«

»Komischerweise nein. Das ist, was Sie Allgemeingut genannt haben. Die Seite des Herausgebers, *All-Alaska Weekly*, 22. Juli 1977.

Ich nehme an, daß es geheim *war*. Wie die Zeitung daran gekommen ist, weiß ich nicht.«

»Immerhin nett zu sehen, daß ein kleines Blatt auf eine riesige Firma losgeht und damit durchkommt. Das ist irgendwie beruhigend oder so.«

Finlayson holte eine andere Fotokopie aus der Schublade. »Auf derselben Seite haben sie auch einen bösen Bericht gebracht über die ›ungeheuer negativen Folgen der Pipeline‹. Das ist heute noch so wahr wie damals. Wir haben diese ›ungeheuer negativen Folgen‹ geerbt, und wir leiden auch darunter.

So ist das nun mal. Ich will nicht sagen, daß wir überhaupt keine Freunde haben oder daß die Behörden nicht eingreifen würden, wenn es hier zu erheblichen Verstößen gegen das Gesetz käme. Aber da nun mal Stimmen sehr wichtig sind, arbeiten die Leute, die unser Schicksal in der Hand haben, hintenherum. Sie riechen, woher der Wind weht, dann erlassen sie passende Gesetze und ergreifen entsprechende Sicherheitsmaßnahmen. Egal, was passiert, sie verärgern auf keinen Fall die Leute, die sie an der Macht halten. Die schielen nicht nach allen Seiten und kommen dann zu uns zum Händchenhalten, bloß weil irgendein Verrückter eine anonyme Drohung verschickt hat.«

Mackenzie sagte: »Es sieht also folgendermaßen aus: Solange nichts sabotiert wird, können Sie keine Hilfe von außen erwarten. Soweit Vorsichtsmaßnahmen angebracht sind, sind Sie ganz auf Bronowski und seine Wachmannschaft angewiesen. Das heißt also auf sich selbst.«

»Das ist ein unerfreulicher Gedanke, aber es ist nun mal so.«

Dermott erhob sich und ging auf und ab. »Wenn diese Drohung ernst gemeint ist, wer steckt denn dahinter, und was will er? Ein Verrückter ist es nicht, das ist sicher. Wenn, sagen wir mal, ein Umweltschützer Amok liefe, dann würde er vielleicht den größten Blödsinn machen, aber ohne Vorwarnung. Nein. Es könnte etwas mit Erpressung oder Nötigung zu tun haben, was nicht dasselbe ist. Bei Erpressung geht es meistens um Geld, Nötigung kann alle möglichen Ziele im Auge haben. Es geht wahrscheinlich nicht in erster Linie darum, das Öl zu stoppen: es ist wahrscheinlich so, daß jemand das Öl stoppen will, um ein anderes, wichtigeres Ziel zu erreichen. Geld, Politik, lokale oder internationale Macht, fehlgeleiteter Idealismus, echter Idealismus oder bloß unverantwortlicher Wahnsinn. Nun gut, ich fürchte, wir werden erst mal die

Entwicklung abwarten müssen. Inzwischen, Mr. Finlayson, würde ich gerne mit Bronowski sprechen. So schnell wie möglich.«

»Ich habe Ihnen gesagt, daß er Geschäfte zu erledigen hat. Er wird in wenigen Stunden starten.«

»Sagen Sie ihm, er soll jetzt fliegen, bitte.«

»Tut mir leid. Bronowski ist sein eigener Herr. Im allgemeinen ist er zwar mir gegenüber verantwortlich, aber nicht was Betriebssicherheit betrifft. Er steigt aus, wenn ich seine Eigenständigkeit beschneide. Wenn er nicht vollkommen selbständig handeln kann, dann ist er wie gelähmt. Man legt sich ja keinen Wachhund zu und bellt dann selber.«

»Ich glaube, Sie verstehen mich nicht richtig. Wir dürfen nicht nur volle Unterstützung erwarten. Mr. Mackenzie und ich sind ermächtigt, besondere Sicherheitsmaßnahmen anzuordnen, wenn die Umstände – nach unserer Meinung – besondere Maßnahmen erforderlich machen.«

Es war nicht zu sehen, was hinter Finlaysons Yukon-Bart vorging, aber der Zweifel in seiner Stimme war nicht zu überhören. »Sie meinen, Bronowski vertreten?«

»Wenn er – wiederum nach unserer Meinung – gut genug arbeitet, halten wir uns zurück und geben Ratschläge. Wenn nicht, werden wir die Vollmachten ausschöpfen, die man uns erteilt hat.«

»Wem erteilt? Das ist doch Blödsinn. Ich will und kann das nicht zulassen. Sie kommen daher und bilden sich ein... Kommt nicht in Frage. Solche Direktiven habe ich nicht erhalten.«

»Dann würde ich vorschlagen, Sie suchen nach einer passenden Direktive oder lassen sich Vollmacht geben, und zwar sofort.«

»Von wem?«

»Von den ›hohen Tieren‹, wie Sie sie nennen.«

»London?« Dermott sagte nichts. »Das ist Sache von Mr. Black.« Dermott sagte immer noch nichts.

»Generaldirektor, Alaska.«

Dermott zeigte auf die drei Telefone auf Finlaysons Tisch. »Er ist genauso weit weg wie die andern.«

»Er ist außer Landes. Er besucht unsere Büros in Seattle, San Francisco und Los Angeles. Um welche Zeit und in welcher Angelegenheit, weiß ich nicht. Ich weiß nur, daß er morgen nachmittag wieder in Anchorage ist.«

»Soll das heißen, daß Sie vorher mit ihm nicht sprechen können oder wollen?«

»Ja.«

»Sie könnten ja diese Büros anrufen.«

»Ich habe Ihnen doch gesagt, daß ich nicht weiß, wo er ist. Er könnte genausogut woanders sein. In der Luft ist er höchstwahrscheinlich nicht.«

»Sie könnten es doch versuchen, oder?« Finlayson schwieg, und Dermott fuhr fort: »Sie könnten London direkt anrufen.«

»Sie haben wohl keine Ahnung von der Hierarchie in den Ölkonzernen, oder?«

»Nein, aber ich weiß folgendes: Sie sind eine herbe Enttäuschung, Finlayson.« Jetzt war Dermotts gewohnte Höflichkeit verflogen. »Sie sind sehr wahrscheinlich in großen Schwierigkeiten. Unter solchen Umständen erwartet man von einem leitenden Angestellten nicht, daß er sein Heil in grober Unverschämtheit und verletztem Stolz sucht. Sie sehen irgendwie nicht mehr klar, mein Freund: an erster Stelle stehen die Interessen der Firma, nicht etwa Ihre Gefühle oder wie Sie Ihren Hintern warmhalten.«

Finlaysons Augen zeigten keinerlei Regung. Mackenzie starrte an die Decke, als wenn er etwas ungeheuer Interessantes entdeckt hätte: Dermott, das wußte er seit Jahren, war ein großer Meister in der Kunst, jemand in die Ecke zu drängen. Entweder gab das Opfer auf, oder es geriet in eine hoffnungslose Lage, die Dermott rücksichtslos ausnutzte. Konnte er den anderen nicht zur Mitarbeit bewegen, dann setzte er ganz auf Beherrschung.

Er sagte: »Ich habe drei Bitten an Sie gerichtet, die ich alle für durchaus vernünftig halte, und Sie haben mir keine davon erfüllt. Bleiben Sie dabei?«

»Ja.«

Dermott sagte: »Was bleibt mir übrig, Donald?«

»Nichts.« Mackenzies Stimme klang traurig. »Nur das Unvermeidliche.«

»Ja.« Dermott schaute Finlayson kalt an. »Sie haben Telefonfunk bis Valdez mit Anschluß ans Bundesnetz.« Er schob Finlayson eine Visitenkarte über den Tisch. »Oder wollen Sie mir ein Gespräch mit unserem Hauptbüro in Houston verweigern?«

Finlayson sagte gar nichts. Er schaute kurz auf die Karte, hob den Hörer ab und gab die Nummer an die Zentrale durch. Nach dreiminütigem Schweigen, das nur Finlayson als unangenehm empfand, klingelte das Telefon. Finlayson hörte kurz zu und gab dann das Gespräch weiter.

Dermott sagte: »Brady Enterprises? Mr. Brady bitte – Dermott.«
Eine kleine Pause, dann: »Guten Tag, Jim.«

»Sehr gut.« Bradys kräftige, angenehme Stimme war im Büro
gut zu hören. »Prudhoe Bay, oder? So ein Zufall! Gerade wollte ich
Sie anrufen.«

»Also mein Bericht, Jim. Es gibt Neuigkeiten. Aber nichts zum
Durchsagen.«

»Und ich habe Neuigkeiten für Sie. Meine zuerst, sie sind
wichtiger. Hört jemand mit?«

»Einen Moment.« Dermott schaute Finlayson an. »Welchen
Sicherheitsgrad hat Ihr Personal in der Zentrale?«

»Keinen. Mein Gott, es ist nur eine Telefonistin.«

»Das ist der richtige Ausdruck: Mein Gott! Der Himmel schütze
die Alaska-Pipeline.« Er zog Notizbuch und Bleistift aus der Tasche
und sagte ins Telefon: »Tut mir leid, Jim. Es hört jemand mit. Also
los.«

Mit klarer, präziser Stimme gab Brady ein scheinbar bedeu-
tungsloses Durcheinander von Buchstaben und Zahlen durch, die
Dermott fein säuberlich zu Papier brachte. Nach etwa zwei Minuten fragte Brady: »Wiederholen?«

»Nein, danke.«

»Haben Sie noch was?«

»Folgendes: Der Betriebsleiter ist unkooperativ, unverschämt
und behindert uns. Ich glaube nicht, daß wir hier erfolgreich
arbeiten können. Bitte um die Erlaubnis, abzureisen.«

Nach einer kurzen Pause sagte Brady deutlich: »Erlaubnis erteilt.« Man hörte noch, wie er auflegte, dann stand Dermott auf.

Finlayson war bereits aufgestanden. »Mr. Dermott...«

Dermott schaute mit einem eisigen Blick auf ihn hinunter und
sagte mit schneidender Stimme: »Grüßen Sie London von mir.
Wenn Sie mal hinkommen sollten.«

2

Zweitausend Kilometer südöstlich von Prudhoe Bay trafen Bradys
Männer um zehn Uhr abends Jay Shore in der Bar des Peter-Pond-
Hotels in Fort McMurray. Leute, auf deren Urteil man sich verlas-
sen konnte, waren sich darin einig, daß Oberingenieur Shore ein

unübertroffener Fachmann war. Er hatte ein finsteres, trauriges Gesicht – eigentlich ein übler Trick der Natur, da er ausgesprochen leichtlebig, kollegial, humorvoll und heiter war.

In diesem Augenblick fühlte er sich aber keineswegs heiter und guter Laune, sowenig wie der Mann neben ihm: Bill Reynolds, Betriebsleiter der Firma Sanmobil, ein rotgesichtiger, meistens lächelnder Mann, dem die Natur genau den unerfreulichen Charakter verliehen hatte, den Shore zu haben schien.

Bill Reynolds schaute über den Tisch zu Dermott und Mackenzie hinüber, die er vor wenigen Minuten zum erstenmal gesehen hatte: »Sie sind ja sehr fix, meine Herren. Beachtlicher Service, wenn man so sagen darf.«

»Wir tun unser Bestes«, sagte Dermott freundlich.

»Scotch?« fragte Mackenzie.

»Gerne.« Reynolds nickte. »Mit Privat-Jet gekommen?«

»Richtig.«

»Ein bißchen teuer, möchte man meinen.«

»Aber man kommt rum.« Dermott lächelte.

»Unser Hauptbüro in Edmonton sagte uns, daß Sie in etwa vier Tagen kommen würden. Wir haben Sie nicht in vier *Stunden* erwartet.« Reynolds schaute Dermott prüfend über den Rand seines frischgefüllten Glases an. »Leider wissen wir nicht sehr viel über Sie.«

»Bestimmt genug. Wir wissen wahrscheinlich noch weniger über Sie.«

»Sie haben also nichts mit Öl zu tun?«

»Oh, doch. Aber wir *bohren* nach Öl. Wir haben keine Ahnung, wie man das Zeug im Tagebau gewinnt.«

»Ihr Hauptberuf ist Sabotage-Abwehr?«

»Das ist richtig.«

»Da brauche ich also nicht zu fragen, was Sie in Prudhoe Bay gemacht haben.«

»Auch richtig.«

»Wie lange waren Sie dort?«

»Zwei Stunden.«

»Zwei Stunden? Und Sie meinen, in dieser Zeit kann man herausfinden...«

»Wir haben nichts herausgefunden. Wir sind abgefahren.«

»Darf man fragen, warum?«

»Der Betriebsleiter war – sagen wir – nicht sehr hilfsbereit. Wir haben eine Menge unerledigter Aufträge in der ganzen Welt, und wir haben keine Zeit zu verlieren mit Leuten, die sich selber nicht helfen wollen. Wir wollen aber jetzt keinen falschen Weg gehen, Gentlemen. Unsere Firma erwartet, daß Mackenzie und ich die Fragen stellen und Sie die Antworten geben. Wann haben Sie die Drohung erhalten?«

Shore sagte: »Heute vormittag um zehn.«

»Haben Sie sie bei sich?«

»Kann man nicht sagen. Die Drohung kam telefonisch.«

»Woher?«

»Anchorage. Auslandsgespräch.«

»Wer hat es angenommen?«

»Ich. Bill war dabei, hat mitgehört. Der Anrufer sagte wörtlich: ›Ich darf Ihnen mitteilen, daß Sanmobil in Kürze mit einer kleinen Unterbrechung der Ölproduktion rechnen muß. Nicht schlimm, aber ausreichend, um Sie zu überzeugen, daß wir die Ölförderung unterbrechen können, wann und wo immer wir wollen.‹ Das war alles.«

»Keine Forderung.«

»Nein – überraschenderweise.«

»Keine Angst. Die Forderung kommt, wenn die große Drohung kommt. Würden Sie die Stimme wiedererkennen?«

»Soll ich die Stimmen von einer Million Kanadier erkennen, die genauso sprechen wie er? Haben Sie die Drohung ernst genommen?«

»Wir schon. Wir nehmen fast alles ernst. Wie gut ist die Anlage gesichert?«

»Nun ja – gut genug für normale Bedingungen, nehme ich an.«

»Die Bedingungen könnten bald verdammt abnorm werden. Wie viele Wachleute haben Sie?«

»Vierundzwanzig – unter Terry Brinckman. Er weiß, was er tut.«

»Daran zweifle ich nicht. Wachhunde?«

»Nein. Die üblichen Polizeihunde – Schäferhunde, Dobermänner, Boxer – können unter diesen Bedingungen nicht leben. Huskies natürlich schon, aber sie geben lausige Wachhunde ab. Die raufen mehr miteinander, als daß sie auf Eindringlinge aufpassen.«

»Starkstromzäune?«

Shore verdrehte die Augen und machte ein bekümmertes Gesicht. »Sie wollen den Umweltschützern ein Standrecht bescheren? Hier auf dem Firmengelände? Und wozu, wenn sich hier höchstens ein alter Wolf das räudige Fell versengen würde.«

»Okay, okay. Ich nehme an, es ist witzlos, nach Lichtschranken und sonstigen elektronischen Sicherheitseinrichtungen zu fragen.«

»›Witzlos‹, stimmt.«

Mackenzie fragte: »Wie groß ist das Firmengelände?«

Reynolds sah unglücklich aus. »Ungefähr dreitausend Hektar.«

»Dreitausend Hektar?« Mackenzies Stimme klang schicksalsträchtig. »Und was für einen Umfang ergibt das?«

»Zweiundzwanzig Kilometer.«

»Da haben wir also ein Problem«, sagte Mackenzie. »Ich gehe davon aus, daß Ihr Wachpersonal zwei Hauptaufgaben hat: Sicherung der wichtigsten Einrichtungen am Platz und Patrouillen in der Umgebung, um eventuelle Eindringlinge fernzuhalten.«

Reynolds nickte. »Wachdienst in drei Schichten. Acht Mann pro Schicht.«

»Acht Mann, ohne weitere Unterstützung, um das Gelände und gleichzeitig eine Strecke von zweiundzwanzig Kilometern zu schützen – in der Dunkelheit einer Winternacht.«

Shore wehrte ab: »Wir arbeiten ja vierundzwanzig Stunden am Tag, und die Anlagen sind hell erleuchtet, bei Tag und bei Nacht.«

»Aber die Umgebung nicht. Ein Blinder könnte vierspännig durchfahren – zum Teufel, was soll man da überhaupt machen? Ein paar Regimenter können vielleicht helfen, obwohl ich auch daran zweifle.«

»Das ist noch nicht alles«, sagte Dermott. »Die beste Beleuchtung der Welt nützt nicht das geringste. Jedenfalls nicht, wenn in jeder Schicht ein paar hundert Leute arbeiten.«

»Wie?«

»Subversive Elemente.«

»Subversive Elemente? Höchstens zwei Prozent der Arbeitskräfte sind keine Kanadier.«

»Es gab mal ein Königliches Dekret, das die Beschäftigung von Kriminellen verbietet. Wenn Sie jemand einstellen, wie überprüfen Sie seinen Werdegang?«

»Nun, ja – keine intensive Befragung, kein strenges Verhör, Lügendetektor und so Zeug. Versuchen Sie das, und Sie kriegen keinen einzigen Mann. Wir schauen auf Ausbildung, Berufserfahrung, Empfehlungen, und was am wichtigsten ist, wir schauen ins Strafregister.«

»Das ist überhaupt nicht wichtig. Wirklich clevere Kriminelle stehen nicht im Strafregister.« Dermott sah aus wie jemand, der am liebsten stöhnen oder explodieren oder fluchen oder aufgeben möchte, aber dann besann er sich eines anderen. »Na, schön. Es ist schon spät. Morgen wollen Mr. Mackenzie und ich mit Ihrem Herrn Brinckman sprechen und die Anlage besichtigen.«

»Wenn wir bis zehn Uhr einen Wagen bekommen...«

»Wir wär's mit sieben. Ja, sieben Uhr ist gut.«

Dermott und Mackenzie sahen die beiden hinausgehen, schauten einander an, tranken ihre Gläser aus und winkten dem Barkeeper. Sie schauten aus dem Fenster des Peter-Pond-Hotels, das seinen Namen von dem ersten Weißen hatte, der hier auf Teersand gestoßen war.

Pond war vor ziemlich genau zweihundert Jahren mit dem Kanu den Athabasca hinuntergefahren. Er hatte sich nicht besonders für diesen Sand interessiert, wie es scheint, aber zehn Jahre später war der viel berühmtere Forscher Alexander Mackenzie auf eine klebrige Substanz aufmerksam geworden, die hoch über dem Fluß aus dem Boden sickerte. Er schrieb: »Das Erdpech ist in einem flüssigen Zustand, und mit Harz gemischt oder mit der harzigen Substanz, die geschälte Nadelhölzer absondern, dient es den Indianern zur Abdichtung ihrer Kanus. Im erhitzten Zustand scheidet es einen Geruch aus wie *Seekohle*.«

Merkwürdig, die Bedeutung des Wortes *Seekohle* wurde über hundert Jahre gar nicht richtig wahrgenommen. Niemand hatte erkannt, daß die beiden Forscher des 18. Jahrhunderts über eines der größten Vorkommen fossiler Brennstoffe gestolpert waren.

Und wären sie nicht darüber gestolpert, gäbe es kein Peter-Pond-Hotel an der Stelle, wo es heute steht, und erst recht nicht die Stadt, die man durchs Fenster sehen konnte.

Noch 1965 war Fort McMurray ein scheußliches, primitives Grenznest mit 1300 Einwohnern. Die Straßen waren voller Staub, Dreck oder Matsch – je nach Saison. Jetzt ist Fort McMurray eine ganz besondere Grenzstadt, stolz auf die Vergangenheit, aber durchaus für die Zukunft aufgeschlossen – das Paradebeispiel einer aufstrebenden Stadt mit ständig wachsender Bevölkerung, ein Bezirk mit der höchsten Entwicklungsrate Kanadas. Während vor vierzehn Jahren noch 1300 Menschen dort lebten, hatte sich ihre Zahl jetzt verzehnfacht, dazu gab es Schulen, Hotels, Banken, Krankenhäuser, Kirchen, Supermärkte, und Hunderte neuer Häuser waren im Bau. Und, Wunder über Wunder, die Straßen wurden gepflastert. Fort McMurray liegt mitten im größten Teersandgebiet der Welt, im Athabasca-Tal.

Am frühen Morgen hatte es heftig geschneit, und es hatte noch nicht ganz aufgehört. Häuser, Straßen, Autodächer und Bäume waren mit Schnee bedeckt. Hunderte von Lichtern schimmerten durch die sanft herniederfallenden Flocken. Die Szene hätte Auge und Herz jedes Künstlers erfreut, der Weihnachtskarten produziert.

»St. Nikolaus könnte heute nacht kommen«, sagte Mackenzie.

»In der Tat.« Dermott hörte sich mürrisch an. »Besonders, wenn er ein bißchen ›Frieden auf Erden und den Menschen ein Wohlgefallen‹ mitbrächte. Was ist dir übrigens an der telefonischen Drohung gegen Sanmobil aufgefallen?«

»Dasselbe wie dir. Praktisch das gleiche, was in dem Brief an Finlayson stand. Offensichtlich die Arbeit desselben Mannes oder derselben Gruppe.«

»Und welchen Schluß ziehst du aus der Tatsache, daß die Ölleute in Alaska die Drohung aus Alberta erhielten, während die Ölinteressen in Alberta von Alaska aus bedroht werden?«

»Nichts – außer daß beide Drohungen den gleichen Ursprung haben. Der Anruf aus Anchorage kam sicher aus einer Telefonzelle. Unauffindbar.«

»Vielleicht. Ist aber nicht so sicher. Ich weiß nicht, ob man von Anchorage nach hier durchwählen kann. Ich glaube nicht, aber das können wir rauskriegen. Wenn nicht, haben sie in der Zentrale eine Liste. Das wäre eine Chance, den Anschluß zu ermitteln.«

Mackenzie warf einen kurzen Blick auf Fort McMurray – durch den Boden seines Glases. »Das könnte eine große Hilfe sein.«

»Das könnte uns eine *kleine* Hilfe sein. Zwei Möglichkeiten. Der Anruf kam um zehn Uhr vormittags – das ist sechs Uhr morgens in Anchorage. Wer, außer einem Verrückten – oder einem Schichtarbeiter –, läuft um diese Zeit in den dunklen, eisigen Straßen von Anchorage herum? So ein merkwürdiges Verhalten kann doch wohl nicht unbeobachtet bleiben.«

»Wenn jemand da ist zum Beobachten.«

»State Troopers im Streifenwagen. Taxifahrer. Schneepflugfahrer. Postboten. Du würdest staunen über die Zahl von Leuten, die um diese Zeit einem ordentlichen Beruf nachgehen.«

»Ich würde nicht staunen«, sagte Mackenzie mitfühlend. »Wir haben das ja oft genug gemacht in unserem verdammten Job. Du hast gesagt: zwei Möglichkeiten. Die zweite?«

»Wenn wir den Münzapparat *finden*, dann kann die Polizei von der Post den Behälter mit den Münzen bekommen, für die Spurensicherung. Die Chancen sind gut, daß die Person, die in Fort McMurray angerufen hat, mehrere große Münzen eingeworfen hat. Laß sie zwei oder drei große Münzen mit denselben Fingerabdrücken finden – dann haben wir unseren Mann.«

»Einspruch! Münzen werden von viel zu vielen Leuten in die Hand genommen. Wir kriegen zwar Fingerabdrücke, aber eben viel zu viele.«

»Einspruch zurückgewiesen! Es ist bekannt, daß auf einer Metallfläche die Fingerabdrücke des letzten dominieren, der sie berührt. Vielleicht finden wir noch brauchbare Abdrücke rund um die Wählscheibe. Die Leute telefonieren ja nicht in Fäustlingen. Dann schauen wir mal im Strafregister nach. Vielleicht sind die Abdrücke noch in den Akten. Wenn das so ist, schnappen wir uns den Mann und stellen ihm eine Menge interessanter Fragen.«

»Wirklich eine blühende Fantasie hast du, George. Nicht sehr scharfsinnig, aber immerhin. Schnapp erstmal deinen Mann, bitte.«

»Wenn wir eine Personenbeschreibung oder Fingerabdrücke eines Vorbestraften kriegen, sollte das nicht so schwer sein. Wenn er untergetaucht ist, wird es natürlich schwer. Aber ich wüßte nicht, was ihn veranlassen könnte, unterzutauchen. Es wäre gut möglich, daß es sich um eine der Säulen des öffentlichen Lebens und der Wirtschaft von Anchorage handelt.«

»Ich möchte wetten, daß die anderen ›Säulen‹ von Anchorage dich lieben würden für diese Bemerkung. Sie hätten dann dieselbe Meinung von dir wie unser Freund Finlayson. Was machen wir übrigens mit Finlayson? Entgegenkommen dürfte nicht das richtige sein. Das geht nicht – nach diesem offensichtlichen Bruch.«

»Laß ihn erst mal im eigenen Saft schmoren. Ich meine das nicht so direkt, aber er soll sich erst mal seine Gedanken machen in Prudhoe Bay, bis wir soweit sind. Er ist ein guter Mann, intelligent und ehrenhaft. Er hat genauso reagiert, wie du und ich reagiert hätten, wenn jemand dahergekommen wäre, um uns das Ruder aus der Hand zu nehmen. Je länger wir dort nicht auftauchen, desto sicherer können wir sein, daß er mit uns zusammenarbeitet, wenn wir wieder hinkommen.«

»Und je länger ich über den ganzen Fall nachdenke, desto mehr muß ich sagen, daß er mir überhaupt nicht gefällt. Ich habe böse Vorahnungen. Du weißt, daß in Prudhoe Bay und hier über die Hälfte der nordamerikanischen Ölreserven liegen. Eine ungeheuere Menge Öl! Kein Mensch kann sich wünschen, daß ihnen etwas passiert.«

»Früher hast du dir nie solche Gedanken gemacht. Ein Detektiv soll einen kühlen Kopf haben, genau untersuchen und sich nicht engagieren.«

»Gut, wenn es um das Öl von anderen Leuten geht. Aber das hier ist *unser* Öl. Eine furchtbare Verantwortung. Hier geht es um Entscheidungen von höchster Tragweite.«

»Du meinst, es wäre besser, wenn wir Jim Brady hier hätten?«

»Ja – nach allem, was mir jetzt klargeworden ist.«

»Du hast recht. Komm, rufen wir Jim an.«

3

Jim Brady, der so fest daran glaubte, daß seine Mitarbeiter schlank, lebhaft, fit und athletisch sein müßten, erreichte mit sehr hohen Kreppsohlen 1,78 m und brachte 109 Kilo auf die Waage. An die *Freuden* des Reisens glaubte er nicht, weshalb er nicht nur seine attraktive, blonde Frau, sondern auch seine wirklich atemberaubende Tochter – ebenfalls eine Naturblondine, die auf seinen Geschäftsreisen als Sekretärin fungierte – auf den Flug von Houston mitgenommen hatte. Er ließ Jean im Hotel in Fort McMurray zurück, nahm aber Stella mit in den Minibus, den Sanmobil geschickt hatte, um ihn zur Förderanlage zu bringen.

Der erste Eindruck, den er auf die harten Männer von Athabasca machte, war alles andere als vorteilhaft. Er trug einen dunkelgrauen Berufsanzug – er mußte schon gut geschnitten sein, um auf eine Figur zu passen, die so kugelrund war wie die seine –, ein weißes Hemd und eine konservative Krawatte. Darüber trug er aber noch zwei wollene Überzieher und einen riesigen Biberpelzmantel: All das erweckte den Eindruck, daß er ungefähr genauso lang wie breit war. Sein Filzhut hatte dieselbe Farbe wie sein Anzug, war aber auch kaum zu sehen unter dem grauen Schal, der zweimal um Kopf und Hals gewickelt war.

»Donnerwetter!« rief er aus. Seine Stimme war gedämpft durch die beiden Schalenden, die er so übers Gesicht drapiert hatte, daß nur noch die Augen herausschauten – das einzige, was von ihm selbst zu sehen war. Trotzdem konnten seine Begleiter erkennen, daß er sehr beeindruckt war.

»Das ist schon eine tolle Sache. Muß euern Jungs ja mächtig Spaß gemacht haben, hier rumzugraben und diese netten kleinen Sandburgen zu bauen.«

»So kann man es natürlich auch sehen, Mr. Brady«, sagte Jay Shore etwas zurückhaltend. »Nach texanischen Maßstäben ist das vielleicht nicht so groß, aber es ist immerhin das größte Tagebau-Unternehmen in der Geschichte der Menschheit.«

»Keine Beleidigungen! Keine Beleidigungen! Sie werden doch von einem Texaner nicht erwarten, daß er zugibt, daß irgendwo etwas größer und besser ist als in seinem Land?« Man konnte spüren, wie er um ein höfliches Zugeständnis rang. »Der da schlägt jedenfalls so manches, was mir bisher über den Weg gekommen ist.«

»Der da« war ein Schleppbagger, aber einer, wie ihn Brady noch nie gesehen hatte.

»Das größte Ding, das sich jemals auf Erden bewegt hat«, sagte Shore.

»*Bewegt?*« fragte Stella.

»Ja, es kann sich bewegen. Gehen, schlurfen wäre wohl die bessere Bezeichnung – auf seinen beiden riesigen Schuhen. Schritt für Schritt. Sie werden das Ding ja nicht beim Kentucky-Derby einsetzen wollen. Es braucht vier Stunden für einen Kilometer. Allerdings braucht es nie mehr als ein paar Meter zu gehen. Hauptsache, die Maschine *kann* das.«

»Wie lang ist denn der Ausleger?« fragte Stella.

»Die meisten Leute sagen, er ist so lang wie ein Fußballplatz. Aber das ist falsch – er ist länger. Der Greifer sieht von hier aus nicht so groß aus, wie er ist. Kein Wunder, bei der Entfernung. Aber er kann über siebzig Kubikmeter auf einmal greifen, genug, um eine Doppelgarage zu füllen. Eine große Doppelgarage. Der Bagger wiegt 6500 Tonnen – ungefähr soviel wie ein Kreuzer der Mittelklasse. Kosten? Ungefähr dreißig Millionen Dollar. Man braucht fünfzehn bis achtzehn Monate, um ihn zusammenzubauen, an seinem Arbeitsplatz natürlich. Wir haben vier davon, und alle zusammen können dreiviertel Millionen Tonnen pro Tag fördern.«

»Ich geb's zu. Das ist eine aufstrebende Stadt. Lassen Sie mich wieder einsteigen, mir ist kalt.« Die anderen vier, Dermott, Makkenzie, Shore und Brinckman, der Sicherheitschef, schauten ihn erstaunt an. Das konnte eigentlich nicht möglich sein, daß jemand, der so extravagant ausgepolstert und eingewickelt war, überhaupt fror. Aber wenn Brady sagte, daß ihm kalt war, dann war ihm kalt.

Sie kletterten in den Minibus, der nicht gerade komfortabel war, aber eine ausgezeichnete Heizung hatte. Einen sehr guten Eindruck machte auch das Mädchen, das hinter der Fahrerbank saß. Sie hatte ihre Kapuze in den Nacken geschoben und strahlte die Männer an. Brinckman, bei weitem der jüngste, ein Mann in den Dreißigern, hatte Stella noch nicht richtig wahrgenommen. Nun schob er seine Pelzmütze etwas zurück und strahlte übers ganze Gesicht. Seine Begeisterung überraschte niemanden, denn Stella sah in ihrer weißen Pelzjacke so kuschelig aus wie ein kleiner Eisbär.

»Willst du was diktieren?« fragte sie ihren Vater.

»Noch nicht«, brummte Brady. Nachdem er von der tückischen Kälte wieder sicher abgeschirmt war, nahm er den Schal ab, der sein Gesicht verdeckt hatte. Irgendwann, vor langer Zeit, mußte sein Gesicht Spuren der Willenskraft gezeigt haben, die ihn aus den Hinterhöfen der Armut zu seinen heutigen Millionen emporgetragen hatte. Viele Jahre angenehmen Lebens hatten aber jede derartige Spur verwischt. Der Knochenbau war unter einer Fettschicht verschwunden, und nicht mal eine Andeutung von Krähenfüßen war zu sehen. Sein Gesicht war fett und glatt wie das eines Engels. Nur die Augen waren alles andere als engelhaft. Sie waren blau, kalt, abschätzend und scharf.

Er schaute durch das Busfenster zu dem riesigen Bagger hinüber und sagte: »Das ist also das Ende des Systems.«

»Das *eine* Ende«, sagte Shore, »ich würde sagen, es ist der Anfang. Der Teersand liegt ungefähr fünfzehn Meter unter der Oberfläche. Das Zeug, was darüberliegt, können wir nicht gebrauchen – Kies, Lehm, Schiefer und ölarmer Sand. Das muß alles beiseite geschafft werden.« Er deutete auf ein näher kommendes Fahrzeug. »Hier wird gerade etwas von dem Ramsch weggefahren

– er ist von einem anderen Bagger ausgehoben worden, an einer anderen Stelle. Um Sie noch ein bißchen zu beeindrucken, Mr. Brady – diese Laster sind auch die größten der Welt: hundertfünfundzwanzig Tonnen Leergewicht. Voll wiegen sie einhundertfünfzig Tonnen. Und das Ganze auf nur vier Reifen. Aber Sie werden sicherlich zugeben, daß das enorme Reifen sind.«

Der Laster fuhr gerade an ihnen vorbei, und Brady schätzte die Reifen auf drei Meter hoch und ebenso dick. Der Laster war riesenhaft: sechs Meter hoch bei der Fahrerkabine und ungefähr genauso breit. Und der Fahrer saß so hoch, daß man ihn von unten kaum sehen konnte.

»Für das Geld, das einer dieser Reifen kostet, bekämen Sie einen sehr anständigen Wagen«, sagte Shore. »Und was den Laster betrifft: bei der augenblicklichen Preissituation würden Sie von einer Dreiviertelmillion nicht viel herausbekommen.« Er sagte etwas zu seinem Fahrer, der den Motor anließ und langsam losfuhr.

»Wenn das obenliegende Material beseitigt ist, hebt der Bagger den Teersand aus und befördert ihn in den riesigen, zylindrischen Behälter hier, den wir ›Furche‹ nennen, weil er an einer Seite eine schlitzartige Öffnung hat, aus der die anschließende Maschine den Teersand entnimmt und weiterleitet.« Shore deutete auf die nächste, unheimlich aussehende Maschine, die alles in allem über hundertfünfzig Meter lang war. »Dies ist ein Schaufelradbagger. Das Rad hat zwölf Meter Durchmesser. Es steckt zu einem Drittel in der ›Furche‹ und kann mit seinen vierzehn Schaufeln in jeder Stunde eine ganze Schiffsladung befördern.« Shore deutete nach oben: »Das Material fällt in diese riesige Förderrinne, die wir ›Brücke‹ nennen, und wird zur Trennanlage transportiert...«

Brady unterbrach ihn. »Trennanlage?«

»Manchmal kommt der Sand in großen, steinharten Brocken an, die das Hauptförderband beschädigen könnten. Die Trennanlage besteht im wesentlichen aus großen Stahlgittern, die mit Rüttelbewegungen die Klumpen heraussortieren. So eine Art Riesensieb.«

»Und ohne diese Trennanlage könnte das nachfolgende Förderband beschädigt werden?«

»Bestimmt.«

»Außer Betrieb gesetzt werden?«

»Wahrscheinlich. Wir wissen es nicht. Wir haben es bis jetzt noch nicht soweit kommen lassen.«

»Und weiter?«

»Der Sand fällt in einen trichterähnlichen Behälter, der durch Vibrieren dafür sorgt, daß das Material gleichmäßig auf das Hauptförderband fällt – und ab geht's zur Verarbeitungsanlage. Am Ende...«

»Einen Moment, bitte.« Es war Dermott. »Können Sie mir sagen, wie lang dieses Förderband ist?«

»Ganz schön lang.«

»Wie lang genau?«

Shore machte ein unglückliches Gesicht. »Fünfundzwanzig Kilometer.«

Dermott starrte ihn an.

Shore machte weiter: »Am Ende der Förderanlage steht noch ein großer Verteiler, der das ankommende Material in Sammelbehälter dirigiert.«

»Was für Verteiler?« fragte Brady.

»Eine schwenkbare Fortsetzung des Förderbandes, die sich im Halbkreis bewegen kann, so ähnlich wie der Zeiger eines Meßinstruments, und im Halbkreis stehende Vorratsbehälter nacheinander auffüllt oder direkt den Transportbehälter, der den Teersand nach unten schafft, wo der physikalische und chemische Prozeß beginnt, der das Bitumen vom Sand trennt. Der Prozeß fängt damit an, daß...«

»Um Gottes willen!« rief Mackenzie entsetzt.

»Das dürfte wohl reichen«, sagte Dermott. »Ich möchte nicht unhöflich sein, Mr. Shore, aber ich möchte nichts über den Extraktions-Prozeß hören. Ich habe alles gesehen und gehört, was ich wissen wollte.«

»Allmächtiger Gott!« rief Mackenzie zur Abwechslung.

»Was ist los, Gentlemen?« fragte Brady.

Dermott wählte seine Worte vorsichtig. »Als Don und ich gestern abend mit Mr. Shore und Mr. Reynolds, dem Betriebsleiter, sprachen, dachten wir, daß wir allen Grund zur Besorgnis hätten. Und jetzt stelle ich fest, daß wir unsere Zeit mit Kleinigkeiten vertrödelt haben. Aber, bei Gott, jetzt bin ich verzweifelt. Gestern haben wir uns vor Augen geführt, wie lächerlich leicht es ist, ins Werkgelände einzudringen und sich der Sandgrube und den Förderanlagen zu nähern. Wenn ich jetzt zurückdenke, sind das alles Bagatellen. Wie viele Gefahrenpunkte hast du gezählt, Don?«

»Sechs.«

»Das habe ich auch gezählt. Als erstes diese Riesenbagger. Sie sehen so unerschütterlich aus wie der Felsen von Gibraltar. Tatsächlich sind sie erschütternd leicht zu verwunden. Hundert Tonnen hochexplosiver Sprengstoff würden den Felsen von Gibraltar kaum rühren. Ich kann aber so einen Bagger ausschalten mit zwei Fünfpfund-Ladungen, wenn ich sie da anbringe, wo der Ausleger am Maschinenhaus befestigt ist.«

Brinckman, ein intelligenter und sicher auch kompetenter Mann, machte nun seine erste Bemerkung – und wünschte danach, er hätte sie nie gemacht. »Gut, wenn Sie an den Bagger herankommen – aber das können Sie nicht. Das ganze Gelände ist in Flutlicht getaucht.«

»Ach Gott, ach Gott!« bemerkte Mackenzie diesmal.

»Was meinen Sie, Mr. Mackenzie?«

»Was ich meine, ist, daß ich den Schalthebel oder Schalter schon finden würde, der für die Stromversorgung entscheidend ist. Ich könnte ihn kaputtmachen, oder – was eine glänzende und ganz neue Idee ist – ich würde den Strom einfach ausschalten. Oder ich würde das Kabel durchschneiden. Noch einfacher wäre wahrscheinlich, die Scheinwerfer mit einem kurzen Feuerstoß aus einer Maschinenpistole auszumachen. Vorausgesetzt, daß sie nicht aus kugelsicherem Glas sind.«

Dermott bewahrte Brinckman vor einem peinlichen Schweigen. »Fünf Pfund herkömmliches Amatol reichen aus, um das Schaufelrad für unbestimmte Zeit außer Betrieb zu setzen. Mit derselben Ladung könnte ich die Brücke zur Trennanlage zerstören und mit zwei Pfund das Rüttelsieb. Das wären schon vier Möglichkeiten. Wenn ich an den Verteiler ankäme, wäre das noch eine ausgezeichnete Möglichkeit – das würde bedeuten, daß Sanmobil überhaupt keinen Teersand geliefert bekäme, um ihn in den Sammelbehältern dort unten zu lagern, wo die Verarbeitung beginnt. Und das Beste von allem wäre diese Kleinigkeit von fünfundzwanzig Kilometern Förderband.«

Großes Schweigen im Bus, bis Dermott loslegte: »Warum sollte man sich überhaupt die Arbeit machen, die Verarbeitungsanlagen zu zerstören, wenn es doch soviel leichter und wirksamer ist, die Zulieferung des Rohmaterials zu unterbinden? Vier Bagger, vier Schaufelräder, vier Förderbrücken, vier Trennanlagen, vier Verteiler, fünfundzwanzig Kilometer Förderband, zweiundzwanzig unbewachte Kilometer rund um die Grube – und acht Mann zur

Bewachung. Das ist ja ein Witz! Ich fürchte, Mr. Brady, es gibt nichts auf der Welt, was unseren Freund aus Anchorage daran hindern könnte, seine Drohung wahr zu machen.«

Brady richtete einen kalten Blick auf den unglücklichen Brinckman. »Und was können Sie dazu sagen?«

»Was kann ich schon sagen außer zustimmen. Selbst wenn ich zehnmal soviel Leute zu meiner Verfügung hätte, wären wir nicht in der Lage, etwas gegen diese Drohung zu unternehmen.« Achselzuckend fuhr er fort: »Es tut mir leid, aber ich habe von einer solchen Möglichkeit nicht mal geträumt.«

»Keiner hat das. Sie brauchen sich keine Vorwürfe zu machen. Ihr Wachleute habt gemeint, ihr seid in einer Ölfirma, nicht im Krieg. Was sind denn nun eigentlich eure Pflichten?«

»Wir sind hier, um Tätlichkeiten innerhalb der Arbeiterschaft zu verhindern – und kleine Diebstähle und Trinken am Arbeitsplatz. Bis jetzt hatten wir wenige derartige Fälle.«

Offensichtlich hatten Brinckmans Worte eine Saite in Bradys Seele zum Klingen gebracht. »Ach ja. Ärger wegen zuviel Streß und so was.« Er drehte sich um. »Stella!«

»Ja, Dad?« Sie öffnete einen Weidenkorb, holte eine Flasche und ein Glas hervor, schenkte etwas zu trinken ein und reichte das Glas ihrem Vater.

»Daiquiri«, sagte er. »Wir haben auch Scotch, Gin, Rum...«

»Bedaure, Mr. Brady«, sagte Shore. »Danke. Die Firma hat sehr strenge Vorschriften...«

Brady gab ihm eine ungefähre Vorstellung davon, was er mit solchen Firmenvorschriften anfangen konnte, und wandte sich wieder Brinckman zu. »Sie sind also tatsächlich ziemlich überflüssig gewesen bis heute – und sind wahrscheinlich in Zukunft noch überflüssiger.«

»Zur Hälfte kann ich Ihnen zustimmen. Aber die Tatsache, daß wir bisher wenig zu tun hatten, heißt noch nicht, daß wir die ganze Zeit überflüssig gewesen sind. Unsere *Anwesenheit* ist wichtig. Niemand wirft einen Ziegelstein in das Schaufenster eines Juweliers, wenn ein Polizist zwei Meter daneben steht. Aber was die Zukunft betrifft – ja, das gebe ich zu. Ich komme mir ziemlich hilflos vor.«

»Wenn *Sie* einen Anschlag verüben würden, auf was zuerst?«

Brinckman brauchte keinen Augenblick nachzudenken. »Das Förderband auf jeden Fall!«

Brady schaute Dermott und Mackenzie an. Beide Männer nickten.

»Mr. Shore?«

»Stimme zu.« Shore nippte geistesabwesend an einem Scotch. »Das Förderband ist riesengroß und leicht zu beschädigen. Fast zwei Meter breit, aber das Stahlcord-Band ist nur dreieinhalb Zentimeter stark. Mit einem Vorschlaghammer und einem Meißel könnte sogar ich es kaputtmachen.« Shore wirkte abgespannt. »Nur wenige Leute nehmen überhaupt wahr, welche ungeheuren Mengen von Material hier eingesetzt sind. Um die ganze Anlage in Betrieb zu halten, um das ganze Projekt überhaupt rentabel zu erhalten, brauchen wir täglich fast eine Viertelmillion Tonnen Teersand. Wie ich schon sagte, es ist das größte Tagebau-Unternehmen, das es je gegeben hat. Schneiden Sie die Versorgung ab, und in wenigen Stunden steht das ganze Unternehmen. Das wäre ein Verlust von 130 000 Barrel Öl pro Tag. Selbst Sanmobil kann sich derartige Verluste nicht lange leisten.«

»Wieviel hat es gekostet, diesen ganzen Apparat aufzubauen?« fragte Brady.

»Zwei Milliarden, wenn's reicht.«

»Zwei Milliarden Dollar? Und ein zu erwartender Produktionsausfall von 130 000 Barrel Öl pro Tag.« Brady schüttelte den Kopf. »Und kein Mensch redet von den Fähigkeiten der Leute, die sich das alles ausgedacht haben. Dasselbe gilt für die Ingenieure, die das gebaut haben. Aber da ist noch eine Sache, nach der keiner fragt, daß nämlich diese Intelligenzriesen auf einem Auge blind waren. Warum haben die Bosse das nicht gesehen? Verdammt noch mal, man braucht doch wirklich nicht viel Weitblick, um an so etwas zu denken. Öl ist doch nicht irgendein Geschäft. Warum hat niemand vorausgesehen, welcher Anreiz für Racheakte, Wahnsinnstaten und Erpressung hier geschaffen wurde? Hätten sie nicht voraussehen können, daß sie sich auf das größte industrielle Vabanquespiel aller Zeiten eingelassen haben?«

Shore starrte traurig auf sein Glas, trank es traurig aus und verharrte in traurigem Schweigen.

Dermott sagte: »Das stimmt, aber nicht ganz.«

»Was meinen Sie mit ›nicht ganz‹?«

»Es ist bestimmt ein industrielles Vabanquespiel. Aber nicht das größte aller Zeiten. Dieser zweifelhafte Titel gebührt ohne jeden Zweifel der Trans-Alaska-Pipeline. Der Kapitaleinsatz war hier nicht zwei Milliarden, sondern acht. Sie befördern nicht 130 000 Barrel pro Tag, sie befördern 1 200 000 Barrel. Und sie haben nicht nur fünfundzwanzig Kilometer Förderband zu bewachen, sondern eintausenddreihundert Kilometer Pipeline.«

Brady reichte sein Glas zurück zum Nachfüllen, verdaute diesen unangenehmen Gedanken, schöpfte neuen Mut und sagte: »Haben diese Leute wenigstens eine Vorstellung davon, wie man das verdammte Ding schützen soll?«

»So weit, daß sie Beschädigungen in Grenzen halten können, bestimmt. Sie haben ein großartiges Nachrichtensystem und ein hochmodernes elektronisches Kontrollsystem mit allen nur denkbaren Sicherheits- und Hilfseinrichtungen. Sie haben sogar eine zweite, unabhängige Unfall-Kontroll-Station.« Dermott holte einen Zettel aus der Tasche. »Es gibt zwölf ferngesteuerte Pumpstationen, zweiundsechzig Ventilschleusen, die alle über Funk kontrolliert werden. Diese Ventilschleusen können den Öldurchlauf in jeder Richtung stoppen. Es gibt achtzig Sicherheitsventile, die verhindern, daß das Öl zurückfließt, und dann noch alle möglichen Sicherheitseinrichtungen, die nur ein Ingenieur versteht. Im ganzen können sie über tausend Einrichtungen aus der Ferne kontrollieren. Mit anderen Worten: sie können jedes Teilstück zu jeder Zeit stillegen. Da es aber sechs Minuten dauert, bis eine der großen Pumpen ausgeschaltet ist, geht natürlich einiges Öl verloren. 50 000 Barrel schätzungsweise. Das hört sich sehr schlimm an, aber es ist nur ein Tropfen, gemessen an dem, was sich in der Pipeline befindet. Und es kann nicht passieren, daß die Pumpen unaufhörlich weiterarbeiten.«

»Alles sehr interessant«, sagte Brady kühl. »Sie können wetten, daß die Umwelt jetzt besser geschützt wird. Sie können aber auch wetten, daß diese krummen Hunde und Erpresser sich einen Dreck um die Umwelt kümmern. Alles, was sie wollen, ist, die Ölförderung stoppen. Kann man die Pipeline schützen?«

»Natürlich, im großen ganzen...«

»Was Sie mir ausreden wollen, ist, daß man die Pipeline an irgendeinem Punkt zu irgendeinem Zeitpunkt zerstören kann.«

»Das stimmt.«

Brady schaute Dermott an. »Haben Sie über dieses Problem nachgedacht?«

»Natürlich.«

»Und Sie, Donald?«

»Ich auch.«

»Gut, und was ist Ihnen dazu eingefallen?«

»Nichts. Deswegen haben wir Sie ja gerufen. Wir haben gedacht, daß *Ihnen* irgend etwas einfallen würde.«

Brady warf ihm einen bösen Blick zu und ließ sich alles durch den Kopf gehen. Schließlich fragte er: »Was passiert, wenn es zu einem Stopp kommt? Geliert dann das Öl, wenn es nicht mehr fließt?«

»Eventuell. Aber das braucht seine Zeit. Das Öl ist heiß, wenn es aus der Erde kommt, und es ist noch warm, wenn es in Valdez ankommt. Die Pipeline ist sehr gut isoliert, und das durchlaufende Öl erzeugt Reibungswärme. Man geht davon aus, daß das Öl nach einundzwanzig Tagen Stillstand noch fließt. Danach –« Er machte eine hilflose Handbewegung.

»Kein Fließen mehr?«

»Nein.«

»Für immer?«

»Ich hoffe nicht. Ich weiß es wirklich nicht. Niemand hat mit mir darüber gesprochen. Ich glaube auch nicht, daß irgend jemand mit mir darüber sprechen möchte.«

Niemand sprach darüber. Bis Brady fragte: »Wissen Sie, was ich am liebsten möchte?«

»Ich weiß es«, sagte Dermott. »Sie möchten am liebsten wieder in Houston sein.«

Das Telefon läutete. Der Fahrer hob ab, hörte kurz und wandte sich an Shore. »Betriebsleitung. Könnten wir sofort zurückfahren? Mr. Reynolds sagt, es ist dringend.« Er fuhr schneller.

Reynolds erwartete sie schon. Er deutete auf den Telefonhörer, der auf dem Tisch lag, und sagte zu Brady: »Houston. Für Sie.«

Brady sagte »Hallo!« Dann zeigte er sich plötzlich irritiert und übergab den Hörer an Dermott. »Mist! Verdammter Code! Können Sie das verstehen, ja?« Das war eine unverständliche Reaktion von Brady, denn er war es ja, der den Code eingeführt und auf dessen Verwendung bestanden hatte, außer bei »Hallo« und »Guten Tag«.

Dermott zog einen Block und einen Bleistift aus der Tasche und fing zu schreiben an. Er brauchte eine Minute, um die Nachricht aufzunehmen, und weitere zwei Minuten, um sie zu entschlüsseln.

Er sagte in den Hörer: »Ist das alles?«

Pause.

»Wann haben Sie die Nachricht bekommen, und wann ist es passiert?«

Wieder eine Pause.

»Vor fünfzig Minuten und vor zwei Stunden. Danke.« Er drehte sich zu Brady. Sein Gesicht war blaß. »Die Pipeline ist unterbrochen worden. Pumpstation 4 – in der Nähe des Atigun-Passes in den Brooks-Bergen. Noch keine Einzelheiten. Beschädigung ist nicht schwer, wie es aussieht, aber ausreichend, um die Leitung dicht zu machen.«

»Kann das ein Unfall gewesen sein?«

»Sprengstoff. Sie haben zwei Ventilschleusen außer Betrieb gesetzt.«

Alle schwiegen. Brady schaute sichtlich erstaunt Dermott an: »Sie brauchen gar kein grimmiges Gesicht zu machen, Georges. Wir haben doch auf so was gewartet. Das ist ja nicht das Ende der Welt.«

»Doch – es ist. Jedenfalls für zwei Männer von Pumpstation 4. Sie sind ermordet worden.«

4

Es war halb drei Uhr nachmittags, Alaska-Zeit. Die Windgeschwindigkeit lag bei zehn Knoten, die Temperatur bei minus 35 Grad Celsius. Obwohl es schon dunkel wurde, war die Sicht gut, als der zweistrahlige Jet auf einer der Rollbahnen von Prudhoe Bay zur Landung ansetzte.

Brady, Dermott und Mackenzie hatten sich nach Empfang der Nachricht sofort auf den Weg gemacht. Sie waren nach Fort McMurray zurückgefahren, um das Wichtigste einzupacken – was in Bradys Fall drei Flaschen waren. Nachdem sie sich von Jean und Stella verabschiedet hatten, ging es sofort zum Flughafen. Brady schlief schon, als sie den Luftraum von Yukon erreichten. Mackenzie döste kurz danach ein. Nur Dermott blieb wach und versuchte herauszufinden, warum es ihr Gegner bei der Ausführung seiner Drohung für nötig befunden hatte, zwei Menschen zu töten.

Als der Jet zum Stehen kam, fuhr ein hellerleuchteter Minibus vor und öffnete eine Vordertür. Brady stieg als dritter aus, aber er war der erste im Bus. Die anderen folgten, und die Tür wurde schnell wieder geschlossen. Als der Bus losfuhr, setzte sich der Mann, der sie abgeholt hatte, neben sie. Er war zwischen vierzig und fünfzig, breit und untersetzt und hatte ein breites Gesicht. Er sah zwar aus wie jemand, der stur sein konnte, aber ihm war auch eine Spur Humor zuzutrauen – obwohl er im Augenblick nichts zu lachen hatte.

»Mr. Brady, Mr. Dermott, Mr. Mackenzie?« fragte er mit dem unüberhörbaren Akzent eines Amerikaners, der in der Nähe von Boston zur Welt gekommen ist. »Guten Tag. Mr. Finlayson hat mich gebeten, Sie abzuholen. Wie Sie sich vorstellen können, ist er jetzt praktisch ein Gefangener des Hauptkontrollzentrums. Mein Name ist Bronowski. Sam Bronowski.«

Dermott sagte: »Sicherheitschef.«

»Zu meinem Unglück.« Er lächelte. »Sie sind sicher Mr. Dermott, der Mann, der mich ablösen wollte.«

Dermott schaute ihn an. »Wer hat denn so was behauptet?«

»Mr. Finlayson. Jedenfalls so was Ähnliches.«

»Ich muß annehmen, daß Mr. Finlayson etwas die Nerven verloren hat.«

Bronowski lächelte wieder. »Nun ja, das würde mich auch nicht überraschen. Er hat mit London gesprochen und, wie ich annehme, einiges zu hören gekriegt.«

Brady sagte: »Wir sind nicht darauf aus, irgend jemanden abzulösen. Das ist nicht unsere Arbeitsweise. Aber wenn wir keine Unterstützung bekommen – ich meine vollste Unterstützung –, dann können wir ja gleich zu Hause bleiben. Zum Beispiel wollte Mr. Dermott sofort mit Ihnen sprechen. Der Vorsitzende Ihrer Gesellschaft hatte mir volle Unterstützung zugesichert. Aber Finlayson hat eine Zusammenarbeit mit Dermott und Mackenzie glatt abgelehnt.«

»Ich wäre sofort gekommen, wenn ich das gewußt hätte«, sagte Bronowski schnell. »Im Gegensatz zu Mr. Finlayson bin ich mein Leben lang Sicherheitsbeauftragter. Ich weiß, wer Sie sind und welchen Ruf Sie genießen. In einem Fall wie diesem muß ich mit jedem Fachmann zusammenarbeiten, den ich kriegen kann. Würden Sie bitte nett zu ihm sein. Das ist nämlich sonst nicht seine Art. Er hütet die Pipeline wie seine Lieblingstochter. Das war eine ganz neue Situation für ihn, und er wußte nicht recht, was er machen sollte. Er war nicht bockig – er wollte nur auf Nummer Sicher gehen, bevor er sich von höchster Stelle Rückendeckung geholt hatte.«

»Sie brauchen nicht mehr zu lernen, wie man sich für seinen Boss einsetzt, oder?«

»Ich bin nur fair zu ihm. Ich hoffe, Sie werden das auch sein. Sie können sich vorstellen, wie ihm jetzt zumute ist. Er meint, wenn er nicht so abweisend gewesen wäre, könnten die Männer noch leben.«

»Das ist völliger Unsinn«, sagte Mackenzie. »Ich verstehe seine Gefühle, aber das wäre natürlich auch passiert, wenn fünfzig Dermotts und Mackenzies hier gewesen wären.«

»Wann fliegen wir hin?« sagte Brady.

»Mr. Finlayson läßt fragen, ob Sie bereit wären, vorher noch mit ihm und Mr. Black zu reden. Wir können danach sofort weiterfliegen. Der Hubschrauber steht schon bereit.«

»Black?«

»Generaldirektor. Alaska.«

»Waren Sie schon draußen auf der Station?«

»Ich bin der Mann, der die beiden gefunden hat. Ich war der erste, der nach dem Überfall dort war. Mein Abteilungsleiter war dabei, Tim Houston.«

»Sie fliegen Ihre eigene Maschine?«

»Ja. Diesmal natürlich nicht. Dieser Abschnitt der Brooks-Berge ist wie ein Mondgebirge. Nur mit Hubschrauber. Wir waren gerade auf unserem Kontrollflug zu den Pumpstationen und den entlegenen Ventilschleusen, als diese verdammte Drohung über Funk durchkam, und wir hatten die Nacht zuvor auf Station 5 übernachtet. Wir flogen gerade auf Schleuse 4 zu, ungefähr eine Meile vor der Pumpstation, als ich diese starke Explosion sah.«

»Sie haben sie *gesehen*?«

»Ölrauch und Flammen, verstehen Sie. Sie meinen, ob ich nichts *gehört* habe? Sie hören nichts in einem Hubschrauber. Das ist auch nicht nötig, wenn Sie ein Dach in die Luft fliegen sehen. Wir sind sofort gelandet, ich mit Gewehr und Tim mit zwei Pistolen. Schade für die Zeit. Die Lumpen waren längst weg. Da Sie selbst Ölfachleute sind, wissen Sie sicher, daß man ziemlich viel Leute braucht und eine ganze Reihe von Gebäuden, um den Schutz und die Instandhaltung von mehreren 13 500-PS-Turbinen, wie sie auch für Flugzeuge verwendet werden, sicherzustellen, nicht zu reden von den Schaltanlagen und den Verbindungen, die sie im Auge behalten müssen.

Der Pumpenraum selbst brannte, nicht sehr stark, aber immerhin so stark, daß Tim und ich nicht ohne Feuerlöscher hineingehen konnten. Wir schauten uns um und hörten Flüche, die von einem Lagerraum kamen. Der Schuppen war abgesperrt, aber der Schlüssel steckte im Schloß. Poulson – er ist der Boß – kam mit ein paar Leuten angerannt. Sie hatten die Feuerlöscher gefunden und löschten das Feuer in drei Minuten – aber es war zu spät für die beiden Ingenieure im Pumpenraum. Sie waren gerade den Tag zuvor von Prudhoe Bay gekommen, um den üblichen Wartungsdienst an den Turbinen durchzuführen.«

»Sie waren tot?«

»Mausetot.« Bronowski zeigte keine Bewegung. »Sie waren Brüder. Nette Jungs. Freunde von mir – und Tim.«

»Könnte es ein zufälliger Tod gewesen sein, als Folge der Explosion?«

»Eine Explosion erschießt niemanden. Sie waren ziemlich stark versengt, dennoch konnte man eine Schußwunde zwischen den Augen erkennen.«

»Haben Sie die Gegend abgesucht?«

»Klar. Die Bedingungen waren nicht gerade ideal – es war dunkel, und es schneite leicht. Ich dachte, daß ich Spuren von Hubschrauberkufen gesehen hätte. Die anderen waren nicht so sicher. Mit der Hoffnung auf eine entfernte Chance habe ich in Anchorage angerufen und darum gebeten, alle öffentlichen und privaten Flugplätze zu alarmieren und die Rundfunk- und Fernsehstationen um entsprechende Durchsagen zu bitten, damit die Bevölkerung melden konnte, wenn irgendwelche Hubschrauber an einem ungewöhnlichen Platz gehört oder gesehen werden. Die Hoffnung, daß das irgend etwas bringt, ist eins zu tausend.«

Er verzog das Gesicht zu einer Grimasse. »Die meisten Leute haben sich noch nie Gedanken darüber gemacht, wie groß der Staat Alaska ist. Größer als halb Westeuropa, aber mit etwas mehr als 300 000 Einwohnern – das heißt, das Land ist eigentlich unbewohnt. Außerdem, Hubschrauber sind etwas Alltägliches in Alaska, und die Leute achten so wenig darauf wie ein Texaner auf ein Auto. Dazu kommt, daß es nur noch drei Stunden hell war, und die Vorstellung von einer Suchaktion aus der Luft ist lächerlich – vielleicht, wenn wir fünfzigmal soviel Maschinen hätten, aber selbst dann wäre es wirklich reiner Zufall, wenn wir sie finden würden.

Aber ich muß noch erwähnen, daß wir eine sehr unangenehme Feststellung gemacht haben. Für den Fall, daß mit der Pumpstation irgend etwas passiert, gibt es noch eine Reserve-Pipeline, die eingeschaltet werden kann, um die Pumpstation zu umgehen. Unsere Freunde haben auch daran gedacht. Sie haben das Kontrollventil gesprengt.«

»Es wird also eine ganze Menge Öl auslaufen.«

»Keine Chance. Die Pipeline ist mit Tausenden von Sensoren bestückt – von Prudhoe Bay bis Valdez –, und jeder Abschnitt kann sofort geschlossen und abgeriegelt werden. Sogar die Reparaturen sind normalerweise kein Problem. Aber weder das Metall noch die Arbeiter sind bei derart tiefen Temperaturen in der besten Verfassung.«

»Das gilt offenbar nicht für Saboteure«, sagte Dermott. »Wie viele waren es?«

»Poulson sagte zwei. Andere haben drei gesagt. Die übrigen waren sich nicht sicher.«

»Nicht sehr gute Beobachter, oder?«

»Ich finde, das ist nicht fair, Mr. Dermott. Poulson ist ein guter Mann, und ihm entgeht so leicht nichts.«

»Haben sie Gesichter erkennen können?«

»Nein. Das ist sicher.«

»Maskiert?«

»Nein. Ihre Pelzkragen waren hochgeschlagen und die Mützen so weit ins Gesicht gezogen, daß nur noch ihre Augen zu sehen waren. Sie können die Augenfarbe eines Menschen in der Dunkelheit nicht ausmachen. Nebenbei bemerkt, sind unsere Leute aus dem Schlaf gerissen worden.«

»Aber nicht die beiden Ingenieure. Sie arbeiteten an den Maschinen. Warum zu so früher Stunde?«

Bronowski sagte, etwas reserviert: »Weil sie die ganze Nacht auf waren. Weil sie anschließend zu ihren Familien fahren wollten – ihre freie Woche. Ich hatte es so arrangiert, daß ich sie kurz nach Arbeitsschluß mitnehmen konnte.«

»Hat Poulson oder sonst jemand die Stimmen der Gangster erkannt?«

»Wenn ja, dann hätten wir die Burschen schon hinter Schloß und Riegel. Ihre Kragen waren hochgeschlagen. Natürlich waren ihre Stimmen dadurch gedämpft. Sie stellen schon eine Menge Fragen, Mr. Dermott.«

»Mr. Dermott ist ein geübter Fragensteller«, sagte Brady, nicht ohne Heiterkeit. »Trainiert von mir, um das mal zu sagen. Mr. Bronowski, eine letzte Frage. Hat Poulson oder haben seine Leute die Schüsse gehört?«

»Nein. Die beiden Leute, die Poulson sah, hatten Pistolen mit Schalldämpfer. Das ist der große Fortschritt, den wir den erzieherischen Filmen zu verdanken haben, Mr. Dermott.«

Nach einer kurzen Fragepause sagte Brady: »Ich bin ein guter Beobachter, George. Ich glaube, daß Ihnen etwas durch den Kopf geht. Woran denken Sie?«

»Es ist nur so eine Idee. Ich überlege gerade, ob die Mörder nicht vielleicht Angestellte der Trans-Alaska-Pipeline sind.«

Das Schweigen war kurz, aber spürbar. Dann sagte Bronowski: »Das ist ein starkes Stück. Ich spreche als Dr. Watson, verstehen Sie. Ich weiß, daß Sherlock Holmes jedes Verbrechen im Lehnstuhl lösen konnte, aber ich habe noch nie von einem Polizisten oder einem Abwehrmann gehört, der die Antwort gewußt hat, bevor er am Tatort war.«

Dermott sagte freundlich: »Ich behaupte nicht, irgend etwas gelöst zu haben. Ich suche nur nach einer Möglichkeit.«

Brady fragte: »Und wie sind Sie darauf gekommen?«

»Ihr Pipeline-Leute seid nicht nur der größte Arbeitgeber in der Gegend, sondern der einzige. Woher sollen die Mörder sonst gekommen sein? Was können sie sonst gewesen sein? Einsame Trapper oder Goldgräber auf der Nordseite der Brooks-Berge? Mitten im Winter? Sie würden sich am ersten Tag totfrieren. Es könnten keine Goldgräber sein, weil die Tundra festgefroren ist, und darunter kommen siebenhundert Meter Permafrost. Und was Trapper betrifft: sie wären nicht nur schrecklich einsam und durchgefroren, sondern auch wirklich sehr hungrig, weil sie nördlich der Brooks-Berge keine Nahrung bis in die späten Frühling finden können.« Brady brummte. »Was Sie sagen wollen, ist, daß es in dieser Region keine Möglichkeit zum Überleben gibt, außer bei der Pipeline.«

»So ist es. Wäre das mit der Pumpstation 7 oder 8 passiert, wäre das ganz anders – diese Stationen sind nur einen Katzensprung von Fairbanks entfernt. Aber niemand kommt mit dem Wagen über dieses Gebirge, wenn er nicht ernste Selbstmordabsichten hat. Bleibt also die Frage, wie sind die Mörder hierhergekommen und wieder verschwunden?«

»Hubschrauber«, sagte Bronowski. »Erinnern Sie sich, daß ich gesagt habe, ich hätte Kufenspuren gesehen? Tim – Tim Houston – hat die Spuren auch gesehen, aber er war sich nicht so sicher. Die andern waren skeptisch, hielten es aber für möglich. Aber ich bin mit Hubschraubern geflogen, solange ich denken kann.« Er schüttelte den Kopf voller Erbitterung. »Um Gottes willen, wie sonst konnten sie herkommen und wieder verschwinden?«

»Ich dachte«, sagte Mackenzie, »diese Pumpstationen haben eigene Radaranlagen.«

»Haben sie«, sagte Bronowski mit einem Achselzucken. »Aber bei Schnee können Sie Ihre Wunder erleben mit Radar. Es ist auch möglich, daß sie nicht hingeschaut oder das Gerät ausgeschaltet haben, weil sie bei dem schlechten Wetter keine Gesellschaft erwarteten.«

»Sie haben doch auf *Sie* gewartet, nehme ich an«, sagte Dermott.

»Aber nicht um diese Zeit. Als wir auf Nr. 5 waren, wurde das Wetter schlechter. Deswegen sind wir früher abgeflogen als geplant. Eine andere Sache – wenn sie wirklich einen Hubschrauber gesehen hätten, dann hätten sie automatisch angenommen, daß es jemand von uns ist, und wären nicht mißtrauisch gewesen.«

»Sei es, wie es will«, sagte Dermott. »Ich bin überzeugt, das waren Insider. Die Mörder sind Angestellte der Pipeline. Der Brief, der mit einem Anschlag auf die Pipeline drohte, war höflich und ohne jede Gewaltandrohung, aber es ist doch zu einer Gewalttat gekommen. Die Saboteure haben also irgendeinen Fehler gemacht, und deshalb mußten sie töten.«

»Einen Fehler?« Mackenzie kam nicht ganz mit.

»Ja. Bronowski sagte, daß der Schlüssel noch in der Lagerraumtür gesteckt hat. Vergiß nicht, daß die eingesperrten Techniker allesamt *Ingenieure* waren. Mit ganz wenigen Hilfsmitteln hätten sie den Schlüssel entweder im Schloß drehen oder ein Stück Papier, Karton, Linoleum oder sonstwas unter der Tür durchschieben, den Schlüssel rausdrücken und mit der Unterlage unten durchziehen können. *Ich* hätte den Schlüssel meilenweit weggeschmissen, aber die Mörder haben das nicht gemacht. Ihre Absicht war es, die beiden Pumpenhaus-Ingenieure zum Vorratsraum zu bringen und sie mit ihren Freunden einzuschließen. Das haben sie aber auch nicht gemacht. Warum? Weil einer der Saboteure etwas gesagt oder getan hat, woran die Ingenieure ihn erkannt haben. Die Saboteure hatten keine Wahl, deswegen haben sie geschossen.«

Brady sagte: »Was halten Sie von der Hypothese, Sam?«

Bronowski überlegte sich seine Antwort, während der Minibus neben dem Eingang zum Verwaltungsgebäude zum Stehen kam. Brady war, wie vorauszusehen, der erste, der ausstieg und in den Empfangsraum rannte – soweit man bei einem fast kugelrunden menschlichen Wesen überhaupt von rennen reden kann. Die anderen folgten etwas langsamer.

Finlayson erhob sich, als sie eintraten. Er streckte Brady die Hand entgegen und sagte: »Sehr erfreut, Sie wiederzusehen, Sir.« Er nickte kurz Dermott, Mackenzie und Bronowski zu, dann wandte er sich einem Mann zu, der hinter einem Tisch saß. »Mr. Hamish Black, Generaldirektor, Alaska.«

Mr. Black sah nicht aus wie irgendein Generaldirektor, noch weniger wie der Manager eines eigennützigen und rücksichtslosen Ölunternehmens. Es fehlten nur noch Regenschirm und Bowler, um das Bild eines typischen Londoner Oberbuchhalters abzurunden. Schon sein schmales, knochiges Gesicht, sein makellos gebürsteter Pinselschnurrbart, das schüttere schwarze Haar, das millimetergenau in der Mitte gescheitelt war, und seine Augen – hinter einem Kneifer – ließen deutlich erkennen, was für ein Typ er war.

Daß so ein Mann, der kaum eine Schraube von der Mutter unterscheiden konnte, ein riesiges Industrie-Unternehmen leiten durfte, war nichts Neues. Der ehemalige Laufjunge hatte sich gewissenhaft, Stufe für Stufe, zu einem Mann von großer Wichtigkeit emporgearbeitet. Es war Hamish Black, der in diesem Unternehmen den Ton angab und so sachkundig mit dem Taschenkalkulator umgehen konnte. Es hieß, daß er ein sechsstelliges Einkommen hatte – Pfund Sterling, nicht Dollar. Und die, die ihn engagiert hatten, waren offensichtlich der Meinung, daß das auch kein Penny zuviel war.

Black wartete geduldig, bis Finlayson die Herren vorgestellt hatte, dann sagte er: »Ich möchte nicht so weit gehen wie Mr. Finlayson und sagen, daß ich erfreut bin, Sie zu sehen.« Ein schwaches Lächeln ging über sein Gesicht, seine monotone, deutliche und beherrschte Stimme war typisch für die City, für Londons Wallstreet sozusagen, genauso wie seine ganze Erscheinung. »Unter anderen Umständen ja, aber unter diesen kann ich nur sagen, daß ich froh bin, daß Sie, Mr. Brady, und Ihre Kollegen hier sind.

Ich nehme an, daß Mr. Bronowski Sie schon über die Einzelheiten informiert hat. Was meinen Sie, wie wir vorgehen sollen?«

»Ich weiß es nicht. Gibt es hier Gläser?«

Finlaysons Gesichtsausdruck deutete auf unausgesprochene Mißbilligung. Black schien nicht viel von Gefühlen zu halten. Brady schenkte sich Daiquiri ein, winkte den anderen mit der Flasche, die sie von sich wiesen, und sagte: »Sie haben das FBI unterrichtet?«

Black nickte. »Widerwillig.«

»Widerwillig?«

»Laut Vorschrift müssen wir jede Unterbrechung des innerstaatlichen Handels melden. Aber offen gesagt weiß ich nicht, was das FBI ausrichten könnte.«

»Sind sie jetzt bei der Pumpstation?«

»Sie sind noch nicht da. Sie warten auf irgendwelche Artillerie-Offiziere. Spezialisten für Bomben, Sprengstoffe und so weiter.«

»Zeitverschwendung. Unter den Leuten, die diese Anlagen gebaut haben, gibt es mindestens so gute, wenn nicht bessere Sprengstoffspezialisten als in irgendeiner Armee-Einheit. Die Mörder werden höchstwahrscheinlich keine Sprengstoffspuren auf der Pumpstation 4 hinterlassen haben.«

Darauf folgte frostiges Schweigen. Finlayson sagte steif: »Ist diese Feststellung so gemeint, wie sie sich anhört?«

»Ich denke doch, daß sie so gemeint ist. Erklären Sie's, George.«

Als Dermott mit seiner Erklärung fertig war, sagte Finlayson: »Lächerlich. Warum sollte einer von unseren Angestellten so etwas machen? Ich sehe gar keinen Sinn.«

»Es ist nie angenehm, wenn man eine Viper am eigenen Busen nährt«, sagte Brady höflich. »Mr. Black?«

»Es leuchtet mir ein, allerdings nur, solange wir keine andere Erklärung haben. Was ist *Ihre* Meinung, Mr. Brady?«

»Genau *das* habe ich Mr. Bronowski nach unserer Landung gefragt.«

»Nun, gut.« Bronowski schien sich nicht gerade wohl zu fühlen. »Mir gefällt das nicht. Die Tat eines Insiders? Das kommt mir zu einfach vor. Und wenn wir in dieser Richtung weiterdenken, stoßen wir auf Tim Houston und mich als die beiden Hauptverdächtigen.« Bronowski machte eine Pause. »Tim und ich hatten einen Hubschrauber. Wir waren zur fraglichen Zeit am Tatort. Wir kennen ein Dutzend Möglichkeiten, um die Pipeline zu sabotieren.

Es ist kein Geheimnis, daß wir beide große Erfahrung im Umgang mit Sprengstoffen haben, so daß es für uns kein Problem wäre, Station 4 auszuschalten.« Er machte eine Pause. »Aber wer will den Sicherheitschef und seine Nr. 2 verdächtigen?«

»Ich, zum Beispiel«, sagte Brady. Er nippte an seinem Drink und seufzte. »Ich würde Sie jetzt verhaften lassen, wenn Sie keine so guten Zeugnisse hätten, wenn es ein einigermaßen einleuchtendes Motiv gäbe und wenn es de facto nicht so unwahrscheinlich wäre, daß jemand wie Sie so stümperhaft vorgeht.«

»Nicht stümperhaft, Mr. Brady. Die Mörder waren dumm bis zur Geistesgestörtheit – oder völlig aus der Fassung. Die Tat war bestimmt nicht das Werk eines Berufsverbrechers. Wozu die beiden Ingenieure erschießen? Warum Beweise hinterlassen, daß Mörder am Werk waren? Man brauchte sie doch nur bewußtlos machen – es gibt da ein Dutzend Möglichkeiten, ohne irgendeine Spur zu hinterlassen – und sie dann in die Luft sprengen mitsamt der Pumpstation. Gottes unergründlicher Ratschluß, und keine Spur von einem Foul.«

»Amateure sind eine Plage. Finden Sie nicht auch?« Brady wandte sich an Finlayson. »Könnten wir ein Gespräch mit Anchorage führen, bitte? Danke. Geben Sie ihm die Nummer, und übernehmen Sie das Gespräch, George.«

Dermott befolgte den Auftrag, und nach vier Minuten hängte er wieder auf. Sein Teil der Konversation war auf wenige Silben beschränkt. »Haben Sie sich's nicht gleich gedacht?« sagte Dermott.

»Kein Glück?« fragte Mackenzie.

»Zuviel. Die Polizei in Anchorage hat nicht nur eine, sondern vier Telefonzellen ausgemacht. Verdächtige Personen haben sich entweder in diesen Zellen oder in der Umgebung herumgetrieben – und das zu einer recht unchristlichen Zeit. In allen vier Zellen wurde eine ungewöhnlich große Zahl von großen Münzen gefunden. Sie sind alle aussortiert und zur Polizeistation gebracht worden. Aber sie sind noch nicht auf Fingerabdrücke untersucht, und es kann Stunden dauern, bis die Polizei die Fingerabdrücke mit den Fahndungsakten verglichen hat.«

Black fragte mit kaum spürbarem Spott: »Die Bedeutung dieses Gesprächs geht mir nicht ein. Sollte es etwas mit Pumpstation 4 zu tun haben?«

»Vielleicht«, sagte Brady. »Vielleicht auch nicht. Alles, was wir bestimmt wissen, ist, daß Sanmobil – die Leute, die die Konzession zum Abbau des Teersands nördlich von Fort McMurray haben – auch eine Drohung gegen ihre Anlagen erhalten haben, mit fast dem gleichen Inhalt wie der Drohbrief an Sie. Der Unterschied ist nur, daß diese Drohung aus einer öffentlichen Telefonzelle in Anchorage kam. Wir versuchen herauszubekommen, aus welcher Telefonzelle angerufen wurde und wer der oder die Täter gewesen sein könnten.«

Black dachte kurz nach, dann sagte er: »Komisch. Eine Drohung an Alaska, die aus Alberta kommt, und eine Drohung an Alberta, die aus Alaska kommt. Muß mit Pumpstation 4 zusammenhängen. An so große Zufälle glaube ich nicht – und während Sie hier sitzen, Mr. Brady, sind vielleicht einige Wahnsinnige dabei, einen Sprengstoffanschlag auf einen strategisch wichtigen Punkt von Sanmobils Anlagen vorzubereiten.«

»Der Gedanke läßt mich auch nicht los. Trotzdem – Vermutungen und Spekulationen nützen uns wenig – solange wir nicht ein paar harte Fakten auf der Hand haben. Wir hoffen, daß uns eine Tatortbesichtigung etwas weiter bringt. Kommen Sie mit, Mr. Black?«

»Um Gottes willen, nein. Ich bin ganz und gar Büromensch, aber ich warte mit Interesse auf Ihre Rückkehr.«

»Rückkehr? Ich geh' da nicht hin. Diese eisige Wildnis – nicht für mich! Meine hervorragenden Stellvertreter wissen schon, auf was sie achten müssen. Abgesehen davon muß ja jemand hier bleiben und die Stellung halten. Wie weit ist es bis zur Pumpstation, Mr. Bronowski?«

»Mit dem Hubschrauber? Zweihundertdreißig Kilometer, ungefähr.«

»Hervorragend. Das läßt uns genug Zeit für ein anständiges Abendessen. Ihre Kantine ist doch sicher noch offen, Mr. Finlayson, und ich bin sicher, daß Ihr Weinkeller etwas Brauchbares zu bieten hat.«

»Da muß ich Sie leider enttäuschen«, sagte Finlayson, und er machte keinen Versuch, seine Genugtuung zu verbergen. »Nach unseren Vorschriften ist Alkohol verboten.«

»Kein Grund, sich Sorgen zu machen«, sagte Brady weltmännisch. »An Bord meiner Maschine befindet sich der feinste Weinkeller vom ganzen Polarkreis.«

5

Drei vom Generator gespeiste Bogenlampen stellten das halbdemolierte Pumpenhaus und sein Inneres in den scharfen Gegensatz von gleißendem Licht und stygischer Finsternis.

Der Schnee fiel lautlos in den Maschinenraum, der fast kein Dach mehr hatte, und ein starker Wind blies feine weiße Wolken durch ein gähnendes Loch in der Nordmauer. Der Schnee hatte die Konturen der Einrichtung weicher gemacht, fast verdeckt, aber man konnte noch sehen, daß die Geräte, Maschinen, Pumpen und Schaltanlagen zerstört oder stark beschädigt waren. Auch die beiden Gestalten, die neben den zerfetzten Überresten einer Schalttafel lagen, hatte der Schnee gnädig mit einer weißen Decke überzogen.

Dermott schaute sich langsam um. Sein Blick war so traurig wie die Szene, die er vor sich sah. »Schaden mit ziemlich viel Streuung«, sagte er. »Kann unmöglich von einer einzigen Explosion kommen. Ein halbes Dutzend Ladungen, mehr vielleicht.« Er drehte sich zu Poulson um, dem Wachhabenden, einem schwarzhaarigen Mann mit harten Augen. »Wie viele Explosionen haben Sie gehört?«

»Nur die eine, meine ich. Wir sind wirklich nicht sicher. Wenn nach der ersten noch eine gekommen wäre, hätte unser Trommelfell das gar nicht mehr registriert. Alle haben gesagt, daß es nur eine war.«

»Elektrisch gezündet, durch Funk – oder gleichzeitige Detonation, wenn sie Knallquecksilber genommen haben. Experten, wie man sieht.« Er schaute auf die beiden konturenlosen Körper. »Aber keine Experten in anderen Dingen. Warum hat man die beiden Männer hier liegen gelassen?«

»Anordnung.«

»Anordnung von wem?«

»Hauptbüro. Die Leichen dürfen erst entfernt werden, wenn die Obduktion durchgeführt ist.«

»So ein Unsinn! Man kann doch nicht obduzieren, wenn der Körper gefroren ist.« Dermott bückte sich und entfernte den Schnee von der nächstgelegenen Gestalt. Erstaunt schaute er auf, als sich eine Hand auf seine Schulter legte.

»Sind Sie schwerhörig oder sonstwas, Mister?« Poulsons Stimme hörte sich nicht aggressiv an, aber ärgerlich. »*Ich* bin hier zuständig.«

»Sie *waren* hier zuständig. Donald?«

»Sicher.« Mackenzie nahm Poulsons Hand ruhig von Dermotts Schulter und sagte: »Wir können ja mal zum Chef des Hauptbüros gehen, zu Mr. Black, und ihn fragen, was er davon hält, wenn hier die Untersuchungen behindert werden.«

»Das wird nicht nötig sein, Mr. Mackenzie«, sagte Bronowski. Er nickte Poulson zu. »John ist durcheinander. Wären Sie das nicht?«

Poulson zögerte kurz, drehte sich um und verließ den Pumpenraum.

Dermott hatte gerade den Schnee einigermaßen entfernt, als er wieder eine Hand auf seiner Schulter spürte. Wieder war es Poulson, diesmal aber mit einer Kleiderbürste mit Griff. Dermott nahm sie mit einem dankbaren Lächeln und bürstete vorsichtig den restlichen Schnee vom Körper.

Der verkohlte Kopf des Toten sah kaum mehr wie der eines Menschen aus, aber die Ursache des runden Loches über der linken Augenhöhle war nicht zu verkennen. Mit Mackenzies Hilfe – der Körper war steifgefroren – hob er den Mann hoch und betrachtete die Rückseite seines Kopfes. Die Haut war unverletzt. »Die Kugel steckt im Kopf«, sagte er. »Die Ballistiker von der Spurensicherung werden damit vielleicht etwas anfangen können.«

»So ist es«, sagte Bronowski. »Alaska hat allerdings nur 1,3 Millionen Quadratkilometer. Optimismus ist nicht meine Stärke.«

»Stimmt.« Sie legten den Körper wieder auf den Boden, und Dermott versuchte, den zerfetzten grünen Parka herunterzuziehen, aber er war auch gefroren. Es gab ein dünnes, klirrendes Geräusch, als er die Jacke etwas vom Hemd abhob, um einen Blick zwischen die beiden Kleiderschichten zu werfen. Er konnte Papiere sehen, die in der rechten Innentasche des Parkas steckten, darunter ein lederfarbenes Kuvert. Er machte seine Hand so flach, wie es ging, und versuchte, die Papiere mit Mittel- und Zeigefinger herauszuziehen. Da er sie aber nicht richtig zu fassen bekam und da sie gefroren waren, schien es unmöglich, sie herauszuholen. Dermott richtete sich auf, in eine kniende Stellung, schaute gedankenverloren zuerst den Toten und dann Bronowski an.

»Könnten wir die Toten irgendwo hinbringen lassen, wo man sie auftauen kann? In *dem* Zustand kann ich sie nicht untersuchen, und kein Arzt kann eine Obduktion durchführen.«

»John?« Bronowski schaute Poulson an, der nickte, wenn auch mit sichtlichem Widerwillen.

»Noch was«, sagte Dermott. »Wie können wir auf dem schnellsten Weg den Schnee vom Boden und von den Maschinen entfernen?«

»Zeltplanen und ein paar Heißluftgebläse. Dauert nicht lang. Soll ich das gleich veranlassen?«

»Bitte. Ich hätte dann noch ein paar Fragen. In Ihrer Unterkunft vielleicht?«

»Gleich gegenüber. Wir können in ein paar Minuten gehen.«

Als sie draußen waren, sagte Mackenzie: »Dein Jagdinstinkt ist erwacht. Was gibt's?«

»Der Tote da. Sein Zeigefinger ist gebrochen.«

»Ist das alles? Ich würde mich nicht wundern, wenn alle seine Knochen gebrochen wären.«

»Möglich. Aber der Knochen scheint in einer ziemlich merkwürdigen Art gebrochen zu sein.«

Bronowski und Poulson empfingen sie in ihrer recht bequemen Wohnküche. Poulson sagte: »Okay, es ist alles hergerichtet. Der Schnee im Pumpenraum ist in fünfzehn Minuten weg. Und die zwei Ingenieure – ja, ich weiß nicht.«

»Die brauchen wesentlich länger zum Auftauen«, sagte Dermott. »Danke. Also dann. Bronowski, Mackenzie und ich halten es für wahrscheinlich, daß die Mörder Angestellte der Alaska-Pipeline sind. Was halten Sie davon?«

Poulson schaute Bronowski fragend an, fühlte sich aber nicht inspiriert, schaute wieder weg und überlegte. »Sieht so aus«, sagte er schließlich. »Die einzigen Lebewesen im Umkreis von zehn Kilometern – an die hunderttausend, soviel ich weiß – sind Angestellte der Pipeline-Gesellschaft. Dazu kommt, daß zwar irgendein Verrückter die Pumpstation gesprengt haben könnte, daß aber nur ein Eingeweihter weiß, wo er die Ventilschleuse der Umgehungsleitung findet und wie er sie zerstören kann.«

»Wir gehen also davon aus, daß die beiden Ingenieure – wie waren ihre Namen?«

»Johnson und Johnson. Brüder.«

»Wir glauben, daß die Bombenleger sich irgendwie verraten haben, daß die Johnsons sie erkannt haben und deshalb zum Schweigen gebracht werden mußten. Aber Sie und Ihre Leute haben sie nicht erkannt. Das ist sicher?«

»Ganz sicher.« Poulson lächelte traurig. »Wenn das stimmt, was Sie vermuten, dann ist für uns auch klar, warum wir sie nicht erkannt haben. Dann ist es auch gar nicht überraschend, daß wie sie nicht erkannt haben. Vergessen Sie nicht, daß wir hier auf Nr. 4 nicht besser dran sind als irgendein Eremit auf einer einsamen Insel. Die einzige Zeit, in der wir jemand sehen, ist, wenn wir Urlaub haben, alle paar Wochen. Ingenieure, die dauernd unterwegs sind, um die Maschinen instand zu halten, wie die Johnsons – oder genausogut Mr. Bronowski hier –, sehen zehnmal soviel Leute wie wir und kennen auch zehnmal so viele Leute – was wiederum Ihre Meinung, daß es sich bei den Tätern um Insider handelt, recht wahrscheinlich macht.«

»Sie und Ihre Männer sind sicher, daß an den Tätern nichts Auffallendes war, nicht das geringste, was Ihnen in puncto Sprache oder Kleidung irgendwie bekannt vorkam?«

»Sie peitschen ein totes Pferd, Dermott.«

»Das nehme ich an. Es ist möglich, daß die Saboteure per Hubschrauber gekommen sind.«

»Verdammt noch mal, ich wüßte nicht, wie sie sonst gekommen sein könnten. Mr. Bronowski meinte, er hätte Kufenspuren gesehen. Ich war nicht ganz sicher. Es war eine schlechte Nacht für irgendeine sichere Feststellung. Es war dunkel, es ging ein scharfer Wind, und es schneite. Unter solchen Umständen kann man sich vieles einbilden.«

»Sie haben diesen Helikopter nicht *gehört* – und bilden sich auch nicht ein, daß Sie ihn gehört haben könnten?«

»Wir haben nichts gehört. Vergessen Sie nicht, daß wir geschlafen haben und...«

»Ich dachte, Sie hätten eine Radaranlage.«

»Ja, schon. Aber schon ein umherstreifender Sputnik kann Alarm auslösen. Und wir hocken ja auch nicht Tag und Nacht da und glotzen auf den Schirm. Dazu kommt, daß wegen der sehr starken Isolation der Gebäude kaum ein Geräusch durchkommt. Der Generator nebenan macht es auch nicht besser. Und schließlich kam der Wind fast genau aus Norden und hätte jedes Geräusch weggetragen, das vom Süden kommt. Ich weiß, daß ein Hubschrauber eine der lautesten Maschinen überhaupt ist, aber selbst wenn wir hellwach gewesen wären, hätten wir Mr. Bronowskis Mühle nicht gehört, wenn er von Süden gekommen wäre. Es tut mir leid, das ist alles, was ich Ihnen sagen kann.«

»Wie lange wird es dauern, bis der Pumpenraum repariert ist?«

»Ein paar Tage, eine Woche. Ich weiß es nicht genau. Wir brauchen neue Ingenieure, Rohre, einen fahrbaren Kran und einen

Bulldozer. Alles haben wir schon in Prudhoe Bay, außer den Maschinen, und ich nehme an, daß eine Herkules das Zeug heute noch einfliegt. Ein oder zwei Hubschrauber bringen es dann hierher. Die Leute, die die Reparaturen machen, fangen morgen an.«

»Also eine Woche, bis das Öl wieder läuft.«

»Nein, nein. Morgen – mit ein wenig Glück. Die Umgehungsleitung und das Ventil machen nicht soviel Arbeit. Da werden nur Teile ausgewechselt.«

»Sie betrachten das alles also nur als eine kleinere Unterbrechung?« fragte Dermott.

»Technisch ja. Die Seelen der Johnson-Brüder sehen es wohl anders. Wollen Sie jetzt noch mal in den Pumpenraum schauen? Das meiste von dem Zeug dürfte inzwischen geschmolzen sein.«

Der Schnee im Pumpenraum war weggetaut, und die Luft war warm und feucht. Ohne die weiße Decke war die Szene viel abstoßender als zuvor, das Ausmaß der Zerstörung viel deutlicher und entmutigender, und der Gestank nach Öl und Versengtem beißend und durchdringend. Dermott, Mackenzie und Bronowski begannen mit großen Handleuchten jeden Quadratzentimeter des Bodens und der Wände abzusuchen.

Nach zehn Minuten sagte Poulson neugierig: »*Was* suchen Sie denn?«

»Ich sag's Ihnen, wenn ich's habe«, sagte Dermott. »Noch habe ich keinen Anhaltspunkt.«

»Wenn das so ist, kann ich mich ja an der Suche beteiligen.«

»Sicher. Rühren Sie nichts an, und drehen Sie nichts um. Die Leute vom FBI mögen das nicht.«

Zehn Minuten später richtete sich Dermott auf und schaltete seine Lampe aus. »Das wär's also, meine Herren. Wenn Sie nicht mehr als ich gefunden haben, dann haben wir alle vier nichts gefunden. Sieht so aus, als hätten Feuer und Explosion den Laden saubergefegt. Schauen wir mal nach den Johnson-Brüdern. Sie dürften jetzt in einem einigermaßen überprüfbaren Zustand sein.«

Dermott ging erst zu dem Mann, den er sich vorher schon angeschaut hatte. Diesmal ließ sich der Reißverschluß des Parkas leicht öffnen. Die Druckwelle, die den Parka zerrissen hatte, war nicht durchgegangen, denn das karierte Hemd darunter war nicht beschädigt. Dermott holte Papiere, Karten und Umschläge aus der rechten Innentasche der Jacke, blätterte alles durch und legte es wieder an seinen alten Platz. Dann hob er die beiden verkohlten Handgelenke an, prüfte sie und die Hände flüchtig und legte sie wieder nieder. Diesen Prozeß wiederholte er bei dem anderen Opfer und stand dann auf.

Poulson hatte ihm belustigt zugeschaut. »Ist das die Methode, mit der ein Detektiv einen Ermordeten untersucht?«

»Das nehme ich nicht an. Ich bin aber auch kein Detektiv.« Er wandte sich an Bronowski. »Sind Sie soweit?«

»Wenn *Sie* soweit sind.« Sam Bronowski ging auf dem Weg zum Hubschrauber voran, Dermott und Mackenzie folgten durch das leichte Schneetreiben, das nur wenige Meter Sicht ließ. Es war schneidend kalt.

»Hinweise«, sagte Mackenzie in Dermotts Ohr, nicht weil er ihm irgendwas Privates sagen wollte, sondern um gehört zu werden. »Man kann gar nicht herumlaufen, ohne über sie zu stolpern.«

»Aber nicht im Pumpenraum, das ist sicher. Der Platz ist natürlich Zentimeter für Zentimeter abgesucht worden, bevor wir überhaupt hingekommen sind. Höchstwahrscheinlich, bevor der Schnee angefangen hat, etwas zu verdecken.«

»Was glaubst du – Poulson und seine Leute?«

»Und/oder. Wer sonst?«

»Vielleicht gab es da nichts zu finden.«

Dermott sagte – oder schrie beinahe: »Der Zeigefinger des Toten ist vorsätzlich gebrochen worden. Er ist in einem 45-Grad-Winkel zum Daumen gebogen. Ich habe so etwas noch nie gesehen.«

»Dummer Zufall.«

»›Merkwürdig‹ wäre besser. Es ist auch noch etwas anderes merkwürdig. Als ich ihn das erstemal untersucht habe, war ein lederfarbenes Kuvert in seiner Jackentasche. Ich konnte es nicht herausziehen.«

»Aber diesmal ging's?«

»Nein. Es war gar nicht mehr da.«

»›Und/oder‹ am Werk, meinst du?«

»So sieht's aus.«

»Alles sehr merkwürdig«, sagte Mackenzie.

Jim Brady war derselben Meinung. Nachdem sie von ihrer Untersuchung berichtet hatten, zogen sich Dermott und Mackenzie auf das Zimmer zurück, das ihnen für die Nacht zugewiesen worden war.

Brady sagte: »Warum haben Sie Black und Finlayson nichts

davon gesagt? Das sind doch schwerwiegende Tatsachen – ein merkwürdig gebrochener Finger, ein fehlendes Kuvert.«

»Schwerwiegende Fakten? Das ist meine Einschätzung. Ich habe keine Ahnung, was in dem Kuvert drin war, und es ist nur *meine* Ansicht, daß der Finger vorsätzlich gebrochen worden ist. Ich bin kein Bruchspezialist.«

»Aber es kann nichts schaden, wenn man diese Dinge mal erwähnt, oder?«

»Bronowski und Houston waren mit dabei.«

»Sie trauen wirklich niemandem, oder, George?« Bradys Stimme klang nicht vorwurfsvoll, sondern bewundernd.

»Sie werden sich bestimmt erinnern, Sir, daß Sie mich das selbst gelehrt haben.«

»Sehr wahr, sehr wahr«, sagte Brady selbstgefällig. »Also gut, holen wir sie herein. Ich habe meinen olympischen Auftritt, während Sie die Herren mit Fragen und harten Drinks plagen.«

Dermott telefonierte, und eine Minute später klopften Bronowski und Houston an der Tür, traten ein und setzten sich.

»Sehr freundlich, meine Herren, sehr freundlich.« Brady gebärdete sich onkelhaft. »Langer Tag, wie ich weiß, und Sie müssen schrecklich müde sein. Aber wir sind wie die Kinder im Wald herumgeirrt. Uns *fehlen* nicht nur wichtige Informationen, wir haben so gut wie gar keine, und wir glauben, daß Sie, meine Herren, die besten Voraussetzungen haben, uns mit den gewünschten Informationen zu versorgen. Aber ich schlage vor, daß wir vor der Inquisition noch etwas zur Stärkung nehmen.«

Mackenzie sagte: »Mr. Brady meint einen Drink.«

»Genau das meine ich. Mögen die Herren einen Scotch?«

»Außer Dienst, ja. Aber Sie kennen die Vorschriften unserer Firma, und Sie wissen, Sir, wie streng Mr. Finlayson darauf achtet.«

»Streng? Ich bin sehr streng bei der Einhaltung meiner eigenen Vorschriften.« Bradys ausladende Handbewegung war wirklich olympisch. »Sie sind nicht im Dienst. Im Augenblick jedenfalls. George, die Erfrischungen, bitte. Mr. Dermott wird Ihnen Fragen stellen, ohne Zweifel abwechselnd mit Mr. Mackenzie. Und Sie, meine Herren, werden so freundlich sein, unsere Wissenslücken zu füllen.«

Er nahm seinen Daiquiri von Dermott entgegen und trank ihn genüßlich. Dann stellte er das Glas ab, machte es sich in seinem

Stuhl bequem und faltete die Hände unter seinem Kinn. »Ich werde nur zuhören und mir meine Gedanken machen.« Niemand zweifelte, wem von den dreien die wichtigste Aufgabe zukam. »Auf Ihre Gesundheit, meine Herren!«

Bronowski erhob sein Glas. »Und Verwirrung für unsere Feinde!«

Dermott sagte: »Das genau ist es. Unsere Feinde sind nicht verwirrt. Wir sind es. Das Ausschalten der Pumpstation 4 ist nur Vorgeplänkel in der Schlacht, die blutig zu werden verspricht. Sie – die Feinde – wissen genau, wo sie das nächstemal zuschlagen müssen. Wir haben nicht die leiseste Ahnung. Aber Sie müssen sie haben – schon auf Grund ihres Berufs –, Sie müssen besser als sonst jemand zwischen Prudhoe Bay und Valdez wissen, wo die allergischen Punkte sind, wo man angreifen muß. Übernehmen Sie mal die Rolle unserer Feinde. Wo würden *Sie* als nächstes zuschlagen?«

»Lieber Gott!« Bronowski stärkte sich mit einem weiteren Glas von Bradys Whisky. »Das ist eine verdammt knifflige Frage. Das ist eine 1300-Kilometer-Frage – und jeder Kilometer bietet ein potentielles Ziel.«

»Der Boss hat recht«, sagte Tim Houston. »Wenn wir hier sitzen und Ihren Whisky trinken, mit dem Anspruch, Ihnen zu helfen, dann mißbrauchen wir nur Ihre Gastfreundschaft. Es gibt nichts, was wir oder sonst jemand tun könnten, um Ihnen zu helfen. Eine einsatzbereite Division der US-Army wäre so hilfreich wie das Geschnatter von ein paar Pfadfinderinnen. Die Aufgabe ist kaum zu lösen, und die Pipeline läßt sich nicht verteidigen.«

Mackenzie sagte: »Na, bitte, George, wenigstens operieren wir auf einem höheren Niveau als die Teersand-Jungs in Athabasca. Dort haben sie gesagt, ein Bataillon würde zur Sicherung der Anlagen nicht ausreichen. Jetzt ist es immerhin schon eine Division.« Mackenzie wandte sich an Bronowski: »Tauschen wir mal die Rolle mit unserem Feind. Wo würden *Sie* als nächstes zuschlagen?«

Bronowski sagte: »Ich würde nicht wieder gegen eine der Pumpstationen vorgehen, in der Annahme, daß sie nach dem bisherigen Vorfall streng bewacht sind. Ich könnte natürlich der Versuchung unterliegen, die Pumpstation 10 anzugreifen, die auf dem Isabel-Paß steht, im Alaska-Gebirge, oder Nr. 12 auf dem Thompson-Paß in den Chugach-Bergen. Alle Pumpstationen sind natürlich wichtig, aber einige sind wichtiger als die anderen, und das sind Nr. 10 und Nr. 12 – neben der Nr. 4 hier.« Er dachte kurz nach. »Oder ich würde *gerade* diese Stationen angreifen, in der Annahme, daß Sie verdammt sicher sind, daß ich nicht noch mal an derselben Stelle zuschlage, und entsprechend weniger aufpassen...«

Dermott hob abwehrend die Hand. »Wenn wir jetzt anfangen, doppelt zu denken, dann sitzen wir die ganze Nacht hier. Machen wir weiter mit dem Spiel, aber halten wir uns an das Wahrscheinlichere.«

»Ich würde nicht die zwei Hauptkontrollzentren in Prudhoe Bay angreifen. Sie könnten leicht ausgeschaltet werden, natürlich, und das würde die gesamte Produktion von A bis Z lahmlegen, aber nicht lange. Es ist kein Geheimnis, daß mit einem solchen Fall schon gerechnet wird. Der Aufbau einer Ersatzanlage würde nicht lange dauern. Auf jeden Fall werden die Sicherheitsmaßnahmen jetzt so verstärkt, daß sich das Spiel nicht mehr lohnen würde. Wir können also ziemlich sicher sein, daß niemand mehr versucht, die Anlagen zu sabotieren *vor* den Punkten, wo das Öl in die Leitung fließt. Dasselbe gilt auch für die Anlagen in Valdez, wo die Pipeline zu Ende ist. Der größte Schaden könnte dort an der Durchlaufsteuerzentrale angerichtet werden, wo der Hauptregler den Öldurchlauf von Prudhoe bis Valdez steuern und kontrollieren kann, und bei den Monitoren, die im selben Raum sind und alles überblicken, was auf dem Terminal passiert. Diese beiden Einrichtungen sind ihrerseits wieder abhängig vom zentralen Überwachungscomputer. Schalten Sie eines von diesen dreien aus, und es gibt schwere Probleme. Aber sie sind sehr gut gesichert, und von jetzt an sind sie so gut wie unangreifbar. Hätte also auch keinen Sinn.«

Dermott fragte: »Wie sieht es mit den Vorratstanks aus?«

»Nun, ja. Wenn ein oder zwei davon beschädigt oder zerstört würden – es ist unmöglich, sie alle auf einmal zu erwischen –, würden die Auffangbecken einen nennenswerten Schaden verhindern. Feuer wäre auch eine Möglichkeit, aber sogar der Schnee könnte einen Löscheffekt haben. Wir haben hier nur wenig Schnee jedes Jahr, aber da unten haben sie siebeneinhalb Meter. Allerdings sind die Tankanlagen am leichtesten zugänglich und am wenigsten bewacht. Es ist aber auch kaum möglich, dort Schaden anzurichten, ohne das ganze Gelände zu bombardieren. Ist also auch nicht wahrscheinlich.«

»Wie steht's mit den Tanker-Terminals?«

»Sie sind auch nicht sehr stark bewacht. Ich glaube auch, daß es nicht so einfach wäre, sie von der See aus, unter Wasser, zu beschädigen. Selbst wenn es gelingen sollte, kann kein großer Schaden entstehen, und er wäre schnell wieder behoben.«

»Und die Tanker selbst?«

»Versenken Sie ein Dutzend, dann ist immer noch ein dreizehnter da. Es gibt keine Möglichkeit, den Öltransport zu verhindern, indem man die Tanker versenkt.«

»Und die Meerenge von Valdez?«

»Blockieren?« Dermott nickte, aber Bronowski schüttelte den Kopf. »Diese Engen sind nicht so eng, wie es auf der Karte aussieht. Drei Kilometer breit an der schmalsten Stelle. Sie müßten schon eine wahnsinnige Menge von Schiffen versenken, um diesen Durchgang zu blockieren.«

»Also streichen wir die unwahrscheinlichen Ziele. Was bleibt uns dann?«

»Dann bleiben uns 1300 Kilometer Pipeline«, sagte Bronowski.

»Die Lufttemperatur ist ein wesentlicher Faktor«, sagte Houston. »Kein Saboteur, der auch nur das Salz wert ist, würde etwas anderes zerstören als die Pipeline. Um diese Jahreszeit muß jede Attacke im Freien stattfinden.«

»Warum?«

»Wir haben jetzt erst Anfang Februar, und denken Sie daran, das heißt, daß wir mitten im Winter sind. Im allgemeinen sinken die Temperaturen nicht weit unter minus 30 Grad Celsius. Hier sind aber minus 30 Grad eine gefährliche Sache. Zerstören Sie die Pipeline bei, sagen wir, 35 Grad unter Null. Reparieren ist einfach unmöglich. Männer können dann zwar arbeiten, aber unglücklicherweise arbeitet das Metall oder das Werkzeug, mit dem sie arbeiten, nicht mit. Bei extrem tiefen Temperaturen kommt es zu gravierenden Veränderungen der Molekularstruktur, und es läßt sich nicht mehr bearbeiten. Ein Schlag unter diesen schlechten Bedingungen – ein Schlag auf eine Eisenstange, und sie zersplittert wie Glas.«

Brady sagte: »Sie meinen, alles, was man braucht, ist ein Hammer und ein Schlag auf die Pipeline...«

»Nicht ganz.« Houston war geduldig. »Wegen der Wärme des Öls in den Röhren und wegen der starken Isolation bleibt der Stahl der Pipeline immer warm und läßt sich auf jeden Fall bearbeiten. Es sind die Reparaturwerkzeuge, die brechen.«

Dermott sagte: »Aber es wäre doch sicher möglich, Zeltplanen über eine Bruchstelle zu spannen und die Temperatur so weit zu erhöhen, daß man arbeiten kann. Sie wissen, wie Poulson das gemacht hat bei Station 4.«

»Natürlich. Deswegen würde ich die Pipeline selbst auch nicht angreifen, sondern nur den Unterbau, die Stützen, die immer die Außentemperatur haben. Es kann Tage, ja Wochen dauern, bis solche Stützen so weit erwärmt sind, daß man sie bearbeiten kann.«

»Der Unterbau?«

»Natürlich. Das Gelände zwischen Prudhoe und Valdez ist außerordentlich gebirgig, und es gibt unzählige Wasserläufe dazwischen; die Leitung müßte entweder durch das Wasser oder über das Wasser gelegt werden. Es gibt über sechshundert Ströme und Flüsse auf dem Weg der Pipeline. Die zweihundert Meter lange Brücke über den Tazlina River wäre ein fabelhaftes Ziel für einen Anschlag. Noch besser die vierhundert Meter lange Spann-brücke über den Tanana River – eine ähnliche Konstruktion wie die Brücke über den Tazlina River. Aber man muß gar nicht in so großem Maßstab arbeiten, und ich persönlich würde das gar nicht machen.« Er schaute Bronowski an. »Habe ich recht?«

»Vollkommen. Man kann mit viel weniger Aufwand und viel größerem Effekt arbeiten. Ich würde mich aufs VTS konzentrieren.«

»VTS?«

»Vertikales Träger-System. Ungefähr die Hälfte der Pipeline verläuft nur wenige Meter über dem Boden und liegt auf einer Art Gabel oder auf einem Sattel mit senkrechter Stütze auf. Das sind eine Menge Ziele für einen Saboteur. 78000 gibt es von dieser Sorte, um genau zu sein. Es wäre eine Kleinigkeit, sie kaputtzumachen. Plastik-Hohlladungen, die in wenigen Minuten anzubringen sind. Macht man zwanzig von diesen Stützen kaputt, dann bricht die Pipeline unter ihrem eigenen Gewicht zusammen. Es dauert Wochen, bis das repariert ist.«

»Sie könnten hier aber auch mit den Zeltplanen arbeiten.«

»Das würde einen Dreck nützen«, sagte Bronowski. »Wenn man die Kräne und Kettenfahrzeuge nicht herbringt, die man zur Reparatur braucht. Und es gibt Stellen, wo das um diese Jahreszeit bestimmt nicht geht. Da ist zum Beispiel eine besonders verwund-bare Strecke, die den Konstrukteuren allerhand Kopfzerbrechen, der Baufirma schlaflose Nächte und den Sicherheitsbeauftragen Alpträume verursacht hat. Diese sehr steile und gefährliche Strecke liegt zwischen Pumpstation 5 und dem Scheitel des Atigunpasses, in 1200 bis 1800 Meter Höhe.«

»1454 Meter«, sagte Houston.

»1454, okay. Auf einer Strecke von gut 150 Kilometern fällt die Pipeline bis auf zweihundert Meter, was ja wirklich verdammt viel ist.«

»Mit dem entsprechenden Druck auf die Tragkonstruktion.«

»Das ist nicht das Problem. Im Fall eines Bruchs zwischen Station 4 und 5 schaltet der Computer Pumpstation 4 aus und schließt alle Rücklaufventile auf der ganzen Strecke zwischen den beiden Stationen. Die Sicherheitseinrichtungen sind äußerst kompliziert, und sie funktionieren. Im schlimmsten Fall sind 50 000 Barrel beim Teufel. Aber – was noch viel schlimmer ist – im Winter kann dieser Abschnitt nicht repariert werden.«

Brady hüstelte entschuldigend und kam von seinen olympischen Höhen herunter. »Eine Zerstörung auf diesem Sektor würde die ganze Anlage also auf unzählige Wochen stillegen.«

»Ohne Frage.«

»Dann vergessen Sie's.«

»Mr. Brady?«

»Ich muß die Verantwortung allein tragen«, sagte Brady mit einem Seufzer. »Laßt Männer um mich sein, die denken können! Allmählich verstehe ich, warum ich bin, was ich bin. Ich finde es unverständlich, warum die Baufirma nicht getestet hat, was bei extrem niedrigen Temperaturen mit der Viskosität passiert. Warum haben sie nicht mal hundert Meter Pipeline versiegelt – ein Stück zum Experimentieren –, um zu sehen, wie lange es dauert, bis das Öl so fest geworden ist, daß es nicht mehr durch die Rohre fließt?«

»Auf die Idee sind sie eben nicht gekommen«, sagte Bronowski. »So was passiert eben nicht.«

»Es ist schon passiert. Eine Frist von drei Wochen ist doch schon genannt worden, basierend auf wissenschaftlichen Berechnungen, hoffentlich.«

Bronowski sagte: »Davon weiß ich nichts. Ist auch nicht meine Angelegenheit. Vielleicht weiß das Mr. Black oder Mr. Finlayson.«

»Mr. Black versteht gar nichts von Öl, und ich bezweifle, daß Mr. Finlayson oder ein anderer Profi von der Trans-Alaska-Pipeline auch nur eine vage Vorstellung davon hat. Vielleicht zehn Tage! Vielleicht dreißig! Verstehen Sie, was ich meine, George?«

»Ja. Drohungen, Erpressung, Nötigung, irgend ein handfester Vorteil, ein materieller Gewinn muß herausschauen. Unterbrechung der Ölleitung ist *eine* Sache, Stillegung eine ganz andere. Sie müssen sich einen Hebel erhalten, ein Druckmittel. Machen Sie die Pipeline vollkommen dicht, dann können Sie nichts mehr erwarten. Wenn die Kuh aus dem Stall ist, lachen die Unternehmer sie aus. Sie haben nichts mehr zu verlieren. Ein Kidnapper kann mit dem Gekidnappten kein Geld mehr machen, wenn man weiß, daß er schon tot ist.«

»Ich überlege, ob es nicht besser gewesen wäre, wenn ich mich ganz auf mich selbst verlassen hätte.« Brady verbreitete ein Gefühl von großkotziger Selbstgefälligkeit. »Wir haben es sicher nicht mit Clowns zu tun. Unsere Freunde haben das alles in Rechnung gezogen, und sie werden ihre Kaution nicht aufs Spiel setzen. Verstehen Sie mich jetzt, Mr. Bronowski?«

»Jetzt schon. Aber da ich mich nur an einem Spiel beteiligt habe, habe ich diese Seite natürlich nicht in meine Berechnungen einbezogen.«

»Ich weiß, daß Sie das nicht getan haben. Keiner hat daran gedacht, Gentlemen. Ich glaube, wir sind zu zwei Ergebnissen gekommen. Erstens, es ist unwahrscheinlich, daß irgendein Anschlag auf hochwichtige Anlagen verübt wird – das betrifft Prudhoe Bay, Valdez oder die dazwischenliegenden Pumpstationen. Es ist zweitens unwahrscheinlich, daß ein Anschlag in den Gegenden verübt wird, wo sich um diese Jahreszeit Reparaturen nicht durchführen lassen.

So bleibt uns als dritte Wahrscheinlichkeit, daß der nächste Anschlag auf zugängliche Abschnitte der Pipeline gerichtet ist, also auf bestimmte Punkte des VTS oder auf kleinere Brücken. Daß die Tazlina- oder die Tanana-Brücke zerstört wird, ist unwahrscheinlich, weil mit viel zu langen Reparaturen zu rechnen ist. Wir sind zwar nicht allzuweit gekommen, aber zumindest haben wir die Dinge klargestellt und eine gewisse Rangordnung der Gefahren gefunden.«

Mit einigen Schwierigkeiten kam Brady wieder auf die Beine und gab zu verstehen, daß die Unterredung beendet war. »Ich danke Ihnen, meine Herren, sowohl für Ihre Geduld als auch für Ihre Informationen. Ich werde mich morgen wieder mit Ihnen unterhalten – selbstverständlich zu einer zivilen, christlichen Zeit.«

Die Tür schloß sich hinter Bronowski und Houston, und Brady fragte: »Und – was halten Sie von der Sache?«

Dermott sagte: »Wie Sie schon gesagt haben, nur eine Begrenzung der Möglichkeiten, die unglücklicherweise immer noch grenzenlos sind. Drei Sachen werde ich machen. Erstens möchte ich, daß das FBI oder sonst jemand gründlich die Vergangenheit von Poulson und seinen Leuten untersucht.«

»Haben Sie einen bestimmten Grund?«

»Eigentlich nicht. Aber ich habe ein merkwürdiges Gefühl. Irgend etwas stimmt da nicht auf Station 4. Don teilt meine Gefühle, aber wir haben noch nichts, worauf wir den Finger halten könnten, außer dem lederfarbenen Kuvert, das sich nicht mehr in der Tasche des toten Ingenieurs befand. Aber ich frage mich natürlich schon, ob mir nicht die Augen oder die Einbildung einen Streich gespielt haben. Die Beleuchtung war sehr scharf, und ich habe die Farbe vielleicht nicht richtig gesehen. Aber egal – Sie werden sicher der erste sein, der mir zustimmt, wenn ich sage, daß jeder Angestellte der Pipeline verdächtig ist, solange er nicht seine Unschuld bewiesen hat.«

»Darauf können Sie wetten. Sie sagten, Poulson und Bronowski scheinen sich sehr gut zu verstehen?«

»Bronowski ist der Typ, der sich mit allen möglichen Leuten gut versteht. Wenn Sie vermuten, was ich glaube, dann möchte ich daran erinnern, daß laut Finlayson dieser Bronowski dreifach überprüft worden ist.«

»Und immer *summa cum laude* – natürlich. Was versteht Finlayson von derartigen Überprüfungen und wie man sie auswertet? Hat er irgendeine Garantie, daß nur einer dieser drei leidenschaftlich unbefangenen Überprüfer nicht in Wirklichkeit ein Busenfreund Bronowskis ist? Schön. *Ich* habe einen sehr guten und diskreten Freund in New York. Wie Sie selbst gesagt haben, jeder Pipeline-Angestellte ist so schuldig wie der Teufel, solange nicht das Gegenteil bewiesen ist.«

»*Das* habe ich nicht gesagt.«

»Haarspalterei. Und was war das zweite, was Sie haben wollten?«

»Ich möchte ein ärztliches Gutachten, möglichst von einem Arzt mit Kenntnissen in Osteopathie, aus dem ich entnehmen kann, wie der Finger des toten Ingenieurs gebrochen worden sein könnte.«

»Wozu nützt das?«

»Was weiß ich!« Dermott schien etwas verwirrt. »Weiß der Himmel, Jim, Sie haben uns oft genug eingeschärft, nichts aus dem Auge zu lassen, was irgendwie verdächtig ist.«

»Das ist wahr.« Brady sagte friedlich: »Und da war noch ein Drittes?«

»Lassen Sie uns nachfragen, was die Jungs in Anchorage aus den Fingerabdrücken gemacht haben. Drei kleine Punkte, ich weiß, aber das ist alles, was wir haben.«

»Vier. Da ist noch Bronowski. Und jetzt?«

Das Telefon klingelte. Brady hob ab, runzelte die Stirn und reichte Dermott den Hörer hinüber. »Für Sie.« Dermott zog die Augenbrauen hoch. »Es ist dieser verdammte Code schon wieder.«

Dermott schaute ihn treuherzig an, hielt den Hörer ans Ohr, holte Block und Bleistift aus der Tasche und begann, Notizen zu machen. Nach knapp einer Minute hängte er wieder auf und sagte: »Und jetzt...? War das nicht Ihre letzte Frage?«

»Was? Ja. Bitte?«

»Und jetzt nichts wie rüber nach Kanada mit dem guten alten Jet.« Dermott lachte Brady ermutigend an und sagte: »Es wird schon wieder alles gut werden, Sir. Es ist ja noch genug Daiquiri an Bord.«

»Was zum Teufel soll das heißen?«

»Nur folgendes, Sir«, sagte Dermott ernst: »Sie werden sich an die drei brillanten Geister erinnern, die in Sanmobils Büro beieinandergesessen und zu dem unerfreulichen Ergebnis gekommen sind, daß es sechs wunde Punkte gibt, die man angreifen könnte: die Schleppbagger, die Schaufelradbagger, die Brücke, die Trennanlage, die Verteiler und vor allem das Förderband. Ein Witzbold da drüben sieht das offensichtlich ganz anders. Er hat sich die Verarbeitungsanlage vorgenommen.«

6

Vier Stunden später stand das Team von »Brady Enterprises«
fröstelnd auf dem Gelände der Firma Sanmobil im Athabasca, wo
das Öl aus dem Teersand gewonnen wird. Brady war wieder in
seine Mäntel und Schals eingewickelt. Seine Laune war nicht die
beste, nachdem ihn der Flug von Alaska hierher um sein Abendessen gebracht hatte.

»Wie konnte das nur passieren?« wiederholte er. »Die Raffine-
rie ist leicht zu bewachen, die Anlagen sind bestens beleuchtet,
wie Sie mir selbst versichert haben, und es arbeiten hier zu 100
Prozent – pardon, 98 Prozent – anständige, heimatverbundene
Kanadier.« Er schaute durch ein großes Loch, das in einen der
riesigen zylindrischen Container gesprengt worden war.»Wie ist
so was möglich!«

»Ich finde das nicht ganz fair, Mr. Brady«, sagte Bill Reynolds,
der blonde Betriebsleiter mit dem rötlichen Gesicht. Er sprach für
seinen Kollegen Terry Brinckman, den Sicherheitschef, an den
Bradys Worte gerichtet waren. »Terry hatte nur acht Mann für die
Nachtschicht, und es war seine zweite Schicht an diesem Tag. Mit
anderen Worten: Er war selbst über fünfzehn Stunden im Dienst,
als es passierte. Sie sehen doch, wie stark sich der Mann einsetzt.«

Bradys Nicken war nicht zustimmend.

Reynolds fuhr fort: »Wie Sie sich erinnern, waren wir uns
einig, was die am meisten gefährdeten Punkte der Anlage betrifft.
Das waren die Stellen, die Terry und seine Männer am besten
bewacht haben – da ist kein Mann mehr übriggeblieben für Patrouillen in der Aufbereitungsanlage. Sie werden sich erinnern,
Mr. Brady, daß Sie diesem Vorgehen voll zugestimmt haben. Sie
haben auch gesagt, daß Terry sich keine Vorwürfe zu machen
braucht. Wenn wir schon einen Schuldigen suchen, dann dürfen
wir uns selbst nicht vergessen.«

»Kein Mensch sucht einen Schuldigen, Mr. Reynolds. Wie groß
ist der Schaden?«

»Groß genug. Terry und ich nehmen an, daß die Typen je drei
Ladungen hochgehen ließen – einmal an der Gas-Öl-Zentrifuge
und dieselbe Menge eine Tür weiter, an der Naphta-Zentrifuge.
Wir können noch von Glück reden, daß es keine Gasexplosion
gegeben hat und keinen Ölbrand. Wie die Dinge liegen, ist der

Schaden verhältnismäßig gering. Die Anlage dürfte in achtundvierzig Stunden wieder in Betrieb sein.«

»Bis dahin ist alles abgeschaltet?«

»Die großen Bagger nicht. Aber der Rest. Die Verteiler-Behälter sind voll.«

»Einer von den Raffinerie-Arbeitern, glauben Sie?«

Brinckman sagte: »Leider sind wir uns ziemlich sicher. Es ist eine sehr große Anlage, aber man braucht erstaunlich wenig Leute, um sie in Betrieb zu halten, und die Leute von einer Schicht kennen einander ganz genau. Ein Fremder würde ihnen sofort auffallen. Außerdem *wissen* wir, daß es ein Insider gewesen sein muß – sechs Kilo Sprengladung sind letzte Nacht aus dem Sprengstoffschuppen weggekommen.«

»Sprengstoffschuppen?«

Reynolds sagte: »Wir benützen Sprengstoff, um die großen Teersandbrocken zu zerschlagen – aber nur kleine Ladungen.«

»Groß genug, wie es aussieht. Ist der Schuppen normalerweise abgesperrt?«

»Doppelt sogar.«

»Hat jemand die Tür aufgebrochen?«

»Niemand hat irgend etwas aufgebrochen. Es ist auf*gesperrt* worden.«

»Wer hat normalerweise die Schlüssel?« fragte Dermott.

Reynolds sagte: »Sie sind in dreifacher Ausfertigung vorhanden. Ich habe einen davon, Brinckman hat zwei.«

»Wieso zwei?«

»Einen Bund habe ich dauernd bei mir«, erklärte Brinckman, »den anderen hat der jeweilige Schichtführer der Wachmannschaft.«

»Und wer sind die beiden anderen Schichtführer?«

»Meine Nr. 2 ist Jorgensen – er ist jetzt gerade auf Schicht – und dann noch Napier. Sie glauben doch sicher nicht, daß es einer von uns dreien nötig hat, Sprengstoff zu stehlen, Mr. Dermott.«

»Wenn er nicht geisteskrank ist. Es ist sehr unwahrscheinlich, daß jemand riskiert hat, die Schlüssel wegzunehmen, um sie sich nachmachen zu lassen. Der Schlüssel würde nicht nur bald vermißt, sondern wir hätten auch eine gute Chance, dem Schlosser und damit dem Dieb auf die Spur zu kommen.«

»Es gibt vielleicht auch illegale Schlosser.«

»Ich bezweifle, daß jemand die Schlüssel weggenommen hat. Es ist viel wahrscheinlicher, daß sich jemand einen Abdruck gemacht hat. Das dauert nur ein paar Sekunden. Wie leicht kann jemand an die Schlüssel kommen, wenigstens für kurze Zeit?«

Brinckman sagte: »Was Jorgensen und Napier mit ihrem Schlüssel machen, weiß ich nicht. Meinen habe ich immer am Gürtel.«

Mackenzie sagte: »Jeder muß mal schlafen.«

»Und?«

»Sie legen dann Ihren Gürtel ab, oder?«

»Natürlich«, sagte Brinckman achselzuckend. »Und wenn Sie mich jetzt noch fragen, ob ich fest schlafe, dann muß ich sagen: Ja, ich schlafe fest. Und wenn Sie mich dann fragen, ob ich es für möglich halte, daß sich jemand in mein Zimmer schleicht, während ich schlafe, und sich den Schlüssel für kurze Zeit ausleiht, dann muß ich sagen: Das ist sehr gut möglich.«

»Das bringt uns nicht sehr viel weiter«, sagte Brady. »Es gibt eine Menge Langfinger mit einer Schwäche für Schlüssel. Hat irgendeiner von Ihren Leuten gestern nacht in der Nähe des Tatorts Dienst gehabt?«

»Jorgensen müßte das wissen«, sagte Brinckman. »Soll ich ihn holen?«

»Ist er nicht auf Patrouille – die 25 Kilometer Förderband oder so etwas Ähnliches?«

»Er ist in der Kantine.«

»Aber er hat jetzt Schicht. Er ist im Dienst.«

»Was für eine Schicht, Mr. Brady? Vier Mann halten die vier großen Schleppbagger im Auge. Alle anderen Maschinen sind abgeschaltet. Wir halten es für unwahrscheinlich, daß der Bombenleger heute nacht wieder zuschlägt.«

»Nichts ist unwahrscheinlich.«

»Bring ihn rüber in mein Büro«, sagte Reynolds.

Brinckman ging hinaus.

»Ich denke, Sie finden es dort auch wärmer und angenehmer, Mr. Brady«, sagte Reynolds.

Sie gingen hinter Reynolds her zum Bürogebäude. Im Vorzimmer saß eine junge Frau mit strahlenden Augen am Schreibtisch und empfing sie mit einem charmanten Lächeln. In Reynolds' Büro legte Brady einige Schichten seiner Umhüllung ab und ließ sich schwer in den einzigen Lehnstuhl fallen, nachdem Reynolds hinter seinem Schreibtisch Platz genommen hatte.

Reynolds sagte: »Tut mir leid, daß ich Sie über den ganzen

Nordwesten hierhergelotst habe – ohne Schlaf, ohne Essen. Alles sehr anstrengend. Unter diesen Umständen erlaube ich mir, die Vorschriften etwas zu lockern. Wenn ich es genau bedenke, bin ich der einzige bei Sanmobil, der das darf. Ich meine, eine Erfrischung wäre jetzt fällig.«

»Ha!« Brady überlegte. »Früh am Morgen. Nicht nur kein Abendessen, sondern auch kein Frühstück.« Seine Augen begannen hoffnungsvoll zu leuchten. »Daiquiri?«

»Ich dachte, Sie hätten immer...«

»Wir hatten ein schreckliches Erlebnis über dem Yukon«, sagte Dermott. »Es ist uns ausgelaufen.«

Brady runzelte die Stirn, Reynolds lächelte. »Wir haben keinen Daiquiri hier, aber einen ausgezeichneten, zwölf Jahre alten Whisky.« Wenige Sekunden später stellte Brady sein Glas ab und nickte beifällig.

»Einen kleinen Moment. Jetzt sind Sie dran«, sagte er zu Dermott und Mackenzie. »Bis jetzt habe ich die Hauptarbeit gemacht.«

»Ja, Sir.« Nicht einmal der Schatten eines Lächelns streifte Mackenzies Gesicht. »Drei Fragen, wenn es recht ist: Wer hat vorgeschlagen, die Sprengstoffbestände im Lagerschuppen nachzuzählen?«

»Niemand. Terry Brinckman hat das von sich aus gemacht. Wir haben ein sehr genaues Kontrollsystem und dazu ein sehr einfaches. Die Bestandslisten werden zweimal am Tag auf den neuesten Stand gebracht. Wir zählen einfach die Zahl der verschiedenen Sprengmittel, subtrahieren vom alten Bestand, und dann wissen wir, was an diesem Tag ausgegeben worden ist. Beziehungsweise gestohlen, wie es diesmal aussieht.«

»Na, schön. Das ist sicher wieder ein Pluspunkt für Ihren Sicherheitschef.«

»Sie haben was gegen ihn?«

»Um Gottes willen, nein. Wie sollte ich! Zweite Frage: Wo bewahren Sie Ihren Schlüssel in der Nacht auf?«

»Ich nicht.« Er nickte zu einem großen Safe hinüber, der in einer Ecke stand. »Er wird dort Tag und Nacht aufbewahrt.«

»Aha. In diesem Fall muß ich die Frage stellen, die eigentlich meine dritte war. Sind Sie der einzige, der einen Schlüssel zu diesem Safe hat?«

»Es gibt noch einen Schlüssel, und den hat Corinne.«

»Ach – die süße Kleine in Ihrem Vorzimmer?«

»Das, was Sie ›die süße Kleine‹ in meinem Vorzimmer nennen, ist meine Sekretärin.«

»Und warum hat *sie* einen Schlüssel?«

»Aus verschiedenen Gründen. Alle größeren Firmen haben, wie Sie wissen, ihren Code. Wir machen da keine Ausnahme. Die Code-Bücher werden im Safe aufbewahrt. Corinne ist meine Code-Spezialistin. Ich kann auch nicht den ganzen Tag hier sein. Abteilungsleiter, Buchhalter, die Leute von der Rechtsabteilung und der Sicherheitschef – sie haben alle Zutritt zum Safe. Ich versichere Ihnen, daß viel wichtigere Sachen in diesem Safe liegen als der Schlüssel zum Sprengstoffschuppen. Bis jetzt ist noch nie etwas weggekommen.«

»Die Leute kommen einfach rein, bedienen sich und gehen wieder raus?«

Reynolds zog die Augenbrauen hoch und schaute Mackenzie scharf an. »Nicht ganz. Ein bißchen verantwortungsbewußt sind wir schon. Die Leute müssen sich in eine Liste eintragen, sie müssen Corinne zeigen, was sie mitgenommen haben, und sich dann wieder austragen.«

»Ein paar Schlüssel in der Hosentasche?«

»Natürlich durchsucht sie die Leute nicht. Ein bißchen Vertrauen zu den leitenden Angestellten ist schon nötig.«

»Könnten wir sie hereinbitten?«

Reynolds sagte ein paar Worte in das Sprechgerät auf seinem Schreibtisch, und Corinne kam herein. Sie sah gut aus in ihren khakifarbenen Cordjeans und dem neckisch verdrehten Schottenhemd.

Reynolds sagte: »Wissen Sie, wer diese beiden Herren sind?«

»Ja, Sir. Ich denke, das weiß jeder.«

»Ich glaube, Mr. Mackenzie möchte Ihnen gern ein paar Fragen stellen.«

»Sir?«

»Wie lange sind Sie jetzt schon bei Mr. Reynolds?«

»Etwas über zwei Jahre.«

»Und vorher?«

»Ich bin direkt von der Handelsschule hierhergekommen.«

»Sie haben einen recht schwierigen und verantwortungsvollen Posten hier.«

Sie lächelte wieder, diesmal etwas unsicher, als wüßte sie nicht recht, was diese Fragen sollten. »Mr. Reynolds betrachtet mich als seine Privatsekretärin.«

»Darf ich fragen, wie alt Sie sind?«

»Zweiundzwanzig.«

»Sie müssen die jüngste Privatsekretärin von allen Großbetrieben sein, die ich jemals kennengelernt habe.«

Diesmal schürzte sie ihre Lippen und schaute zu Reynolds hinüber, der sich in seinem Stuhl zurückgelehnt hatte und lässig die Hände hinter dem Nacken verschränkte. Er schien sich zu amüsieren und sagte lächelnd: »Mr. Mackenzie ist ein Spezialist für Sabotage-Abwehr. Fragenstellen gehört zu seinem Beruf, aber das letzte war keine Frage, sondern eine Feststellung.«

Mit einem sanften Schwingen ihres langen, kastanienbraunen Haares wandte sich Corinne wieder Mackenzie zu: »Ich glaube, diese Feststellung hat mir ganz gut gefallen.«

Mackenzie fühlte die Zurückhaltung in ihrer Stimme und sagte: »Keine meiner Fragen ist gegen Sie gerichtet, Corinne. Okay? Also, Sie kennen die führenden Leute hier ziemlich gut?«

»Ich kann wirklich nichts dafür. Sie kommen alle bei mir durch, wenn sie zu Mr. Reynolds gehen.«

»Sie kennen auch die Leute, die etwas mit diesem Safe zu tun haben?«

»Natürlich. Ich kenne sie alle gut.«

»Alles gute Freunde, ja?«

»Ja.« Sie lächelte, aber ihr Lächeln war ein bißchen spitz. »Viele sind viel zu alt, um meine Freunde zu sein.«

»Aber sie stehen mit ihnen auf gutem Fuß, nicht wahr?«

»O ja!« Sie lächelte wieder. »Ich glaube nicht, daß ich mir Feinde gemacht habe.«

»Kein Gedanke daran!« sagte nun George Dermott, der die Rolle des Fragestellers übernahm. »Hat irgendeiner von denen, die den Safe benützen, Ihnen irgendwann Ärger gemacht? Zum Beispiel etwas mitgenommen, was er nicht mitnehmen sollte?«

»Nicht oft, und wenn, dann nur aus Zerstreutheit oder weil er nicht wußte, daß die Unterlagen streng vertraulich waren. Und außerdem, Mr. Dermott, wenn jemand etwas hinter meinem Rücken mitnehmen will, dann versteckt er es in seiner Kleidung.«

Dermott nickte. »Das ist wahr, Miss Delorme.«

Das Mädchen betrachtete ihn mit einem Anflug von Heiterkeit, als sei sie von seiner direkten Art belustigt.

Er bemerkte diese Regung und betrachtete nun *sie* nachdenklich einen Augenblick lang. »Woran denken Sie jetzt?« fragte er. »Glauben Sie, daß irgend jemand etwas hinter Ihrem Rücken aus dem Safe geschmuggelt hat?«

Sie schaute ihm in die Augen. »Vielleicht – aber ich glaube es nicht.«

»Könnte ich eine Liste von den Leuten bekommen, die den Safe in den letzten vier, fünf Tagen benutzt haben?«

»Selbstverständlich.« Sie ging hinaus und kam mit einem Blatt zurück, das Dermott kurz überflog.

»Du lieber Gott! Der Safe scheint ja das Mekka von halb Sanmobil zu sein. Mindestens zwanzig Eintragungen in den letzten vier Tagen.« Er schaute das Mädchen an. »Das ist ein Durchschlag. Kann ich ihn haben?«

»Natürlich.«

»Danke schön.«

Corinne Delorme lächelte noch einmal für alle, aber ihre blauen Augen kamen zu Dermott zurück, bevor sie das Zimmer verließ.

»Wirklich reizend«, sagte Brady.

»Hat ganz schön Feuer«, sagte Mackenzie wehmütig. »Sie hat eine ganze Generation Abstand geschaffen zwischen dir und mir, George.« Er runzelte die Stirn. »Wie bist du übrigens darauf gekommen, daß sie Delorme heißt?«

»Sie hat ein Schild auf dem Schreibtisch, und darauf steht ›Corinne Delorme‹.« Dermott schüttelte den Kopf. »Falkenauge Mackenzie«, sagte er.

Die anderen lachten. Die Spannung, die während der Befragung des Mädchens aufgekommen war, ließ nach.

»Schön. Kann ich noch etwas für Sie tun?« fragte Reynolds.

Dermott sagte: »Ja, bitte. Könnten wir eine Namensliste von Ihren Wachleuten haben?«

Reynolds beugte sich über die Sprechanlage und sagte ein paar Worte zu Corinne. Er hatte gerade geendet, als Brinckman in Begleitung eines großen rothaarigen Mannes, den er als Carl Jorgensen vorstellte, hereinkam.

Dermott sagte zu ihm: »Sie haben die Nachtschicht geführt, soviel ich weiß. Waren Sie in der Gegend, wo der Anschlag verübt wurde, letzte Nacht?«

»Mehrmals.«

»Wieso mehrmals? Ich dachte, Sie haben sich auf das konzentriert, was wir – irrtümlich – für die wundesten Punkte gehalten haben.«

»Ich habe dort ein paarmal mit dem Jeep die Runde gemacht. Aber ich hatte gleich das merkwürdige Gefühl, daß wir die falschen Plätze bewacht haben. Fragen Sie mich nicht warum.«

»Ihr komisches Gefühl hat sich als gar nicht so komisch erwiesen. Irgend etwas Ungewöhnliches, irgend etwas Verdächtiges?«

»Nichts. Ich kannte alle Leute von der Schicht, und ich weiß, wo sie arbeiten. Niemand war dort, wo er nicht hingehört.«

»Sie haben einen Schlüssel zum Sprengstoffschuppen. Wo bewahren Sie ihn auf?«

»Terry Brinckman hat mir schon davon erzählt. Ich habe den Schlüssel nur während meiner Schicht, und dann gebe ich ihn weiter. Ich habe ihn immer in derselben Hemdtasche, und die ist zugeknöpft.«

»Kann da irgend jemand drankommen?«

»Kaum. Höchstens ein professioneller Taschendieb. Aber auch das würde ich merken.«

Die beiden Wachmänner gingen wieder hinaus, und Corinne kam mit einem Blatt herein. »Das ging aber schnell«, sagte Reynolds.

»Nein, nein. Die Liste ist schon vor einer Ewigkeit abgeschrieben worden.«

Brady sagte zu dem Mädchen: »Sie müßten mal meine Tochter Stella besuchen. Sie werden sich bestimmt gut verstehen mit ihr. Sie ist genauso alt wie Sie. Und sie ist Ihnen wirklich sehr ähnlich.«

»Danke, Mr. Brady. Das werde ich gerne machen.«

»Ich werde ihr sagen, sie soll Sie anrufen.«

Als sie gegangen war, sagte Dermott: »Was meinen Sie – so ähnlich wie Ihre Tochter? Ich habe noch niemand gesehen, der Ihrer Tochter so unähnlich ist wie Corinne.«

»Die tanzenden Augen, mein Junge, die tanzenden Augen. Man muß lernen, hinter die Kulissen zu schauen.« Brady stand schwerfällig auf. »Die Jahre kriechen dahin. Frühstück und Bett. Für heute ist Schluß mit der Ermittlerei. Ist ja schlimmer als eine brennende Ölquelle löschen.«

Dermott fuhr den Mietwagen zum Hotel zurück. Mackenzie saß neben ihm, während Brady es sich auf der ganzen Breite des Rücksitzes bequem gemacht hatte. Er sagte: »Es wird noch einige

Zeit dauern, bis wir ins Bett gehen können. Mir ist nämlich eine Idee gekommen.« Er machte eine Pause.

Dermott sagte höflich: »Wir sind gespannt.«

»Ich glaube, ich werde jetzt erst mal ein wenig hören. Warum beschäftige ich Sie eigentlich?«

»Das ist eine gute Frage«, sagte Mackenzie. »Warum?«

»Zum Nachforschen, zum Ermitteln, zum Denken, zum Erfinden, Organisieren, Planen.«

»Alles auf einmal?« fragte Mackenzie.

Brady ignorierte ihn. »Ich möchte nicht irgendeinen Vorschlag machen und dann bis ans Ende meiner Tage Vorwürfe hören, wenn er nichts getaugt hat. Lieber wäre mir, Sie kämen mal mit einer Idee an, und wenn sie nichts taugt, können wir uns den Schaden teilen. Da fällt mir gerade ein, Donald, Sie haben doch sicher Ihre Wanzen-Box mitgenommen?«

»Das elektronische Abhöranlagen-Suchgerät?«

»Genau das.«

»Natürlich.«

»Ausgezeichnet. Also dann, George: Wie sehen Sie die Lage?«

»Nach meiner Ansicht können wir hier soviel unternehmen, wie wir wollen, und wir haben nicht *eine* verdammte Chance, die Bösewichte daran zu hindern, daß sie genau das tun, was sie wollen und wann sie wollen. Es gibt keine Möglichkeit, neue Anschläge auf Sanmobil oder die Alaska-Pipeline zu verhindern. Wir tanzen nach ihrer Pfeife. Sie sind aktiv, wir sind passiv. Wenn wir überhaupt eine Taktik haben, dann wird es Zeit, daß wir sie ändern.«

»Weiter so«, sagte Brady vom Rücksitz aus.

»Wenn das ermutigend gemeint war«, sagte Dermott, »dann weiß ich nicht warum. Aber was ist an dem Gedanken positiv? Statt daß wir uns von denen aus der Ruhe bringen lassen, sollten wir vielleicht versuchen, *sie* aus der Ruhe zu bringen.«

»Weiter, weiter«, drängte Brady.

»Gehen wir zum Angriff über, und drängen wir sie in die Defensive.« Er schwieg einen Augenblick. »Ich sehe das alles noch wie durch ein dunkles Glas, aber ich sehe schon Licht am Ende des Tunnels. Wir sollten sie provozieren. Eine Reaktion provozieren, den Teufel aus ihnen herausprovozieren. Wir haben eine gute Möglichkeit: Unsere Vergangenheit, unser Privatleben können sie durchleuchten, solange sie wollen, und nichts kommt dabei heraus – aber wer kann das schon sagen von einigen hundert Leuten hier?«

Dermott schaute kurz nach hinten, weil er ein merkwürdiges Geräusch gehört hatte. Brady war gerade dabei, sich die Hände zu reiben. »Gut. Und wie sehen Sie die Sache, Donald?«

»Einfach genug«, sagte Mackenzie. »Alles, was wir zu tun haben, ist, an die sechzig, siebzig Leute auf Teufel komm raus zu attackieren. Untersuchungen so offen wie möglich, mit einem Maximum an Indiskretion.«

Brady strahlte. »Welche sechzig, siebzig Leute haben Sie da im Auge?«

»In Alaska alle, die mit der Sicherung der Anlagen zu tun haben. Hier auch alle Sicherheitsmänner, plus jedermann, der in den letzten paar Tagen Zugang zum Safe hatte. Wollen Sie Reynolds selbst auch überprüfen?«

»Um Gottes willen, nein.«

Mackenzie sagte inkonsequenterweise: »Sie ist ein reizendes Mädchen.«

Brady wirkte geistesabwesend. Mackenzie fragte ihn: »Glauben Sie wirklich, daß Sie Ihre hohen Tiere in diesem Haufen finden?«

»Hohe Tiere?«

»Den oder die Hauptmacher. Mr. Big. Messrs. Grand.«

»Nicht gleich. Aber wenn da ein fauler Apfel im Keller ist, dann finden wir ihn.«

Mackenzie sagte: »Richtig. Als erstes besorgen wir uns die Namen und schauen uns die Vergangenheit der Leute an. Früher oder später – eher früher als später – werden wir auch die Fingerabdrücke haben. Sicher werden sie auf ihre Rechte pochen und Zeter und Mordio schreien, aber daran werden *Sie* immer wieder Freude haben – denn Verweigerung der Mitarbeit wird immer den Verdacht auf den Verweigerer richten, wenn ich das mal so sagen darf. Dann geben Sie die Informationen an die Ermittlungsbüros in Houston, New York und Washington. Kosten spielen keine Rolle. Höchste Dringlichkeitsstufe. Egal, ob die was ermitteln oder nicht. Was zählt, ist nur, daß die Verdächtigen zu hören bekommen, daß Ermittlungen im Gang sind. Das ist die ganze Provokation, die wir brauchen.«

»Und welche Reaktionen werden wir provozieren?« fragte Dermott.

»Unangenehme, hoffe ich. Für die Gauner, meine ich.«

»Das erste, was ich an Ihrer Stelle machen würde«, sagte Dermott zu Brady, »wäre, Ihre Familie nach Houston zurückzuschikken. Jean und Stella könnten wirklich in Gefahr kommen, und das könnte auf Sie zurückfallen. Stellen sie sich vor, daß jemand anruft: ›Hauen Sie ab, Mr. Brady, oder Ihrer Familie passiert etwas sehr Unangenehmes.‹ Diese Leute spielen um hohe Einsätze. Sie haben schon einmal getötet, und Sie werden nicht zögern, ein zweites Mal zu töten. Sie können nur einmal gehenkt werden.«

»Das habe ich mir auch schon gedacht.« Mackenzie drehte sich um. »Entweder Sie schicken die Mädchen sofort nach Houston zurück, oder Sie bitten die kanadische Polizei um Bewachung.«

»Zum Teufel noch mal – ich brauche sie aber.« Brady setzte sich auf vor lauter Empörung. »Erstens: *Ich* bin derjenige, um den man sich kümmern muß. Zweitens: Stella erledigt das Ekofisk-Geschäft für mich.«

»Ekofisk?« Dermott wirbelte förmlich herum. »Was ist das?«

»Ein großes Feuer in der Nordsee. Die Hälfte der Anlagen gehört den Norwegern. Hat angefangen, bevor ihr hierherkamt. Heute fliegen einige aus unserem Team da hin.«

»Na gut.« Dermott gab ein bißchen nach. »Sie müssen natürlich in Verbindung bleiben. Aber warum lassen Sie das nicht hier von irgend jemandem erledigen? Von der Sekretärin von Reynolds, Corinne, zum Beispiel.«

»Und was passiert, wenn wir wieder nach Alaska müssen?«

»Dann nehmen Sie sich da oben jemand. Finlayson hat eine Sekretärin – muß er haben.«

»Keine Stellvertreter für persönliche Kontakte«, sagte Brady gebieterisch. Er ließ sich wieder zurücksinken, als sei das Gespräch für ihn erledigt.

Die beiden andern tauschten vielsagende Blicke. Das hatten sie alles schon hundertmal erlebt. Sie wußten, daß es im Augenblick gar keinen Zweck hatte, mehr Druck auf Brady auszuüben. Wo immer sie hingingen, Brady hielt an der fixen Idee fest, daß seine Frau und seine Tochter ein wesentlicher Teil seiner Existenz waren, und er nahm sie stets mit, ohne Rücksicht auf Kosten – und Gefahr.

Natürlich hatten Dermott und Mackenzie nichts dagegen, daß Jean und Stella in ihrer Nähe waren. Wie die Mutter, so die Tochter: Jean – eine überaus liebenswürdige Frau in den Mittvierzigern mit hübschem, naturblondem Haar und intelligenten grauen Augen, Stella – das genaue Abbild ihrer Mutter, nur jünger und lebhafter, mit ›tanzenden Augen‹, wie ihr Vater stets behauptete.

Als die Männer in den Empfangsraum des Peter-Pond-Hotels kamen, erwartete sie Jean schon an der Bar. Groß und elegant kam sie ihnen entgegen und begrüßte sie – wie üblich – mit einem Anflug von duldsamer, liebenswürdiger Heiterkeit. Dieser Blick – das wußte Dermott aus Erfahrung – spiegelte ihre wahren Gefühle wider: ein ausgeglichenes Temperament war ein beachtliches Plus für jemand, der sein Leben damit verbringen mußte, Jim Brady bei Laune zu halten.

»Hallo, Liebling!« Er richtete sich etwas auf, um sie auf die Stirn zu küssen. »Wo ist Stella?«

»In deinem Zimmer. Sie hat ein paar Neuigkeiten für dich – war sehr geschäftig am Telefon.«

»Entschuldigen Sie mich, Gentlemen. Vielleicht ist jemand von Ihnen so nett, meiner Frau einen Drink zu besorgen.«

Er watschelte den Korridor entlang, während Dermott und Mackenzie es sich in der Bar gemütlich machten. Im Gegensatz zu ihrem Mann trank Jean fast nie Alkohol, und sie nippte vorsichtig an einem Ananassaft, während die beiden Männer sich Scotch zuwandten. Sie fachsimpelte auch nicht in Bradys Abwesenheit, sondern plauderte angenehm über Fort McMurray und seine bescheidenen Winterfreuden.

Brady kam mit Stella zurück – sie schwebte heran mit leichtem, hüftenschwingendem Gang. Dermott, der selten seinen Gedanken nachhing, war plötzlich betroffen von der absurden Ungleichheit der beiden Figuren. Lieber Gott, dachte er bei sich selbst: ein Nilpferd und eine Gazelle. Was für ein Paar!

Kaum hatte sich Brady in einem Lehnstuhl niedergelassen – mit einem großen Glas Daiquiri in seiner patschigen Hand –, da gab er schon Dermott und Mackenzie ein Zeichen.

Mackenzie murmelte etwas und glitt hinaus.

Brady schien in großer Form zu sein und begann, seine Familie mit einer ausgewählten Zusammenfassung seiner Unternehmungen im hohen Norden zu traktieren, bis Jean gedankenvoll sagte: »Es sieht so aus, als hättest du nicht viel erreicht.«

Brady fuhr ungerührt fort: »90 Prozent unserer Arbeit wird mit dem Gehirn gemacht, meine Liebe. Wenn wir in Aktion treten, ist alles, was wir machen, die fast mechanische, unausweichliche Folge von all der unsichtbaren, harten Arbeit, die vorausgegangen ist.« Er tippte sich an die Stirn. »Ein weiser General schickt seine Truppen nicht ins Gefecht, bevor er nicht die Lage erkundet hat. Wir waren auf Erkundung.«

Jean lächelte. »Sag uns Bescheid, wenn du den Feind gefunden hast.« Plötzlich wurde sie ernst. »Es ist ein schmutziges Geschäft, oder?«

»Mord immer, meine Liebe.«

»Ich mag das nicht, Jim. Ich mag nicht, daß du in dem Geschäft drinsteckst. Sicher, es dient der Ordnung, aber du hast früher nie mit Mördern zu tun gehabt.«

»Soll ich davonlaufen?«

Sie betrachtete seine rundliche Figur und sagte: »Dafür bist du aber wirklich nicht gebaut.«

»Laufen?« fragte Stella verächtlich. »Dad könnte ja nicht mal von hier bis zum Klo joggen.«

»Also, bitte!« Brady schnaubte. »Ich hoffe doch, daß solche Eile nicht nötig sein wird.«

»Wo ist Donald hingegangen?« fragte Jean.

»Nach oben. Er erledigt was für mich.«

Mackenzie bewegte sich zu dieser Zeit langsam durch Bradys Apartment, ein Meßgerät in der Linken, eine Antenne in der Rechten. Mit aufgesetztem Kopfhörer suchte er gewissenhaft den Raum ab – und er fand, was er suchte.

Als er wieder in der Halle war, ging er direkt auf Bradys Familienversammlung zu. »Zwei«, sagte er.

»Zwei was, Onkel Donald?« fragte Stella mit lieblicher Stimme.

Mackenzie beschwor seinen Boß: »Wann fangen Sie endlich damit an, Ihre hoffnungslos naseweise Tochter zu erziehen?«

»Ich habe aufgehört. Aufgegeben. Es ist sowieso Mutters Job.« Er schaute nach oben. »Sie haben alle gefunden, oder?«

»Ich denke schon.«

Dermott erschien auch zum Bericht.

»Hallo, George«, begrüßte ihn Brady. »Wie ist es gegangen?«

»Reynolds scheint fleißig mitzuarbeiten. Unglücklicherweise

sind alle Unterlagen im Hauptbüro in Edmonton. Er sagt, sie werden gerade rausgesucht und hierhergeflogen. Heute abend oder morgen früh.«

»Was für Unterlagen?« fragte Stella.

»Verwaltungssachen«, sagte Brady zu ihr. »Na schön. Kann man nichts machen. Sonst noch was?«

»Natürlich ist er nicht darauf eingerichtet, Fingerabdrücke zu nehmen.«

»Kümmern Sie sich nach dem Essen darum.«

»Er sagt, er will sich selber darum kümmern. Der Polizeichef ist ein Freund von ihm, wie es aussieht. Angeblich ist er ein bißchen eingeschnappt, weil er so spät von dem Verbrechen erfahren hat.« Er grinste Stella an: »Und Sie fragen nicht ›was für ein Verbrechen‹?«

»Nein, Sir, Mr. Dermott.« Sie machte eine reizende kleine Schnute. »Ich stelle *nie* Fragen! Ich darf nur holen und tragen, flicken und putzen.«

Brady fuhr fort: »Reynolds kann ja immer behaupten, er hätte zuerst gedacht, es wäre ein Betriebsunfall.«

»Ich habe das Gefühl, der Polizeichef hat 100 Prozent Sehschärfe und Intelligenz.«

»Nun ja – Reynolds wird sich eben anstrengen müssen. Was ist mit Prudhoe Bay los?«

»Eine Stunde Wartezeit. Sie rufen zurück.«

»Das ist in Ordnung.« Brady wandte sich nun an Stella. »Wir haben heute ein reizendes Mädchen kennengelernt – nicht wahr, George? Sticht dich jederzeit aus – habe ich recht, Gentlemen?«

»Ohne Frage«, sagte Mackenzie.

Stella schaute Dermott an: »Sind die nicht gemein?«

»Ist doch nur Spaß«, sagte Dermott. »Aber sie ist wirklich sehr nett.«

»Die Chefsekretärin«, sagte Brady. »Corinne Delorme. Ich habe mir gedacht, du würdest sie vielleicht ganz gerne kennenlernen. Sie sagte jedenfalls, sie würde dich gerne kennenlernen. Sie kennt sicher alle Nachtclubs, Discos und sonstigen finsteren Schuppen in Fort McMurray.«

Stella sagte: »Neuigkeiten für dich, Dad. Du redest wahrscheinlich von einer anderen Stadt. Ich weiß nicht, wie es hier im Sommer aussieht, auf jeden Fall ist das im Winter eine tote Stadt. Du hättest uns ja auch vorher sagen können, daß es eine arktische Stadt ist.«

»Reizende Ausdrucksweise. Wunderbare Kenntnisse in Geographie. Da kann man wirklich was lernen«, sagte Brady. »Vielleicht hättest du in Houston bleiben sollen.«

Stella schaute ihre Mutter an. »Habe ich richtig gehört, Mami?« fragte sie mit einem verächtlichen Kopfschütteln, so daß ihr hellblondes Haar über ihr Gesicht fiel.

Jean lächelte. »Ich habe es gehört. Früher oder später, mein Liebes, wirst du dich damit abfinden müssen, daß dein Vater ein ängstlicher alter Heuchler ist.«

»Aber er hat uns hierhergezerrt – gegen unseren Willen –, hat gedrängt und gezetert, und jetzt...« Bemerkenswert, daß ihr die Worte fehlten.

Soweit ein so rötliches Gesicht überhaupt Regungen zeigen konnte, zeichnete sich jetzt auf Bradys Gesicht Unbehagen ab. »Na gut. Nachdem ihr herausgefunden habt, daß es euch hier nicht gefällt, geht ihr vielleicht lieber zurück nach Houston.« Ein sehnsuchtsvoller Ton schwang in seiner Stimme mit.

Schweigen breitete sich aus. Brady schaute Dermott an und Dermott Brady. Jean schaute beide an. »Irgend etwas geht hier vor, was ich nicht verstehe«, sagte sie. Brady senkte seine Augen, und so wandte sie ihre Aufmerksamkeit Dermott zu: »George?«

»Ja, Madam?«

»George!« Sie schaute ihn an. »Und sagen Sie nicht ›Madam‹ zu mir!«

»Nein, Jean.« Er seufzte und sagte gefühlvoll: »Der Chef von ›Brady Enterprises‹ ist nicht nur ein ängstlicher alter Heuchler, er ist auch ein Feigling. Er möchte – in guter alter Westernmanier –, daß ihr die Stadt verlaßt.«

»Warum denn? Was haben wir denn getan?«

Dermott warf Mackenzie einen hoffnungsvollen Blick zu, und Mackenzie sagte: »Sie haben nichts getan. Er hat – oder wird etwas tun. Es ist schwer zu erklären.«

Dermott erklärte: »Wir haben uns entschlossen, einen Kurs einzuschlagen, der die Gottlosen in den offenen Kampf zwingt, der sie dazu bringt, ihre Hand zu zeigen. Mackenzie und ich haben das unangenehme Gefühl, daß sich ihre Reaktionen gegen ›Brady Enterprises‹ im allgemeinen und gegen den Chef im besonderen richten werden. Diese Reaktion könnte gewalttätig sein – diese Leute haben nur ihre eigenen Interessen im Sinn. Wir glauben nicht, daß sie auf Jim selbst losgehen. Es ist bekannt, daß er sich nicht einschüchtern läßt. Aber es ist auch bekannt, was er von seiner eigenen Familie hält. Wenn sie Stella oder Sie bekommen könnten oder Sie beide, dürfen sie annehmen, daß sie ihn dazu bringen, die Gegend zu verlassen.«

Jean faßte Stella bei der Hand. »Aber das ist doch Unsinn«, sagte sie. »Drama. So was passiert doch heutzutage nicht mehr. Mackenzie, ich beschwöre Sie...!« Sie schaute besorgt ihre Tochter an, schüttelte Stellas Hand ein wenig und ließ sie wieder los.

Mackenzie war hartnäckig. »Appellieren Sie nicht an mich, Jean. Wenn man Ihnen den Finger mit dem Ehering abschneidet, sagen Sie dann immer noch: Das passiert doch heute nicht mehr?« Sie machte ein betroffenes Gesicht. »Tut mir leid, wenn das etwas brutal klingt, aber solche Sachen passieren immer wieder. Es muß natürlich nicht gleich so schlimm kommen: ich sehe es von der schwärzesten Seite. Aber das ist der einzig richtige Weg, die Welt zu sehen. Wir müssen einen sicheren Platz für Sie und für das Mädchen finden. Wie soll Jim optimal arbeiten, wenn er immer an Sie denken muß?«

»Er hat recht«, murmelte Brady. »Los, packt eure Sachen, bitte.«

Während Mackenzies Ansprache hatte Stella – die Hände im Schoß gefaltet wie ein Schulmädchen – aufmerksam zugehört. Jetzt sagte sie: »Ich kann das nicht machen, Dad.«

»Warum nicht?«

»Wer macht dir dann deine Daiquiris?«

Ihre Mutter fuhr scharf dazwischen. »Hier geht's um mehr als diesen verdammten Daiquiri. Wenn wir weggehen, wer ist dann das Ziel Nummer eins?«

»Dad«, sagte Stella leise. Sie starrte Dermott an. »Sie wissen das, George.«

»Ja, ich weiß«, antwortete er mild. »Aber Donald und ich passen gut auf unsere Leute auf.«

»Das ist aber fein – wirklich?« Sie ließ sich in ihren Stuhl zurückfallen, ihre haselnußbraunen Augen funkelten. »Dann werdet ihr gleich alle drei erschossen und in die Luft gejagt oder sonst was.«

»Aufregung nützt uns gar nichts«, sagte Jean besänftigend. »Logik schon eher.« Sie wandte ihre Aufmerksamkeit Brady zu. »Wenn wir weggehen, macht ihr euch dauernd Sorgen um uns, und wir machen uns dauernd Sorgen um euch. Also: was bringt uns das?«

Brady sagte nichts, und sie fuhr fort: »Aber es gibt nur einen Punkt, der wirklich zählt. Weder will ich von meinem Mann weglaufen, noch will Jean Brady überhaupt davonlaufen. Ende.«

Stella sagte: »Und ich will verdammt sein, wenn eine Stella Brady wegläuft. Wer hält die Verbindungen aufrecht zum Beispiel? Wißt ihr, wie lange ich heute am Telefon gesessen habe – England und so weiter? Vier Stunden!« Sie stand entschlossen auf. »Noch einen Drink, Dad?« Sie hielt ihr Ohr zu ihrem Vater hin. »Tut mir leid, ich habe dich nicht verstanden.«

»Schreckliches Weiberregiment, was habe ich gesagt?«

»Ach!« Sie lächelte, sammelte die Gläser ein und ging zur Bar. Brady schaute Dermott und Mackenzie böse an. »Den Teufel seid ihr zwei wert. Warum habt ihr mir nicht den Rücken gestärkt?« Er seufzte tief und änderte den Kurs. »Warum gehen wir eigentlich nicht zusammen zum Essen. Und danach werde ich mir ein wenig Schlaf genehmigen. Und was habt ihr Mädchen für heute nachmittag vor?«

Stella kam mit vollen Gläsern. »Wir wollen eine Schlittenpartie machen. Ist das nicht prima?«

»Lieber Gott! Ihr meint *draußen*?« Brady beobachtete trübsinnig die wenigen Schneeflocken, die am Fenster vorbeiflogen. »Das kann sehr nett sein für manche Leute, da bin ich sicher, aber nicht für normale Menschen.« Er kam mit Mühe auf die Beine. »Also dann in zwei Minuten im Speisezimmer. George, sei so gut.« Er nahm Dermott beiseite.

Brady hatte ein riesiges Caribou-T-bone-Steak, ein Viertel eines Blaubeerkuchens und eine Flasche erstklassigen kalifornischen Burgunder im Magen, sah seine Frau und seine Tochter, in Pelze gehüllt, durch den Haupteingang nach draußen gehen und fühlte sich rundum wohl.

»Gut, Gentlemen. Ich glaube wirklich, daß ich nach allem ein kleines Nickerchen verdient habe. Sie auch.«

Dermott sagte: »Eigentlich schon, aber Donald und ich haben gedacht, wir werden jetzt erst Prudhoe Bay und Sanmobil etwas auf Trab bringen, damit wir die Namen und die Akten so bald wie möglich bekommen.«

»Gut. Danke, Gentlemen. Sehr aufmerksam. Wecken Sie mich bitte nicht vor dem Jüngsten Tag. Aha, da kommen die Damen wieder. Das habe ich mir gedacht.« Er wartete, bis seine Frau an seinem Tisch war. »Ist irgend etwas los?«

»Und ob!« Jean schien nicht sehr begeistert zu sein. »Da sind *zwei* Leute auf dem Kutschbock. Warum zwei?«

»Meine Liebe, ich will mich nicht zum Richter hiesiger Sitten aufspielen. Hast du Angst, daß sie homosexuell sind?«

Sie senkte ihre Stimme: »Sie sind beide bewaffnet. Man kann es nicht sehen, aber man sieht's, wenn du weißt, was ich meine.«

Brady sagte: »Angehörige der Royal Canadian Mounted Police sind verpflichtet, bei jeder Gelegenheit Waffen zu tragen. Steht in ihren Vorschriften.«

Jean starrte ihn an, schnaubte resignierend, wandte sich um und ging. Jim Brady strahlte vor Zufriedenheit. Mackenzie sagte: »Da sollen ein paar sehr nette junge Polizisten in der RCMP sein.«

Dermott saß den Nachmittag mit Ferguson, Bradys Piloten, in der Hotelhalle und bestellte einen Kaffee nach dem anderen. Gegen halb vier kamen Jean und Stella zurück, rotwangig und in bester Laune. Stella hatte, wie es schien, von ihren Begleitern erfahren, wo die jungen Leute abends zusammenkommen, und hatte Corinne Delorme im Büro angerufen und zu einem Bummel eingeladen. Ob sie die Absicht hatte, ihre Schutzmänner einzuladen, sagte Stella nicht, und Dermott fragte nicht danach. Brady hätte den Platz gründlich überprüfen lassen, bevor er erlaubt hätte, daß sie ihm auch nur nahekämen.

Kurz darauf erhielt Dermott einen Anruf aus Alaska. Es war Bronowski in Prudhoe Bay: John Finlayson, so sagte er, sei draußen auf Pumpstation 4 und werde in Kürze zurückerwartet. Bronowski wollte sofort dafür Sorge tragen, daß Dermott das erhielt, was er wünschte, und daß aus Anchorage ein Spezialist für Fingerabdrücke käme.

Um fünf Uhr rief Reynolds an, um mitzuteilen, daß das Abnehmen der Fingerabdrücke in besten Händen sei. Die Akten, die Dermott wünschte, würden soeben zum Flugplatz von Edmonton und vom McMurray-Flughafen sofort ins Hotel gebracht.

Um halb sieben erschien Mackenzie. Er sah erfrischt aus, sagte aber etwas vorwurfsvoll: »Du hättest mich wecken sollen. Ich wollte schon vor zwei Stunden wieder hier sein.«

»Ich schlafe heute nacht«, sagte Dermott. »Du schuldest mir also vier Stunden.«

»Dreieinhalb. Ich habe alles nach Houston durchgegeben, erklärt, was wir vorhaben, ihnen gesagt, sie sollen Washington und New York alarmieren und die höchste Dringlichkeit durchsetzen.«

»Ich vertraue darauf, daß unsere illegalen Zuhörer alles festgehalten haben.«

»Es kann ihnen gar nicht entgangen sein«, sagte Mackenzie. »Da ist eine Wanze an der Bodenplatte des Apparats.«

»Schön. Das könnte endgültig reichen, um die Hornissen aus ihrem Nest zu scheuchen. Hoffen wir, daß nicht die falschen Leute gestochen werden. Wie geht's Jim?«

»Hab' durch die Tür geguckt, bevor ich runtergekommen bin. Sah aus, als wär' er im Schlaf gestorben.«

Um sieben kam ein Anruf von Sanmobil. Dermott gab Mackenzie ein Zeichen, er solle durch den Kopfhörer, der hinten am Telefon angeschlossen war, mithören.

»Mr. Reynolds. Keine schlechten Nachrichten mehr, hoffe ich.«

»Für mich schon. Man hat mir gesagt, ich soll die Anlagen für eine Woche sperren.«

»Wann?«

»Jetzt. Ja, vor ein paar Minuten. Und sie wollen in achtundvierzig Stunden nachfragen, ob ich mich an die Anweisung gehalten habe.«

»Kam die Nachricht von Anchorage?«

»Von wo sonst?«

»Telefon?«

»Nein, Telex.«

»Haben sie das in Klartext geschickt?«

»Nein, Code. Unser eigener Firmencode.«

Dermott schaute Mackenzie an. »Sind sich ihrer Sache ja ganz schön sicher, oder?«

Reynolds sagte: »Was war das?«

»Ich habe nur mit Donald Mackenzie gesprochen. Er hört mit. Also wissen sie, daß wir schon wissen, daß es eine Insider-Kiste ist. Sie müssen sich sehr sicher fühlen. Wer hat Zugang zu den Codebüchern?«

»Jeder, der Zugang zu meinem Safe hat.«

»Wie viele Leute sind das?«

»Zwanzig, ungefähr.«

»Was werden Sie machen?«

»Edmonton anrufen. Mit ihrer Erlaubnis möchte ich weitermachen, die nächsten achtundvierzig Stunden.«

»Ich wünsche Ihnen Glück.« Dermott legte wieder auf und schaute Mackenzie an. »Und jetzt?«

»Glaubst du, daß der Jüngste Tag schon so nah ist, daß wir den Boß wecken dürfen?«

»Noch nicht. Weder er noch irgendwer kann was machen. Zum Verrücktwerden. Versuch mal Anchorage. Wetten, daß sie den gleichen Auftrag haben, die Pipeline zu schließen?« Er hob ab, verlangte eine Nummer, sprach kurz und hängte wieder auf. »Wir müssen ein, zwei Stunden warten, sagen sie. Sie wissen's nicht genau.«

Das Telefon läutete. Dermott hob ab. »Anchorage? Das kann doch nicht sein. Mir wurde gerade gesagt... Ach so.« Er schaute Mackenzie an. »Polizei.« Mackenzie nahm den Kopfhörer, und beide hörten aufmerksam zu. Dermott sagte: »Danke. Danke vielmals.« Beide hängten auf.

Mackenzie sagte: »Die sind ja ziemlich zuversichtlich.«

»Sie sind sicher. Perfekte Kopien von den Abdrücken in den Telefonzellen. Aber sie passen nicht zu den Abdrücken in ihren Listen.«

»Das bringt uns weiter«, sagte Mackenzie trübsinnig.

»Das ist gar nicht so schlecht. Die Fotokopien sind uns für morgen versprochen. Vielleicht passen sie zu denen, die wir hier auftreiben können. In Alaska, meine ich.«

»Wirklich?«

»Ja. Man müßte leicht feststellen können, ob jemand von hier einen Abstecher nach Anchorage gemacht hat.«

Stella kam in die Halle, zum Tanzen angezogen: schwarzes Seidenoberteil, mit Pailletten bestickt, bunte Trikothosen und leichte Schuhe. Den Mantel trug sie auf dem Arm.

Dermott sagte: »Und wohin wollt ihr gehen?«

Stella sagte: »Ich gehe mit Corinne aus. Erst einen Snack, dann die Scheinwerfer- und die Licht-Show.«

»Sie werden ihre Tanz-Aktivitäten auf dieses Hotel begrenzen. Sie gehen sonst nirgends hin.«

Nachdem sie sich ausgeschimpft, ihn einen aufgeblasenen Kerl und Spielverderber genannt hatte, fügte sie hinzu: »Mr. Reynolds hat gesagt, das geht in Ordnung.«

»Wann hat er das gesagt?«

»Wir haben vor einer Stunde mit ihm telefoniert.«

»Es ist nicht Sache von Mr. Reynolds, euch die Erlaubnis zu geben.«

»Aber er weiß, daß Corinne mit mir kommt. Sie wohnt hier in

der Nähe. Sie werden doch nicht glauben, daß er seine Sekretärin in Gefahr bringt, oder?«

»*Sie* kommt nicht in Gefahr. Niemand interessiert sich für sie. Für Stella Brady, ja.«

»Sie tun ja gerade so, als wären Sie davon überzeugt, daß mir etwas passiert.«

»Das ist die einzige Methode, um sicherzustellen, daß Ihnen nichts passiert. Vorsicht ist die Mutter der Porzellankiste. Warten wir mal, was Ihr Vater dazu sagt.«

»Und woher soll *er* wissen, was sicher ist und was nicht. Wie will er das feststellen?«

»Er wird sich an höchster Stelle erkundigen. Beim Polizeichef. Da bin ich sicher.«

Stella strahlte ihn an und sagte: »Aber wir haben schon mit dem Polizeichef gesprochen, telefonisch. Er war mit Mr. Reynolds zusammen. Er sagt, es ist vollkommen in Ordnung.« Sie lächelte wieder, schelmisch. »Außerdem sind wir nicht ohne Schutz.«

»Ihre Freunde von heute nachmittag?«

»John Carmody und Bill Jones.«

»Na ja. Dann sieht die Sache schon anders aus. Ach, da kommt ja Corinne.« Er winkte ihr zu und stellte sie vor. Die beiden Kanadier kamen durch die Tür. »Na ja«, sagte Dermott. »Ich glaube, wir haben uns doch zuviel Sorgen gemacht. Wenn ich die Kerle hier kommen sehe, dann brauche ich wohl keine Angst zu haben.«

Die beiden Männer, die Ende zwanzig oder Anfang dreißig sein mochten, waren bestimmt in der Lage, auf sich und auf andere aufzupassen. Dermott und Mackenzie standen auf und gingen ihnen entgegen.

Dermott sagte: »Wenn ich mich nicht täusche, sind Sie die beiden RCMP-Männer, die sich als Zivilisten verkleidet haben.«

»Ja, das stimmt«, sagte John Carmody. »Die Verkleidung kann aber nicht so gut sein, wenn man sie so schnell bemerkt. Ich bin John Carmody, das ist Bill Jones. Sie sind sicher Mr. Dermott und Mr. Mackenzie. Miss Brady hat Sie uns schon beschrieben.«

Mackenzie fragte: »Machen die Herren Überstunden heute abend?«

Carmody grinste: »Heute abend? Zwei ritterliche Freiwillige bei ihrer Lieblingsbeschäftigung. Das wird wohl keine zu große Belastung sein.«

»Passen Sie gut auf die beiden auf. Hübsch ist Stella ja, aber sie ist ein uneinsichtiges, übermütiges Mädchen. Und noch etwas anderes: Sie wissen, daß wir das Gefühl haben, es könnte ihr jemand was antun – oder sie aus dem Verkehr ziehen. Es ist nur eine Vermutung, aber man kann nie wissen.«

»Ich glaube, wir sind in der Lage, das zu verhindern.«

»Ich bin sicher, daß Sie das können. Wirklich sehr nett von Ihnen. Mr. Brady würde Ihnen sicher gern selber danken, aber er ist im Reich der Träume. Ich hoffe, Sie haben einen netten Abend.«

Dermott und Mackenzie gingen an ihren Tisch zurück, wo sie sich kurz unterhielten, bis das Telefon klingelte. Diesmal war es Alaska, Prudhoe Bay.

»Hier ist Tim Houston. Schlechte Nachrichten, fürchte ich. Sam Bronowski ist im Krankenhaus. Ich habe ihn auf dem Boden von Finlaysons Büro gefunden – bewußtlos. Sieht so aus, als hätte ihn jemand mit einem schweren Gegenstand auf den Kopf geschlagen. Der Arzt meint, er könnte sich etwas gebrochen haben. Er schaut sich gerade die Röntgenaufnahmen an. Sam hat sicher eine Gehirnerschütterung.«

»Wann ist das passiert?«

»Vor einer halben Stunde. Das ist aber noch nicht alles: John Finlayson wird vermißt. Er ist kurz nach seiner Rückkehr von Pumpstation 4 verschwunden. Wir haben ihn überall gesucht. Keine Spur von ihm. Wenn er draußen sein sollte, bei einer solchen Nacht wie heute…« Er machte eine kleine Pause. »…dann kann er nicht weit gekommen sein. Wir haben sehr starken Wind und schweres Schneetreiben. Die Temperaturen liegen zwischen dreißig und vierzig Grad unter Null. Vielleicht ist er von demselben Mann angegriffen worden, der auch Sam Bronowski angegriffen hat…«

»Ist das FBI dort? Ist die Landespolizei dort?«

»Ja, aber es ist noch etwas anderes passiert.«

»Eine Nachricht von Edmonton?«

»Ja.«

»Die Pipeline dichtmachen?«

»Woher wissen Sie das?«

»Die machen das immer gleichzeitig. Wir haben auch so eine Aufforderung erhalten. Ich spreche gleich mit Mr. Brady. Wenn Sie nichts mehr von uns hören, dann sind wir auf dem Weg.« Er legte wieder auf und sagte zu Mackenzie: »Reicht das, um Jim zu wecken?«

»Bestimmt!«

8

Ferguson, Mr. Bradys Pilot, war alles andere als glücklich – aus gutem Grund. Auf dem ganzen Flug war die Funkverbindung mit dem Kontrollzentrum in Prudhoe Bay nicht abgerissen. Ferguson wußte, daß er in gefährlich schlechtes Wetter kam. Die Windgeschwindigkeit lag bei 70 Stundenkilometern. Schneegestöber verminderte die Bodensicht auf zwei Meter – keine idealen Bedingungen, um einen schnellen Jet in der Dunkelheit zu landen.

Bradys Jet hatte vollelektronische Navigations- und Landeautomatik, aber trotzdem war es Ferguson lieber, wenn er festen Boden unter sich sah, bevor er zur Landung ansetzte. Eine Eigenschaft kam diesem Piloten stets zugute: er war zutiefst pessimistisch. Seine drei Passagiere wußten, daß er nicht der Mann war, der leichtfertig sein Leben – oder das Leben der Männer, die er an Bord hatte, riskierte. Er wäre rechtzeitig umgekehrt, wenn die Risiken zu groß gewesen wären.

Brady war aus tiefem Schlaf gerissen worden, war in schlechter Stimmung und sagte kaum ein Wort auf dem Flug nach Norden. Dermott und Mackenzie wußten, daß ihnen der Flug die letzte Gelegenheit zum Schlafen bot, und sie wußten sie zu nützen.

Ferguson brachte die Maschine sicher und ruhig zu Boden – wenn man von einigen heftigen Stößen absah. Die Sichtweite betrug nur wenige Meter, und die Maschine kroch langsam vorwärts, bis die Lichter eines Fahrzeugs auftauchten. Als die Kabinentür geöffnet wurde, wirbelte der Schnee herein, und Brady verlor keine Zeit, um mit der Grazie eines Elefanten in den bereitstehenden Minibus zu springen. Am Steuer saß Tim Houston, Stellvertreter des verletzten Bronowski. »'n Abend, Mr. Brady.« Houston lächelte kein ›herzlich willkommen‹. »Ich möchte Sie nicht fragen, ob Sie einen angenehmen Flug hatten. Ich fürchte, Sie haben nicht allzuviel geschlafen, bevor Sie hierhergeflogen sind.«

»Ich bin erschöpft.« Brady erwähnte nicht, daß er sechs Stunden geschlafen hatte, bevor er Fort McMurray verließ. »Was gibt's Neues von Finlayson?«

»Nichts. Wir haben jedes Gebäude durchsucht, jedes Pumpenhaus, auch die letzte Hütte im Umkreis von zwei Kilometern. Wir hatten noch eine kleine Hoffnung, daß er vielleicht zum ARCO-Büro gegangen sei, aber sie haben nachgeschaut und nichts gefunden.«

»Was sagt Ihnen Ihr Gefühl?«

»Er ist tot. Er muß tot sein.« Houston schüttelte den Kopf. »Wenn er auch warm angezogen ist – oder war –, dann kann er nur ein Viertel der Zeit überleben, die wir ihn vermissen. Und was seinen Tod noch wahrscheinlicher macht, ist der Umstand, daß er ohne seinen Winterpelz unterwegs ist – und ohne Pelz? Zehn Minuten, höchstens.«

»Sind FBI oder Polizei irgendwie weitergekommen?«

»Nein. Schlechte Papiere, Mr. Brady.«

»Ich kann das gar nicht glauben«, sagte Brady teilnahmsvoll und schüttelte sich. »Ich glaube, Sie sollten warten bis zum Morgengrauen und dann noch mal richtig suchen.«

»Morgen wird es zu spät sein. Es ist jetzt schon zu spät. Auf jeden Fall sind die Chancen sehr schlecht, daß wir ihn finden, sogar wenn er in der Nähe ist. Wir werden ihn wahrscheinlich erst finden, wenn es wieder wärmer ist und der Schnee schmilzt.«

»Die Schneewehen, meinen Sie?« fragte Mackenzie.

»Ja. Er könnte in ein Schneeloch oder in den Straßengraben gefallen sein – unsere Straßen liegen anderthalb Meter hoch auf Kies –, und man findet nicht einmal einen kleinen Hügel, der zeigt, wo er liegt.«

»Was für eine Art zu sterben«, sagte Mackenzie.

»Ich habe mich darauf eingestellt, daß er tot ist«, sagte Houston, »und wenn es auch gefühllos klingt, es ist gar keine so schlechte Art zu sterben. Vielleicht sogar die leichteste. Keine Schmerzen. Sie werden schläfrig und wachen nie mehr auf.«

Dermott sagte: »Das hört sich ja sehr angenehm an. Wie geht es Bronowski?«

»Kein Bruch, nur schwere Quetschungen. Dr. Blake meint, er hat nur eine leichte Gehirnerschütterung. Es war ihm schwindlig, und er schien Schwierigkeiten zu haben nach dem Aufwachen, als ich die Station verließ.«

»Kein Fortschritt in dieser Richtung?«

»Nichts. Und es ist auch sehr zu bezweifeln, daß irgend etwas gefunden wird. Sam war die einzige Person, die uns etwas erzählen und den Angreifer hätte identifizieren können. Es steht tausend zu eins, daß er von hinten überfallen worden ist. Wenn er was gesehen hätte, hätte ihn der Angreifer wahrscheinlich zum Schweigen gebracht. Wenn man zwei Leute umgebracht hat, spielt ein dritter auch keine Rolle mehr.«

»Dieselben Leute, meinen Sie?«

Houston starrte vor sich hin. »Zu viele Parallelen. Es müssen dieselben sein, Mr. Brady.«

»Ich glaube auch. Und das Telex aus Edmonton?«

Houston kratzte sich am Kopf. »Wir sollen die Pipeline dichtmachen für eine Woche. Die wollen das in achtundvierzig Stunden nachkontrollieren.«

»Und in Ihrem eigenen Code, haben Sie gesagt?«

»Das interessiert die einen Dreck, ob wir wissen, daß es ein Insider-Job ist. Verdammt arrogant. Und das Telex war an Mr. Black adressiert. Er ist der Generaldirektor, und ohne ihn läuft hier gar nichts.«

»Und wie hat er es aufgenommen?«

»Schwer zu sagen. Er ist ein kalter Fisch. Er wollte Sie übrigens sprechen.«

»Gut. Gehen wir«, sagte Brady.

Als sie in Mr. Blacks Büro ankamen, machte er einen ziemlich unglücklichen und zerstreuten Eindruck. Er sagte: »Gut, daß Sie kommen, Mr. Brady. Muß ja ein sehr unangenehmer Flug gewesen sein.« Er wandte sich an einen großen, braungebrannten Mann mit eisengrauem Haar. »Das ist Mr. Morrison vom FBI.«

Morrison gab allen die Hand. »Habe natürlich schon von Ihnen gehört, Mr. Brady. Ich wette, am Golf haben Sie nicht viel zu tun mit solchen Sachen.«

»Nie. Vor allem nicht mit dem verdammten Schnee und mit der Kälte. Mr. Houston hat mir erzählt, daß Sie noch ziemlich im dunkeln tappen.«

Morrison sagte: »Wir haben gehofft, daß uns eine neue Idee weiterbringt.«

»Ich fürchte, Ihre Hoffnungen sind unbegründet. Ich überlasse die Aufdeckung des Verbrechens den Profis. Ich bin nur – wie meine Kollegen – ein Abwehrmann. In diesem Fall ist allerdings klar, daß die Sabotage und die Gewaltverbrechen denselben Ursprung haben. Sie haben Mr. Finlaysons Büro natürlich auf Fingerabdrücke untersucht.«

»Von oben bis unten. Hunderte von Abdrücken, aber keiner, mit dem wir was anfangen können.«

»Sie meinen, daß es nur Abdrücke von Leuten sind, die zu dem Büro Zugang haben.«

Morrison nickte. »So ist es.«

Mackenzie fragte den FBI-Mann: »Haben Sie herausfinden können, womit Bronowski niedergeschlagen wurde?«

»Nein. Dr. Blake meint, mit dem Griff einer Pistole.«

Dermott fragte: »Wo ist der Doktor?«

»In der Krankenabteilung, bei Bronowski, der erst vor kurzer Zeit wieder zu sich gekommen ist. Er ist immer noch benommen und redet zusammenhangloses Zeug, aber wie es aussieht, ist er bald wieder okay.«

»Können wir die beiden sprechen?«

»Ich weiß es nicht«, sagte Black. »Der Arzt wird es wissen. Ich weiß nicht, ob er Ihnen erlaubt, mit Bronowski zu sprechen.«

»Es kann ihm doch so schlecht nicht gehen, wenn er schon wieder bei Bewußtsein ist«, sagte Dermott. »Es ist eine sehr dringende Angelegenheit. Er ist der einzige, der uns einen Hinweis geben könnte, was mit Finlayson passiert ist.«

Als sie in der Krankenabteilung ankamen, war Bronowski bereits in der Lage, sich zusammenhängend mit Dr. Blake zu unterhalten. Er war sehr blaß, die rechte Gesichtshälfte war rasiert und ein riesiges Pflaster, das vom Scheitel bis zum Ohrläppchen reichte, bedeckte die rechte Schläfe. Dermott schaute den Arzt an, einen großen, dunkelhäutigen Mann mit einem totenkopfähnlichen Gesicht und gebogener Nase.

»Wie geht's dem Patienten?«

»Es geht schon aufwärts. Die Wunde ist nicht so schlimm, aber er hat einen schweren Schlag auf den Kopf bekommen, und so etwas bringt jedermanns Gehirn ein bißchen durcheinander.«

»Dürfen wir ein paar kurze Fragen an Bronowski stellen?«

»Gut. Kurz.« Dr. Blake nickte Dermotts Begleitern zu.

Dermott fragte: »Haben Sie den Mann gesehen, der Sie niedergeschlagen hat?«

»Gesehen?« sagte Bronowski laut. »Ich habe ihn nicht mal gehört. Ich habe von der Sache erst erfahren, als ich hier im Bett aufwachte.«

»Wußten Sie, daß Finlayson vermißt wurde?«

»Nein. Wie lang ist das her?«

»Ein paar Stunden. Er muß schon weg gewesen sein, bevor Sie niedergeschlagen wurden. Haben Sie ihn überhaupt noch gesehen? Mit ihm gesprochen?«

»Ja. Ich habe an den Berichten gearbeitet, die Sie haben wollten. Er wollte wissen, worüber ich mit Ihnen gesprochen habe, und ging dann hinaus.« Bronowski dachte darüber nach. »Diese Unterlagen, an denen ich gearbeitet habe – sind sie noch da?«

»Ja. Ich habe sie gesehen.«

»Könnten Sie sie in den Safe zurücklegen? Sie sind vertraulich.«

»Will ich machen«, sagte Black.

Dermott fragte: »Kann ich Sie einen Moment sprechen, Doktor?«

»Sie sprechen doch schon mit mir.« Der Arzt schaute Dermott über seine lange Nase an.

Dermott lächelte gezwungen: »Soll ich etwa vor allen Leuten über meine Frostbeulen und meine Gicht reden?«

Im Sprechzimmer sagte Dr. Blake: »Sie scheinen in recht guter Verfassung zu sein.«

»Man wird älter. Sind Sie auf Pumpstation 4 gewesen?«

»Ach, darum geht es. Und warum haben Sie nicht draußen darüber gesprochen?«

»Weil ich natürlich vorsichtig, mißtrauisch und argwöhnisch bin.«

»Ich bin mit Finlayson oben gewesen.« Blake schnitt eine Grimasse, als er das erwähnte. »Der Platz hat scheußlich ausgesehen. Die Ermordeten auch.«

»Das kann man wohl sagen«, stimmte Dermott zu. »Haben Sie eine Autopsie durchgeführt?«

Es entstand eine kleine Pause.

»Haben Sie das Recht, mir solche Fragen zu stellen?« fragte der Arzt.

Dermott nickte. »Ich glaube schon, Doktor. Wir sind alle an der Aufklärung dieses Falles interessiert. Ich versuche nur herauszubekommen, wer diese beiden Männer getötet hat. Vielleicht auch drei, wenn Finlayson nicht mehr auftaucht.«

»Sehr richtig«, sagte Blake. »Ich habe übrigens eine Autopsie durchgeführt – aber ziemlich oberflächlich, muß ich zugeben. Wenn Menschen durch Kopfschuß umgebracht wurden, ist es witzlos nachzuprüfen, ob sie vielleicht an Herzversagen gestorben sind. Außerdem werden Sie sich erinnern, in welchem Zustand die beiden Körper waren. Es ist klar, daß die Explosion allein schon ausgereicht hätte, die beiden zu töten.«

»Steckten die beiden Kugeln noch im Kopf?«

»Die steckten und stecken immer noch im Kopf. Eine Pistole mit geringer Durchschlagskraft. Ich weiß, daß sie herausgeholt werden müssen, aber das ist die Arbeit des Polizeiarztes, nicht meine.«

»Haben Sie sie durchsucht?«

Blake zog eine seiner dunklen Augenbrauen hoch. »Mein lieber Freund, ich bin Arzt, nicht Detektiv. Warum sollte ich sie durchsuchen? Ich habe gesehen, daß einer der beiden irgendwelche Papiere in seiner Jackentasche hatte, aber ich habe sie mir nicht angeschaut. Das war alles.«

»Keine Pistole? Kein Halfter?«

»Das kann ich bezeugen. Ich mußte den Toten Jacke, Mantel und Hemd ausziehen. Nichts dergleichen.«

»Eine letzte Frage«, sagte Dermott. »Haben Sie sich den Zeigefinger des einen Mannes genau angesehen?«

»Er war genau unterhalb des Knöchelbeins gebrochen. Eine merkwürdige Art von Bruch natürlich, aber er kann eine ganze Reihe von Ursachen haben. Vergessen Sie nicht, daß die beiden von der Wucht der Explosion gegen die Maschinen geschleudert worden sind.«

»Ich danke Ihnen für Ihre Geduld.« Dermott ging zur Tür. »Die Toten sind noch oben auf Pumpstation 4?«

»Nein. Wir haben sie hierher gebracht. Ich nehme an, ihre Familien wünschen, daß sie in Anchorage begraben werden, und das heißt, daß man sie mit dem Flugzeug morgen dorthin transportiert.«

Dermott schaute sich in Finlaysons Büro um und sagte zu Black: »Ist irgend etwas verändert worden, seit Bronowski hier gefunden wurde?«

»Da müßten Sie schon Finlayson fragen. Zu der Zeit war ich bei meinem Kollegen von der ARCO.«

Der FBI-Mann sagte: »Einige Dinge sind natürlich berührt worden. Das haben meine Leute gemacht, als sie hier Fingerabdrücke abgenommen haben.«

Mackenzie wies auf die beiden Schnellhefter hin, die auf Finlaysons Schreibtisch lagen. »Sind das die Berichte über die Wachmannschaft? Ich meine die, die Bronowski angeschaut hat, als er niedergeschlagen wurde.«

Black schaute Houston an, der darauf mit »Ja« antwortete.

»Da waren auch Fingerabdrücke.« Mackenzie zog eine Augenbraue hoch.

»Die sind im Safe«, sagte Houston.

»Wir möchten sie sehen. Die Berichte auch«, sagte Dermott. »Das heißt, wir wollen alles sehen, was im Safe ist.«

Black protestierte. »Aber da sind alle vertraulichen Informationen der Firma aufbewahrt.«

»Genau deshalb wollen wir uns den Safe anschauen.«

Black preßte seine Lippen zusammen. »Das ist aber eine ziemlich weitgehende Anordnung, Mr. Dermott.«

»Wenn uns die Hände gebunden sind, können wir nach Houston zurückfahren. Oder haben Sie etwas zu verbergen?«

»Ich finde diese Frage beleidigend.«

»Ich nicht«, sagte Brady, der in dem einzigen Lehnstuhl saß. »Falls Sie etwas zu verbergen haben, wollen wir natürlich wissen, was. Wenn Sie nichts zu verbergen haben, öffnen Sie bitte den Safe. Sie mögen hier in Alaska der oberste Mann sein, aber die Leute, die wirklich zählen, sitzen in London, und sie haben uns jegliche Unterstützung zugesagt. Es sieht so aus, als ob Sie uns irgendwie Ihre Unterstützung verweigern wollen. Ich muß sagen, das gibt mir zu denken.«

Blacks Lippen waren jetzt blutleer. »Das kann ja als regelrechte Drohung ausgelegt werden, Mr. Brady.«

»Legen Sie das aus, wie Sie wollen. Wir haben das alles schon mal gehabt, vor kurzem. Und John Finlayson ist über den Jordan gegangen oder sonstwohin. Arbeiten Sie mit uns zusammen, oder wir verlassen Sie – und überlassen Ihnen die Aufgabe, den Herren in London Ihre Geheimnistuerei zu erklären.«

»Das hat mit Geheimnistuerei nichts zu tun. Es ist im wohlgemeinten Interesse unserer Firma...«

»Das wohlgemeinte Interesse Ihrer Firma verlangt den wohlgeordneten Betrieb der Pipeline, und das heißt auch Jagd auf die Mörder. Wenn Sie uns den Safe nicht untersuchen lassen, müssen wir annehmen, daß Sie aus irgendeinem Grund beschlossen haben, gegen die Interessen Ihrer Firma zu verstoßen.« Brady schenkte sich einen Daiquiri ein, als wollte er andeuten, daß er bereits genug zur Diskussion beigetragen habe.

Black gab sich geschlagen. »Also gut.« Seine Lippen waren jetzt so schmal, daß sie fast nicht mehr zu sehen waren. »Unter Protest und, ich möchte sagen, unter Zwang beuge ich mich einer Forderung, die ich für unverschämt halte. Die Schlüssel sind in Mr. Finlaysons Schreibtisch. Ich wünsche Ihnen eine gute Nacht.«

»Einen Moment!« Dermott klang nicht sehr viel freundlicher als Black. »Haben Sie die gewünschten Unterlagen von *allen* Angestellten der Alaska-Pipeline?«

Man konnte sehen, daß Black schon wieder einen Einwand hatte, aber er ließ nichts verlauten. »Ja, aber nur eine Kurzfassung. Man kann nicht von Berichten sprechen. Es handelt sich um kurze Notizen, die Auskunft darüber erteilen, wo die Leute früher gearbeitet haben.«

»Wo sind diese Unterlagen? Hier?«

»Nein. Hier sind nur die Berichte über das Wachpersonal, und das auch nur, weil Bronowski das für sein Ressort hält. Die anderen Unterlagen sind in Anchorage.«

»Wir würden sie gerne sehen. Vielleicht können Sie es so einrichten, daß sie verfügbar sind.«

»Ich werde es arrangieren.«

»Ich habe von Dr. Blake gehört, daß morgen eine Maschine nach Anchorage fliegt. Ist es eine große Maschine?«

»Zu groß«, sagte Black, der Buchhalter. »Eine A 737, es gibt nur diese eine Maschine morgen. Warum fragen Sie?«

»Ein, zwei Leute von uns möchten vielleicht mitfliegen«, antwortete Dermott. »Wir könnten dann, unter anderem, auch diese Berichte mitbringen. Plätze sind doch noch frei, oder?«

Black sagte: »Ja. Keine Fragen mehr, nehme ich an.«

»Eine noch. Sie haben heute das Telex aus Edmonton erhalten mit der Drohung, daß Sie die Produktion einstellen sollen. Was gedenken Sie zu tun?«

»Weiterproduzieren natürlich.« Black versuchte höhnisch zu lächeln, aber es war nicht der richtige Augenblick. »Ich gehe natürlich davon aus, daß die Gangster bis dahin festgenommen sind.«

»Wo ist das Telex?«

»Bronowski hat es gehabt. Entweder hat er es bei sich, oder es liegt in seinem Schreibtisch.«

»Ich werde es schon finden.«

»Ich glaube nicht, daß Bronowski es sehr gerne sieht, wenn

jemand während seiner Abwesenheit in seinem Schreibtisch herumstöbert.«

»Kein Mensch *sieht* das gern. Aber er ist ja nicht hier, oder? Außerdem ist er ein Sicherheitsmann. Er wird das schon verstehen.« Dermott schüttelte den Kopf. »Sie, Mr. Black, werden das natürlich nie verstehen.«

»Nein«, sagte Black. »Gute Nacht.« Er drehte sich auf dem Absatz um und verließ das Zimmer. Niemand wünschte ihm eine gute Nacht.

»Sehr schön«, sagte Brady laut. »Ein Freund fürs Leben in kaum drei Minuten! Wie Sie das immer wieder schaffen, George!«

»Ganz schön zur Minna gemacht«, sagte Morrison. »Andere Leute zur Minna machen, das ist seine Spezialität. Ein Leuteschinder ersten Ranges, heißt es, aber ein ungeheuer fähiger Mann.«

»Er wird nicht gerade überall beliebt sein, stelle ich mir vor«, sagte Dermott. »Hat er Freunde?«

»Geschäftsbeziehungen. Das ist alles. Soziale Kontakte nicht. Wenn er überhaupt Freunde hat, dann versteckt er sie gut.« Morrison versuchte ein Gähnen zu verbergen. »Ich müßte schon längst im Bett sein. Beim FBI versuchen wir, um zehn schlafen zu gehen. Kann ich Ihnen noch irgendwie behilflich sein, bevor ich gehe?«

»Zwei Sachen«, sagte Dermott. »Die Wartungsmannschaft von Pumpstation 4. Ein Mann namens Poulson ist der Verantwortliche. Könnten Sie die Vergangenheit dieser Leute so genau wie möglich untersuchen?«

»Gibt es einen triftigen Grund für diesen Auftrag?« fragte der FBI-Mann hoffnungsvoll.

»Nicht direkt. Nur daß die Leute zufällig dort waren, als die Geschichte passierte. Ich klammere mich an einen Strohhalm. Wir haben leider verdammt wenig, woran wir uns halten können«, sagte Dermott und zog dabei ein schiefes Gesicht.

»Ich denke, das läßt sich machen«, sagte Morrison. »Und die zweite Sache?«

»Dr. Blake sagte mir, daß die beiden toten Ingenieure heute hierhergebracht worden sind. Wissen Sie, wo man sie hingetan hat?«

Morrison wußte es und sagte es ihnen. Dann wünschte er ihnen gute Nacht und ging.

Brady sagte: »Ich werde jetzt gehen und mich ein bißchen

ausruhen. Informieren Sie mich bitte, wenn der Himmel einstürzt. Aber nicht erst eine halbe Stunde danach. Wenn ich das richtig sehe, werden Sie Ihrer krankhaften Neugier nachgeben und sich die beiden Dahingeschiedenen nochmals genauer ansehen.«

Dermott und Mackenzie betrachteten die beiden toten Ingenieure. Sie hatten unter weißen Tüchern gelegen, und niemand hatte versucht, sie zu waschen. Vielleicht war es nicht möglich gewesen. Vielleicht gab es niemand, der dazu in der Lage gewesen wäre, ohne daß sich ihm der Magen umdrehte.

Mackenzie sagte: »Ich hoffe, daß man sie in Segeltuch einnäht oder was Ähnliches, bevor sie morgen nach Anchorage gebracht werden. Sonst kriegen ihre Verwandten einen Schreikrampf. Wenn du dir noch irgend etwas anschauen willst, dann mach es bitte kurz. Ich habe wirklich keinen Spaß daran.«

Dermott hatte auch keinen Spaß daran. Nicht nur der Anblick war scheußlich, sondern auch der Geruch. Er deutete auf die Hand, die er schon einmal untersucht hatte, und fragte: »Wie, meinst du, daß dieser Finger derart verdreht worden ist?«

Mackenzie beugte sich vor, rümpfte die Nase und sagte: »Es klingt vielleicht komisch, aber er könnte mit einer Zange gebrochen worden sein. Das Dumme ist nur, daß das Versengen alle Spuren auf der Haut verwischt hat.«

Dermott ging zum Waschbecken, machte sein Taschentuch naß und wischte das Versengte ab, so gut es ging. Das Schwarze ließ sich überraschend leicht entfernen. Die Haut wurde zwar nicht ganz sauber, aber es reichte für eine genauere Untersuchung.

»Keine Zange«, sagte Mackenzie. »Um den Knochen zu brechen, hätte die Zange ins Fleisch eingreifen müssen, und das hätte irgendwelche Verletzungen hinterlassen. Keine Verletzungen – also auch keine Zange. Aber ich bin immer noch deiner Meinung. Der Finger ist gewaltsam gebrochen worden.«

Dermott rieb etwas Kohlenstoff von der zerfetzten Kleidung und schmierte ihn auf den gereinigten Finger, damit man nicht merkte, daß er abgewischt worden war. Er öffnete die Jacke des Toten und langte mit der Hand in die Innentasche. Aber ohne Erfolg.

Mackenzie sagte: »Die Papiere sind auf und davon geflogen. Mit Unterstützung natürlich.«

»Tatsächlich. Das könnte Poulson gewesen sein, es könnte aber auch Bronowski gewesen sein, als er gestern draußen war. Oder es könnte unser netter Quacksalber gewesen sein.«

»Blake? Er sieht wirklich aus wie ein Vetter ersten Grades von Dracula«, sagte Mackenzie.

Dermott nahm das feuchte Taschentuch und begann, die Gegend um die Kopfwunde herum zu säubern. Dann beugte er sich vor, schaute die Wunde genau an und sagte zu Mackenzie: »Siehst du auch, was ich zu sehen glaube?«

Mackenzie beugte sich vor und schaute genau hin. Er beugte sich noch weiter vor und sagte sanft: »Nachdem die Falkensehkraft meiner Jugend nachgelassen hat, könnte ich vielleicht mit einem starken Vergrößerungsglas etwas sehen.« Er richtete sich auf. »Ich bilde mir aber ein, daß ich Rauchspuren sehe.«

Wie zuvor schwärzte Dermott die saubere Stelle wieder. »Merkwürdig – ich bilde mir dasselbe ein. Der Mann ist also aus allernächster Nähe erschossen worden. Der Mörder hatte seinen Revolver auf den Ingenieur gerichtet und wollte ihn vielleicht durchsuchen. Was er nicht wußte, war, daß der Ingenieur seine Pistole schon gezogen hatte. Wie es auch immer war, er war jedenfalls in Zeitnot und hat sofort geschossen – er hatte wahrscheinlich auch keine Zeit, sich auf eine längere Hinhaltetechnik einzulassen. Die Hand des Ingenieurs muß sich verkrampft haben – eine Kontraktion, die sich nicht rückgängig machen läßt. Das ist nicht ungewöhnlich im Augenblick eines gewaltsamen Todes. Um ihm die Pistole abzunehmen, mußte er sie derartig drehen, daß der Finger brach. Glaubst du nicht, daß das eine Erklärung für den komisch gebrochenen Finger wäre?«

»Ich glaube, du hast es.« Mackenzie runzelte die Stirn. »Bleibt aber immer noch etwas übrig, das mit deiner Vorstellung nicht zusammenpaßt. Warum hat der Mörder ihm die Pistole überhaupt abgenommen? Er hat doch selber eine gehabt.«

»Natürlich hat er eine gehabt. Aber er konnte sie nicht mehr gebrauchen«, sagte Dermott. »Genauer gesagt, er konnte es sich nicht mehr leisten, diese Pistole zu benutzen. Da er bei keinem der beiden Toten am Hinterkopf ein Loch entdeckt hat, hieß es für ihn, daß die Kugeln noch in den Schädeln stecken mußten und daß die Polizei die Kugeln mit seiner Waffe in Zusammenhang bringen mußte. Und das heißt, daß er seine Waffe wegschmeißen mußte. Er hätte also vorübergehend keine Waffe gehabt, wenn er sie nicht dem Ingenieur abgenommen hätte. Wahrscheinlich hat er inzwischen die andere Pistole auch schon weggeworfen und sich eine andere besorgt. In den Vereinigten Staaten – und Alaska gehört ja dazu – ist es ein Kinderspiel, sich eine Pistole zu beschaffen.«

Mackenzie sagte langsam: »Das paßt zusammen. Wir haben es sicher mit einem professionellen Killer zu tun.«

»Vielleicht haben wir es auch mit einem Psychopathen zu tun.«

Mackenzie schüttelte sich. »Laß uns das mit dem Boß besprechen. Und noch was. Soweit ich unseren werten Arbeitgeber kenne, hat er schon die Hälfte seiner Getränke aus dem Jet ins Hotel bringen lassen.«

»Und du möchtest dich von Brady anregen lassen?«

»Ich möchte etwas trinken.«

Mackenzie hatte ein wenig übertrieben. Ferguson hatte höchstens zehn Prozent der Jet-Bestände ins Hotel geschafft, aber das war auch eine beträchtliche Menge. Mackenzie war bereits beim zweiten Scotch. Er betrachtete Brady, der aufrecht im Bett saß – in einem scheußlichen blauroten Pyjama, der nur dazu gut war, seine massige Figur zu unterstreichen, und sagte: »Und, was sagen Sie zu Georges Theorie?«

»Ich glaube an die Fakten, und ich glaube an die Theorie aus dem einfachen Grund, weil ich keine Alternative sehe.«

Brady betrachtete seine Fingernägel. »Ich glaube auch, daß wir es mit einem erfahrenen, rücksichtslosen und intelligenten Killer zu tun haben. Ich will nicht bezweifeln, daß es auch ein entlaufener Psychopath sein könnte. Natürlich könnten es auch zwei Psychopathen sein – eine noch unangenehmere Aussicht. Das Problem ist nur, George, daß ich nicht sehe, wie uns das weiterbringt. Wir wissen nicht, wann dieser Verrückte wieder zuschlägt. Was können wir tun, um das zu verhindern?«

»Wir können ihm Angst einjagen«, sagte Dermott. »Ich möchte wetten, daß er schon nervös ist, weil er gehört hat, daß wir in allen Akten herumstöbern und in der ganzen Gegend Fingerabdrücke machen lassen. Probieren wir doch mal, ob wir ihn nicht noch nervöser machen können. Ich fahre morgen nach Anchorage, und Sie und Mackenzie bleiben hier und arbeiten ein bißchen.« Dermott schlürfte seinen Scotch. »Das wäre doch mal eine Abwechslung – mindestens für einen von Ihnen.«

»Ich könnte schwer verwundet werden«, sagte Brady, »aber

Schlingen und Pfeile irgendwelcher unliebenswerter Leute sind für mich nichts Neues. Aber was genau haben Sie vor?«

»Ich will die Zahl der Verdächtigen radikal einschränken. Alles sehr einfach. Wirklich. Das ist ein ziemlich verwickeltes Nest, dieses Prudhoe Bay. Ich meine, einer hat die Hand in der Tasche vom anderen. Hier kann keiner etwas unternehmen, ohne daß es einer Handvoll Leute auffällt. Es können auch ein paar mehr sein. Prüfen Sie einfach jeden. Versuchen Sie festzustellen, wer für die fragliche Nacht, in der die beiden Ingenieure ermordet worden sind, ein hieb- und stichfestes Alibi hat. Wenn zwei oder vielleicht drei Leute glaubwürdig versichern, daß X zu der Zeit da und da war, dann können Sie X aus der Liste der Verdächtigen streichen. Am Ende des Tages wissen Sie, wieviel Verdächtige wir haben. Nicht mal eine Handvoll, wette ich. Ich würde mich nicht mal wundern, wenn es keiner wäre. Vergessen Sie nicht, daß die Pumpstation mehr als zweihundert Kilometer von hier entfernt ist und nur per Hubschrauber erreicht werden kann. Man muß die Zeit, die Gelegenheit und die Fähigkeit haben, einen Hubschrauber zu fliegen, wenn man dorthin kommen will. Und es dürfte fast unmöglich sein, einen Hubschrauber zu benutzen, ohne daß es jemand merkt. Ich denke, Sie werden das alles sehr einfach finden.

Weniger einfach ist die nächste Untersuchung: Wer war an dem Tag in Anchorage, an dem Sanmobil die erste telefonische Drohung erhielt? Das können nur ganz wenige gewesen sein. Vergessen Sie nicht, daß die Leute nur alle drei, vier Wochen in Urlaub fahren – nach Fairbanks oder nach Anchorage. Da wird es schon schwerer sein, ein Alibi beizubringen. Man wird nicht viele Leute finden, die bezeugen können, wo man um sechs Uhr früh in einer kalten Winternacht in Alaska war.

In diesem Fall müssen wir uns natürlich mehr mit denen beschäftigen, die kein Alibi haben. Ich werde die Fotokopien von den Fingerabdrücken, die sie in Anchorage gemacht haben, mitbringen. Wir müßten in der Lage sein, die Fingerabdrücke der Verdächtigen mit den Fingerabdrücken aus der Telefonzelle in Anchorage zu vergleichen. Mir kommt das auch sehr einfach vor.«

»Mir auch«, sagte Brady. »Ich glaube, Don und ich werden diese kleine Aufgabe ohne Schwierigkeiten bewältigen. Allerdings gibt es noch eine ganze Menge Leute drunten in Valdez.«

»Da Sie mein Boß sind«, sagte Dermott, »werde ich mich hüten und Sie jetzt dumm anschauen. Aber *wer* in Valdez fliegt zweitausend Kilometer in einer Winternacht durch die Gegend – und landet gelegentlich zum Tanken – und gibt seine Identität preis? Und wer fliegt über zweitausend Kilometer weit, um Bronowski niederzuschlagen oder Finlayson aus dem Weg zu räumen?«

Mackenzie sagte: »Es gibt einen Grund, mußt du zugeben, oder sogar zwei.«

Dermott fuhr fort: »Und erzähl mir nicht, daß sie von der Pumpstation 4 gekommen sind. Die haben nämlich keinen Hubschrauber.«

»Ich habe nichts dergleichen behauptet.« Brady klang bekümmert. »Also gut, wir gehen von der Annahme aus, daß es Prudhoe Bay ist oder nichts. Aber was ist, wenn wir nichts herausfinden?«

»Dann müssen Sie die nächste brillante Idee haben.«

»Harter Tag«, sagte Brady. »Gehen Sie ins Bett?«

»Ja. Ich wollte eigentlich die Listen und die Fingerabdrücke heute nacht durchschauen, aber mit den Fingerabdrücken kann ich nichts anfangen, bevor ich nicht in Anchorage war. Und die Listen können auch warten. Ich will erst mal das Telex aus Edmonton auftreiben. Das nehme ich mit nach Anchorage und gebe es der Polizei. Mal sehen, was die damit anfangen können.« Er stand auf. »Nebenbei bemerkt: ist Ihnen klar, daß Sie selbst heute nacht in Gefahr sind?«

»Ich?« Das klang, als hätte Dermott den Tatbestand der Majestätsbeleidigung erfüllt. Aber dann machte Brady doch ein etwas besorgtes Gesicht.

»Es ist sicher nicht nur Ihre Familie, die in Gefahr ist«, beharrte Dermott. »Warum sollten sich diese Leute mit Kidnapping befassen, wenn sie viel eher ans Ziel kommen, wenn sie Ihnen eine Kugel in den Rücken schießen – und das ist ja ein Ziel – wenn ich so sagen darf, ohne Sie zu beleidigen –, das man kaum verfehlen kann? Woher wissen Sie, daß nicht irgendein verrückter Mörder im Zimmer nebenan wohnt?

»Guter Gott!« Brady nahm einen großen Schluck Daiquiri, lehnte sich zurück und lächelte. »Da müssen wir ja was tun! Donald, geben Sie mir meine Smith & Wesson aus dem Koffer.« Er nahm die Pistole entgegen und schob sie unter sein Kopfkissen. Dann sagte er, beinahe hoffnungsvoll: »Glauben Sie nicht, daß Sie auch in Gefahr sind?«

»Doch«, sagte Mackenzie. »Aber bei weitem nicht so wie Sie. Ohne Jim Brady keine ›Brady Enterprises‹. *Sie* sind die Legende.

Ohne uns könnten Sie immer noch sehr wirksam arbeiten. Dieser Verrückte scheint mir nicht der Typ zu sein, der sich mit einem Leutnant abgibt, wenn der Hauptmann in der Nähe ist.«

»Also gute Nacht«, sagte Dermott. »Vergessen Sie nicht, die Tür abzusperren, wenn wir weg sind.«

»Keine Sorge. Sie sind bewaffnet?«

»Klar. Aber wir werden wahrscheinlich keine Waffen brauchen.«

9

Als Dermott mit schwerem Kopf aufwachte, fühlte er sich so erschöpft, als hätte er überhaupt nicht geschlafen. Tatsächlich war noch keine Stunde vergangen, seit er das Licht ausgemacht und die Augen geschlossen hatte. Morrison hatte die Deckenbeleuchtung eingeschaltet, ihn an der Schulter gerüttelt und geweckt.

»Tut mir leid«, sagte er mit einem dermaßen verwirrten Gesichtsausdruck, wie ihn nur ein hoher FBI-Agent haben konnte. »Bitte, kommen Sie mit.«

Dermott schaute auf seine Uhr und zuckte zusammen. »Um Gottes willen, wohin denn?«

»Wir haben ihn gefunden.«

Plötzlich war Dermott hellwach. »Finlayson?«

»Ja.«

»Tot?«

»Ja.«

»Ermordet?«

»Ich weiß nicht. Ziehen Sie sich warm an.«

»Wecken Sie auch Mackenzie, ja?«

»Natürlich.« Morrison verließ das Zimmer.

Dermott stand auf und zog die richtige Kleidung für die grimmige Kälte an. Als er sich einen gesteppten Anorak überzog, erinnerte er sich noch einmal an sein erstes Zusammentreffen mit Finlayson. Er sah das sauber gescheitelte weiße Haar vor sich, den graumelierten Yukon-Bart und die vergammelten Klamotten. War er zu grob zu ihm gewesen? Es hatte keinen Zweck, darüber nachzugrübeln.

Er steckte eine Taschenlampe ein und ging auf den Korridor

hinaus, wo Tim Houston schon wartete. »Sie wissen es also auch schon?«

»Ich habe ihn gefunden.«

»Wie das?«

»Instinkt, vermutlich.« Die Bitterkeit in Houstons Stimme war nicht zu überhören. »Einer von diesen ganz besonderen Instinkten, die immer erst zehn Stunden zu spät in Aktion treten.«

»Meinen Sie, daß Finlayson zu retten gewesen wäre, wenn Ihr Instinkt ein bißchen früher gearbeitet hätte?«

»Vielleicht – aber höchstwahrscheinlich nicht. John ist ermordet worden.«

»Erschossen? Erstochen? Was?«

»Ich habe nicht nachgeschaut. Ich weiß, daß Sie und Mr. Morrison nicht wollen, daß ich ihn berühre. Ich brauchte ihn auch gar nicht zu untersuchen. Er liegt draußen, bei dreißig Grad unter Null, und alles, was er anhat, ist ein Leinenhemd und Jeans. Er hat noch nicht einmal Schuhe an. Und deswegen ist es Mord.«

Dermott sagte nichts, so daß Houston fortfuhr: »Abgesehen davon, daß er nie ohne seine spezielle Winterkleidung rausgegangen wäre, hätte ihn niemand in dem Aufzug rausgelassen. Da sind immer Leute im Vorraum, und die Vermittlung ist rund um die Uhr besetzt. Aus demselben Grund wäre es auch unmöglich gewesen, ihn hinauszutragen, ohne daß es jemand sah.«

»Das Herumtragen von Leichen ist verdächtig, ja?«

»Er hätte keine Leiche zu sein brauchen. Ich vermute, daß er in seinem eigenen Schlafzimmer zum Schweigen gebracht wurde. Man hat ihn einfach zum Fenster rausgeworfen. Die Kälte hat ihn umgebracht. Da kommen Ihre Freunde. Ich hole noch ein paar Lampen.«

Als sie nach draußen gingen, verschlug ihnen die Kälte den Atem. Die Temperatur lag, wie Houston festgestellt hatte, bei minus 30 Grad, und der Schneesturm mit seiner Geschwindigkeit von rund 70 Kilometern machte die Kälte doppelt spürbar.

Houston führte sie rechts um das Gebäude herum. Nach etwa zehn Metern blieb er stehen, bückte sich und leuchtete mit seiner Taschenlampe zwischen die Träger, auf denen das Haus stand. Auch die anderen Männer knipsten ihre Taschenlampen an.

Der Körper lag, mit dem Gesicht nach unten, im Schnee. Ein kaum zu erkennendes Häuflein, das vom driftenden Schnee schon halb verdeckt war.

Dermott schrie: »Sie haben scharfe Augen, Houston! Die meisten hätten das gar nicht gesehen! Tragen wir ihn hinein!«

»Wollen Sie ihn nicht hier untersuchen und sich ein bißchen umschauen?«

»Mache ich nicht. Wenn der Wind nachläßt, können wir wieder herkommen und nach Spuren suchen.«

»Ich bin auch dafür«, sagte Morrison zähneklappernd.

Den Körper unter dem Haus hervorzuziehen war für die vier Männer kein Problem. Selbst wenn Finlayson das Doppelte gewogen hätte: das Bedürfnis, wieder ins Warme zu kommen, trieb sie zu schneller Arbeit. Finlayson war schlank und ließ sich leicht transportieren – wie ein 150 Pfund schwerer Holzklotz. Als sie den steifgefrorenen Körper hochgehoben hatten, schaute Dermott kurz zu dem hellerleuchteten Fenster über ihnen hinauf. »Wessen Zimmer ist das?« schrie er.

Houston schrie zurück: »Seines.«

»Ihre Theorie stimmt also.«

»Ich denke schon.«

Als sie Finlayson in den Vorraum gebracht hatten, standen oder saßen ein halbes Dutzend Leute herum. Für einen kurzen Augenblick war es still. Dann trat ein Mann vor und fragte schüchtern: »Soll ich Dr. Blake holen?«

Mackenzie schüttelte den Kopf und sagte traurig: »Er ist sicher ein ausgezeichneter Arzt, aber bis jetzt hat noch niemand eine Möglichkeit gefunden, mit der man Tote wieder zum Leben erwekken kann. Aber trotzdem vielen Dank.«

Dermott fragte: »Gibt es irgendwo einen leeren Raum, wo wir ihn hinbringen können?« Houston schaute ihn an, und Dermott sagte sogleich. »Ach ja, – mein Hirn ist vor Kälte und Schlaflosigkeit ganz vernebelt. Sein eigenes Zimmer natürlich. Gibt es hier irgendwo ein Gummituch?«

Sie brachten Finlayson auf sein Zimmer, legten ein Gummituch aufs Bett und Finlayson darauf. »Hat der Raum einen eigenen Thermostaten?«

»Sicher«, sagte Houston. »Er steht auf 22 Grad.«

»Drehen Sie ihn weiter auf.«

»Wozu?«

»Dr. Blake muß ihn untersuchen. Das geht aber nicht, solange ein Mensch hartgefroren ist. Wir haben allmählich Erfahrung in solchen Dingen. Zuviel Erfahrung.« Dermott wandte sich an Mak-

kenzie: »Houston meint, daß Finlayson in seinem Zimmer niedergeschlagen wurde. Getötet oder nur niedergeschlagen. Wir wissen
es nicht genau. Houston meint auch, daß unsere Freunde Finlayson ganz einfach aus dem Fenster geworfen haben.«

Mackenzie ging zum Fenster hinüber, öffnete es, schüttelte sich,
als der Wind den eisigen Schnee ins Zimmer blies, und warf einen
kurzen Blick nach unten. Sekunden später hatte er das Fenster
wieder fest geschlossen. »Muß wohl so sein. Wir sind genau über
der Stelle, wo wir ihn gefunden haben. Aber der Platz liegt im
Dunkeln. Die Mörder sind vielleicht durch dasselbe Fenster ausge-
stiegen und haben den Toten unters Haus geschoben – in der
Hoffnung, daß der Schnee ihn zuwehen würde.« Mackenzie seufzte. »Es ist doch wohl nicht möglich, daß er das Fenster aufgemacht
hat, um frische Luft zu schnappen, weil ihm schlecht war, und daß
er hinausgefallen und dann unters Haus gekrochen ist?«

»Nein. Finlayson hätte auf diese Art keinen einzigen Atemzug
frische Luft geholt. Er ist daran gestorben. Es ist Mord.«

»Ich glaube, wir müssen den Boß verständigen.«

»Er wird sich freuen.«

Brady war wütend. Sein finsteres Gesicht paßte überhaupt nicht zu
seinem bunten Pyjama. Er sagte: » Fortschritt an allen Fronten.
Und was wollen wir jetzt machen?«

Mackenzie sagte friedlich: »Deswegen sind wir hier. Wir dachten, daß Sie uns einen Rat geben können.«

»Einen Rat? Wie zum Teufel soll ich Ihnen einen Rat geben
können? Ich bin doch gerade erst aufgewacht.« Er korrigierte sich.
»Gut, vielleicht in ein paar Minuten. Schade um Finlayson. War ein
feiner Kerl, alles in allem. Was glauben Sie, George?«

»Eins ist sicher. Die Ähnlichkeit zwischen dem Vorfall hier und
dem auf Pumpstation 4 ist mir zu groß für einen Zufall. Den beiden
Ingenieuren ist es genauso ergangen wie Finlayson. Sie haben
mehr gesehen oder gehört, als für sie zuträglich war. Sie haben
eine oder mehrere Personen erkannt, und sie haben sie bei einer
verbotenen Handlung ertappt. Deswegen mußten sie ein für allemal zum Schweigen gebracht werden.«

Brady dachte einen Augenblick nach, dann sagte er: »Gibt es
eine direkte Beziehung zwischen dem Fall Finlayson und dem Fall
Bronowski?«

»Darauf möchte ich nicht wetten«, sagte Dermott. »Das heißt, die Verbindung ist mir zu naheliegend. Man kann sich vorstellen, daß Bronowski mit dem Leben davongekommen ist, weil er seine Angreifer nicht erkannt hat, und daß Finlayson sterben mußte, weil Bronowski sie nicht gestellt hat. Aber das wäre zu einfach, zu glatt.«

»Was meint Houston?«

»Er scheint nicht einen Funken mehr Ahnung zu haben als wir.«

»So *scheint* es.« Brady verweilte einen Moment bei diesem Wort. »Glauben Sie, daß er mehr weiß, als er sagt?«

»Bis jetzt hat er noch nicht viel gesagt.«

»Aber Sie trauen ihm nicht.«

»Und weil wir gerade dabei sind: Ich traue Bronowski auch nicht.«

»Zum Teufel, er ist aber ganz brutal angegriffen worden.«

»Angegriffen, ja. Aber nicht brutal. Ich traue auch Dr. Blake nicht.«

»Weil er uns so wenig behilflich ist? Weil er nicht mit uns zusammenarbeitet?«

»Das wäre schon Grund genug.«

Brady wurde auf einmal taktvoll: »Sie gehen aber recht unsanft um mit den Gefühlen Ihrer Mitmenschen.«

»Zum Teufel mit all den Feinfühligkeiten! Wir haben es hier mit drei Mordfällen zu tun. Und weil wir schon gerade dabei sind, ich traue nicht mal Black!«

»Dem Generaldirektor in Alberta?«

»Von mir aus ist er der König von Siam«, sagte Dermott forsch. »Einige der erfolgreichsten Geschäftsleute der Geschichte gehören zu den größten Betrügern aller Zeiten. Ich behaupte nicht, daß er ein Schwindler *ist*. Ich sage nur, er ist verschlagen, feige, kaltblütig und unkooperativ. Kurz: ich traue niemandem.«

»Also, Freunde: wir betrachten die Sache von der falschen Ecke«, sagte Brady. »Wir sitzen mittendrin und schauen nach draußen. Vielleicht sollten wir uns die Angelegenheit mehr von außen anschauen. Wer hat ein *Interesse* daran, die Pipeline und die Förderanlagen in Athabasca zu sabotieren? Sehen Sie irgendeinen Zusammenhang zwischen der Tatsache, daß die Leute hier ihre Anweisungen aus Edmonton bekommen, während die in Alberta Anweisungen aus Anchorage erhalten?«

»Nein«, sagte Dermott mit Überzeugung. »Vielleicht nur Zufall, höchstens der plumpe Versuch, so zu tun, als wären Kanada und die USA im Clinch. Lächerliche Idee. Heutzutage, bei dieser akuten Ölknappheit, haben zwei befreundete Nachbarn etwas anderes zu tun als einander die Kehle durchzuschneiden.«

»Und wer könnte was profitieren bei der ganzen Geschichte?«

»Die OPEC«, sagte Mackenzie ganz ruhig.

Mackenzie war davon so überzeugt wie Dermott von seiner eigenen Theorie. »Wenn sie die Ölversorgung dieser beiden großen Länder abwürgen können, dann haben sie einen Zuwachs an Profit und an Macht. Die Regierungen beider Länder haben klargestellt, daß sie *à la longue* frei werden wollen von der schrecklichen Abhängigkeit von ihren ausländischen Freunden. Sie haben uns in der Gewalt, sie haben uns sozusagen aufs Ölfaß genagelt, und sie wollen, daß es so bleibt.«

»Das hat einiges für sich«, sagte Brady.

»Ja«, sagte Mackenzie. »Sie haben im Moment enormen Einfluß, und eins wollen sie bestimmt nicht: sie wollen unter keinen Umständen ihre Machtposition verlieren. Die Würfel sind in beiden Ländern schon gefallen. Sollte es Nordamerika irgendwann gelingen, sich ausreichend mit Öl selbst zu versorgen, würden unsere erpresserischen Freunde die Grundlage ihrer Macht verlieren. Sie wären gezwungen, ihre autoritäre Haltung in weltpolitischen Fragen aufzugeben, und was noch schlimmer wäre – ihre Einnahmen würden sich derart verringern, daß sie ihre hochfliegenden Pläne aufgeben müßten. Ihre industrielle und technische Entwicklung käme ins Stocken, sie könnten ihre Länder nicht auf das Niveau des späten zwanzigsten Jahrhunderts anheben. Sie kämen in größte Schwierigkeiten. Und wenn es um ihre nationale Existenz geht, sind rigorose Menschen auch bereit, zu rigorosen Mitteln zu greifen.«

Brady dachte einen Augenblick nach, dann sagte er: »Und Sie sind wirklich der Ansicht, daß die OPEC-Länder eine konzertierte Aktion gegen uns einleiten würden?«

»Zum Teufel, nein. Die eine Hälfte von ihnen spricht ja kaum ein Wort mit der anderen, und man kann sich nicht vorstellen, daß ein relativ gemäßigtes Land wie Saudi-Arabien zu so einer gemeinsamen Aktion bereit wäre. Aber Sie wissen so gut wie ich, daß es unter den maßgebenden Leuten der OPEC ein paar ausgesprochen Verrückte gibt, die vor nichts zurückschrecken, wenn es um ihre Interessen geht. Und Sie sollten nicht vergessen, daß einige dieser Leute den Gastgeber für ein paar rabiate Terroristen spielen.«

Brady fragte: »Was halten Sie davon, George?«

»Es ist eine Theorie, und sogar eine Theorie, die ich für annehmbar halte. Andererseits: solange ich hier oben bin, habe ich noch keinen Menschen gesehen, der auch nur entfernt so aussieht wie ein Terrorist aus dem Mittleren Osten.«

»Und was vermuten Sie nun?«

»Es ist vielleicht eine zu wilde Spekulation, aber ich nehme an, daß unsere Probleme mit dem guten altmodischen kapitalistischen Unternehmertum zu tun haben. Und wenn das der Fall ist, dann gibt es endlos viele Ursachen, die in Frage kommen. Ich fürchte, wir kommen nicht weiter, wenn wir die Sache zu sehr von außen betrachten.«

»Und was für ein Motiv sehen Sie?«

»Erpressung. Ganz offensichtlich.«

»Bargeld?«

»Natürlich werden sie nicht um Kleingeld bitten. Für die Pipeline und das Sanmobil-Projekt sind runde zehn Milliarden aufgebracht worden, und an jedem Tag, an dem sie das Öl zurückhalten können, fehlen noch mal ein paar Millionen in der Kasse. Und was noch wichtiger ist: unsere beiden Länder sind knapp mit Öl. Wer immer unsere Feinde sind, sie haben uns in der Zange. Und deshalb wird die Summe hoch sein.«

»Und wer soll sie bezahlen?« fragte Mackenzie.

»Die Ölgesellschaften. Die Regierungen. Sie stecken alle tief drin.«

Brady sagte: »Und sobald die Erpresser ausbezahlt sind? Wie kann man verhindern, daß sie dasselbe Spiel noch einmal machen?«

»Überhaupt nicht, soweit ich sehe.«

»Gott! Sie sind der Tröster vom Dienst.«

»Ich könnte Sie noch ein bißchen mehr trösten. Darf ich? Es könnte einen Zusammenhang geben zwischen Dons Theorie und meiner. *Wenn* es Erpressung ist und *wenn* es den Killern um Geld geht, wer hindert die OPEC-Länder daran, mit den Gangstern Kontakt aufzunehmen und ihnen die doppelte oder sogar dreifache Summe zu bieten – wenn sie die gesamte Anlage zerstören und abhauen? Sie tragen eine große Verantwortung auf Ihren Schultern, Mr. Brady.«

»Ach, George! Sie sind ein Fels an Geisteskraft und Mitgefühl in Zeiten von Unglück und Streß.« Brady klang wehleidig. »Gut.

Wenn uns schon nichts Konstruktives einfällt, schlage ich vor, daß wir uns alle zur Ruhe begeben. Jetzt muß gedacht werden, und ich werde *mit mir selbst* zu Rate gehen. In solchen Nächten ist es die beste Gesellschaft.«

Dermott fühlte sich immer noch unbeschreiblich müde, als der Wecker ihn aus dem unruhigen Schlaf riß. Es war kurz vor acht. Er stand zögernd auf, duschte und rasierte sich, machte sich auf den Weg zu Finlaysons Zimmer und war gerade dabei, die Tür zu öffnen, als sie von Dr. Blake geöffnet wurde. Am Morgen um diese Zeit verlieh die gebogene Nase mit den eingefallenen Wangen und den tiefliegenden Augen dem Mann ein totenähnliches Aussehen – nicht das typische Arztgesicht, das einem Hoffnung und Vertrauen einflößt, dachte Dermott.

»Ach, ja. Kommen Sie bitte herein, Mr. Dermott. Ich bin gerade mit Finlayson fertig. Ich wollte mich gerade um seinen Sarg kümmern. Er und die beiden Ingenieure von Pumpstation 4 sollen ja um halb zehn nach Anchorage geflogen werden. Soviel ich weiß, fliegen Sie mit.«

»Ja. Haben Sie denn Särge?«

»Makaber, werden Sie jetzt sagen. Ja, wir haben immer ein paar auf Lager. Von ganz ungewöhnlichen Krankheiten abgesehen, müssen wir auch mit Unfällen in diesem gefährlichen Beruf rechnen. Man kann nicht einfach einen Leichenbestatter von Fairbanks oder Anchorage antanzen lassen.«

»Das glaube ich Ihnen.« Dermott deutete auf den Toten hin. »Haben Sie die Todesursache feststellen können?«

»Ja. Eigentlich muß man eine genaue Autopsie durchführen, um die Todesursache festzustellen. Glücklicherweise oder vielmehr unglücklicherweise war das in diesem Fall nicht nötig.« Blake machte ein grimmiges Gesicht. »Was vorher nur eine Vermutung war, ist jetzt Gewißheit. John Finlayson ist ermordet worden.«

»Wie? Anders als durch Aussetzen?«

»Er ist bewußtlos geschlagen und in die Kälte hinausgetragen worden. So, wie er angezogen war, müßte sein Herz in weniger als einer Minute stehengeblieben sein.«

»Und wie wurde er niedergeschlagen?«

»Mit einem Sandsack. Eine klassische Methode. Ein Experte. Sie können die leichte Schwellung und die etwas aufgerauhte Haut sehen. Eine Schwellung kann nur entstehen, wenn das Blut noch zirkuliert. Er muß also nach dem Schlag noch gelebt haben. Die Kälte hat ihn getötet.«

»Woher hatte der Täter Sand in dieser gottverlassenen Gegend?«

Dr. Blake lächelte. Dermott wünschte, er hätte es lieber nicht getan. Die langen, eng zusammenstehenden Zähne unterstrichen den Totenkopf-Effekt. »Wenn Sie nicht zu pingelig sind, können Sie riechen, was der Täter benützt hat.«

Dermott beugte sich vor und richtete sich sofort wieder auf. »Salz.«

Blake nickte. »Wahrscheinlich leicht angefeuchtet. Das gibt einen noch besseren Totschläger als Sand.«

»Haben Sie das an der Universität gelernt?«

»Ich habe eine Zeitlang als Gerichtsmediziner gearbeitet. Wenn ich den Totenschein ausstelle und ihn unterschreibe, wären Sie dann so nett, ihn nach Anchorage mitzunehmen?«

»Natürlich.«

Groß, stämmig, rotwangig und fröhlich, wie er war, sah John Ffoulkes eher wie ein erfolgreicher Landwirt aus. Der hohe Polizeibeamte holte eine Flasche Whisky und zwei Gläser hervor und lächelte Dermott an. »Im Hinblick auf das geradezu lächerliche Alkoholverbot, das sie da oben in Prudhoe Bay haben, müssen wir uns hier ein bißchen schadlos halten.«

»Meinem Chef würde Ihr Stil gut gefallen. Wir haben es gar nicht so schlecht da droben. Mr. Brady behauptet, daß er die größte transportable Bar auf der nördlichen Halbkugel besitzt. Und die hat er auch.«

»Schön. Wenn ich Sie jetzt erneut an Ihren Herflug erinnern darf: er war sicher nicht angenehm.«

»Extrem starke Turbulenzen, keine hübsche Stewardeß an Bord, dafür aber die Leichen von drei Ermordeten – das ist nicht geradezu ideal für einen entspannten Flug.«

Ffoulkes hörte auf zu lächeln. »Ach ja, die Toten. Nicht nur tragisch, sondern auch sehr unangenehm. Ich habe Berichte gelesen von unseren Leuten und vom FBI. Vielleicht können Sie mir noch Näheres erzählen.«

»Kaum. Mr. Morrison vom FBI scheint mir ein sehr fähiger Mann zu sein.«

»Das ist er, und ein guter Freund von mir. Aber erzählen Sie mal, bitte.«

Dermotts Zusammenfassung war kurz und erschöpfend.

»Klingt genauso wie die anderen Berichte. Keine sicheren Beweise.«

»Vermutungen ja. Beweise nein.«

»Sind die einzigen Anhaltspunkte, die wir wirklich haben, die Fingerabdrücke aus der Telefonzelle?« Dermott nickte, und Ffoulkes holte einen Schnellhefter aus der Schreibtischschublade. »Hier sind sie. Einige sind ziemlich verschmiert, aber andere sind wieder recht gut. Sind Sie ein Experte?«

»Ich kann sie mit einem starken Vergrößerungsglas lesen – und mit etwas Glück. Ein Experte – nein.«

»Ich habe einen erstklassigen jungen Typen hier. Soll ich ihn ein, zwei Tage an Sie verleihen?«

Dermott zögerte. »Das wäre sehr nett. Ich möchte aber nicht Mr. Morrison ins Gehege kommen. Er hat seinen eigenen Spezialisten dort.«

»Der ist aber nicht die Klasse von unserem David Hendry. Mr. Morrison wird nichts dagegen haben.« Er drückte auf den Knopf der Sprechanlage und gab eine Anweisung.

David Hendry war blond und lächelte. Für einen Polizeibeamten wirkte er unglaublich jung. Ffoulkes stellte ihn vor und sagte: »Sie Glückspilz! Was halten Sie von ein paar Tagen Urlaub in einer zauberhaften Winterlandschaft?«

Hendry machte ein etwas mißtrauisches Gesicht. »Welche zauberhafte Landschaft, Sir?«

»Prudhoe Bay.«

»O Gott!«

»Ich wußte doch, daß Sie sich freuen. Alles klar. Packen Sie Ihre Sachen. Drei Parkas werden schon reichen, wenn Sie sie übereinander anziehen. Wann geht Ihre Maschine, Mr. Dermott?«

»In zwei Stunden.«

»Melden Sie sich in einer Stunde zurück, David.«

Hendry ging zur Tür. Als er sie öffnete, stand ein schlanker Mann mit weißem Bart vor ihm, sah aus wie einer der Propheten im Alten Testament und kam langsam ins Zimmer.

»Entschuldigen Sie vielmals, John, aber Sie haben einen sehr schlechten Moment erwischt, noch dazu an einem sehr schlechten Tag. Zwei Gerichtsfälle und zwei Selbstmorde – die Leute werden jeden Tag gedankenloser.«

»Ich versichere Sie meiner Anteilnahme, Charles – aber ich

hoffe, Sie verstehen auch mich. Darf ich vorstellen: Dr. Parker –
Mr. Dermott.«

»O ja!« Parker schaute Dermott mit einem Blick an, dem jegliche Begeisterung fehlte. »Sie sind der Mann, der hergekommen ist, um mir noch mehr Arbeit aufzuhalsen?«

»Ich wollte es Ihnen eigentlich nicht antun. Drei Arbeiten sind es, um genau zu sein.«

»Ich fürchte, ich kann heute nichts für Sie tun, Mr. Dermott. Mir steht der Schnee bis zum Hals. Sehr wahrscheinlich geht es morgen auch noch nicht. Sehr unsportlich.«

»Was heißt das?«

»Meine beiden Assistenten. Legen sich mit Grippe ins Bett, wenn wir Hochsaison haben. Diese moderne Generation...«

»Ich würde sagen, sie können nichts dafür.«

»Muttersöhnchen! Also gut: was ist Ihren drei Leuten passiert?«

»Bei zweien wissen wir's genau. Ganz in ihrer Nähe ist Sprengstoff hochgegangen. Danach hat das Öl zu brennen angefangen. Sie sind schlimm verkohlt, aber wahrscheinlich hätte sie schon der Qualm erledigt.«

»Und was bleibt einem alten Knochensäger wie mir noch zu tun?«

»Sie haben alle beide noch eine Kugel im Hinterkopf«, sagte Dermott.

»Aha. Und ich soll sie herausholen, ja?«

»Ja, bitte. Aber nicht auf *meinen* Wunsch. Die Polizei und das FBI – ich bin nur zuständig für Sabotage-Abwehr.«

Dr. Parker machte ein saures Gesicht. »Ich hoffe, meine Anstrengungen sind nicht so umsonst, wie üblich.«

Ffoulkes schmunzelte. »Was würden Sie dazu sagen, Mr. Dermott?«

»Ich wette eine Million zu eins, daß die Arbeit umsonst ist. Die Pistole ist längst weg. Aus dem Hubschrauber abgeworfen – irgendwo in den Bergen.«

»Ich möchte Sie noch etwas fragen, Charles«, sagte Ffoulkes.

Dr. Parker achtete nicht auf ihn. »Was ist mit dem dritten Mann?« fragte er Dermott.

»Es ist der Betriebsleiter von BP/Sohio. John Finlayson.«

»Du lieber Gott! Den Mann kenne ich gut. Das heißt, ich *habe* ihn gekannt.«

»Ja.« Dermott zeigte auf den Schreibtisch. »Da ist sein Toten-schein.«

Parker nahm ihn vom Tisch, setzte einen Zwicker auf und studierte das Papier. »Ungewöhnlich«, sagte er gereizt, »aber scheint in Ordnung zu sein. Es wird keine Autopsie verlangt.« Er schaute Dermott an. »Ihrem Gesicht nach scheinen Sie nicht ganz einverstanden zu sein.«

»Ich bin weder dafür noch dagegen. Ich habe nur ein ungutes Gefühl.«

»Sind Sie mal Mediziner gewesen, Mr. Dermott?«

»Nein.«

»Sie glauben, daß ich mich mit einem Kollegen anlege?«

»Kennen Sie ihn denn?«

»Nie von ihm gehört.« Parker atmete schwer. »Aber, verdammt noch mal, er ist ein Arzt.«

»War Dr. Crippen auch.«

»Was zum Teufel soll das heißen?«

»Sie können aus meinen Worten entnehmen, was Sie wollen«, sagte Dermott knapp. »Ich will hier nichts unterstellen, ich will nur sagen, daß die Untersuchung oberflächlich und schnell durchge-führt worden ist. Vielleicht ist etwas übersehen worden. Sie wer-den doch sicher nicht göttliche Unfehlbarkeit für die Zunft der Ärzte in Anspruch nehmen?«

»Das will ich nicht.« Seine Stimme war immer noch gereizt, aber es war nur noch ein Brummen. »Also, was wollen Sie?«

»Ein zweites Gutachten.«

»Das ist eine verdammt ungewöhnliche Bitte.«

»Das ist auch ein verdammt ungewöhnlicher Mord.«

Ffoulkes schaute Dermott spöttisch an und sagte: »Ich komme morgen mal nach Prudhoe Bay. Es gibt nichts Schöneres, als in ein schönes Durcheinander noch ein bißchen Chaos zu bringen.«

10

Dermott und David Hendry kamen im bleiernen Dämmerlicht des Spätnachmittags nach Prudhoe Bay. Das Flugwetter war wesent-lich besser, der Wind machte nur noch zehn Knoten, die Boden-sicht war fast normal und die Temperatur mehrere Grade höher als am Morgen. Das erste Gesicht, das Dermott in der Halle des Verwaltungsgebäudes wiedererkannte, war das von Morrison, der von einem jungen Mann mit rötlichgelbem Haar und grauem Flanellanzug begleitet wurde. Morrison blickte auf und lächelte.

»Vertrauen Sie John Ffoulkes«, sagte er. »Verlassen Sie sich nicht auf das FBI.« Er deutete auf seinen rotblonden jungen Mann. »Nick Turner. Stören Sie sich nicht an seinem Anzug. Er hat in Oxford studiert. *Mein* Fingerabdruck-Experte. Zu Ihrer Rechten: David Hendry, *Ihr* Experte.«

Dermott sagte freundlich: »John Ffoulkes weiß eben, daß zwei Paar Augen mehr sehen als ein Paar. Sind Sie weitergekommen?«

»Nein. Sie?«

»Die reinste Zeitverschwendung. Ich habe mir auf dem Herflug überlegt, wir könnten Finlaysons Zimmer nach Fingerabdrücken absuchen.«

»Keine Bange. Haben wir schon gemacht.«

»Sauber wie eine Kehle?«

»Fast so. Eine Menge unbrauchbare Schmierflecke, die nur von Finlayson stammen können, ein paar von dem Klempner, der hier zu tun gehabt hat, und einer – Sie werden es nicht glauben –, *einer* von seinem Haushälter. Ein richtiger Tausendsassa mit Staubwedel und Polierlappen.«

»Haushälter?«

»So ein ›Mädchen für alles‹. Bettenmacher, Saubermacher...«

»Könnte nicht irgendeine andere fleißige Seele mit dem Staublappen hier gearbeitet haben?«

Morrison holte zwei Schlüssel aus der Tasche: »Sein Zimmerschlüssel und der Hauptschlüssel. Hab' sie in der Tasche, seit Finlayson rausgetragen worden ist.«

»Ende der Vorlesung.« Dermott legte einen Schnellhefter auf den niederen Tisch vor Morrison. »Die Fingerabdrücke von der Telefonzelle in Anchorage. Ich muß jetzt gehen und dem Boß berichten.«

Morrison sagte: »Unsere beiden jungen Herren werden viel Freude daran haben, wenn sie sie mit unseren Abdrücken aus dem Safe vergleichen.«

»Das klingt ja nicht sehr optimistisch.«

»Von Natur aus war ich Optimist. Aber das war, bevor ich den 49. Breitengrad überschritten habe.«

Brady und Mackenzie ruhten sich in den einzigen beiden Lehnstühlen in Bradys Zimmer aus. Als Dermott hinzukam, machte er ein mißmutiges Gesicht: »Sehr erfreulich und ermutigend, Sie so gutgelaunt und erholt anzutreffen.«

Brady sagte: »War wohl ein anstrengender Nachmittag, was?« Er deutete mit einer ausholenden Handbewegung auf eine Reihe Flaschen, die auf dem Abstelltischchen standen. »Das wird Ihre Moral wieder stärken.«

Dermott schenkte sich ein und fragte: »Irgendwelche Neuigkeiten aus Athabasca? Wie geht es der Familie?«

»Gut, gut.« Brady kicherte. »Stella hat die Norwegen-Geschichten an unser Londoner Büro weitergegeben. Wir brauchen uns nicht mehr darum zu kümmern.«

»Das ist gut.« Dermott schlürfte seinen Whisky. »Was machen die Mädchen?«

»Im Augenblick, glaube ich, besichtigen sie die Anlagen von Sanmobil. Einladung von Bill Reynolds. Wirklich gastfreundliche Leute, diese Kanadier.«

»Und wer paßt auf sie auf?«

»Reynolds eigene Sicherheitsmänner Brinckman – der Boß, wenn Sie sich erinnern – und Jorgensen, sein Stellvertreter.«

Dermott war nicht beeindruckt. »Mir wären die beiden jungen Polizisten lieber gewesen.«

»Aus welchem Grund?« fragte Brady etwas aufgebracht.

»Aus drei Gründen. Erstens, die Polizisten sind cleverer und verstehen mehr davon als Brinckmans Leute. Zweitens, Brinckman, Jorgensen und Napier sind Hauptverdächtige.«

»Wieso Haupt...«

»Weil sie die Schlüssel zum Sprengstoffschuppen haben und weil sie die Schlüssel an den oder die Täter weitergegeben haben. Und drittens, weil sie Sicherheitsmänner sind.«

Brady lächelte mild. »Sie sind ein bißchen überreizt, George. Allmählich werden Sie paranoid – was die Sicherheitsmänner im Nordwesten von Amerika betrifft.«

»Ich hoffe, Sie werden diese Bemerkung nicht bereuen müssen.«

Brady blickte finster drein und schwieg, so daß Dermott das Thema wechselte. »Was hat der Tag denn gebracht?«

»Jedenfalls keinen Fortschritt. Wir haben zusammen mit Morrison alle Leute hier angehört. Jeder hat für die Nacht der Explosion auf Pumpstation 4 ein hieb- und stichfestes Alibi. Das ist alles klar.«

»Außer...« Dermott blieb hartnäckig.

»Wen meinen Sie?«

»Bronowski und Houston.«

Brady warf Dermott einen bösen Blick zu und schüttelte den Kopf. »Sie sind wirklich paranoid. Ich muß das noch mal sagen. Scheiße, wir *wissen*, daß die beiden dort waren. Bronowski ist niedergeschlagen worden, und Houston *mußte* Finlayson nicht finden. Wenn er ein falsches Spiel treiben würde, wäre es für ihn doch viel besser gewesen, wenn das Schneetreiben alle Spuren verwischt hätte. Was sagen Sie dazu?«

»Dreierlei. Die Tatsache, daß wir wissen, daß sie draußen waren, macht sie verdächtiger, nicht *weniger* verdächtig.«

»Wieder eine Variante«, brummte Brady. »Ich hasse Varianten.«

»Weiß ich. Aber wir waren uns einig, daß die Attentäter Angestellte der Trans-Alaska-Pipeline sein müssen. Alle anderen fallen wegen ihrer Alibis aus. Es bleiben also nur diese beiden – oder etwa nicht?«

Brady gab keine Antwort, und Dermott fuhr fort: »Das dritte ist: es muß irgendeinen Grund geben, warum Bronowski niedergeschlagen wurde und warum Houston John Finlayson gefunden hat. Schauen wir uns das mal an. Welchen Beweis haben wir dafür, daß Bronowski niedergeschlagen wurde? Das einzige, was wir sicher wissen, ist, daß er auf der Krankenstation liegt und daß er einen eindrucksvollen Verband um den Kopf hat. Ich glaube nicht, daß Bronowski etwas zugestoßen ist. Ich glaube auch nicht, daß ihn jemand niedergeschlagen hat. Ich vermute, daß wir an seiner Schläfe überhaupt nichts sehen, wenn wir den Verband abnehmen, höchstens ein paar enzianblaue Flecken, die irgend jemand recht künstlerisch plaziert hat.«

Brady sah aus wie jemand, der um innere Kraft betet. »Sie mißtrauen also nicht nur den Sicherheitsmännern, sondern auch den Ärzten.«

»Einigen ja, anderen wieder nicht. Ich habe Ihnen schon gesagt, daß mir Blake verdächtig vorkommt.«

»Haben Sie wenigstens einen einzigen Beweis, der Ihren Verdacht begründet?«

»Nein.«

»Na also.« Brady ließ sich nicht weiter über die Sache aus.

»Wir haben uns auch die Leute aus Prudhoe Bay vorgenommen, die in der fraglichen Nacht in Anchorage waren, als der Anruf aus der Zelle kam«, sagte Mackenzie. »Vierzehn im ganzen. Ein ziemlich harmloser Haufen, soweit ich sehe. Jedenfalls hat Morrison bei der Polizei in Anchorage angerufen, hat denen die Namen und Adressen von den vierzehn gegeben und darum gebeten, daß sie nachschauen, ob sie irgend etwas herausfinden können.«

»Sie haben doch Fingerabdrücke von diesen vierzehn Leuten, oder?«

»Ja. Einer von Morrisons Leuten hat das gemacht. Kommt von so einer vornehmen Universität.«

»Hat es Differenzen gegeben?«

»Nein. Waren richtig gierig auf Zusammenarbeit.«

»Das sagt gar nichts. Jedenfalls habe ich die Fingerabdrücke aus der Telefonzelle in Anchorage mitgebracht. Sie werden zur Zeit mit den Abdrücken dieser vierzehn Personen verglichen.«

»Das wird ja nicht lange dauern«, sagte Mackenzie. »Soll ich mal anrufen, ja?« Er rief an, unterhielt sich kurz, hängte wieder auf und sagte zu Dermott: »Kassandra.«

»So.« Brady sah richtig traurig aus. »Die besten Leute aus Houston können nicht weiter.«

»Machen wir uns nicht zuviel Vorwürfe«, sagte Dermott. Er sah nicht so niedergeschlagen aus wie die beiden andern. »Unser Geschäft ist Abwehr, nicht Mord. Sollen sich das FBI und die Landespolizei damit herumschlagen. Sie scheinen genauso wie wir gegen eine Wand zu rennen. Abgesehen davon haben wir bald noch eine andere Spur zu verfolgen – die Autopsie von John Finlayson.«

»Ach!« Brady winkte verächtlich ab. »Das ist schon gelaufen. Hat uns nichts gebracht.«

»Die erste. Aber die zweite könnte ...«

Mackenzie fragte: »Was? Noch eine Autopsie?«

»Die erste war ziemlich oberflächlich und routinemäßig.«

»Das hat es noch nie gegeben!« Brady schüttelte den Kopf. »Wer zum Teufel hat das angeordnet?«

»Niemand. Ich habe darum sehr höflich gebeten.«

Brady fluchte, entweder über Dermotts Worte oder weil er sich eine Portion Daiquiri über seine makellose Hose gegossen hatte. »Da haben Sie jetzt aber lange rumgetan, bis Sie endlich damit rausgerückt sind.«

»Alles zu seiner Zeit, Jim. Man muß immer wissen, was vorgeht. Es wird noch ein paar Tage dauern, bis wir das Ergebnis der Autopsie bekommen. Ich kann wirklich nicht verstehen, warum Sie sich so aufregen.«

»Das kann ich Ihnen genau sagen. Wer zum Teufel hat Sie ermächtigt, eine zweite Autopsie zu erwirken, ohne mich vorher zu fragen?«

»Niemand.«

»Sie hätten Zeit gehabt, diese Sache mit mir zu besprechen, bevor Sie nach Anchorage geflogen sind.«

»Die Zeit hätte ich natürlich gehabt, aber da war mir die Idee noch nicht gekommen. Ich war schon auf halber Strecke nach Anchorage, als mir klar wurde, daß mit Blakes Untersuchung irgend etwas faul sein könnte. Können Sie sich vorstellen, daß ich Sie in Prudhoe Bay anrufe und offen mit Ihnen rede, ohne daß jemand das Gespräch abhört?«

»Sie tun gerade so, als wäre Prudhoe Bay ein internationales Agentennest«, sagte Brady sarkastisch.

»Es genügt nur ein feindliches Ohr, und wir können unsere Koffer packen und nach Houston zurückfahren. Wir wissen doch schon, wie gut die Leute hier ihre Spuren verwischen können.«

»George«, sagte Mackenzie. »Es ist schon passiert. Wer hat dich argwöhnisch gemacht?«

»Dr. Blake. Du weißt, daß ich schon lange etwas gegen ihn habe. Ich habe mir überlegt, ob es irgendeinen Zusammenhang zwischen Dr. Blake und Finlaysons Tod geben könnte. Ich bin der einzige, der die Leiche zwischen dem Augenblick, wo Dr. Blake die Autopsie beendet hatte, und dem Augenblick, wo der Sarg zugeschraubt wurde, gesehen hat.« Dermott machte eine Schlürfpause.

»In der Zwischenzeit hat mir Dr. Blake die Stelle am Hals gezeigt, wo Finlayson mit einem Salzbeutel bewußtlos geschlagen wurde. Im Flugzeug ist mir eingefallen, daß ich noch nie so eine Schwellung oder Prellung gesehen habe. Da war keine Spur von Verfärbung, auch kein anderes typisches Zeichen. Es sah viel eher so aus, als hätte man die Haut nach dem Tod aufgerauht. Blake sagte, Finlayson sei mit einem Beutel mit feuchtem Salz niedergeschlagen worden. Finlaysons Hals roch nach Salz, aber er hätte in der Nacht eingerieben worden sein können, nachdem man die Leiche in das Zimmer zurückgebracht hatte. Wenn er mit einem

Salzbeutel niedergeschlagen worden wäre, hätte die Wirbelsäule gequetscht oder gebrochen sein müssen.«

Mackenzie sagte: »Einleuchtende Frage – war sie es?«

»Ich weiß es nicht. Sie sah okay aus. Dr. Parker wird das schon wissen.«

»Dr. Parker?«

»Arbeitet in Anchorage mit der Polizei zusammen. In der gerichtsmedizinischen Abteilung. Sah aus wie ein sehr anständiger alter Junge. Meine Bitte ist bei ihm gar nicht so gut angekommen. Wie ihr fand er eine zweite Autopsie ungewöhnlich oder nicht angebracht oder so was. Er las sich Blakes Totenschein durch und fand ihn völlig in Ordnung.«

»Aber du hast ihn vom Gegenteil überzeugt?«

»Nicht direkt. Er hat nichts versprochen. Aber er schien an der Sache interessiert zu sein.«

Brady sagte: »Sie können die Leute immer so schön beschwätzen, George.«

Dermott machte eine Denkpause, dann sagte er: »Es muß nichts sein, oder es ist wieder ein Strohhalm, an den wir uns klammern – aber Dr. Parker hat nie etwas von einem Dr. Blake gehört.«

Brady warf sich in Predigerpose, mit erhobenem Zeigefinger. »Sie wissen schon, daß Alaska mehr als halb so groß ist wie Westeuropa?«

»Ich weiß auch, daß in Westeuropa mehr als 200 Millionen Menschen leben, in Alaska aber nur ein paar Hunderttausend. Ich bin überzeugt, daß, von den paar Krankenhäusern abgesehen, hier nur sechzig bis siebzig Ärzte leben, die ein alter Arzt wie Dr. Parker alle kennen müßte.«

Brady hatte seinen erhobenen Zeigefinger wieder gesenkt und sagte: »Da ist eine Chance für Sie. Eine sofortige Überprüfung von Dr. Blakes Vergangenheit scheint mir angebracht.«

»Sofort«, stimmte Mackenzie zu. »Morrisons Leute sind da die richtigen. Sollte man nicht auch feststellen lassen, wer Dr. Blake hierhergeholt und eingestellt hat?«

»Sollte man«, sagte Dermott. »Und es würde die Zahl der Verdächtigen verringern, glaube ich. Erinnerst du dich noch, wie wir hier angekommen sind und darüber gesprochen haben, was für eine Art Waffe im Fall Bronowski verwendet worden sein könnte, und daß Morrison sagte – ich hoffe, ich zitiere ihn richtig – ›Dr. Blake sagt, er sei kein Spezialist für kriminelle Gewaltakte‹?«

Brady nickte.

»So. Heute morgen, als ich mich mit Dr. Blake über Finlaysons Tod unterhielt, sagte er so ganz von sich aus, daß er Experte in forensischer Medizin sei. Offensichtlich, um seiner Diagnose mehr Gewicht zu verleihen. Aber es war Schwindel. Entweder das erstemal oder jetzt.«

Dermott schaute Brady an und fragte: »Haben Ihre Agenten in New York, die Bronowskis Überwachungsfirma unter die Lupe genommen haben, schon eine heiße Spur, oder sollen wir ihnen mal einen Tip geben?«

»Abgelehnt. Sie haben doch selber gesagt, wenn jemand mithört...«

»Wer redet von einer offenen Leitung? Wir machen das über Houston, in Ihrem Code.«

»Ach, dieser schreckliche Code! Also setzen Sie die Nachricht auf und geben Sie sie in meinem Namen durch.«

Mackenzie winkte unauffällig, aber Dermott achtete nicht darauf und gab seine Mitteilung für Houston Buchstabe für Buchstabe an die Zentrale. Es sprach für seine Geschicklichkeit, daß er die Wörter aus dem Kopf in jenen Code übertrug, den sein Erfinder so unerträglich schwer fand.

Kaum war Dermott mit seiner Arbeit fertig, als es an der Tür klopfte und Hamish Black eintrat. Der Pinselbart des Generaldirektors von Alaska war so untadelig gezwirbelt wie immer, sein Scheitel war offensichtlich mit dem Lineal gezogen und seine Brille so sicher verankert, daß sie vielleicht sogar einen Hurrikan ausgehalten hätte. Er war immer noch so angezogen wie der Prokurist einer Spitzenfirma. Im Augenblick allerdings wirkte sein Verhalten etwas anders: wie das eines Buchprüfers, der den Beweis für offensichtliche und grobe Veruntreuung in den Büchern seines Lieblingsklienten gefunden hatte. Aber er blieb noch zurückhaltend – oder kühl.

»Guten Abend, meine Herren.« Er war ein Spezialist für frostiges Lächeln. »Ich hoffe, ich störe nicht, Mr. Brady.«

»Kommen Sie ruhig herein.« Brady war die Freundlichkeit in Person, ein sicheres Zeichen dafür, daß er nicht viel von seinem Besucher hielt. »Fühlen Sie sich wie zu Hause.« Er warf einen Blick auf die schon besetzten drei Stühle, die in dem vollgestopften Zimmer standen. »Nun ja...«

»Danke, ich bleibe stehen. Ich möchte nicht lange bleiben.«

»Einen Drink? Einen von meinen unvergleichlichen Rum-Drinks? Und wie wär's mit einer Zigarre?«

»Vielen Dank. Ich rauche nicht und trinke nicht.« Die Art, in der er den rechten Mundwinkel hochzog, zeigte recht deutlich seine Meinung von Leuten, die so etwas taten. »Ich bin hergekommen, weil ich es in meiner Eigenschaft als Generaldirektor von BP/Sohio für meine Pflicht halte, nach dem Fortgang Ihrer Ermittlungen zu fragen.«

Dermott sagte: »Was haben wir gefunden bis jetzt? Ja...«

»Würden Sie bitte still sein, Sir. Ich habe Mr. Brady...«

»George!« Brady machte eine beschwichtigende Handbewegung zu Dermott hinüber, der schon halb aufgestanden war, und schaute Black kühl an. »Wir sind nicht Ihre Angestellten, Mr. Black. Wir sind nicht von Ihnen, sondern von Ihrem Hauptbüro in London verpflichtet worden. Ich schlage vor, daß Sie Ihre Zunge etwas bezähmen, sofern Sie das Zimmer nicht wieder verlassen wollen.«

Blacks Lippen wurden immer schmaler. »Sir, ich bin nicht gewohnt...«

»Okay, okay. Wir wissen das alle. Sie sind sicher in einer unfreundlichen Stimmung. Unsere Fortschritte bis jetzt? Nicht groß. Noch weitere Fragen?«

Black war sichtlich verblüfft – wie ein alter angriffslustiger Kapitän, dem man den Wind aus den Segeln genommen hat. »Sie geben also zu...«

»Wir geben gar nichts zu. Wir haben nur etwas festgestellt. Können wir Ihnen sonst irgendwie helfen?«

»Allerdings können Sie. Sie können mir erklären, mit welchem Recht Sie hier sind. Meine Firma wird nicht so ohne weiteres all die Gebühren zahlen, die Sie höchstwahrscheinlich in Rechnung stellen, wenn keinerlei Fortschritte zu erkennen sind. Sie haben bis jetzt nichts erreicht, und es sieht so aus, als würden Sie auch nichts erreichen. Sie untersuchen Fälle von Industriesabotage, speziell auf Ölfeldern. Es ist aber, meine ich, ein beträchtlicher Unterschied, ob Öl fließt oder Blut. Es ist leider zu vermuten, daß Sie sich übernommen haben und daß Sie den Fall nicht mehr unter Kontrolle haben. Weiter ist anzunehmen, daß die Untersuchung in besseren Händen wäre bei Leuten, die von Berufs wegen Kriminalfälle untersuchen – das FBI und die Polizei des Staates Alaska.«

»Wir würden sehr gerne wissen, was FBI und Polizei inzwischen herausbekommen haben. Oder glauben Sie, daß Sie uns das nicht sagen dürfen?«

Black preßte seine Lippen noch fester zusammen.

Mackenzie fragte: »Darf ich mal etwas sagen, Mr. Brady?«

»Natürlich, Donald.«

»Mr. Black, Ihre Haltung hier erinnert mich sehr an die Vorstellung, die Sie gegeben haben, als wir Sie das erstemal gesehen haben. Liegt es in Ihrer Macht, dafür zu sorgen, daß wir wieder abreisen?«

»Ja.«

»Für immer?«

»Nein.«

»Und warum nicht?«

»Sie wissen sehr gut, warum. Das Hauptbüro in London würde Sie wieder herschicken.«

»Möglicherweise mit der Maßgabe, daß es der Generaldirektor von Alaska ist, der abreisen muß, wenn es nochmals zu ähnlichen Reibereien kommt.«

»Ich kann das wirklich nicht sagen.«

»Ich aber. Oder wußten Sie etwa nicht, daß Mr. Brady ein persönlicher Freund des Aufsichtsratsvorsitzenden Ihrer Firma ist?«

Aus der Art, wie Black an seinem Kragen herumfingerte, konnte man schließen, daß ihm das neu war. Aus der Art, wie Brady plötzlich Schwierigkeiten zeigte, einen Schluck Daiquiri hinunterzuspülen, konnte man sehen, daß ihm das ebenfalls neu war.

»Um auf Ihre erste Vorstellung zurückzukommen, Mr. Black.« Mackenzie blieb hart. »Damals sagte Mr. Dermott, daß er dachte, Sie könnten etwas zu verstecken haben. Mr. Brady meinte, Sie seien übertrieben verschwiegen gewesen und – wie war das noch? – hätten irgendeinen heimlichen oder gar ehrenrührigen Grund, gegen die Interessen Ihrer Firma zu verstoßen. Vernünftige Wünsche bezeichneten Sie als lächerlich. Schließlich hatte Mr. Dermott gesagt – wenn ich mich recht erinnere –, daß Sie entweder auf dem hohen Roß säßen als Generaldirektor von Alaska oder über derartig dumme Anschuldigungen erhaben wären – oder daß Sie etwas verstecken, was wir nicht wissen sollen.«

Black war vielleicht eine Idee blasser als zuvor, aber die Blässe konnte auch durch seine Wut verursacht sein. Er langte nach der

Türklinke. »Das ist ja unerhört! Ich habe keine Lust, mir noch weiter diese Art Rufmord anzuhören!«

Als er die Tür öffnete, sagte Mackenzie tadelnd: »Ich dachte, es sei unhöflich, jemandem ins Wort zu fallen.«

Black warf einen Blick nach draußen auf das Schneetreiben. »Was soll das heißen?«

»Nur, daß ich noch gerne zu Ende bringen möchte, was ich angefangen habe.«

Black schaute auf die Uhr. »Fassen Sie sich kurz.«

»Ich weiß, daß Sie eine ganze Menge zu tun haben, Mr. Black.« Zwei kleine rosa Punkte erschienen auf Blacks Backenknochen, denn Mackenzies Tonfall ließ keinen Zweifel daran, daß er nicht glaubte, daß Black irgend etwas zu tun hatte. »Ich will mich daher kurz fassen. Ihre Unnachgiebigkeit interessiert uns. Sie haben uns unmißverständlich klargemacht, daß Sie heilfroh wären, wenn Sie uns los wären. Aber wie Sie sagten, wissen Sie, daß wir bald wieder da wären, vielleicht in wenigen Tagen. Daraus läßt sich schließen, daß Sie uns aus dem Weg haben wollen, und sei es nur für kurze Zeit. Man macht sich natürlich Gedanken, was Sie in einer derart kurzen Zeit zu tun gedenken oder abgewickelt haben wollen.«

»Wie ich sehe, lassen Sie mir keine andere Wahl, als Ihre Unfähigkeit und Unverschämtheit der Direktion in London mitzuteilen.«

Als die Tür wieder zu war, sagte Dermott: »Kein schlechtes Ende. Er tut natürlich nichts dergleichen – vor allem, wenn ihm wieder einfällt, daß Mr. Brady ein guter Freund seines Aufsichtsratsvorsitzenden ist.« Dermott schaute Brady an. »Ich habe gar nicht gewußt...«

»Ich auch nicht.« Brady war ausgesprochen jovial. Er stieß eine seiner dicken Fäuste in die andere patschige Hand. »Sagen Sie mal, Donald: Wieviel von dem, was Sie da gesagt haben, meinen Sie ernst?«

»Was weiß ich! Ich kann den Kerl einfach nicht leiden.«

»Keine gute Voraussetzung für ein objektives Urteil«, sagte Dermott. »Aber eine gute Voraussetzung, wenn man jemand fertigmachen will, Donald. Es gibt Zeiten, in denen ein Mann über sich selbst hinauswächst.« Er machte eine kurze Pause, dann schaute er Brady an. »Erinnern Sie sich noch, wie wir das letztemal mit unserem Freund aneinandergeraten sind? Sie sagten, es wäre ein Jammer, daß er sich so verdächtig benimmt, sonst wäre er der ideale Verdächtige. Vielleicht stellen wir uns selber ein Bein. Er könnte durchaus verdächtig sein. Vielleicht stellt er sogar uns ein Bein. Ist Ihnen das schon aufgegangen?«

Brady war plötzlich gar nicht mehr jovial. »Schon wieder so was Doppelbödiges. Wie oft muß ich Ihnen noch sagen, George, daß ich diese verdammt zweischneidigen Vermutungen hasse? Der Generaldirektor von Alaska! Mein Gott, George, *irgend jemand* muß doch unverdächtig sein!«

In Dermotts Zimmer sagte Mackenzie: »Hat ja ziemlich lang gedauert, diese verschlüsselte Mitteilung nach Houston durchzugeben. Dein Auftrag war doch nur, sie zu bitten, daß sie die Anweisung vom Boß durchgeben. Was gab's denn da sonst noch zu erzählen?«

»Ich habe sie gebeten, herauszufinden, ob jemand von Bronowskis Firma ein halbes Jahr vor oder nach Bronowski weggegangen ist.«

»Vielleicht hat Brady doch recht. Wenn Bronowski wirklich ein paar von seinen alten Kumpeln hierhergelotst hat, dann haben sie ihre Namen geändert.«

»Das macht nichts. Beschreibungen genügen schon. Und was das betrifft, was mir in den Kopf gestiegen ist: es wird höchste Zeit, daß es euch auch erwischt. Was macht ihr zum Beispiel aus der Tatsache, daß die Lumpen in Alberta den Code der Alaska-Firma kennen, während die Gauner in Alaska den Code von Alberta, den privaten Code von Sanmobil, benützen? Schon seit den ersten beinah identischen Drohungen wissen wir, daß unsere Freunde in Prudhoe Bay und Athabasca unter einer Decke stecken, daß sie ihre Anstrengungen ganz hübsch koordinieren, um uns auf die falsche Fährte zu führen und um dafür zu sorgen, daß wir in A sind, wenn wir in B sein sollten. Die einzigen Verdächtigen auf beiden Seiten sind die Sicherheitsleute.«

»Du meinst also, der oberste Verbindungsmann muß ein Sicherheitsmann sein?«

»Nicht unbedingt. Aber ich bin mir sicher, daß wir sehr bald etwas von irgendwelchen neuen Schwierigkeiten in Athabasca hören werden. Der Oberkoordinator wird sich denken, daß es wieder mal Zeit ist, die Puppen tanzen zu lassen.«

»Koordination«, sagte Mackenzie mit düsterer Miene.

»Du hast gehört, was ich zu Black gesagt habe. Daß er uns für ein paar Tage los will, aus irgendeinem Grund. Wenn er uns nicht los werden kann, indem er uns bittet, abzureisen, dann könnte er es ja schaffen, indem er neuen Ärger in Athabasca arrangiert.«

Dermott seufzte, zog einen Strich unter eine Reihe von Namen, die er aufgeschrieben hatte, und gab die Liste Mackenzie. »Namen für Überprüfungen, was hoffentlich unser Freund Morrison vom FBI macht. Was hältst du davon?«

Mackenzie nahm die Liste und studierte sie. Seine Augenbrauen bewegten sich nach oben. »Morrison geht bestimmt die Wände hoch«, sagte er.

»Es ist mir egal, ob er hochgeht, Hauptsache, er kommt weiter, wenn er wieder runterkommt«, sagte Dermott gewichtig. »Wir müssen irgend etwas unternehmen.« Er wollte gerade noch etwas sagen, als das Telefon klingelte. Er hob ab, sein Gesicht wurde immer blasser. Er schien nicht zu bemerken, daß das Glas in seiner linken Hand zerbrach, weil er es so fest zusammengepreßt hatte. Blut rann seine Hand hinunter.

11

»Das ist ja ein Riesenplatz!« sagte Stella, als sie wieder in Corinnes Büro waren. »Donnerwetter! – Ich hätte nie gedacht, daß er so groß ist. Ich glaube, wir sind fast 80 Kilometer herumgefahren.«

»Ja, die Größe ist enorm. Das steht fest.« Corinne lächelte. Sie freute sich, daß es ihren Gästen gefallen hatte. »Ich hoffe, Sie haben es auch interessant gefunden, Mrs. Brady.«

»Unglaublich!« Jean nahm die Kapuze ihres Parkas ab und schüttelte ihr Haar locker. »Diese Schleppbagger! So was habe ich noch nie gesehen. Sie sehen aus wie prähistorische Ungeheuer, die sich in die Eingeweide der Erde fressen.«

»Das stimmt!« Stellas Fantasie war nicht weniger beflügelt. »Brontosaurier. Ganz genau. Das war wirklich sehr nett von Mr. Reynolds, diese Fahrt zu arrangieren – und uns zum Abendessen einzuladen.«

»Ach, reden Sie nicht davon.« Corinne setzte das ablehnende Lächeln auf, das sie sich angewöhnt hatte. »Wir alle mögen Besuch – das ist eine Abwechslung. Mary Reynolds wird Ihnen bestimmt auch gefallen. Ich will jetzt mal sehen, ob der Boß schon soweit ist.«

Sie drückte auf einen Knopf der Sprechanlage und sagte, daß die Damen wieder zurück seien. Über den Lautsprecher hörten sie Reynolds sagen: »Schön, ich bin in einer Minute fertig.«

»Er ist gleich da«, sagte Corinne. »Alles in Ordnung?« Sie räumte ihren Schreibtisch auf, verschloß die Schubladen, steckte den Schlüssel in ihre Handtasche und zog eine bezaubernde Steppkombination aus Nylon über, die sie mollig erscheinen ließ, dazu blaue Pelzschuhe. Einen Augenblick später erschien Reynolds, ähnlich eingemummt in Marineblau und Weiß.

»Abend, die Damen«, sagte er freundlich. »Sie hatten hoffentlich eine angenehme Fahrt. War es nicht zu langweilig?«

»Überhaupt nicht!« Jean ließ ihrem Enthusiasmus freien Lauf. »Es war wundervoll, faszinierend!«

»Gut.« Er wandte sich an Corinne. »Wo sind unsere starken Männer?«

»Sie warten auf uns in der Halle.«

»Großartig. Wir lassen sie lieber nicht hier, sonst kriegen wir Ärger mit Ihrem Vater.« Er winkte Stella und geleitete sie durch die Tür.

Terry Brinckman, Sanmobils Sicherheitschef, und sein Stellvertreter Jorgensen hielten sich in der Eingangshalle auf. Als die Gruppe näher kam, standen die beiden Männer auf und öffneten die Tür. Der eiskalte Abendwind schlug ihnen entgegen. Draußen auf der Rollbahn stand einer der gelbschwarz karierten Minibusse der Firma Sanmobil mit laufendem Motor bereit. Reynolds öffnete die Wagentür und half Jean und Stella auf die Vorderbank. Dann ging er um den Wagen herum zum Fahrersitz und warf die Tür zu. Er verfluchte den schneidenden Wind. Corinne hüpfte schnell auf die Hinterbank – zwischen die beiden Sicherheitsmänner.

Als sie über den weiten Platz zum Haupttor fuhren, rief Reynolds dem Pförtner über Sprechfunk seinen Namen und die Wagennummer zu, damit er nicht in die Kälte hinaus mußte. Als sie näher kamen, öffnete sich das große Maschendrahttor automatisch. Ein paar Schneeflocken trieben durch den Schein der Bogenlampen, die die Umzäunung beleuchteten. Reynolds hupte ein Dankeschön fürs Öffnen, und einen Augenblick später waren sie draußen. Die Scheinwerfer bohrten sich in das frostige Dunkel vor ihnen.

Der Bus war gut geheizt und gemütlich. Zwanzig Minuten Fahrt lagen vor ihnen. Corinne fühlte sich nicht gut. Ihr Boß war den ganzen Tag über ziemlich gereizt, und obwohl sie recht ausgeglichen wirkte, freute sie sich nicht auf den Abend: er konnte ungemütlich werden. Vielleicht könnten wir ein bißchen Musik machen oder miteinander singen, dachte sie – das macht sich immer gut. Sie beugte sich vor und fragte Stella, ob sie Gitarre spielen könne.

»Warum? Sicher – wenn niemand zuhört.«

»Ach, kommen Sie. Ich dachte, wir könnten zusammen was singen.«

»Natürlich kann sie spielen«, sagte Jean bestimmt. »Sie spielt jedes Lied ohne Schwierigkeiten.«

»Das ist prima.« Corinne setzte sich wieder zurück zwischen ihre stabilen Begleiter. Der Bus verließ gerade die bewohnten Außenbezirke der riesigen Förderanlage und schlängelte sich durch die sanften Hügel, die das Teersandgebiet von Fort McMurray trennten. Reynolds fuhr vorsichtig, ohne heftige Beschleunigung und ohne plötzliches Bremsen. Die Straße war kaum zu sehen unter dem dahintreibenden Schnee, der im Scheinwerferkegel glitzerte.

Sie waren gerade durch eine spitze Kurve gefahren, die – wie Brinckman sagte – »Hangman's Turn« genannt wurde, als Reynolds plötzlich scharf auf die Bremse trat. Er fluchte, als der Bus ins Schleudern kam, konnte ihn aber gleich wieder ausparieren. Die Straße vor ihnen war von einem schwarzen Lastwagen blockiert, der auf die rechte Fahrbahnseite geschlittert war.

»Seht mal!« schrie Corinne. »Da liegt jemand auf der Straße!«

Der Minibus kam ein paar Schritte vor einer zusammengekrümmten Gestalt zum Stehen, die mit dem Gesicht nach unten auf der Straße lag. Einige Meter weiter war eine andere Gestalt zu erkennen, die sich hin und her wälzte.

»O Gott!« schrie Jean. »Das muß ein Unfall sein!«

»Meine Damen, *Sie* bleiben sitzen«, sagte Reynolds. »Terry, schau mal nach, was da los ist.«

Brinckman stieg aus. Corinne spürte den kalten Windstoß von rechts. Sie sah eine Gestalt rennen oder besser, stolpern. Der Mann, der ihnen immer näher kam, hielt die Hände vor die Augen, um sie gegen das Scheinwerferlicht abzuschirmen. Jetzt sah es so aus, als würde er hinken und taumeln. Corinne hatte den Eindruck, der Mann sei schwer verwundet.

Sie merkte, wie Brinckman die Erste-Hilfe-Ausrüstung unter dem Rücksitz hervorzog. Das nächste, was sie merkte, war, daß Brinckman ausrutschte und fiel. Er war gleich wieder auf den Beinen und ging, diesmal vorsichtiger, auf den Mann zu, um ihm zu helfen.

Was dann passierte, ging alles so schnell, daß sich Corinne hinterher hundertmal überlegte, ob sie wirklich alles richtig in Erinnerung hatte. Es schien alles miteinander zu verschwimmen. Im einen Moment war Brinckman bei der zusammengekrümmten Gestalt, im nächsten schien diese Gestalt ihre Verletzungen abgeschüttelt zu haben: Der Mann sprang auf und landete einen sauberen Kinnhaken. Brinckman fiel um wie ein Baum. In diesem Augenblick konnte Corinne erkennen, daß der Angreifer eine Strumpfmaske trug.

Stella schrie: »Fahrt zurück – schnell!« Corinne schrie auch irgend etwas, aber bevor einer von ihnen sich bewegen konnte, war der Angreifer an Reynolds' Tür, riß sie auf und warf etwas Zischendes in den Wagen.

Instinktiv warf sich Corinne auf den Boden zwischen den Sitzbänken. Von vorne hörte sie erstickte Schreie und häßliche Geräusche, wie wenn jemand schwer nach Atem ringt. Dann drang das Gas auch zu ihr nach hinten, und sie hatte Angst, zu ersticken.

Obwohl ihr schlecht wurde, bemerkte sie, daß die Leute von der Vorderbank in den Schnee hinausgezerrt wurden. Sie kauerte sich zwischen die Sitzbänke. Augen und Kehle brannten wie Feuer. Dann hörte sie jemand schreien:

»Wo ist das andere Küken? Wir haben nur zwei!«

In der nächsten Sekunde spürte sie, wie jemand ihre Kapuze zurückschob und sie dann auch auf die Straße hinauszerrte.

Sie wußte nicht warum, aber sie stellte sich bewußtlos. Es kam ihr sicherer vor. Sie fühlte, wie sie leicht auf der Eisfläche dahinglitt. Wie ein Sack Kartoffeln wurde sie über die Straße gezerrt! Als sie vor dem Minibus ins Scheinwerferlicht geriet, bemerkte sie, daß der »Verwundete« verschwunden war. Der Motor ihres Fahrzeugs lief noch, aber jetzt wurde auch die Maschine des Lkws angelassen. Plötzlich wurde sie hochgehoben und auf die Ladefläche geworfen.

Jetzt fürchtete sie sich zum erstenmal – nicht vor den Kidnappern, sondern vor der Kälte. Trotz ihrer dicken Vermummung zitterte sie vor Kälte, und wenn sie noch ein paar Kilometer im offenen Lastwagen fahren mußte, konnte sie bei dieser Kälte erfrieren.

Ihre Befürchtungen erwiesen sich als grundlos. Nach einer kurzen rumpligen Fahrt kam der Lkw plötzlich wieder zum Stehen. Das Motorengeräusch wurde von einem viel lauteren Geräusch übertönt. Ein Röhren schien alles um sie herum zu verschlingen. Corinne öffnete die Augen und sah, daß der Lkw neben einem riesigen Hubschrauber vorgefahren war. Die Rotorblätter des grauweißen Flugzeugs waren nicht zu sehen.

Sie hatte das Gefühl, daß sie schreien oder fortlaufen mußte – aber hatte es einen Sinn? Schon eine Sekunde Zögern war zuviel. Sie fühlte, wie sie an den Schultern und an den Fußgelenken gepackt und in die Maschine gehievt wurde.

Der Lärm war schrecklich. Das Motorengebrüll steigerte sich in immer höhere Töne, und dazwischen hörte sie Rufe und Hilfeschreie. Etwas, das wie ein Bündel aussah, strampelte wütend auf einen Mann mit Strumpfmaske ein. Corinne erkannte, daß es Stella war. Sie wurde über den blanken Stahlboden gerollt. Einer von den Männern schob die Tür an der Rumpfseite fast zu, steckte den Kopf durch den Spalt und schrie irgend etwas.

Der Motor heulte auf, ein paarmal, als ob der Pilot irgendwelche Schwierigkeiten hätte. Dann kam die Maschine wieder auf Touren, aber nur für ein paar Sekunden. Corinne war noch nie in einem Hubschrauber, und sie wußte nicht, ob dieses Hin und Her normal war oder ob irgend etwas nicht in Ordnung war, aber sie bemerkte auf jeden Fall, daß die Seitentür des Hubschraubers nicht richtig geschlossen war. Sie hatte eine verzweifelte Idee: in dem Moment, wo die Maschine vom Boden abhob, wollte sie zur Tür hechten, sie aufreißen und hinausspringen.

Bevor sie die Risiken abwägen konnte, spürte sie, wie sich der Bogen neigte – sie hoben wieder ab. Dann kam ein schwerer Stoß. Wieder unten, dachte sie. Jetzt mußte es gleich losgehen. Das war der richtige Moment!

Sie rollte zur Tür, sprang auf und riß sie auf. Eiskalter Wind schlug ihr entgegen. Zu spät erkannte sie, daß sie schon in der Luft waren. Der Luftstrom packte sie, wirbelte sie herum und saugte sie hinaus. Sie versuchte, den Türrahmen zu erwischen, aber mit ihren Handschuhen rutschte sie ab. Sie hörte noch einen Mann schreien: »Sie sind wahnsinnig! Sie werden draufgehen!«

Dann fiel sie durch dichten Schnee und Wind. Sie überschlug

sich in der Luft und sah ein Paar Scheinwerfer durch die Nacht blinzeln. Dann sah sie nichts mehr. Die Zeit blieb stehen. Sie schien endlos durch den gefrorenen Himmel zu fallen, überzeugt, daß ihr Körper gleich in tausend Stücke zerspringen würde. Sie versuchte zu schreien, aber es gelang ihr nicht. Sie versucht zu atmen und konnte nicht. Sie versuchte sich zu drehen und konnte ihre Lage nicht im geringsten verändern. Sie fiel – hilflos und starr vor Angst.

Der Aufprall war unglaublich sanft. Statt auf der eisenharten Tundra zu zerschellen, landete sie in etwas Weichem und Nachgiebigem. Sie fiel mit dem Rücken auf eine segensreiche Polsterung. Ihr stockte der Atem vom Aufprall, aber das war alles. Sie lag auf dem Rücken und japste nach Luft. Als sie wieder richtig zu sich kam, merkte sie, daß sie gleichzeitig lachte und weinte. Sie war mit dem Hintern in einer riesigen Schneewehe gelandet.

Jay Shore wollte gerade sein Büro bei Sanmobil verlassen, als das Telefon klingelte. Er hob den Hörer ab und sagte »Ja.«

»Hier ist die Zentrale«, sagte eine aufgeregte Stimme. »Wir haben einen Alarmruf erhalten. Fahrer Pete Johnson über Funk. Möchte Sie sofort sprechen.«

»Stellen Sie durch.« Shore wartete.

»Hallo! Hallo!« Johnsons Stimme hörte sich noch aufgeregter an als die aus der Zentrale. »Mr. Shore, Sir?«

»Am Apparat. Bleiben Sie ruhig! Was ist los?«

»Ich bin unterwegs nach Fort McMurray, Sir. Ich fahre den Bus MB3. Bin gerade um eine Kurve gebogen und habe Bus 5 gefunden. Steht verlassen mitten auf der Straße.«

»*Verlassen?*«

»Richtig. Türen offen, Maschine an, Lichter an. Es ist der Bus, mit dem Mr. Reynolds nach Hause fahren wollte.«

»Um Gottes willen, wo sind Sie?«

»Kurz hinter ›Hangman's Turn‹, Richtung Fort McMurray.«

»Okay. Ich schicke sofort jemand raus.«

»Mr. Shore?«

»Was ist?«

»Ich habe gerade einen Hubschrauber neben der Straße aufsteigen sehen, und irgend jemand ist rausgefallen! Und zwei von unseren Sicherheitsmännern liegen auf der Straße. Brinckman und Jorgensen. Sie müssen verletzt sein.«

»Verdammt!«

»Ja – und ein Lkw steckt neben der Straße im Schnee, da, wo der Hubschrauber aufgestiegen ist. Er versucht, auf die Straße zurückzukommen, Richtung Fort McMurray.«

»Halten Sie sich fern«, ordnete Shore an. »Bleiben Sie in Ihrem Fahrzeug. Stoßen Sie ein bißchen zurück. Gehen Sie nicht zu dem Lkw. Ich schicke sofort jemand hin.«

»Okay, Mr. Shore, Sir.«

Shore knallte den Hörer auf die Gabel und nahm einen anderen Hörer ab. Er wählte eine Nummer und wartete. Er wußte, daß Carmody und Jones, die beiden von der RCMP, die zum Schutz der Brady-Familie abgestellt waren, bei den Reynolds sein mußten. Mrs. Reynolds hob ab.

»Mary? Jay Shore ist hier. Hören Sie – ich glaube, da hat es irgendeine Verwechslung gegeben. George und die Damen sind aufgehalten worden. Wie bitte? Nein – ich hoffe nicht. Machen Sie sich keine Sorgen. Sind die beiden Polizisten schon bei Ihnen? Großartig. Ja, bitte. Mach' ich.«

John Carmody kam ans Telefon.

»Alarm«, sagte Shore ruhig. »Ich glaube, Ihre Partie ist gekidnappt worden. Ja – glaube ich.« Er erklärte mit ein paar Sätzen alles, was er wußte. »Was ich von *Ihnen* möchte, ist, daß Sie sofort die Straße rauffahren bis ›Hangman's Turn‹. Wenn Sie ein Fahrzeug entgegenkommen sehen, versuchen Sie, es zu stoppen. Es könnte der Wagen sein, den wir vermissen. Okay?«

»Okay. Wir fahren sofort los.«

»Gut. Fahren Sie.«

Carmody fuhr. Jones hielt die 38er Pistole schußbereit in der Hand. Der Cherokee-Jeep mit seinem Vierradantrieb lag besser auf der Straße als eine normale Limousine, aber sie mußten trotzdem vorsichtig fahren.

Carmody fluchte vor sich hin. »Hol's doch der Teufel. Kaum fahren wir einmal nicht mit, und schon muß *das* passieren. Was haben die Typen von Sanmobils Sicherheitsdienst bloß gemacht, um Himmels willen?«

Der Schnee wirbelte durch das Scheinwerferlicht. Plötzlich sahen sie Lichter entgegenkommen.

»Blockier die Straße«, sagte Jones. »Stell dich quer!«

»Besser wir bleiben in der Mitte und blenden ihn. Er kommt auf keinen Fall vorbei.«

Carmody hielt mitten auf der Straße und schaltete den Suchscheinwerfer ein. Der entgegenkommende Wagen bremste und schleuderte stark, bevor er schlitternd zum Halten kam.

Jones stieg aus und ging auf das Fahrzeug zu. Kaum war er ein paar Schritte gegangen, als der Lkw-Fahrer zu schießen begann. Man sah das Mündungsfeuer, hörte die Schüsse. Jones drehte sich seitwärts und griff sich an die Schulter. Der Motor des Lkws heulte auf, die Hinterräder schleuderten Schnee hoch, bis sie griffen und der Lastwagen nach vorne schoß. Er fuhr krachend in den Jeep, stieß ihn beiseite und fuhr mit zunehmender Geschwindigkeit in Richtung Fort McMurray davon.

Carmody versuchte, die Tür aufzureißen, aber sie klemmte. Die ganze Seite war zerbeult. Er rutschte zur anderen Tür hinüber, griff nach dem Verbandszeug und sprang aus dem Wagen, um seinem Kollegen zu helfen. Jones war bei Bewußtsein, blutete aber stark aus einer Wunde rechts oben an der Brust. Er lag auf dem Boden, unter sich eine dunkle Blutlache.

Carmody überlegte schnell: es war zu kalt, um Erste Hilfe zu leisten. Wenn er Jones' Kleider öffnete, konnte er an Kälteschock sterben. Das wichtigste war, ihn in die Wärme zu bringen, dann ins Krankenhaus. Er mußte einen Ambulanzwagen herrufen.

»Los, Bill«, sagte er ruhig. »Du mußt hochkommen.«

»Okay«, murmelte Jones. »Ich bin okay.«

»Auf die Füße, los.« Carmody umfaßte ihn an der Hüfte, um Brust und Schultern möglichst nicht zu berühren, und half ihm auf die Beine. Dann führte er ihn vorsichtig zum Jeep und öffnete die Hintertür.

»Hier rein«, sagte er. »Die Vordertür ist kaputt.«

Er schob den Verwundeten vorsichtig hinein, warf die Tür zu, ging nach vorn und brachte die Heizung auf volle Touren. Dann setzte er sich ans Funkgerät. Zu seinem Ärger gab es keinen Ton von sich. Es bekam zwar Strom, aber der Empfänger schien kaputt zu sein. Irgendwas mußte beim Zusammenstoß gebrochen sein.

Einen Augenblick überlegte Carmody, ob er wenden und hinter dem Lkw herjagen sollte. Dann stellte er fest, daß der andere schon zuviel Vorsprung hatte. Sogar mit seinem Vierradantrieb könnte er ihn nicht mehr überholen auf der kurzen Strecke bis Fort McMurray. Er war näher bei dem Gelände von Sanmobil. Besser, er fuhr in diese Richtung und nahm Kontakt mit dem Fahrer vom Kleinbus auf, der den Alarm ausgelöst hatte.

Er machte sich auf den Weg, so schnell es die Umstände erlaubten. Jones war merkwürdig still, gab auf Fragen nach seinem Befinden keine Antworten. Carmody biß die Zähne zusammen und fuhr durch das Schneegestöber weiter.

Nach fünf Minuten erreichte er den verlassenen Bus. Er sah sofort die Buchstaben MB5 auf dem schwarz-gelb karierten Fahrzeug, das er schon so oft gesehen und gefahren hatte. Dahinter hatte sich schon eine Kolonne von Fahrzeugen gestaut, deren Fahrer von Johnson in Schach gehalten wurden mit dem Hinweis, daß die Polizei gleich eintreffen würde und daß niemand den Minibus anfassen durfte, bis die Polizei das Fahrzeug genau untersucht hatte. Die beiden Männer vom Sicherheitsdienst, die man niedergeschlagen hatte, waren in Johnsons Bus geschafft worden. Sie waren immer noch benommen.

Carmody war sofort Herr der Lage. »Die Karre muß aus dem Weg«, sagte er. »Wir lassen die Fahrzeuge durch.«

Sie schoben den Reynolds-Bus auf die Seite und winkten die Fahrzeuge durch. Das dritte in der Reihe war ein Lkw der Firma Sanmobil, in dem zwei Lagerarbeiter saßen – die einzigen Leute, die Shore zu dieser späten Stunde auftreiben konnte. Über Johnsons Funkgerät forderte Carmody Polizeiverstärkung an und verständigte die Krankenstation bei Sanmobil von dem baldigen Eintreffen von drei Verwundeten. Dann beauftragte er einen der Lagerarbeiter, seinen ramponierten Jeep zur Krankenstation zu fahren. Jones lag noch drin, Brinckman und Jorgensen stiegen ebenfalls ein. Sie waren noch wacklig auf den Füßen.

»Geht hinein«, sagte Carmody zu ihnen. »Ich unterhalte mich später mit euch.« Als der Wagen losfuhr, wandte er sich an Johnson: »Okay, was war los?«

»Ich fand den Bus mitten auf der Straße, wie Sie gesehen haben. Die beiden vom Sicherheitsdienst lagen davor. Sie versuchten gerade aufzustehen. Ich stieg aus, um nachzusehen, was los ist, und hörte das Geräusch eines Hubschraubermotors ganz in der Nähe.«

»Wo war das?«

»Gleich da drüben. Ich zeig's Ihnen.«

Er knipste eine große Taschenlampe an und führte Carmody über die gefrorene Tundra. »Hat sich so angehört, als ob die Maschine nicht in Ordnung war – ist immer wieder auf Touren gekommen und dann wieder abgestorben. Aber dann ist er doch hochgegangen und ist in der Richtung davongeflogen.« Er zeigte nach Norden. »Sehen Sie – hier sind die Abdrücke von den Kufen.«

Im Schein der Taschenlampe waren die Spuren von langen, breiten Ski-Kufen gut zu sehen, obwohl der Abwind des Rotors Schnee darübergeblasen hatte.

»Haben Sie irgendeine Beschriftung auf dem Hubschrauber gesehen, eine Nummer?« fragte Carmody.

»Nichts. Es war nur ein großer grauer Schatten am Himmel. Ich könnte Ihnen nicht einmal die Farbe sagen, weil er nur grau aussah. Er hatte zwei kleine Leitflächen am Heck.«

»Und was passierte dann? Wo ist die Person runtergefallen?«

»Vom Schreien her muß es eine Frau gewesen sein. Ungefähr da.« Er zeigte mit dem Finger darauf. »Gar nicht weit.«

»Von welcher Höhe ist sie gefallen?«

»Vielleicht von dreißig Meter Höhe. Vielleicht mehr.«

»Müßte tot sein. Aber wir wollen lieber mal nachschauen. Ach, du lieber Gott! Eine von den Bradys tot?«

Sie gingen eine Anhöhe hinauf. Der Boden unter ihnen schien sanft hügelig zu sein. Im Lampenlicht war nichts zu sehen.

»Muß aber hier gewesen sein«, sagte Johnson. »Kann nicht sehr viel weiter gewesen sein, sonst hätte ich den Körper gar nicht fallen sehen können. Vielleicht weiter links.«

Sie versuchten es etwas weiter links. Plötzlich sank Carmody bis zu den Hüften ein. Als er etwas rief und strampelte, um sich aus dem Schnee herauszubuddeln, schrie Johnson: »Hören Sie? Ich glaube, ich habe etwas gehört!«

Sie lauschten einen Augenblick, hörten aber nur den Wind pfeifen. Dann hörte Johnson das Geräusch wieder – ein schwacher Schrei, der ganz aus der Nähe kommen mußte.

»Da ist es!« rief er. »Ganz bestimmt. Da ruft doch jemand. Hierher!«

Sie versuchten in östlicher Richtung vorwärtszukommen, versanken aber beide wieder im Schnee. Unter ihren Füßen spürten sie eine Rinne, die in der gleichen Richtung weiterführte.

Sie arbeiteten sich wieder auf den Rand des unsichtbaren Miniaturtales hoch und gingen noch ein paar Schritte weiter.

Dann hörten sie den Schrei wieder! Beinahe unter ihnen. Diesmal riefen sie zurück und erhielten Antwort. Ein paar Schritte weiter, und sie standen vor einem Loch von ungefähr einem Meter

Durchmesser. Sie leuchteten hinunter und sahen ein Stück blaue Skikleidung.

»Hallo! Sie! Mrs. Brady? Stella?« rief Carmody. »Sind Sie verletzt?«

»Nein«, kam als gedämpfte Antwort. »Ich bin nicht Mrs. Brady, und ich bin nicht verletzt – nur eingeklemmt.«

»Wer sind Sie denn?«

»Corinne Delorme.«

»Corinne! Du lieber Gott! John Carmody ist hier. Halten Sie durch! Wir holen Sie gleich raus!«

Johnson rannte zum Wagen und holte eine Schaufel und ein Seil, und in wenigen Minuten hatten sie Corinne ausgegraben und hochgezogen. Dafür, daß sie über eine halbe Stunde im Schnee gesteckt hatte, war sie in bemerkenswert guter Verfassung. Der Schnee hatte sie gegen die Kälte geschützt und vor allem gegen den eisigen Wind abgeschirmt. Aber sobald sie Corinne in die Wärme des Fahrerhauses gebracht hatten, setzte die Reaktion ein. Sie begann heftig zu zittern.

Carmodys erster Gedanke war, sie ins Krankenhaus zu bringen, aber dann änderte er seine Absicht: Die Kerle im Hubschrauber mußten annehmen, daß Corinne tot war. Und sie mußten glauben, daß sie noch einen Mord auf dem Gewissen hatten. Die Chance, daß das Mädchen in tiefen Schnee fallen konnte, war eins zu einer Million. Fünf Schritte rechts oder links von der Stelle, und sie hätte sich alle Knochen gebrochen.

Es konnte zu irgend etwas gut sein, dachte Carmody, wenn die Kidnapper nicht wußten, daß sie noch lebte. Darum entschloß er sich, sie gewissermaßen in Sicherheitsverwahrung zu bringen – jedenfalls so lange, bis Brady und die anderen hier waren.

»Wissen Sie, was ich von Ihnen möchte?« fragte Carmody. »Fahren Sie Miss Delorme zur Isolierstation von Sanmobil. Zur *Isolier*station. Wenn Sie ans Haupttor kommen, darf niemand sie sehen. Sie soll sich auf den Boden kauern. Ich möchte nicht, daß jemand weiß, wo sie ist. Wenn es Schwierigkeiten gibt, dann sagen Sie, es ist ein Sonderauftrag von Mr. Shore. Okay?«

Johnson nickte.

»Haben Sie gehört, Corinne?« Carmody hob sanft ihr Kinn an. »Er bringt Sie an einen sicheren Platz in Athabasca. Schön warm und gemütlich. In ein Versteck vor allem. Ich komme wieder zu Ihnen, sobald ich kann.«

Schock und Reaktion hatten sie ziemlich verwirrt. Sie gab keine Antwort.

»Also los«, sagte er zu Johnson. »Fahren Sie.«

12

Es war Mitternacht, und es schneite immer noch fest, als Brady nach Fort McMurray zurückkam, aber die Halle des Peter-Pond-Hotels war so voller Geschäftigkeit, als wäre es gerade Nachmittag. Brady ließ sich schwer in einen Lehnstuhl sinken. Der Flug von Prudhoe Bay hierher war sehr unangenehm. Brady, Dermott und Mackenzie hatten kaum ein Wort miteinander gewechselt.

Ein großer, schlanker Mann mit einem dunklen Schnurrbart in seinem wettergebräunten Gesicht kam auf sie zu. »Mr. Brady? Mein Name ist Willoughby. Freut mich, Ihre Bekanntschaft zu machen, wenn auch nicht gerade unter diesen Umständen.«

»Ach – der Polizeichef.« Brady lächelte gezwungen. »Unangenehm für Sie, daß das in Ihrem Dienstbereich passieren mußte. Tat mir leid zu hören, daß einer Ihrer Leute umgekommen ist.«

»Gott sei Dank, kann ich sagen, daß diese Mitteilung voreilig war. Es war ziemlich viel Durcheinander hier, als wir Sie anriefen. Der Mann hat einen Schuß in die Schulter, links oben, aber der Arzt sagt, er hat eine gute Chance, durchzukommen.«

»Das ist wenigstens etwas«, sagte Brady mit müdem Lächeln.

Willoughby wandte sich an zwei andere Männer. »Kennen Sie...«

»Die beiden Herren kenne ich«, sagte Brady. »Mr. Brinckman, Sicherheitschef von Sanmobil, und sein Stellvertreter Mr. Jorgensen. Komisch – für Leute, die angeblich schwer verletzt sind, sehen Sie bemerkenswert frisch aus.«

Brinckman sagte: »Wir fühlen uns aber nicht so. Wie Mr. Willoughby schon sagte: es ist alles ziemlich durcheinander gegangen in der Hitze des Gefechts. Kein Knochen gebrochen, keine Messer- oder Schußverletzungen, aber sie haben uns ganz schön erwischt.«

»Pete Johnson – der Mann, der Alarm geschlagen hat – kann das bezeugen«, sagte Willoughby. »Als er dorthin kam, lag Jorgensen auf der Straße, und Brinckman torkelte wie betrunken herum. Er wußte nicht mehr, ob es gestern nacht oder letzten Monat war.«

Brady wandte sich einem anderen Mann zu, der auf ihn zugekommen war. »Guten Abend, Mr. Shore – oder besser guten Morgen. Familie Brady hat wohl einige Leute um den Schlaf gebracht, fürchte ich.«

»Hol's der Teufel.« Shore war sichtlich aufgeregt. »Ich war noch dabei, als wir Ihrer Frau und Ihrer Tochter die Anlagen in Athabasca gezeigt haben. Daß *das* passieren mußte! Vor allem, daß es Ihnen und Ihrer Familie passieren mußte, die eigentlich unsere Gäste sind und die uns zu helfen versuchen! Ein Unglückstag und eine Schande für Sanmobil.«

»Ist vielleicht alles gar nicht so schlimm«, sagte Dermott. »Weiß Gott, es muß schon ein traumatisches Erlebnis sein, gekidnappt zu werden, aber ich glaube nicht, daß einer von den vieren in unmittelbarer Gefahr ist. Wir haben es nicht mit politischen Fanatikern zu tun wie in Europa oder im Mittleren Osten. Unsere Gegner sind hartgesottene Geschäftsleute, die sich persönlich um das Wohl ihrer Opfer kümmern werden. Mit großer Wahrscheinlichkeit betrachten sie sie als Faustpfand.« Er rieb sich die großen Hände. »Sie werden bald Forderungen stellen, wahrscheinlich enorme, und wenn diese Forderungen erfüllt sind, werden sie die Damen wieder herausrücken. Professionelle Kidnapper machen das meistens so. Nach ihren eigenen merkwürdigen Vorstellungen ist das gesundes Geschäftsinteresse und allgemein üblich.«

Brady wandte sich an Willoughby. »Wir haben noch gar nicht genau erfahren, was passiert ist. Ich nehme an, Sie haben noch keine Zeit für umfangreiche Untersuchungen gehabt.«

»Leider nicht.«

»Sie haben sich also in Luft aufgelöst.«

»In Luft aufgelöst ist wohl richtig. Hubschrauber. Sie können jetzt ein paar hundert Kilometer weg sein von hier.«

»Eine Chance, daß irgendein Flugplatzradar ihre Flugroute ausgemacht hat?«

»Nein, Sir. Sie können eine Million zu eins wetten, daß sie unterhalb der Radarzone fliegen. Außerdem gibt es hier in NordAlberta mehr Palmen als Radarstationen. Weiter im Süden ist es anders. Wir haben alle Stationen gebeten, aufzupassen, aber bis jetzt haben wir noch nichts gehört.«

»Na ja –«, Brady preßte die Fingerspitzen aneinander und lehnte sich in seinem Stuhl zurück. »Es wäre vielleicht gut, wenn wir eine chronologische Zusammenfassung der Vorgänge hätten.«

»Würde das sehr lange dauern, Jay?« fragte Willoughby.

Shore sagte: »Ja. Ich habe sie zuletzt gesehen, abgesehen von diesen beiden.« Er deutete auf Brinckman und Jorgensen. »Sie sind mit einem von Sanmobils Minibussen weggefahren. Reynolds fuhr den Wagen.«

Mackenzie schaltete sich kurz ein. »Hat jemand angerufen vor der Abfahrt?«

»Keine Ahnung. Warum?«

»Lassen Sie mich noch eine Frage stellen.« Mackenzie schaute Brinckman an. »Wie haben die Kidnapper Ihren Bus gestoppt?«

»Sie hatten einen Lastwagen quer über die Straße gestellt. Vollständig blockiert.«

»Das kann aber nicht sehr lang gedauert haben. Da ist doch ziemlich viel Verkehr auf dieser Straße, und die meisten Fahrer haben das gar nicht gern, wenn sie aufgehalten werden. Haben Sie zu der Zeit andere Fahrzeuge gesehen?«

»Ich glaube nicht. Nein.«

Willoughby fragte: »Was meinen Sie, Mr. Mackenzie?«

»Klarer Fall. Die Kidnapper haben einen Tip bekommen. Sie wußten genau, wann Reynolds mit dem Bus losfuhr und wann er an dem Übergabepunkt sein mußte. Telefon oder Kurzwelle – CB-Funk geht auch. Zweierlei steht fest: sie haben einen Tip bekommen, und der Tip kam von Sanmobil.«

»Unmöglich!« Shore war entsetzt.

»Alles andere gibt keinen Sinn«, sagte Brady. »Mackenzie hat recht.«

»Guter Gott!« Shore war außer sich. »Sie tun ja so, als wäre Sanmobil ein Verbrechernest.«

»Es ist keine Sonntagsschule«, sagte Brady trocken.

Dermott fragte Brinckman: »Und Reynolds fuhr bis zu der Stelle, wo der Lkw quer auf der Straße stand, ja?«

»Es ging alles so schnell. Da lagen zwei Männer auf der Straße. Einer mit dem Gesicht nach unten, er rührte sich nicht, als wäre er schwer verwundet. Der andere bewegte sich – hatte die Hände in die Hüften gepreßt und wälzte sich hin und her. Er schien große Schmerzen zu haben. Dann kamen zwei Männer auf uns zu – besser gesagt, sie stolperten. Einer von ihnen hinkte ziemlich stark und hatte einen Arm in seine Wolljacke gesteckt wie in eine Trageschlinge. Beide hielten sich die Hände vors Gesicht.«

»Kam Ihnen das nicht merkwürdig vor?«

»Überhaupt nicht. Es war dunkel, und wir hatten die Scheinwerfer eingeschaltet. Ganz natürlich, daß sie sich die Augen abschirmen, wenn sie so geblendet werden.«

Brinckman machte eine kurze Pause, dann sagte er: »Ja – und der Mann mit dem verletzten Arm – wie ich dachte – kam schwankend auf die Seite, wo ich saß. Ich nahm die Erste-Hilfe-Ausrüstung und stieg aus. Ich rutschte aus, und als ich wieder auf den Beinen war, senkte der Mann seine Hand, und ich sah, daß er eine Strumpfmaske trug. Dann kam seine Linke hoch. Es war nur ein Wischer, aber ich spürte, daß er ganz schön was in den Knochen hatte. Ich konnte nicht mehr reagieren.« Er betastete vorsichtig seine Stirn. »Das war's, glaub' ich.«

Dermott ging zu ihm hin und befühlte die Schwellung. »Bös, aber es hätte schlimmer sein können. Ein paar Zentimeter weiter, und er hätte Ihnen das Schläfenbein brechen können. Sieht so aus, als hätte Ihr Freund Schrotkugeln im Handschuh gehabt. Ein Lederbeutel hätte nicht so gewirkt.«

Brinckman starrte ihn erstaunt an: »Blei, meinen Sie?«

»Ich glaube schon.« Dermott drehte sich zu Jorgensen. »Sie hatten wohl auch nicht viel mehr Glück?«

»Wenigstens bin ich nicht bewußtlos geschlagen worden. Ich dachte erst, mir wäre das Kinn gebrochen. Der andere Typ war entweder ein Schwergewichtsboxer oder hatte sich auch was Schweres in den Handschuh getan. Ich konnte es nicht sehen. Er riß Mr. Reynolds' Tür auf und warf etwas wie eine Rauchbombe hinein. Dann knallte er die Tür wieder zu.«

»Tränengas«, sagte Willoughby. »Sie können sehen, daß seine Augen noch entzündet sind.«

»Ich stieg aus«, sagte Jorgensen, »und fuchtelte mit meiner Pistole herum, aber ich hätte genausogut eine Wasserpistole haben können. Ich war blind. Das nächste, woran ich mich erinnere, war Pete Johnson, der uns wieder klarbekommen wollte.«

»Sie wissen also nicht, wie Reynolds und die anderen Passagiere weggekommen sind.« Brady schaute in die Runde. »Wo ist Carmody?«

»Drunten auf der Station«, sagte Shore. »Er ist noch mit seinem Bericht beschäftigt. Pete Johnson ist dabei. Sie müssen gleich dasein.«

»Gut.« Brady wandte sich wieder an Brinckman. »Die Männer, die Sie angegriffen haben – haben die Handschuhe angehabt?«

»Ja. Ich denke schon.« Brinckman überlegte kurz. »Nachdem er nicht mehr im Scheinwerferlicht stand, war natürlich alles grau, und es ging alles sehr schnell.«

»Und Ihr Mann, Mr. Jorgensen?«

»Ich habe seine Hand gesehen, als er den Tränengaskanister in den Wagen warf. Er hatte Handschuhe an. Muß er wohl auch. Bei den Temperaturen möchte ich niemandem raten, mit der blanken Hand Metall anzufassen. Da könnte er ganz schön kleben bleiben.«

»Danke Ihnen, Gentleman. Mr. Willoughby, darf ich noch ein paar Fragen stellen?«

»Nur zu.« Willoughby räusperte sich.

»Das Fahrzeug, das die Kidnapper benutzt haben – Sie sagten, es wäre gestohlen?«

»Richtig.«

»Wissen Sie, wem es gehört?«

»Einem Garagenbesitzer hier. Es war für ein paar Tage vermietet, für die Jagd.«

»Um diese Jahreszeit?«

»Ein leidenschaftlicher Jäger jagt immer. Unter allen Bedingungen. Man hat den Wagen gestern durch die Straßen fahren sehen, und es wurde angenommen, daß der Besitzer ihn selber fuhr.«

»Das heißt doch, daß die Leute einander recht gut kennen in diesem Ort.«

»Sicher. Das nützt uns aber nichts.« Willoughby glättete seinen dunklen Schnurrbart. »Fort McMurray ist kein Dorf mehr.«

»Es könnte sein, daß die Lkw-Fahrer im Wagen keine Handschuhe getragen haben. Haben Sie den Wagen nach Fingerabdrücken untersucht, innen und außen?«

»Wird gerade gemacht. Dauert seine Zeit – da gibt es Hunderte von Fingerabdrücken.«

»Dürfen wir sie sehen?«

»Selbstverständlich. Ich werde Kopien anfertigen lassen. Aber – bei allem Respekt, Mr. Brady – glauben Sie etwas zu finden, was wir nicht finden?«

»Das glaube ich nicht«, sagte Brady. »Aber immerhin haben wir die Fingerabdrücke von allen Sicherheitsleuten. Aus Edmonton, Mr. Shore hat sie zu Hause, in seinem Safe.«

»Das wußte ich ja gar nicht!« Willoughby lächelte etwas gezwungen.

Brady suchte nach einem anderen Weg. »Gibt es eine Chance, den Hubschrauber nach den Maßen seiner Skikufen zu identifizieren, die Carmody festgestellt hat?«

Willoughby schüttelte den Kopf. »Es war sicher eine gute Idee, aber trotzdem – die Chancen sind äußerst gering, denn es gibt bestimmt Dutzende von diesem Typ in unserer Gegend. Das ist ein Hubschrauberland, Mr. Brady, wie Alaska. Hier in Nord-Alberta haben wir recht primitive Verbindungswege. Wir haben keine mehrspurigen Autobahnen. Nördlich von Edmonton gibt es nur zwei gepflasterte Straßen, die nach Norden gehen. Dazwischen gibt es nichts. Außer bei uns, Peace River und Fort Chipewyan gibt es keinen öffentlichen Flughafen in einem Gebiet von einer halben Million Quadratkilometern.«

»Aha.« Brady nickte. »Hubschrauber.«

»Das häufigste Transportmittel. Im Winter das einzige.«

»Man kann also sagen, daß eine intensive Suche aus der Luft nichts nützt, wenn man die flüchtige Maschine identifizieren will.«

»Hat keinen Zweck. Ich habe mich einmal ein bißchen mit Kidnapping beschäftigt, und ich kann Ihre Frage am besten mit einem Vergleich beantworten. Das Land mit den meisten Kidnappingfällen auf der Welt ist Sardinien. Es ist eine Art nationaler Zeitvertreib. Immer wenn sie sich einen Millionär geschnappt haben, werden alle Rechtsmittel und die italienischen Streitkräfte ins Spiel gebracht. Die Marine blockiert die Häfen und sogar jedes Fischerdorf an der Küste. Die Armee stellt Straßensperren auf, und Spezialeinheiten kämmen das hügelige Land durch. Die Luftwaffe leitet umfangreiche Suchaktionen ein mit Flugzeugen und Hubschraubern. In all den Jahren, in denen diese Großeinsätze stattfanden, haben sie nicht ein einziges Kidnapper-Versteck gefunden. Alberta ist siebenundzwanzigmal so groß wie Sardinien. Und wir haben nur einen Bruchteil der Mittel von denen. Beantwortet das Ihre Frage?«

»Soviel Hoffnungslosigkeit tut schon fast weh. Aber sagen Sie mal, Mr. Willoughby: wenn Sie vier gekidnappte Leute in der Hand hätten – wo würden Sie sie verstecken?«

»Edmonton oder Calgary.«

»Aber das sind doch Städte, oder...«

»Cities. Ja – und die Einwohnerzahl liegt bei jeweils einer halben Million. Man bräuchte die Gefangenen nicht zu verstecken. Sie würden verschwinden unter soviel Menschen.«

»Na schön.« Brady richtete sich halb auf in seinem Lehnstuhl. Er sah müde aus. »Okay. Ich nehme an, wir müssen warten, bis die Kidnapper sich rühren. Sie beide, Gentlemen« – er sprach Brinckman und Jorgensen an –, »ich glaube, wir brauchen Sie nicht mehr. Vielen Dank für die Mitarbeit.«

Die beiden vom Sicherheitsdienst wünschten eine gute Nacht und gingen.

Brady stemmte sich hoch. »Noch nichts zu sehen von Carmody? Gehen wir und machen wir es uns gemütlich, bis er kommt. Die Rezeption sagt uns sicher Bescheid, wenn er kommt – bitte hier entlang, Gentlemen.«

Nachdem Brady wieder ›zu Hause‹ in seinem Zimmer war und sich einen Drink gemixt hatte, schien alle Müdigkeit plötzlich von ihm abzufallen. »Okay, George«, sagte er frisch, »Sie haben uns hingehalten. Warum?«

»In welcher Beziehung?«

»Jetzt tun Sie mal nicht so. Sie haben gesagt, Sie machen sich mehr Gedanken über die Forderungen, die diese Gauner stellen werden, als über meine Familie. Sie lieben meine Familie. Wie haben Sie das gemeint?«

»Die erste Forderung wird sein, daß Sie, Don und ich nach Houston verschwinden. Die müssen überzeugt sein, daß wir kurz vor dem Durchbruch stehen. Die zweite Forderung wird Lösegeld sein. Wenn sie die Sache in vernünftigen Grenzen halten würden, dann würden sie höchstens ein paar Millionen verlangen. Aber das wäre eine Kleinigkeit gegenüber der Summe, um die unsere Freunde spielen. Aller Voraussicht nach werden sie ein Vermögen dafür verlangen, daß sie aufhören, die Anlagen von BP/Sohio und Sanmobil zu sabotieren und zu zerstören. Sie haben alle Asse in der Hand. Solange ihre Identität nicht geklärt ist, können sie ruhig weitermachen und die Einrichtungen beider Firmen Stück für Stück kaputtmachen. Der Preis wird hoch sein. Ich vermute, sie gehen von den Gesamtkosten aus – das sind schon mal zehn Milliarden – und von den Tageseinnahmen, das ist der Gegenwert von zwei Millionen Barrel pro Tag. Fünf Prozent vom Ganzen? Zehn Prozent? Kommt darauf an, was der Markt hergibt. Eins steht jedenfalls fest: wenn sie zuviel verlangen, wenn sie die Grenze des Möglichen überschreiten, dann seilen sich die Ölgesellschaften ab und überlassen die Geschichte den Versicherungen – und das wäre der größte Schadensfall in der Geschichte des Versicherungswesens.«

Brady sagte verstimmt: »Warum haben Sie das nicht schon unten gesagt?«

»Ich habe eine Aversion gegen großes Gerede in einer Hotelhalle.« Dermott wandte sich an Shore. »Hat Ihr Büro in Edmonton die Fingerabdrücke geschickt, um die wir gebeten haben?«

»Ich habe sie zu Hause im Safe.«

»Gut.« Dermott nickte zustimmend, aber Willoughby war neugierig. »Was für Fingerabdrücke?«

Shore zögerte einen Moment. Dann erhielt er einen unauffälligen Wink von Dermott und sagte: »Mr. Brady und seine Leute sind überzeugt, daß wir bei Sanmobil einen oder mehrere Leute haben, die subversiv tätig sind und den Gaunern helfen, die unsere Anlagen kaputtmachen wollen. Mr. Dermott verdächtigt in erster Linie die Männer vom Sicherheitsdienst und alle Leute, die zum Firmensafe Zugang haben.«

Willoughby warf Dermott einen kühlen, aber belustigten Blick zu. Es war klar, daß er in diesem Fall die kanadische Polizei für zuständig hielt und nicht irgendwelche fremden Amateure. »Könnten Sie mir bitte erklären, warum?«

»Es sind die einzigen Verdächtigen, die wir haben – vor allem die Leute vom Sicherheitsdienst, die auf Schicht gehen. Sie haben nicht nur Zugang zu dem Schlüssel für den Sprengstoffschuppen, sondern sie schleppen ihn dauernd mit sich herum. Außerdem gibt es gute Gründe, den Sicherheitsdienst der Trans-Alaska-Pipeline zu verdächtigen. Und schließlich erscheint es als sehr wahrscheinlich, daß die beiden Sicherheitsdienste zusammenarbeiten – unter ein und demselben Boss. Wie wollen Sie sonst erklären, daß ein paar Gauner hier den Code von BP/Sohio kennen und dort ein paar Gauner den Code von Sanmobil?«

Willoughby sagte: »Das ist eine Vermutung...«

»Richtig. Aber es ist eine Vermutung an der Grenze zur Wahrscheinlichkeit. Ist es nicht ein Grundsatz der Polizei, eine Theorie aufzustellen und sie von allen Seiten zu beleuchten, bevor sie verworfen wird? Gut. Wir haben eine Theorie aufgestellt, haben sie von allen Seiten beleuchtet und finden, daß wir sie nicht verwerfen sollten.«

Willoughby runzelte die Stirn und sagte: »Sie trauen also den Sicherheitsmännern nicht?«

»Lassen Sie mich das deutlicher sagen. Die Mehrheit der Leute ist ohne Zweifel in Ordnung, aber bevor ich das nicht genau weiß, sind alle verdächtig.«

»Einschließlich Brinckman und Jorgensen?«

»›Einschließlich‹ ist nicht das richtige Wort. In erster Linie!«

»Lieber Gott! Jetzt reden Sie Unsinn, Dermott. Nach allem, was diese Leute durchgemacht haben?«

»Erzählen Sie mir, was sie durchgemacht haben.«

»Sie haben es doch schon erzählt.« Willoughby schaute ihn zweifelnd an.

Dermott war ungerührt. »Ich habe nur ihre Beschreibung der Vorgänge gehört – und ich bin in beiden Fällen sicher, daß die Beschreibungen nichts wert sind.«

»Carmody hat ihre Geschichte doch bestätigt, oder vielmehr Johnson. Vielleicht trauen Sie ihm auch nicht?«

»Ich werde mich entscheiden, wenn ich mit ihm gesprochen habe. Johnson hat die Geschichte *nicht* bestätigt. Er sagte nur – bitte korrigieren Sie mich, wenn ich etwas Falsches sage –, daß er Brinckman bewußtlos und Jorgensen schwankend angetroffen hat. Das war alles, was er gesagt hat. Er hatte keine Ahnung, was vorher passiert ist, sowenig wie Sie und ich.«

»Und wo kommen dann ihre Verletzungen her?«

»Verletzungen?« Dermott schmunzelte sarkastisch. »Jorgensen hatte nicht mal eine Schramme. Brinckman hatte eine, aber wenn Sie ihn beobachtet haben, ist Ihnen vielleicht aufgefallen, wie er zusammengezuckt ist, als ich sagte, daß er vielleicht mit einem Lederbeutel voll Schrotkugeln niedergeschlagen worden ist. Da ist was faul an der ganzen Geschichte. Ich nehme an, die beiden waren bei bester Gesundheit, bis sie die Lichter von Johnsons Bus sahen, worauf Jorgensen, und zwar genau nach Anweisung, Brinckman auf den Kopf schlug, jedenfalls fest genug, um ihn für eine Weile ins Reich der Träume zu schicken.«

»Was soll das heißen, ›genau nach Anweisung‹?« Willoughby wollte es genau wissen. »Nach wessen Anweisung?«

»Das wird sich noch herausstellen. Sie sollten aber wissen, daß dies nicht die ersten merkwürdigen Verletzungen sind, mit denen wir zu tun haben. Ein Arzt in Prudhoe Bay hat zum Beispiel festgestellt, daß wir in dieser Hinsicht äußerst mißtrauisch sind. Donald und ich hatten einen ermordeten Ingenieur zu untersuchen, dessen Finger auf eine merkwürdige Art gebrochen war. Der gute Doktor hat uns die wahre Ursache erklärt – zu seiner eigenen Zufriedenheit, aber nicht zu unserer. Er hat vielleicht Anweisung gegeben, daß die Leute vom Sicherheitsdienst – wenn sie mal wieder in solche Nebenunfälle verwickelt werden – irgendwelche Verletzungen vorweisen müssen, die sie in treuer Pflichterfüllung empfangen haben.«

Willoughby starrte ihn an und brummte: »Sie scheinen zu fantasieren.«

Dermott antwortete: »Wir werden sehen...«

Seine Antwort wurde unterbrochen durch das Erscheinen von Carmody und Johnson. Beide Männer sahen blaß und erschöpft aus, ein Zustand, den Brady durch Bereitstellung von zwei großen Whiskys zu ändern suchte.

Nach einer kurzen Pause, in der man ihnen zu ihrem erfolgreichen Nachteinsatz gratulierte, hörten sich die Männer Carmodys Bericht an, der nicht sehr befriedigend war. Als er auf die Spuren zu sprechen kam, die der Hubschrauber hinterlassen hatte, stockte er plötzlich.

»Sagen Sie, Mr. Brady, könnte ich – äh – könnte ich Sie einen Augenblick *allein* sprechen?«

»Ja.« Brady war etwas überrascht. »Wenn es sein muß – aber wozu soll das gut sein? Diese Herren genießen mein vollstes Vertrauen. Sie können ruhig zuhören.«

»Also gut. Es ist wegen des Mädchens – Corinne...« Und dann erzählte er die Geschichte, wie sie sie geborgen hatten. Vor Begeisterung wurden die Zuhörer schnell wieder wach. Sie beugten sich vor und hörten ihm aufmerksam zu.

»Vielleicht war es falsch«, sagte Carmody schließlich, »aber ich dachte mir eben, daß wir noch eine Karte im Ärmel haben, wenn es nicht herauskommt, daß sie noch lebt.«

»Da haben Sie richtig gedacht«, sagte Brady.

»Wo ist sie jetzt?« fragte Dermott.

»Auf der Isolierstation von Sanmobil. Sie war anfangs ein bißchen durcheinander, aber es ist alles in Ordnung.«

Dermott stieß einen schweren Seufzer aus. »Oh, mein Gott. Oh, mein Gott!«

»Eine sehr originelle Bemerkung, George«, sagte Brady mit einer kleinen Grimasse. »Habe ich vielleicht eine gewisse Freude Ihrerseits darüber bemerkt, daß die junge Dame lebt, gesund und in guten Händen ist?«

»Ganz richtig«, sagte Dermott. Dann fügte er schnell hinzu, als hätte er vielleicht doch etwas zuviel Begeisterung gezeigt: »Warum auch nicht?«

»Wichtig ist, ich habe einen Bericht von ihr«, sagte Carmody. »Wollen Sie ihn hören?«

»Selbstverständlich«, sagte Brady. »Schießen Sie los!«

Der Bericht existierte nur in Carmodys Notizbuch, und es dauerte eine Weile, bis er ihn vorgelesen hatte. Anfangs stimmte alles mit den schon bekannten Tatsachen überein, aber dann kam etwas Neues. Nachdem sie angehalten hatten, berichtete das Mädchen, »kam ein Mann schwankend auf uns zu...«

»*Ein* Mann?« hakte Dermott ein und richtete sich in seinem Stuhl auf. »Haben Sie gesagt: *ein* Mann?«

»Genau das hat sie gesagt.« Carmody las noch einmal vor: »Ich sah zwei Männer auf der Straße liegen, als ob sie verletzt wären. Einer war schon tot, der andere bewegte sich ein bißchen. Dann kam ein Mann schwankend auf uns zu. Er hielt eine Hand vor die Augen. Mr. Brinckman saß rechts neben mir. Er sprang aus dem Wagen und holte die Erste-Hilfe-Ausrüstung aus dem Wagen. Dann rutschte er, glaube ich, aus und fiel. Dann stand er wieder auf. Dann sah ich, wie der andere Mann sich aufrichtete und ihn schlug. Er ging zu Boden – Mr. Brinckman meine ich. Der andere Mann hatte eine Strumpfmaske an, wie ich jetzt sehen konnte. Er öffnete die Tür, wo Mr. Reynolds saß, und warf etwas in den Bus...«

»Da haben wir's!« rief Dermott aus und schlug mit der Faust auf den Kaffeetisch. »Jetzt haben wir sie!«

Brady schaute ihn mit leuchtenden Augen an: »Wären Sie so nett, Ihre Brüder mit einer Erklärung zu beehren?«

»Das ganze Ding ist ein Theaterstück. Sie haben uns eine Menge Blödsinn erzählt. Sie haben gesagt, *zwei* Männer kamen auf sie zu, um den Eindruck zu erwecken, daß sie keinen Widerstand leisten konnten. Jetzt ist aber klar, daß sie gar nicht erst *versucht* haben, Widerstand zu leisten. Sie gehörten zu dem Unternehmen. Jorgensen saß nur da und schaute zu, wie sein Partner niedergeschlagen wurde.«

»Und wie kommt es, daß ihn das Tränengas kaum erwischt hat?«

»Er war darauf vorbereitet, natürlich«, sagte Dermott. »Sie brauchen nur die Augen zuzukneifen und den Atem anzuhalten, dann hat das Tränengas fast keine Wirkung. Jorgensen mußte bloß ein paar Sekunden durchhalten, dann sprang er raus an die frische

Luft. Erinnern Sie sich, was das Mädchen sagte? Es lag niemand mehr auf der Straße, als sie fortgezerrt wurde. Alle waren sie wieder auf den Beinen und halfen, die Gefangenen an Bord des Hubschraubers zu bringen. Erst als sie die Scheinwerfer von Johnsons Bus sahen, besannen sich Brinckman und Jorgensen wieder auf ihre Rolle.«

Willoughby brummte einen Fluch. »Ich glaube, Sie haben recht«, sagte er leise. »Ich glaube es jetzt wirklich. Und wir haben noch keine Spur eines echten Beweises.«

»Keine Möglichkeit, irgendeine Anklage zu erfinden und sie vorläufig festzunehmen?« fragte Dermott hoffnungsvoll.

»Keine.«

»Ich wollte, Sie hätten eine«, sagte Dermott. »Dann könnte ich den Rest der Nacht besser schlafen. Wie es jetzt aussieht, werde ich wohl überhaupt nicht schlafen. Ich habe ein bißchen was dagegen, im Bett ermordet zu werden.«

Brady hätte sich beinahe verschluckt. »Was zum Teufel soll das nun wieder heißen, Mister?«

»Nur, daß ich glaube, daß man bald versuchen wird, mich umzubringen, und Donald, und Sie.«

Brady sah aus, als wollte er am liebsten explodieren, aber er blieb sprachlos. Dermott wandte sich mit scharfem Ton an ihn: »Alles, was Sie unten im Foyer gesagt haben, ist so was wie ein Nagel für Ihren Sarg.« Er wandte sich an Willoughby: »Könnten Sie heute nacht einen Posten vor Mr. Shores Haus aufstellen?«

»Natürlich. Aber warum?«

»Ganz einfach. Mr. Brady hat unglücklicherweise erwähnt, daß wir Sie um Fingerabdrücke aus der Zentrale in Edmonton gebeten haben und daß wir die Fingerabdrücke von Brinckman und Jorgensen hier haben, daß sie in Mr. Shores Privatsafe – zu Hause – aufbewahrt werden.«

»Was haben sie davon, wenn sie die Kopien finden?« fragte Brady spitz. »Die Originale sind in Edmonton.«

»Wissen wir denn was für Beziehungen diese Leute haben?« sagte Dermott. »Die Originale sind vielleicht da, aber sie werden uns nicht viel nützen, wenn sie jemand in die Zerreißmaschine gesteckt hat.«

»Und wo ist da das Problem?« fragte Willoughby. »Wir nehmen einfach neue Abdrücke von ihnen.«

»Mit welcher Begründung? Verdacht? Ein einigermaßen sachkundiger Anwalt, und die Stadt muß sich nach einem neuen Polizeichef umsehen. Sie werden es glatt verweigern. Und was machen Sie dann?«

»Ihnen erklären, daß das eine Bedingung ist für die Beschäftigung bei Sanmobil – das stimmt ja auch.«

»Dann werden Sie jede Menge Kündigungen erhalten. Und dann?«

Willoughby gab keine Antwort. Mackenzie mischte sich ein: »Habe ich vielleicht auch etwas Falsches gesagt?«

»Ja, du hast gesagt, die Kidnapper mußten einen Tip bekommen haben – von Sanmobil –, wann Reynolds' Bus an der sogenannten Unfallstelle zu erwarten war. Du hast natürlich recht gehabt. Aber Brinckman und Jorgensen konnten annehmen, daß du *sie* verdächtigt hast. Sie glauben vielleicht, wir können ihnen den Anruf nachweisen, weil alle Gespräche, die rausgehen, normalerweise mitgehört werden.«

»Ja. Tut mir leid.« Mackenzie rückte verlegen auf seinem Stuhl hin und her.

»Zu dumm. Aber es ist schon passiert, und es hat keinen Zweck, Mr. Brady und dir vor allen Leuten Vorwürfe zu machen.«

Das Telefon klingelte. Dermott, der am nächsten saß, hob ab, hörte kurz und sagte: »Einen Moment, ich glaube, Sie sollten lieber mit Mr. Shore sprechen. Er ist gerade bei uns.«

Er übergab den Hörer und hörte sich teilnahmslos Shores Gesprächshälfte an, die nur aus ein paar Wortbrocken bestand. Die Telefongabel schepperte, als Shore wieder auflegte, so stark zitterte seine Hand. Er war blaß geworden. »Sie haben Grigson erschossen«, stieß er hervor.

»Wer ist Grigson?« fragte Brady.

»Der Präsident von Sanmobil.«

13

Der Polizeiarzt, ein junger Mann namens Saunders, erhob sich und schaute auf den bewußtlosen Mann hinunter, der auf einem Stapel Decken lag. »Wir werden ihm schon wieder auf die Beine helfen, aber jetzt kann ich nichts mehr für ihn tun. Das ist Sache eines Chirurgen.«

»Wie lange wird es dauern, bis ich ihm ein paar Fragen stellen kann?« fragte Brady.

»Mit dem Beruhigungsmittel, das ich ihm gegeben habe, ein paar Stunden.«

»Hätte das Sedativum nicht noch ein bißchen Zeit gehabt?«

Dr. Saunders schaute Brady nicht gerade begeistert an. »Ich hoffe, daß Ihnen nie Schulter und Oberarm so zerschossen werden, daß die ganze Knochenstruktur gesplittert ist. Mr. Grigson hatte einen Schock. Selbst wenn er bei Bewußtsein gewesen wäre, hätte ich nicht erlaubt, daß jemand mit ihm spricht.«

Brady brummte irgend etwas von Ärzteschikanen, dann schaute er Shore an und sagte gereizt: »Was zum Teufel hat Grigson hier überhaupt zu suchen?«

»Verflucht noch mal, Brady, er hat mehr Recht, hier zu sein, als Sie und ich und alle anderen zusammengenommen.« Shore wirkte betroffen und verärgert. »Sanmobil ist der Wirklichkeit gewordene Traum eines einzigen Mannes, und der liegt hier vor Ihnen. Es hat ihn neun Jahre gekostet, seinen Traum zu realisieren, und er mußte die ganze Zeit darum kämpfen. Er ist der Präsident. Verstehen Sie – der Präsident!«

Mackenzie sagte friedlich: »Wann ist er hierhergekommen?«

»Gestern nachmittag. Ist von Europa hierhergeflogen.«

Mackenzie nickte und schaute sich in Reynolds' Büro um. Es war kein kleiner Raum, aber er war ziemlich voll. Außer ihm, Brady, Shore, Dr. Saunders und dem bewußtlosen Grigson waren noch Willoughby anwesend und zwei junge Leute, die offensichtlich an einem Kampf teilgenommen hatten. Bei dem einen war die Stirn verbunden, der andere hatte einen Verband vom Handgelenk bis zum Ellenbogen. An diesen Mann, Steve Dawson, wandte sich Mackenzie nun.

»Sie hatten heute nacht Dienst?«

»Theoretisch. Heute nacht war keine Nachtschicht. Die Anlage ist abgeschaltet.«

»Ich weiß. Aber wie viele Leute waren heute nacht hier – abgesehen von Ihnen?«

»Nur zehn Mann.« Er warf einen Blick auf den Verwundeten. »Mr. Grigson schlief in seinem Privatzimmer, hier auf diesem Korridor. Dann war Hazlitt da – der Diensthabende der Nachtschicht – und vier Mann vom Sicherheitsdienst, die auf dem Gelände patrouilliert haben.«

»Erzählen Sie, was passiert ist.«

»Also – ich bin auf Patrouille gegangen, zusätzlich, weil ich sonst nichts zu tun hatte. Ich habe das Licht hier in Mr. Reynolds' Zimmer angehen sehen. Erst dachte ich, das müßte Mr. Grigson sein – er ist sehr aktiv und rastlos und schläft immer nur ganz kurz. Dann habe ich mich gefragt, was er überhaupt dort macht, weil er doch schon gestern mehrere Stunden mit Mr. Reynolds gesprochen hatte. Also bin ich, so leise wie möglich, den Gang entlang geschlichen bis zu Mr. Grigsons Zimmer.

Die Tür war zu, aber nicht abgeschlossen. Ich schaute hinein, und Mr. Grigson schlief. Ich weckte ihn, sagte ihm, daß irgendein Fremder im Haus sein müßte, und bat ihn, mir seine Pistole zu leihen. Ich wußte, daß er eine hatte, weil er hier einen kleinen privaten Schießstand hat, wo er öfters übt. Er wollte aber nichts davon wissen. Er holte seine Automatik-Pistole hervor, nahm sie aber selbst. Er sagte, er hätte sie schon seit Jahren und könnte wirklich umgehen damit. Ich konnte natürlich nicht viel sagen. Schließlich bin ich erst achtundzwanzig, und Mr. Grigson geht schon auf die Siebzig zu.

Wir sind dann ganz leise hierhergeschlichen, haben die Tür aufgerissen und einen Mann gesehen, der vor dem offenen Safe stand. Er hatte mit einer Axt Corinnes Schreibtisch aufgebrochen, um an den Safeschlüssel zu kommen. Er trug eine Strumpfmaske und war gerade mit einem Schlüsselbund beschäftigt.

Mr. Grigson sagte ihm, er solle sich umdrehen, ganz langsam, und keinen Blödsinn machen, sonst würde er ihn niederschießen. Dann hörte ich zwei Pistolenschüsse, ganz nah, hier von hinten, und Mr. Grigson fiel der Länge nach auf den Boden. Da er ein weißes Hemd anhat, konnte ich sehen, wie das Blut aus der Schulter kam. Er war schwer verwundet.

Ich kniete sofort nieder, um ihm zu helfen. Der Mann, der geschossen hatte, dachte vielleicht, daß ich mir Mr. Grigsons Pistole schnappen wollte, und schoß auch auf mich.«

Dawson atmete schnell. Er stand noch unter Schock. Brady schenkte einen Scotch ein und reichte ihm den Becher. »Da, nehmen Sie das.«

Dawson deutete ein Lächeln an. »Ich habe in meinem Leben so was noch nicht getrunken, Sir.«

»Vielleicht trinken Sie's auch nie wieder«, stimmte Brady zu. »Aber jetzt brauchen Sie einen, und wir brauchen Ihren Bericht.«

Dawson trank, verschluckte sich und hustete. Er verdrehte die Augen ein wenig und trank dann noch einmal. Das Zeug war ihm offensichtlich zuwider, es bekam aber seinem Kreislauf gut. Es kam sofort wieder Farbe in sein Gesicht. Er befühlte seinen verbundenen Unterarm. »Sieht schlimmer aus, als es ist. Die Kugel hat mich nur gestreift. Es brennt vor allem. Einer der Maskierten sagte dann, ich soll ihm helfen, Mr. Grigson in die Waffenkammer zu tragen. Ich nahm zwei Erste-Hilfe-Päckchen mit – sie hatten nichts dagegen. Dann sperrten sie uns in die Waffenkammer. Dann knöpfte ich Mr. Grigsons Hemd auf und verband die Wunde, so gut ich konnte. Ich brauchte eine Menge Verbandsstoff – ich hatte schon Angst, er würde verbluten.«

»Das hätte passieren können«, sagte Dr. Saunders mit Bestimmtheit. »Ihr schnelles Handeln hat ihm das Leben gerettet.«

»Freut mich, daß es was genützt hat.« Dawson schüttelte sich, schaute den Arzt an und fuhr fort: »Dann habe ich meinen eigenen Arm bandagiert und wollte hinausgehen, aber ich konnte die Tür nicht aufkriegen. Ich hämmerte, so fest ich konnte, an die Tür, bis endlich Hazlitt kam und fragte, was zum Teufel das zu bedeuten hätte. Ich erzählte ihm kurz, was los war, und er rannte fort, um einen Zweitschlüssel zu holen.«

Dawson nahm noch einen Schluck Whisky, prustete und kippte dann den Rest hinunter. »Ich glaube, das war's.«

»Und mehr als genug«, sagte Brady mit ungewohnter Herzlichkeit. »Fabelhafte Arbeit, Junge.« Er schaute kurz in die Runde und fragte: »Wo ist George?«

Es war niemandem aufgefallen, daß Dermott nicht mehr da war. Mackenzie sagte: »Er ist gerade erst mit Carmody hinausgegangen. Soll ich ihn suchen?«

»Lassen Sie das sein«, sagte Brady. »Unser guter Spürhund wird schon wieder eine eigene Spur verfolgen.«

Tatsächlich hatte der »Spürhund« zwar eine Idee, aber keine Spur. Er hatte Carmody beiseite genommen und ihm ins Ohr geflüstert, daß er dringend mit dem Mädchen, mit Corinne, sprechen wollte. »Wo ist sie?«

»Auf der Isolierstation, wie ich schon sagte«, antwortete Carmody. »Aber das finden Sie sicher selber. Sie ist leicht zu finden, gleich bei Schleppbagger 1. Soll ich lieber mitkommen?«

»Ja. Das wäre wirklich sehr nett.« Er ließ sich die Enttäuschung nicht anmerken. Er wäre viel lieber allein gegangen. Irgend etwas in ihm bewirkte, daß er sich unbehaglich fühlte. Das war ihm die ganzen Jahre nicht passiert. Es war also besser, daß Carmody ihn begleitete.

Der Wind war inzwischen stärker geworden, wie das öfter spät in der Nacht der Fall war, und er pfiff über den flachen, offenen Platz – mit tödlicher Kälte. Es war fast unmöglich, sich im Freien zu unterhalten. Kein vernünftiger Mensch blieb bei diesem Wetter länger als nötig draußen.

Carmody hatte inzwischen seinen zerbeulten Cherokee wieder. Er schrie eine Entschuldigung in den Wind, stieg als erster ein und setzte sich ans Steuer. Dermott mit seiner massigen Gestalt drängte nach und schlug die Tür zu.

Carmody fuhr sicher über eine anscheinend unbeschilderte Ebene. Das Schneetreiben hatte die Straße verdeckt, und die Ebene vor ihnen sah überall gleich aus.

»Woher, zum Teufel, wissen Sie denn bei diesem Schnee, wo wir hinfahren?« fragte Dermott.

»Da sind Markierungen.« Er deutete auf einen kleinen, dicken schwarzweißen Pfosten, an dem sie vorbeifuhren und der die Nummer 323 trug – deutlich eingraviert. »Wir sind auf dem Highway 3. In einer Minute biegen wir in Highway 9 ein.«

Sie fuhren ungefähr zehn Minuten, bis vor ihnen Lichter aus der Dunkelheit auftauchten. Dermott staunte wieder einmal über die Größe dieser Teersandgruben. Sie waren sechs bis acht Kilometer von den Verwaltungsgebäuden entfernt.

Wie sie jetzt sehen konnten, kam das Licht vor ihnen aus mehreren hellerleuchteten Fenstern. Sie hielten vor einem alleinstehenden, langgestreckten Gebäude. Als sie durch die Tür gingen, schlug ihnen die Wärme förmlich entgegen, und es roch nach Desinfektionsmitteln. Dermott öffnete sofort seine Winterkleidung, denn er hatte das Gefühl, zu ersticken.

Corinne saß im Bett und hatte sich einen Berg Kissen hinter den Rücken gestopft. Sie sah blaß aus, aber – für Dermotts Auge – sehr süß in ihrem erbsengrünen Pyjama. Entgegen Carmodys Voraussage war sie hellwach. Sie sagte, sie habe lange geschlafen, und als sie aufgewacht sei, habe sie geglaubt, es sei bereits Morgen.

»Wie spät ist es denn eigentlich?« fragte sie.

»Vier Uhr, ungefähr«, sagte Dermott. »Wie fühlen Sie sich?«

»Fantastisch. Ich habe nicht mal eine Beule, soviel ich weiß.«

»Das ist wunderbar. Sie hatten unerhörtes Glück!« Dermott stellte ihr alle möglichen Fragen, auf die er eigentlich gar keine Antworten haben wollte. Er wünschte sich von ganzem Herzen, daß Carmody irgendwohin gehen und ihn mit dem Mädchen allein lassen würde. Was er ihr in diesem Fall sagen würde, wußte er nicht. Jedenfalls wollte er mit ihr allein sein.

»Sie haben uns einen verdammt guten Tip gegeben, wissen Sie das?« sagte er begeistert. »Ich kann Ihnen jetzt nicht sagen, was es war, aber es dürfte uns zu dem Durchbruch verhelfen, den wir schon lange brauchen. Mr. Brady hat sich sehr gefreut...«

Seine Stimme stockte, als ein heftiges Rumpeln plötzlich das ganze Gebäude erschütterte. »Donnerwetter!« Er schaute Carmody fragend an. »Was war das?«

Carmody war schnell hinausgelaufen, den kurzen Gang entlang. Dermott rannte ihm nach und erwischte ihn wieder beim Ausgang.

»Ein Hubschrauber!« stieß Carmody hervor. »Er ist ganz tief über das Haus geflogen. Da ist er. Hat die Lichter eingeschaltet.«

Draußen in der Dunkelheit näherte sich ein rotes und ein grünes Licht und verschwand wieder, als der Hubschrauber herumschwenkte. Während die beiden Männer dort standen und zuschauten, wurden zwei Autoscheinwerfer, knapp hundert Meter von ihnen entfernt, eingeschaltet. Das Fahrzeug kam noch ein Stück näher, wendete dann und hielt, die Scheinwerfer auf eine kleine Fläche gerichtet.

»Das ist ein Sichtzeichen!« rief Carmody. »Er landet gleich. Schnell, laß uns schnell das Mädchen von hier wegschaffen. Sie sind bestimmt ihretwegen hergekommen.«

»Woher wissen Sie denn schon wieder, daß sie hier ist?« fragte Dermott.

»Machen Sie sich jetzt keine Gedanken darüber. Bringen wir sie lieber weg.« Wie ein Sprinter sauste Carmody zurück, wickelte Corinne in mehrere Wolldecken und brachte sie hinaus zum Jeep.

Dermott raffte schnell Corinnes Nylonstep-Kombination, Wollsocken, Schuhe, Fellmütze und Handschuhe zusammen und stolperte hinter Carmody her, der Corinne eben auf den Rücksitz schob. Als Dermott beim Wagen angelangt war, machte Carmody schnell wieder die Tür auf, so daß Dermott Corinnes Sachen hineinwerfen und sich neben ihn setzen konnte.

Ohne die Scheinwerfer einzuschalten, ließ Carmody den Motor

an, fuhr hinaus in die pechschwarze Nacht, machte einen großen Bogen um den Wagen, der das Sichtzeichen gab, und blieb hinter ihm stehen, in etwa hundert Meter Entfernung, so daß sie gut beobachten konnten, was passierte. Die Heizung lief auf vollen Touren.

»Ist es warm genug?« fragte Carmody über die Schulter.

»Ja, herrlich. Danke.«

»Dann ziehen Sie bitte Ihre Sachen über. Wenn irgend etwas passiert...«

»Ja, das wollte ich schon. Und vielen Dank, Mr. Dermott.«

»Nichts zu danken.« Carmody und Dermott starrten nach vorn, wo der Hubschrauber jetzt in einem Wirbel von Schnee zur Landung ansetzte. Der Rotor sah im Scheinwerferlicht wie eine blinkende Scheibe aus, und der Abwind fegte den Schnee beiseite.

»Das ist er!« rief Carmody. Seine Stimme war mit Spannung geladen. »Mit dem sind sie davon. Genau, wie ihn Johnson beschrieben hat. Grauweiß, keine Kennzeichen, kleine Leitflächen am Rumpfende. Das ist unser Baby, verdammt noch mal!«

Sowie die Maschine gelandet war, schaltete der Wagen die Scheinwerfer aus. Die Beobachter saßen geblendet in der Dunkelheit. Sie sahen nur noch eine Taschenlampe, die sich hin und her bewegte, sonst nichts.

»Mensch, werden *die* ein dummes Gesicht machen, wenn sie Corinne nicht finden!« sagte Carmody ganz glücklich.

»Meinen Sie, daß sie noch im Hubschrauber sind?« fragte Corinne. »Ich meine die anderen?«

»Könnte leicht sein. Kommt ganz darauf an, wo der Hubschrauber die letzten paar Stunden gewesen ist. Muß irgendwo auf dem Boden gewartet haben.«

»Los, kommen Sie«, sagte Dermott, »gehen wir weg von hier!«

»Warten Sie noch einen Moment. Ich möchte sehen, was sie machen. Sie müssen jeden Moment im Haus sein. Da! Jetzt kann ich sie sehen.«

Zwei Gestalten bewegten sich schnell hinter den Fenstern. Es wurde jedesmal heller, wenn die Türen auf- und zugemacht wurden.

»Können wir den Hubschrauber nicht rammen oder etwas Ähnliches?« fragte Corinne. »Irgendwie verhindern, daß er wieder aufsteigt?«

»Zu groß«, sagte Carmody sofort. »Sehen Sie die Stützen mit den Kufen? Höher als unser Dach. Wir könnten das Landegestell höchstens beschädigen, das würde sie aber nicht am Aufsteigen hindern. Außerdem, so, wie ich die kenne, haben sie bestimmt ein paar bewaffnete Typen zur Bewachung aufgestellt. He! Was ist das?«

»Was?« fragte Dermott.

»Ich hab' was gehört. Maschinen – ganz bestimmt!« Carmody schaute an Dermott vorbei in die Dunkelheit. »Machen Sie das Fenster mal auf für eine Minute.«

Dermott gehorchte, und sofort war das Geräusch viel lauter: ein gewaltiges Quietschen und Klirren, wie von einer riesigen Maschine.

»Du lieber Gott!« schrie Carmody. »Der Schleppbagger! Gleich hier neben uns!«

Dermott stieg aus. Seine Augen, die sich schon an die Dunkelheit gewöhnt hatten, konnten die riesenhaften Umrisse des Superbaggers ausmachen. »Ach du meine Güte!« schrie Dermott. »Er ist eingeschaltet. Er *bewegt* sich!«

Instinktiv rannte er näher zu dem stählernen Monstrum hin. Er konnte das Singen der Elektromotoren, das Quietschen des bewegten Metalls und das Knirschen gefrorener Erde hören, als der gewaltige Schuh des Schleppbaggers vorwärtsschlurfte. Trotz der unangenehmen Situation fühlte sich Dermott angespornt durch die Erregung und die Wut, denn was vor seinen Augen passierte, war ein vielleicht endgültiger, jedenfalls verheerender Sabotageakt. Ihm war sofort klar, was ihre Feinde vorhatten: die Monstermaschine über den Rand in die Grube zu fahren, die sie ausgebaggert hatte.

Die Fakten und Zahlen kamen ihm sofort wieder ins Gedächtnis: 6500 Tonnen Eigengewicht konnten sich 200 Meter pro Stunde bewegen. Die Grube war 50 Meter tief. Obwohl er kein Ingenieur war, wußte er sofort, was es zu bedeuten hatte, wenn dieser Gigant in die Grube fiel.

Er lief um die Maschine herum und sah zu seinem Entsetzen, daß der Rand der Grube, die wie ein endloses schwarzes Loch aussah, nur noch gute fünfundzwanzig Meter entfernt war. Das bedeutete, daß er kaum mehr als sechs Minuten Zeit hatte, um den Bagger zu stoppen. Er starrte verzweifelt nach oben. Der Ausleger verschwand in der Dunkelheit, sah aus wie ein umgefallener

Eiffelturm. Irgendwie mußte er ins Führerhaus kommen und den richtigen Schalter betätigen.

Er rannte zurück, zwischen die gigantischen Schuhe. Hier mußte eine Leiter sein. Endlich fand er sie, aber als er zum Führerhaus hinaufschaute, sah er, daß sich jemand im schwachen Lampenschein bewegte. Er zögerte einen Augenblick. Mit einem Fuß auf der Leiter, wünschte er sich eine Pistole. Ob er lieber zu Carmody und Corinne zurücklaufen sollte? Das war für ein paar Minuten sein letzter Gedanke. Ein Schlag traf ihn im Genick, sein Kopf schien tausend Sterne zu versprühen, und er sank zu Boden.

Als er wieder zu sich kam, schüttelte es ihn vor Kälte. Sein Körper hatte eine merkwürdige Haltung eingenommen. Die Hände waren hinter dem Rücken festgeklemmt. Er hatte das Bedürfnis, seine Arme zu strecken und wieder in Bewegung zu bringen. Er strengte sich an, freizukommen, bemerkte aber mit Entsetzen, daß seine Handgelenke gefesselt und festgebunden waren!

Er stöhnte und atmete schwer. Er hörte hinter sich einen Mann sprechen.

»Ach, Mr. Dermott!« sagte die Stimme, die er halb erkannte, aber nicht orten konnte. »Strampeln hilft nichts. Sie sind an einem Stahlring festgekettet, der im Beton steckt. Und der Ring liegt mitten auf dem Weg von Schleppbagger Nr. 1, der nur noch ein paar Meter von Ihnen entfernt ist, wie Sie sehen und hören können. Die Maschine ist so eingestellt, daß der rechte Schuh genau in Ihre Richtung marschiert. Alles Gute, Mr. Dermott – Sie haben noch ein paar Minuten zu leben.«

Die Angst machte Dermott hellwach. »Ihr Schweine!« schrie er. »Ihr sadistischen Schweine! Kommt zurück!« Aber sosehr er auch schrie, er wußte doch, daß es keinen Sinn hatte. Gegen den Wind und das schreckliche Knirschen des Schleppbaggers war seine Stimme gar nichts. Niemand hörte ihn. Er drehte sich, so gut es ging, und entdeckte, daß er ganz am Rand des schwarzen Abgrunds lag. Es fehlte nur noch ein Meter. Er drehte sich wieder zurück und sah, daß der Schuh des Riesenbaggers erbarmungslos näher kam wie ein Panzer. Das Stahlgerüst des Auslegers schien dem Himmel über ihm ein gespenstisches Muster aufzuprägen.

Dermott zerrte an der Kette, bis er etwas mehr Bewegungsfreiheit hatte. Er konnte nichts sehen, aber es schien sich etwas gelockert zu haben. Er riß die Kette mit aller Kraft hin und her, in der schwachen Hoffnung, daß sie reißen könnte, aber er erreichte schließlich nur, daß ihm das Metall in die Handgelenke schnitt und sie der Kälte preisgab. Aber was störten ihn Erfrierungen, wenn er sowieso gleich zertreten wurde wie ein Käfer?

»Carmody!!« Er schrie verzweifelt. »Carmody!! Hilfe!« Wo, um Gottes willen, war er nur? Warum schaute er nicht nach ihm?

Dermott zerrte wie ein Besessener an der Kette, bis er erschöpft innehalten mußte. Der Schuh der Riesenmaschine kam näher und näher. Zentimeter für Zentimeter. Die eisige Nacht war vom Wimmern der Elektromotoren erfüllt. Es schien die Hölle los zu sein.

Er wälzte sich wie im Fieber hin und her, versuchte irgendwie aus der Bahn des gewaltigen Schuhs herauszukommen. Aber alle Versuche waren vergebens. Er hielt sich wieder still, keuchend, völlig erschöpft. Wirre Gedanken schossen ihm durch den Kopf. Gräßliche Angst und schiere Verzweiflung schüttelten ihn. Er erlebte noch einmal die letzten Sekunden des Autounfalls, an dessen Folgen seine Frau gestorben war, sah sich durch die Explosion aus dem Wagen geschleudert – ins Meer, das von Haien wimmelte ...

Plötzlich sah er eine Taschenlampe aufblinken. Jemand bückte sich über ihn, zerrte ihn am Arm. Dann hörte er einen hellen Schrei – es war eine Frauenstimme.

»Corinne!«

»Mein Gott!« schrie sie. »Was ist denn passiert? Um Gottes willen!« Sie sprang auf und rannte davon. »Warten Sie!« schrie sie zurück.

Dermott sah sie fallen, wieder aufspringen und wie ein Windhund davonjagen. Das Licht ihrer Taschenlampe hüpfte wie wild durch die Nacht. Er schrie hinter ihr her, aber sie war schon fort. *Warten Sie!* hatte sie gerufen. *Warten Sie!* Wie sie so etwas Wahnsinniges nur sagen konnte. Er sollte warten? Der Schuh war schon ganz nahe. Er hatte fast keine Zeit mehr!

Er spürte, wie sich seine Augen mit Tränen füllten, aus Angst, aus Erleichterung, aus Dankbarkeit oder sonst was. Er hätte es nicht sagen können. Er begann zu weinen wie ein kleines Kind.

Die Sekunden verstrichen. Er begann zu zählen. Er wurde von der schrecklichen Vorstellung überwältigt, daß er Zeuge seiner Vernichtung werden müßte. Sollte er dem Monstrum zuerst die Füße hinstrecken. Sollte er zuhören und zuschauen, wie seine

Gelenke, dann die Schienbeine, dann die Knie zerquetscht und in den Boden gepreßt wurden? Nein – er mußte für ein schnelleres Ende sorgen. Er mußte den Kopf zuerst hinhalten. Aber was würde das bedeuten, um Himmels willen? Hören, wie der Schädel knackt, und vielleicht dieses unbeschreibliche Gewicht spüren? Unmöglich? Nie!

Er brüllte noch einmal: »Carmody!!!«

Wie durch ein Wunder wurde sein verzweifelter Schrei beantwortet. Dermott starrte ungläubig auf zwei Scheinwerfer, die mit großer Geschwindigkeit näher kamen. Im letzten Moment bremste der Jeep, schleuderte und kam kurz vor dem Schuh des stählernen Ungetüms zum Stehen, als ob er ihn im letzten Moment noch beschützen könnte. Dann hörte er ein scharfes Klirren und das Klimpern von gebrochenem Glas. Die Jeep-Tür wurde aufgerissen, und Corinne sprang heraus.

Sie war so nah an ihm vorbeigefahren, daß sie ihn gestreift hatte. Das linke Hinterrad war direkt neben ihm. Corinne riß die Hintertür des Wagens auf, holte mit einem Griff den Werkzeugkasten heraus und stellte ihn geräuschvoll neben ihm ab.

»Halten Sie sich ruhig!« schrie sie. »Ich habe einen Bolzenschneider!«

Dermott drehte sich so, daß Corinne an die Ketten herankam. Er spürte, wie sie sich zu schaffen machte.

»Oh, mein Gott!« schrie sie verzweifelt. »Ich kann nicht. Ich bin zu schwach!«

»Was ist los?«

»Ich kann nicht fest genug drücken. Die Kette ist zu hart!«

»Legen Sie den einen Griff auf den Boden, und stemmen Sie sich mit der ganzen Kraft auf den anderen!«

Sie versuchte es wieder, rutschte aus und fiel. Der Schuh drückte gegen den Jeep und stieß ihn ein Stückchen weiter.

»Schnell!« schrie er. »Noch mal!« Ein lautes Knirschen sagte ihm, daß der Schuh den Jeep erwischt hatte. Er schob ihn nicht mehr beiseite, sondern drückte auf die Motorhaube und preßte den Wagen zusammen. Die Karosserie zerbrach wie eine Eierschale.

»Es geht nicht!« schrie Corinne verzweifelt. »Ich kann nicht!«

Plötzlich hatte Dermott wieder einen ganz klaren Kopf. »Ist eine Axt da?«

»Was?«

»Eine Axt!«

»Ja!«

»Versuchen Sie es damit! Schlagen Sie die Kette durch!«

»Und wenn ich Sie treffe?«

»Scheiße! Schlagen Sie zu!«

Zweimal sauste die Axt auf die Ketten nieder. Er spürte, wie sie ihm ins Fleisch schnitten – als ob ihm die Hände abgerissen würden. Dann ein Bersten und Benzingestank.

»Hauen Sie die Hände ab!« Dermott war plötzlich ganz ruhig.

»Das kann ich nicht!« schrie Corinne.

»Die Hände oder ich – los!«

Ein letzter Schlag, und Corinne brach schluchzend zusammen. »Ich habe getroffen! Die Kette ist ab!« Es klang wie ein Wimmern.

Dermott war vor Schreck wie gelähmt. Er kämpfte mit aller Kraft gegen seine Schwäche an und stieß sich mit dem Fuß vom Betonsockel ab. Er fühlte sich frei!

»Um Gottes willen!« schrie er. »Weg!«

Es war wie ein Wunder. Er hatte die Hände wieder frei! »Passen Sie auf die Grube auf!« schrie er. Sein Handgelenk fühlte sich ganz taub an. Trotzdem bekam er Corinne am Arm zu fassen und zerrte sie mit aller Kraft zurück. Er fühlte sich schwach, aber er war nicht so erschöpft wie das Mädchen. Als er nach Worten suchte, um ihr zu danken, sank sie zu Boden. Er hob sie auf, so zärtlich er konnte, legte sie vorsichtig über die Schulter wie ein Feuerwehrmann und begann langsam in Richtung Isolierstation zu gehen.

Es hatte wieder stärker zu schneien begonnen, und Dermott konnte in dem Gestöber die erleuchteten Fenster der Isolierstation nur schwach erkennen. Er wischte sich gerade mit der freien Hand den Schnee aus dem Gesicht, als er in nächster Nähe Motorengeräusch vernahm. Er blieb stehen und lauschte: kein Zweifel – der Hubschrauber!

Diesmal ging alles sehr schnell. Die Autoscheinwerfer leuchteten wieder auf – der Wagen selbst war nicht zu sehen –, und im Scheinwerferlicht sah er, wie sich der Rotor des Hubschraubers immer schneller drehte, hörte den Motor aufheulen, sah den Hubschrauber vom Boden abheben und seitlich im Dunkeln verschwinden.

Kaum war der Hubschrauber verschwunden, setzte sich der Pkw in Bewegung, fuhr mit zunehmender Geschwindigkeit davon und war kurz darauf in dem Schneegestöber nicht mehr zu sehen.

Wieder einmal waren die Banditen entkommen! Dermott hätte enttäuscht sein müssen, aber so, wie die Dinge lagen, hatte er nichts anderes im Sinn, als mit Corinne ins Warme zu kommen.

Er war schon ganz nah bei der Station, als er jemand vor den Fenstern vorbeigehen sah. Er erschrak. Vielleicht hatten die Gauner ein paar Mann zurückgelassen! Sollte er jetzt vielleicht erschossen werden, nachdem er all das überstanden hatte? Bevor er Zeit hatte, Corinne von den Schultern zu nehmen oder sonst etwas zu tun, leuchtete eine Taschenlampe auf. Der Lichtstrahl fand bald sein Gesicht.

»Guter Gott! Dermott!«

»Carmody! Wo, um Gottes willen, sind Sie gewesen?«

»Ich habe versucht, den Hubschrauber aufzuhalten.«

»Helfen Sie mir bitte«, sagte Dermott.

Carmody war herangekommen, erkannte Corinne und nahm sie ihm ab, ohne Fragen zu stellen. »Schnell rein!«

Sie legten Corinne auf ein Bett, und Dermott ließ sich mit einem Seufzer der Erleichterung auf das nächste fallen. »Rufen Sie sofort Shore an«, sagte er mit letzter Kraft. »Er soll um alles in der Welt sofort den Strom für Schleppbagger 1 abstellen. Er soll Brady Bescheid sagen. Sie sollen so schnell wie möglich herkommen.«

Sie hatten die Flutlichter eingeschaltet, um die fünfzig Meter tiefe Grube auszuleuchten. Außerdem waren drei Meter vom Rand Pfosten eingeschlagen worden, die mit Seilen verbunden waren, damit sich jeder festhalten konnte, der nicht schwindelfrei oder nicht ganz sicher auf den Beinen war, sobald er in den gähnenden Abgrund schaute.

Schleppbagger 1 war auf die Nase gefallen, lehnte an der fast senkrechten Wand in einem Winkel von 30 Grad. Die massive Verkleidung schien nicht beschädigt zu sein, ebensowenig die triangelförmige Stütze, an deren Gipfel die Rollen montiert sind, in denen die schweren Stahltaue laufen. Sogar der Ausleger, der in seiner ganzen riesigen Länge auf der unebenen Sohle der Grube lag, schien unbeschädigt zu sein, soviel man von oben sehen konnte.

Brady hatte sich in kluger Voraussicht das festverankerte Schutzseil dreimal um seinen stattlichen Bauch gewickelt. »Überraschend geringer Schaden«, sagte er. »Es sieht jedenfalls so aus. Ich vermute, daß die Elektromotoren aus ihrem Bett gerissen worden sind.«

»Das wäre noch das wenigste.« Shore war in gedrückter Stimmung und sah aschfahl aus im Scheinwerferlicht. Der Anblick des beschädigten Riesen ging ihm näher als irgendwem sonst. »Man muß das Ding erst mal wieder rauskriegen.«

»Wäre es nicht einfacher, Ersatz zu beschaffen?« fragte Brady.

»Ach du liebe Güte! Wissen Sie, was ein neuer bei den heutigen Preisen kosten würde? Vierzig Millionen Dollar. Vielleicht sogar mehr. Und Sie können von diesem Typ nicht ein Einzelexemplar bestellen. Wenn wir ihn morgen vor die Haustür geliefert bekämen, würde ihn Sanmobil sicher bestellen. Aber das geht gar nicht. Sie können ein Spezialgerät von dieser Größe gar nicht über Land befördern, nicht im ganzen. Von den Elektromotoren abgesehen, kommt der ganze Klimbim in Tausenden von Kisten, und ein Team von Spezialisten braucht Monate, um ihn zusammenzubauen.«

»Und mit Kränen herausholen?« schlug Brady vor. Schon die Größenordnung des Problems schien ihn zu faszinieren – oder wollte er sich nur ablenken? Suchte er zu vergessen, daß seine Frau und seine Tochter entführt waren?

Shore machte eine abwehrende Handbewegung. »Die größten Kräne der Welt – ein ganzes Rudel davon – könnten diesen Bagger nicht einen Zentimeter heben. Wir müssen ihn entweder vollkommen auseinandernehmen und die Einzelteile hier heraufschaffen oder eine Straße anlegen, damit wir größere Teile auf Rollen hochziehen können. So eine Straße oder Bahn dürfte nur wenig Steigung haben, müßte also an die zwei Kilometer lang sein. Wir können machen, was wir wollen – es kostet jedenfalls Millionen.« Er stieß einen Fluch von beträchtlicher Länge aus und sagte dann: »Und das Ganze ist das Werk von wenigen Minuten!«

»Wir konnten Sie leider nicht früher verständigen«, sagte Carmody.

»Es wäre auf jeden Fall zu spät gewesen«, sagte Shore. »Die Schweinehunde wußten genau, was sie zu tun haben. Jeder Schleppbagger hat seine eigene Stromversorgung. Er hängt nicht am Netz – sonst hätte man noch rechtzeitig die gesamte Stromversorgung abschalten und in den einzelnen Gebäuden die Notstromaggregate in Betrieb nehmen können. Sie haben also den Generator anlaufen lassen, die ganze Maschine unter Strom gesetzt und die Tür des Generatorraums so verrammelt, daß man sie nur noch mit dem Schweißbrenner aufbringt.«

»Die Banditen wissen natürlich ganz genau, wie sie mit einem Minimum an Anstrengung ein Maximum an Schaden anrichten können«, sagte Brady. »Ich würde sagen, Mr. Shore, es hat keinen Sinn mehr, hierzubleiben. Je länger Sie hinschauen, desto mehr schmerzt Sie die Wunde. Gehen wir lieber hinein und fragen wir George, was passiert ist.«

»Okay. Gehen wir.« Shore, der den Aufbau der Schleppbagger geleitet hatte – in Zusammenarbeit mit den Leuten der Hersteller-firma Bucyrus-Erie –, konnte sich nur schwer von dem gestürzten Riesen losreißen. Ihm war zumute, als würde er einen alten Freund im Stich lassen. Brady konnte es ihm nachfühlen, aber er konnte nicht umhin, festzustellen, daß er die Kälte spürte.

Shore warf einen letzten Blick auf den Schleppbagger. Dann drehte er sich um und ging zu dem gutgeheizten Minibus. »Okay«, wiederholte er gedankenverloren, »hören wir uns Dermotts Be-richt an.«

Sie fuhren das kurze Stück bis zur Isolierstation, fanden Der-mott im Bett liegen. Neben ihm Stand Willoughby, der ihn bereits befragte. Corinne saß auf einem Stuhl in der Ecke. Sie sah besser aus als der Mann, den sie gerettet hatte.

»Wie geht es ihm?« fragte Brady leise die Schwester im Korridor.

»Die Handgelenke sehen ziemlich böse aus. Sie sind durch die Fesseln aufgescheuert worden und zeigen Frostschäden. Sie wer-den in den nächsten Tagen ziemliche Schmerzen verursachen. Aber das heilt alles wieder.«

»Und wie ist seine Verfassung sonst – ist er sehr erschöpft?«

»Wovon *reden* Sie überhaupt? Er hat eine Konstitution wie ein Ochse.«

Als Brady, Mackenzie und Carmody hintereinander ins Kran-kenzimmer kamen, wurde es allmählich eng. Daß Dermott so darniederlag, mit einem Riesenverband um Hände und Unterar-me, schien Brady sehr nahezugehen.

»Na, George«, begann er, nachdem er sich lautstark geräuspert hatte, »soviel ich gehört habe, wollen Sie überleben.«

»Aber klar!« Dermott grinste ihn an. »Aber, mein Lieber – *das* möchte ich nie mehr durchmachen.«

»Ich habe die Geschichte schon gehört«, mischte sich Willough-by lebhaft und geschäftig ein. Er gab eine kurze Zusammenfassung des Geschehens einschließlich An- und Abflug des Hubschrau-bers. »Ich bedaure feststellen zu müssen, Mr. Shore, daß die ganze Firma mit korrupten Elementen durchsetzt zu sein scheint. Erstens hat jemand die Kidnapper darüber informiert, daß das Mädchen den Sprung aus dem Hubschrauber überlebt hat und sich auf der Isolierstation befindet. Zweitens muß ein anderer den Generator in Betrieb gesetzt haben. Drittens muß jemand den Schleppbagger so eingestellt haben, daß er sich auf die Grube zu bewegt, und viertens hat jemand Mr. Dermott niedergeschlagen und ihn gefesselt. Ein ganz schöner Haufen Banditen für so eine Firma.«

»Weiß Gott, da haben Sie recht«, sagte Shore bitter. »Sie halten es nicht für möglich, daß jemand aus dem Hubschrauber den Schleppbagger in Gang gebracht hat?«

»Unmöglich. Der Schleppbagger hat sich schon bewegt, bevor der Hubschrauber gelandet war. Stimmt das, Mr. Dermott?«

»Das stimmt.«

»Mich würde interessieren, Mr. Brady, ob Ihre Familie noch an Bord des Hubschraubers war.«

»Ja, sie war an Bord.« Carmody überraschte sie alle mit dieser Feststellung. »Und Mr. Reynolds. Er saß bei ihnen.«

»Woher wissen Sie das?« fragte Brady. Dermott setzte sich ruckartig auf.

»Ich habe sie *gesehen*. Als Sie zum Bagger gegangen waren, habe ich mich in einem großen Bogen von hinten an den Hubschrauber herangeschlichen. Ich sah einen Mann mit Maschinenpistole, der die Leiter bewachte, aber es gelang mir, hinter seinem Rücken über das Landegestell hochzuklettern und einen Blick durch das Kabinenfenster zu werfen. Sie waren alle drin: Mrs. Brady, Stella und Mr. Reynolds.«

»Wie...« Brady zögerte. »Wie sahen sie aus?«

»Gut. Tadellos. Ganz ruhig, alle drei. Aber sie waren nicht so untätig, wie es aussah.«

»Was meinen Sie damit?« fragte Dermott schnell.

»Einer von ihnen konnte das hier aus der Tür werfen oder aus dem Fenster.« Er holte aus seiner Brusttasche ein braunes Lederetui heraus und reichte es Brady. »Sieht so aus, als gehöre es einem von Ihnen – J. A. B. in hübschen Goldbuchstaben.«

»Mein Gott!« Brady nahm es in die Hand. »Das gehört Jean. Ihr zweiter Name ist Anneliese. Das war ein Geburtstagsgeschenk. Ist was drin?«

»Natürlich. Schauen Sie mal rein!«

Mit etwas zittrigen Fingern öffnete Brady das Etui und holte einen Streifen Papier heraus. »*Crowfoot Lake Met. Station*«, las er laut. »Hol's der Teufel!«

Dermott war begeistert. »Ich hab's gewußt! Ich hab's gewußt!« rief er. »Ich hab's gewußt, daß sich diese Lumpen irgendwann übernehmen. Habe ich nicht gesagt, daß sie irgendwann einen großen Fehler machen – in ihrer Großkotzigkeit oder in ihrer Angst? Jetzt haben sie ihn gemacht. Irgend jemand konnte es sich nicht verkneifen, das Maul aufzumachen. Jean hat den Namen gehört und sofort aufgeschrieben. Großartig, Jean!«

»Pures Glück, daß ich das Etui gefunden habe«, sagte Carmody. »Als der Hubschrauber abhob, hat er den Schnee hochgewirbelt und hätte das Ding fast begraben. Ich habe gerade noch was liegen sehen. Es hat nur noch ein Stückchen herausgeschaut.«

»Jetzt haben wir's wenigstens«, sagte Dermott. »Worauf warten wir noch?«

»Nicht so eilig«, sagt Brady. »Erstens wissen wir gar nicht, wo Crowfoot Lake liegt.«

»Doch, das wissen wir«, sagte Willoughby. »Es liegt oben in der Nähe der Birch Mountains, ca. 120 Kilometer von hier. Ich kenne es gut.«

»Und wie kommen wir dorthin?«

Willoughby schaute ihn vorwurfsvoll an. »Mit dem Hubschrauber natürlich. Womit denn sonst.«

»Gentlemen, es ist vier Uhr morgens«, sagte Brady. »Es wäre Blödsinn, jetzt die Verfolgung aufzunehmen. Jedenfalls sind wir alle ziemlich müde.«

»Außerdem haben wir auch keinen Hubschrauber«, sagte Dermott.

»Genau«, sagte Brady. »Ich stelle fest, George, daß Ihr Verstand unter dem schrecklichen Erlebnis nicht gelitten hat.«

»Vielen Dank für die Blumen«, sagte Dermott und lehnte sich glücklich in die Kissen zurück. »Vielleicht kann Mr. Willoughby uns morgen helfen – nicht am frühen Morgen natürlich.«

»Sicher, sicher.« Willoughby stand auf. »Aber jeder soll bitte auf der Hut sein. Wir haben es mit professionellen Gangstern zu tun. Ihre heutige Vorstellung war sehr eindrucksvoll. Nichts würde ihnen besser in den Kram passen, als jemanden von Ihren Leuten zu schnappen oder sogar Sie selbst.« Er wandte sich an Corinne, aber er sah, daß sie in der Ecke saß und schlief. »Okay«, sagte er höflich zu Mackenzie. »Passen Sie auf sie auf. Aber was immer Sie machen, bleiben Sie zusammen.«

»Wenn das so ist«, sagte Brady, »werden wir alle in den Bus

steigen und zurück in die Stadt fahren. Mr. Carmody – mit Ihrem Auto ist wohl nicht mehr viel los. Darf ich Sie mitnehmen?«

»Der Jeep ist platt wie eine Flunder«, sagte Carmody etwas säuerlich. »So etwas habe ich noch nie gesehen. Ich nehme Ihre Einladung dankend an.«

Sie stiegen der Reihe nach in den Minibus. Shore fuhr. Aber noch bevor sie das Verwaltungsgebäude erreichten, kam ein Funkspruch durch.

»Mr. Shore – dringend!« Es war Steve Dawson, der Diensthabende der Nachtschicht. »Wir haben schon wieder einen Mordfall.«

»O *nein*!« Shore stöhnte. »Ich komme. Bin gleich da.«

Dawson kam ihnen entgegen und führte sie direkt in einen Raum, in dem sechs Betten standen. Auf einem der Betten lag ein blonder junger Mann, dessen Augen starr auf die Decke gerichtet waren.

»Ach du lieber Gott!« sagte Shore. »David Crawford vom Sicherheitsdienst, von dem wir gesprochen haben.«

»Der Mann, den wir verdächtigt haben?«

»Ja, das ist er. Was ist passiert?«

»Von hinten erstochen – ins Herz«, sagte Saunders, der Arzt, der neben dem Bett stand. »Er ist schon ein paar Stunden tot. Wir haben ihn jetzt erst gefunden.«

»Wie ist das möglich?« wollte Dermott wissen. »Ist das nicht der Schlafraum vom Sicherheitsdienst?«

»Einer der beiden«, sagte Saunders. »Der andere ist größer. Normalerweise sind beide voll belegt. Aber seitdem die Anlagen abgestellt sind, übernachten die Leute zu Hause. Niemand hatte einen Grund, nachts hierherzukommen.«

»Gemeine Bande«, sagte Brady mit gedrückter Stimme. »Vier Tote und zwei ernsthaft Verletzte bis jetzt. Aber, Mr. Willoughby – jetzt haben Sie einen Mordfall an der Hand.«

14

Vormittags um 11 Uhr 30 saß Jim Brady mit seinem Team allein im Speisesaal des Hotels. Ein Blick nach draußen zeigte ihnen, daß der Wind sich gelegt hatte und daß es nur noch gelegentlich schneite.

Die Stimmung der drei Männer schwankte zwischen gespannter Erwartung und heimlicher Freude.

»Eins ist sicher«, sagte Brady mit fester Stimme, »*Sie* gehen nicht mit auf unsere kleine Spritztour.«

»Und ob ich mitgehe!« konterte Dermott. »Sie wollen mich wohl abhängen.«

»Aber Sie können doch nichts tun«, sagte Brady vorwurfsvoll, aber voller Sympathie. »Sie können keinen Revolver halten, Sie können niemanden niederschlagen und niemanden fesseln.«

»Das ist mir egal, ich muß dabeisein.« Dermott war sehr müde, hatte große Schmerzen in seinen ramponierten Handgelenken, und die Finger waren immer noch steif. Damit er den Pulsschlag nicht so stark in den Wunden spürte, hatte er die Ellbogen auf den Tisch gestemmt und hielt die Arme fast senkrecht. »Ich brauche nur zwei Schlingen«, brummelte er. »Für jeden Arm eine.«

»Warum bleibst du nicht hier und kümmerst dich um deine galante Retterin?« fragte Mackenzie.

Dermott wurde rot und sagte: »*Ihr* geht's gut, soviel ich gehört habe.«

»Sie wird natürlich bewacht«, sagte Mackenzie, »aber es wäre vielleicht besser, wenn sie mit uns käme – nachdem die Gangster überall ihre Leute haben...« Er beendete den Satz nicht und begann wieder zu essen, als Willoughby, der Polizeichef, auf sie zukam.

»Guten Morgen, Chef!« Brady strahlte ihn an. »Haben Sie ein bißchen geschlafen?«

»Eine Stunde.« Er versuchte ein Lächeln, aber es kam nicht von Herzen. »Die Pflicht ruft. Ich kann mich nicht beschweren.«

»Neuigkeiten«, sagte Brady plötzlich. »Nehmen Sie Platz.« Er reichte ihm einen Brief über den Tisch. »Eine Mitteilung von unseren Freunden. Ist gestern auf der hiesigen Post aufgegeben worden.«

Willoughby las den ersten Absatz, ohne daß sich sein Gesichtsausdruck veränderte. Dann schaute er der Reihe nach in die Gesichter, die ihm zugewandt waren, und konstatierte: »Eine Milliarde Dollar.« Plötzlich verließ ihn die Ruhe. »Eine Milliarde Dollar!« schrie er. »Heiliger Bimbam – eine Milliarde *Dollar*!« Er wiederholte das Wort Dollar mehrmals. »Wer geht auf diesen Blödsinn überhaupt ein?«

»Sie halten das für Blödsinn?« fragte Dermott. »Ich nicht. Vielleicht eine etwas zu optimistische Einschätzung der Summe, die der Markt hergibt, aber nicht übertrieben, würde ich sagen.«

»Ich kann es nicht glauben.« Willoughby warf den Brief auf den Tisch. »Eine Milliarde Dollar! Selbst wenn die das ernst meinen, wie soll diese Summe übergeben werden, ohne daß man den Empfänger findet?«

»Nichts einfacher als das«, sagte Mackenzie, während er in seinem Pfannkuchen herumstocherte. »In diesem Labyrinth von Eurodollars und Offshore Funds können Sie sogar Fort Knox verlieren.«

Willoughby starrte ihn über den Tisch an. »Würden Sie so ein wahnsinniges Lösegeld zahlen?«

»Ich nicht«, antwortete Mackenzie. »Ich könnte das gar nicht. Aber irgend jemand bezahlt das bestimmt.«

»Und wer ist so verrückt?«

»Das hat mit Verrücktsein gar nichts zu tun«, sagte Dermott geduldig. »Das ist eine reine Kalkulationsfrage, ganz gewöhnliches Geschäftsinteresse. Die Leute, die am meisten zu verlieren haben – unsere beiden Regierungen und die größeren Ölgesellschaften, die in Alaska und in Alberta investiert haben. Ich weiß nicht, wie das in Kanada aussieht, aber in den Staaten könnte das eine spannende Angelegenheit werden, denn jedes Geschäft, an dem die Regierung und die Ölgesellschaften beteiligt sind, braucht die Zustimmung des Kongresses – und wie jeder Schuljunge weiß, würde der Kongreß die Ölgesellschaften mit Freuden in die Pfanne hauen. Das kann ein schönes Theater geben!«

Willoughby schien überrascht zu sein.

»Lesen Sie weiter«, drängte Brady. »Der nächste Abschnitt ist nur ein kleiner Schock für das Nervensystem.«

Der Polizeibeamte nahm den Brief wieder zur Hand und las weiter. »Sie sollen also aus Alaska und Alberta verschwinden – und zwar bis unter den 49. Breitengrad.«

»Wie vorausgesagt«, meinte Brady.

»Sie werden diese Gegend natürlich nicht verlassen«, sagte Willoughby.

»Nicht?«, fragte Brady. »Ganz im Gegenteil! Ich werde meinem Piloten gleich sagen, er soll eine Flugroute nach Los Angeles festmachen.«

Willoughby starrte ihn an. »Ich dachte, Sie wollen nach Crowfoot Lake?«

»Wollen wir. Aber wir wollen unsere wahre Flugroute nicht ausposaunen – es könnten uns ja irgendwelche schlechten Menschen abhören. Deswegen fliegen wir offiziell nach L. A.«

»Okay, ich verstehe.« Willoughby grinste. »Und was kann *ich* für Sie tun?«

»Ja . . .« Brady wollte nicht gleich mit der Sprache herausrükken. »Vor allen Dingen brauchen wir eine Garantie von Ihnen.«

»Sie können keine Geschäfte mit der Polizei machen.« Willoughbys Stimme klang plötzlich hart.

»Ach was!« sagte Brady gemütlich. »Das wird doch immer schon so gemacht. Sogar Verbrecher machen ihren Handel mit den Gerichten.«

»Okay. Was wollen Sie also?«

»Was wir auf keinen Fall wollen, ist eine Kompanie Fallschirmjäger. Natürlich würden die mit der Bande schnell fertig, aber dabei könnte es auch die falschen Leute erwischen. Wir wollen das aber mit Finesse machen. Mit Schläue. Mit strengster Geheimhaltung. Es soll alles so ablaufen, wie *wir* wollen.«

»Haben Sie schon einen Plan oder so etwas Ähnliches?«

»Beschreiben Sie mir Crowfoot Lake etwas näher«, sagte Brady.

»Es ist ein idealer Platz für solche Gangsterstücke. Zwischen den Bergen versteckt. Hat einen großen überdachten Hubschrauber-Hangar direkt neben der Station. Aus der Luft kann man da einen Hubschrauber nicht ausmachen. Ich war mal vor einem Jahr dort, mußte einen angeblichen Mordfall untersuchen, der sich dann als Unglücksfall entpuppte. Ein paar Burschen aus der Stadt waren gerade bei der Wetterstation angekommen. Alle Jahre, wenn die Jagdsaison beginnt, passiert dasselbe: all die Daniel Boones und Buffalo Bills fallen über den Platz her wie die Fliegen.«

»Wie groß ist der See?« fragte Dermott. »Kann da ein Hubschrauber landen?«

»Ja, man *kann* landen.« Willoughby machte eine Pause. »Aber ich glaube nicht, daß das besonders gut wäre. Und zwar aus folgendem Grund: Der See ist nur drei Kilometer lang, und Sie können landen, wo Sie wollen, aber die Leute von der meteorologischen Station hören Sie auf jeden Fall. Ich habe eine bessere Idee.«

»Wir brauchen eine.«

»Nun ja. Mr. Brady, ich habe erst noch eine Bitte. Ich bin in einer schwierigen Situation. Ich bin das Gesetz in dieser Gegend, und man erwartet von mir, daß ich weiß, was hier passiert. Ich möchte Sie jetzt auch ein bißchen erpressen. Als Gegenleistung für die Garantie, daß ich Sie ungesehen zu der Station bringe, möchte ich in einem gewissen Grad an Ihrem Unternehmen beteiligt sein. Sie dürfen nicht ohne polizeiliche Erlaubnis arbeiten, und ich kann Ihnen die Erlaubnis geben. Alles mit verdeckten Karten, okay. Aber ich möchte einen offiziellen Beobachter dabeihaben.«

»Ich wüßte schon jemand, den ich gerne als Beobachter hätte«, sagte Mackenzie. Bis jetzt hatte er fortwährend vor sich hingekaut, aber jetzt tupfte er sein großes Gesicht vorsichtig mit einer Serviette ab, und das bedeutete, daß er seine Mahlzeit beendet hatte. »Ich hätte gern Carmody.«

Willoughby sagte: »Das ist keine schlechte Idee. Ich werde ihn gleich holen.« Er ging zum Telefon, kam wieder und sagte: »Ein paar Minuten.«

»Schön.« Brady wandte sich an Mackenzie. »Don, sage Ferguson, er soll zum Flugplatz rausgehen und eine Flugroute nach Los Angeles festmachen. Sag ihm, er kann mit uns in ungefähr einer Stunde rechnen. Und bitte in der Küche um Proviant für zwei bis drei Tage.«

»Nur Nahrungsmittel, Mr. Brady?«

Brady überhörte großzügig diese Anspielung. »Ferguson ist zuständig für diesen Nachschub. Er weiß genau, was fehlt. George, ich glaube, wir brauchen ein paar Kompasse und wahrscheinlich auch Munition. Sei großzügig mit Munition.«

Willoughby sagte: »Handkompasse haben wir in rauhen Mengen. Was für Revolver?«

»38er Colts.«

»Kein Problem.«

»Gut, danke«, fügte Dermott hinzu. »Sagen Sie, Mr. Willoughby, haben Sie einen Vertreter?«

»Natürlich, und sogar einen guten.«

»Gut genug, um ihm hier das Feld zu überlassen?«

»Sicher, warum?«

»Warum kommen Sie nicht mit? Wenn Sie uns Tips geben, ist das ja sehr gut, aber es ist natürlich besser, wenn wir Sie dabeihaben.«

»Sagen Sie das nicht, Mr. Dermott. Sie führen mich in Versuchung – und zwar ernsthaft.« Aus dem plötzlichen Aufleuchten seiner Augen konnte man schließen, daß er es ernst meinte. »Die Pflicht kommt aber leider vor dem Vergnügen, und ich habe einen Mordfall aufzuklären.«

»Ihre Erfolge sind bis jetzt wahrscheinlich gleich Null. Es gäbe einen kürzeren Weg. Sie haben es natürlich nicht gerne, wenn fremde Amateure Ihnen den Job wegnehmen, oder?«

»Ich fürchte, ich bin zur Zeit nicht richtig in Form.«

»Sie wären es gleich wieder, wenn wir Ihnen Crawfords Mörder vorstellen würden. Und wo könnte er sein, wenn nicht in Crowfoot Lake?«

»Mr. Dermott, vergessen Sie meine letzte Bemerkung. Ich fühle mich schon wieder hervorragend. Ah, da kommt er ja.«

Carmody sah so groß und kräftig aus wie immer.

Dermott sagte: »Mit Mr. Willoughbys Einverständnis möchte ich eine Bitte an Sie richten – im Interesse von Mr. Brady, Mr. Makkenzie und mir. Es geht um diese Kidnapper – Sie wissen ja, daß es mehrfache Mörder sind, Männer, die vor nichts zurückschrecken. Sie schießen sofort, und sie schießen, um zu töten.«

Carmody schaute in die Runde, etwas verlegen, aber er sagte nichts.

Dermott fuhr fort: »Mrs. Brady, ihre Tochter und Mr. Reynolds – wir wissen, wo sie festgehalten werden.«

Carmody legte die Handflächen aneinander, fast wie zum Gebet, und flüsterte auch so, wie es sich in der Kirche gehört: »Prima, prima – holen wir sie raus!«

Brady sagte: »Ich danke Ihnen. Wir wissen das zu schätzen. In einer Stunde, okay?«

Willoughby fügte noch hinzu: »Ich laufe nur noch schnell zum Büro hinüber und rufe Edmonton an.«

»Wieso? Ich dachte, Geheimhaltung ist die Parole?«

»Ist sie immer noch.«

»Darf ich dann fragen…«

»Sie dürfen nicht. Es ist eine Überraschung. Wird erst verraten, wenn wir in Crowfoot Lake sind – oder in nächster Nähe. Sie werden mir doch meine Überraschung gönnen?«

Als der Jet abhob, warf Brady einen Blick über den Durchgang zu Carmody hinüber, der irgendwelche metallisch glänzenden Geräte aus einem Lederköfferchen holte. Es schien sich um ein kleines

Teleskop zu handeln, das an einem halbkreisförmigen Gestänge befestigt war, das wiederum an einem rechteckigen Metallkasten festgeschraubt wurde.

»Was haben Sie da, Mr. Carmody?« fragte Brady.

»Sagen Sie bitte John zu mir, Mr. Brady. Dann fühle ich mich nicht so befangen. Wir Polizisten sind ja gewohnt, daß wir alles mögliche genannt werden, nur nicht ›Mister‹. Das ist ein Infrarot-Nachtsicht-Teleskop. Wird an einem Gewehr befestigt.«

»Sie können damit im Dunkeln sehen?«

»Es genügt ein klein bißchen Licht. Totale Dunkelheit gibt es ja kaum.«

»Sie können jedenfalls den Gegner sehen, aber er sieht *Sie* nicht?«

»Das ist der springende Punkt. Unsportlich und unfair. Aber man darf diesen Banditen keine Chance geben, besonders, Mr. Brady, wenn sie ihre Pistolen auf Frauen und Kinder richten.«

Brady wandte sich an Willoughby: »Und welche tödlichen Waffen haben Sie mitgenommen?«

»Außer dem vorschriftsmäßigen Revolver nur dieses kleine Ding hier.« Er langte unter seinen Sitz und zog ein Lederfutteral hervor, ungefähr 45 x 25 cm.

»Komisches Format für ein Gewehr«, sagte Brady erstaunt.

»Das sind zwei Teile, die zusammengeschraubt werden.«

»Es ist doch nicht etwa eine Maschinenpistole?«

»Doch.«

»Haben Sie vielleicht auch noch ein paar Handgranaten dabei?«

»Nur ein paar«, sagte Carmody mit einem Achselzucken.

»Infrarot-Gerät, Maschinenpistolen, Handgranaten – sind die nicht illegal?«

»Schon möglich«, sagte Carmody. »Ich weiß das nicht so genau. Da müßten Sie Mr. Willoughby fragen.«

Die Maschine schien nicht weiter zu steigen, und Brady nickte dankbar, als Mackenzie ihm seinen Daiquiri brachte.

»Haben wir schon Flughöhe erreicht, Donald? Wir können doch noch gar nicht so hoch gestiegen sein.«

»Wahrscheinlich ist das hoch genug. Wir sollten mal unseren Polizeichef fragen.« Er deutete mit einer Kopfbewegung nach vorne. Willoughby war auf den Platz des Kopiloten vorgegangen und hatte sich mit Ferguson über eine Karte gebeugt. »Er macht ein bißchen den Navigator.«

Es vergingen knapp fünf Minuten, bis sich Willoughby erhob, zurückging und sich neben Brady setzte.

»Wie lang, Mr. Willoughby?«

»Siebzig Minuten.«

»Siebzig Minuten? Ich dachte, es sind nur 110 Kilometer bis Crowfoot Lake!«

»Vergessen Sie nicht, daß wir offiziell nach Los Angeles fliegen. Bei unserem ersten Schritt passieren wir die Radarkontrolle bei Calgary. Also fliegen wir nach Süden. Wir fliegen auch sehr tief, damit wir aus dem Radarbereich von Fort McMurray herauskommen. Wenn wir da raus sind, drehen wir auf West und dann auf Nord. Zehn Minuten später gehen wir auf Nordost. Wir bleiben bei der geringen Flughöhe. Keine Gefahr, daß wir irgendwo anstoßen – ziemlich flach die ganze Strecke.« Er breitete eine Karte auf den Knien aus. »Auch die Birch Mountains verdienen ihren Namen nicht. Die höchste Erhebung ist keine tausend Meter. Es ist nur eine kleine Trennungslinie, eine Wasserscheide. Die Flüsse auf der Westseite fließen westlich und nordwestlich in den Peace und den Birch River, auf der anderen Seite fließen sie nach Osten und Südosten in den Athabasca.«

»Wo ist Crowfoot Lake?«

»Hier, direkt in der Mitte.« Willoughby zeigte auf eine Markierung.

»Da steht ja gar kein Name!« sagte Brady.

»Zu klein. Deerhorn ist auch nicht eingezeichnet – hier auf der Ostseite. Da fliegen wir jetzt hin. Da ist auch ein See.«

»Und wie weit ist es von Deerhorn nach Crowfoot?«

»Zehn Kilometer, vielleicht zwölf. Weit genug, hoffe ich. Wir kommen ganz tief und ganz langsam an. Jedenfalls so langsam wie möglich. Die Gefahr, daß wir auf diese Entfernung gehört werden, ist ziemlich gering. Wir machen nur Krach, wenn wir landen. Die einzige Möglichkeit, einen Jet auf dem See zu landen, ist die, daß wir den Umkehrschub voll einsetzen. Das macht natürlich ziemlich viel Lärm. Aber ich bin ziemlich sicher, daß die Birch Mountains wie eine Schallwand wirken. Ich habe viel mehr Bedenken wegen des Hubschraubers.«

»Hubschrauber?« fragte Brady hellhörig.

»Ja. Hat Edmonton vor einer halben Stunde verlassen. Ist eine Stunde nach uns hier.«

»Aber Sie haben mir doch versprochen...«

»Und ich halte mein Versprechen. Keine Soldaten, keine Polizei, nicht einmal Maschinengewehre. Nur ein paar Spezialgeräte für diese arktische Gegend. Treffen kurz nach Einbruch der Dunkelheit ein.«

»Und wie findet er her – ohne Sichtzeichen?«

»Er bekommt von uns ein Funksignal. Er braucht nur der Nase nach zu fliegen. Was mir ein bißchen Sorgen macht, ist der Lärm, den er beim Landen macht. Es ist der größte Hubschrauber, den Sie je gesehen haben, und er macht einen entsprechenden Lärm.«

»Natürlich«, sagte Brady. Seine Stimme klang ein wenig beunruhigt. »Unsere Freunde in Crowfoot Lake haben ja ihren eigenen Hubschrauber. Meinen Sie nicht, daß sie schnell rüberkommen und nachschauen?«

»Ich hoffe nicht. Ich möchte sie nämlich gern vor Gericht stellen«, sagte Willoughby grimmig, »und das kann ich nicht, wenn sie tot sind. Wenn sie uns in die Quere kommen, habe ich keine andere Wahl, als sie abzuschießen.«

»Das ist ganz logisch.« Brady schien sich darüber keine Gedanken zu machen. Dann sagte er: »Können Sie das denn?«

»Wir haben uns mit entsprechenden Waffen ausgerüstet, um genau das tun zu können.«

»Ach so. Ich habe Carmody vorhin danach gefragt, und er hat nur dieses Infrarot-Gerät erwähnt. Aber ich dachte, daß man damit nur auf Menschen schießt.«

»Das kann ich natürlich auch. Hat er Ihnen auch gesagt, daß wir ein Gewehr haben, das wir von Einzelschuß auf Automatik umschalten können? Außerdem habe ich in meiner Maschinenpistole ein besonders großes Trommelmagazin – und jede sechste Kugel hat Leuchtspur, damit ich sehen kann, wohin ich schieße.« Willoughby lächelte. »Hat er Ihnen auch von unseren Leuchtraketen erzählt? Es sind nicht die gewöhnlichen, sondern solche mit einem kleinen Fallschirm. Schweben neunzig Sekunden über dem Gelände. Wenn Sie in neunzig Sekunden nicht über die Bühne bringen, was Sie vorhaben, dann können Sie gleich zu Hause bleiben.«

»Wenn ich ein frommer Christ wäre, könnten mir die Tränen kommen, wenn ich an meine Gegner denke.«

»Ach, nicht doch.«

»Wer sagt Ihnen denn, daß ich ein frommer Christ bin?« Brady deutete mit einer Kopfbewegung zu Carmody hinüber. »Ist er wirklich darauf aus, Leute umzubringen?«

»Er paßt sich den Leuten an.«

»Was? Mit Maschinenpistole und Spezialgewehr?«

»Er benützt sie nur, wenn es sein muß.«

Brady sagte trocken: »Sie überraschen mich. Solche Waffen darf die Polizei doch gar nicht verwenden. Habe ich recht?«

»Das ist das Dumme, wenn man so weit oben im Norden lebt – man blickt gar nicht mehr durch, wie man möchte, vor lauter Anweisungen, Kleinkram und Bestimmungen, die jeden zweiten Tag aus Edmonton eintreffen.«

»Natürlich.«

Brady zuckte plötzlich zusammen, als Ferguson auf Umkehrschub geschaltet hatte. Obwohl ihm die Vernunft sagte, daß das Geräusch nicht lauter war als normal, kam es ihm wie ein langanhaltendes Donnergepolter vor. »Diesen Radau hört man ja noch in Fort McMurray!« sagte er.

»War gar nicht so schlimm.« Willoughby war nicht im geringsten beunruhigt. »Los, vertreten wir uns die Beine ein bißchen – und frische Luft...«

»Was? Bei dem Sauwetter?«

»Was für ein Sauwetter? Es schneit ja nicht einmal. Und es sind nur zehn Kilometer bis Crawfoot Lake. Eine kleine Übung, ein bißchen Akklimatisation.«

Brady runzelte die Stirn, richtete sich auf und ging hinter Willoughby her nach vorne. Er schaute Ferguson an und blieb stehen. »Sie scheinen nicht ganz zufrieden zu sein. War doch eine einwandfreie Landung!«

»Danke, aber ich bin ein bißchen beunruhigt. Das Querruder ging ein bißchen schwer – jetzt eben bei der Landung. Nicht so sehr, aber immerhin. Ich werde gleich mal nachschauen. Es ist das erste Mal, daß ich auf Eis gelandet bin. Vielleicht war ich ein bißchen übervorsichtig.«

Brady folgte Willoughby nach draußen und schaute sich um. Deerhorn war ein ausgesprochen öder und reizloser Flecken Erde, in drei Richtungen flaches Land ohne sichtbare Vegetation. Im Nordosten zogen sich Hügel hin, die nur spärlich bewachsen waren. Vereinzelte kleine Bäume schauten unter dem Schnee hervor.

»Das sind also die Birch Mountains!«

»Habe ich Ihnen ja gesagt. Ich glaube nicht, daß der Mensch, der diesen Hügeln einen Namen gegeben hat, jemals in den Bergen war.«

»Und das sind die Birken?«

»Von Botanik hat der auch keine Ahnung gehabt. Das sind nämlich Erlen.«

»Und zehn Kilometer von hier, auf der anderen Seite...«

»Passen Sie auf! Bleiben Sie stehen!« schrie Ferguson plötzlich. Beide Männer drehten sich schnell um und sahen Ferguson die Landungstreppe herunterklettern. Er hatte irgend etwas Zylindrisches umklammert, etwa 25 Zentimeter lang und vielleicht 10 Zentimeter im Durchmesser.

»Bleiben Sie weg!« Er rannte fünfzehn Meter davon und warf das Ding weg.

Der zylindrische Gegenstand war noch keine fünf Meter geflogen, als er explodierte. Die Explosion war so stark, daß sich Brady und Willoughby kaum auf den Füßen halten konnten. Ferguson lag auf dem Boden. Sie rannten sofort zu ihm hin, zusammen mit Dermott, Mackenzie und Carmody, die neben dem Flugzeug gestanden hatten. Sie drehten Ferguson vorsichtig um. Sein Gesicht zeigte keinerlei Verletzungen.

»Ins Flugzeug mit ihm!« sagte Brady. »Warme Decke und warme Wickel aus dem Erste-Hilfe-Kasten. Man sieht gar nicht, ob er atmet. Wer versteht etwas davon?«

»Ich habe einen Sanitäterkurs mitgemacht«, sagte Carmody, während sie ihn in die Maschine hievten. Als sie Ferguson im Durchgang auf den Boden gelegt hatten, hielt Carmody sein Ohr an Fergusons Brust und lauschte einen Moment. »Läuft wie ein Wecker. Ein bißchen zu schnell vielleicht.«

»Okay«, sagte Brady. »Lassen wir ihn hier?«

»Klar«, sagte Dermott. »Er hat keine Kopfverletzung – kein Grund zur Besorgnis. Wahrscheinlich hat er nur einen Schock. Aber wie ist das denn passiert?«

»Ich kann mir schon vorstellen, was passiert ist«, sagte Brady. »Er hat darüber geredet, daß das Querruder bei der Landung ein bißchen schwer ging – und er wollte gleich nachsehen. Natürlich ging das Querruder so schwer, weil jemand diese Bombe da hinten untergebracht hat. Gott sei Dank hat Ferguson gleich nachgeschaut und sie gleich gefunden.«

»Er hat verdammt Glück gehabt«, sagte Dermott. »Wenn der Sprengkörper einen Metallmantel gehabt hätte, dann hätte er Schrapnell-Wirkung gehabt. Keine Spur von Metall zu sehen. Muß eine Plastikbombe gewesen sein. Plastikbomben werden meistens chemisch gezündet. Kurz vor der Explosion entwickeln sie große Hitze. Ich bin sicher, daß Ferguson das nicht nur sofort bemerkt hat, sondern auch wußte, was das zu bedeuten hatte.«

Brady starrte düster vor sich hin. »Wenn wir nicht so ungewöhnlich tief geflogen wären – wenn wir nach Los Angeles in 10 000 Meter Höhe geflogen wären –, das wäre unser letzter Flug gewesen, Gentlemen.«

»Das stimmt«, sagte Dermott. »Nur weil wir so tief geflogen sind, haben wir dieses verdammte Glück gehabt. Der Haken bei chemischen Bomben ist, daß sich der Zeitpunkt der Zündung nicht genau bestimmen läßt. Eins ist jedenfalls sicher: unsere Freunde wollten uns nicht nur aus dieser Gegend weghaben, sondern aus der Welt. Und da gibt es kaum einen Weg, der gepflegter, sauberer und wirkungsvoller ist, als uns in 10 000 Meter Höhe in die Luft zu jagen.«

Der Sikorsky-Hubschrauber landete in der Dunkelheit, kurz nach 15 Uhr 30. Wie Willoughby versprochen hatte, war es der größte Hubschrauber, den sie je gesehen hatten. Nachdem die Motoren abgestellt waren, trudelten die gewaltigen Rotoren aus, und man hörte nur noch den Generator in dem riesigen Flugkörper brummen. Teleskop-Treppen tasteten sich bis zum Boden. Zwei Männer kletterten flink herunter und gingen auf die Gruppe zu.

»Brown«, sagte der Mann, der vorangegangen war. »Leutnant Brown, Air Force, Flugkapitän. Das ist Leutnant Vos, mein Kopilot. Wer von den Herren ist Mr. Willoughby und wer Mr. Brady?«

Sie gaben einander die Hände, und Brown stellte dann noch einen dritten Mann vor, der zu ihnen gekommen war: »Dr. Kenmore.«

»Wie lange können Sie bleiben, Mr. Brown?« fragte Willoughby.

»So lange, wie Sie wollen.«

»Sehr schön. Haben Sie irgendeine Fracht für mich?«

»Haben wir. Ist es Ihnen recht, wenn wir gleich ausladen?«

»Ja, bitte.«

Brown gab einige Befehle.

Brady sagte: Ich hätte zwei Bitten, Leutnant.«

»Sie brauchen sie nur zu äußern.«

»Ich wollte, wir hätten noch mehr so höfliche Leute bei der US Air Force«, sagte Brady und wandte sich dann an Dr. Kenmore. »Mein Pilot ist verletzt. Würden Sie mal nach ihm sehen?«

»Selbstverständlich.«

»Donald!« Die beiden Männer gingen zum Jet.

»Wir haben einen ausgezeichneten Sender und einen erstklassigen Empfänger an Bord, aber der Pilot, der beides bedient, ist zur Zeit außer Betrieb...«

»Wir haben einen ausgezeichneten Sender und einen erstklassigen Empfänger, und unser Funker *ist* in Betrieb. – James!«

Ein junger Mann erschien am oberen Ende der Treppe. »Würden Sie diesen Herrn zu Bernie führen, bitte?«

Bernie war ein junger Mann mit Brille. Er saß vor einem riesigen RCA-Funkgerät. Dermott stellte sich vor und fragte: »Könnten Sie mich mit ein paar Nummern verbinden? Wäre das möglich?«

»In diesem Gebiet hier, Sir? Alberta, meine ich?«

»Leider nicht. Anchorage oder New York.«

»Kein Problem. Wir können über unseren Funkanschluß im Hauptquartier, Edmonton, einsteigen. Nummern und Namen, Sir?«

»Ich habe sie hier.« Dermott reichte ihm ein Notizbuch. »Kann ich sofort mit den Leuten sprechen?«

»Wenn sie da sind, ja.«

»Ich muß gleich für ein, zwei Stunden weg. Wenn Sie inzwischen durchkommen, sagen Sie den Leuten, sie sollen sich bereithalten oder hinterlassen, wo ich sie erreichen kann.«

»Ist klar.«

Als Dermott wieder zu seiner Gruppe zurückkam, waren bereits zwei kleine Fahrzeuge aus dem Hubschrauber entladen, ein drittes war auch gleich soweit. »Was ist das?« fragte Dermott.

»Meine Überraschung für Mr. Brady«, sagte Willoughby. »Schneemobile.«

»Das sind keine Schneemobile«, sagte ein schwarzhaariger, schlanker Mann.

»Tut mir leid.« Willoughby wandte sich an Dermott. »Das ist John Lowry, ein Experte für solche Maschinen. Edmonton hat ihn mitgeschickt, damit er uns zeigt, wie man mit den Dingern umgeht.«

»Das sind Allzweck-Mobile«, sagte Lowry. »Schnee, Straßen, schweres Gelände, Sumpf, Land – ganz, wie Sie wollen. Im Vergleich dazu sind die amerikanischen und kanadischen Schneemobile so veraltet wie ein Dampfradio. Die Firma VPLO stellt sie her – ich kenne nur die Initialen, den ganzen Namen kann kein

Mensch aussprechen. Kommen aus Oulu, Finnland. Und sie heißen natürlich *Finncats*. Sie sind aus Glasfiber. Im Gegensatz zu unseren Schneemobilen haben sie keine Kufen oder Skier vorne, sondern Raupen.«

»Wo haben Sie die her?«

»Wir haben drei bekommen zum Testen. Testen bis zum Geht-nicht-mehr. Sie wissen schon, was ich meine. Das sind die drei.«

Dermott sagte zu Willoughby: »Immer gut, wenn man Freunde hat.«

»Das ist aber nicht das Standardmodell«, sagte Lowry. »Die Vorderfläche ist eigentlich zum Laden von Werkzeug da. Wir haben Sitze darauf gebaut.«

»Und Sie meinen, ich kann ohne weiteres damit fahren?« fragte Brady.

Dermott sagte leise zu Willoughby: »Testen bis zum Geht-nicht-mehr.«

Lowry sagte: »Das möchte ich doch annehmen, Sir.«

»Das ist fabelhaft. Einfach fabelhaft.« Bradys Stimme war leise und voller Ehrfurcht. Die Aussicht, zwanzig Kilometer hin und zurück durch Albertas Schneelandschaft zu stapfen, hatte nur einen sehr geringen Reiz auf ihn ausgeübt.

»Das Fahren ist ganz einfach«, sagte Lowry. »Alles mit dem Steuerknüppel. Vorwärts oder rückwärts, nach rechts oder links. Das Ding hat hydraulische Bremsen und macht bis zu 65 Kilometer in der Stunde.«

»65 Kilometer?« fragte Dermott. »Sieht aus, als könnte es im höchsten Fall zehn Kilometer in der Stunde zurücklegen.«

»65 – natürlich nicht auf schwerem Gelände«, sagte Lowry. »Ich nehme an, daß es die Herren sehr eilig haben. Die Fahrer bitte Platz nehmen.«

Dr. Kenmore kam mit Mackenzie vom Jet zurück. »Es scheint nur eine Gehirnerschütterung zu sein«, sagte der Arzt. »Nichts Ernstes. Er ist mit dem Kopf aufs Eis gefallen – er hat auch eine prächtige Beule. Ich werde dafür sorgen, daß er in unsere Maschine gebracht wird. Wir haben nämlich einen Extra-Generator für Licht und Heizung. Er wird automatisch eingeschaltet, wenn der Flugmotor zum Stehen kommt.«

Brady sagte: »Vielen Dank, Doktor. Wir wissen das zu schätzen.«

»Ach was.« Kenmore machte eine wegwerfende Handbewegung. »Darf man fragen, wo Sie mit diesen Spielzeugen hin wollen?« Er deutete auf die Finncats.

»Lassen Sie das bloß nicht den jungen Lowry hören. Der kriegt einen Anfall«, sagte Dermott.

Brady sagte: »Bitte halten Sie uns nicht für unhöflich. Wir sagen Ihnen lieber, wo wir *waren* – wenn wir wieder zurück sind. Haben Sie Erfahrungen mit Schußwunden von Pistolen mit hoher Durchschlagskraft?«

»Leider nicht sehr«, sagte Kenmore mit unbeweglichem Gesicht. »Wollen Sie dafür sorgen, daß sich das diese Nacht noch ändert?«

»Ich hoffe nicht.« Brady wurde plötzlich ernst. »Aber es kann schon passieren.«

Die sechs Männer fuhren um 16 Uhr 30 los, genau eine Stunde, nachdem der Hubschrauber gelandet war, dessen Besatzung ihnen jetzt bei der Abfahrt zuschaute. »Die Leute von der Air Force sind nicht so dumm, wie sie ausschauen«, sagte Leutnant Brown. »Wir wissen natürlich, wohin Sie fahren. Viel Glück!« Er betrachtete das Arsenal von Waffen, die sie sich umgehängt oder in Holstern stecken hatten. »Dr. Kenmore wird vielleicht eine schlaflose Nacht haben.«

Die Finncats hielten alles, was Lowry versprochen hatte. Sie waren flink und wendig und hatten beachtliche Zugkraft. Zwei aufgesteckte Lampen, die zwar klein waren, aber sehr gutes Licht gaben, zeigten ihnen den Weg. Diese Allzweckfahrzeuge waren folgsam wie Hunde. Es sagte schon etwas über die Leistungsfähigkeit ihrer kleinen Zweizylinder-Motoren, daß Brady nur zweimal absteigen und insgesamt nur hundert Meter zu Fuß gehen mußte. Das waren die beiden Male, wo sich sein Finncat geweigert hatte, ihn auch nur einen Zentimeter weiterzuschleppen.

Kurz bevor die Männer den höchsten Punkt der Birch Mountains erreichten, schalteten sie die Lichter aus. Der Abstieg war einfach, aber fast so langsam wie der Aufstieg, weil sie sich jetzt ohne Licht zwischen den schwer zu erkennenden Erlen durchschlängeln mußten.

Plötzlich gab Willoughby das Zeichen zum Halten. »Wir sind jetzt nahe genug«, sagte er. »Es können von hier aus höchstens noch dreihundert Meter sein.«

»Okay.« Dermott stimmte zu. »Wie viele Leute sind in dieser meteorologischen Station, Willoughby?«

»Nur zwei. Ich kann mir nicht vorstellen, daß ihnen etwas passiert ist. Sie müssen ja regelmäßig ihre Funkberichte durchgeben: sowie diese Routine unterbrochen wird, taucht hier sofort ein Hubschrauber der Verwaltung auf. Deswegen *müssen* die Berichte fortwährend rausgehen.«

Sie gingen am Seeufer entlang und sprachen nur ganz leise – denn Eis trägt die Geräusche genauso weit wie Wasser. Carmody suchte sich einen geeigneten Platz in dem hohen Schilf, das am Ufer wuchs, packte sein Infrarotgerät aus, baute es zusammen und schaute durch das gummigepolsterte Okular.

Die meteorologische Station von Crowfoot Lake bestand nur aus zwei Gebäuden, das eine etwa dreimal so groß wie das andere. Auf dem Dach des kleineren befanden sich verschiedene Masten, Kästen und etwas, das auf die Entfernung wie offenstehende Empfangsgeräte aussah. Dieses kleine Gebäude war unbeleuchtet. Das größere, vermutlich das Wohngebäude, hatte hellerleuchtete Fenster. Etwas abseits stand der Hangar und daneben ein großer weißgestrichener Hubschrauber.

Carmody gab das Nachtsichtgerät an Brady weiter, der die Station kurz anpeilte und es dann dem nächsten gab. Dermott war der letzte. Er warf einen Blick auf die Station und sagte: »Was Nachtziele betrifft, so habe ich sie schon schlechter gesehen. Gehen wir jetzt?«

»Wir gehen jetzt«, sagte Brady, »und wir behandeln sie nicht wie menschliche Wesen. Keine Vorwarnung. Kein Fair play. Erst schießen, dann Fragen stellen. Leute, die Bomben in anderer Leute Jets deponieren – oder mir meine Jean und meine Stelle klauen –, haben kein Feingefühl und verstehen nichts von zivilisierter Kriegführung.«

»Das ist nur recht und billig«, sagte Willoughby. »Aber bitte nur zum Krüppel schießen, nicht töten. Ich möchte solche Menschen immer vor Gericht stehen sehen.«

Brady sagte: »Natürlich würden Verhandlung und Urteil sehr beschleunigt, wenn wir vorher ihr Geständnis hätten.«

»Und wie kommen Sie zu so einem Geständnis?« fragte Dermott.

»Ganz einfach, George. Hängt nur davon ab, wie gut Sie heute in Form sind.«

15

Der Wind pfiff durch eine Gruppe Erlen, die etwa zwanzig Meter hinter der Station standen. Die Bäume boten den Männern nur wenig Deckung, aber etwas Besseres und Näheres war nicht da. Glücklicherweise war die Nacht mondlos: die Gebäude wirkten wie dunkle Haufen in der Schneelandschaft.

Die Angreifer in ihren Polarmonturen sahen aus wie Bären. Leise und ganz langsam robbten sie näher. Als sie im Schutz der Bäume waren, ging Carmody in eine kniende Stellung.

»Sie sind dort«, flüsterte er. »Reynolds und die beiden Damen. Die Damen sind gefesselt, aber es scheint ihnen soweit gutzugehen. Sieht nicht so aus, als wären sie mißhandelt worden. Da sind noch fünf Leute, rauchen und trinken – trinken aber nicht zuviel. Da ist noch ein kleiner Nebenraum. Könnte sein, daß da jemand schläft, aber ich glaube nicht. Wenn jemand schlafen möchte, macht er doch das Licht aus.«

»Gut«, sagte Brady ganz leise.

»Noch etwas, Sir. Alle Männer tragen Strumpfmasken, mindestens drei sind bewaffnet, obwohl im Augenblick keiner eine Pistole in der Hand hat. Die ganze Gruppe sitzt um einen Tisch herum und hört Radio. Hören ziemlich genau hin, als ob sie auf eine ganz bestimmte Nachricht warten.«

»Ich weiß, auf welche Nachricht sie warten«, flüsterte Brady. »Von einem bestimmten Jet, der heute nachmittag in Alberta abgestürzt ist.«

»Still! Nicht bewegen!« zischte Dermott.

Ein rechteckiger Lichtschein erschien an der Hausseite. In der offenen Tür stand ein Mann, der dann zum Nebengebäude hinüberging. Einen Augenblick später ging dort das Licht an.

»Das ist einer von ihnen«, sagte Brady. »Sehr unwahrscheinlich, daß sie einen von der Met-Station hinüberlassen, damit er schnell ein SOS-Zeichen gibt. Also fertig. Kommen Sie, George, das ist der Moment, wo Sie sich eine Medaille verdienen können oder sonst was.« Brady ging voran, bewegte sich schnell und leise. Am Haupteingang angekommen, warf er schnell noch einen kurzen Blick in den Nebenraum. Das Licht brannte noch, und die Tür war geschlossen. Brady drückte die Klinke nieder, und schon stand er im Raum, die 38er Pistole in der Hand, neben ihm Dermott und Mackenzie, der ebenfalls eine 38er Pistole im Anschlag hatte.

»Bleibt mit den Händen auf dem Tisch, wenn ihr nicht lebensmüde seid!« rief Brady. »Wir suchen nur einen Grund, euch eine Kugel durch den Kopf zu schießen. Einer von euch soll das Radio ausdrehen. Die guten Nachrichten, auf die ihr wartet, sind schon eingetroffen.«

»Jim! Jim! Du...« Jean Brady war aufgestanden. »Du bist hier?«

»Natürlich.« Bradys Stimme schwankte zwischen Verwirrung und angeberischer Selbstzufriedenheit. »Hast du gedacht, ich komme nicht? Brady Enterprises kommt immer zur rechten Zeit.«

Als seine Frau auf ihn zukommen wollte, hob er seine linke Hand. »Einen Augenblick! Komm nicht zu nahe! Diese Leute sind gefährlich! Mr. Reynolds, Stella – tut mir leid, daß wir so lange gebraucht haben, aber...«

»Dad!« Stella war aufgesprungen, schreckliche Angst in ihrer Stimme. »Dad! Ein Mann...«

»Schmeißt eure Waffen weg.« Die tiefe Stimme kam von hinten. »Keine Bewegung oder ihr seid tot.«

»Tun Sie, was die Leute verlangen«, sagte Brady.

Die Pistolen fielen zu Boden.

»Bleibt stehen, wo ihr seid!« befahl dieselbe dunkle Stimme. »Billy...« Man brauchte ihm nicht zu sagen, was er zu tun hatte. Er durchsuchte die Männer schnell und gründlich, trat einen Schritt zurück und sagte: »Sauber, Boß.«

»So.« Die Tür wurde geschlossen, und ein untersetzter Mann ging um sie herum und stellte sich vor sie. Er war maskiert wie die anderen. »Setzt euch dort auf die Bank.« Er wartete, bis sie sich gesetzt hatten, und sagte: »Paßt auf sie auf.«

Die anderen drei zogen ihre Pistolen und richteten sie auf die Sitzenden.

»Die Damen, muß ich sagen, sehen etwas enttäuscht aus«, sagte der Untersetzte. »Das ist wirklich nicht nötig.«

Brady schaute sie an. »Er meint, es hätte schlimmer kommen können. Wenn sein Plan funktioniert hätte, wären wir drei schon tot. Aber so ist Ferguson nur gefährlich krank, und die anderen beiden sind schwer verletzt.« Er schaute den Anführer an. »Haben Sie die Bombe in meinem Jet angebracht?«

»Ich kann nicht alles selber machen. Einer von meinen Leuten hat das gemacht.« Er zündete sich eine Zigarette an. »Auf diese Weise haben wir Mr. Brady und seine unschätzbaren Mitarbeiter hier. Da haben wir gute Karten in der Hand, möchte ich sagen.«

Brady sagte: »Sie hatten also die Absicht, uns in 10 000 Meter Höhe in die Luft zu sprengen?«

»Was denn sonst? Es würde mich aber schon interessieren, warum Sie noch leben.«

»*Wir* leben noch, aber einer unserer Männer muß wahrscheinlich sterben, und zwei weitere sind schwer verletzt. Um Gottes willen, Mann, was sind Sie für ein Mensch – ein psychopathischer Killer?«

»Ich bin kein Psychopath. Ich bin Geschäftsmann. Und jetzt sagen Sie mir, warum Sie nicht tot sind.«

»Weil wir gelandet sind, bevor die Bombe hochging.« Bradys Stimme klang sehr müde. »Wir haben von einem Forstarbeiter die Mitteilung erhalten, daß ein grauweißer Hubschrauber in dieser Gegend gesehen worden ist. Niemand hatte etwas darauf gegeben – außer uns. Wir wußten, daß Sie einen weißen Hubschrauber haben.«

»Woher wissen Sie das?«

»Ein paar Leute haben ihn auf der Anlage von Athabasca gesehen.«

»Schadet nichts.« Er machte eine geringschätzige Handbewegung. »Wir haben alle Asse in der Hand.«

»Wer immer diese Sprengladung in meinen Jet gelegt hat – er hat sie schlecht gesichert«, sagte Brady sarkastisch.

»Ich kann mich nicht um alles kümmern. Er ist gestört worden.«

»Das Ding ist nach vorne gerutscht und hat die Steuerseile vom Seitenruder eingeklemmt. Der Pilot mußte auf einem See in der Nähe landen. Er sagte uns, wir sollten aussteigen. Er versuchte, die Bombe zu entfernen, und zwei andere haben ihm dabei geholfen. Ich nehme an, sie fühlten sich dazu verpflichtet – sie waren Polizisten.«

»Das wissen wir auch.«

»Darum waren sie wohl entbehrlich. Sie hatten keine Hemmungen, sie auch zu töten?«

»›Hemmungen‹ gibt es nicht in meinem Wortschatz. Warum sind Sie hierhergekommen?«

»Wegen des Hubschraubers natürlich. Wir müssen die Verletzten ins Krankenhaus schaffen.«

»Und was wollen Sie von uns?«

»Stellen Sie sich doch nicht so dumm. Wir können das verdammte Ding nicht fliegen.«

Der Anführer wandte sich an einen der Maskierten. »Tut mir leid, Lucky. Ein Vergnügen weniger.«

»Und natürlich habt ihr auch Crawford umgebracht.«

»Crawford?« Er wandte sich an einen anderen seiner Leute. »Fred, der Mann, auf den du aufgepaßt hast...«

»Ja, so hat er geheißen.«

»Und ihr habt Sanmobils Präsident schwer verletzt – und einen Polizisten.«

»Es scheint ja eine Menge zu geben, was Sie nicht gewußt haben.«

»Und ihr habt Pumpstation 4 in die Luft gejagt und Sanmobils Schleppbagger kaputtgemacht. Ein Pech, daß ihr so viele Leute getötet und verwundet habt bei der ganzen Aktion.«

»Sehen Sie, mein Freund, wir machen keine Kinderspiele. Es ist eben schlecht, wenn uns jemand in den Weg kommt. Wir leben in einer Welt für Männer, und wir gehen aufs Ganze.«

Brady neigte seinen Kopf, was wie eine Zustimmung aussah, hob seine Hände, um sie im Nacken zu verschränken. Seine Finger berührten sich.

Das Geräusch von splitterndem Glas ging unter, als drei Schüsse krachten, die sich wie einer anhörten. Die drei maskierten Bewacher ließen mit schmerzerfüllten Schreien ihre Pistolen fallen und starrten ungläubig zur Tür. Carmody hatte sie mit einem Ruck aufgestoßen, die Maschinenpistole im Anschlag. Willoughby kam hinterher, die Pistole auf den vierten Mann gerichtet.

Dermott sagte: »Ihre Worte – das ist eine Welt für Männer, und wir gehen aufs Ganze.«

Carmody ging auf den Anführer zu und hielt ihm die Mündung seiner MP an den Hals. »Deinen Revolver! Pack ihn an der Trommel! Weißt du, was ich in solchen Augenblicken am liebsten täte?«

Der Mann wußte es offensichtlich.

Carmody schob die Waffe in die Seitentasche seiner Steppjacke und ging zu dem letzten, unverwundeten Mitglied des Quintetts, der seinen Revolver auf den Tisch gelegt hatte.

Brady sagte: »Sind Sie zufrieden, Mr. Willoughby? Jetzt sind Sie dran.«

»Sie kriegen einen Oscar, Mr. Brady. Die Jungs haben ja herrlich gesungen.« Er ging ein paar Schritte vor zum Tisch. »Ich nehme an, Sie wissen alle, wer ich bin.«

Niemand sagte ein Wort.

»Du.« Er deutete auf den Mann, der seinen Revolver auf dem Tisch liegen hatte. »Los, hol Handtücher, Watte und Mullbinden. Niemand weint eine Träne, wenn deine drei Freunde verbluten, aber ich persönlich sehe sie lieber legal sterben. Nachdem sie verurteilt worden sind, natürlich. Laßt mal eure Gesichter sehen.« Er riß ihnen die Masken herunter.

Die ersten drei Gesichter sagten ihm offenbar gar nichts. Das vierte, das dem Mann gehörte, den er eben zur Erste-Hilfe-Leistung eingeteilt hatte, war ihm nur zu gut bekannt. »Lucky Lorrigan! Ehemaliger Hubschrauberpilot, jetzt ein Mörder auf der Flucht von Calgary. Du hast ein paar Beamte bei deinem Ausbruch schwer verletzt. Stimmt's, Lucky? Meine Güte, werden die sich freuen, wenn sie dich wiedersehen!«

Er zog dem Anführer die Maske herunter. »Oho – wer hätte das gedacht! Kein geringerer als Frederick Napier persönlich. Schichtführer im Sicherheitsdienst von Sanmobil. Sie haben sich ein bißchen verlaufen, Freddie?«

»Ihr fünf seid hiermit festgenommen und des Mordes, des versuchten Mordes, des Menschenraubs und der Industrie-Sabotage angeklagt. Ich brauche euch nicht an eure Rechte zu erinnern – Aussageverweigerung, Rechtsanwalt. Ihr habt es ja alle gehört, daß nichts mehr nützt – nachdem Napier so wunderschön gesungen hat.«

Brady fragte: »Wollen Sie damit sagen, daß er der beste Sänger der ganzen Crew war, Mr. Willbougbhy?«

Willbougbhy strich sich übers Kinn. »Ein strittiger Punkt, Mr. Brady.« Er wußte nicht, wovon Brady redete, aber er hatte sich angewöhnt, aufzuhorchen, wenn Brady derartige Fragen stellte.

Brady sagte: »Sie sind wirklich ungewöhnlich naiv, Napier. Ich habe Ihnen erzählt, daß Mr. Willbougbhy und sein Beamter schwer verwundet wurden, als unsere Maschine zu Bruch ging, und jetzt scheinen Sie ziemlich überrascht zu sein, daß sie plötzlich hier sind. Vielleicht sind Sie einfach dumm. Vielleicht ist alles zu schnell gegangen für Ihren begrenzten Horizont. Unsere Maschine ist natürlich nicht zu Bruch gegangen. Kein Forstarbeiter hat Sie gesehen. Deerhorn, der See auf der anderen Seite des Berges, war von Anfang an unser Ziel, als wir Fort McMurray verließen, denn wir wußten genau, wo Sie sind. Sie haben gesungen wie eine Lerche. Aber Brinckman und Jorgensen haben wie die Engel gesungen. Sie sind jetzt unsere Kronzeugen. Kommen wahrscheinlich mit fünf Jahren davon.«

»Brinckman und Jorgensen?« Napier sprang auf, sackte aber gleich wieder zusammen, als Carmody ihm die Trommel seiner Maschinenpistole in den Solarplexus stieß. Er rang nach Atem. »Brinckman und Jorgensen!« Er keuchte und wollte sich gerade über deren Vorleben auslassen, als Carmodys Maschinenpistole ihn leicht am Kopf streifte.

»Es sind Damen hier«, sagte Carmody höflich.

»Kronzeugen!« stieß Napier heiser hervor. »Fünf Jahre! Lieber Gott! Mann! Brinckman war mein Boß. Jorgensen war sein Stellvertreter. Ich bin nur Nummer drei am Totempfahl. Brinckman ist der Mann, der die Befehle gegeben hat, der alles arrangiert hat. Ich habe nur gemacht, was er mir angeschafft hat! Kronzeuge! Fünf Jahre! Brinckman!«

Willoughby sagte: »Könnten Sie das vor Gericht beschwören?«

»Und *wie* ich das beschwören werde! So ein hinterlistiges Schwein!« Napier starrte ins Leere. Seine Lippen waren zu einem Strich zusammengepreßt.

Willoughby sagte: »Und vor all diesen Zeugen auch.«

Napier wandte seinen Blick aus weiter Ferne zu Willoughby. Sein Gesicht zeigte totale Verständnislosigkeit.

»Mr. Brady hat recht. Sie sind wirklich ein einfältiger Mensch, aber als Sänger haben Sie die Qualität eines Engels erreicht. Bis zu diesem Moment hätten wir Brinckman und Jorgensen nicht die kleinste Kleinigkeit anhängen können. Aber dank Ihrer schönen Stimme werden die beiden Sie heute abend hinter Gittern besuchen. Das dürfte ein faszinierendes Zusammensein werden.«

Der große weiße Hubschrauber setzte um 17 Uhr 45 bei Deerhorn zur Landung an. Lucky Lorrigan spürte die Mündung von Carmodys Pistole am Ohr und flog die Sieben-Minuten-Strecke in einwandfreiem Stil. Die beiden Angestellten der meteorologischen Station waren befreit und hatten sich für die nächsten 24 Stunden zum Schweigen verpflichtet.

Brady stieg zuerst aus, dann kam Dermott und dann die Verwundeten. Ein neugieriges Empfangskomitee, angeführt von Kommissar Fraser, stand bei dem Sikorsky.

Fraser sagte: »Das war schnelle Arbeit. Meinen Glückwunsch. Hatten Sie keine Schwierigkeiten?«

»Routinearbeit.« Brady war ein Meister im Tiefstapeln. »Allerdings haben wir drei Leute für Dr. Kenmore. Die Dummköpfe sind uns in die Schußlinie gelaufen.«

Kenmore sagte: »Ich werd's schon hinkriegen, Mr. Brady.«

»Danke. Aber Sie schauen ziemlich jung aus für einen Chirurgen.«

»Sehen die so schlimm aus?«

»Flicken Sie sie zusammen, so gut Sie können. Kein Mensch nimmt Ihnen Ihre Lizenz, wenn sie heute nacht ins Gras beißen.«

»Ich verstehe.« Die Augen des jungen Arztes weiteten sich, als die beiden Frauen ausstiegen. »Nicht schlecht.«

»Brady Enterprises nur mit den Besten und Schönsten.« Brady schmunzelte. »Nun, Mr. Lowry. Wir müssen sehen, wie wir Ihre fabelhaften Maschinen wieder zurückkriegen. Und jetzt, Captain, wenn Sie mich bitte entschuldigen würden – ich habe ein paar wichtige Sachen zu erledigen.«

Er war ein paar Schritte auf seinen Jet zugegangen, als der Offizier sagte: »Es ist ziemlich kalt in Ihrer Maschine, Mr. Brady, darum habe ich mir erlaubt, einige wichtige Dinge in unseren warmen Sikorsky zu bringen.«

Brady drehte sich um neunzig Grad, ohne seine stolze Haltung zu verlieren, und ging zielstrebig auf den Hubschrauber zu. Er klopfte Fraser im Vorbeigehen freundschaftlich auf den Arm: »Vor Ihnen liegt eine vielversprechende Zukunft.«

Dermott fragte Bernie, den Bordfunker: »Haben Sie Glück gehabt?«

»Bin bei allen durchgekommen, Sir. Ihre New Yorker Nummer und eine Ihrer Nummern in Anchorage – ein Mr. Morrison – hatten keine Informationen für Sie und glauben, daß es die nächsten vierundzwanzig Stunden so bleibt. Die andere Nummer in Anchorage – ein Dr. Parker – fragt, ob Sie so freundlich wären, ihn jetzt wieder anzurufen.«

»Würden Sie mich bitte verbinden?«

»Kein Problem.« Bernie lächelte. »Und dann wollen Sie sicher allein sein.«

»Danke, ja.«

»Ich will nur schnell nach Ferguson schauen«, sagte Brady und ging nach vorne. Ferguson war wieder bei vollem Bewußtsein.

»Sie haben es geschafft, mein Sohn«, sagte Brady. »Sie haben verdammtes Glück gehabt, aber nicht so viel Glück wie wir, und das verdanken wir Ihnen. Wir wollen darüber noch reden – äh – später, allein. Tut mir leid, daß Sie noch Beschwerden mit Ihren Augen haben.«

»Nur eine unangenehme Störung, Mr. Brady. Ansonsten könnte ich die Maschine ohne Schwierigkeiten fliegen.«

»Sie werden überhaupt nicht fliegen«, sagte Kenmore. »Es dauert vielleicht zwei, drei Tage, bis sich Ihre Sehkraft wieder stabilisiert hat. Ich kenne einen Spezialisten in Edmonton.«

»Danke. Wie geht es übrigens unseren verwundeten Helden?«

»Die kommen schon durch.«

Zweieinhalb Stunden später befand sich Brady in fröhlicher Gesellschaft im Peter-Pond-Hotel. Er hatte sich im bequemsten Lehnstuhl niedergelassen und war ausgesprochen spendabel – wahrscheinlich in der Vorfreude auf das enorme Honorar, das er verlangen würde.

Reynolds war mit seiner Frau zusammen. Die Stimmung war festlich, nur Dermott und Mackenzie machten keinen so vergnügten Eindruck. Dermott ging auf den strahlenden Brady zu, der seine Frau bei der Hand und in seiner Rechten ein Glas Daiquiri hielt, und sagte: »Donald und ich wollen ein bißchen fortgehen, Sir. Hätten Sie was dagegen?«

»Natürlich nicht. Brauchen Sie mich?«

»Nur ein paar Kleinigkeiten.«

»Immer voran, George.« Bradys Gesicht hatte für einen Augenblick zu strahlen aufgehört, aber jetzt leuchtete es wieder. Er würde das Feld für sich haben, und es war möglich, daß seine Schilderung der jüngsten Ereignisse etwas anders ausfiel, als wenn seine beiden Stellvertreter zugegen gewesen wären. Er schaute auf seine Uhr. »20 Uhr 30. Eine halbe Stunde oder so?«

»Ungefähr.«

Auf ihrem Weg nach draußen blieben sie bei Willoughbys Stuhl kurz stehen. Dermott lächelte die etwas benebelt aussehende Mrs. Reynolds an und sagte zu Willoughby: »Was ist mit Brinckman und Jorgensen?«

Willoughby lächelte glücklich. »Sie sind Gäste der kanadischen Regierung. Habe es vor fünfzehn Minuten gehört. Also, meine Herren, Sie wissen ja gar nicht, wie . . .«

»Warten Sie noch«, sagte Mackenzie lächelnd, »wir sind noch nicht fertig.«

»Haben Sie noch etwas zu erledigen?«

»Nicht in Alberta. Aber wir müssen noch ein paar Dinge einfädeln. Können wir Sie morgen mal sprechen?«

»Wann?«

»Spät. Sollen wir Sie anrufen?«

»Ja. Bitte.«

Dermott und Mackenzie verbrachten nicht eine halbe, sondern eine ganze Stunde in Dermotts Zimmer, die meiste Zeit mit Telefonieren. Als sie in die Halle zurückkamen, wurden sie von Brady freudig begrüßt. Er hatte überhaupt nicht bemerkt, wie die Zeit vergangen war. Dermott und Mackenzie wurden dem Bürgermeister und seiner Frau vorgestellt. Shore war von Sanmobil zurückgekehrt und hatte seine Frau mitgenommen. Auch Mrs. Willoughby war anwesend. Eine charmante Dame. Dermott und Mackenzie wurden noch einer Reihe von Paaren vorgestellt, deren Namen sie nicht behalten konnten.

Willoughby kam auf sie zu und sagte: »Ich habe noch etwas Neues, obwohl es kaum Bedeutung hat. Wir haben die Fingerabdrücke in Shores Haus mit denen in dem Kidnapper-Lkw verglichen und dabei die von Napier und Lucky Lorrigan entdeckt.«

»Unwichtig oder nicht. Man kann nie genug Beweismaterial haben«, sagte Mackenzie.

Um elf Uhr nachts gingen Dermott und Mackenzie zu Brady und sagten: »Mr. Brady, wir sind erledigt. Wir gehen jetzt.«

Brady war in glänzender Form. Was er an Alkohol vertrug, ging über jedes Vorstellungsvermögen. »Sie wollen schon gehen? Ins Bett? Das darf doch nicht wahr sein!« Mit einer weitausholenden Geste verwies er auf die anderen und sagte: »Schauen Sie *die* alle an! Denken *die* vielleicht daran, ins Bett zu gehen?« Jean warf Dermott einen mitfühlenden Blick zu, der ihm sagte, daß sie denselben Gedanken hatte. »Sie sind glücklich. Sie freuen sich. Schauen Sie sich das doch an!«

»Wir gönnen ihnen ja das Vergnügen«, sagte Dermott, »und Sie werden sicher nicht wünschen, daß wir vor versammelter Mannschaft aus den Schuhen kippen.«

»So ist das eben mit euch jungen Leuten heutzutage. Kein Stehvermögen.« Im richtigen Moment konnte Brady immer vergessen, daß seine beiden Mitstreiter genauso alt waren wie er.

»Wir würden uns gerne morgen mit Ihnen unterhalten«, sagte Dermott.

»Würden Sie?« Er schaute die beiden mißtrauisch an. »Wann?«
»Wenn Sie wieder fit sind.«
»Was soll das? *Wann* also?«
»Mittags.«
Brady lehnte sich zurück. »Wenn es so ist, warum bleiben Sie dann nicht hier?«

Dermott ging zu Jean und gab ihr einen Gutenachtkuß. Mackenzie tat dasselbe. Sie machten die Runde, verabschiedeten sich und gingen auf ihre Zimmer.

Dermott war um 7 Uhr 30 aufgewacht. Um 8 Uhr hatte er sich geduscht, rasiert, hatte gefrühstückt und saß schon wieder am Telefon. Um 9 Uhr kam Mackenzie zu ihm. Um 10 Uhr hatten sie eine Besprechung mit Willoughby, und am Mittag trafen sie Brady, der erst beim Frühstücken war, und berichteten ihm, was sie nun vorhatten. Brady kaute noch am Rest seines Schinkenomeletts, das ursprünglich die Größe eines Suppentellers hatte, und schüttelte entschieden den Kopf.

»Das steht gar nicht mehr zur Debatte. Es ist alles vorbei. Okay, es gäbe noch ein paar Fäden in Alaska zu verfolgen, aber wer bin ich denn, daß ich meine Zeit mit derart kleinen Kartoffeln vertue?«

»Dann sind Sie also einverstanden, wenn Donald und ich aussteigen?«

Glücklicherweise aß und trank Brady im Augenblick nichts und konnte sich daher auch nicht verschlucken. »Aussteigen? Was zum Teufel soll das heißen?«

»Es ist Donalds Schuld. Er ist halber Schotte, wie Sie wissen. Er haßt es, wenn Geld zum Fenster hinausgeworfen wird.«

»Geld zum Fenster hinausgeworfen«? Im ersten Moment war Brady entsetzt, aber er gewann seine Fassung schnell wieder zurück. »Was soll dieser Unsinn?«

»Wieviel verlangen Sie von Sanmobil für Ihre Dienste?«

»Nun, ja – ich möchte anderer Leute Mißgeschick nicht gerade ausbeuten: eine halbe Million, denke ich. Plus Spesen, natürlich.«

»In diesem Fall, schätze ich, werden Donald und ich eine Viertelmillion ansetzen, um den diversen Fäden noch nachzugehen und uns um die kleinen Kartoffeln zu kümmern.«

Brady schwieg und richtete seinen Blick in unsichtbare Fernen.

»Bei dem Namen, den Sie haben«, beharrte Dermott, »ist überhaupt nicht einzusehen, warum die Ölgesellschaften in Prudhoe

Bay nicht auch mit einer halben Million rüberkommen sollen. Plus Spesen, natürlich.«

Bradys Blick kam aus den weiten Fernen zurück und richtete sich auf den Tisch. »Sie sollten wirklich nicht annehmen, daß ich heute morgen nicht ganz klar bin. Ich habe eben zuviel im Kopf. Wann ist dieses Treffen heute abend?«

16

Die Versammlung fand noch am selben Abend in der Kantine von Sanmobil statt. Durch die dominierenden Farben Lehmbraun und Erbsengrün wirkte der schwachbeleuchtete Raum zwar etwas düster, eignete sich aber dennoch für so eine Sitzung, nicht zuletzt, weil er groß und warm war und weil man die Öffentlichkeit ohne Schwierigkeiten fernhalten konnte.

Tische und Stühle waren umgestellt worden, so daß die Männer, die die Veranstaltung leiteten, in einer Reihe saßen – auf einer Bühne sozusagen –, mit Blick auf den langen Raum. Die Stühle der Zuhörer standen in zwei Blocks, die durch einen Durchgang voneinander getrennt waren.

In der Mitte des Haupttischs saß Willoughby als Veranstalter in seiner eigenen Gemeinde. Zu seiner Rechten saß Hamish Black, der Generaldirektor von BP/Sohio, Alaska, der von Prudhoe Bay hergeflogen war, um dabeizusein. Zu Willoughbys Linken saß Brady, der aus einem Holzstuhl hervorquoll, und neben ihm seine beiden großartigen Mitarbeiter.

In der ersten Zuhörerreihe saß die Heimmannschaft, vertreten durch Bill Reynolds, Jay Shore und ein paar andere. Auf der Alaska-Seite waren es acht Mann, unter ihnen Dr. Blake – eingefallen und totenblaß wie immer –, Ffoulkes, der Polizeichef von Anchorage, und Parker, der Gerichtsmediziner. Morrison vom FBI war mit ihm hergeflogen. Hinter ihm saßen vier seiner Agenten. Weiter hinten saßen noch an die dreißig Männer von Sanmobil, die man hergebracht hatte, damit sie sich den Gesamtbericht über die Ereignisse anhören konnten. Fast unauffällig an der Seite saß Carmody mit einigen seiner Kollegen, und zwischen ihnen saß Corinne Delorme, die etwas blaß und verschreckt aussah.

Willoughby erhob sich, um die Versammlung zu eröffnen. »Guten Abend, meine Damen und Herren. Als der oberste Vertreter des Gesetzes hier in Alberta und als Ihr offizieller Gastgeber möchte ich allen Anwesenden danken, die so freundlich waren, von Prudhoe Bay, Anchorage und sogar New York hierherzukommen.«

Ein Raunen ging durch den Saal.

»Das stimmt wirklich«, bekräftigte Willoughby. »Mindestens zwei Herren sind von New York hergekommen. Zur Sache: Zweck dieser Versammlung ist es, den leitenden Angestellten von Sanmobil und BP/Sohio darzulegen, was in den letzten Tagen passiert ist, und, wenn möglich, die wenigen Fragen zu klären, auf die wir noch keine Antworten haben. Ich bitte hiermit Mr. Hamish Black, Generaldirektor von BP/Sohio, Alaska, Sie ins Bild zu setzen.«

Als Black zu sprechen begann, erreichte er ein Format und eine Autorität, die sogar Brady und seine Mitarbeiter überraschten.

»Ich brauche Ihnen wohl nicht zu sagen«, begann er, »daß sowohl die Trans-Alaska-Pipeline als auch die Teersandgruben von Athabasca bis vor kurzem einer grausamen und schwerwiegenden Industriesabotage ausgesetzt waren. Die Aktionen haben effektiv die Ölproduktion beider Zentren lahmgelegt, und im Verlauf der Sabotage sind vier unschuldige Menschen ermordet worden, während mehrere andere schwere Verletzungen erlitten.

Wir hoffen von ganzem Herzen, daß die massiven und brutalen Anschläge nun ein Ende haben. Sicherlich ist dies in Alberta der Fall, und das ist das alleinige Verdienst des Fahndungsteams Brady Enterprises, geleitet von Mr. Jim Brady selbst und seinen beiden Assistenten Mr. Dermott und Mr. Mackenzie.«

Mit einem leichten Lächeln, das die Linien seines Pinselschnurrbarts weicher erscheinen ließ, deutete er auf das Brady-Team. Zu seinem größten Unbehagen stellte Brady fest, daß er das erstemal seit Jahren wieder errötete. Er biß die Zähne zusammen und warf einen Seitenblick zu Dermott, ohne seinen Kopf zu bewegen. Der Kerl, den sie wie Dreck behandelt hatten, lobte sie jetzt!

»Unglücklicherweise«, fuhr Black fort, »sind wir in Alaska noch zu keinem glücklichen Ende gekommen. Dort oben haben wir noch keine feste Garantie, daß die Anschläge beendet sind, aus dem einfachen Grund, weil die Individuen, die für die kriminellen Aktivitäten verantwortlich zeichnen, noch nicht in Gewahrsam sind. Brady Enterprises hat sich in Alaska ebenso intensiv um die Aufklärung der Vorfälle bemüht wie hier, und da die Herren die einzigen sind, die einen Gesamtüberblick über die gegenwärtige Lage haben, würde ich gerne Mr. Brady bitten, uns Bericht zu erstatten.«

Brady stand schwerfällig auf und räusperte sich.

»Vielen Dank, Mr. Black. Meine Damen und Herren, ich verspreche Ihnen, daß ich mich so kurz fassen werde wie möglich und daß ich Ihre Zeit nicht verschwenden werde. Zunächst bitte ich um ein paar Worte von Mr. John Young, dem Direktor von City Services, einer staatlich geförderten Agentur in New York. Eine ihrer Aufgaben ist es, die Zusammenarbeit von privaten Detekteien und Untersuchungsunternehmen im Staat New York zu koordinieren. Mr. Young, bitte.«

In der ersten Reihe der Sanmobil-Sitze erhob sich ein schlanker, glatzköpfiger Mann mit dickumrandeten Brillengläsern. Er warf einen kurzen Blick auf die Papiere, die er in der Hand hielt, lächelte zu Brady hinüber, wandte sich dann dem Publikum zu und begann:

»City Services wurde von Brady Enterprises beauftragt – und zwar mit Zustimmung der Regierung –, die Hintergründe einer privaten Sicherheitsagentur zu untersuchen, die einem gewissen Samuel Bronowski gehört, der später Chef des Sicherheitsdienstes der Alaska-Pipeline wurde.

Abgesehen davon, daß ein ungewöhnlich hoher Prozentsatz von Wertgegenständen verlorengegangen ist, der dem Schutz dieser Firma anvertraut war – aus gerade noch vertretbaren Gründen –, konnten wir keine Beweise für strafbare Unregelmäßigkeiten feststellen. Wir sind weiter gebeten worden, die Namen und Personalien ehemaliger Bronowski-Mitarbeiter festzustellen, die ungefähr zur selben Zeit wie Bronowski die Firma verlassen haben – das heißt sechs Wochen vor oder nach Bronowski. Wir stießen auf zehn Namen – das ist keine besonders hohe Quote für eine derartige Firma –, aber Brady Enterprises war speziell interessiert an vier Personen aus dieser Gruppe.« Hier schaute Young in seine Unterlagen, die er in der rechten Hand hielt. »Ihre Namen sind Houston, Brinckman, Jorgensen und Napier.«

Young setzte sich, Brady erhob sich und dankte ihm. »Nun gut«, begann er, »denjenigen, die es noch wissen, möchte ich sagen, daß drei der vier soeben Genannten bereits hinter Schloß und Riegel sitzen, angeklagt verschiedener Verbrechen. Den anderen Mann und Bronowski können Sie gleich selber sehen.«

Er gab Willoughby ein kleines Zeichen, der zu einem seiner Uniformierten hinübernickte. Im nächsten Augenblick öffnete sich die Tür, und Bronowski und Houston wurden vorgeführt. Sie waren mit Handschellen aneinandergefesselt und wurden jetzt zur ersten Reihe der Alaska-Plätze gedrängt. Bronowski trug noch seinen angeberischen Verband. Sein breites Gesicht wirkte düster.

»So«, sagte Brady sichtlich zufrieden. »Ich habe Ihnen versprochen, daß wir keine Zeit verlieren wollen. Wir haben festgestellt, daß mindestens zwei Sicherheitsmänner von Alaska und drei von Sanmobil alte Bekannte waren, daß sie zusammenarbeiteten und Sabotageakte organisierten, daß sie einander die Codes der beiden Firmen zugeschanzt haben und für Morde verantwortlich sind. Wir haben weiterhin festgestellt, daß Bronowski der unwidersprochene Leiter der Aktionen war. Diese Tatbestände sind zu Protokoll genommen und durch verschiedene Zeugen bestätigt worden, die auch vor Gericht aussagen werden. Aber fahren wir fort. Ich möchte gern Dr. Parker nach vorne bitten.«

»Ja, also.« Parker überlegte kurz. »Ich bin in der gerichtsmedizinischen Abteilung bei der Polizei von Anchorage tätig. Mr. Dermott brachte mir kürzlich drei Leichen aus Prudhoe Bay. Ich habe eine davon untersucht – einen Ingenieur, der auf der Pumpstation Nr. 4 ermordet wurde. Er hatte eine äußerst ungewöhnliche Verletzung am rechten Zeigefinger erlitten. Mir ist bekannt, daß Dr. Blake hier diese Verletzung auf die Gewalt der Explosion zurückgeführt hat, die die Pumpstation zerstört hat. Ich muß widersprechen. Der Finger ist auf eine besondere Art gebrochen worden. Mr. Dermott, bitte.«

Dermott stand auf. »Mr. Mackenzie und ich haben eine Theorie. Es ist unsere Überzeugung, daß der tote Ingenieur eine Pistole bei sich trug, als er überfallen wurde, und zwar durch die Leute, die den Sprengstoff angebracht haben. Wir glauben weiter, daß er die beiden Angreifer erkannt hat, die dies bemerkt und ihn getötet haben, bevor er von seiner Waffe Gebrauch machen konnte. Wir glauben auch, daß sich der Zeigefinger des Toten im Abzug der Pistole verkrampft hatte. Wäre das möglich, Doktor?«

»Das ist tatsächlich gut möglich.«

»Wir vermuten, daß die Verbrecher den Finger brechen mußten, um an die Pistole zu kommen. Ein Toter, den man mit einem Revolver in der Hand findet, hätte ernsthafte Zweifel an einem Unfall aufkommen lassen.

Weiter haben wir Papiere in der Manteltasche dieses Toten gefunden, die später nicht mehr da waren. Weder meine Kollegen noch ich wissen, was das für Papiere waren. Wir können nur annehmen, daß der Betroffene Belastungsmaterial gegen irgend jemand gesammelt hatte – wofür die Tatsache spricht, daß er bewaffnet war.«

Dermott schwieg einen Moment, dann sagte er: »Ich möchte nun Mr. Brady bitten, die entscheidende Frage zu klären, wer letzten Endes für diese Flut von Verbrechen verantwortlich ist.«

Brady stemmte sich wieder hoch. »Mr. Carmody – wären Sie so freundlich, sich zu Mr. Bronowski zu stellen? Ich sehe zwar, daß er gefesselt ist, aber ich bin überzeugt, daß der Mann gewalttätig ist. Dr. Parker, bitte.«

Dr. Parker erhob sich langsam und ging zu Bronowski hinüber. Carmody stand schon dort. Der Arzt sagte zu ihm: »Stellen Sie sich hinter ihn, und halten Sie seine Arme fest.«

Carmody tat, wie ihm geheißen. Bronowski schrie auf, wie wenn er Schmerzen hätte, als Dr. Parker den Verband herunterriß, der Stirn und Schläfe bedeckte. Der Arzt schaute sich die Schläfe genau an, berührte sie und richtete sich dann wieder auf.

»Dies ist eine sehr empfindliche Stelle des Kopfes«, sagte er. »Ein Schlag, wie ihn dieser Mann erhalten haben will, würde für mindestens vierzehn Tage blaue Flecken hinterlassen. Wie Sie sehen können, gibt es hier keinen blauen Fleck und keine Spur von einer Schwellung. Mit anderen Worten« – er machte eine wirkungsvolle Pause – »er ist niemals niedergeschlagen worden.«

Brady sagte: »Die Dinge stehen sehr schlecht für Sie, Dr. Blake.«

»Sie werden gleich noch viel schlechter stehen«, sagte Dr. Parker, der wieder zu seinem Platz zurückgegangen war. »Mr. Dermott richtete in Anchorage an mich eine äußerst merkwürdige Bitte, die ich danach gar nicht mehr merkwürdig fand. Obwohl Sie, Dr. Blake, die Leiche untersucht, die Todesursache festgestellt und den Totenschein bereits ausgestellt hatten, bat mich Mr. Dermott, eine Autopsie durchzuführen. So etwas hat es, glaube ich, noch nie gegeben. Aber wie sich herausstellte, war diese Bitte nur zu gerechtfertigt.

Ihr Gutachten besagte, daß Finlayson auf den Hinterkopf geschlagen worden sei, und zwar mit einem Säckchen, das mit Sand oder Salz gefüllt war. Bei Finlayson war keine Spur von einer

Schwellung festzustellen. Die Haut war etwas abgeschürft, was aber vor oder nach dem Tod passiert sein konnte. Was aber viel wichtiger ist, ist folgendes: Einer meiner jüngeren Assistenten stellte Spuren von Äthyloxyd im Blut fest. Es ist selten, daß ein derartiger Stoff keine Spuren hinterläßt. Nach näherer Untersuchung entdeckten wir eine kleine Stichwunde direkt am unteren Rand des Brustkorbs. Weitere Nachforschungen ergaben, daß ohne jeden Zweifel eine Nadel oder Sonde an dieser Stelle in den Körper und ins Herz gestoßen worden war. Der Tod mußte sofort eingetreten sein. Mit anderen Worten: Finlayson wurde zuerst anästhetisiert und dann ermordet. Ich glaube kaum, daß irgendeine Autorität auf dem Gebiet der Medizin in einem unserer beiden Länder meinen Feststellungen widersprechen wird.«

Dr. Blake schien dazu nichts sagen zu wollen.

Morrison vom FBI meldete sich aber zu Wort: »Er ist kein Arzt. Er wurde auf einer englischen Universität ausgebildet, flog aber in seinem vierten Studienjahr raus – aus Gründen, die wir noch nicht kennen, die wir aber ohne weiteres feststellen können. Ohne Zweifel hat er aber genug gelernt, um mit einer Nadel oder einer Sonde umzugehen.«

Brady fragte: »Kommentar, Blake?«

Wieder nichts.

»Ich weiß es nicht, aber ich kann mir gut vorstellen, was passiert ist«, sagte Dermott. »Finlayson hat Bronowski und Houston dabei überrascht, wie sie ihre eigenen Fingerabdrücke aus den Akten herausholen wollten. Ich nehme an, daß sie sie durch andere Abdrücke ersetzen wollten. Welche, weiß ich nicht, aber wir können das noch feststellen. Die nächste Vermutung ist klar. Die Fingerabdrücke in der Telefonzelle von Anchorage, von der die erste Drohung ausging, waren Bronowskis Fingerabdrücke. Wir brauchen nur Abdrücke zu nehmen und zu vergleichen.«

Brady fragte: »Kommentar, Bronowski?«

Schweigen.

»Nun gut.« Brady schaute in die Runde. »Sie sind schuldig wie der Teufel, das ist so gut wie bewiesen.« Er stand auf, als ob er die Versammlung beenden wollte. »Aber noch nicht ganz. Keiner der Angeklagten hat die Intelligenz oder die Kenntnisse, um eine Operation von dieser Größenordnung zu managen. Diese erforderte ein hohes Maß an Spezialwissen, einen Mann, der sich sehr gut auskannte.«

Willoughby fragte: »Haben wir wenigstens einen kleinen Hinweis auf die Identität dieser Person?«

»Ich weiß, wer es ist. Aber ich denke, es ist besser, wenn Morrison vom FBI das erklärt. Meine Kollegen und ich hatten einen Verdacht, wer hinter den Morden und den Sabotageakten stehen konnte – hier und in Alaska –, aber Mr. Morrison hat den Beweis erbracht.«

»Ich habe zwar den Beweis erbracht«, sagte Morrison, »aber nur, weil ich mit der Nase auf den richtigen Punkt gestoßen wurde. Bronowski behauptete – und behauptet es immer noch –, daß er in New York eine Ermittlungsagentur besitzt. Das stimmt nicht. Wie Mr. Young festgestellt hat, war Bronowski nur in vorderster Linie tätig – als Strohmann. Die wahre Kraftquelle, der Besitzer, war jemand anders. Stimmt's, Bronowski?«

Bronowski runzelte die Stirn, biß sich auf die Lippen und schwieg.

»Macht nichts. Wenigstens leugnen Sie's nicht. Mr. Young fand, mit Unterstützung von New Yorker Detektiven und mit einem Haussuchungsbefehl ausgerüstet, die Privatkorrespondenz der Firma. Diese Firma war so naiv, höchst gefährliches und schwer belastendes Material fein säuberlich abzulegen, statt es zu vernichten. Dieses Material deckte nicht nur die wahre Identität des Besitzers auf, sondern auch die erstaunliche Tatsache, daß dieselbe Person nicht weniger als vier Überwachungs- und Ermittlungsagenturen in New York besitzt.« Morrison blickte zur Seite. »Mr. Willoughby?«

Willoughby nickte und warf Carmody einen Blick zu, der sich langsam erhob.

»Dieser Besitzer«, fuhr Morrison fort, »lebt nicht in der Nähe seiner Firmen, aber erst seit ein paar Jahren. Früher war er an der New Yorker Börse tätig und als Anlageberater in der Wall Street. Er war nicht besonders erfolgreich, er war eigentlich überhaupt kein Finanzmann, obwohl er Geld liebt. Er hat sich mehr wie ein Elefant im Porzellanladen verhalten. Zu extrovertiert. In letzter Zeit war seine Abwesenheit von New York dadurch verursacht, daß er anderweitig zu tun hatte – und zwar in Athabasca, ungewöhnlich weit weg von der Wall Street. Er war für Sanmobil tätig – als Betriebsleiter.«

»Keine Bewegung! Halten Sie sich ganz ruhig!« Carmody beugte sich über Reynolds' Schulter und nahm ihm eine Automatik mit

Schalldämpfer ab, die er aus dem Schulterhalter zu ziehen begonnen hatte. »Sie könnten sich verletzen. Was macht ein rechtschaffener Bürger wie Sie mit einer Pistole?«

Ausrufe des Erstaunens waren aus allen Ecken zu hören. Fast alle standen auf, um besser zu sehen. Reynolds' Gesicht, normalerweise rosig, war nun grau geworden. Er saß da wie gelähmt, als Carmody ihm die Handschellen anlegte.

»Dies hier ist keinesfalls ein Gericht«, kündigte Brady an. »Deswegen schlage ich auch nicht vor, ihn zu befragen. Ich will auch nicht analysieren, was ihn zu seiner Handlungsweise veranlaßt hat – es sei denn, daß er bei der Beförderung ein paarmal übersehen worden ist. Er fand den Weg nach oben blockiert: er hatte die fixe Idee, daß stets Außenseiter auf leitende Posten gesetzt wurden. Sie werden seine Reaktion sicher für etwas übertrieben halten.«

Brady hielt plötzlich inne. An dieser Stelle wollte er eigentlich einen kleinen Seitenhieb auf Black loslassen, indem er auf die Gewohnheit der Ölgesellschaften zu sprechen kam, Buchhalter in leitende Positionen zu setzen. Aber wie sich die Dinge nun entwickelt hatten, entschied er sich anders und bat Black nur um eine abschließende Zusammenfassung.

Black erledigte diesen Auftrag in einer überraschend warmherzigen und menschlichen Art. Nochmals lobte er Brady Enterprises und gab zum Schluß seiner Überzeugung Ausdruck, daß Terror und Zerstörung nun ihr Ende hatten. Die Versammlung war zu Ende. Polizeibeamte führten Reynolds, Blake, Bronowski und Houston ab, und die Zuhörer standen noch in kleinen Gruppen herum oder verließen zögernd den Saal.

Brady, der sich unangenehm nervös fühlte, ging zu Black. »Entschuldigen Sie vielmals«, stotterte er. »Ich muß Sie vielmals um Entschuldigung bitten. Meine Mitarbeiter waren schrecklich unverschämt zu Ihnen...«

»Mein lieber Freund – nicht im geringsten«, sagte Black großmütig. »Ich darf wohl sagen, daß ich irgendwie selbst schuld war. Ich hatte mir wirklich nicht vorstellen können, wie tief wir im Sumpf steckten – und ich dachte, Ihre Untersuchungen seien überflüssig. Jetzt weiß ich natürlich etwas anderes.«

»Ich möchte mich auch entschuldigen, Sir«, sagte Dermott leise. Er wirkte ganz steif vor Verlegenheit. »Das Unglück war, daß Sie so unkooperativ wirkten.«

»Ich habe die *Kosten* gescheut. Vergessen Sie bitte nicht, daß ich ein eingefleischter Buchhalter bin.« Zum Erstaunen von Bradys Team mußte er plötzlich lachen. Sie lachten auch, schon weil die Spannung nun nachgelassen hatte – aber eine Sekunde später überzeugte sie Black vom Gegenteil.

»Also nun, Mr. Brady«, sagte er lebhaft. »Wie sieht es mit Ihrem Honorar aus?«

»Oh... aber...«, Brady stotterte, leicht aus dem Gleichgewicht gebracht. »Ich habe mir gedacht, ich handle das mit Ihrem Londoner Büro aus.«

»Nicht nötig, darf ich Ihnen sagen.« Black war eitel Sonnenschein. »London hat mich ermächtigt, direkt mit Ihnen zu verhandeln. Unser Vorsitzender meinte, daß ich trotz Ihrer freundschaftlichen Beziehungen – oder gerade deswegen – diese Angelegenheit hier abwickeln sollte.«

»Das ist... nun, ja... nein! Ich meine, ich... rede über meine Honorare nie selber.« Brady wirkte lahm, und er merkte es. Er riß sich noch mal zusammen. »Ich muß erst *meinen* Buchhalter konsultieren, selbst wenn *Sie* das nicht müssen.«

»Eins zu eins, und Black ist dran«, sagte Dermott leise, als sie weggingen. Er wollte gerade seinen Mantel holen, als er Corinne Delorme noch auf der Bank sitzen sah, ganz abwesend.

»Komm, Liebling«, sagte er freundlich. »Wir müssen gehen.«

»Ich kann es immer noch nicht glauben«, sagte sie. »Es ist doch nicht möglich!«

»Nun ja – es ist schon passiert. Regt es dich sehr auf?«

»Eigentlich nicht. Ich habe mir über ihn eigentlich nie irgendwelche Gedanken gemacht. Aber ich habe mich einfach daran gewöhnt, zu glauben, was er sagt.«

»Ja, ich weiß. So geht das. Aber du hast doch gesehen, wie zwielichtig er ist. Jemand, der sich selbst kidnappen läßt, damit die Sache etwas glaubwürdiger aussieht – jemand, der das macht, ist wohl kaum in Ordnung.«

»Das stimmt wohl. Diese Mörder auch nicht. O Gott, es ist schrecklich.«

»Es *war* schrecklich. Aber es ist vorbei. Kommst du mit?«

»Ich denke schon.« Sie stand auf, und Dermott half ihr in den Mantel.

»Du und ich haben bei der ganzen verdammten Geschichte am meisten Glück gehabt«, sagte er. »Wir könnten beide schon tot sein. Ohne dich wäre ich's schon.«

Plötzlich leuchteten ihre klaren Augen auf, und sie lächelte.

»Was machst du jetzt, wo du keinen Boß mehr hast, für den du arbeiten könntest?«

»Ich weiß nicht. Ich suche mir einen anderen Job.«

»Es gibt nicht viele gute Jobs hier in Fort McMurray. Warum kommst du nicht mit nach Süden und arbeitest für mich?«

»Für *dich*?« Sie war erstaunt. »Daran habe ich gar nicht gedacht.«

»Dann denke jetzt mal dran. Gehen wir?«

»Okay.« Sie schaute zu ihm auf und kuschelte sich an ihn, als sie zur Tür hinausgingen.

Dieser Anblick schien Brady und seinen anderen Kompagnon zu größter Heiterkeit anzuregen.

»Holen Sie ein paar Flaschen, Donald«, rief Brady, als er sich wieder gefangen hatte. »Ich brauche jetzt wirklich eine Erfrischung, denn wenn mich mein kriminalistischer Scharfsinn nicht im Stich gelassen hat, dann haben wir es hier mit einer Romanze zu tun.«

Höllenflug
der Air Force 1

1

Die Uhr hatten sie Mister Smith schon lange abgenommen, also registrierte er die dahingehenden Sekunden im Gedächtnis, nicht alle, aber doch so viele, daß er mit der Wirklichkeit in Verbindung blieb.

Kein Tageslicht fiel in die Zelle, denn Smith war ein Sträfling der Kategorie ›A‹, der im Hochsicherheitstrakt untergebracht war. Die soliden Mauern des Gefängnisses von Frèsnes ließen auch nicht einen einzigen Laut aus der Alltagswelt draußen an sein Ohr dringen.

Smith hatte in den drei Jahren, selbst während des zweimal täglich stattfindenden Dauerlaufs um den Übungsplatz, nicht ein einziges Mal einen Flugzeugmotor oder das Dröhnen eines Lastwagens gehört, geschweige denn das harmlose Zwitschern eines Spatzen.

Sein Gehör war unnatürlich scharf geworden und konnte genauestens zwischen den üblichen menschlichen und jenen merkwürdigen zufälligen Geräuschen unterscheiden, die das unbarmherzige Muster der Normalität durchdrangen. Aber deren gab es nur wenige, und sie glichen verwirrenden Trillern auf einer ansonsten langweiligen Partitur. Und dennoch lauschte er geradezu besessen auf jenes Stocken im Schritt seiner Bewacher, das eine brüchige Treppenstufe verriet, auf das Klirren eines fallenden Schlüssels und den unvermeidlichen Fluch, der darauf folgte, auf das Kratzen eines Streichholzes, wenn einer der Wärter ihm, ohne es zu wissen, das unbezahlbare Geschenk machte, vor *seiner* Zelle eine Zigarette anzuzünden.

Alle diese Geräusche, die sich seinem Bewußtsein nach und nach eingeprägt hatten, verstärkten Smiths Entschlossenheit, jede geistige Stagnation in seiner Einzelhaft zu vermeiden. Er war ein Jahrhundertverbrecher mit einer wahrhaft kriminellen Veranlagung, und er hatte keineswegs die Absicht, diese mangels Gebrauch einrosten zu lassen.

Unermüdlich trainierte er seinen Körper, um seinen Muskeln die Spannkraft zu erhalten, und nicht weniger fanatisch trainierte er seinen Geist, indem er im Kopf komplizierte Schach- und

Bridge-Probleme löste. Dann rekonstruierte er bis ins Detail die größten Taten seiner langen Laufbahn und plante anschließend die, die erst noch geschehen sollten.

Und *daß* sie geschehen würden, daran zweifelte Smith nicht im geringsten. An dem Tag, als die Mannschaft der United Nations Anti-Crime Organisation am Eiffelturm seine Kommandotruppe besiegt hatte, hatte er mit kalter Entschiedenheit gewußt, daß kein Gefängnis der Welt ihn über die von ihm beschlossene Frist hinaus wird festhalten können.

Und jetzt hatte er das Gefängnis von Frèsnes lange genug ertragen. Während seiner Gefangenschaft hatte Smith kaum gesprochen und noch weniger gelächelt. Als er aber jetzt auf seiner Pritsche saß und zu der nackten Glühbirne hochblinzelte, die ihm im Lauf der Zeit zum vertrauten Freund geworden war, lag der Anflug eines Grinsens auf seinen Lippen.

Während sein Hirn fieberhaft Pläne schmiedete, senkte er seine Augen und malte geistesabwesend mit einem Fingernagel die groben Umrisse eines Flugzeugs auf seine Handfläche. Und er flüsterte einen Namen.

»Dunkels.«

Dunkels war Smiths Geschöpf. Smith hatte ihn aus der Gosse von Berlin geholt, Smith hatte ihn reich gemacht, die Angst vor Smith hielt den Deutschen bei der Stange. Und jetzt war die Zeit reif. Dunkels mußte seinem Meister zurückzahlen, was er für ihn getan hatte. Er war bei Smiths Befreiung als Katalysator vorgesehen, sollte ein Verbrechen in Gang setzen, das Mister Smiths verbrecherisches Hirn ausgeheckt hatte und das die westliche Welt ins Wanken bringen würde.

»Dunkels«, hauchte Smith noch einmal, und der Klang tröstete ihn, denn Geräusche waren ihm teuer. Dunkels würde Mister Smith nicht im Stich lassen. Das tat keiner.

Die DC-9 der Swissair setzte zum langsamen Anflug auf den Flughafen Zürich an. In der Ersten Klasse leuchtete das Zeichen ›No Smoking‹ auf, und folgsam drückte Dunkels mit seinen eleganten, kräftigen Fingern seine Zigarette aus.

Er schnippte ein Aschenflöckchen von der Bügelfalte seiner blauen Mohairhose und schaute aus dem Kabinenfenster. Auf den schneebedeckten Gipfeln der Alpen tanzten weiße Kumuluswolken unter einem ansonsten porzellanblauen Himmel. Seine dünnen Lippen kräuselten sich. Siegfried Dunkels verabscheute die geschniegelten Schweizer, zugleich aber beneidete und fürchtete er sie ihrer mühelosen Erfolge und ihres geschliffenen Brigantentums wegen. Schweizer Geldleute hatten ihn in früheren Zeiten bedrängt und betrogen, und er hatte sich geschworen, daß das nicht noch einmal geschehen würde.

Keiner der Gnome von Zürich hatte je Mister Smith hereingelegt, sinnierte Dunkels; und er war nun in der Schweiz in Mister Smiths Angelegenheiten unterwegs. Nichts durfte also schiefgehen.

Eine kecke Stewardeß, auf eine herausfordernde Art hübsch, blieb neben seinem Sitz stehen und schaute unter gesenkten Lidern bedeutungsvoll auf seinen Schoß. Sie vergewisserte sich lediglich, ob sein Sitzgurt festgezurrt war, ließ es aber wie eine Einladung aussehen.

»Ich nehme an«, sagte Dunkels auf deutsch, »daß eure Schweizer Doktoren verantwortungsvoller sind als eure Bankiers.«

»Wie bitte?« fragte das Mädchen.

»Sie haben's getroffen«, erwiderte Dunkels und verzog seinen Mund zu einem Lächeln.

Als der Pilot zur Landung ansetzte, flutete weiches Sonnenlicht ins Flugzeug. Ein Priester auf dem Fensterplatz kämpfte mit der winzigen Jalousie, und Dunkels langte über ihn hinweg, um sie herunterzuziehen und die plötzliche Helligkeit zu dämpfen. Der Priester senkte dankbar den Kopf.

Gottesmänner, dachte Dunkels, sollten nicht Erster Klasse reisen. Das zeugte nicht von angemessener Demut, wenn er auch bezweifelte, daß jemand wie sein Mitreisender, eindeutig ein Bischof, sich jemals auch nur um den Anschein von Demut bemühen würde.

In der Kabine stieg, wie bei jeder Landung, die Anspannung. Routinierte Reisende wie Dunkels bereiteten sich auf die Ankunft vor. Dem Bischof entfloh ein Seufzer der Erleichterung, als die Räder der DC-9 sicher über die Rollbahn glitten. Der Prälat bekreuzigte sich und wollte irgend etwas zu Dunkels sagen, der aber mit einer übertriebenen Pantomime vorgab, nichts zu verstehen.

Im Flughafengebäude hob Dunkels mit geübtem Griff seine Krokotasche vom Förderband und schlenderte an den ehrerbietigen Schweizer Zollbeamten vorbei zu den automatischen Ausgangstüren. Ein uniformierter Chauffeur, der neben einem schwarzen Mercedes stand, gab ihm mit behandschuhter Hand einen Wink. Der Fahrer zeigte auf den Beifahrersitz vorne, aber Dunkels wartete demonstrativ, bis ihm eine der rückwärtigen Türen geöffnet wurde. Genauso demonstrativ entzog er sich jeder Möglichkeit zu einer Unterhaltung während der Fahrt, indem er die Trennscheibe aus Spiegelglas geschlossen ließ.

Dunkels betrachtete nicht etwa durch die getönten Fenster des Mercedes die atemberaubende Szenerie, sondern besah zufrieden sein eigenes Spiegelbild: ein kantiges Gesicht mit festem Fleisch und einer leicht eingeknickten Nase, die aggressiv unter trügerisch sanften braunen Augen vorsprang. Das Kinn war gespalten, die Stirn breit und sanft, Haare und Augenbrauen blond. Dunkels verdankte seinen Kurzhaarschnitt einem ausgezeichneten italienischen Friseur, der ein Künstler mit dem Messer war. Der Deutsche zog einen Kamm aus der Tasche und fuhr sich damit über den Kopf. Die einzelnen Haare sprangen wieder zurück wie äußerst gut gedrillte Wachsoldaten.

Ein riesiger fließender Schatten durchbrach Dunkels' Selbstversunkenheit. Er fuhr zusammen, schaute näher hin und grinste. Es war ein Flugzeug, eine Boeing 707. Die stromlinienförmige Silhouette war der Form, die Smith im Gefängnis von Frèsnes auf seine Hand gezeichnet hatte, nicht unähnlich.

Auf dem Schild stand in kunstvollen Buchstaben »Edelweiß-Clinic«. Dunkels, der die englische Schreibweise sah, stellte sich für die Dauer seines hoffentlich kurzen Aufenthaltes auf englisch ein.

Er war wie Smith ungeheuer sprachbegabt – ohne allerdings wie dieser auch die ausgefallensten Sprachen perfekt zu beherrschen. Dunkels hatte erlebt, wie Smith sich lustlos durch das gesamte Alphabet von Albanisch bis Xhosa arbeitete, um sich geistig in Form zu halten.

Kies knirschte unter den Rädern des Mercedes, der jetzt die Hauptstraße verließ und in die lange Zufahrt zur Klinik einbog. Endlich kam ein ziemlich neues Gebäude im Chalet-Stil in Sicht, das über die Bergsenke, in die es hineingebaut war, hinausragte und den schwindelerregenden Abhang eines felsübersäten Tals überschaute. Wer sich Dr. Richard Steins Behandlung nicht leisten konnte oder nicht mit ihr zufrieden war, überlegte Dunkels, konnte seine Probleme ohne weiteres lösen, indem er einfach über die

Terrasse hinauslief. Er hatte seinen langen, mageren Körper im Rücksitz des Mercedes ausgestreckt und wartete, bis der Chauffeur ihm die Tür aufhielt. Eine Gestalt in Weiß kam durch die Schwingtür und ging die Treppe hinab auf Dunkels zu. Dr. Stein wirkte alt für seine Jahre. Er war einer der bekanntesten Spezialisten für die rheumatisch-arthritischen Beschwerden älterer und reicher Patienten und außerdem ein begabter Psychiater. Nur wenige wußten, daß er gleichzeitig vermutlich der geschickteste plastische Chirurg der Schweiz war. In einem Land, wo der geheimnisvolle Anstieg eines Vermögens oft nach einer ebenso geheimen Veränderung der äußeren Erscheinung verlangte, war das eine ausgesprochen vorteilhafte Begabung.

Mit derselben teilnahmslosen Geschicklichkeit ölte Richard Stein eingerostete Gelenke, reparierte angeknackste Seelen und gab unliebsamen Gesichtern ein neues Aussehen. Er war dunkel, klein, wirkte zerbrechlich und hatte eine hervorspringende, krumme Nase. Seine Schultern waren gebeugt, und Dunkels, der ihn turmhoch überragte, sah, wie sich die verkrümmte obere Körperhälfte aus der Hüfte drehte, als Stein ihm eine knochige Hand entgegenstreckte.

»Heile dich selbst, Arzt«, murmelte Dunkels taktlos.

»Herr Dunkels, vermute ich?« sagte der Arzt auf deutsch.

Dunkels fuhr sich mit der Zunge über die starken, eckigen Zähne und grinste. »Es gibt bestimmt eine Antwort darauf«, erwiderte er auf englisch, »wenn man mir auch nie beigebracht hat, wie sie lautet. Doktor Stein, schön, Sie endlich kennenzulernen.«

Unbekümmert ergriff er Steins Hand, ließ sie aber sofort wieder los, als der Arzt schmerzlich das Gesicht verzog. »Tut mir leid«, sagte Dunkels, »für alles Geld von Zürich würde ich Ihren Händen nichts antun.«

»Ich bezweifle, daß Sie selbst *mit* allem Geld von Zürich etwas Entsprechendes kaufen könnten«, sagte Stein in ausgezeichnetem Englisch mit leichtem Akzent. Er rieb sich die malträtierten Finger und fügte hinzu: »Ich werde Ihnen jetzt den Weg zeigen«, wobei er sich für einen Mann mit einer arthritischen Rückgratverkrümmung erstaunlich behende umdrehte.

Der Mercedes glitt davon, und Dunkels folgte dem kleinen Schweizer Doktor durch zwei kahle Korridore bis zu einer mit Eichenholz verkleideten Tür, auf der nur das Wort ›Direktor‹

stand. Steins Büro war offenbar eine Generalstabsarbeit: Die Berge und Täler ringsum wurden von einem riesigen Bilderbuchfenster eingerahmt wie eine Kitschpostkarte. Stein ließ sich hinter dem Schreibtisch nieder und schien nun, Herrscher im eigenen Territorium, an Statur zu gewinnen. Er ließ Dunkels in einem bequemen fellbezogenen Sessel Platz nehmen.

»Haben Sie die Fotos und die anatomischen Details?« fragte Stein in die Stille hinein.

Dunkels nickte. »Und Sie haben den Kandidaten?«

Stein nickte. Dunkels wartete auf eine Erklärung, aber es kam keine. Schließlich schniefte er laut und sagte: »Name?«

Stein verschränkte die Finger und legte sie auf die Schreibtischplatte. Er beugte sich vor und starrte Dunkels so durchdringend an, als sei er im Begriff, ein Staatsgeheimnis zu enthüllen. »Jagger. Cody Jagger.«

Dunkels verzog die Lippen. »Hört sich ziemlich theatralisch an«, sagte er nachdenklich.

»Das ist sein wirklicher Name«, setzte Stein vertraulich hinzu. Nun richtete sich auch Dunkels auf und beugte sich hinüber zu Stein. »Und er ist hier?«

Stein neigte den eindrucksvollen Kopf. »Würden Sie gern sein Bild sehen?« fragte er. Dunkels nickte.

Das Bild, das ihm von der ersten Seite der Akte entgegenstarrte, die Stein ihm über die polierte Mahagoniplatte des Schreibtischs hinschob, war ziemlich durchschnittlich. Und diese Durchschnittlichkeit, das wußte Dunkels, war ein Vorteil. Es war außerdem ein merkwürdig diffuses Gesicht – nichts Auffallendes oder Interessantes, nichts, was ins Auge sprang; es hätte, bei aller Bildschärfe, aus Plastilin geformt sein können. Ein weiterer Vorteil. Dunkels starrte intensiv auf das Gesicht, dann schloß er die Augen und versuchte, sich dessen Konturen zu vergegenwärtigen; er konnte es nicht. Er grinste und schnalzte anerkennend mit der Zunge.

Stein lächelte und sagte: »Ich wußte, daß er Ihnen gefallen würde. Gutes Grundmaterial. Außerdem gibt es schon gewisse Ähnlichkeiten zwischen Jagger und dem Objekt, und für eine absolute Umwandlung bestehen bei Jaggers Physiognomie... nun, kaum Hindernisse, wie Sie bald sehen werden.« – »Die Gesichtsfarbe ist übrigens identisch, und Größe und Gewicht stimmen mit dem Objekt fast überein.«

»Fast?«

»Beide sind einen Meter achtundachtzig groß, aber Jagger ist acht Pfund schwerer als das Objekt. Aber das ist kein Problem, da meine Klinik auf Gewichtsreduktionen spezialisiert ist.«

»Unter anderem.«

»Genau«, bestätigte Stein, »unter anderem.«

Dunkels überflog die restlichen Seiten der Jagger-Akte und grunzte amüsiert. Fragend sah Stein ihn an. Dunkels klappte die Akte zu und bemerkte: »Nicht gerade ein Musterbürger, unser Cody, was?«

Stein erwiderte: »Sie haben mir nicht gesagt, daß Sie einen Wanderprediger wollten.« Dunkels grinste. »Was er ist, das ist völlig egal«, sagte er entschieden, »solange er der Mann ist, der er zu sein vorgibt. Und wenn er hier rauskommt, wird er funktionieren.«

»Das wird er.«

»Er wird schon müssen«, sagte Dunkels warnend.

Stein löste seine Finger und spreizte sie in offensichtlicher Bestürzung weit auseinander. »Habe ich Smith je im Stich gelassen, habe ich das?« fragte er.

»*Mister* Smith«, berichtigte Dunkels eisig.

»*Mister* Smith, tut mir leid«, entschuldigte sich Stein. »Dennoch, ich habe immer das Gewünschte geliefert. Selbst wenn es Mister Smiths eigenes Gesicht war. Ich habe ihn, wenn Sie sich entsinnen, javanisch aussehen lassen, und schwedisch – und peruanisch. Irgendwelche Beschwerden? Nein.«

»Ich habe ihm sein jetziges Gesicht gegeben«, eiferte er sich, »das aristokratische Aussehen, das er wollte – englisch, oberste Schublade. Und genau das hat er bekommen. Man könnte ihn für einen Herzog aus dem Buckingham-Palast halten.«

»Wurde er schon«, warf Dunkels trocken ein.

»Na also«, rief Stein aus, »wenngleich natürlich Mister Smiths Gesicht unwahrscheinlich – eh – wandelbar ist. Und nicht sehr einprägsam dazu. Er sagte mir, daß er schon völlig vergessen habe, wie er ursprünglich aussah.«

Das sei wahr, gab Dunkels zu und erhob sich aus dem Sessel. »Okay, Stein«, sagte er brüsk, »ich werde Jagger durch den Fleischwolf drehen, und wenn er koscher herauskommt, dann ist er's.« Dunkels gratulierte sich selbst zu seinem gewandten Englisch.

Sie speisten ausgedehnt in Steins Penthouse, das einen noch

verblüffenderen Ausblick auf die Schweizer Bilderbuchlandschaft bot. Als sie ihre Mahlzeit beendet hatten, versuchte Stein herauszubringen, ob Dunkels wirklich daran glaubte, daß man aus einer Persönlichkeit eine radikal neue machen könne.

»Was glauben Sie denn?« fragte Dunkels. »Schließlich haben doch Sie den wichtigsten Part übernommen.«

Stein erklärte, die physische Identität eines Objektes auf ein anderes zu übertragen sei nicht sonderlich schwierig. Er habe schon zuvor aus Leuten andere Leute gemacht. »Natürlich werde ich Ihnen eine gezieltere Vorstellung von Jaggers Chancen geben können, wenn Sie mir ein wenig mehr über das Objekt erzählen. Bisher habe ich von Ihnen nicht mehr als sein Gesicht aus sechs verschiedenen Blickwinkeln erhalten – wofür ich Ihnen natürlich dankbar bin – und außerdem die Information, daß er den amerikanischen Streitkräften angehört, wenn ich auch nicht weiß, welcher Waffengattung.«

Dunkels ließ seine Fingerknöchel knacken und warf Stein einen drohenden Blick zu. »Sein Name ist Joe McCafferty«, sagte er bedächtig, als widerstrebe ihm jedes Wort. »Er war für einen Sonderauftrag von der United Nations Anti-Crime Organisation, der UNACO, zur Elitetruppe des Geheimdienstes, die die Leibwache des Präsidenten stellt, abkommandiert worden. Er soll als Hauptsicherheitsbeauftragter an Bord der Air Force One gehen, wie Sie wissen...«

»Ja«, unterbrach ihn Stein, »ich weiß, was Air Force One ist. Die Boeing 707, nicht wahr, so etwas wie das fliegende Weiße Haus des Präsidenten. Dann...«, er dehnte das Wort bewundernd aus und pfiff durch die Zähne, »dann ist also McCafferty ein enorm wichtiger Mann.«

»Und ob.«

»Dann sollten Sie besser mit mir kommen und sich ihn ansehen.« Stein zwinkerte Dunkels zu. »Ich meine natürlich seinen potentiellen Doppelgänger, sein – anderes Ich.« Stein machte eine Pause und fügte, halb zu sich selbst, hinzu: »Das wird McCafferty aber äußerst unangenehm sein, wenn er entdeckt, daß er plötzlich aus zwei Persönlichkeiten besteht.«

Smiths Computer, dreißig Meilen nördlich der brasilianischen Stadt Sao Paulo untergebracht, arbeitete außerordentlich schnell und effektiv. Er lieferte schon die Bestätigung, daß mit Jaggers Papieren alles in Ordnung sei, als Dunkels noch auf seinen Kaffee wartete. Ein höflicher Bediensteter händigte ihm das Telex aus, und Dunkels überbrachte die gute Nachricht dem Patienten Jagger persönlich. Man hatte ihn in ein Zimmer eines anderen Flügels gelegt.

Dunkels stellte sich vor und erklärte Jagger: »Sie werden mich von jetzt an häufig sehen.« Der Doppelgänger erhob sich und ergriff Dunkels' Hand. Er grinste verschlagen und sagte: »Cody Jagger – und schauen Sie mich nur an. Es wird vermutlich der letzte Blick sein, den Sie auf das werfen, was ich jetzt bin.« Vier Stunden später verließ Dunkels mit dem Mercedes, der ihn gebracht hatte, die Klinik. Er hatte Jagger in ein strenges Verhör genommen, das alles bestätigt hatte, was der Computer behauptete: Cody Jagger war wirklich Cody Jagger. Und Dunkels hatte zufrieden festgestellt, daß Jagger, der Smiths und seinen eigenen hohen Ansprüchen genügte, sowohl physisch als auch psychisch geeignet war, Joseph Eamonn Pearse McCafferty zu werden, Oberst der United States Air Force, zur Zeit Hauptsicherheitsbeauftragter von Air Force One, abkommandiert zum 89. Military Wing der Andrews Airforce Base in Maryland, USA.

Die Gipfel der Alpen färbten sich im schwindenden Licht fast purpurn, als Stein an Jaggers Tür klopfte und, ohne auf eine Einladung zu warten, eintrat. Der Doppelgänger, der vor einem angelehnten Rasierspiegel stand und seinem Gesicht Lebewohl sagte, bemerkte kurz: »Er zappelt im Netz.«

»Ausgezeichnet«, strahlte Stein. »Dann wird auch Smith bald zappeln. Moskau kann sehr zufrieden sein.«

»Allerdings«, erwiderte Jagger. »Dieses Ding könnte größer sein als wir oder Sie gedacht haben.« Er verstummte für eine Weile und fügte dann hinzu: »Sind Sie sicher, daß Smith uns das abkauft?«

»Ts, ts, ts«, sagte Stein und hob mahnend einen Finger: »*Mister* Smith, wenn es Ihnen nichts ausmacht. Das, Jagger, ist Ihre erste Lektion.«

Smith horchte den vorübergleitenden Tagen nach. Dunkels' letzte Botschaft hatte die Bestätigung gebracht: Der Doppelgänger war perfekt. Der Spaß konnte beginnen. In einer knappen Woche würde er in Freiheit sein. Dann würden die Geräusche und Gerüche wieder ihren normalen Stellenwert einnehmen.

Aber merkwürdigerweise zählte das angesichts der immer

langsamer dahinfließenden Stunden immer weniger für Smith. Wichtig war einzig und allein das Verbrechen, das er geplant hatte, um seine Rückkehr ins Leben zu feiern – das ganz große Verbrechen, das die Glaubwürdigkeit der UNACO und ihres Commanders Malcolm Philpott zerstören würde. Smith haßte diesen Mann, der ihn zur kaum erträglichen Untätigkeit in der Haft verdammt hatte. Dieses Mal aber würde *er* triumphieren und die UNACO fallen.

Dunkels würde ihn nicht im Stich lassen. Auch Jagger nicht. Und auch Stein nicht. Ein Fehlschlag war, wie immer bei Mister Smith, nicht denkbar. Schon einmal hatte sich der Präsident Warren G. Wheeler in seinen Händen gewunden, und bald war es wieder soweit.

In Gedanken beschwor Smith erneut die Vision der verwandelten Boeing 707 herauf, die, für Warren G. Wheeler, Air Force One war. »Du liebe Zeit«, murmelte er, »hat der böse Mann dir dein Spielzeug weggenommen?«

Und zum erstenmal seit drei Jahren, vier Monaten und achtzehn Tagen war die einsame Gefängniszelle, so nahe seinem geliebten Paris, daß man die Abwässer riechen konnte, von echtem, ungezwungenem Gelächter erfüllt.

2

Während der nächsten vier Tage erlebte Cody Jagger alle seelischen und körperlichen Qualen, die einer ausstehen muß, der seine Persönlichkeit verliert.

Dabei hätte er nicht in geschicktere und geduldigere Hände geraten können. Steins Operationssaal, wo ihm nur zwei Mitglieder seines Teams assistierten, die durch Geld und Drogen völlig von ihm abhängig waren, war ausstaffiert wie das Atelier eines Gesellschaftsfotografen.

Jeder freie Zentimeter an den Wänden war ausgefüllt mit riesigen Vergrößerungen von McCaffertys Gesicht, aus sechs verschiedenen Blickwinkeln fotografiert, einschließlich einer Aufnahme seines Nackens, auf der man haarscharf die Anordnung seiner flachen, wohlgeformten Ohren sah.

Der Operationstisch war umgeben von einem Wald von Stativen mit verstellbaren Scheinwerfern. Stein, über den von strahlenden

Bogenlampen erhellten Operationstisch gebeugt, bellte seinen Helfern unentwegt Anweisungen zu, gewisse Züge des Objekts schärfer herauszuholen oder besser auszuleuchten.

Mit zusammengekniffenen Augen betrachtete er die Aufnahmen, die McCaffertys Züge mit der Präzision einer Landvermessungskarte wiedergaben, setzte dann schwungvoll das Skalpell an dem in Narkose daliegenden Jagger an und glich sorgfältig Kiefer an Kiefer, Wange an Wange und Nase an Nase an.

Mit absoluter Konzentration schnitt Stein quadratzentimetergroße Segmente von Cody Jagger weg, formte sie zu Puzzlestücken von Joe McCafferty um und setzte sie wie Legosteine aus Fleisch zusammen, machte aus dem, was zwei Männer gemeinsam hatten, einen anderen Mann.

Fünf Tage später war es soweit. Die Fäden waren gezogen, die Narben rosig und frisch. Es war drei Uhr dreißig am Morgen, als Stein, mit gekreuzten Beinen auf dem Boden kauernd, die Arbeit seiner Hände in einem in der Decke eingelassenen Vergrößerungsspiegel betrachtete und mürrisch darüber nachdachte, daß der Gott Abrahams und Isaaks nur anderthalb Tage mehr gebraucht hatte, um eine ganze Welt zu erschaffen. »Hatte vermutlich bessere Assistenten engagiert«, kicherte Stein boshaft. Nie zuvor hatte er sich so erledigt, so total erschöpft gefühlt.

Er besah sich den verklebten, bandagierten Kopf. Wenn es keine Gewebeinfektion gab, dann war die gewaltige Hauptarbeit getan. Stein hatte bei den Telefonanrufen in den letzten zwei Tagen der zunehmenden Dringlichkeit in Dunkels' Stimme entnommen, daß Smiths Pläne reif waren.

Stein wußte, daß er es nicht länger aufschieben konnte, mit Karilian Kontakt aufzunehmen.

Noch am Abend desselben Tages fuhr der Mercedes vor der Edelweiß-Clinic vor. Stein, der sich in den letzten Stunden ausgeschlafen hatte, schlurfte die Stufen hinunter, um den großen Mann mit dem eckigen Gesicht zu begrüßen, der den Chauffeur ungeduldig zur Seite gestoßen hatte.

Der Fahrer, ein von Natur aus geselliger Typ, war es allmählich leid, diese ungehobelten und unzugänglichen Ausländer zu seinem Brötchengeber zu befördern.

Axel Karilian, Kontrolloffizier des KGB in der Schweiz, ignorierte Steins ausgestreckte Hand, packte ihn statt dessen grob am Ellbogen und drehte ihn einfach zur Treppe hin um. »Zeigen Sie ihn mir«, befahl er und trieb den kleinen Schweizer Doktor durch die Eingangstüren.

Als Krimineller höchsten Ranges und damit mit höchstem Sicherheitsrisiko nahm Smith sein Essen üblicherweise in der Zelle ein, damit er nicht mit anderen Gefangenen in Kontakt treten konnte. Als sein Abendessen-Tablett zusammen mit den anderen in seinem Block abgeholt wurde (Smith zählte sie unbewußt anhand der zugeschlagenen Zellentüren), wußte er, daß es nun noch eine halbe Stunde bis zum letzten Rundgang der Wärter dauern würde und weitere zwanzig Minuten, bis sie ihn beendet hätten. Dann würden nochmals fünfzehn Minuten bis zum ›Lichter aus‹ vergehen. Nie gab es eine Abweichung von dieser Routine. Sie hätte Smith nur beunruhigt.

An diesem Abend aß Mister Smith – während Dr. Richard Stein im Penthouse der Edelweiß-Clinic Axel Karilian bewirtete – sein Abendessen im Isoliertrakt des Gefängnisses von Frèsnes mit mehr als dem üblichen Appetit.

Es würde seine letzte Mahlzeit in diesen Mauern sein.

Er legte sich auf seine Pritsche zurück und dachte über die unmittelbare und fernere Zukunft nach, während sein Gehirn automatisch die quälende Gefängnisroutine registrierte, Zelle für Zelle, Tablett für Tablett, Tür für Tür, Schritt für knarrenden Schritt.

Smith kicherte vergnügt, und dabei tickte das gnadenlose Metronom in seinem Hirn unerbittlich weiter. Die Zeit war wichtig für Smith. Er schlief ein, aber auch als er Stunden später erwachte, war seine erste bewußte Empfindung, daß das Metronom wieder das Kommando übernommen hatte und ihm die unbestreitbare Tatsache anzeigte, daß die bewußte Stunde näherrückte.

Der Vertrauensmann des Gefängnisses, den man durch Bestechung soweit gebracht hatte, Smiths Befreiung einzuleiten, leckte sich die Lippen und versuchte, seine Augen nicht unentwegt zur Wanduhr im Wartungsblock schweifen zu lassen. Der kleine Zeiger glitt von drei Uhr neunundfünfzig auf vier Uhr, und der Sträfling preßte seine Handfläche auf den Zündbolzen der Sprengkapsel, die man zu ihm hineingeschmuggelt hatte.

Zweihundert Meter entfernt im Isoliertrakt sprang ein elektrischer Funke von einer Anschlußdose auf eine Sprengstoffspur über. Eine Stichflamme zischte auf, und elf Sekunden später explodierte ein Benzinfaß in einem Lager am Ende von Smiths Korridor. Bald standen die Halle und die anschließenden Räume in Flammen, und das Gefängnispersonal raste zum Schauplatz des Ereignisses. Zu diesem Zeitpunkt schaltete sich Smiths Zellenbeleuchtung ein.

Bei jedem unkontrollierten Feuerausbruch wurde automatisch bei der örtlichen Feuerwehr Alarm geschlagen. Aber die verantwortlichen Feuerwehrleute warteten normalerweise erst noch einen bestätigenden Telefonanruf ab: Er kam. Sechs Feuerwehrwagen – zwei Waggons mit Drehleitern, ein Kontrollwagen und drei Wasser- und Schaum-Tanks – rasten in mörderischem Tempo in die Nacht hinaus.

Das Feuer breitete sich schnell aus, aber der Direktor des Gefängnisses, der stellvertretende Direktor und der Leiter der Feuerwehr mußten erst noch aus dem Schlaf geholt werden, ehe Order gegeben werden konnte, die gefährdeten Gebäude zu räumen. Die Wachen holten sich Gewehre und Straßenkampfwaffen aus der Waffenkammer, und ein nervöser Polizeibevollmächtigter mobilisierte eine Truppe des örtlichen Überfallkommandos.

Bogenlampen und Suchscheinwerfer erhellten jede Ritze des finsteren Gebäudes, und Smith richtete sich auf, als seine Zellentür aufging, lehnte sich aber gleich wieder auf die Ellbogen zurück.

»Raus!« befahl die bewaffnete Wache. »Es brennt. Der Block wird geräumt. Raus!«

»Wohin?« fragte Smith und mimte panisches Entsetzen.

»Zum Haupthof. Schließ dich den anderen an. Dalli.«

Mister Smith verließ den Ort, der ihm für mehr als drei Jahre ein Zuhause gewesen war, ohne auch nur einen Blick zurückzuwerfen.

Der Konvoi der Feuerwehrwagen bahnte sich heulend den Weg durch die dunklen Straßen, und als sich an der Kreuzung noch Polizeiautos und -motorräder dazugesellten, schwoll der Lärm zu einem irrsinnigen Getöse an. Im Gefängnis trieben schreiende Wachen die Gefangenen aus fünf Blöcken in den großen Innenhof. Dort zwang man sie Ketten zu bilden, um Wasser und Sand auf die Flammen zu gießen.

Bis endlich mit heulenden Sirenen und quietschenden Reifen Polizei und Feuerwehr anraste, hatte das Feuer bereits die Gebäude an der hohen Umgrenzungsmauer erreicht. Sofort wurden zwei große Drehleitern von außen über die Mauer hochgekurbelt. Feuerwehrleute krochen wie Bergziegen an ihnen hoch und richteten ihre Schläuche auf das Feuer.

Unbemerkt von den Feuerwehrleuten, aber von der Polizei geschickt zur Mauer hinmanövriert, fuhr ein dritter Drehleiterwagen, der aus der entgegengesetzten Richtung gekommen war, seine Leiter aus. Der leitende Offizier der Feuerwehr, der vom Kontrollwagen aus die ganze Operation dirigierte, schrie den Leuten Anweisungen zu, wohin sie Wasser und Löschschaum richten sollten.

Der Befehl wurde an Feuerwehrhauptmann Siegfried Dunkels weitergegeben, der oben auf der Leiter stand und ihn mit einem lässigen Winken zur Kenntnis nahm. Dann winkte er erneut, und zwar mit beiden Armen, den Schlauch zwischen die Knie geklemmt. Diesmal sah Smith ihn.

Der Hof war erfüllt von Rauch, Lärm und Durcheinander. So war es ein Leichtes für Smith, sich an die Kehle zu fassen und geräuschvoll zu erbrechen. Er stolperte aus der Zweierreihe heraus, die sich hinter ihm augenblicklich wieder schloß.

Smith fiel auf die Knie, würgte demonstrativ, richtete sich dann wieder auf und taumelte auf eine Stelle zu, wo die Luft etwas besser zu sein schien. Der harte weiße Strahl eines Suchscheinwerfers leuchtete sie aus, so daß der Gefängnisoffizier, mit dem Smith zusammenstieß, sich nicht die Mühe machte, ihn aus diesem normalerweise für Gefangene strengstens verbotenen Streifen zu vertreiben: vom Fuß der Mauer nämlich. Dunkels Leiter und die Schläuche seiner Leute waren zunächst auf das Zentrum des Feuers gerichtet. Doch allmählich schwang die Leiter vom Feuer weg und zum Hof hin, wo sie über der zusammengekauerten Gestalt von Mister Smith verhielt. Dunkels warf eine Strickleiter, die oben an der Mauer verankert war, hinab. Smith packte sie eilig und machte sich daran, die Mauer zu erklimmen.

Ein Wächter, der wie seine Kollegen scharf auf alle Anzeichen für einen Ausbruch achtete, fiel, nur halb bewußt, die unnatürliche Bewegung der menschlichen Fliege auf. Er stürmte zu der schwankenden Gestalt hin. Er sah die Strickleiter und sprang auf ihr lose baumelndes Ende zu.

Dunkels nahm mit einem Schwung seinen Schlauch von den Flammen weg und richtete ihn nach unten, wobei er es sorgfältig vermied, Smith zu treffen. Der scharfe Wasserstrahl traf den

Wärter direkt auf die Brust, warf ihn mit Gewalt zu Boden und nagelte ihn dort fest wie einen Schmetterling im Schaukasten.

Smith erreichte den Rand der Mauer und ergriff die Drehleiter, die sofort herumschwenkte und ihn neben dem Feuerwehrauto auf den Boden setzte. Auch der hart bedrängte Chef der Feuerwehr bemerkte Smiths Flucht. Er lief auf das dritte Feuerwehrauto zu, dessen Anwesenheit ihn schon seit einiger Zeit beunruhigte.

Dunkels, der noch auf der Leiter stand, verpaßte ihm eine volle Ladung, die ihn wie einen Kegel umwarf, und quälte ihn so lange, bis er zu seinem Kontrollwagen zurückkroch, wo ihn hilfreiche Hände nach innen zogen.

Smith sprang ins Führerhaus, der Fahrer ließ den Motor an und raste mit heulenden Sirenen davon. Dunkels, der auf dem Ende der eingefahrenen Leiter hockte, benutzte seinen Schlauch wie ein Heckenschütze mit tödlicher Treffsicherheit, und setzte die verblüfften Feuerwehrleute und Polizisten, die ihn aufzuhalten versuchten, außer Gefecht.

Fünf Minuten später passierte das Feuerwehrauto mit halsbrecherischer Geschwindigkeit die Stadtgrenze. Auf einer ruhigen Landstraße hielt es an. Die Mannschaft stieg aus, riß sich die Uniform vom Leib, und sechs der Leute bestiegen einen neutralen Lastwagen, der die gleiche Firmenaufschrift trug wie ihre Bauarbeiter-Overalls.

Smith, Dunkels und die restlichen drei stiegen in zwei Citroëns um, wo schon Kleidung zum Wechseln für sie bereitlag. Die Limousinen fuhren gleichzeitig los, und Smith seufzte erleichtert.

»Ausgezeichnet, Dunkels«, sagte er, »wirklich ausgezeichnet. Und jetzt besorg' mir ein sicheres Haus und eine Frau. In dieser Reihenfolge.«

Dunkels grinste. »Falls Sie sich's noch anders überlegen sollten, Sir«, sagte er, »im anderen Auto wartet bereits eine Frau.«

Nur widerwillig hatte Karilian Stein das Kommando überlassen, der ihm befahl, Handschuhe, Mundschutz und sterile Kleidung anzulegen, um sich mit eigenen Augen zu überzeugen, daß Jagger nicht mehr im Operationssaal war.

Dann gingen sie in Jaggers Suite, zu der Unbefugte keinen Zutritt hatten, und Stein enthielt Karilian die schlechte Nachricht so lange vor, bis sie auf Zehenspitzen an Jaggers Bett getreten waren. »Was zum Teufel soll das?« brüllte Karilian und zeigte mit

seinem dicken Finger auf den bandagierten Kopf. »Ich will sein
Gesicht sehen! Deshalb bin ich schließlich hier!«

»Sch...«, beruhigte ihn Stein, »bitte nicht so laut. Ich möchte
nicht, daß er plötzlich aufwacht. Er steht noch unter Beruhigungs-
mitteln und darf sich nicht abrupt bewegen.«

Ohne die Stimme zu senken, verlangte Karilian zu wissen,
wann er Jagger nun endlich sehen könne. Stein hatte ihm versichert, daß Jagger in den frühen Morgenstunden, wenn die Wirkung der Beruhigungsmittel und Antibiotika nachgelassen hätte,
von selbst aufwachen würde. Doch solange die Risiken einer
Gewebeinfektion oder Abstoßreaktion nicht ausgeschaltet waren,
mußte der Doppelgänger bewußtlos bleiben. »Bitte, tun Sie doch,
worum ich Sie bitte«, flehte Stein ihn an. »Kommen Sie und essen
Sie oben mit mir. Ich habe einen ausgezeichneten Wodka und
Beluga-Kaviar.«

Karilian schaute ihn unter seinen buschigen Augenbrauen drohend und voller Geringschätzung an. Dann gab er ein halb grun-
zendes, halb schnaufendes Bellen von sich und knurrte: »Machen
Sie Glenfiddich und Dom Perignon und ein T-bone-Steak daraus,
dann werde ich es mir überlegen.«

Auch Stein entspannte sich. Sein verkrümmter Körper glitt in
die normale Fragezeichenhaltung zurück. »Aber ich möchte ihn
unbedingt sehen – noch heute nacht«, warnte Karilian ihn. »Das
werden Sie«, versprach Stein, »ganz bestimmt.«

Der kleine Doktor gewann stets bei ihren kleinen Differenzen.
Richard Stein, der sein Leben mit dem zu jener Zeit wenig er-
wünschten Namen Scholomo Asher Silberstein begonnen hatte,
kannte Axel Karilian jetzt seit fünfunddreißig Jahren. Stein, damals ein begabter junger Medizinstudent, war bei Kriegsausbruch
in Polen festgenommen und mit seinen jüdischen Leidensgenos-
sen ins nächste Konzentrationslager transportiert worden. Glücklicherweise war es ein kleines, von einem schwachen, aber perversen Kommandanten gleichgültig geführtes Lager gewesen. Stein
hatte sich in die medizinische Einheit des Lagers hochgedient,
das Vertrauen des Kommandanten gewonnen und Himmlers End-
lösung als Sprungbrett benutzt, sich eine Machtposition zu schaffen. Stein hatte es verstanden, sich mit abstoßenden und obszönen
chirurgischen Experimenten, die er an Insassen vornahm, das
Wohlwollen des Kommandanten zu erschleichen.

Als die Rote Armee auf ihrem Weg nach Deutschland Polen

überrollte, waren der Kommandant und seine Mannschaft auf den plötzlichen Angriff auf das Lager nicht vorbereitet. Der verantwortliche Major der sowjetischen Streitkräfte stellte die Deutschen in einer Reihe auf und erschoß sie aus dem Stand. Das gleiche tat er mit den schwächsten und kränkesten Juden.

Stein jedoch, der weder krank noch schwach war, wurde einem jungen Nachrichtenhauptmann übergeben, der gerade zur Vorhut abkommandiert worden war. Und so begann die lange Freundschaft zwischen Axel Karilian und Richard Stein, wie er bald heißen sollte. Stein wurde in Sicherheit gebracht, sobald der Ukrainer seine speziellen Fähigkeiten erkannte. Um ihn vor jüdischer Rache zu schützen, nahm Karilian ihn mit nach Odessa, wo der Schweizer Jude so viel von seinen insgeheim erworbenen Fähigkeiten in plastischer Chirurgie und Hautverpflanzungen weitergab, daß die örtlichen Ärzte ihm selbst ein neues Gesicht verpassen konnten.

Aber das war Stein noch nicht genug. Er wollte auch einen anderen Körper haben. Und er erklärte den orthopädischen Chirurgen dort, was zu tun sei. Es war eine Operation, die er oft an jüdischen Kindern ohne Betäubung vorgenommen hatte. Unter seinen Händen waren aus menschlichen Wesen grotesk verformte Monstren geworden. Stein erläuterte den Russen jeden Schritt der Operation, ertrug Höllenqualen – und überlebte, wie Jagger.

Richard Stein war also nicht das unglückliche Opfer rheumatischer Arthritis. Er war ein Fragezeichen eigener Machart.

Nach dem Krieg richtete der KGB ihm die Edelweiß-Clinic ein, und Karilian wurde ihm als Schweizer Kontrolleur mit Sitz in Genf beigeordnet. Der Gedanke, daß seine besten jüdischen Kunden noch reicher waren als er, der mit seiner Klinik ein nicht unbeträchtliches Vermögen anhäufte, amüsierte Stein des öfteren. Sie freilich operierte er mit äußerster Gewissenhaftigkeit und Geschicklichkeit. Und immer mit Narkose. Cody Jaggers Weg in die Arme des KGB war ähnlich schmerzlich gewesen, und auch dabei hatte Axel Karilian mitgewirkt. Nach einer Kindheit, die ein paar kleinere Verstöße gegen das Gesetz und eine Reihe fruchtloser Gefängnisaufenthalte mit sich brachte, hatte er die Hohe Schule des Verbrechens absolviert, es zum Dienstgrad des PFC (Private first class) in der Armee gebracht und war zu Beginn des Vietnamkrieges bei einer blutigen Gegenoffensive, die einen persönlichen Racheakt darstellte, nördlich von Hué gefangengenommen worden.

Er war zäh, grausam und ein geborener Schläger – und überhaupt kein Problem für die Folterungseinheiten der Vietcong, die ihn innerhalb eines Monats knackten.

Von einem durchreisenden KGB-Werbeoffizier wurde Jagger zum Training ausgesucht, aber der neue Status, weit davon entfernt, ihm sein Los zu erleichtern, machte sein Leben zur Hölle. Körperliche Folter und seelische Vergewaltigungen wechselten einander bei der Behandlung ab, der er unterzogen wurde und die ihn fast zum Wahnsinn trieb.

Erst danach wurde ihm dumpf bewußt, daß einer, der aus dieser Gehirnwäsche hervorgegangen war, im Grund für die sowjetische Intelligenzmaschinerie von keinerlei Nutzen mehr war. Zu schnell hatte er den Vietcong nachgegeben; und ebenso schnell, so folgerte der KGB, konnte er sich wieder den Amerikanern zuwenden. Ein Risiko konnten sie sich nicht leisten, und so übergaben sie Jagger Axel Karilian, der im Verlauf seiner fruchtbaren Verbindung mit Richard Stein schon jede Menge nützlicher Hinweise aufgegriffen hatte.

Karilians Programm für Cody Jagger war typisch in seiner einfachen Logik: Der Amerikaner mußte so eingeschüchtert und mit brutalen Methoden zum bedingungslos unterwürfigen Objekt degradiert werden, daß man ihn absolut sicher in der Hand hatte.

Drei Jahre brauchte Jagger, bis er kapiert hatte, was mit ihm passiert war. Dann ergab er sich in sein Schicksal – und handelte danach. Moskau schickte ihn nach Hanoi zurück, wo die Folterungen zwei Monate lang noch gesteigert wurden, so daß Jagger die wenigen wachen Augenblicke, die man ihm gestattete, nur noch in stammelndem Entsetzen verbrachte.

Erst dann war Karilian zufrieden. Die Angst hatte Jagger zum willenlosen Instrument des KGB gemacht.

Er bewährte sich in den Vereinigten Staaten zwar einigermaßen als Agent, aber nur in untergeordneter Stellung, so daß selbst der Ukrainer gezögert hatte, Jagger vorzuschlagen, als Stein ihn in Smiths Auftrag nach einem geeigneten Doppelgänger fragte. Aber nach anfänglichem Zögern ließ Karilian sich die Sache nochmals durch den Kopf gehen und sah nun in Jagger doch den perfekten Kandidaten für diese heikle Aufgabe, auch wenn Stein noch einige Bedenken hatte.

Zum zweitenmal begaben sich Stein und Karilian ins Zimmer des Mannes, der sich jetzt rastlos im Bett hin und her wälzte. Jagger öffnete kurz die Augen und beobachtete die beiden durch

die Schlitze seiner Bandagen. »Wie geht es ihm?« fragte Stein die
Schwester, die am Krankenbett saß. »Viel besser«, erwiderte sie.
»Doktor Grühner hat gerade nach ihm gesehen. Er behauptet, das
Gewebe sei ganz in Ordnung und es gebe keinerlei Anzeichen für
eine Infektion. Und die Narben heilen bestens.«

»Haben Sie sein Gesicht gesehen?« fragte Karilian sie brüsk. Die
Schwester schüttelte den Kopf. Karilian deutete mit dem Kopf zur
Tür. »Raus!« befahl er.

Stein entfernte sorgfältig die Bandagen und legte sie gerade auf
ein Metallwägelchen, als das Telefon läutete. Es war ein Anruf für
Karilian.

Der Ukrainer meldete sich mit seinem Namen, lauschte stumm,
brummte zweimal kurz und warf den Hörer auf die Gabel. »Das
war Paris«, sagte er. »Im Gefängnis von Frèsnes ist ein Brand
ausgebrochen. Einer der Gefangenen hat einen aberwitzigen
Fluchtversuch unternommen. Raten Sie mal wer?«

Stein hob die Augen. »Dann geht es also los?« Karilian nickte.
»Ihre Wachspuppe da wird schneller benötigt, als wir dachten.
Schauen wir ihn uns also an.«

Drohend beugte sich Karilian über Jagger, der in seiner Erschöpfung irgend etwas murmelte. Er war konditioniert, vor jedem
Russen zu zittern, besonders aber vor Karilian. Der Ukrainer
entnahm der Mappe von Stein, die auf dem Wägelchen lag, einige
Fotos, beugte sich noch tiefer herunter und hielt eine 30 x 25-
Vergrößerung dicht an Jaggers neues, rosiges Ohr. Er richtete sich
wieder auf und wandte sich Stein zu: »Recht ordentlich«, räumte er
ein.

»Recht ordentlich?« empörte sich Stein. »Joe McCaffertys eigene
Mutter würde darauf hereinfallen.«

Wieder läutete das Telefon. Stein nahm den Hörer ab und
lauschte schweigend. Schließlich sagte er: »Haben Sie keine Angst.
Er wird bereit sein. Ja. Dann bis nächste Woche. *Au revoir*.«

»Dunkels«, sagte Stein, als Karilian ihn fragend anschaute. »In
genau einer Woche wird Smith herkommen. Bis dahin muß der
Doppelgänger fit sein. Und in weiteren fünf Wochen müssen die
Narben verheilt sein und Jagger muß seine Rolle perfekt beherrschen.«

Karilian lächelte, allerdings ohne das geringste Anzeichen von
Freude. »Das wünsche ich mir auch, mein lieber Richard«, sagte er.
»Also kümmern Sie sich darum.«

Stein versprach, daß bis dahin alles in Ordnung sein werde. Sie hatten McCaffertys Stimme auf Tonbändern, dazu einen Sprachexperten zur Unterstützung, außerdem besaßen sie Stumm- und Tonfilme, die seinen Gang, seine Gesten und Gewohnheiten zeigten. Smiths Dossier über den UNACO-Mann war außerordentlich gründlich, und Stein besaß eine Kopie davon. Seine Herkunft, Erziehung, Liebesaffären, enge Freundschaften, Vorlieben und Abneigungen... alles war im Detail dokumentiert. Beigefügt waren psychologische Gutachten, Berichte über seine körperliche Verfassung, seine Krankengeschichte und Angaben über den Zustand seiner Zähne. Außerdem genaue Informationen über McCaffertys Beziehungen zu seinen Mitoffizieren und knappe Skizzen und Minidossiers der Leute, die eng mit ihm zusammenarbeiteten und die er natürlich sofort erkennen würde.

Es gab einen Faktor zu Jaggers Gunsten: McCafferty kommandierte seine eigene Einheit, und so mußte er weder mit Vorgesetzten noch mit Untergebenen allzu salbungsvoll umgehen. Jagger konnte also, um einen gelegentlichen Lapsus zu überspielen, einfach Zurückhaltung zeigen. Dennoch hatte sich der Doppelgänger nicht nur die Gesichter zu merken, er mußte sich auch Werdegang und gesellschaftlichen Hintergrund aller Männer und Frauen aus McCaffertys Familie und Bekanntenkreis merken, besonders bei den Offizieren, die auf seinem Weg nach oben mit McCafferty gedient hatten. Jeder von ihnen würde mit gemeinsamen Geschichten aufwarten, auf die der Doppelgänger ohne zu zögern und ohne Einzelheiten zu verwechseln reagieren mußte.

Das Hauptproblem aber, fürchtete Stein, könnten die Frauen sein, mit denen McCafferty zu tun hatte. Alle Affären des Sicherheitschefs waren ausführlich dargestellt, mit Porträt, Lebenslauf, Lieblingsgerichten, Lieblingsmusik und -büchern der jeweiligen Favoritin. Sexuelle Vorlieben und/oder Abweichungen waren angeführt, aber im Bett würde Jagger sich am ehesten verraten können. Die Gewährsleute hielten McCafferty für einen rücksichtsvollen und erfahrenen Liebhaber – während Jagger bestenfalls ein brutaler Vergewaltiger war, der das auch unbedingt beweisen wollte.

Glücklicherweise hatte Stein das Problem teilweise dadurch gelöst, daß er Jagger beschnitten hatte. Es würde dauern, bis der Doppelgänger sich ohne Schmerzen betätigen konnte.

Grundsätzlich aber würde man ihm einschärfen, jeden sexuellen Kontakt zu meiden, indem er auf einen Hepatitis-Rückfall oder einen harmlosen Fall von Geschlechtskrankheit hinwies. Andernfalls sollte er sich irgendeine andere plausible Entschuldigung einfallen lassen.

Als sie so dastanden und auf den vernarbten Doppelgänger herunterschauten, wollte Stein noch einmal wissen, wie der Russe ihre Chancen beurteile, wenigstens für eine gewisse Zeit mit Jagger durchzukommen. »Wird er es wirklich schaffen?« erkundigte er sich nachdrücklich. »Ist er schlau und anpassungsfähig genug? Wissen Sie, Axel, für so eine Rolle braucht man schon einen verdammt guten Schauspieler.«

»Hören Sie doch endlich auf, sich Gedanken zu machen«, riet ihm Karilian. »Er wird's schon bringen, und gut dazu. Ich weiß nicht, warum Smith ihn in der Air Force One haben will, aber es muß schon ein großes Ding sein, wenn ein berufsmäßiger Spekulant wie er sich in all die Unkosten und Vorbereitungen stürzt. Und daß sein Mann zugleich unser Mann ist, daß weder Smith noch die UNACO auch nur einen Dunst davon haben, das ist ein Meisterstück. Allein schon diesen Gedanken findet Moskau hinreißend.«

Stein grinste, weil Karilian Geschmack an der Sache gefunden hatte, betonte aber, daß Jagger um so verwundbarer sein werde, je exponierter er als McCafferty sei. Karilian schüttelte störrisch den Kopf. »Sie irren sich«, erwiderte er, »je öfter er seine Rolle spielt, desto besser wird er – da bin ich sicher.«

»Ich weiß nicht«, murmelte Stein. »Wie können Sie nur so sicher sein?«

»Ganz einfach. Ich kenne Jagger. Er macht sich in die Hosen vor Angst bei dem Gedanken, was ihm alles zustoßen wird, falls er die Sache vermasselt. Etwas, das hundertmal schlimmer ist als der Tod. Können Sie sich vorstellen, Doktor, welch panische Angst er vor dem grauenhaften Schicksal hat, das ihm vor Augen steht? Aber wie dumm von mir, natürlich können Sie das! Schließlich sind Sie ja Experte für Schmerz und Qual. Sie müßten ihm zum Beispiel nur damit drohen, ihn wieder ›umzumodeln‹, diesmal aber ohne Betäubung. Wäre ja nicht das erstemal, oder?« Stein errötete vor Ärger, konnte aber Karilian nicht in die Augen sehen. »Und was ist mit dem wirklichen McCafferty?« murmelte er. »Was geschieht mit ihm?«

Karilian lachte. »Wenn Smith ihn nicht umbringt«, sagte er, »dann werde ich es tun.«

3

Basil Swann, ein junger Mann mit Pickelgesicht, Hornbrille und zahllosen Auszeichnungen von drei verschiedenen Universitäten, platzte in die Dienststelle von Malcolm G. Philpott, dem Direkter der United Nations Anti-Crime Organisation herein. Das Amt lag im UNO-Gebäude von New York City, und Basil war geradezu kindisch stolz darauf, dort zu arbeiten, auch wenn er das nie gezeigt hätte. Er hatte eine entschieden hoffnungsvolle Zukunft bei der UNACO vor sich – vorausgesetzt, daß die Organisation selbst eine solche hatte.

Das Amt hatte und würde vermutlich auch nie, wie Philpott befürchtete, absolut frei und unabhängig und ohne politischen Druck und finanziellen Streß arbeiten können.

Philpott selbst, damals noch Professor mit Forschungsauftrag an einem College in New England, hatte den Vorschlag gemacht, eine *top secret*-Gruppe zu bilden.

Sein bevorzugtes Gebiet war zwar die Verhaltensforschung gewesen, Philpotts wahres Interesse aber galt der Erforschung von Motivation und Antrieb krimineller Naturen. Er hatte wie besessen um die Zustimmung der UNO gekämpft, erhielt diese aber nur, weil die damalige US-Regierung den Aufbau der Abteilung finanzierte. Philpott hatte jeder amerikanischen Protektion widerstanden und sich mit wechselnden Verwaltungsapparaten herumgeschlagen, um der UNACO ihre Unabhängigkeit vom amerikanischen und auch jedem anderen Staat zu erhalten. Er bestand darauf, daß die Behörde allen UNO-Mitgliedern gleichermaßen zur Verfügung stehen mußte, welchem Machtblock sie auch immer zugehörten.

Ein einsichtiges UNO-Ministerium begriff denn auch schließlich, worauf es ankam.

Ein weiteres – leicht zu erkennendes, aber schwer zu lösendes – Problem Philpotts war die Beeinflussung durch die UNO-Staaten, die für die laufenden Kosten aufkamen. Geduldig widersetzte er sich allen offensichtlichen Versuchen des CIA wie des KGB, Einfluß auf seine Truppe zu nehmen; noch problematischer allerdings waren die französischen, israelischen, britischen und südafrikanischen Geheimagenten. Allmählich aber verwirklichte der Direktor sein Recht auf einen *cordon sanitaire*, dem einzig wirksamen Mittel, die Neutralität der UNACO zu garantieren. Er brachte es fertig, mit den verständlicherweise gespaltenen Gefühlen seiner in Amerika geborenen Agenten fertigzuwerden, die sich ständig gegen Anfälle von Lokalpatriotismus zur Wehr setzen mußten, und verließ sich fest auf seine stellvertretende Direktorin Sonja Kolschinsky, eine geborene Tschechin, die ihm die Munition gegen die Interessen des Warschauer Paktes lieferte.

Schließlich mußte Philpott seine sämtlichen Auftraggeber davon überzeugen, daß es nicht Sache der UNACO sei, sich in die Politik einzumischen, daß etwa die amerikanische Destabilisierung Chiles und Jamaikas oder die grausame Unterdrückung der Tschechoslowakei und Polens durch die Sowjetunion nicht internationale Verbrechen im üblichen Sinn seien, bedauerlich zwar, aber gerichtlich nicht verfolgbar. Die Feinde der UNACO waren Kriminelle, die die Sicherheit von Nationen und die Stabilität der sozialen Ordnung bedrohten; und unter denen, die auf Philpotts Liste standen, rangierte Mister Smith ganz weit oben.

Seine persönliche Verbindung mit dem US-Präsidenten Warren G. Wheeler, einem engen Freund seit College-Tagen, bedeutete für den UNACO-Direktor eine unerwünschte Komplikation. Wheeler mußte so unparteiisch wie jedes andere UN-Staatsoberhaupt behandelt werden, was für Philpott jedesmal ein schwieriger Drahtseilakt war. Denn sobald er sich zu weit in eine Richtung vorwagte, würde er fallen, und die UNACO mit ihm. Malcolm Gregory Philpott indessen war trainiert für sein schwieriges Geschäft. Und abgesehen davon machte es das Leben auch interessant.

Philpott, inzwischen fast Mitte fünfzig, war immer noch ein schlanker, gutaussehender Mann, auch wenn sein volles Haar stahlgrau und sein scharfgeschnittenes, intelligentes Gesicht gefurcht war, mehr von der Last der Verantwortung als vom Alter. Als Swann in sein Büro hereinmarschierte, zeigten sich darin hauptsächlich Anspannung und Sorge, die Philpotts Ruf als schlauem Pokerspieler Lügen straften.

In dem großen Raum, den Swann auf seinem Weg zum Direktor passierte, stand der UNACO-Computer, an den eine elektronisch gesteuerte Weltkarte und eine Reihe multilingualer Monitoren angeschlossen waren, die laufend Informationen von den Horchposten in hundertdreißig Ländern auf Band aufzeichneten.

Jedesmal, wenn ein neuer Kontakt zustande kam, leuchtete an der Wandkarte ein rotes Licht auf, das den Standort des Anrufers anzeigte. Auf Philpotts untadeligem Schreibtisch lag eine durchsichtige Miniaturausgabe der Karte. Basil Swann näherte sich dem Schreibtisch, blieb stehen, ohne etwas zu sagen, räusperte sich dann diskret und händigte dem Direktor einen Computerausdruck aus, der nicht mehr als fünf Zeilen umfaßte:

UdSSR: Goldbarrenverschiffung von Kvost nach Moskau.
EG: Brüssel. Vierteljährliche NATO-Konferenz.
MITTLERER OSTEN: Bahrain. OPEC-Minister nach Washington. Kairo. Israelisch-ägyptische Verteidigungsgespräche.
SÜDLICHE HEMISPHÄRE: Kapstadt. Diamantentransit nach Amsterdam.

Philpott überflog hastig die Stichworte und die beigefügten Kommentare, dann las er sie langsam noch einmal. »Ist das alles?« erkundigte er sich.

»Es ist die vollständige Aufstellung aller Ereignisse, die laut Computer in den nächsten drei Monaten stattfinden sollen und möglicherweise das verbrecherische Interesse unseres Freundes erwecken könnten«, erwiderte Swann bombastisch. »Welcher Freund?« rief eine Stimme von der Türöffnung her. »Und außerdem, was soll das bedeuten, mich per Funk beim Friseur rufen zu lassen. Ihr wißt, wie empfindlich Pepito ist. Wehe euch, wenn es nichts Wichtiges ist.«

»Es ist, Sonja«, antwortete Philpott, als seine Stellvertretende Direktorin strahlend und frisch frisiert ins Zimmer segelte und in einen Stuhl sank, den Swann ihr eilig hinschob. Sonja Kolschinsky hatte lange Beine und war teuer gekleidet. Sie hatte ein rundes Gesicht, sanfte graue Augen und kurzes braunes Haar, das sich elegant um ihren wohlgeformten Kopf schmiegte. Sie war gut zehn Jahre jünger als Philpott, sah aber keinerlei Grund, warum so unwichtige Dinge wie der Altersunterschied oder ihrer beider Position bei der UNACO ihrer Affäre im Weg stehen sollten, und das, seit Sonja in die UNACO eingetreten und ein Teil von Philpotts Leben war.

»Es ist sehr wichtig«, sagte Philpott feierlich. »Smith ist aus dem Gefängnis ausgebrochen.«

»Oh«, sie holte tief Luft, »*der* Freund also.«

»*Der* Freund, genau.«

Sonja überdachte die Neuigkeit. »Er hatte seine Zeit sowieso bald abgesessen, oder?« sagte sie. »Ich entsinne mich, daß er sich nach dem Eiffelturm-Coup durch Bestechung ein mildes Urteil verschafft hat.«

Philpott nickte zustimmend. »War es in diesem Fall nicht ziemlich idiotisch von ihm, auszubrechen?« insistierte Sonja.

»Vielleicht«, räumte Philpott ein, »vielleicht aber auch nicht.«

»Wieso ›vielleicht auch nicht‹?«

»Weil es sein könnte, mein Schatz, daß er etwas so Grandioses plant, daß nur er persönlich es ausführen kann. Ergo wollte er aus Frèsnes heraus.«

Sonja schauderte. »Dann warten wir also auf das große Ding, ja?« Philpott nickte und übergab ihr die Fotokopie.

»Das hat der Computer ausgespuckt«, erklärte er, und aus seiner Stimme hörte man die Sorge heraus. »Jedes dieser Ereignisse könnte es sein. Sie liegen alle auf seiner Linie, wenn auch einige so offenkundig politisch sind, daß sie für Smith wohl nicht in Betracht kommen.«

Sonja warf einen Blick auf die Liste und stimmte zu, daß man die Konferenz in Brüssel und die Kairoer Gespräche wohl ausschließen könne. Sie war wie Philpott von Mister Smith besessen, seit die UNACO ihm endlich das Handwerk gelegt und ihn hinter Gitter gebracht hatte. Man konnte mit Recht behaupten, daß Mister Smith in der internationalen Verbrecherriege eine der düstersten Gestalten war, eine seltene Spezies: ein Anarchist und absolut amoralisch. Schlimmer noch, er hatte sich dem abstrakten Konzept des Verbrechens um des Verbrechens willen verschrieben.

Finanzieller Gewinn zählte kaum für ihn. Ihm ging es nur um Macht und Einfluß, was ihn zu immer rasanteren und grausameren Übergriffen verleitete, Übergriffe auf Menschen, Regierungen, Institutionen und Gesellschaftssysteme.

Smith wollte gar nicht erst der Napoleon, der Alexander oder der Tamerlan des Verbrechens werden, in seinem verzerrten Bewußtsein *war* er es schon. Niemand, auch nicht die ihm am nächsten standen, wußte, woher er kam, wie er ursprünglich ausgesehen hatte (er wechselte das Aussehen wie andere Leute die Kleider) und welcher Art die paranoide Besessenheit war, die ihn antrieb. Er war märchenhaft reich, hatte gute Beziehungen, wirkte (wie alt er immer sein mochte) jung für sein Alter und war ein Mann von fast uferloser Bildung, der in jedem beliebigen Bereich Hervorragendes hätte leisten können. Aber Mister Smith hatte sich einen der niedersten Bereiche menschlichen Tuns erwählt und – unglücklicherweise – eine Kunst daraus gemacht.

Philpott als Direktor der UNACO hatte internationale Verbrecher angeheuert – Wilderer, die zu Hegern geworden waren –, um Smith zur Strecke zu bringen. Sie waren schon einmal erfolgreich gewesen, und Philpott war überzeugt, daß nur die UNACO ihn wieder stoppen könne.

Gelang das aber nicht, so würde die UNACO, gleich, auf welchem Schlachtfeld der Kampf ausgetragen würde, direkt oder indirekt genau in die Schußlinie geraten – zugleich mit ihrem Direktor und ihrem Stellvertretenden Direktor.

»Gut«, sagte Philpott und gab Swann die Kopie zurück, »setzen Sie an den Gefahrenpunkten der von mir markierten Operationsgebiete Agenten ein – einschließlich Brüssel und Kairo.«

»Aber doch nicht in Bahrain«, protestierte Basil.

Philpott stützte das Kinn in die Hand und verzog die Lippen. »Nein«, stimmte er zu, »nicht in Bahrain. Den Transport der OPEC-Minister nach Washington, der vermutlich Ende nächsten Monats stattfinden wird, übernimmt Air Force One, und wir haben dort schon Joe McCafferty als Leiter der Sicherheitsabteilung. Wir könnten keinen zuverlässigeren Mann in einem so gefährdeten Gebiet haben.«

»In Ordnung, Sir«, sagte Swann und war schon halb aus dem Zimmer, als Sonja ihn zurückrief. Philpott schaute sie fragend an.

»Da bin ich mir nicht so sicher...«, sagte sie nachdenklich. Philpott hob spöttisch die Augenbrauen. »Es deutet doch alles auf unseren gemeinsamen Verdacht hin«, erklärte sie, »daß Smith sich auf irgendeine Art an der UNACO rächen will, selbst wenn diese Rache nur das Abfallprodukt einer größeren Sache ist. Vielleicht hat er es gerade deshalb auf die in Bahrain versammelten OPEC-Minister und die Air Force One abgesehen, eben *weil* ein Mann der UNACO als Sicherheitsbeauftragter das Flugzeug begleiten wird?«

»Um uns bewußt zur Zielscheibe zu machen, meinst du?« sagte Philpott nachdenklich.

»Genau. Denn was würde schließlich unsere Glaubwürdigkeit mehr erschüttern als die Tatsache, daß dem Flugzeug des Präsidenten etwas Schreckliches zustößt – mit einem der Topleute der UNACO als Verantwortlichem an Bord?«

Philpott strich sich über den Nasenrücken, dann nahm er die Brille ab und kaute nachdenklich am Bügel. Sie befanden sich in einer verdammt schwierigen Situation, weil sie einen ihrer leitenden Außenposten mit einem Agenten hintergehen mußten, der ihn zu überwachen hatte. Aber Sonjas Argument war stichhaltig.

»Er ist so unberechenbar«, sagte sie mit Nachdruck. »Einer von ihnen könnte der große Unbekannte sein – oder auch keiner.«

»Okay, Basil«, sagte Philpott entschlossen, »wir werden alle Möglichkeiten berücksichtigen, einschließlich Bahrain. Ich werde McCafferty in groben Zügen informieren und ihn warnen, daß er auf dem OPEC-Trip besonders wachsam sein soll. Und Sie bestimmen einen Agenten für Air Force One.«

»Mit McCaffertys Wissen und Erlaubnis?« fragte Swann.

»Kommt nicht in Frage, Basil«, sagte Philpott ernst. »Es muß auf alle Fälle jemand sein, den Joe noch nie gesehen hat und von dem er nicht einmal weiß, daß er für uns arbeitet. Wir haben so was auch schon früher gemacht.«

»Nicht bei so alten Hasen wie McCafferty«, sagte Swann hartnäckig. Philpott grinste: »Für alle gibt es ein erstes Mal. Und bei Smith dürfen wir nichts dem Zufall überlassen.«

Basil ging, und Sonja sah Philpott nachdenklich an. »Warum die anonyme Rückendeckung?« fragte sie. Das hatte nicht zu ihren Überlegungen gehört. Sie hatte McCafferty nur mehr Rückhalt verschaffen wollen.

Philpott schaute sie verständnisvoll an – und er mochte, was er sah. Und er mochte ihren Scharfsinn. Sie hatten einige Male im Bett gepokert, und zu seiner Verwirrung hatte sie ihn jedesmal geschlagen. »Nur um alle Möglichkeiten abzudecken«, erwiderte er.

Sie grinste. »Oder um beide Enden munter gegen die Mitte auszuspielen?«

Philpott blinzelte ihr zu. »Tja nun«, sagte er, »du und Smith, ihr seid nicht die einzigen cleveren Asse in diesem kleinen Spiel.«

Wieder einmal erwies sich das Wetter als strahlende Reklame für die Schweiz. Die Luft war so klar und erfrischend, wie es Steins Prospekt verhieß. Auch der Fahrer des Mercedes war ausgezeichneter Laune, denn diesmal hatte er einen zugänglichen Fahrgast. Smith hatte zu Dunkels' Erstaunen darauf bestanden, sich während der Fahrt zur Edelweiß-Clinic geistreich zu unterhalten. Dunkels nahm an, daß er dabei vielleicht nichts anderes im Sinn hatte, als den seiner neuen Rolle entsprechenden Akzent auszuprobieren – ein aristokratisches Bostoner Irisch mit gedehnten

Harvard-Vokalen, die zu seinem Ivy-League-Anzug paßten. Dennoch war der Chauffeur beeindruckt, zumindest von Smiths höflichem Versuch, seine obskuren Witzeleien in fehlerlosem Schweizer Patois zu erklären.

Stein empfing sie an der Tür und führte sie gleich zum gepflegten Park auf der Rückseite der Klinik, der bis zum glatten Fels des Berges reichte. Jagger saß in einer entfernten Ecke im Rollstuhl und sprach mit einer blonden Schwester, die man kürzlich eingestellt hatte, nachdem ihre Vorgängerin auf Karilians Befehl fristlos entlassen worden war. Je weniger Leute wüßten, daß es sich bei Jagger und dem Fall von plastischer Chirurgie im Privatflügel um ein und denselben Mann handelte, desto besser, hatte Karilian seine Entscheidung begründet.

Bevor Stein Jagger noch etwas zurufen konnte, schrie Smith: »Colonel McCafferty. Besucher.«

Der Rollstuhl schwang herum, und Jagger sagte in einer selbst in diesem frühen Stadium passablen Nachahmung von McCaffertys Stimme: »Ich glaube nicht, daß wir uns schon einmal begegnet sind.«

»Gut, Jagger, gut«, sagte Smith triumphierend. »Ich habe bislang nicht die Ehre gehabt, Colonel McCafferty kennenzulernen, und ich habe auch nicht die Absicht. Sie haben sich richtig verhalten. Schon jetzt haben Sie meine Erwartungen übertroffen.«

Er wandte sich Stein zu und drückte ihm seine Hochachtung aus, was der kleine Doktor wohl oder übel bescheiden akzeptieren mußte. Denn die Umwandlung Jaggers war, um bei der Wahrheit zu bleiben, ein Wunder plastischer Chirurgie.

Dann erwähnte Stein, daß Jagger gern wüßte, welcher Art der Auftrag sei, den er als McCafferty ausführen solle, aber Smith riet Jagger, sich darüber keine Gedanken zu machen. In einigen Wochen würde er alles erfahren. Inzwischen sollte er sich in seine Rolle vertiefen, denn Dunkels würde regelmäßig überprüfen, ob er sie beherrsche. »Ich muß wohl nicht eigens darauf hinweisen«, schnarrte Smith, »daß ich es höchst unerfreulich fände, wenn sich die ganze harte Arbeit und all das Geld, das ich investiert habe, als pure Verschwendung erweisen sollte. Falls es sich am Ende herausstellt, daß Sie unfähig für die Aufgabe sind, dann werden Sie, das versichere ich Ihnen, nicht lange genug leben, um über Ihr Versagen nachdenken zu können!«

Jagger errötete, soweit es das gespannte rosige Gewebe von

McCaffertys Gesicht zuließ, und tat, als wolle er sich aus dem Rollstuhl erheben. Aber Stein und die Krankenschwester drückten ihn wieder zurück. Stein protestierte, Smith sei unfair. Wenn er so mit Jagger umgehe, werde er ihn nur verwirren. Schließlich habe Jagger damit fertig zu werden, seine Identität ein für allemal zu verlieren. Smith fegte diese Bemerkung mit einer Handbewegung beiseite und versicherte dem Doppelgänger, daß er volles Vertrauen in ihn habe. Er wiederholte noch einmal, daß Jagger alles, was er brauche, lernen werde. »Sie allerdings«, sagte Smith zu Stein, »werden nicht alle Einzelheiten des Plans erfahren. Wenn er erst in die Tat umgesetzt worden ist, wird sowieso die ganze Welt ihn kennen. Inzwischen aber werde ich ebensoviel für Ihr Stillschweigen wie für Ihre unbezweifelbaren medizinischen Fähigkeiten zahlen.«

Stein lächelte und beugte den Kopf. Er versprach, daß Smith sich um seine Diskretion nicht zu sorgen brauche. Und er werde auch keineswegs dann, wenn der Doppelgänger alle Tatsachen kenne, weitere Informationen aus ihm herauslocken. »Dann verstehen wir uns also, Doktor«, meinte Smith mit einem zufriedenen Lächeln.

Stein gab das Lächeln zurück. Vermutlich, so dachte er, hatte bislang noch kein Lebender Mister Smith hintergangen und zugleich noch eine runde Summe dafür kassiert. Kein anderer Mann, soweit stimmte es. Aber eine Frau schon...

... und sie hieß Sabrina Carver.

Sie hatte zum Team von Smiths Eiffelturm-Kommando gehört, in Wirklichkeit (was Smith nicht entdeckte) aber mitgeholfen, ihn dort zur Strecke zu bringen, denn sie war zugleich auch eine hochgeschätzte Agentin der UNACO. Sabrina kannte die Identität nur eines einzigen Außenagenten der UNACO – und das war Joe McCafferty, den sie allerdings noch nie gesehen hatte.

Bei all seinen Plänen stützte sich Philpott darauf, daß seine Agenten anonym blieben und einander nicht kannten. Das schützte die Agenten und bewahrte auch die UNACO vor Komplikationen, weil ein aufgeflogener Agent jeweils nur sich selbst und die Leute aus der Zentrale verraten konnte. Und wer zu dieser Zentrale gehörte, wußte jedermann; schließlich waren die Namen dieser Leute in allen offiziellen UNO-Dokumenten nachzulesen. Philpotts einzige wirkliche Geheimwaffe waren jene Agenten, die er sich aus den UNO-Mitgliedstaaten zusammensuchte. Eine vollständige Liste dieser Namen wäre eine unbezahlbare Waffe für jeden Nachrichtendienst gewesen – und eine überraschende Lektüre dazu, besonders für die Agenten selbst.

Nur wenn die Umstände es unbedingt erforderten, ließ Philpott zwei Agenten zusammenarbeiten, die dann notgedrungen auch »voneinander wissen mußten«. Manchmal blieben solche Zweierteams auch weiterhin zusammen – falls beide Mitglieder überlebten. Bestimmte Agenten jedoch wurden nie mit einem anderen gekoppelt, teils weil sie eine Abneigung dagegen hatten, teils aus strategischen oder politischen Gründen. McCafferty gehörte zur »strategisch« prekären Kategorie.

Philpott rekrutierte seine Außenmannschaft aus allen Klassen, Farben und Konfessionen, und wenn er zwei Agenten zusammenspannte, dann zog er, wie es Sonja Kolschinsky manchmal vorkam, einen geradezu perversen Genuß daraus, absolute Gegensätze zu vereinen.

Joe McCafferty zum Beispiel, den man jetzt mit jemandem koppeln mußte, war ein ehrlicher und geradliniger Karriere-Flieger, ein leidenschaftlich patriotischer Amerikaner und ein Offizier von hohem Rang und ungewöhnlich großem Ansehen sowohl im Pentagon als auch beim Geheimdienst, während Sabrina Carver, die Philpott als McCaffertys Partnerin ausersehen hatte, eine internationale Juwelendiebin war.

Man hatte sie für den Eiffelturm-Job (Philpott hatte nur zögernd zugestimmt) mit dem Erlös aus einem erstaunlichen Überfall auf die Amsterdamer Diamantenbörse bezahlt, mit dem es ihr gelungen war, Smith so zu beeindrucken, daß er sie in sein Team aufnahm. Philpotts rücksichtsloser Einsatz und seine eindeutigen Erfolge für die UNACO standen in krassem Widerspruch zu seinem Gewissen, sobald die Rede auf die delikate Tatsache kam, daß der Leiter einer Anti-Verbrechens-Gruppe den von ihm bevorzugten Kriminellen half und sie unterstützte. Glücklicherweise kapitulierte sein Gewissen beim ersten Hindernis.

Die Finanzierung der UNACO, von den Mitgliedstaaten stets mehr als widerstrebend aufgebracht, hing von Ergebnissen ab. Und es gab nur wenig, was Philpott nicht getan hätte, um diese Ergebnisse zu liefern. Besonders dann, wenn er es mit so verbrecherischen Monstern wie Smith zu tun hatte.

Philpott instruierte Swann über Sabrinas Rolle als Joe McCaffertys ›Schatten‹. »Diesmal«, betonte er, »wird man das ›unbedingt Wissenswerte‹ vermutlich auf eine Seite beschränken können. Sabrina muß über Joe McCafferty Bescheid wissen, aber McCafferty darf nichts von ihr wissen, falls ich es nicht eigens anordne. Klar?«

Swann verschwand, um Sabrina zu holen, und Sonja beschwerte sich, daß ihr die Lage, auch wenn Swann sie überschaue, bei weitem noch nicht klar sei. »Er überschaut sie auch nicht«, erklärte Philpott, »aber er wird tun, was man ihm sagt. Die Sache ist, daß Joe in vorderster Front die Zielscheibe abgeben wird. Er würde es gar nicht so gern haben, wenn man ihn auch noch mit der Aufsicht über einen ›Zwilling‹ belästigt. Außerdem würde er auch nicht gerade jubeln, wenn er wüßte, daß wir jemand auf ihn angesetzt haben. Falls Smith wirklich Absichten auf Air Force One hat, dann wird Joe sich jeden Beistand holen, den er nur kriegen kann, davon bin ich überzeugt. Mit seiner gekränkten männlichen Eitelkeit werde ich schon fertigwerden, wenn die ganze Geschichte vorbei ist.«

Philpott sah Sonja feierlich an und brachte ein vages Lächeln zustande. »Es könnte schlimm werden«, sagte er langsam. »Schlimmer als je zuvor. Falls Smith irgendwas gegen Air Force One und ein halbes Dutzend Ölscheichs im Schilde führt, dann gibt es nichts, aber auch absolut nichts, was irgendeiner außer unseren Leuten an Bord der Boeing tun kann. Aber wem erzähle ich das...«

Axel Karilian erfreute sich als altgedienter und hochgeschätzter Mitteleuropakorrespondent der sowjetischen Zeitung *Isvestija* eines hohen Lebensstandards in einem luxuriösen Apartmentblock nahe dem Zentrum von Genf. Er hatte allen Versuchungen der Schweizer widerstanden, ihm einheimische Dienstboten als Spione in die Wohnung zu setzen, und bemühte sich folglich, als frühmorgens die Glocke ging, selbst zur Tür. Sein Besucher mußte, wie Karilian registrierte, beim KGB einen mittleren oder höheren Rang bekleiden.

»Man hat mir nicht gesagt, daß du kommst, Genosse«, sagte Karilian zur Begrüßung.

»Ich habe niemandem gesagt, daß ich gehen würde«, sagte der Besucher kalt. Karilian revidierte sein Urteil. Am Gorski-Prospekt hatte eindeutig eine Säuberungsaktion stattgefunden, und sein ungeladener Besucher, der den Codenamen Myshkin trug, war zweifellos von hohem Rang. Karilian holte, da Wodka und Zigaretten strikt für Gäste niederen Ranges reserviert waren, Whisky und Zigarren. »Dieser Mensch, dieser Smith«, sagte der hohe Vogel vom KGB, »interessiert uns. Und sein Projekt, was es im Endeffekt auch sein mag, ebenfalls. Wir werden uns hier nur vage dazu äußern, bitte, denn...« er machte eine Geste, als benutze er ein Hörgerät, »man kann nicht vorsichtig genug sein.«

Karilian protestierte entsprechend verschlüsselt, daß die Wohnung sauber sei. Aber Myshkin brachte ihn mit einem Wink zum Schweigen. »Es wird getan, was ich sage«, ordnete er an. Karilian zuckte die Achseln und nickte zustimmend.

»Wir nehmen an«, fuhr Myshkin fort, »daß das Projekt für uns von äußerster Wichtigkeit ist.« Plötzlich wurde Karilian unbehaglich. Obwohl Myshkin es nicht zugab, hatte Moskau ganz offensichtlich Smiths Sicherheitsnetz unterlaufen und *kannte* seine Absichten.

»Das Smith-Projekt kann zu einem äußerst folgenschweren Zwischenfall auf internationaler Ebene führen«, sagte Myshkin, »zu einem Zwischenfall, der eine gewisse Person, die wir nicht unbedingt zu unseren engsten Freunden rechnen dürfen, in erhebliche Schwierigkeiten stürzen könnte.«

Karilian neigte zustimmend den Kopf, wobei ihm die Erregung in die Eingeweide fuhr. Die Anspielung mußte sich auf den amerikanischen Präsidenten Warren G. Wheeler beziehen – und Karilian hatte genügend über die zukünftigen Aufgaben von Air Force One herausgefunden, um sicher zu sein, daß Smith die OPEC-Minister aufs Korn genommen hatte. Nur das paßte ins Gesamtbild. Moskau konnte nur dann eine äußerst unangenehme Situation für die USA und die UNACO schaffen, wenn es einen Vorfall hochspielte, der die Ölscheichs betraf. Nur so konnte Moskau den Präsidenten der USA in äußerste Schwierigkeiten bringen.

»Kapiert?« fragte Myshkin. Karilian nickte feierlich.

»Gut. Der Plan wird in jedem Fall erfolgreich durchgeführt werden. Nichts, aber auch gar nichts darf schiefgehen. Der Doppelgänger wird genau das sein, was er vorgibt. Drücke ich mich deutlich genug aus?«

Myshkin wartete die Antwort nicht ab. Falls alles gutgehe, fuhr er fort, werde Moskau mit Karilian sehr zufrieden sein, weil schließlich er den KGB in Smiths Pläne eingeweiht habe. Karilian schluckte mühsam. Nicht *allzu* zufrieden, betete er im stillen. Nicht so zufrieden, daß sie mich nach Rußland zurückbeordern.

Als habe Myshkin Karilians verborgenste Gedanken gelesen, grinste er verschlagen und beugte sich in seinem Stuhl vor. Seine scharfen, wissenden Züge traten im Lampenlicht deutlich hervor, vom glänzend schwarzen Haar bis zum parfümierten Kinn.

Neben ihm kam Karilian sich ungehobelt vor. Und er machte ihm Angst. »Ich will damit sagen, daß man dich auf einem Posten deiner Wahl einsetzen könnte... außerhalb von Rußland.«

Verzweifelt versuchte Karilian, sich seine Erleichterung nicht anmerken zu lassen.

»Sollte allerdings Mister Smiths kleines Wagnis mit einem Fehlschlag enden, dann wird dich natürlich in Moskau ein Willkommensgruß erwarten. Ich kann dir also nur raten, es nicht soweit kommen zu lassen«, sagte Myshkin verständnisvoll. »Du weißt ja, wie – eh – warm ein solcher Willkommensgruß manchmal sein kann, mein lieber Axel.«

4

Hawley Hemmingsway III. streckte im Bad des Scheichs von Bahrain seinen großen, wohlgebauten Körper aus und planschte im dampfenden Wasser, um die Wohlgerüche freizusetzen, mit denen die Dienerin, die ihm das Bad gerichtet hatte, allzu freigebig umgegangen war. Zumindest drei exotische Öle, darunter bestimmt Rosenöl, gaben seiner Reinigungsaktion das richtige Aroma. Selbst meine besten arabischen Freunde würden mir das nicht zutrauen, stellte er amüsiert fest.

Hemmingsway kicherte in sich hinein. Verständlicherweise konnte ein amerikanischer Energieminister die Nase eines Arabers nur durch ein einziges Rüchlein irritieren, und in dieser Hinsicht war Hemmingsway absolut einwandfrei. Er gluckste wieder in sich hinein, als er sich Warren Wheelers heftige Verwirrung ins Gedächtnis rief, als man ihm, Hemmingsway, bei jener Lunchparty im Weißen Haus den Job angeboten hatte.

›Sind Sie sich auch absolut sicher, Hawley?‹ hatte der Präsident gefragt, und die tiefen Furchen auf seiner Stirn zeigten Besorgnis. ›Und auch noch drei, vier Generationen zurück? Sind Sie wirklich sicher? Nicht einen einzigen Tropfen hebräischen Blutes irgendwoher? Gott weiß – und ich bin sicher, auch *Sie* wissen – daß ich kein Rassist bin‹, hatte Wheeler schnell hinzugefügt, ›aber ich kann es mir einfach nicht leisten, diese Burschen von der OPEC zu verärgern. Und der sicherste Weg, sie so zur Weißglut zu bringen, daß sie in ihre persischen Teppiche beißen, ist es, ihnen einen auch nur zu einem Viertel jüdischen Energieminister zu schicken.‹

Hemmingsway hatte ihm versichert, er sei eindeutig Neu-England bis zurück zu den Pilgervätern. Und hatte mit schlauem Grinsen hinzugefügt: ›Die Hemmingsways spielten tatsächlich schon mit den Cabots, den Adams und den Lodges Krocket, als die Wheelers noch Biberhäute und Waschbärfelle abzogen, um Kleider daraus zu machen.‹

Die Stichelei wurde, von einem leichten Anheben der präsidentalen Augenbraue abgesehen, kommentarlos hingenommen. Doch Hemmingsway kannte seinen Mann, und er war aus dem Westflügel herausspaziert, das Energieministerium sicher in der Tasche. Seine Referenzen hielten allen arabischen Überprüfungen stand, und Hemmingsway war, als sich die OPEC-Minister in Bahrain zu Gesprächen über ein eventuelles Ost-West-Ölabkommen trafen, vom Regenten eingeladen worden, als Gast seines Hauses daran teilzunehmen. Ein Cadillac aus dem Autopark des Scheichs wurde ihm zur Verfügung gestellt, und Hemmingsway genoß es, ungehindert um die Insel herumzurasen, mit einer Geschwindigkeit, die in den Staaten infolge seiner eigenen Energiesparmaßnahmen strengstens untersagt war.

Auch die Gespräche gingen gut voran und rechtfertigten Präsident Wheelers Entscheidung, nicht nur Hemmingsway nach Bahrain zu entsenden, sondern auch sein persönliches Flugzeug, die Air Force One, für den Flug via Genf nach Washington zur Verfügung zu stellen, wo die zweite Etappe der Verhandlungen stattfinden sollte.

Hemmingsway erhob sich aus dem riesigen runden Bad, lief unter die Dusche, wo er das ölige Wasser abspülte, und schlüpfte in den Bademantel, den das Mädchen ihm hinhielt. Ihre Zähne glänzten unter dem Schleier, die Augen waren schicklich gesenkt. Hawley grinste und bedankte sich auf arabisch. Er war ein außerordentlich gewissenhafter Energieminister.

Genaugenommen ist Air Force One erst dann wirklich Air Force One, wenn der Präsident der Vereinigten Staaten von Amerika persönlich an Bord ist. Befördert sie zum Beispiel den Außenminister, wird sie zur Air Force Two, auch wenn es sich immer noch um dasselbe Flugzeug handelt: eine Langstrecken-Verkehrsmaschine vom Typ Boeing 707, in der US Air Force auch VC-137 C Stratoliner genannt. Will der Präsident der USA sie allerdings als Air Force One ausleihen, so ist das sein gutes Recht. Ihm gehört das Flugzeug und der Name, der seit 1962 gebräuchlich und inzwischen allgemein bekannt ist.

Die Boeing ist mit einem Arbeitszimmer und Aufenthaltsräumen für den Präsidenten ausgestattet, die zwischen den vorderen und mittleren Passagierkabinen liegen. Besuchern ist der Aufenthalt in diesem ›Apartment‹ nicht gestattet, aber es gibt eine Menge gemütlicher und geräumiger Sitzgelegenheiten in den drei Passagierkabinen, die von der vorderen und hinteren Bordküche sowie von den Aufenthaltsräumen flankiert werden. Die Außenfläche der Air Force One trägt in schwungvollen Buchstaben die Aufschrift ›United States of America‹ sowie die Insignien des Präsidenten. Die Besatzung rekrutiert sich aus dem Personal des 89. Militärgeschwaders des Andrews-Luftwaffenstützpunkts, Washington DC.

Die Sonne lag blendend auf dem Rumpf und den schimmernden Flügeln, als das Flugzeug Kurs auf den Flughafen Muharraq in Bahrain nahm. Major Patrick Latimer brachte die Maschine im Gleitflug vor dem Haupteingang herunter und ließ sie dann auf der Wartepiste auslaufen, die zum Standplatz führte. Latimer, obgleich offiziell der Pilot, saß auf dem Platz des Kopiloten. Links neben ihm auf dem Pilotensitz saß der Commander der Air Force One, Colonel Tom Fairman, hinter den beiden der Navigator, Lieutenant Colonel Paul Kowalski und daneben Master Sergeant Chuck Allen, einer der beiden Flugingenieure. Sie beendeten die Landemanöver, und Chuck Allen öffnete die Ausstiegsluke der Boeing.

Ein weiterer Mann – Besatzungsmitglied ohne besondere flugtechnische Aufgaben – wartete darauf, daß das Flughafenpersonal die Gangway unter die Luke schob. Er verließ die Maschine immer als erster und kam als letzter an Bord. Jetzt stand er mit gezogenem Revolver an der offenen Luke.

Die Flugüberwachung von Air Force One war zwar Colonel

Fairmans Aufgabe, die Verantwortung jedoch für die Sicherheit der Boeing, ihrer Crew und der Passagiere lag bei einem einzigen Mann: dem Sicherheitsbeauftragten Colonel McCafferty. Die ganze Crew marschierte zum Ausstieg und wartete geduldig, bis McCafferty seine Kontrollen beendet hatte. Daraufhin steckte Mac seine Pistole ins Halfter zurück und ging die Gangway hinunter, von Fairman, Latimer und den anderen Fliegern gefolgt. Als letzter verließ Bert Cooligan, Agent des US Secret Service, das Flugzeug. Er war der einzige, der auf diesem Flug ebenfalls eine Waffe trug.

Fairman beschleunigte seine Schritte, um McCafferty zu erreichen. »Erst noch die Sehenswürdigkeiten von Manama genießen, bevor wir wieder abfliegen«, sagte er, als er McCafferty eingeholt hatte. Der grinste ihn nur an. »Dein Job mag ja erledigt sein, Tom«, gab er zurück, »aber meiner fängt gerade erst an. Klar, daß mir die heiße, sündige Hauptstadt in die Nase sticht. Aber ich schaue mich lieber ein bißchen um und ziehe mich dann mit einer Flasche Jack Daniels und einem guten Sicherheitsplan ins Hotel zurück.«

Fairman grinste: »Und wie steht's mit einer Gideon-Bibel?«

»Hier? Wo denkst du hin. Da gibt's entweder den Koran oder mein geschmuggeltes Exemplar vom *Playboy*, und das darf ich nicht mal rumliegen lassen, damit sich die Einheimischen nicht dran verlustieren. Vermittelt denen einen schlechten Eindruck von der Blüte amerikanischer Weiblichkeit.«

Beide Männer lachten, und der Araber, der sie vom Balkon des Terminals aus durch ein Fernglas beobachtete, stellte seine Linse schärfer ein.

Sabrina Carver aus Fort Dodge, Iowa, hatte ihre Karriere als Diebin bereits mit sieben Jahren begonnen. Mit einer winzigen Brosche, die sie auf einem Ausflug zum Des-Moines-Fluß einem Mitreisenden geklaut hatte, fing es an. Zwei Dollar erhielt sie dafür, peinlich genug, denn die Brosche hatte drei in Silber gefaßte Brillanten, und das war Sabrina entgangen – ein Fehler, der ihr gewiß nicht noch einmal passieren würde. Zehn Jahre später verließ sie ihr Elternhaus und Fort Dodge in der Absicht, nie mehr zurückzukehren. Ein professioneller Hehler, der sie anbetete, hatte siebzigtausend Dollar für sie auf einem Bankkonto deponiert, und an ihrem achtzehnten Geburtstag verdoppelte sie diesen Notgroschen mit einem Überfall auf ein Hotel, der nach Ansicht der zuständigen Polizei nur von einer Akrobatentruppe verübt worden sein konnte.

Das war Sabrina Carvers Stärke: Sie setzte ihre erstaunliche körperliche Fitneß, ihr sportliches Können, selbst ihre Schönheit und ihren beachtlichen Intellekt so gezielt ein, daß sie eine der größten Einbrecherinnen wurde, die es je gab. Und sie nutzte ihre einmaligen Fertigkeiten für ihre Hauptleidenschaft, nämlich nicht nur zu stehlen, sondern Diamanten zu stehlen.

Philpott, immer die Hand am Puls des internationalen Verbrechens, war nicht entgangen, daß hier ein Stern im Aufsteigen war (Sabrina war erst siebenundzwanzig Jahre alt), und mit Interesse und nicht wenig Vergnügen verfolgte er ihre steile Karriere. Er wartete darauf, daß sie ihren ersten Fehler beging, und als es in Gstaad dann soweit war, weil Sabrina einem gierigen Liebhaber zu sehr vertraut hatte, ließ Philpott sie von der Schweizer Polizei einlochen, um sie wieder herauszuholen und für die UNACO als Außenagentin anzuwerben.

Philpott bezahlte sie so großzügig, daß sie nicht wieder hätte stehlen müssen, aber ein Mädchen mit Sabrinas Köpfchen und ihrer atemberaubenden Schönheit hatte es, wie er freimütig bekannte, sowieso niemals *nötig* gehabt, zur Diebin zu werden, sie genoß es einfach. Klauen war das, was sie am besten konnte, und weder Philpott noch ihre Stellung als Außenagentin der UNACO würden sie davon abhalten können. Und deshalb arbeitete sie nur zeitweise als Agentin.

Sie saß im Foyer des besten Hotels von Manama und machte sich Gedanken darüber, daß in Bahrain die meisten Diamanten von Männern getragen wurden. Rein zum Zeitvertreib entwarf sie einen Plan, in den Palast des Scheichs einzudringen, als sie in die Wirklichkeit zurückkehren mußte: Joe McCafferty kam durch die mit Ornamenten verzierte Drehtür.

McCafferty hatte sie gleich ausgemacht, denn sie trug die Uniform eines Fliegers Erster Klasse der USAF. Er wollte zur Rezeption, aber als er Sabrina sah, änderte er die Richtung. Als er näherkam, verlangsamten sich seine Schritte, und er fing an zu blinzeln. So wirkte Sabrina nun mal auf die Männer. Sie war atemberaubend schön. Eine Kaskade dunkelbrauner Haare fiel ihr über die Schultern und rahmte von der hohen Stirn bis zum Grübchen im Kinn ein ovales Gesicht ein. Ihre Augenbrauen waren von vollendetem Schwung, die großen Augen standen weit auseinander, Nase und Mund hatten vollendet klassische Maße.

McCafferty ging mit ausgestreckten Händen und leicht glasigen

Augen auf sie zu. »Sie sind Prewetts Ablösung, wenn ich nicht irre«, sagte er. Ein Flugverkehrsspezialist (das Äquivalent einer Stewardeß bei zivilen Fluglinien) war im letzten Moment ausgefallen, und man hatte ihn über Funk davon verständigt, daß Air Force One in Bahrain eine Ersatzkraft erhalten würde. Wenn Fairman auch für den Hinflug mit nur einer Stewardeß auskam, für den Rückflug nach Washington mitsamt den Passagieren brauchte er zwei. Wie immer unterstanden alle neuen Besatzungsmitglieder des Präsidentenjets dem Sicherheitsbeauftragten. Sabrina erhob sich, grüßte und händigte ihm ihre Legitimation aus, wie es ihr Basil Swann aufgetragen hatte.

Sie ergriff McCaffertys Hand und spürte, wie seine starken Finger die ihren umschlossen. Sie hütete sich, den Druck zu erwidern, auch wenn ihre Hände zweifellos geschickter und trainierter als die seinen waren.

»AIC Carver, Sir«, sagte sie, »meldet sich zur Stelle bei Air Force One. Sie sind Colonel McCafferty, Sir?« Mac bestätigte es, noch immer leicht verwirrt, denn sie hatte einen gewaltigen Eindruck auf ihn gemacht. »In Ordnung, C... Carver«, stammelte er, »oder wie immer ich Sie nennen darf, da wir ja außer Dienst sind?«

Sie lächelte gewinnend und erwiderte: »Ich heiße Sabrina, aber nur, weil wir nicht im Dienst sind. Soll ich dabei bleiben, Sie ›Sir‹ zu titulieren, Sir? Nur außerdienstlich, meine ich?«

»Aber nein. Mein Name ist Joe, aber die meisten meiner Freunde nennen mich Mac.«

»Und was ist Ihnen lieber?«

»Das überlasse ich Ihnen.«

»Da wir ja offenbar dabei sind, Freunde zu werden, nenne ich Sie vielleicht besser Mac«, fiel Sabrina ungeniert ein.

McCafferty lächelte etwas unbeholfen, und sie fand, daß die Fotos aus der Akte, die Basil Swann ihr gezeigt hatte, ihm nicht gerecht wurden. Der Colonel sah ausgesprochen gut aus, aber auf eine aggressive und wenig schmeichelhafte Art. Um seinen entschlossenen Mund und das Kinn lag ein Hauch von Kampfeslust, ja sogar Grausamkeit. Seine Nase war lang, breit und gerade und seine Augen von durchdringendem Blau. Sie erkundigte sich nach ihren Aufgaben, und McCafferty erklärte ihr, daß sie in Genf den üblichen Stop zum Auftanken einlegen und zugleich Waren einladen würden, die in Bahrain nicht ohne weiteres zu bekommen waren. Die Nacht über würden sie in der Schweiz bleiben. Abflug in Manama (er schaute auf die Uhr) in vier Stunden.

»Haben Sie ein Zimmer hier?« fragte McCafferty unschuldig und errötete, als ihm klar wurde, wie seine Frage aufgenommen werden könnte. »Ich ... ich meine nicht ... um Himmels willen ... *So* schnell bin ich nun auch wieder nicht. W ... was ich sagen wollte, ist ...«

»Was Sie sagen wollten«, erwiderte Sabrina und genoß seine Verwirrung und mochte ihn deswegen, »hoffe ich zumindest, ist, ob ich wie der Rest der Crew ein Hotelzimmer habe.«

McCafferty gab einen Seufzer der Erleichterung von sich. »Danke, daß Sie mich so leicht davonkommen lassen. Ich bin wirklich nicht so einer – auch wenn Sie was anderes gehört haben sollten.«

Mac stöhnte, als ihm klar wurde, daß er sich nun erst recht hineingeritten hatte, und versuchte, mit den Händen die Röte zu verbergen, die langsam sein ganzes Gesicht überzog. Sabrina lachte einfach los, entschuldigte sich aber gleich, um ihn nicht noch mehr zu verwirren. Er konnte vermutlich nicht wissen, daß sie imstande war, die Namen sämtlicher Frauen herzubeten, mit denen Mac in den letzten fünf Jahren geschlafen hatte – und auch, was sie von seinen Fähigkeiten – nicht nur im Bett – hielten.

»Einen *solchen* Ruf habe ich nun auch wieder nicht«, protestierte er allen Ernstes.

»Da bin ich sicher, Colonel – ach, tut mir leid, Mac. Da Sie mir aber doch einen entsprechenden Eindruck vermittelt haben, sollte ich mir vielleicht doch noch mal überlegen, ob ich das Abendessen in Genf, zu dem Sie mich gerade einladen wollten, nicht doch lieber absagen soll.«

Mac sah sie erstaunt an. »Woher wissen Sie, daß ich daran dachte, Ihnen heute abend in Genf ein Dinner zu spendieren?« brach es auch ihm heraus. »Ich war ja nicht mal bis zur Einleitung gediehen.«

»Einleitung zu einer Verführung?« flüsterte sie mit großen unschuldigen Augen. »Heiliges Kanonenrohr, noch nie bin ich von einem Experten verführt worden, von einem Aufreißer wie dem großen Joe McCafferty ...«

»Sie nehmen mich ganz schön auf den Arm«, protestierte Mac und richtete sich steil auf. »Airman Carver, in meiner Eigenschaft als Sicherheitsbeauftragter der Air Force One und als das erste Mitglied der Crew, das Sie zu Gesicht bekommt, halte ich es für meine militärische Pflicht, Sie vor diesem Rudel hungriger Wölfe zu beschützen, indem ich Ihnen den dienstlichen Befehl gebe, abends in Genf mit mir essen zu gehen!«

»Aye, aye, Colonel«, erwiderte sie und salutierte zum zweitenmal hinreißend. »Solange es die Sicherheitsvorkehrungen erfordern, natürlich...«

Nun war es an Mac zu lächeln. »Normalerweise haue ich zwar die Crew nicht in die Pfanne«, sagte er, »aber Ihretwegen könnte ich jederzeit eine Ausnahme machen, wenn es das ist, was Sie antörnt.« Sabrina errötete hinreißend und schluckte. »Ich denke, wir beenden diese Diskussion besser und kehren zu unseren dienstlichen Obliegenheiten zurück, Sir«, sagte sie. »Aber das mit dem Dinner heute abend geht in Ordnung?«

»Und ob.«

Sie trennten sich, und der Araber, der in der abgeschirmten Bar zur Linken ein Eiscreme-Soda schlürfte, legte die Hülle seines Fernglases auf den Tisch und kritzelte etwas in ein schwarzes Notizbuch.

Ein Mann, der sich als Chief Steward Master Sergeant Pete Wynanski von Air Force One vorstellte, überbrachte Sabrina eine Nachricht. Der Commander, sagte er, habe eine Musterung der Crew in der Hotellobby angeordnet. Gleich als sie den Fahrstuhl verließ, sah sie die Gruppe an der Bar, am gegenüberliegenden Ende der Lobby. McCafferty allerdings war nicht in Sicht. Sie war grundlos enttäuscht, salutierte vor Colonel Fairman und gesellte sich zur Crew, die sie zu Fairmans Vergnügen sehr interessiert, zu interessiert, musterte.

Er grinste: »Sie werden sich, wie ich sehe, bestimmt bei uns wohlfühlen, Carver. Und selbst wenn *Sie's* nicht tun, die Crew tut's bestimmt.«

Sabrina schenkte ihm ein Lächeln und fragte, was mit McCafferty los sei. »Ach du meine Güte«, stöhnte der schlanke und ganz und gar poetisch aussehende Latimer theatralisch, »kaum hier und schon verknallt in unseren unwiderstehlichen Sicherheitschef. Sowie sich was Weibliches in der Maschine sehen läßt, geht's bei diesem Mac schon los, wenn er diesmal auch einen ausgezeichneten Geschmack bewiesen hat.«

»Schluß damit, Pat«, sagte Fairman. »AIC Carver ist Mitglied dieser Crew, und ich möchte ihre Position nicht noch schwieriger machen, als sie ohnehin schon ist. Sie fliegt mit Air Force One, um zu *arbeiten*, und nichts soll sie davon abhalten. Und um Ihre Frage zu beantworten, Carver: Colonel McCafferty ist mit Agent Cooligan unterwegs zum Flughafen, und zwar auf genau dem Weg, den auch die OPEC-Minister nehmen werden. Danach wird Mac, wie ich ihn kenne, das Flugzeug inspizieren, nochmals inspizieren und dann ein drittes Mal, dann wird er auch noch die Polizei, die Gepäckaufbewahrung und die Flugplatzwache unter die Lupe nehmen, und zuletzt wird er noch jeden Riß im Rollfeld untersuchen. Colonel McCafferty ist in allem, was er tut, verdammt gut. Ich wünschte mir nur, daß ich das auch vom Rest meiner sogenannten Crew behaupten könnte.«

Commander und Besatzung kicherten, und Fairman kehrte wieder zum Dienstlichen zurück. Er fragte Sergeant Wynanski, ob die Proviantübernahme geregelt sei. Wynanski erwiderte, daß ihn das Weiße Haus mit einer Aufstellung der kulinarischen Wünsche der Minister versehen habe, die er durch diskrete Umfragen in den entsprechenden Hotels vervollkommnet habe. Es sei nur noch einiges auf den Märkten von Manama zu besorgen.

»Gute Arbeit, Sergeant«, lobte Fairman. »Sie haben noch etwa eine Stunde Zeit. Das gilt übrigens für alle. Ich möchte das Kabinenpersonal um 16 Uhr an Bord sehen. Das Flugpersonal einschließlich der Cockpitbesatzung hat sich bis 16.50 Uhr einzufinden. Eine halbe Stunde vor Dienstantritt werden vor dem Hotel Minibusse bereitstehen. Wir rollen um 18.05 Uhr aus.«

Wynanski mit seiner Mannschaft verzog sich zugleich mit dem Flugpersonal. Nur Fairman blieb zurück, um sich noch Sabrinas anzunehmen. Der Commander bedachte sie als neues Besatzungsmitglied mit einigen von großen und patriotischen Gefühlen getragenen Ausführungen zu Air Force One. Außerdem beeindruckte er sie gewaltig mit seinen Hinweisen auf die Wichtigkeit der vor ihnen liegenden Aufgabe.

»Wird nicht grade ein Honiglecken werden«, sagte der Colonel ernst. »Wir fliegen zwar in erster Linie deshalb mit Air Force One, weil unser Energieminister, Mr. Hemmingsway, an Bord sein wird – aber seien Sie versichert, daß wir auch die OPEC-Minister beeindrucken möchten; wir möchten, daß sie sich wohl fühlen. Ich muß Sie wohl kaum noch darauf hinweisen, daß die OPEC, falls dieser Ölhandel mit uns nicht zustande kommt, vermutlich ihre Gesamtproduktion so weit drosseln wird, daß wir uns in den kommenden

Jahren nur noch per Fahrrad fortbewegen und unsere Zeitung bei Kerzenlicht lesen werden. Nichts, aber auch gar nichts, Carver, darf bei diesem Trip schiefgehen. Halten Sie also die Augen offen, seien Sie jederzeit höflich und zuvorkommend. Eine gute Stewarddeß kann bei einem solchen militärischen Unternehmen Wunder wirken. Chefsteward Wynanski ist zwar ein kleiner Leuteschinder, aber er wird Ihnen vermutlich schon bald aus der Hand fressen, genau wie wir alle.«

Sabrina fühlte, wie es sie heiß überlief, und sie bastelte schon an einer passenden bissigen Antwort, als Fairman warnend die Hand hob.

»Nichts für ungut. Mußte Sie doch mal ein bißchen hochnehmen, Süße, war bloß Spaß«, versicherte er ihr.

»Genau wie bei Major Latimer, Sir«, erwiderte sie honigsüß, »und den haben Sie ganz schön fertiggemacht, wenn ich mich recht entsinne.«

Fairman sah sie zustimmend an und grinste. »Irgendwie, Carver, habe ich den Eindruck, daß Sie im Grund keinerlei Ratschläge von mir brauchen«, sagte er.

Axel Karilian durchquerte die Diele seines Apartments in Genf und bellte dann ins Telefon: »Es ist wichtig, lebenswichtig, daß Jagger sich so bald wie möglich mit mir in Verbindung setzt. Kapiert, Stein?« Karilian warf einen Seitenblick auf den gefährlich ruhigen Myshkin, der sich auf einem Sofa räkelte, einen großzügig bemessenen Chivas vor sich.

»Bei denen ist es nicht mehr lange hin bis zur Stunde Null«, protestierte Stein. »Denken Sie doch um Himmels willen daran, daß Jagger genug zu tun haben wird, wenn Smith und Sabrina ihm ständig auf der Pelle hocken. Es wird äußerst schwierig sein, mit ihm in Verbindung zu treten.«

»Sie müssen«, beharrte Karilian. »Es muß ein Weg gefunden werden.«

Hinter seiner Bescheidenheit, einer seiner stärksten Waffen, verbarg Dr. Stein die Gerissenheit, mit der er seinen Trumpf auszuspielen wußte – hauptsächlich im Hinblick auf Myshkin, der sich, wie er zu Recht vermutete, ebenfalls in Karilians Apartment befand. »Natürlich«, sagte Stein aalglatt, »*kann* man mit Jagger diskret in Verbindung treten. Ich habe schließlich einen direkten Draht zu ihm.«

»Dann *benutzen* Sie ihn! Jagger *muß* anrufen. Neue Instruktionen, die das Gesamtbild der Operation verändern, müssen an ihn weitergegeben werden. Siedend heiß aus Moskau, Stein – und unbedingt zu befolgen. Kümmern Sie sich drum.« Er knallte den Hörer auf die Gabel und wurde sich mit einem Gefühl des Unbehagens bewußt, daß Myshkin ihn unter nur unmerklich gehobenen Lidern anstarrte.

Jagger brauchte, nachdem er Steins Nachricht erhalten hatte, noch eine halbe Stunde, ehe er Sabrina abgeschüttelt hatte und telefonieren konnte. Dem Doppelgänger gefror das Blut, als die kalte, präzise Stimme Myshkins ihn zuerst auf russisch ansprach und dann die Befehle auf englisch wiederholte, um keine Unklarheiten aufkommen zu lassen.

»Meiner Meinung nach, Jagger«, sagte Myshkin, »hat Mister Smith vor, sich so – eh – sagen wir gründlich in die Operationen der Air Force One einzumischen, daß er aus der Zwangslage, in die er die OPEC-Minister gebracht hat, finanziellen Gewinn schlagen kann. Weitere Details möchte ich mir an diesem offenen Draht ersparen.«

Jagger bestätigte die Einzelheiten. Karilian preßte nervös seine feuchten Handflächen zusammen, und Myshkin fuhr fort: »Bis zu einem gewissen Punkt ist das ganz zufriedenstellend, aber wir meinen, daß wir einen größeren Vorteil aus der Geschichte ziehen können, wenn sie einen – eh – drastischeren Verlauf nimmt. Können Sie mir folgen?«

»Ich – ich fürchte, nein«, sagte Jagger unsicher.

Myshkin gab ein erbittertes Schnauben von sich. »Ich sehe, daß ich präziser werden muß«, sagte er ätzend. »Es ist von entscheidender Wichtigkeit für uns, daß Amerika schlecht aus dieser Affäre hervorgeht, Jagger. So schlecht, wie man sich's nur vorstellen kann. Und bestimmt gibt es einen Weg, die OPEC-Staaten nicht nur zu veranlassen, die Unterzeichnung aller Ölverträge zu verweigern, sondern jede weitere Verbindung mit den Vereinigten Staaten abzubrechen.« Beide sprachen sie nun Englisch; Myshkin mußte absolut sicher sein, daß Jagger ihn verstand. Der Doppelgänger hielt ungläubig den Atem an. »Sie können doch nicht meinen – Sie können nicht...«

»Ich kann«, sagte Myshkin, »und genau das meine ich. Sie werden die OPEC-Minister killen, und die überlebenden Besatzungsmitglieder von Air Force One ebenfalls. Uns können Sie es dann überlassen, mit dem ehrenwerten McCafferty fertigzuwerden.

Wie Sie es tun, Jagger, das ist Ihre Sache. Aber sorgen Sie dafür, daß es nicht schiefgeht. Was auch immer geschieht, es darf nicht schiefgehen. Selbst wenn Sie, nachdem Air Force One erledigt ist, der einzige Überlebende sein sollten, ist das in Ordnung. Aber Sie müssen Ihre Aufgabe zu Ende führen.«

Jagger legte in seinem Hotel in Bahrain den Hörer auf die Gabel und fuhr mit dem Fahrstuhl ins Erdgeschoß. Als er ausstieg, lief er Dunkels in die Arme. Der packte ihn und befahl brüsk:

»Steigen Sie in Ihre Uniform, Mann. In fünf Minuten reisen wir ab. Achmed hat gemeldet, die Taube steige auf, um sich in der Luft zerreißen zu lassen.«

McCafferty und Bert Cooligan stiegen die Gangway von Air Force One hinunter, um dem sich nähernden Trupp ranghoher bahrainischer Polizisten entgegenzugehen, die bis zu den strahlend weißen Zähnen bewaffnet waren. McCafferty blieb stehen und fuhr mit einem seiner Schuhe prüfend über eine Markierung im Beton. Cooligan grinste. »Kein Riß, Sir«, flüsterte er. »Und selbst wenn's einer wäre, er ist nicht auf dem Rollfeld.«

Dann begrüßte Mac die Herren – die sich taktvollerweise seinem Kommando unterstellt hatten – und übergab ihnen Kopien seines Sicherheitsprogramms. Nach diesem kurzen Intermezzo begab er sich mit Cooligan zum Terminal-Gebäude, als ein Araber, der mit dem Riemen seines Fernglases spielte, beschloß, die Herrentoilette aufzusuchen. McCafferty schaute zum Dach des Terminals hoch, wo am Geländer an den entscheidenden Stellen drei Maschinengewehrschützen postiert waren.

»Kümmere dich um die Burschen da oben, Bert«, murmelte er. »Sieh zu, daß sie nicht *unterschiedslos* auf jede, und ich meine wirklich jede, nicht autorisierte Person ballern, die sich auf fünfzig Yards der Gangway von Air Force One nähert. Gib ihnen auch Kopien des Sicherheitsprogramms. Ich möchte ungern abgeknallt werden, wenn ich den Konvoi anführe. Ich gehe ins Hotel zurück. Ich brauche eine Dusche und einen Drink und auch ein kleines Gespräch mit Hemmingsway, ehe wir die Autokolonne in Marsch setzen. Okay?«

Cooligan sagte ›Ciao‹, und Mac ging durch den Terminal hindurch zur Straße – im Kielwasser einen gut gekleideten jungen Araber, über dessen Schulter eine lederne Fernglashülle baumelte.

Sorgfältig musterte Mac die Vorderfront des Flughafens, wo die Abordnungen der Polizei Stellung bezogen, und so entging ihm das dezente Signal, das der Araber – er hieß Achmed Fayeed – dem Taxifahrer gab, der abseits der sich unterhaltenden Kollegenschar an der Spitze der wartenden Autos stand und mit gekreuzten Armen an seinem Wagen lehnte. Er stieg ein, drehte den Zündschlüssel, und sowie McCafferty den Arm hob, scherte das Taxi aus und kam etwa einen Meter vor des Amerikaners ausgestrecktem Bein quietschend zum Stehen. Mac riß die Tür auf, sprang hinein und nannte den Namen seines Hotels. Sie passierten auf der vom Flugplatz wegführenden Straße eine Nebenstraße, die zu den Verladerampen führte. Kurze Zeit später überholte sie mit aufheulendem Motor ein glänzend schwarzer Cadillac. Achmed riß das Steuer herum, scherte aus und folgte dem Cadillac.

Sobald er es sich in seinem Sitz bequem gemacht hatte, kehrten Macs Gedanken zu seinen Sicherheitsvorkehrungen für den Flug nach Genf und für Bahrain zurück. Selbst wenn er den Cadillac bemerkt haben sollte, er registrierte ihn nicht. Cadillacs, die im Fahrzeugpark des Regenten üblichen Schlitten – gab es in Bahrain und sämtlichen Golfstaaten wie Sand am Meer. Der Fahrer dieses Cadillacs allerdings beobachtete den Amerikaner sorgfältig im Rückspiegel.

Der Flughafen von Muharraq ist durch einen Damm mit der Hauptinsel von Bahrain verbunden, und McCafferty, der sich einmal umgeschaut und vor sich die glatte Straße und links und rechts die Sonne auf dem Meer hatte funkeln sehen, wandte seine Aufmerksamkeit wieder den schwierigen Details seiner Aufgabe zu. Er war völlig entspannt und daher gänzlich unvorbereitet auf den scharfen Ruck des Steuerrades, der das Taxi von der Hauptstraße weg in einen verrotteten Lehmweg hineinriß, der sich genau vor dem Wasser zur Rechten öffnete.

Der Pfad führte zu einer Ansammlung winziger Gebäude, die die Bahrainer *borrastis* nannten, schäbige, kleine Hütten aus Palmwedeln und Lehm, die aussahen wie geflochtene Bienenstöcke. Aber davon bemerkte Mac nichts. Er langte instinktiv nach seiner Pistole, war aber um Sekundenbruchteile zu spät. Der Fahrer, der sich ein Taschentuch vor Mund und Nase preßte, zielte mit einem Aerosolspray über die Schulter auf den Amerikaner und traf ihn voll ins Gesicht.

Der Revolver entglitt McCaffertys Fingern. Der Amerikaner

sank nach vorn, schlug gegen die Rückenlehne des Fahrersitzes, und dann war nur noch Schwärze um ihn.

Achmed Fayeeds Auto setzte sich auf der holprigen Straße neben das Taxi, und der Araber deutete auf die *borrasti*-Hütten, die durch einen Streifen Palmen von der Hauptstraße und den verstreuten Flughafengebäuden abgeschirmt waren. Beide Fahrzeuge schossen davon und waren bald in der Oase verschwunden.

Achmed öffnete die hintere Tür des Taxis und zerrte McCafferty heraus. Dunkels trat aus einer Hütte, betrachtete den Sicherheitschef und wandte sich dann einem anderen Mann zu, der aus der Hütte kam. Die Ähnlichkeit zwischen den beiden war verblüffend, perfekt bis in die kleinste Einzelheit.

Dunkels befahl Achmed, Macs persönliche Habseligkeiten an sich zu nehmen: Brieftasche, Kanone, Kennmarke, Dokumente, Geld, Kugelschreiber, Taschentuch, Feuerzeug (falls vorhanden). Der Araber durchsuchte den bewußtlosen Amerikaner und übergab die Gegenstände Jagger, der sie bei sich verstaute und dabei feststellte, daß auch seine Uniform der des Sicherheitschefs genau entsprach.

»Und jetzt bring ihn rein«, sagte Dunkels zu Achmed, »und sieh zu, daß er wieder zu sich kommt. Wir müssen einiges aus ihm herausholen, was nur er uns erzählen kann.«

»Und wenn er nicht will?« fragte Jagger. Dunkels zuckte die Achseln. »Der stirbt sowieso. Da kann er sich's genausogut gleich leichter machen.«

»Nicht zu leicht«, feixte Jagger und bestieg das Taxi.

Der Fahrer wendete in einer Staubwolke und fuhr auf der mit Schlaglöchern übersäten Straße wieder auf den Damm zu. Dort bog er ein und raste in Richtung Manama davon.

Er war zwar in Eile, fuhr aber bewußt vorsichtig. Schließlich beförderte er einen wichtigen Passagier: den Sicherheitsbeauftragten von Air Force One.

5

Air Force One ist ein interkontinentaler Düsenjet vom Typ Boeing 707; 46,60 Meter lang mit einer Spannweite von 44,40 Metern. Sie besitzt vier Düsentriebwerke – Pratt and Whitney-Turbojets –, die imstande sind, ein Startgewicht von mehr als 150 Tonnen in die Luft zu bringen.

Bei einer Reichweite von mehr als siebentausend Meilen kann sie auf weniger als fünfzehnhundert Meter Betonpiste landen. In ihrem Cockpit darf kein Pilot mit weniger als viertausend Flugstunden sitzen – getreu dem Leitsatz des 89. Military Aircraft Wing, Special Missions (MAC), ›experto crede‹ (Verlasse dich nur auf den Erfahrenen). Und oft schon hatten Bevölkerung und Präsident der Vereinigten Staaten von Amerika allen Grund, der Besatzung der Air Force One dankbar zu sein.

Das Flugzeug hat eine maximale Flughöhe von mehr als viertausend Fuß, und seine Crew besteht nie aus weniger als zehn Leuten. Die Reisegeschwindigkeit der Boeing liegt bei 550 Meilen in der Stunde, und sie hat als einziges Flugzeug einen Lieutenant Colonel als Navigator. Die Flugbesatzung der Air Force One trägt blaue Uniformen, die Stewards und Stewardessen tragen kastanienbraune Blazer mit blauen Hosen bzw. Röcken, und an jeder Uniform steckt das begehrte Abzeichen des Präsidialdienstes.

Mehr zufällig als absichtlich wurde das Flugzeug des Präsidenten zu einem Versorgungsbetrieb ganz eigener Art.

Das Tafelgeschirr und die Ausstattung sind Sonderanfertigungen, von Fabrikanten, die sich um die Anerkennung des Ersten Bürgers bemühen, gratis zur Verfügung gestellt. Da all diese Dinge, angefangen bei Silbergeschirr und Kristallgläsern über Tassen und Teller bis hin zu Aschenbechern, Zündholzbriefchen und Servietten, das Siegel des Präsidenten tragen, stehen sie bei Souvenirjägern hoch im Kurs.

Den Gesetzen des florierenden Schwarzen Marktes zufolge, der eine rege Nachfrage nach Artikeln der Air Force One verzeichnet, ist es unvermeidlich, daß die Passagiere der Versuchung erliegen, sich einiges vom beweglichen Inventar des Flugzeuges unter den Nagel zu reißen.

Die 89. Air Force Base (in Wirklichkeit in Maryland stationiert, wenn auch die Adresse der Andrews AFB immer mit Washington D.C. angegeben wird) würde es zwar vorziehen, ihr Flaggschiff selbst auszustatten und Leute mit langen Fingern zu verfolgen, aber zu stark ist die Tradition der Protektion im amerikanischen Wesen verwurzelt.

Die Maschine war für den OPEC-Trip auf Hochglanz gebracht, die Reifen waren gewaschen und überprüft worden, und nun stand sie stolz und strahlend schön auf dem Rollfeld von Muharraq und glänzte in der Sonne. Wieder wartete sie auf das Erscheinen von Passagieren, die gewiß niemals aufgefordert würden, für ihren Flug zu zahlen.

Die Steuerbordtriebwerke, drei und vier, arbeiteten schon, um für Strom, Aircondition und einen schnellen Start zu sorgen. Die Lager- und Vorratseinrichtungen waren gründlichst überprüft und in Ordnung befunden worden. Auch das Gepäck der OPEC-Minister war schon verstaut. Die Crew stand im Cockpit bereit zu den notwendigen Prozeduren vor dem Flug. Chief Steward Pete Wynanski händigte ›Flieger‹ Sabrina Carver die Gästeliste aus. »Studieren Sie sie«, schnarrte er, »denn dies hier ist kein Bunny-Flug für Hollywood-Moguln. Diese Ölminister sind nicht bloß VIPs, das sind EDPs.«

»Die sind was?«

»Die sind was, ›Sergeant‹?«

»Entschuldigung. Die sind was, Sergeant?«

»EDPs, Exceptionally Distinguished Passengers, außergewöhnlich distinguierte Passagiere. Ich möchte nicht, daß irgendeiner von ihnen in feuchten Socken rumschleicht, nur weil Sie einen Drink über ihn verschüttet haben, verstanden?«

»Absolut, Chief – eh – Sergeant«, erwiderte Sabrina.

Wynanski war offenbar der einzige von der Crew, der ihrer hinreißenden Figur gegenüber immun zu sein schien, und gerade ihn, dachte sie mit Bedauern, hatte sie sich zum Boß erkoren. »Es gibt keine Gerechtigkeit auf der Welt«, sagte sie nachdenklich.

»Da haben Sie recht«, spottete Wynanski, »die gibt es nicht. Bloß Pflichten. Sie sind für die Drinks da. Airman Fenstermaker hier« (er zeigte auf eine Honigblonde mit getönten Brillengläsern und einem Klassebusen, die neben Sabrina stand) »ist für die Snacks verantwortlich, okay? Vielleicht müssen Sie beide später tauschen. Kommt ganz drauf an... okay?«

»In Ordnung, Sergeant«, riefen sie im Chor, obgleich Sabrinas Brauen sich furchten, als sie ihre Augen über die arabischen Namen gleiten ließ. »Was'n los, Carver?« grunzte Wynanski.

»Na ja, ich bin ja, wie gesagt, für die Drinks da. Es sieht aber so aus, als ob die meisten nur Tee wollen«, erklärte Sabrina.

»Aber Carver, um Himmels willen«, stöhnte Wynanski. Er war einmal Kellner auf einem Fährschiff nach Staten Island gewesen und kannte das Leben. »Das müssen Sie verstehen – diese Kerle sind Araber, Moslems. Kapiert?«

Sie schüttelte den Kopf.

»Die dürfen nicht zugeben, daß sie auch mal gern einen heben«, sagte Wynanski geduldig, »aber von Zeit zu Zeit und besonders dann, wenn sie außerhalb von Arabien sind, verwöhnen die sich mal, wenn Sie mich verstehen. Aber es darf nie danach aussehen, und sie wollen auch nicht, daß Sie oder irgendwer sonst es mitkriegt. Klar? So, und jetzt gehen Sie die Liste noch mal durch, und zwar laut, daß Fenstermaker nicht auch noch die Titten recken muß. Tut mir leid, Fenstermaker. Nix gegen Ihre Titten, wirklich nicht.«

Sabrina verschlug es die Sprache, aber sie hatte sich in der Gewalt und las die Liste laut vor:

»Tee mit Milch und Zucker.«

»Das ist tatsächlich Tee – wirklicher Tee, aus Blättern, mit Milch und Zucker, wie gesagt«, meinte Wynanski betont.

»Tee mit Zucker, aber ohne Milch.«

»Scotch«, sagte Wynanski, »on the rocks, kein Wasser.«

Sabrina blieb der Mund offen stehen. »Oh«, hauchte sie.

»Wird aber auch Zeit«, spottete Wynanski. »Weiter.«

»Tee mit Zitrone.«

»Wodka, Eis, Zitronensaft.« Sabrina gestikulierte hilflos.

»Schwarzer Kaffee ohne Zucker.«

»Cognac, pur«, ergänzte Wynanski.

»Tee, ohne Zucker und Milch«, las Sabrina. Wynanski sah erstaunt aus. »Geben Se mal her«, befahl er und überflog die Liste. Dann entspannten sich seine Züge, und ein engelhaftes Lächeln erschien auf seinem perplexen Gesicht. »Na so was«, flüsterte er, »einer von den Burschen ist scharf auf Jack Daniels. Jippie...«

Durch die offene Luke der Boeing drang das entfernte Geheul der Polizeisirenen an Sabrinas Ohr. Der Autokonvoi mußte sich jetzt etwa auf dem Damm befinden. Ungeachtet aller Gefahren, die damit verbunden sein konnten, freute sie sich wirklich auf den Flug, besonders auf das Wiedersehen mit McCafferty. Er hatte, wie sie sich eingestehen mußte, entschieden Eindruck auf sie gemacht.

Philpott schaute zum zigsten Mal nachdenklich auf das inzwischen schon mit Eselsohren versehene Computerdiagramm, das vorn auf Smiths UNACO-Akte gepinnt war. »Zwei können abgehakt werden«, sagte er, »drei sind noch im Gang.« Er warf einen erbitterten Blick auf die ominösen Uhren über dem Pult in der Schaltstelle des Büros, die die Ortszeit von mehr als zwanzig Ländern anzeigten und unerbittlich verkündeten, daß es Zeit zum Handeln sei.

»Und eins geht jetzt gerade los.«

»Sir?« fragte Basil Swann.

»Bloß laut gedacht«, gab Philpott zurück. »Alles bereit für Bahrain?«

»Logisch«, erwiderte Swann. Air Force One, setzte er hinzu, werde im Verlauf der nächsten halben Stunde abheben, genau wie vorgesehen. Sabrina Carver – ›Airman First Class Carver‹ – sei schon an Bord der Boeing, und Colonel McCafferty würde wie stets erst als letzter einsteigen, nachdem die OPEC-Abgesandten ihre Plätze eingenommen hätten.

»Nirgends Sand im Getriebe?« fragte Philpott. »Nirgends«, versicherte Swann.

Philpott nagte an seiner Lippe und vermied den Blick auf die Golfzeit-Uhr, die bloß um eine Minute vorgerückt war, seit er sie zuletzt mit einem argwöhnischen Blick gestreift hatte. Die Spannung war ihm auf den Magen geschlagen, und er erleichterte sich mit einem gedämpften Rülpser. Sonja Kolschinsky im Drehstuhl neben ihm tätschelte mitfühlend seine Hand.

Von den ursprünglich fünf Ereignissen, die der UNACO-Computer im Zusammenhang mit Smiths Flucht ausgespuckt hatte, konnten zwei schon mit Sicherheit ausgeschlossen werden: die Goldbarrenverschiffung nach Rußland und die Kairoer Verteidigungsgespräche über den Mittleren Osten.

Die Agenten vor Ort – einer ein Sportdozent der Sowjetarmee, der andere Zweiter Direktor in einem Kairoer Hotel – hatten sich in diese Operationen eingeschaltet, und beide Ereignisse waren ohne besondere Zwischenfälle über die Bühne gegangen, ohne das geringste Anzeichen irgendwelcher krimineller Aktivitäten. Das dritte Ereignis war laut Liste der Flug von Air Force One, der für diese Zeit anberaumt war und die arabischen Öltitanen über Genf nach Washington bringen sollte.

Hier hatte Philpott aus unerfindlichen Gründen mehr Befürchtungen als bei den anderen Operationen. Es steckte ein verdammter Joker in diesem Kartenspiel um Air Force One, und Philpott war sich darüber im klaren: Die Sache konnte vom Boden aus nicht kontrolliert werden.

Trotz der Anwesenheit McCaffertys und seiner Rückendeckung durch Sabrina Carver *konnte* ein schneller und geschickter Anschlag Smiths auf die Boeing des Präsidenten durchaus Erfolg haben und beide Agenten außer Gefecht setzen, wenn nicht sogar töten. Und Philpott würde hilflos zusehen müssen, ohne auch nur einen Finger rühren zu können. Als mindeste Vorsichtsmaßnahme hatte er auf einer Monitorausrüstung bestanden, um so den Flug verfolgen zu können. Und da es unmöglich war, eine Radarspur doppelt zu übermitteln, hatte Basil Swann veranlaßt, das Signal dem Pentagon per Kommunikationssatelliten zu übertragen.

Das Signal wurde vom Trägheitsnavigationssystem der Boeing direkt übertragen, und Swann hatte – allen Schwierigkeiten zum Trotz, denn es handelte sich um ein streng gehütetes Geheimnis – die Frequenz, auf der gesendet wurde, herausgefunden.

Der Computer des Amtes dechiffrierte die Spur und übertrug sie dann automatisch auf die leere Wandkarte. Momentan bestand das Signal nur aus einem winzigen Punkt, der ungeduldig wie ein Terrier an der Leine auf der Insel von Bahrain vibrierte.

Sobald sich das Flugzeug in der Luft befand, würde sich das Kursführungssignal als grüne Linie über den Mittleren Osten hinschlängeln, dann über den Nahen Osten und das Mittelmeer weiterziehen – genau auf dem Kurs, den Captain Tom Fairman für die Route seiner Boeing nach Genf festgesetzt hatte.

Solange die Maschine des Präsidenten also in der Luft war, solange sie ihren Kurs hielt, würde die grüne Spur auf der Karte weiterkriechen. Sollte der Boeing jedoch irgend etwas zustoßen, würde auch die grüne Leuchtspur verschwinden.

Malcolm Philpott würde also ständig über die genaue Position des Flugzeugs im Bild sein – es sei denn, es gelang Mister Smith auf irgendeine vorerst unvorstellbare Weise einen Anschlag auszuführen, der die verdienten UNACO-Agenten McCafferty und Carver außer Gefecht setzte. »Und in dem Fall«, murmelte Philpott, »säßen wir da und könnten nichts tun, rein gar nichts.«

»He«, sagte die Stimme, »fertig?«

Cody Jagger starrte wütend auf den Telefonhörer in seiner Hand und verfluchte sich insgeheim, daß er den Apparat nicht ausgestöpselt und in sein (oder besser McCaffertys) Schlafzimmer mitgenommen hatte.

Daß der erste Test gleich so verlaufen sollte, hatte Cody sich keinesfalls gewünscht. Hätte man ihm eine reelle Chance gegeben und ihn mit den Leuten konfrontiert, die direkt mit McCafferty zu tun hatten, würde er die Bewährungsprobe bestehen. Aber mit jemand an der Telefonstrippe, der Mac so nahestand, daß er es nicht einmal für nötig hielt, sich mit Namen zu melden, standen seine Chancen nicht sonderlich gut. Immer wieder hatte Stein ihm Bänder mit den Stimmen der Freunde des UNACO-Mannes vorgespielt, und Jagger kannte sie alle. Aber die Stimme, die gerade gesprochen hatte, hatte er garantiert noch nie gehört.

Er sagte vorerst nichts, sondern überlegte, wie er den Anrufer dazu veranlassen könnte, seine Identität preiszugeben. Jagger hielt den Atem an. Seine Stirn war in Schweiß gebadet. Steins Instruktionen für eventuelle Telefonanrufe fielen ihm ein: Nie als erster sprechen. So würde er Zeit zum Überlegen gewinnen, könnte den Anrufer irritieren und schlimmstenfalls behaupten, der andere habe sich verwählt und auflegen.

Er war schon fast entschlossen, den Hörer aufzulegen, als die Stimme sagte: »Sie *sind's* doch, Colonel, oder?«

›Colonel‹. Jaggers Gedanken überschlugen sich. Er mußte herausfinden, was hinter dieser förmlichen Anrede steckte. Ein Freund – aber kein zu naher Freund? Einer, der McCafferty mit seinem Titel anredete, folglich wohl zum Militär gehörte. Armee oder Luftwaffe? Vielleicht ein Mitglied der Crew? Aber nicht von der Flugcrew, keiner von den Ingenieuren, vom Wartungspersonal, kein Techniker oder Steward. Die konnten sich nicht erlauben, den Sicherheitschef in seinem Hotelzimmer zu stören.

Es konnte bei der Air Force One eigentlich nur einen einzigen Mann geben, der *Dienstliches* mit McCafferty zu bereden hatte. Jagger beschloß, es zu wagen. Schlimmstenfalls würde er baden gehen. Oder aber einen Weg finden, sich mit einem Bluff aus der Affäre herauszumanövrieren.

»Tut mir leid, Bert«, sagte er kichernd, »ich war meilenweit weg.«

»Sagen Sie das noch mal«, erwiderte Cooligan erleichtert. »Um aber zur Sache zu kommen: Sind Sie fertig oder nicht?«

Wieder wartete Jagger ab, diesmal bewußt. Er gestattete sich sogar ein kleines diskretes Hüsteln. Noch immer lief ihm der Schweiß von der Stirn, aber sein Selbstvertrauen kehrte allmählich zurück. Schließlich hatte er die erste Runde gewonnen. Er hatte auf Bert Cooligan getippt – und recht gehabt. Jetzt war es Cooligan, der das Schweigen nicht unterbrechen wollte. Sollte er Verdacht geschöpft haben, fragte Jagger sich, und eine Gänsehaut kroch ihm über den Rücken.

Schließlich hielt Cooligan es nicht mehr länger aus. »Schauen Sie, Colonel«, sagte er geduldig, »wenn Sie nicht mit mir sprechen wollen, dann sagen Sie's um Himmels willen. Aber tun Sie mir den Gefallen, wieder auf den Teppich zurückzukommen, denn Sie sind momentan geistig weder in Ihrem Zimmer noch sprechen Sie mit mir am Telefon. Am Flughafen sagten Sie mir – ich wiederhole – Sie sagten, daß Sie ins Hotel zurückgehen, sich duschen und einen Drink nehmen wollten. Wenn Sie also mit dem Duschen noch nicht fertig sind, dann sollte ich vielleicht raufkommen und zuschauen, wie Sie Ihren Luxuskörper in frische Wäsche und schönstes Air-Force-Blau werfen.

Oder soll ich hier unten in der Bar auf Sie warten. Oder gestatten Sie mir, Ihnen ein paar Drinks raufzuschicken? Vielleicht möchten Sie aber auch, daß ich mich unter ein Kamel werfe, oder so was Ähnliches.«

Jagger wollte schon »natürlich« zu irgendeinem der Vorschläge sagen, als dieser ihn unterbrach: »Mann, bin ich dämlich, Chef! Sie haben ja Gesellschaft. Verfluchter Schlawiner!«

Cody lachte und versicherte Cooligan, daß er a) allein und b) auch wieder bei sich sei. Dabei überlegte er, was er jetzt tun sollte. Sich der Sache stellen? Er faßte einen Entschluß.

»Natürlich, kommen Sie rauf, Bert«, sagte er leichthin, »geben Sie mir fünf Minuten, und ich verspreche Ihnen, daß ich dann, um Ihr Schamgefühl nicht zu verletzen, angezogen bin, vorausgesetzt, Sie bringen eine Flasche Scotch mit, einen vollen Eiskübel, vier Gläser und, wo Sie mich schon auf den Geschmack gebracht haben – zwei wunderschöne braune Huren.«

»Aber Colonel, doch nicht im Dienst«, warnte ihn Cooligan.

»Recht haben Sie, Cooligan«, gab Jagger zu, »vergessen Sie das Eis.« Cooligan kicherte und sagte: »Schon besser, Mac. Einen Moment lang hatten Sie mich wirklich aus der Fassung gebracht. Dann bis gleich.«

Jagger rieb sich die Stirn und schnalzte dann verärgert mit den

Fingern. Er riß sich die Uniform vom Leib und sprintete ins Bad, ließ lauwarmes Wasser über sich laufen, trocknete sich ab, zog saubere Unterwäsche an, und räkelte sich, als Cooligan erschien, im Bademantel auf dem Balkon.

Dem Agenten des Secret Service folgte ein Kellner auf dem Fuß, der ein Wägelchen mit dem Gewünschten und außerdem noch einigen Sandwiches vor sich herschob. An Huren allerdings, ob dunkelhäutig oder nicht, schien weltweit Mangel zu herrschen.

»Die Wachen am Flughafen habe ich programmgemäß überprüft«, begann Bert, als sie sich, jeder einen doppelten Laphroaig vor sich, in den leichten Stühlen niedergelassen hatten. »Die Offiziere hier sind auf Draht, und ihre Leute scheinen ziemlich scharf zu sein, vielleicht sogar zu schnell mit dem Finger am Abzug. Niemand hat sich dem Großen Vogel genähert, seit die Bahrainer übernommen haben. Ich habe ihnen den Einsatzbefehl gegeben, und mit der Polizei draußen habe ich auch ein paar Wörtchen geredet. Es wird keinerlei Schwierigkeiten geben.«

»Beruhigend«, seufzte Jagger, »und sei bedankt dafür.« Er drückte sich so aus, wie es auch McCafferty getan hätte. »Auch wenn es nicht eine Massenpsychose war, vor der ich Angst hatte.«

»Was?«

Jagger erklärte, daß dieser Trip ja auch für israelische Freischärler eine Riesenchance sei, oder auch der PLO eine Gelegenheit für schwarze Propaganda biete, nämlich das Flugzeug zu stürmen und dann alles der Mossad oder den Juden allgemein in die Schuhe zu schieben.

»Weitblickender alter Mac«, grinste Bert und prostete Jagger zu. »Sie ändern sich auch nicht, was?«

»Und Sie wären vermutlich ganz schön enttäuscht, wenn ich's täte«, sagte Jagger.

»Und ob«, gab Cooligan zu, »und desgleichen die ganz und gar einmalige Stewardeß Carver, mit der Sie, wie sie mir verraten hat, heute abend in Genf verabredet sind.«

Jagger brachte gerade noch ein Grinsen zustande, während in seinem Hirn schon Warnsirenen ertönten. Er biß sich fast auf die Zunge, um nicht herauszuplatzen: ›Bin ich das?‹

Die zahllosen schmerzhaften Backenschläge und der Schock aufgrund des Wassers, das man ihm aus einem Tongefäß übers Gesicht schüttete, brachten McCafferty allmählich wieder zu sich.

Achmed, der mit gespreizten Schenkeln über ihm auf dem Lehm-boden der *borrasti* hockte, schrie nach Dunkels. Der Deutsche sah sich den Gefangenen an und beschwerte sich, daß Achmed unnö-tig brutal gewesen sei. Ein zweiter Araber, der neben Achmed stand, grinste und stieß Mac seinen Lederschuh in die Rippen. Dem Amerikaner blieb die Luft weg, und ein wilder Schmerzens-schrei entrang sich seinen geschundenen Lippen.

»Wie mir das leid tut«, entschuldigte Achmed Fayeed sich, »der Fuß ist ihm einfach ausgerutscht.« Dunkels lachte und fragte McCafferty, ob er inzwischen soweit sei, auszupacken. Mac schüt-telte den Kopf, um den Nebel in seinem Hirn zu vertreiben und den Blick wieder freizukriegen.

»Soll das heißen, daß er nicht kooperativ ist?« fragte Achmed mit runden Augen.

Unbewegt schaute McCafferty ihn an, dann sammelte er die Spucke in seinem Mund und spie dem Araber einen blutigen Strahl mitten ins Gesicht. Fayeed wischte sich das Zeug sorgfältig vom Kinn, betrachtete es in seinem Taschentuch und nickte dann bedächtig dem anderen Araber, seinem Diener Selim, zu. Selim stieg über den Körper des Amerikaners, wandte sich im gleichen Moment blitzschnell um und krachte McCafferty den anderen Fuß in die Schläfe, wobei er ihn so umdrehte, daß ihn von der anderen Seite Achmeds Faust traf. Und dann gaben sie McCafferty für den Fall, daß er nicht kapiert hatte, das Ganze noch einmal. Bis Sieg-fried Dunkels die Hand hob.

»Genug«, befahl er. »Ich will, daß er redet. Wenn ihr so weiter-macht, dann wird er's nicht mehr tun, selbst wenn er wollte.« Achmed beugte sich vor, packte McCafferty am Hemd und zog ihn hoch. Wieder schüttete Dunkels Wasser über ihn und zog ihn dann an einem Büschel Haare zu sich hin. »Nun, Colonel?« sagte er freundlich.

»Wer immer ihr seid«, sagte Mac dumpf und spürte seine dick geschwollene Zunge, »wer immer ihr seid, ihr versucht da was, mit dem ihr nicht durchkommt... Gebt mich frei, und ich werde mich dafür einsetzen, daß es wie ein Raubüberfall aussieht. Die Polizei wird überhaupt nichts unternehmen.

Wenn ihr mich hierbehaltet, egal aus welchem Grund, dann verspreche ich euch, daß jeder Soldat der Armee von Bahrain und jeder Polizist dieser Insel nach mir suchen wird. Air Force One kann ohne mich nicht abfliegen. Und sie werden mich finden – das solltet ihr mir besser glauben. Sie werden die Unterstützung des Präsidenten der Vereinigten Staaten haben, und ich möchte lieber nicht in eurer Haut stecken, wenn alles auffliegt.«

»Wieso nehmen Sie denn an, daß es nicht bloß ein Raubüberfall ist?«

Mac grinste verzerrt und unter Schmerzen. »Kein Ganove hätte mich so bis aufs Hemd gefilzt wie ihr«, erwiderte er. »Ich scheine überhaupt nichts mehr an mir zu haben, womit ich beweisen kann, daß ich überhaupt existiere. Ihr hattet es eindeutig auf *mich* abgesehen – sonst wüßtet ihr ja auch nicht, wer ich bin.«

Dunkels warf den Kopf zurück und lachte: »Das wissen wir allerdings, Colonel«, brüllte er. »Und *wie* wir das wissen!« Dann verzerrte sich sein Mund: »Und wir glauben außerdem, daß Sie Ihre, na, sagen wir mal Ihre Wichtigkeit einigermaßen überschätzen. Sie sagen, daß Air Force One ohne Sie nicht aufsteigen kann.« Er schüttelte den Kopf, beugte sich herunter und wisperte: »Im Gegenteil, Colonel. Ihre Abwesenheit wird wohl kaum bemerkt werden.«

Mac starrte ihn an. »Was zum Teufel meinen Sie damit«, brach es aus ihm heraus. »Wenn ich nicht in der Maschine bin...«

»Wenn Sie nicht in der Maschine sind«, unterbrach Dunkels ihn beflissen, »würde man sich im Cockpit zweifellos etwas wundern. Colonel Fairman... nicht wahr, so heißt er doch... Colonel Fairman würde vermutlich dem Piloten, Major Latimer, seine Befürchtungen mitteilen? Oder der Navigator, Lieutenant Colonel Kowalski, könnte sich gemeinsam mit dem Flugingenieur Allen ein bißchen den Kopf zerbrechen. Aber ich würde sagen, das wäre auch alles. Was denken *Sie*, Colonel?«

Im Hirn des Amerikaners war noch immer heillose Unordnung. Wieder schüttelte er den Kopf, ganz und gar ungläubig. Die Welt war ins Wanken geraten, dieser glatte Europäer und die mörderischen Araber waren übergeschnappt. Was sie gesagt hatten, ergab einfach keinen Sinn. »Ihr macht euch wohl über mich lustig«, knirschte er. »Washington würde davon erfahren, und dann...«

»Ach, Sie glauben, die würden die Konversation im Cockpit auf der öffentlichen Leitung der Andrews Air Force Base überwachen. Natürlich...«

»Das geht nicht«, schrie Mac ihn wütend an, »Sie wissen das genau. Aber Tom Fairman würde bloß zwei Sekunden brauchen, um die Funkverbindung herzustellen, und Pat Latimer würde nie, ich wiederhole *nie* ohne mich aufsteigen.«

Dunkels erhob sich und brüllte vor Begeisterung: »Herr im Himmel, Mac«, sagte er, »das war ein Volltreffer. Eins zu null für uns. Achmed, schau zu, daß du-weißt-schon-wer die Neuigkeit umgehend erfährt: Latimer wird Pat und nicht Patrick oder Patty genannt, und der Luftwaffenstützpunkt in Andrews hat *nicht* die Möglichkeit, das Cockpit von Air Force One abzuhören. Die können sich nur über Funk mit denen in Verbindung setzen. Kapiert?«

Der Araber erhob sich und grinste breit. Dann schaute er auf die Uhr und sagte: »Ich werde die Anrufe auf dem Rückweg nach Manama erledigen. Ich bin sowieso schon überfällig. Der Boß wird nicht erfreut sein.«

»Dann fick ihn doch«, sagte Dunkels kurz.

»Na na«, schalt Achmed, »wir Araber sind ja nicht alle schwul, wenn es auch heißt...«

Dunkels winkte ungeduldig ab. »Ich habe jetzt nicht die Zeit mit anzuhören, was man sich erzählt. Wie gesagt, Achmed, du bist schon spät dran. Mach dich auf die Socken.«

Achmed stolperte aus der *borrasti*, drehte sich aber auf Dunkels Befehl hin nochmals um. »Den Schlüssel«, sagte der Deutsche.

Achmed suchte in seiner Tasche und warf Dunkels einen kleinen Schlüsselbund zu, der unpassenderweise an einem Goldkettchen hing. »Der kleine paßt zur Cocktailbar«, sagte er und winkte von der Tür aus.

Der Deutsche wandte sich erneut McCafferty zu, dem sein geschundenes Gesicht und alle Knochen weh taten. Die Mündung von Selims Kanone folgte, nie weiter als zehn Zentimeter entfernt, jeder seiner Bewegungen. Dunkels kicherte und sagte: »Sie wissen nicht, Colonel, wie sehr Sie uns geholfen haben... oder vielleicht wissen Sie's doch. Egal«, fügte er brüsk hinzu, »wir müssen schauen, daß Sie hübsch aussehen. Selim...« Er gab dem grinsenden Araber ein Zeichen.

Sie strippten den Amerikaner, der immer noch schwach wie ein neugeborener Hund war, bis auf Hemd und Unterwäsche. Selim zerrte bauschige Hosen über Macs Schuhe und zog sie bis zur Taille hoch, wo er sie mit einem Ledergürtel zuband. Dann zog Dunkels Mac einen langen Mantel mit weiten weißen Ärmeln über den Kopf, und Selim setzte ihm die Kapuze auf, um sein Gesicht zu verbergen.

Mac stützte sich schwer auf Selim, als die beiden Männer ihn zu einem draußen wartenden Auto führten, das hinter der Lehmhütte verborgen war. Sie stießen ihn auf den Rücksitz. Dunkels setzte sich neben ihn und rammte ihm die Mündung der 9mm-Walther heftig in die verletzte, schmerzende Hüfte.

»Nur um Sie zu erinnern, Colonel«, sagte der Deutsche, »keine faulen Tricks. Das wäre ausgesprochen dumm.«

McCafferty beobachtete ihn durch seine verschwollenen Lider.

»Ich weiß nicht, für wen Sie arbeiten und was Sie vorhaben. Aber ich sage Ihnen noch einmal... Sie werden damit nicht durchkommen.

In weniger als einer halben Stunde muß Air Force One abheben. Wenn ich nicht drinsitze, wird es die größte Menschenjagd in der Geschichte des Persischen Golfes geben.«

Dunkels heulte auf wie eine hysterische Hyäne: »Aber *kapieren* Sie denn nicht, Colonel, Sie *werden* im Flugzeug sein.«

Verständnislos schaute Mac ihn an. »Sie... Sie meinen... Sie werden mich freilassen?«

Wieder kicherte der Deutsche. »Das nicht gerade, aber Sie werden trotzdem dort sein. Nicht nötig, es Ihnen jetzt schon zu erzählen. Wie Sie sagen, wir haben's nicht weit, und es sieht in jedem Fall so aus, als ob Sie nichts dagegen tun könnten. Sehen Sie, Colonel, nicht Sie werden als Hauptsicherheitsbeauftragter an Bord von Air Force One sein. Aber *jemand* wird dort sein, jemand, der Ihnen erstaunlich ähnlich sieht. So sehr, daß er Tom und Pat und Paul und Chuck und Bert und jeden, der Sie kennt, hereinlegen kann, Mr. Malcolm Philpott und den Präsidenten der Vereinigten Staaten von Amerika eingeschlossen.«

Allmählich dämmerte es in Macs verwirrtem Hirn. Er warf dem triumphierenden Dunkels einen raschen Blick zu und zischte: »Sie müssen absolut meschugge sein, wenn Sie sich einbilden, so was durchziehen zu können. Hirnrissig.«

Der Deutsche schüttelte heftig den blonden Kopf. »Nein, McCafferty, das sind wir nicht«, entgegnete er, »weder ich noch der Mann, der hinter mir steht, der Mann, der die UNACO hochgehen lassen wird und dem es egal ist, wenn das amerikanische Staatsgefüge mit in die Binsen geht. Er sollte Ihnen nicht gerade unbekannt sein, glaube ich.«

Macs Augen weiteten sich und er murmelte, halb zu sich selbst: »Natürlich, Smith. Es muß...«

Dunkels trieb dem Amerikaner die Walther ein zweitesmal in die Rippen. »*Mister* Smith für Sie, Colonel«, bemerkte er.

Jagger erhielt Achmeds Anruf in der Lobby des Hotels, gerade als er sich mit Cooligan aufmachen wollte, den EDP-Konvoi abzuholen. Er entschuldigte sich kurz und begab sich zum Empfang. Der Angestellte dort übergab ihm den Hörer. Jagger nahm das Gespräch wortlos entgegen und hängte wieder auf.

Tausende von Kilometern nördlich von Bahrain erhielt Smith in einem allmählich in Dämmerung versinkenden Raum hoch auf einer ehemals bedeutenden Festung dieselbe Nachricht. Mit breitem Grinsen säuselte er Achmed zu: »Gut gemacht, mein Freund. Ich möchte dir *bon voyage* wünschen, und übermittle bitte deinem hochverehrten Vater meine Grüße.« Auf Achmeds eines Sohnes unwürdige Antwort gab er ein beschwichtigendes ›Aber-aber‹ von sich.

Smith hatte sein Brooks-Brothers-Hemd und seinen priesterlichen grauen Anzug gegen einen leichten grauen Sweater und dunkelbraune Slacks eingetauscht. Er nahm eine winzige Bronzeglocke hoch und läutete. Ein Mädchen erschien. Über einem langen, grünen Samtrock trug sie eine Dirndlschürze, dazu eine fast durchsichtige Bluse mit äußerst gewagtem Ausschnitt, deren flauschiges, hauchdünnes Material ihr über die Schultern fiel und deutlich die Brüste markierte. Smith bestellte in ihrer Muttersprache Champagner und lud sie zum Mittrinken ein.

»Aber ich bin doch Ihre Dienerin«, wandte sie ein.

»Und du wirst mir auch dienen«, erwiderte Smith.

Dann führte er ein Telefongespräch und redete fließend in einer dritten Sprache. Der Mann, dem er seinen kurzen Bericht durchgab, dankte ihm höflich und verabschiedete sich. Auch er konnte jetzt einen Schluck vertragen – einen guten, trockenen deutschen Wein. Aber es war kein einheimisches Mädchen, sondern Axel Karilian, der ihm das Glas reichte, seine Massen umständlich auf das nächste Sofa warf und sagte: »Darf ich annehmen, daß alles in Ordnung ist?«

Myshkin nickte. »Du darfst.«

6

Die Air Force One stampfte und zitterte auf der Betonpiste des Flughafens Muharraq.

Mit lautem Hupen preschte der Autokonvoi in eine Straße hinein, auf der ›keine Zufahrt‹ stand, die aber der schnellste und daher auch sicherste Weg zum Flughafen war. Die ersten Wagen bremsten unvorhergesehen unter den wachsamen und erschrockenen Augen von vielleicht zweihundert bahrainischen Soldaten und Polizisten.

Jagger-McCafferty sprang aus der letzten Limousine, noch ehe diese zum Stillstand gekommen war. Er hatte einen Film von der Ankunft des Präsidenten am Flughafen gesehen, und dabei hatte Mac es genauso gemacht. Es war schon zu seinem Markenzeichen geworden – und Jagger wollte keinen der McCafferty-Fans enttäuschen.

An Bord der Boeing war die Crew bei den üblichen Flugvorbereitungen. Wynanski ereiferte sich wegen der Canapés, der Tischtücher und des funkelnden Kristalls. Der Commander war, wie immer vor dem Flug, angespannt und gereizt. Latimer wie üblich bestens gelaunt und lässig. Kowalski gestattete sich einen hastigen Blick auf den Flugplan. Er beugte sich über die Navigationsinstrumente, aber schließlich war er ein menschliches Wesen und keine Maschine, die sich auf die funktionierende Elektronik verließ. Er war ein umsichtiger und erfahrener Navigator und außerdem hatte Air Force One ja noch ein Trägheitsnavigationssystem.

Vor dem Flughafen hatte sich die Menge versammelt, um die blitzenden schwarzen Autos mit den VIPs anzustarren. Sie blockierte die Route der Autokolonne, die nicht zur normalen Abfertigungshalle, sondern durch eine Seitenstraße direkt zum Rollfeld fuhr. »Straße frei!« schrie Jagger. »Schafft die Leute aus dem Weg!«

Soldaten drängten die Zuschauer zurück und verschafften dem Konvoi freie Fahrt. Das Tor, das die Zufahrt versperrte, schwang auf, und die Autos fuhren vorsichtig hinter den Motorradfahrern her zur Betonpiste, wo sie genau gegenüber der Gangway der Air Force One anhielten.

Pete Wynanski fiel als Chefsteward die Aufgabe zu, die wichtigen Gäste zu begrüßen. Er tänzelte zur ersten Limousine hin und öffnete den Schlag, wobei er den Ölminister des Königreiches von

Saudi-Arabien, Doktor Ibrahim Hamady, mit einem grimmigen Grinsen bedachte, das seine Zähne entblößte. Dr. Hamady nickte etwas herablassend und erklomm die Gangway. Hamady war, wie sich später herausstellte, der einzige der OPEC-Gewaltigen, der ausschließlich arabische Gewänder trug, die ein erstklassiger Schneider aus Riad extra für ihn entworfen und angefertigt hatte.

Das zweite Auto trug die libysche Flagge, und Wynanski befolgte dasselbe Ritual wie zuvor. Scheich Mohammed Khalid Dorani, ein gutaussehender Mann Anfang fünfzig mit üppigem grauen Haar und einem eindrucksvollen Schnurrbart, schüttelte ihm die Hand und begab sich zur Boeing, gefolgt von einem schlürfenden Träger mit dem Handgepäck.

Als nächster wurde Scheich Zayed bin Arbeid von Irak zum Flugzeug geleitet, und wieder verließ eine Limousine die Piste. Dann erschien Hemmingsway, von höflichem Beifall begrüßt, und im letzten Wagen mit dem bahrainischen Nationalemblem schließlich saß ein Passagier – ihm jubelten die Einheimischen besonders zu –, der Wynanski sicherlich spezielle logistische Probleme bereitet hätte, wenn der Chefsteward nicht vorsorglich seine Unterlagen besonders sorgfältig studiert hätte.

Scheich Zayed Farouk Zeidan, der westliche Kleidung und eine arabische Kopfbedeckung trug, hatte eine stolz geschwungene imposante Nase und magnetische schwarze Augen. Er war groß, mit gewaltigen Schultern und Händen. Sein linkes Bein war gelähmt.

Zeidan, fünfundsechzig Jahre alt, wurde von seinem zwölfjährigen Enkel Feisal begleitet, der in sein Schweizer Internat zurück mußte. Ein arabischer Helfer sprang aus dem Auto, riß den Kofferraumdeckel auf und holte einen zusammengeklappten Rollstuhl heraus. Rasch klappte er ihn auseinander und rollte ihn zu Zeidan hin.

»Danke, Achmed«, sagte Zeidan, als der Mann und der Junge ihm in den Rollstuhl halfen. Fayeed verbeugte sich, respektvoll aber nicht unterwürfig, und zeigte zur Rampe, die Wynanskis Bodenmannschaft anstelle der Gangway aufgestellt hatte. Achmed verzichtete auf angebotene Hilfe und zog den Rollstuhl rückwärts die Rampe hoch und ins Flugzeug.

Feisal folgte seinem Großvater, und Bert Cooligan schloß sich an, Wynanski konnte seine Liste abhaken: ein Energieminister, Amerikaner; vier Minister, alle Araber, dazu eine Rotznase von

Kind. Fehlten nur noch der Iran und Venezuela, sinnierte er, dann wäre die gesamte OPEC vertreten.

Als letzter betrat Cody Jagger das Flugzeug, mit gezogener Pistole und ohne rechts oder links zu schauen.

Hinter ihm schloß sich die Luke, und die Gangway wurde weggefahren.

Basil Swann übergab Philpott den Hörer. »Das Pentagon, Sir«, sagte er psalmodierend wie ein verhinderter Muezzin. »General Morwood.«

»George«, brüllte Philpott, »was hat man dir aus Bahrain berichtet?«

»Was für Berichte *sollten* wir denn aus Bahrain haben?« brummte Morwood. »Wetterberichte vielleicht?«

»Verdammt noch mal, nein«, fluchte Philpott, »du weißt genau, was ich meine. Ist alles in Ordnung? Keinerlei Schwierigkeiten?«

Morwood seufzte, und seine Stimme nahm einen gelangweilten militärischen Ton an: »Wir stehen in direkter Verbindung mit dem Commander und dem Piloten von Air Force One, Malcolm. Alle Flugsysteme sind in Ordnung, und die gesamte Besatzung ist da, wo sie sein soll. Die Passagiere werden soeben zu ihren Sitzen gebracht, und zwar von deiner Agentin Sabrina Carver, die dort unter den scharfen Augen deines untadeligen Agenten Colonel Joe McCafferty als Mitglied der Luftwaffe der Vereinigten Staaten fungiert. Und wenn die UNACO noch weitere Agenten an Bord hat, was mich nicht im geringsten überraschen würde – unter Umständen gehört die ganze Crew zur UNACO-Mannschaft, was weiß ich, denn dem Pentagon erzählt ja niemand was, und du, Philpott, am allerwenigsten – *wenn* du also noch irgendwelche anderen Agenten dort eingeschmuggelt hast, vielleicht als Sessel oder Motorhauben getarnt, dann erfüllen sie zweifellos ebenfalls ihre Pflicht, was *auch ich* gerne tun würde, wenn du nur aus der verdammten Leitung gehen und aufhören würdest, *mir auf die Nerven zu gehen*.«

Philpott grinste mitfühlend. »Gott behüte, daß ich mich zwischen einen Mann und seine Pflichten stelle, George«, sagte er gedehnt. »Du hast doch die Radar-Navigation auch bekommen, oder?« Morwood bejahte. Dann beschrieb er mit unendlicher Geduld, wie sie das geschafft hatten. Es war, als spreche er zu einem leicht zurückgebliebenen Sechsjährigen. Philpott hielt den Hörer vom Ohr weg und ließ die Rede ablaufen. »Zufrieden?« fragte der alte Soldat am anderen Ende der Leitung eisig.

»Natürlich«, erwiderte Philpott – und bekannte dann, nicht ohne einen Hauch echter Zerknirschung, daß sich auch die UNACO sozusagen an die Flügel der Boeing geheftet hatte. »Dachte nur, ich sollte es dich wissen lassen, George«, sagte er und wartete auf die Explosion.

Aber die blieb aus. Morwood gab nur ein kehliges Gelächter von sich und höhnte: »Mein lieber Malcolm, hast du dir wirklich eingebildet, du könntest uns hereinlegen mit deinem Draht zum Flugmonitor?

Wir wußten genau, was du im Sinn hattest, und unsere Jungens von der Andrews AFB hatten Anweisung, wegzuschauen. Wir sind auch nicht gerade von gestern, Sherlock. Du bist auf der Spur, wir sind es. Und so sind alle glücklich.«

Philpott schluckte, als habe man ihm eine übergezogen. »Okay, George, eins zu null fürs Pentagon. Aber im Ernst, du sagst mir sofort Bescheid, wenn mit der Radar-Navigation etwas schiefgeht!«

Morwood versicherte ihm, daß überhaupt nichts schiefgehen könne. Die Boeing sollte planmäßig auf mittlerer Höhe fliegen. Als Langstreckenflugzeug war sie für die erste Etappe der Reise mehr als ausreichend. Sie hatte genügend Treibstoffreserven und war in ausgezeichnetem Zustand.

»Trotzdem«, sagte Philpott nachdrücklich.

Morwood seufzte: »Malcolm«, sagte er, »wenn es dich glücklich macht, dann gebe ich dir einen Zwischenbericht, wie die Toiletten funktionieren und was da so runtergespült wird.«

Er hängte ein, und Philpott schaute auf die Uhr, die die Golfzeit anzeigte. Abflug in zwei Minuten...

Die Hauptkabine von Air Force One hatte komfortable Sessel, die sich auf Schienen, wie die Sitze eines besseren Autos vor- und zurückbewegen ließen. Sie standen in Vierergruppen, je zwei einander gegenüber und dazwischen ein Tisch. Sabrina setzte ein strahlendes Lächeln auf und geleitete die Ölmoguln zu ihren Plätzen. Den jungen Feisal fand sie sofort sympathisch. Als er sie aber herablassend, fast verächtlich behandelte, wandte sie sich von ihm ab. Die Wechselsprechanlage im Cockpit summte, und Fairman fragte hastig: »Wer spricht?«

»Wynanski, Sir«, kam die Antwort, »alle Mann an Bord und auf ihren Sitzen.«

»Angeschnallt?«

Eine Pause entstand, dann antworte Wynanski: »Jawohl, Colonel.«

Fairman grunzte etwas und sprach ins Mikrofon: »Fertig, um eins und zwei anzulassen?« Ein Mitglied der Bodenbesatzung überprüfte die Backbordtriebwerke. »Fertig«, gab er durch.

»Zwei anlassen«, befahl der Commander. Latimer drückte auf einen Schalter. »Zwei wird angelassen«, sagte er. Das gewaltige Flugzeug erbebte, als die Triebwerke einsetzten. »Zwei läuft gleichmäßig«, fügte Latimer hinzu.

»Klar um eins anzulassen.«

»Eins wird angelassen.« Wieder ging eine gewaltige Erschütterung durch das Flugzeug. »Eins läuft gleichmäßig. Eins und zwei in allen Anzeigen normal.«

»Bewegen Sie sie«, sagte der Commander.

Latimer schickte die Boeing nach vorn, meldete ›Taxi-Leistung‹, und rollte vom Abstellplatz weg auf die ihm zugewiesene Startbahn des Muharraq-Flughafens. Die Maschine vollführte eine halbe Wendung und wartete am Ende der Startbahn. Fairman gab Gas, und das Geräusch der Triebwerke steigerte sich zu einem Höllenlärm. »Na denn mal los«, sagte er. Die Geschwindigkeit der Air Force One nahm zu.

»Wir rollen«, sagte Latimer lakonisch.

Fairman beschleunigte auf hundert Knoten, und als der Pilot »V-eins« sagte, wiederholte der Commander den Code, der den gefahrlosesten Augenblick zum Abheben des Flugzeuges anzeigte.

Akzeptierte er ihn – was er getan hatte –, dann gab es kein Zurück mehr. Das Flugzeug mußte abheben.

»V-zwei.«

»Ziehen.«

»Ich ziehe.« Fairman schob die Bedienungsgabel zurück, und das Flugzeug des Präsidenten hob sich in den klaren blauen Himmel...

Jagger hatte sich an Bord der Boeing geradewegs zur rückwärtigen Toilette begeben, wobei er nur Chuck Allen begegnete, dessen Gruß er mit einem kurzen Nicken erwiderte. Er verriegelte die Tür und zog aus der Tasche seiner Fliegerjacke eine kleine Aerosol-

Spraydose. Jagger öffnete einen der Wandschränke und stellte die Dose unauffällig zwischen eine Anzahl von Toilettenartikeln.

Er verließ den Toilettenraum und stand im hinteren Passagierraum nicht nur einer, sondern gleich zwei Stewardessen gegenüber. Seine zweite Bewährungsprobe – vielleicht der zweite Reinfall – war unvermeidlich. Er hatte damit gerechnet, es jeweils mit einem Mädchen zu tun zu haben, jetzt aber hatte er die Wahl. Mit welcher von beiden sollte er sich verabredet haben?

Cody Jagger mochte McCaffertys Gestalt und Gesicht angenommen haben, in puncto Frauen aber folgte er immer noch seinem eigenen Geschmack, den nicht einmal Steins Genius ihm hatte nehmen können. Bei wirklich schönen und begehrenswerten Frauen war Jagger kaum je zum Zug gekommen. Er war es gewohnt, sich einfach zu nehmen, was er haben wollte, und es sich dann durch schiere animalische Gewalt gefügig zu machen. Er hatte von jeher eine Vorliebe für runde blonde Bienen gehabt.

Sabrina Carver war dunkel, aufregend und sah, selbst in der Uniform, teuer aus. Jeannie Fenstermaker war blond, und hinter den getönten Brillengläsern verbarg sich ein großes Mädchen mit heißem Sex. Cody hielt sich an seinen Typ, setzte ein schiefes Grinsen auf und sagte: »Vergessen Sie unsere Verabredung zum Dinner nicht, Airman.«

McCaffertys letzter bewußter Eindruck galt Dunkels Hand, die sich in den Außenbezirken Manamas seinem Gesicht mit der gleichen Sprühdose mit Knockoutgas näherte, das schon der Taxifahrer verwendet hatte.

Der Amerikaner kam im abgedunkelten Zimmer eines Hauses wieder zu sich, das, wie er später herausfand, Achmed gehörte. Denn der mysteriöse Fayeed war nicht nur der Privatsekretär und erste Adjutant des Ölministers im heimischen Bahrain, er war auch ein weitläufiger Verwandter Zeidans und stand hoch genug in dessen Gunst, um eine mietfreie Villa innerhalb des riesigen Geländes zu haben, auf dem die Häuser des Scheichs standen. Es gab, wie Achmed Dunkels gegenüber zufrieden erwähnte, wohl nirgends auf der Insel ein sichereres Versteck.

Man hatte Mac zu seinem Erstaunen weder gefesselt noch gebunden, wenn er auch schon bald einsehen mußte, daß dieses offensichtliche Versehen (oder bewußte Übergehen?) seine Lage nicht im geringsten änderte. Das mit einem Metallrahmen versehene Fenster war mit dicken eisernen Gittern zugeschweißt. Ein winziges Fenster hoch oben an der Wand hatte man einen Spaltbreit geöffnet. Das war die einzige Belüftung.

Es gab auch nur einen einzigen Zugang zum Zimmer. In die Wand dem Bett gegenüber war eine Schranktür eingelassen. Mac schlug den schweren Vorhang zurück und spähte hinaus. Ein Wächter grinste durch die knallbunten, üppig duftenden Blüten, die von der Mauer herunterhingen, zu ihm hoch und winkte mit einem Gewehr. McCafferty ließ den Vorhang fallen, zog ihn aber gleich darauf noch einmal vorsichtig zur Seite. Der Wächter war immer noch da. Das Gewehr war eine Kalaschnikoff – eine russische Infanteriewaffe, die allerdings auf dem Schwarzen Markt frei gehandelt wurde. Und der Mann war kein Araber.

Er hörte, wie jemand die doppelt gesicherte Tür aufschloß. Ein starker Lichtstrahl glitt durch den Raum, traf das leere Bett, verweilte auf dem spärlichen Mobiliar – einem Tisch, einem Stuhl und einer Waschschüssel – und traf dann den Gefangenen, der am Fenster stand und ins Licht blinzelte. Hinter der Stablampe, die, wie Mac jetzt ausmachen konnte, von einem anderen Mann gehalten wurde, trat Dunkels ein. Der Deutsche knipste das Licht an und befahl dann in einer dem Amerikaner nicht vertrauten Sprache dem Araber, die Stablampe auszumachen. Ein dritter Wächter (wie Dunkels und der erste Mann bewaffnet) drückte sich herein.

»Wir haben gehört, wie Sie sich bewegten«, sagte Dunkels. »Ich sehe, daß es Ihnen nach Ihren – eh – Erfahrungen gar nicht so schlecht geht. Sie werden es vielleicht nicht glauben, aber das freut mich tatsächlich.«

McCafferty spuckte einen Blutstrahl aus und gab keine Antwort. Dunkels lachte und meinte, Mac solle sich besser mit dem Gedanken vertraut machen, daß er lebendig mehr wert sei als tot. Er könne übrigens vor den Wachen offen sprechen, setzte der Deutsche hinzu. Sie verstünden kein Englisch.

»Für Smith lebendig mehr wert?« spottete Mac. »Falls ich das sein sollte, dann hatten sie aber da in der Hütte eine komische Art, das auszudrücken.«

Dunkels hob langsam die Schultern und breitete die Hände weit aus. »Sie sind doch immer noch da, oder? Und Sie haben noch alle Gliedmaßen? Spricht das nicht für sich?«

Mac grinste gequält. »Das verrät mir nur, daß Sie mich aus Gründen, die Ihnen mehr als mir zusagen, verschonen.«

»Und die wären?«

Nun, Dunkels wolle von ihm vermutlich noch mehr über seine Rolle bei der UNACO und Air Force One erfahren, riet Mac auf gut Glück. Oder er wollte ihn eine Zeitlang am Leben halten, bis Smith seinen Anschlag, welcher Art er auch immer sei, auf das Flugzeug des Präsidenten zum konsequenten Ende geführt habe, einer Katastrophe. Oder auch nur um seine Qualen zu verlängern, da ja Smith und Dunkels Scheißkerle sondergleichen seien. »Aus irgendeinem dieser Gründe – oder aus allen dreien«, fügte Mac hinzu.

Wieder kicherte Dunkels. »Normalerweise würde ich dem zustimmen«, entgegnete er, »denn normalerweise hätten Sie recht.«

»Und diesmal nicht?«

Der Deutsche schüttelte sein Löwenhaupt. »Nein, es gibt da noch jemand, der Sie lebend möchte. Man möchte einfach gern ein bißchen mit Ihnen plaudern. Man hat mich sogar gebeten, es Ihnen mitzuteilen.«

»Tatsächlich? Und danach? Was passiert, wenn das Plauderstündchen vorbei ist?«

Wieder zuckte Dunkels die Achseln. »Wer weiß? Sie sind ganz offenbar für die bewußten Leute von besonderem Wert. Vielleicht wird man sich noch mit Ihnen anfreunden?«

Lange und durchdringend schaute McCafferty die Wachen an. Er hatte sie schon bei seinem Gespräch mit dem Deutschen aus den Augenwinkeln beobachtet. Vielleicht, dachte er, sagte Dunkels die Wahrheit; sie schienen nichts von dem, was gesprochen wurde, zu verstehen. Zwar hatten beide gelegentlich gelacht – aber es war nur das Echo von Dunkels Lachen gewesen, und es war vergleichsweise spät gekommen.

Er wandte seine Blicke wieder Dunkels zu. »Und wer sind meine neuen Freunde«, fragte er, »die so dringend mit mir sprechen möchten?«

Der Deutsche schmunzelte. »Ob Sie's glauben oder nicht, die Sowjets.«

Mac zwinkerte und hob eine Augenbraue. Dunkels nickte begeistert.

»Weiß Smith davon?« fragte Mac. Dunkels lächelte breit. Offenbar nicht, dachte Mac. »Und was steckt für Sie drin?« drängte er. Dunkels öffnete eine Hand und fuhr sich mit den Nägeln in einer kratzenden Bewegung über die Handfläche.

»Sie liefern mich also denen aus und bescheißen Smith, und dafür blechen die auch noch ein hübsches Sümmchen an Sie, was?«

Dunkels nickte erneut. »Kapiert, Kumpel«, grinste er. Er erklärte, die Russen hätten über einen Kundschafter im Hotel mit ihm Kontakt aufgenommen. Und er habe, in Dollars, versteht sich, schon ausreichend gezahlt, um ihn davon zu überzeugen, daß die Russen es mit ihrem Angebot ehrlich meinten.

»Die wollen *Sie* ausquetschen, nicht mich oder Smith«, betonte er, »und wenn Ihnen Ihr Leben lieb ist, dann spielen Sie besser mit. Sie haben keine andere Wahl, McCafferty. Nehmen Sie Vernunft an.«

Er drehte sich auf dem Absatz um und verließ den Raum. Auch die beiden Wachen verschwanden. Als die Tür wieder verschlossen war, überdachte Mac die beiden wichtigen Informationen, die er erhalten hatte... eine davon erschreckend in ihren Konsequenzen.

Wenn der falsche McCafferty nun nicht von Smith, sondern vom KGB kontrolliert wurde, benutzte man dann den Doppelgänger, um Smith hereinzulegen? Und wenn, konnten es sich dann die Russen überhaupt leisten, die Geiseln am Leben zu lassen?

McCafferty biß sich auf die Lippen und schüttelte im Gedanken daran, daß er hier zu absoluter Hilflosigkeit verdammt war, wütend den Kopf. Er hatte unbezahlbare Informationen erhalten – und war damit so sicher eingesperrt, als hätte man ihn nach einem Kriegsgerichtsprozeß in Fort Leavenworth eingebuchtet.

Das brachte ihn dazu, die zweite Nachricht zu überdenken, die Dunkels ihm ungewollt übermittelt hatte. Nicht nur, daß seine Wächter kein Englisch konnten, sie waren auch, genau wie der Mann vor seinem Fenster, keine Araber. Welche Nationalität hatten sie dann, fragte Mac sich. Und konnte er, falls er es herausfand, sein Wissen nutzen?

Wieder einmal kam Jagger eine Fügung des Schicksals zu Hilfe, die ihm zuvor als schiere Bosheit erschienen war: Die Tatsache, daß die beiden Stewardessen ihm gleichzeitig gegenübergestanden und ihn zu einer Entscheidung gezwungen hatten, war in der Tat seine Rettung. Sie standen nebeneinander, und Jagger ließ, sowie ihm die Worte entschlüpft waren und er sah, wie Jeannie Fenstermakers üppiger Mund sich vor Staunen öffnete, seinen Blick zu

Sabrina Carver gleiten, und dann wiederholte er seine Aufforderung. »Wie schon gesagt, Airman, vergessen Sie unsere Verabredung zum Dinner nicht.«

Nun war es an Sabrina, erstaunt zu sein. »Vielleicht haben Sie's zu mir *gesagt*«, betonte sie, »aber *angeschaut* haben Sie Jeannie. Zumindest beim ersten Mal.«

Jagger starrte sie an. »Tatsächlich?« fragte er ungläubig. »Sind Sie sicher? Na so was, tut mir leid, eh, Airman. Es ist der anstrengende Job, wissen Sie. Man wird bei dem ganzen Spionagekram schon selbst ganz komisch. Und manchmal zahlt es sich wirklich nicht aus, allzu offen zu sein.«

Zweifelnd schaute Sabrina ihn an und erkundigte sich, ob er am Abend wieder ganz auf dem Damm sein werde, nur um sicher zu sein, daß er noch immer mit ihr ausgehen wolle. Jagger setzte ein leichtes Grinsen auf und versicherte ihr, in Genf angekommen, werde er garantiert wieder der alte sein. Er grinste noch breiter, als ihm klar wurde, was er gesagt hatte. »Bis später dann, ihr beiden«, setzte er hinzu und beendete das Gespräch so schnell, wie die Höflichkeit es zuließ.

Er begab sich eilig in den vorderen Teil des Flugzeuges, immer noch einigermaßen verwirrt. Seit er Sabrina getroffen hatte, waren die Amouren von McCafferty vor seinem so wohltrainierten Hirn Revue passiert, und Jagger war sicher, ihr Gesicht nicht darunter gesehen zu haben. Also mußte McCafferty sie gerade erst kennengelernt – und sich sofort zu ihr hingezogen gefühlt haben. Das Dumme war bloß, daß Jagger nicht einmal ihren Namen kannte.

Im Cockpit angelangt, blätterte er lässig seine eigene Sicherheitsakte durch, bis er zu einem Exemplar von Wynanskis Mannschafts- und Passagier-Aufstellung kam. Wenn die große Blonde, die von der anderen mit ›Jeannie‹ angeredet wurde, Fenstermaker, Jean, Flieger, Erster Klasse war, dann mußte seine – weniger begehrenswerte, da wesentlich unnahbarere – Verabredung Flieger Erster Klasse Carver, Sabrina, sein. Problem gelöst.

Nicht daß es wichtig gewesen wäre, dachte Jagger mit flüchtigem Spott. Keines der Mädchen würde Genf lebend erreichen. Immerhin schade um Fenstermaker, sagte er sich grinsend. Sie sah recht vielversprechend aus.

»Ein privater Witz, Chef?« fragte Cooligan, der das verschlagene Lächeln mitbekommen hatte.

Jagger nahm sich zusammen. »Entschuldigung, Bert«, sagte er. »Ich habe an meine Verabredung heute abend gedacht.«

»Ah, la belle Carver«, erwiderte Cooligan genüßlich. »Sie werden mir natürlich ganz genau berichten, oder?«

»Sollte ich beim Frühstück nicht anwesend sein«, gab Jagger zurück, »dann erübrigt sich der Bericht. Sie brauchen dann nur ihre Fantasie zu betätigen.«

Sabrina und Fenstermaker gingen in eben dem Augenblick durch die Hauptkabine, als Sonja Kolschinsky im Kontrollraum der UNACO den grünen Punkt von Air Force One zögernd einen Bogen beschreiben sah. »Sie ist in der Luft, Sir«, jubelte sie und stupste Philpott zärtlich in die Rippen. Philpott hob die Augen zur Decke und gab einen gewaltigen Seufzer der Erleichterung von sich.

»Dann, meine liebe Sonja«, erklärte er, »dürfen wir uns einen Drink genehmigen, denn momentan sind wir aus dem Schneider. Smith hat seinen Anschlag nicht am Boden ausgeführt, wie ich erwartet habe, und sollte er es während des Flugs versuchen, dann müßte er sich schon gewaltig was einfallen lassen, um unser Team an Bord außer Gefecht zu setzen. Ich schlage also vor, daß wir's uns einstweilen gemütlich machen.« Er erhob sich, ging voran in sein Amtszimmer, drehte sich aber noch einmal um und bat Basil Swann, nur ja den Leitkurs des Trägheitsnavigationssystems der Boeing auf dem Monitor im Auge zu behalten. »Und bleiben Sie mit General Morwood im Pentagon in Verbindung«, fuhr Philpott fort. »Er ist über Funk via Neapel in den momentanen Radarkurs eingeschaltet. Das ist unsere Rückversicherung. Und rufen Sie mich sofort an, wenn sich irgendwo auch nur die winzigste Ungereimtheit zeigt. Es macht überhaupt nichts, wenn's falscher Alarm sein sollte. Wir müssen auf das Flugzeug aufpassen wie auf den sprichwörtlichen Falken: Von seiner sicheren Ankunft könnte es abhängen, ob die UNACO steht oder fällt.«

Sie sanken in zwei tiefe Sessel. Er nippte an einem Plymouth-Gin mit Eis und Wasser, auf dem eine winzige weiße Cocktailzwiebel tanzte. Die Vorliebe für diesen Drink hatte er von einem wesentlich älteren britischen Seemann übernommen. Sonja trank einen trockenen Martini.

»Ich frage mich, ob wir uns nicht zuviel Sorgen gemacht haben«, sagte Philpott nachdenklich. Sonja runzelte die Stirn und zog eine reizende Schnute. »Nein«, entschied sie dann und nahm einen kräftigen Schluck von ihrem Drink. »Wir waren uns von Anfang an einig, daß alle Anzeichen darauf hindeuten, daß Smith hier den großen Coup wittert. Wenn ich auch im Gegensatz zu dir nicht unbedingt an einen Anschlag in Bahrain dachte.«

Philpott streckte die Beine von sich, betrachtete seine glänzenden schwarzen Schuhkappen und prostete ihr dann zu.

»Genf?« Sonja nickte.

»Wir müssen auf alles vorbereitet sein«, betonte Philpott. »McCafferty hat Anweisung, während des gesamten Flugs äußerste Umsicht walten zu lassen. Die Schweizer als gute kleine UNA-CO-Mitglieder sind übrigens besonders kooperativ gewesen. Erstens haben sie unseren Leuten den Zugang nicht verwehrt und ihnen zweitens auch noch Rückendeckung zugesagt – am Flughafen, auf der Fahrt in die Stadt, im Hotel und auf der privaten Dinnerparty; es ist rundum vorgesorgt. Jeder Zentimeter der Anfahrt wurde genauestens überprüft und wird überwacht. Jeden, der mit unseren Gästen zusammenkommen wird, hat man auf Herz und Nieren überprüft, und wer nicht bestand, wurde prompt ausgewiesen. Ich glaube, wir haben Genf wirklich im Griff«, schloß er, ein zufriedenes Lächeln auf den Lippen. Wieder hob er sein Glas und prostete ihr verschwörerisch zu.

»Immer vorausgesetzt«, sagte Sonja, »daß Air Force One überhaupt in Genf ankommt.«

Philpott kicherte. »Gottverdammich, Kolschinsky«, rief er, »gerade hatte ich mich so angenehm beruhigt, und schon machst du alles kaputt.« Er goß sich noch einen großen Gin ein und zwinkerte wieder wie ein Verschwörer.

In der Kabine der Boeing notierte sich Stewardeß Carver auf ihrem Notizblock, welche Drinks jeder Passagier bestellt hatte. Am Ende stellte sich heraus, daß Scotch knapp vor Wodka lag und noch einige Jack Daniels sowie ein echter Tee mit Milch dazukamen. Normalerweise hätte der Tee einen weiteren Jack Daniels bedeutet, aber Scheich Zeidan hatte ihn für seinen Enkel Feisal bestellt. Es mußte also tatsächlich Tee serviert werden.

»Okay«, sagte sie und lächelte dem Jungen zu. Dann kam ihr noch eine Idee, und sie fischte einen Riegel Schokolade aus ihrer Blazerjacke, den sie Feisal anbot. »Damit die Zeit schneller vergeht...«, sagte sie strahlend. Die dünnen braunen Finger des kleinen Araberjungen mit dem feierlichen Gesicht lagen weiterhin verschränkt in seinem Schoß, und er schaute weder auf sie noch auf die Schokolade. Schließlich sagte er: »Ich bedauere, aber meine medizinischen Berater gestatten mir das nicht. Aber das konnten Sie natürlich nicht wissen. Sie können gehen.« Er sprach ein perfektes Southern Standard Englisch, wie einer, der sich um einen Job als BBC-Ansager bewirbt.

Sein Großvater, der mit Hemmingsway Schach spielte, beugte sich vor und sprach sanft auf arabisch mit dem Jungen. Dann lächelte er Sabrina entschuldigend an. »In seinem Alter, junge Dame«, sagte er mit seiner vollen, dunklen Stimme, »ist das Leben wirklich eine ernste Sache, die man nicht im bloßen Dahinleben vertun darf. Wenn man zwölf ist, dann zählt nur Würde. Dennoch, was er sagte, ist wahr, wenn es auch für die Art, wie er es gesagt hat, keine Entschuldigung gibt. Aber mein Enkel hat Zucker und darf daher keine Schokolade essen. Es ist ein Kreuz – wenn Sie mir den christlichen Vergleich verzeihen – das er zu tragen hat.«

Sabrina errötete, einen Augenblick lang aus der Fassung gebracht. »Tut... tut mir leid«, stammelte sie. »Natürlich hätte ich...«

Zeidan machte eine Geste, die Verständnis und gleichzeitig eine Entschuldigung ausdrückte. »Aber ich bitte Sie. Sie konnten ja, wie Feisal richtig bemerkte, nichts von seinem Zustand ahnen.« Er zögerte: »Aber es gibt etwas, das Sie für *mich* tun könnten.«

Sabrina versicherte ihm, daß er auf sie zählen könne, und Zeidan fragte sie, ob in der Maschine ein Arzt sei. Sabrina schüttelte den Kopf. »Wenn der Präsident an Bord ist, fliegt normalerweise auch sein Arzt mit. Aber auf diesem relativ kurzen Flug... aber seien Sie unbesorgt, ich bin eine erfahrene Krankenschwester, und wenn Feisal etwas fehlen sollte, helfe ich gern.«

Feisal lächelte ihr dankbar zu und sagte: »Vielleicht würden Sie sich dann um das da kümmern?« Er nahm ein festes Lederetui vom Tisch und gab es ihr. Sabrina öffnete den Verschluß und sah Spritzen und Insulinkapseln. »Mit Vergnügen, Sir«, sagte sie.

Der ›Tee‹ wurde in echten chinesischen Teekannen serviert – um, wie Wynanski erklärte, den Schein zu wahren –, die zu einem Service gehörten, das man aus Bahrain mitgebracht hatte. Die Minister einschließlich Hemmingsways tranken aus zarten, papierdünnen chinesischen Tassen, in denen das Eis ratterte, das der schlaue Chefsteward in kleine handliche Stücke zerstampft hatte.

Die Moguln, von Airman Fenstermaker, deren Superbau bewundernde Blicke erntete, mit appetitlichen Snacks versorgt, machten es sich gemütlich und sprachen vom Öl. Auf einem seiner offenbar notwendigen Kontrollgänge durchs Flugzeug war auch Jagger durch die Kabine spaziert, und Sabrina schaute nachdenklich hinter ihm her.

Sie zweifelte nicht im mindesten daran, Joe McCafferty vor sich zu haben, aber seine Versuche, seine Gedächtnislücke zu vertuschen, hatten sie im Gegensatz zu ihrer Kollegin wenig überzeugt. Sein Hinweis auf die Strapazen während des Fluges, den Druck, die Verantwortung für Passagiere und Besatzung, *wären* zwar eine hinreichende Entschuldigung gewesen, geglaubt hatte sie ihm aber im Grunde nicht. Sie war nicht übermäßig eitel, aber sie konnte sich einfach nicht vorstellen, daß irgendwer Jeannie Fenstermaker mit Sabrina Carver verwechseln sollte.

Sie hatte Wynanski beiläufig ein bißchen über McCafferty ausgequetscht und sich erkundigt, ob der Sicherheitschef normalerweise beim Start so seine Mucken habe. »Nicht mehr als üblich«, erwiderte der, »aber eins ist sicher, für Mac ist Dienst nun mal Dienst. Dann sind die Weiber abgeschrieben für den Musterknaben, selbst so eine wie Sie.«

Noch immer stand Sabrina nachdenklich in einem Winkel der Hauptkabine und überhörte den leisen Schritt, der sich ihr auf dem mit Teppich ausgelegten Boden näherte. Eine Hand legte sich auf ihre Schulter. Sie fuhr herum. »Einen Penny für Ihre Gedanken«, sagte Cooligan. Sie stammelte eine Entschuldigung und gestand, daß sie meilenweit weggewesen sei.

Neugierig sah Bert sie an und rieb sich das Kinn. »Yeah«, sagte er gedehnt, »das scheint wohl ansteckend zu sein und sich auf diesem Trip zu 'ner Art Krankheit zu entwickeln.«

»Was meinen Sie damit?« fragte Sabrina. Cooligan gab ein verlegenes Kichern von sich. Ach, es sei nichts, murmelte er, um die Sache herunterzuspielen. Sabrina ließ nicht locker. Sie spürte, daß etwas dahintersteckte, das für sie wichtig sein könnte. Schließlich gestand Bert: »Es ist bloß, daß ich mit meinem Boß, Colonel McCafferty, in Manama am Telefon die gleichen Probleme hatte.«

Sabrina fühlte, wie ihr ein eisiger Schauer über den Rücken lief. »Am Telefon? Was… hm… was für ein Problem denn?«

»Im Grunde nichts Ernstes«, erwiderte Cooligan. »Ich komme mir irgendwie komisch vor, wenn ich darüber spreche, aber es war wirklich merkwürdig. Er war so in Gedanken versunken, daß ich genausogut zu einer Mauer hätte reden können.«

Sabrina wog ihre Worte sorgfältig ab: »Hat er Sie vielleicht einfach nicht erkannt?«

Überrascht schaute Cooligan sie an, dann nickte er. »Genau. Einen Moment lang hatte ich den Eindruck, als wisse er nicht, mit wem er's zu tun hat.«

Im Cockpit lehnte sich Colonel Fairman in seinem Sitz zurück und befahl Latimer, sich über Funk aus Neapel die Position geben zu lassen. Der Pilot sprach ins Mikrofon: »Kontrollstation Neapel. Air Force One ruft Kontrollstation Neapel. Wir überfliegen 24 Grad Ost in Flugfläche 280 und erwarten 22 Grad Ost um 31 nach.«

Die Stimme des Fluglotsen in Neapel antwortete in leicht gestelztem Englisch: »Rover, Air Force One, haben Sie auf dem Bildschirm. Melden Sie sich über 22 Grad Ost.«

Einige hundert Meilen entfernt stand ein anderes Flugzeug am abgelegensten Ende einer Rollbahn, die wie ein Finger auf die Adria wies.

Rings um das unbeleuchtete Flugzeug herrschte völlige Dunkelheit. Doch plötzlich wurde das holprige Rollfeld von Lärm erfüllt: ein Dutzend Motorfahrzeuge – Autos, Jeeps und kleine Passagierbusse – rasten auf die Rollbahn, Kies spritzte auf, und in der steifen Brise tanzten die Staubwolken über dem Unkraut.

Donnernd kamen die Flugzeugmotoren zum Leben, und die Boeing rollte hinaus ins strahlende Licht.

7

Jeder Zweifel war ausgeschlossen: Größe, Bauart, Ausstattung des Flugzeuges – die *stars and stripes* der Flagge, die Insignien des Präsidenten, die Inschrift ›United States of America‹, der weiße Rumpf, der blauschwarze Bug, die blaßblaue Unterseite und die blauen Hauben der Triebwerke, die silbernen Flügel: es war Air Force One.

Oder vielmehr, das Flugzeug war der echten Air Force One in jeder Hinsicht so ähnlich wie Jagger McCafferty. Und das reichte Mister Smith, der an der dem Meer zugewandten Seite des Rollfeldes in seinem Auto saß und das riesige Flugzeug auf sich zurollen sah, kurz ehe es abhob.

Nachdem Smith eine etwas fragwürdige Partnerschaft mit dem KGB erreicht hatte, hatten die Russen ihren ersten wichtigen Beitrag geleistet, indem sie ihm diesen Behelfsflugplatz zur Verfügung stellten – der wundersamerweise im Jahr 1944 für die neuen deutschen Düsenjäger vom Typ ME 262 in einer Extralänge von 1400 Metern gebaut worden war. Denn der Flugplatz, längst aufgegeben und fast zugewachsen, lag an der flachen und tiefliegenden dalmatinischen Küste zwischen Zadar und Šibenik, was ganz Smiths Plänen entsprach. Schon im Anfangsstadium seiner Planung war er überzeugt gewesen, daß man die Boeing des amerikanischen Präsidenten nur von einem der Ostblockstaaten aus kidnappen konnte. Aber auch das Jugoslawien nach Tito war für Smith noch verbotenes Terrain.

Nicht aber für die Russen. Sie hatten es geschafft, eine entsprechende Rollbahn ausfindig zu machen und ihm die für die Säuberung und Bemannung des Rollfeldes erforderliche Hilfe zu organisieren.

Die Fahrzeuge auf dem Rollfeld, die Männer dort, die Wächter, die jetzt gerade in Bahrain den echten McCafferty bewachten – man hatte sie alle aus der gleichen ultralinken Partisanengruppe rekrutiert, die in den nahen Bergen ihr Hauptquartier hatte.

Die Gruppe, vom KGB zusammengeführt und gegründet, hatte den Auftrag, Jugoslawien wieder auf die orthodox-kommunistische Linie zurückzubringen. Mit Hilfe von Unterwanderung, Terroranschlägen und Agitprop sowie durch Einschüchterungsversuche nach klassischem Muster hatten sie es inzwischen schon zu einigen Erfolgen gebracht. Sie würden auch die Truppe stellen, die Mister Smith in der Endphase seiner Aktion, wenn das Lösegeld für die OPEC-Minister übergeben werden sollte, benötigte. Und bis jetzt, dachte Smith, hatte es kaum Anzeichen einer Einmischung durch die Behörden gegeben. Verdankte er das wiederum dem KGB?

Smith hatte das Flugzeug legal erworben. Es war wirklich eine Boeing 707, aber keineswegs ein Stratoliner. Mister Smith hatte statt dessen einen alten, nutzlosen Cargo-Frachter gesucht und gefunden, der für seine Zwecke geradezu ideal war. Und er hatte ihn billig bekommen. Inzwischen war das Flugzeug lackiert und bemalt, wenn auch nicht umgebaut worden. Die Boeing passierte

Smiths Auto, ihren eigenen gigantischen Schatten hinter sich herschleppend. Der Lärm war ohrenbetäubend. Erst ein heiseres Röhren, das dann zu einem tosenden Stakkatogeratter anschwoll und schließlich über dem Wasser in eine Reihe wütender Explosionen überging, die, als die Maschine langsam in der Nacht verschwand, wie Peitschenschläge nachhallten.

Mister Smith schlug dem Mädchen neben sich, seiner gefügigen Dienerin aus dem Schloß, aufs Knie. »Nun«, sagte er auf englisch, »liegt's bei den Russen und ihren cleveren kleinen Freunden in Italien. Warum fahren wir nicht zurück und warten die weitere Entwicklung ab, meine süße Branka?«

Abgesehen von ihrem Namen hatte das Mädchen nicht ein einziges Wort verstanden, aber sie lächelte und legte ihre Hand auf die seine. Seine Absichten zumindest waren ziemlich eindeutig...

Der Mann mit dem Codenamen Myshkin ging im Funkraum der Sowjetbotschaft in Zürich auf und ab und lauschte über Kopfhörer den ihm von seinem Belgrader Informanten aus dem Serbokroatischen übersetzten laufenden Kommentaren des Leitoffiziers.

Myshkin schaute auf die Uhr und begegnete dann Axel Karilians Blick, der sich, übers Funkgerät gebeugt, auf einem Block Notizen gemacht hatte. Karilians dicke Lippen teilten sich. Er grinste wölfisch. »Gratuliere, Genosse«, sagte er, »alles läuft genau nach Plan... nach *unserem* Plan, wenn auch Mister Smith nach wie vor überzeugt ist, daß es der seine ist.«

Myshkins leicht mongolische Lider zuckten. Das bedeutete Zustimmung und war, wie Karilian aus Erfahrung wußte, Myshkins bevorzugte Art, ein Maximum an Begeisterung zu zeigen. Wo andere sich fast den Hals verrenkten, um leidenschaftliche Begeisterung auszudrücken, preßte Myshkin bloß die jüngferlichen Lippen zusammen und flatterte mit den Lidern – eine scheußliche und bedrohliche Gebärde, an der absolut nichts Weibisches war, wie man hätte vermuten können. »Ich muß gestehen«, sagte Karilian, »daß mir der Gedanke nicht sonderlich angenehm ist, daß McCafferty auch nur eine Minute länger als für unsere Zwecke notwendig existiert. Er bedeutet eine ständige Gefahr für uns. Und er wird uns erst dann keine Angst mehr einjagen, wenn er tot ist.«

Myshkin fuhr zusammen. »Fast möchte ich dir zustimmen«, sagte er, »aber McCafferty weiß so allerlei, das für uns von Nutzen ist, einmal über die UNACO, der wir ja nie wirklich trauen können, auch wenn wir sie unterstützen, hauptsächlich aber über die USAF, das Pentagon und Air Force One.«

»Ist dir klar, was wir getan haben, Axel«, sagte Myshkin, wobei seine Stimme sich in sorgfältig abgewogenen Halbtönen zu gefährlicher Erregung steigerte. »Wir haben einen ausgewachsenen Colonel der United States Air Force entführt, ohne daß sie es bis jetzt mitgekriegt haben. Wir können ihn festhalten und so lange melken, bis er nichts mehr hergibt, *und sie werden vielleicht nie erfahren, daß wir ihn überhaupt hatten.* Wie sollten sie auch? Schließlich wird er weiterhin sichtbar bei ihnen sein, der einzige Überlebende und der Held bei der Entführung von Air Force One – der Mann, der den Meisterverbrecher, den die UNACO entwischen ließ, zur Strecke brachte.«

Bei diesen Worten hob Karilian die buschigen Augenbrauen. »Was?« grunzte er, »seit wann gehört denn das zum Plan?«

Myshkin lächelte, und nicht zum erstenmal fühlte Karilian, wie ein Prickeln der Angst seinen Körper überlief, als habe man ihn mit Akupunkturnadeln gepiekst.

»Moskau hält es für ratsam«, erwiderte er. »Und warum auch nicht? Sollte Smith uns im Weg stehen oder auch nur lästig werden – wer behauptet denn, daß er unbedingt überleben muß? Wir brauchen ihn nicht«, fuhr Myshkin sanft fort.

»Jagger wird ausreichend Unterstützung haben. Dafür haben wir schon gesorgt. Es wird für Jagger ein leichtes sein, Smith dann, wenn er am wenigsten einen Verrat erwartet – im Augenblick seines scheinbaren Triumphes – zu – ehem – erledigen und uns das Lösegeld zu übergeben. Ich bin überzeugt, daß auch der KGB Verwendung dafür hat – meinst du nicht auch, Axel?«

Axel kicherte zustimmend. Nicht weil ihm danach zumute war, sondern weil er glaubte, es werde von ihm erwartet.

Sie hatten McCafferty während der Zeit, die er im abgedunkelten Zimmer verbrachte, nur zweimal nach draußen gelassen: einmal, damit er wieder so leidlich zu sich kam, und dann in der Abenddämmerung, um sich im Garten die Füße zu vertreten – immer unter schwerer und nicht gerade menschlicher Bewachung. Der Araber Selim hielt einen struppigen, wilden Schäferhund an einer dicken Leine, die lang genug war, daß der Mann sie sich einige Male um die Taille winden konnte, ehe er sie am Halsband des wütenden Hundes festklemmte.

Mac sah, daß er in einer zweistöckigen Villa untergebracht war, die inmitten des Palastgeländes auf einem abgegrenzten Terrain stand. Verkehrsgeräusche verrieten, daß in der Nähe eine Straße sein mußte, und Mac nahm an, daß die hohe Mauer am Ende des Gartens sowohl die Villa als auch die königliche Residenz abgrenzte. Sein Zimmer – das einzige mit vergitterten Fenstern – lag im ersten Stock an der Vorderseite.

McCafferty hatte drei andere Schlafzimmer und zwei Bäder entdeckt. Im Parterre mußten seiner Meinung nach die üblichen Empfangsräume sein. Die oberen Räume entsprachen der Anzahl der Männer, die ihn bewachten: einer patrouillierte im Garten, einer vor seiner Tür – beide Ausländer, deren Herkunft er noch nicht kannte –, dann Selim und sein scheußlicher Hund. Und Dunkels natürlich.

So sehr er sich auch anstrengte, er konnte keine Möglichkeit zur Flucht ausmachen, kein Schlupfloch und keine Schwachstelle. Erschöpft, verzagt und noch immer von den Hieben und Prellungen beeinträchtigt, kehrte Mac von seinem zweiten Ausflug zurück und hörte, wie hinter ihm die Tür wieder zweimal verriegelt wurde.

Dann ein anderes Geräusch – ein vertrautes, aber, wie er mit Sicherheit wußte, seit seiner Ankunft in der Villa nicht gehörtes Geräusch: In der Halle unten läutete das Telefon.

Nach einigen Augenblicken drehte sich der Schlüssel im Schloß, und die Tür schwang auf. Dunkels verhielt sich genau wie zuvor, ließ den Wächter die Taschenlampe auf McCafferty richten und schaltete erst dann die trübe Deckenbeleuchtung ein. Es war Mac aus Sicherheitsgründen verboten, den Schalter zu berühren. Er schloß daraus, daß man das Haus von der Straße aus sehen konnte, und Dunkels wollte das Risiko ausschalten, daß der Amerikaner mit Hilfe von Lichtsignalen eine Nachricht nach draußen morste.

Dunkels schien bester Laune zu sein. »Ich habe Neuigkeiten für Sie, McCafferty«, kündigte er an. »Sie werden in Kürze hier herauskommen. Einige – eh – Freunde von mir werden kommen und Sie fortbringen, an einen Ort – ich vermute, es geht übers Meer –, der ihren Interessen, wie soll ich sagen – dienlicher ist. Sie werden auch ein paar Ihrer getreuen Wächter verlieren. Mister Smith sagte mir, daß Sie in unserer – eh – Operationsbasis benötigt werden, wo irgendwer knapp an Arbeitskräften ist.«

Mit einer schwungvollen Handbewegung deutete Dunkels auf

die beiden Wachen, die verständnislos grinsten. McCafferty antworte auf russisch, daß er glücklich sein werde, sie von hinten zu sehen, da sie wie Schweine stänken und ihn zum Kotzen brächten.

Ehe Dunkels ihn stoppen konnte, sprang der Jüngere der beiden Wächter vor, brüllte in seiner Muttersprache obszöne Flüche und rammte dem Amerikaner den Kolben seines Gewehrs ins Gesicht.

Dunkels ergriff den Mann am Arm und zog ihn grob zur Seite. Im letzten Moment hatte Mac den Kopf weggedreht, und erhielt so nur einen flüchtigen Schlag von der Kalaschnikow, der aber ausreichte, eine alte Wunde von neuem bluten zu lassen und einen rasenden Schmerz in seinem Kopf zu entfachen. Vor seinen Augen explodierten Sterne, und er wischte das rohe Fleisch auf seiner Wange mit einem schmutzigen Taschentuch ab.

Er grinste verzerrt hinter seinem Fetzen von Taschentuch. Seine Rechnung war aufgegangen. Er hatte darauf gebaut, daß seine Bewacher entweder Deutsch oder Russisch verstünden, da sie ihrer Sprechweise und Erscheinung nach eher mitteleuropäisch wirkten und kaum einer in weiter Ferne beheimateten Volksgruppe anzugehören schienen. Zwar war McCafferty weit davon entfernt, jemals Dunkels Sprachfertigkeit zu erreichen, aber er fluchte schon seit langem in rund fünfzehn Sprachen; denn für einen, der ständig in der Weltgeschichte umherreiste, war es empfehlenswert zu wissen, wenn ein Ausländer einen verabscheute.

Die Wachen hatten ihm direkt in die Hand gespielt: Die reichlich obszönen Flüche, die sie Mac entgegengeschleudert hatten, entsprachen genau dem serbokroatischen Wortschatz des Amerikaners, der aus einem halben Dutzend Wörtern bestand. Er konnte jetzt sicher sein, daß es eine Verbindung zu Jugoslawien gab.

Auch Jugoslawien stand im Flugplan der Boeing. Es lag als eine der sichersten Routen auf Fairmans Kurs in die Schweiz. Er würde über die befreundeten arabischen Staaten hinweg zum Mittelmeer, dann die eine oder andere Seite Italiens hinauffliegen und schließlich die Alpen überqueren.

Falls Smith wirklich einen Anschlag auf die Maschine des Präsidenten plante, dann war, so überlegte McCafferty, Jugoslawien mit seiner geheimen sowjetischen Präsenz der ideale Schauplatz für die Entführung.

Dunkels spürte die Unruhe der Wachen. Mit wutverzerrtem Gesicht wandte er sich wieder dem Amerikaner zu. »Das war smart, McCafferty«, zischte er. »Aber was Sie auch immer rausgefunden haben, es wird Ihnen nichts nützen. Sie werden nie von hier abhauen können, und in Kürze, wie gesagt, werden Sie sowieso weggeschafft.

Da Sie aber offenbar Ihre Spielchen spielen wollen, lasse ich Ihnen jemanden hier, mit dem Sie's können. Er ist, wie man mir sagte, sehr freundlich, solange man ihn nicht reizt.«

Während Selim sich langsam die schwere Kette von der Hüfte wand, hämmerte einer der Wächter eine fünfzehn Zentimeter lange Krampe in den Türrahmen. Daran befestigte Selim das Halsband des Schäferhundes und schaute boshaft zu McCafferty hin.

»Die Kette ist so lang, daß er in jede Ecke kommt«, sagte der Araber. »Wenn ich Sie wäre, würde ich mich nicht bewegen. Er hat schon lange nichts mehr zu fressen gekriegt, und es sieht nicht so aus, als ob wir noch Hundefutter hätten. Ich lasse das Licht an, dann werden Sie ihn wenigstens kommen sehen.«

Er schlug die Tür hinter sich zu und verschloß sie. Der Hund stand da und glotzte Mac an, der starr auf seinem Bett lag und das Tier fixierte. Schließlich gab der Hund nach. Er gab ein gewaltiges Gähnen von sich und legte sich auf den Bauch, die Schnauze auf die Pfoten. Er hielt die Augen offen und ließ die Zunge über seine scharfen weißen Zähne gleiten.

Mac hörte, wie die vordere Tür geschlossen wurde und ein Auto abfuhr. Dunkels Stimme kam durch das kleine Oberlicht zu ihm. »Behalte ihn im Auge, Selim«, sagte der Deutsche. »Ich bringe die beiden hier zum Flughafen, und in einer halben Stunde bin ich wieder zurück.«

Nur einer der Wächter war also zurückgeblieben, überlegte Mac: der Araber. Und sein Freund, der Schäferhund. Unruhig bewegte er sich, und im Nu war der Hund auf den Beinen und fletschte knurrend die Zähne.

Falls Mac einen Befreiungsversuch wagen sollte, blieb ihm dafür eine halbe Stunde, mehr nicht. Zuerst aber mußte er mit Selims Hund fertig werden.

Fairman fühlte sich unbehaglich, als das Flugzeug sich auf seinem gewundenen Kurs nach Westen bewegte. Diese sich dahinschlängelnde Route war keineswegs der pfeilgerade Kurs, den der Commander sich gewünscht hätte.

Zwar mußte die Boeing keine allzugroßen Umwege in Kauf

nehmen, aber nach dem Studium des Flugplanes war es Fairman doch einigermaßen mulmig zumute gewesen. Einige Länder durfte er nur der Passagiere wegen, die er beförderte, überfliegen, während er andere des Flugzeugs wegen umfliegen mußte. Wäre allerdings der Präsident der Vereinigten Staaten allein an Bord gewesen, hätte er einen noch weit komplizierteren Kurs einschlagen müssen.

Als das Flugzeug die Grenze zum befreundeten Ägypten überflog, fluchte der Commander der Boeing vor Erleichterung leise vor sich hin. Pilot Latimer allerdings zeigte nach wie vor das krampfhafte Grinsen, das sein gleichsam der italienischen Renaissance entlehntes Antlitz seit dem Abflug einigermaßen entstellte. Er nahm Kurs auf Suez, überflog den Kanal, wobei er Port Said Steuerbord und Kairo Backbord liegen ließ, um dann über Alexandria hinweg das Mittelmeer zu überfliegen.

Unter sich sah er dunkel das schimmernde Meer und hörte, wie Fairman die EDPs in der Kabine kurz über das überflogene Gebiet aufklärte. Die EDPs ihrerseits sprachen so heftig dem Tee zu, daß man hätte glauben können, er würde bald aus der Mode kommen.

Als Kreta in Sicht kam, änderte Latimer dem Flugplan entsprechend die Flugrichtung: Air Force One sollte nun nicht mehr die adriatische Balkanküste hochfliegen, sondern über Sizilien hinweg die Seeroute übers Mittelmeer nehmen, dann der italienischen Küste folgen, bei Genua in den italienischen Luftraum einfliegen, das Piemont überqueren und in Genf landen.

Auch der ›Zwilling‹ der Air Force One, der unter dem Radarbereich hindurch die Adria entlangraste, hatte inzwischen Kreta gesichtet. Er würde die Boeing des Präsidenten auf ihrem Kurs nur ganz kurz berühren – lange genug allerdings, um Smiths Meisterplan in Gang zu setzen.

In einem der Aufenthaltsräume der echten Air Force One, der an die vordere Bordküche des Flugzeugs grenzte, spielten inzwischen Cooligan, die zwei Flugingenieure und Jagger mit mäßigem Einsatz Poker. Normalerweise gehörte Pokern nicht zu McCaffertys Lieblingsbeschäftigungen, aber der Sicherheitschef selbst hatte, wie Cooligan überrascht registrierte, das Spielchen vorgeschlagen. Wieder einmal zeigte der Colonel ein ganz und gar untypisches Verhalten, und dem Agenten des Secret Service machte das zu schaffen... aber was soll's, dachte er, jeder hat mal einen blöden Tag.

Mitten in einer Glückssträhne entschuldigte sich Jagger und erhob sich. »Probleme?« fragte Bert verständnisvoll. »Kann ich Ihnen helfen?« Jagger schüttelte den Kopf. »Nein«, erwiderte er, »spielt einfach ohne mich weiter. Mir ist bei der Sache hier nicht so ganz wohl.« (Er hoffte, daß diese Masche sein merkwürdiges Verhalten einigermaßen erklären würde.)

»Ich weiß zwar, daß nichts schiefgehen kann, aber ich laufe doch lieber mal durch, um nach dem Rechten zu sehen.«

»Um nach blinden Passagieren zu fahnden, Colonel?« erkundigte sich einer der Ingenieure. Und der andere, ein Witzbold, fügte hinzu: »Vielleicht ist einer eingestiegen, als wir über Saudi-Arabien waren, oder war es Syrien. Für mich sehen die alle gleich aus.«

Die vier Männer lachten, und Jagger spazierte lässig hinaus, beschleunigte seine Schritte auch in der Kabine nicht, nickte leutselig einem Adjutanten zu und erreichte die rückwärtigen Aufenthaltsräume der Boeing, ohne, von Jeannie Fenstermaker abgesehen, einem Besatzungsmitglied in die Arme zu laufen. Jeannie war mit geräuchertem Lachs und Spargelspitzen, die zwischen dünnen, gebutterten Roggenbrotschnitten steckten, zur EDP-Lounge unterwegs. Jagger nahm eines der Schnittchen und aß es auf.

Er schloß sich in der hinteren Toilette ein und blieb, um den Schein zu wahren und nicht gleich wieder auf Fenstermaker zu treffen, fünf Minuten dort. Er ließ die Aerosoldose in seine Tasche gleiten, zog die Wasserspülung, wusch sich die Hände und spazierte dann zur Tür heraus, wobei er die wohlgerundete Blondine fast überrannte, die mit dem leeren Tablett zur hinteren Bordküche unterwegs war.

»Wahrer Heißhunger allerseits, was?« grunzte Jagger.

»Scheint so, Colonel«, erwiderte sie. »Wohlgemerkt...«, sie errötete, was ihr ausgezeichnet stand, »ich glaube, daß man Sabrina genau so gern sieht. Es werden ungeheure Mengen Tee serviert, Colonel. Sergeant Wynanski kommt mit den Bestellungen kaum nach.«

»Wo ist Wynanski?« fragte Jagger beiläufig.

Jeannie zeigte nach hinten zur Galley. »Da hinten, wie immer. Plagt sich ab mit einem heißen Canapé.«

Jagger grinste, schaute auf seine Uhr und sagte: »Dann nichts wie los mit Ihnen, Airman. Wir wollen doch die Araber nicht warten lassen, oder? Könnte Ihnen alle Chancen verderben, einen Scheich zu heiraten – oder wenigstens in einem Harem zu landen.«

»Huch«, prustete Fenstermaker los und schniefte dann mißbilligend. Jagger wartete, bis sie die Tür hinter sich geschlossen hatte, dann klopfte er und sagte mit lauter Stimme: »Pete, sind Sie da drin?«

»Wer ist da?« fragte Wynanski. Er schlurfte zur Tür und stieß sie auf, Jeannie hing an seinem Ellenbogen.

Jagger lächelte durch die Zähne und sagte: »Hab' ein Geschenk für Sie!« Fenstermaker sperrte erwartungsvoll den Mund auf, und so bekam sie eine geballte Ladung des Knockout-Gases ab und ging neben Master Sergeant Wynanski zu Boden.

McCafferty bewegte den Kopf, um vorsichtig auf die Uhr zu schauen, und schon wälzte sich der Hund bedrohlich hin und her. Acht Minuten waren vergangen. Mac konnte nicht länger warten; wenn er überhaupt etwas tun wollte, dann mußte es bald geschehen.

Er setzte sich im Bett auf, und mit ihm erhob sich auch der Hund, mit gesträubten Nackenhaaren und offenem Maul, die Lefzen über die Zähne gezogen.

Mac schwang seine Beine auf den Boden und stand mit einem Satz mit dem Rücken vor der Schranktür. Mit den Fingern tastete er nach dem Griff hinter sich. Lautlos bewegte sich der Schäferhund auf ihn zu, die Kette schleifte er hinter sich her. Der mächtige Körper schwankte von einer Seite auf die andere wie eine Hängebrücke im Sturm. Seine gefleckten Augen wichen nicht vom Gesicht des Mannes.

McCafferty fand den Griff der Schranktür und riß mit Gewalt daran. Die Tür ging auf und traf ihn am Schulterblatt. Seine Finger tasteten das Schloß ab. Es war durch eine Schiene mit dem Schrankboden verbunden und funktionierte, da es nicht gerade pfleglich behandelt worden war, ausgesprochen schlecht.

Mac trat zur Seite und stieß die Tür halb auf, wobei er ein Stoßgebet von sich gab, der Schrank möge groß genug sein, um sich drin zu verstecken. Er hatte Glück: Es war ein begehbarer Schrank, und er war leer.

Der Hund folgte ihm in den Schrank.

Mac stieg wieder nach draußen, diesmal schneller. Der Schäferhund folgte ihm mit rasselnder Kette.

Wieder verbarg sich McCafferty im Schrank, der Hund blieb ihm auf den Fersen.

Beim zweiten Versuch sprang der Amerikaner aus dem Schrank. Der Hund ebenfalls, wobei er sich einmal um die eigene Achse drehte, während Mac nur einen langen Schritt vor und wieder einen zurück tat.

Wieder hinein. Der Hund wirbelte herum und streifte Macs Bein. Mac sprang glatt über den Hundekörper hinweg und schlug dem Tier die Tür vor der Schnauze zu.

Wütend warf der Schäferhund sich gegen die Tür, aber der rostige Verschluß hielt. McCafferty schob das Bett vor den Schrank und drückte es mit aller Kraft dagegen.

Dann raste er zur verschlossenen Zimmertür und zerrte wie wahnsinnig an der Kette, die am Türstock befestigt war.

Schon hörte er, wie Selim, angelockt vom hysterischen Kläffen des Schäferhundes in seinem dunklen Gefängnis, die Treppe heraufhastete und über den Korridor lief.

Der Schweiß lief Mac in die Augen, als er unter Aufbietung aller Kräfte an der Kette zog. Mit einem markerschütternden Kreischen löste sich die Krampe. Mit einem Ruck zog Mac die Befestigung des Halsbandes heraus, steckte den gebogenen Haken über den Türgriff, wuchtete sein Bett hoch und benutzte es als Rammbock, um das Metall ins Holz zu schlagen.

Schon war Selim an der Tür. Mac machte das Licht aus und stellte sich, das lockere Ende der Kette in Händen, hinter die Tür.

Selim nahm in der Annahme, das Licht sei nicht an, sein Gewehr in die Linke und drückte mit dem Daumen der Rechten auf den Knopf der Taschenlampe, um den Lichtstrahl auf die Ursache des Geräusches richten zu können.

McCaffertys wütender Hieb brach Selim das Handgelenk. Er ließ das Gewehr fallen und heulte mit dem Hund um die Wette. Mac sprang auf ihn zu und zog ihm die Kette um den Hals. Ganz allmählich gelang es dem Amerikaner, den Araber auf die Knie zu zwingen. Er umklammerte den Körper des Mannes mit seinen Beinen. Selim keuchte und stöhnte, und der Schrei erstickte ihm in der Kehle, als McCafferty ihn erwürgte.

Dem Hund war es trotz allem gelungen, die Schranktür aufzustoßen. Mac sah das Bett langsam ins Zimmer hineingleiten, als die riesige Bestie ihren Körper durch die Öffnung schob.

Dann war der Schäferhund frei, und sein verzweifeltes Gebell verwandelte sich in ein wütendes Knurren. Im Licht der Taschenlampe, die Selims Hand noch immer umklammert hielt, sah McCafferty, wie der Hund mit schaumtriefendem Maul auf ihn zusprang.

Er ließ sich zu Boden fallen, rollte sich einmal um sich selbst, ergriff Selims Walther und feuerte einen Schuß nach dem anderen auf den fliegenden Körper der Bestie. Der Hund keuchte in die halboffene Tür hinein, winselte und blieb dann keuchend davor liegen. Mac wandte den Kopf und zwang sich, dem Tier in die brechenden Augen zu sehen. Der Speichel erstarrte auf den Lefzen und der rasselnde Atem verebbte.

Mac war frei.

Er taumelte die Treppe hinunter und in die Nacht hinaus. In großen Zügen atmete er die kühle Nachtluft ein. Dann überlegte er kurz und machte sich auf die Suche nach einem zweiten Auto.

Auf der Rückseite der Villa fand er ein Fahrzeug, aber es war abgeschlossen, und der Zündschlüssel fehlte. Mac lief ins Haus zurück und die Treppe hoch. Er rollte Selims Körper mit dem Fuß auf den Rücken und holte den Schlüsselbund aus der Hosentasche.

Erst auf dem Weg zum amerikanischen Konsulat wurde ihm so richtig klar, welchen Schwierigkeiten er noch entgegensah. McCafferty hatte, genau wie er vor einer Ewigkeit halb im Spaß zu Dunkels gesagt hatte, nicht die geringste Möglichkeit, seine Identität zu beweisen. Alles hatten sie ihm abgenommen: Brieftasche, Kreditkarten, die Pässe vom Sicherheitsdienst und sein Geld. Er besaß nur noch die Kleider, die er auf dem Leib trug: eine bauschige Hose und eine zerrissene dreckige, blutgetränkte Djellaba.

Das Schlimmste aber war, daß er jetzt versuchen mußte, einen skeptischen Konsul davon zu überzeugen, daß er genau der Mann war, der vor noch nicht ganz drei Stunden vor den Augen des Konsuls das persönliche Flugzeug des amerikanischen Präsidenten bestiegen hatte.

8

Das Pokerspiel zu dritt war immer noch im Gang, als Jagger zum Aufenthaltsraum zurückkehrte. Er beugte sich über den Tisch und sagte zu Cooligan: »Wie steht's, Bert?«

Jagger zog ein Taschentuch heraus, um sich das Gesicht abzuwischen, als Cooligan erwiderte: »Gut – seit du fort bist. Du hast mir Glück gebracht.«

»Yeah?« fragte Jagger. »Wirklich? Dann schaut mal, was das euch bringt!« Er hielt sich das Tuch über Nase und Mund und setzte die Spraydose an. Die Karten, eine nach der anderen, entglitten den kraftlosen Händen, die drei Männer fielen mit dem Oberkörper auf die grüne Stoffbespannung des Tischchens, das fast umkippte. Aber Jagger erwischte es noch rechtzeitig, um es wieder aufzurichten. Auf gar keinen Fall konnte er sich irgendwelche auffälligen Geräusche leisten.

Jagger nahm Cooligan die Knarre ab und flüsterte: »Träume süß, Freundchen.«

Nun war das Cockpit an der Reihe. Kowalski sagte gerade zum Commander: »Nichts als dieser gottverdammte Schnee auf dem Bildschirm. Ich glaube, wir sollten Kontakt mit Neapel aufnehmen.« Fairman drehte sich zum Radarschirm um und grunzte irgend etwas Unfreundliches. Dann befahl er Latimer, sich mit der Bodenstation Neapel in Verbindung zu setzen.

»Kontrolle Neapel, Air Force One für Kontrolle Neapel«, sagte der Pilot. Neapel antwortete, noch immer mit derselben gestelzten Roboterstimme. »Vor uns schweres Radarecho im Entstehen, Neapel«, fuhr Latimer fort. »Erbitte neue Route für Genf.«

Neapel ging der Sache nach und funkte zurück: »Roger, Air Force One. Wechseln Sie auf Kurs zwo-sieben-sechs. Notieren Sie?«

Neapel erhielt die Bestätigung, und Latimer schaltete aus...

Im Hörsaal der soziologischen Fakultät der Universität Bologna stopfte Bartolomeo Volpe seine Lehrbücher in ein abgeschabtes Dokumentenköfferchen und machte sich mit Erlaubnis seines Professors, der wie Bartolomeo Kaderleiter der Roten Brigaden war, etwas früher davon. Etwa zur gleichen Zeit lehnte sich Christina Patakeminos in ihrem Stuhl im Hörsaal der soziologischen Fakultät der Universität Athen zurück, schloß die Augen und wartete ungeduldig auf die morgendliche Pause.

Bartolomeo bestieg ein Flugzeug in Richtung Süden und kam pünktlich zu der von der örtlichen kommunistischen Zelle festgelegten Zeit in Neapel an. Er stellte sich für einen Bus an, der ihn aus der Stadt herausbringen sollte, schaute auf seine Uhr und grinste beim Gedanken, daß die dunkeläugige Christina am Ägyptischen Platz in Athen jetzt genau dasselbe tat. Weder der Junge noch das Mädchen – sie waren erst seit einem Jugendseminar in Sofia vor sechs Wochen ein Liebespaar – wußten, woher die Kommunisten in Athen und Bologna *ihre* Ordres erhielten. Aber das kümmerte sie nicht; sie warfen ihre Bomben, wann und wo man es ihnen befahl, sie töteten, wann immer man ihnen zu töten befahl. Sie waren bewunderungswürdige Produkte des internationalen Terrorismus.

Diesmal aber ging es nicht um einen Mord, dachte der Italiener mit Bedauern, als der Bus ihn an der vereinbarten Stelle am Straßenrand absetzte. Dennoch sei es wichtig, hatte die Zelle gesagt: ein Anschlag auf die Wurzeln des internationalen Kapitalismus.

Die Elektrokabel, die die Bodenkontrolle Neapel versorgten, zogen sich in einer dunklen Rinne am Rand der Klippen abseits der Hauptstraße hin. Auch die Stromversorgung der Bodenkontrolle Athen war bewußt in der Nähe der Klippen verborgen worden, die aus der Ebene von Marathon zur Ägäis abfielen. Wieder verglich Bartolomeo die Zeit, seine Augen fixierten den kleinen Zeiger, der auf Null zulief.

Er brach den Deckel einer Abzweigdose auf und befestigte einen winzigen Zeitschalter an dem Metallgehäuse. Dann durchtrennte er ein paar Stromzuleitungen im Kabel und befestigte deren Enden an den Doppelenden des Zeitschalters. Die Uhrzeiger waren auf fünfunddreißig Minuten eingestellt. Hunderte von Meilen entfernt vollführte Christina Patakeminos getreu ihren Vorschriften die gleichen eingedrillten Handgriffe und lächelte in sich hinein bei der Vorstellung, daß südlich von Neapel Bartolomeo das gleiche tat. Sie drückten im Abstand von kaum einer halben Stunde auf die Schalter ihrer Zeituhren.

Bartolomeo schraubte den Deckel seiner Abzweigdose wieder fest, kletterte vom Mast herunter und wanderte in die Nacht hinaus, eine Arie aus Verdis *Luisa Miller* vor sich hinpfeifend. Christina summte ein hübsches kleines Lied von Theodorakis und fuhr per Anhalter nach Athen zurück.

Jagger war überrascht, auf seinem Weg zum Cockpit der Air Force One Sabrina Carver zu begegnen. »Schwierigkeiten, Airman?« fragte er.

Sabrina schüttelte den Kopf. Ihre dunkle Haarmähne hob sich von den Schultern und fiel dann wieder zurück. »Reine Diplomatie«, erklärte sie. »Feisal, der arabische Junge, wissen Sie, wollte das Cockpit sehen. Colonel Fairman meinte, das gehe in Ordnung.«

Jagger nickte und schob sich an ihr vorbei, kaum daß er den Körperkontakt mit ihr wahrnahm, und fingerte am Gurt seines Pistolenhalfters herum. Sabrina zuckte die Achseln und murmelte: »Immer im Dienst, was, Mac? Sie sind wirklich ein Mensch von eiserner Pflichterfüllung.«

Jagger klopfte an die verschlossene Tür des Cockpits und wurde gleich hereingelassen. Im selben Moment rief der Fluglotse in Neapel: »Allmächtiger Gott!« weil das Radargerät ausgefallen war.

»He, was zum...«, rief der Funker.

»Ist wirklich alles futsch?« kreischte der Funküberwacher.

»Alles, wir, Athen und Air Force One inbegriffen«, gab der Fluglotse grimmig zurück. Er blinzelte ungläubig und schnaufte heftig.

»Den heißen Draht probiert?« fragte der Funküberwacher.

»Tot.«

»Scheiße.«

»Genau.«

General Morwood in der Funkzentrale des Pentagons drückte sich kaum gewählter aus, als er den Anruf aus Neapel erhielt.

»Ihr habt sie verloren?« Seine Augen wanderten zur Wandkarte, die, wenn sie auch kleiner als die der UNACO war, immer noch die winzige Spur der Boeing zeigte. »Aber wie *könnt* ihr sie verloren haben?« fragte er. »Wir haben sie noch immer auf Leitkurs des Trägheitsnavigationssystems.«

»Was ich sagen wollte«, rief der Mann vom Tower in Neapel eine Spur verzweifelt, »ist, daß unser Radar komplett ausgefallen ist. Soviel wir wissen, ist Air Force One noch vorhanden. Und wenn *Sie* es sagen, General, daß sie..., na ja, dann genügt mir das.«

Morwood gab seinem engsten Vertrauten, einem dicken Oberst, einen Wink. »Unterrichten Sie Philpott bei der UNACO«, flüsterte er, die Hand vor dem Mundstück, »und dann hören Sie mir zu. Ich werde denen in Neapel und Athen die Köpfe abreißen.«

»Hallo, Mac«, sagte Latimer erfreut, als Jagger ins Cockpit kam, »langweilst du dich da unten?« Fairman grüßte, und Kowalski schenkte dem Sicherheitschef ein vages Grinsen. Feisals Augen weiteten sich angesichts der Instrumententafel.

»Na ja«, gab Jagger zurück, »ich dachte, ihr Burschen könntet bißchen Abwechslung brauchen. He, Sonny«, sagte er gedehnt zu dem arabischen Jungen, »vielleicht gehst du lieber wieder auf deinen Platz zurück? Du kannst ja später noch mal hier vorbeischauen.«

Jagger sprach in leichtem und beiläufigem Ton, aber Latimer schaute dem Sicherheitsmann in die Augen und flüsterte: »Irgendwas nicht in Ordnung?« Jagger nickte. Feisal zögerte und wandte sich stumm dem Commander zu. Fairman klopfte ihm auf die Schulter und sagte: »Du hörst, was der Colonel gesagt hat. Also bis später.« Widerstrebend schob sich der Junge durch die Tür.

Fairman wartete, bis er die Tür geschlossen hatte und erkundigte sich dann: »Was, zum Teufel, ist schiefgegangen, Mac? Haben Sie Probleme, von denen wir nichts wissen?«

Jagger grinste verschlagen und schüttelte den Kopf. »Umgekehrt, Tom«, sagte er, »*Ihr* seid es, *ihr* habt die Probleme.«

»Und die wären?«

»Hier«, sagte Jagger, zog seine Pistole und rammte sie dem Ersten Flugingenieur in den Nacken. »Keiner macht eine Bewegung.«

Basil Swann gab stotternd die Nachricht weiter, daß Morwood von einem Radarausfall in Neapel und Athen berichtet habe.

Philpott setzte sein Glas heftig auf den Tisch, erhob sich und ging, gefolgt von Sonja, zur Tür seines Büros. Er stolperte in die Funkzentrale und starrte auf den Wandschirm. Die grüne Schlange kroch noch immer langsam übers Mittelmeer hin.

»Ich wollte gerade hinzusetzen, Sir«, sagte Swann, »daß General Morwood der Meinung ist, Sie sollten sich keine Sorgen machen, da er die Spur der AF One immer noch hat und wir auch. Er meint, es könne sich lediglich um örtlich begrenzte Funkausfälle handeln.«

Erstaunt schaute Philpott ihn an. »*Zwei* örtlich begrenzte Ausfälle auf einmal? Neapel *und* Athen, beide zur gleichen Zeit, und das soll schierer Zufall sein? Nichts, um das man sich Sorgen machen müßte?« Sonja drückte seinen Arm.

»Wir lassen uns *nicht* aus der Ruhe bringen, Basil«, sagte sie, »aber besorgt sind wir schon.«

»Und verdammt mit Recht«, schnaufte Philpott. »Selbst wenn Morwood sich selbst davon überzeugen kann, daß irgendwas wie ein ungeheuerliches Gewitter zwei Radarschirme, die Hunderte von Kilometern voneinander entfernt stehen, zugleich lahmlegen kann, *mich* kann er davon nicht überzeugen.«

Swann schluckte mühsam und bat um Instruktionen. Philpott klopfte sich mit der blanken Faust in die Handfläche und runzelte angestrengt die Brauen.

»Es muß einfach Smith sein«, murmelte er, »und falls er es ist, muß er Helfer gehabt haben.«

»Sir?« fragte Swann.

»Merken Sie sich, Basil«, erwiderte Philpott und streckte einen Finger kerzengerade in die Luft, »ich möchte, daß das Kommando Neapel ein Geschwader mit Kampfflugzeugen zusammenstellt. Und veranlassen Sie das sofort, und ich meine SOFORT. Befehlen Sie denen da unten, sich auf Abruf bereitzuhalten. Keinerlei Fragen, keine Argumente, ich will nur Action.«

Swann nickte: »Und wie lauten die Befehle für die Einheit?«

»Keine direkten Befehle. Lassen Sie sie auf Abruf bereitstehen. Sofortige Bereitschaft. Benutzen Sie mein rotes Telefon, das sollte die da unten überzeugen, daß ich es ernst meine.« Er fluchte und sank in seinen Fernsehsessel.

Basil Swann blinzelte hinter den Gläsern seiner Hornbrille und ging mit kleinen, gestochenen Schritten hinüber zum Bedienungspult des UNACO-Computers...

Fairman hatte sich eisern unter Kontrolle, und das vertrieb auch bei der Besatzung von Air Force One jeden Gedanken an Panik. »Wenn das ein Witz sein soll, Colonel«, sagte er bedächtig zu Jagger, »dann werden Sie mir dafür gradestehen.«

»Kein Witz, Colonel«, erwiderte Cody. »Ein Überfall.«

Fairman musterte ihn gründlich, aber weder in den Augen noch auf den Lippen des Mannes zeigte sich auch nur ein Schimmer von Humor. Es gab nichts als den häßlichen Lauf der Pistole, die sich in den rasierten Nacken des Ingenieurs bohrte. »Man hat Sie... Sie sind *gekauft* worden?« fragte er sanft und ungläubig.

»So ungefähr«, zischte Jagger durch die Zähne. »Aber lassen Sie sich dadurch nicht beunruhigen. Merken Sie sich nur, daß ich ein qualifizierter und erfahrener Pilot bin; daß ich jedes Alarmsystem und jeden Knopf in der Maschine kenne, und daß ich, falls Sie nach einem langen sollten, Chucks Kopf wegpuste. Und noch etwas: abgeplattete Kugeln, kleines Kaliber, Dum-Dum-Varianten. Wenn die aus der Nähe abgefeuert werden, passiert dem Flugzeug überhaupt nichts, der Druck wird nicht fallen. Keinerlei Schäden rundum, bloß bei Chuck. Der wird tot sein. Sie sind der nächste, Tom. Benehmen Sie sich also.«

Dann vernahm die erstaunte Crew aus Latimers Kopfhörer eine weitere Stimme: »Kontrolle Neapel ruft Air Force One! Geben Sie Ihre Position durch! Geben Sie Ihre Position durch! Erbitten Antwort.«

»Nein«, befahl Jagger, langte mit der Hand nach vorn und riß den Kopfhörer runter. »Sie werden nicht antworten. Alle Mann die Geräte ausstöpseln.« Stumm und regungslos saßen sie da. Jagger drückte dem Ingenieur den Lauf seiner Pistole noch fester ins Fleisch und sagte ruhig: »Stöpsel raus, Herrschaften. Spielt nicht die Helden.«

Tom Fairman schaute unverwandten Blicks in Jaggers kalte, harte Augen. Der Commander beugte sich vor und riß den Stöpsel seines Kopfhörers aus dem Bedienungsfeld. Betäubt folgten die anderen seinem Beispiel...

Obgleich Fairman anfangs seinen Flugplan, der ihm vorschrieb, alle irgendwie kritischen Lufträume zu meiden, verflucht hatte, war ihm schließlich doch gestattet worden, den üblichen ›Großen Kreis‹ zu fliegen, nämlich die Route vom Persischen Golf hoch zur Schweiz. Das bedeutete, über Saudi-Arabien hinweg nach Ägypten und dann von Afrika aus zum Mittelmeer zu fliegen, dann Sizilien links und die italienische Küste rechts liegenzulassen und über Genua die Alpen zu erreichen. Dabei hätte er bei einer Flugzeit von etwa fünf Stunden 2660 Meilen zurücklegen müssen, weniger als die Hälfte der maximalen Flugstrecke.

Air Force One war zu dem Zeitpunkt, als Jagger ins Cockpit eindrang und Fairman dem jungen Feisal gerade den verschwommenen Fleck zeigte, der Kreta sein mußte, während die griechische Küste noch in der Ferne lag, drei Stunden und fünfundvierzig Minuten in der Luft und hatte 1950 Meilen zurückgelegt.

Mister Smiths Luftfrachter, der dem Flugzeug des Präsidenten aufs Haar glich, hatte inzwischen von dem verlassenen Behelfs-flugplatz im Küstengürtel Jugoslawiens abgehoben. Sein Ziel – das

449

Zusammentreffen mit der wirklichen Air Force One – lag fünfhundert Meilen weiter südwärts auf 37 Grad geographischer Breite und 19 Grad 15 Minuten östlicher Breite am unteren Rand des Ionischen Meeres. Allmählich kamen die zwei großen Flugzeuge einander näher...

Kowalski, der Navigator von Air Force One, studierte den von Jagger befohlenen neuen Kurs, ein amüsiertes Lächeln auf den Lippen. »Ich sehe es«, murmelte er, »aber ich glaube es nicht. Wo um alle Welt sollen wir hinfliegen? Und warum, um Gottes willen, sollen wir in schätzungsweise knapp zehn Minuten von 28 000 Fuß Höhe auf 250 Fuß runtergehen? Das wird hinten allerhand Aufregung geben.«

Jagger beugte sich vor und richtete seine Kanone auf einen Punkt zwischen Kowalkis Augen. »Je schneller Sie die Sache in Angriff nehmen«, flüsterte er, »desto schneller werden Sie aus dieser unangenehmen Lage wieder herauskommen.«

Er richtete sich wieder auf. Latimer stieß eine Obszönität zwischen den Zähnen hervor und fingerte mürrisch an der Steuerung herum, genau im selben Moment, als die Besatzung der falschen Boeing – ein Pilot und ein Kopilot, beide Berufsflieger aus Mozambique – auf eine Flughöhe von 2900 Fuß ging...

»Wiederholen Sie den neuen Kurs«, befahl Jagger, und Latimer setzte an: »Wir steuern einen Kurs von 350 Grad an und gehen auf 250 Fuß runter. Alsdann Aufschlag mitten auf der Straße von Otranto, ganz wie gewünscht, Sir.«

Jagger ignorierte die sarkastische Bemerkung und wandte seine Aufmerksamkeit wieder den Stromunterbrechern zu, die den Funkverkehr und die Navigationshilfen des Flugzeuges steuerten. »Alle rausnehmen«, bellte er den Flugingenieur an, der seinerseits hilfesuchend Fairman anschaute. Der Commander seufzte. »Er hat die Kanone, tun Sie, was er sagt.«

Jagger beglückwünschte ihn zu seiner Vernunft. Fairman schaute den Mann, den er für seinen Freund McCafferty hielt, drohend an. »Ich hoffe zu Gott, Sie wissen, was Sie tun, Mister«, sagte er, »denn wenn Sie hier alles ausfallen lassen, dann sind wir am Ende so gut ausgestattet wie die Brüder Wright bei ihrem ersten Flug, und die flogen nicht bei Dunkelheit übers Wasser. Genausogut könnten Sie mir befehlen, diesen Vogel hier gleich ins Meer stürzen zu lassen.«

Jagger richtete den Lauf seiner Pistole auf Fairman, aber der Commander zuckte nicht mit der Wimper. »Ich meine es ernst, Mac...«, setzte er hinzu. »*Sie* kennen sich doch aus. Ihnen muß ich doch nicht erklären, was los ist. Schließlich sind Sie selbst Pilot. Wir brauchen unsere Meßinstrumente. Lassen Sie uns nicht blind fliegen, sonst schaffen wir es nicht.«

»Sie brauchen also... was?« fragte Jagger nun verunsichert. Die flüchtige Einführung in die Grundbegriffe des Fliegens vor seinem Einsatz hatte ihn keineswegs auf dies hier vorbereitet. Smiths Befehl hatte gelautet, McCafferty aus dem Verkehr zu ziehen und es nicht etwa mit dessen Kenntnissen aufzunehmen, die McCafferty sich in lebenslanger Praxis angeeignet hatte.

»Sie wissen verdammt gut, was ich brauche«, explodierte Fairman. »Ich brauche die Funkhöhenmesser, den Wetterradar und das Flugsystem. Damit würden wir so einigermaßen, und ich meine einigermaßen, dahin kommen, wo Sie uns haben wollen, wenn auch die Landung wieder was anderes ist – was ganz anderes, das verspreche ich Ihnen. Die Funkverbindungen können Sie uns vorenthalten, okay, aber lassen Sie mir die Meßinstrumente.«

Jagger starrte von einem Gesicht zum anderen, als könne er dort eine Bestätigung für Fairmans Worte finden. Alle standen im Bann der hin und her fuchtelnden Pistole. Der Flugingenieur zögerte einen Augenblick, bevor er die Stromunterbrecher, die jede Verbindung des Liners mit der Außenwelt – oder doch zumindest die meisten – ausschalten würden, betätigte. Schließlich legte er die Hebel um – und beging dann den Fehler, seine Augen nervös zu einer Metallbox flattern zu lassen, die am Schott befestigt war.

»Was ist da drin«, brüllte Jagger, der dem Blick des Mannes gefolgt war. »Noch einige Stromunterbrecher«, erwiderte der Ingenieur in einem Ton, der etwas zu beiläufig war, um glaubhaft zu sein.

»Aufmachen«, kommandierte Jagger, und der Ingenieur wühlte in seinen Taschen, um einen Schraubenzieher zu suchen. »Sie können Ihre Meßinstrumente haben, Colonel«, sagte Cody und wandte sich Fairman zu, »aber bringen Sie dieses Flugzeug auf Meereshöhe runter.«

Fairman befahl Latimer, das ›fasten seat belts‹-Zeichen einzuschalten und steuerte dann den neuen Kurs. Latimer bestätigte, daß er die vorgeschriebenen Kontrollen für den Sinkflug durchgeführt habe, und das Flugsystem brachte die Boeing in einer langsamen Rechtsdrehung auf den von Jagger bestimmten Kurs.

Cody behielt Latimer im Auge, bis seine Aufmerksamkeit von einer Schraube abgelenkt wurde, die sich vom Deckel der geheimnisvollen Box am Schott gelöst hatte. Der Ingenieur entfernte die Platte, und einige weitere Stromunterbrecher wurden sichtbar. Der Entführer machte eine Bewegung mit seinem Revolver. »Die auch«, sagte er, »reißen Sie sie raus.«

Der Flugingenieur schaute hilflos in Fairmans Richtung, aber Jagger hielt ihm die Pistole dicht vors Gesicht und sagte: »Sofort!«

Der Ingenieur folgte und reichte mit zitternder Hand hinauf. Das grüne Licht an Philpotts Wandtafel erlosch.

Philpott rieb sich die Augen. Er wandte sich Sonja zu, die nur sagte: »Mein Gott, sie ist verschwunden.«

Die grüne Schlange stand immer noch auf Philpotts Netzhaut. Er schloß die Augen, und über seiner Nasenwurzel zeigten sich Falten. »Es hat abgedreht«, sagte er langsam. »Unmittelbar bevor die Spur verschwand, hat das Flugzeug wahrhaftig abgedreht.« Er öffnete die Augenlider und starrte die Wandkarte an, als wolle er, daß die grüne Spur zurückkehre. »Es hat um etwa ... fünfundfünfzig Grad abgedreht.«

Swanns Stimme, schwach, aber seltsam tröstlich, kam vom Computerpult her. »Das kann ich bestätigen, Sir«, sagte er, »es schien seinen Kurs zu ändern, und zwar in Richtung Adria und nicht zum Mittelmeer oder zum Tyrrhenischen Meer hin.«

»Aber warum bloß?« murmelte Philpott. »Und warum haben wir die Spur verloren – oder handelt es sich hier um einen weiteren örtlich begrenzten Ausfall?«

Das Telefon läutete, und Sonja, die dem Hörer am nächsten war, riß ihn von der Gabel. Sie meldete sich und lauschte stumm. Dann sagte sie zu Philpott: »Es ist General Morwood, Malcolm. Sie haben die Spur ebenfalls verloren.«

Philpott sprang auf die Füße. »Sag ihm, daß ich mich in Kürze wieder melden werde«, sagte er brüsk. »Basil, diese Kampfflugzeuge. Ich möchte, daß sie aufsteigen, und zwar so schnell wie möglich, und sich auf die Spur von Air Force One setzen.«

Swann beugte seinen Kopf über das Pult und setzte seine Finger in Bewegung. Dann schrie Sonja: »Warten Sie.«

Philpott drehte sich um. Sie hatte die Hand erhoben und hörte gebannt Morwoods Funkzentrale zu. Dann bedeckte sie die Hörmuschel mit der Hand und sagte schnell: »Morwood sagt, die Radarstation Gibraltar behauptet, Air Force One noch auf dem Radarschirm zu haben. Sie hätten die Maschine in ihrem Grenzgebiet wieder erwischt, und sie sind sicher, sie richtig identifiziert zu haben. Es gäbe sonst keinerlei vergleichbaren Flugverkehr.«

Der UNACO-Direktor fluchte zwischen zwei Atemzügen und sagte rasch: »Basil, tun Sie, was ich gesagt habe. Bringen Sie die Kampfflugzeuge in die Luft. Was kümmert's mich, was das Pentagon sagt oder Radar Gibraltar. Da draußen ist irgendwas nicht in Ordnung, und das ist kein Zufall. Es ist Smith: Ich weiß, daß es Smith ist.«

Sonja winkte ihm zu und deutete auf das Telefon. »General Morwood«, flüsterte sie und übergab ihm den Hörer.

»Was zum Teufel ist da los, Philpott?« schrie Morwood. »Zuerst verlieren wir die Spur, und dann sagt Gibraltar, sie hätten sie wieder, alles bestens. Was bedeutet das um Gottes willen?«

»Es bedeutet, daß ich eine Eagle-Kette vom Kommando Neapel requiriert habe«, sagte Philpott knapp. »Es bedeutet, daß ich überzeugt bin, daß irgendwas mit dem Flugzeug des Präsidenten schiefgegangen ist, und daß ich da keinerlei Risiko eingehe.«

»Sie haben *was* getan?« brüllte der General.

»Sie haben es gehört.«

In der Funkzentrale des Pentagon trat Stille ein. Dann war Morwood zu vernehmen: »Richtig gedacht, Malcolm. Ich selbst hätte auch so gehandelt. Halten Sie mich auf dem laufenden. Ich rufe Sie an, wenn sich bei uns hier etwas tut.«

»Es gibt natürlich etwas, das Sie tun können, George«, fuhr Philpott unbekümmert fort. »Lassen Sie Air Force One durch Andrews aufspüren und veranlassen Sie die, herauszufinden, ob an Bord alles okay ist. Sagen Sie denen, wir wollen eine hundertprozentige Bestätigung, daß dort alles absolut normal verläuft.«

Morwood brummte etwas und schnarrte seiner Ordonnanz einen Befehl zu. Die falsche Air Force One hatte, als der Luftstützpunkt Andrews sie ortete, schon längst ihren steilen Aufstieg beendet und lieferte Radar Gibraltar die leidliche Kopie eines Kursfluges. Sie hatte ihre Geschwindigkeit auf etwa hundertfünfzig Meilen die Stunde gedrosselt und verlor auch ständig an Höhe.

»Was ist denn bei euch los?« fragte Andrews. »Neapel und Athen behaupten, sie hätten euch verloren, und ihr könntet euch nur noch durch Lichtsignale verständigen. Der Leitkurs ist auch futsch. Seid ihr auf Empfang?«

»Ich schätze, das System funktioniert an beiden Enden nicht mehr«, erwiderte der Skipper in einer mehr als treffenden Imitation von Latimers schleppendem Tonfall, der durch ein undefinierbares metallisches Krächzen der Übermittlungsvorrichtung gedämpft wurde.

»Bist du es, Pat?« fragte Andrews.

»Wer sonst?«

»Ist Tom da?« drängte Andrews.

»Hier Fairman«, antwortete der Kopilot. »Worum geht's denn hier eigentlich? Wir fliegen genau nach Vorschrift und sind auf dem direkten Weg nach Genf. McCafferty schickt liebe Grüße. Der hat sich für heute nacht was Besonderes organisiert, denke ich.«

Andrews probierte vorsichtig an den anderen Schaltern, gab sich aber schließlich zufrieden. Sie leiteten die gute Nachricht an Morwood weiter, und Morwood informierte Philpott, daß die Eagle-Kette inzwischen in der Luft sei, unwiderruflich... selbst wenn Philpott die Absicht haben sollte, sie zur Bodenstation zurückzurufen, was nicht der Fall war.

Der Skipper der ›Zwillings-Boeing‹ überprüfte seinen genau kalkulierten Zeitplan und wies seinen Kopiloten darauf hin, daß es Zeit sei auszusteigen. Sie schnallten sich die Fallschirme um und begaben sich zum Notausstieg. Das Flugzeug war auf automatische Steuerung geschaltet, und die beiden Männer würden bei der gedrosselten Geschwindigkeit und der geringen Höhe ohne weiteres dem Sog des Frachters entkommen. Der Skipper blieb auf Empfang. Er wartete darauf, daß ein besonderes Funksignal den verschwommenen Tonsalat durchdringe. Es wurde von einem Schiff zwei Meilen weiter unten im Mittelmeer übermittelt. Er signalisierte es seinem Kollegen mit einem ›Victory‹-Zeichen und ging dann ebenfalls zur Ausstiegsluke.

Dann griff er mit der Hand nach oben, riß die Spitze einer Plastikbox ab, die mit dem Notausstiegszeichen verbunden war, und drückte auf einen Schalter. Das Flugzeug wurde in die Dunkelheit gestoßen, und die beiden Männer sprangen hinaus in die wirbelnde Brise.

In der Kabine der wirklichen Air Force One sah Sabrina das Zeichen ›fasten seat belts‹ aufleuchten und spürte, wie das Passagierflugzeug sank, als es nach Steuerbord drehte. »Gentlemen«, sagte sie, hüstelte dann probeweise und setzte erneut an, diesmal etwas lauter. Köpfe wandten sich um, und fragende Blicke hefteten sich auf sie.

Sabrina wies auf das Zeichen und sagte: »Der Flugkapitän bittet Sie, die Sitzgurte anzulegen.«

Hemmingsway schaute auf die elektrische Borduhr und wies darauf hin, daß sie immer noch fast tausend Meilen vom Bestimmungsort entfernt seien.

»Vermutlich eine kleine Turbulenz?« sagte der Libysche Scheich Dorani fragend. »So etwas Ähnliches«, erwiderte Sabrina.

»Wir scheinen runterzugehen«, meinte Scheich Zayed Farouk Zeidan. »Das tun wir«, bekräftigte sein Enkel Feisal, »und zwar zirka fünfzig Fuß pro Sekunde.« Diese Neuigkeit, in präzisem und schneidigem Oxford-Englisch aus dem Mund eines zwölfjährigen Jungen, schien so absurd, daß Hemmingsway zu kichern anfing.

Er verstummte, als sich Scheich Arbeid, der Iraker, dem die Fähigkeit zum Small talk abging, zum erstenmal an alle wandte: »Der Junge hat recht. Wir sinken.«

Wieder wandten sich alle Blicke Sabrina zu. Sie errötete und sagte schnell: »Ich werde . . . äh . . . ich werde versuchen herauszufinden, was los ist. Zweifellos sind wir gerade in eine Schlechtwetterfront oder so etwas geraten.«

»Zweifellos«, kommentierte Zeidan überlegen.

»Unwahrscheinlich, trotzdem«, wagte Feisal zu sagen.

»Warum?« fragte Hemmingsway neugierig und verfluchte sich selbst, weil er einen Burschen, der jünger als seine eigenen Kinder war, um seine Meinung zu aeronautischen Fragen gebeten hatte, einen Jungen, dessen Wissen, soweit es über Sex und Popmusik hinausging, sich mit Sicherheit auf der Rückseite einer kleinen Briefmarke unterbringen ließ.

»Wir hätten nicht so tief runtergehen müssen«, erwiderte Feisal, »und wir scheinen auch nicht in eine Turbulenz oder in ein Luftloch geraten zu sein. Wir sinken einfach.«

Hemmingsway riß sich zusammen. »Ich bitte Sie«, sagte er, »ich bin hier in Abwesenheit des Präsidenten der Vereinigten Staaten Ihr Gastgeber an Bord des Flugzeuges, und da ich überzeugt bin, daß die Meinung unseres Freundes hier zunehmend an Interesse gewinnt, sehe ich keinen Grund, daß man uns nicht *sagen* sollte, was vor sich geht, anstatt uns *raten* zu lassen. Flieger«, sagte er zu Sabrina, »wir werden die Anweisungen des Commanders befolgen und unsere Sicherheitsgurte anbehalten. Und *Sie* werden jetzt jemanden vom Flugpersonal zu uns schicken, der uns eine Erklärung gibt, und zwar *sofort*.«

Sabrina wollte schon die Anweisung befolgen, als die Boeing plötzlich heftig ins Schlingern geriet. Scheich Dorani faßte nach den Griffen an seinem Sitz. Doktor Ibrahim Hamady aus Saudi-Arabien beugte sich vor, um eine Tasse zu retten, die vom Tablett rutschte, und Sabrina vernahm vom Heck des Flugzeugs her ein Geräusch, das sie genau identifizieren konnte. Es stammte von den Kesseln und Töpfen, die auf den Boden knallten. Scheich Zeidans imposantes Gesicht zeigte erschrockene Besorgnis, als ein keuchender Laut vom Sitz nebenan zu ihm drang. Er beugte sich über den Jungen, der nach Luft rang.

Der Bahrainer wandte sich Sabrina zu und schnippte gebieterisch mit den Fingern. »Seine Medikamente, schnell, junge Dame«, verlangte er.

Als sie sich zur Bordküche aufmachte, wo sie die Spritzen und die Insulinampullen zurückgelassen hatte, mußte Sabrina gegen die Neigung des Flugzeuges ankämpfen.

Sie traf niemanden, was sie aus einem unerklärlichen Grund mehr beunruhigte, als es sollte. Sie erreichte die Galley, stieß die Tür auf, und ihr Blick fiel auf die Körper von Pete Wynanski und Flieger Jeannie Fenstermaker...

Die beiden Leitmaschinen der Eagle-Kette flogen rechts und links neben dem dunklen und drohenden Umriß der Boeing her. Der Flugzeugführer der Eagle rief das Flugzeug, die einzige Antwort aber, die er erhielt, war ein undurchdringliches atmosphärisches Rauschen.

»Nicht ein einziges Licht«, berichtete der Pilot des zweiten Kampfflugzeuges. »Ist auf deiner Seite was zu sehen?«

»Nichts«, erwiderte der Flugzeugführer. »Fall etwas zurück, ja? Versuch so nah wie möglich ranzukommen. Schau, ob du irgendwas ausmachen kannst... irgendwas. Eine Bewegung, ein aufflakkerndes Streichholz. Irgendeine gottverdammte Einzelheit, um mich, die Bodenstation Neapel und die UNACO zu überzeugen, daß da nicht bloß ein Gespenst herumfliegt, wie es mir vorkommt. Ich kann so einen Bericht nicht abliefern, ohne einen Freifahrschein zur Idiotenfarm zu kriegen.«

Das zweite Flugzeug scherte aus, tauchte hinter der Boeing

wieder auf und richtete seine Geschwindigkeit nach dem riesigen grauen Schatten aus. Der Pilot überprüfte, soweit ihm das möglich war, jeden Zoll der Linienmaschine, kontrollierte die äußeren Kennzeichen und untersuchte jedes der Fenster am Rumpf, wenn das Mondlicht sie aufglänzen ließ. Er beschleunigte und spähte in das verdunkelte, leere Cockpit hinein.

Der Pilot fiel wieder ab und nahm Kurs parallel zu seinem Kollegen. »Nichts«, bestätigte er, »rundum 'ne dicke fette Null. Nicht ein einziges Lebenszeichen. Irgend etwas Gottverfluchtes, Unvorstellbares muß passiert sein. Sie ist einfach verlassen worden... Mannschaft, Passagiere, alle...«

»Unmöglich«, erwiderte sein Flugzeugführer, und dann, drastischer: »Quatsch. Das da drüben ist Air Force One, Baby, nicht irgendein Wilder Reiter – und auch nicht die *Marie Céleste*. Die Besatzung von AF One schmeißt nicht einfach die Passagiere über Bord und springt aus einer Maschine, die in jeder Hinsicht absolut normal fliegt. Bist du sicher, daß du nicht irgendwas übersehen hast? Könnte dir ja unwichtig vorgekommen sein, uns aber den Schlüssel liefern, nach dem wir suchen.«

Stille, abgesehen vom atmosphärischen Knistern. Dann kam, zögernd und verwirrt, die Stimme des zweiten Piloten wieder.

»Da war was... yeah... ich weiß nicht, irgendwas stimmt da nicht. Aber vielleicht seh' ich Gespenster – oder auch nicht.«

»Was war's denn?« drängte der Flugzeugführer der Eagle. »So sag doch schon, um Himmels willen.« – »Nun, es war die...«

Der Himmel wurde von einem blendenden Blitz erhellt, einem grellen, orangefarbenen, dann blutigroten Licht, das in ein wütendes Gelb überging. Die Schockwelle hatte die beiden Kampfflieger noch kaum erreicht, als ihnen schon der ungeheure Knall der Explosion in die Ohren peitschte. Die beiden kleinen Flugzeuge bäumten sich auf, schossen rechts und links davon, wobei jedes enge Kreise zog, um dann beizudrehen und im Sturzflug auf das Wrack der Boeing zuzufliegen, das vom Nachthimmel herunterfiel.

Der brennende, zigarrenförmige Rumpf der Boeing, dem die Kampfflugzeuge nachjagten, strahlte hell, bis er im Meer versank. Der Commander der Eagle gab seinen von Panik gezeichneten Bericht zur Bodenstation Neapel durch, wo man ihn in sprachlosem Entsetzen anhörte.

»Abgeschossen?« fragte Neapel.

»Nein!« brüllte der Flugzeugführer der Eagle, »*nicht* abgeschossen. Sie ist einfach – explodiert. *Keine* Rakete. Es muß eine Bombe gewesen sein. Eine Bombe... in einem leeren Flugzeug.«

»Leer?« fragte Neapel.

»Ganz sicher. Leer, und absolut dunkel.«

»Und es *war* Air Force One?« insistierte Neapel.

»Bestimmt.«

»Nein.«

In Neapel herrschte Stille, dann sagte die Roboterstimme: »Wer ist das eben gewesen?«

»Eagle Two«, bestätigte der Pilot des zweiten Kampfflugzeuges.«

»Und Sie sagen...«, der Fluglotse ließ die Frage in der Luft hängen.

»Ich sage, daß ich nicht annehme, daß es Air Force One war«, fiel der Flieger ein.

Diesmal weigerte Neapel sich, die Stille zu unterbrechen, und der USAF-Pilot sagte: »Zuerst mal einige Informationen. Was für eine Sorte von Haupteinstiegsluke, Sie verstehen schon, von wirklichem Zugang, hatte Air Force One?«

»Was für eine Sorte von Hauptzugang«, gab Neapel verblüfft zurück. »Einen normalen, soweit ich weiß.«

»Maße, sagen wir, vier Fuß?«

Gespannte, fast atemlose Stille herrschte jetzt in Neapel. Dann wieder der Fluglotse. »Wir haben die genauen Maße der Boeing vor uns liegen. Sie hat eine Einstiegsluke mit normalen Ausmaßen, berechnet für Passagiere von Durchschnittsgröße und -gewicht. Warum fragen Sie, Eagle Two?«

»Weil *dieser* Vogel sie *nicht* hatte«, krähte der Pilot des Kampfflugzeuges triumphierend. »Ich habe sie in der Luft auf gleicher Höhe taxiert und dann wieder auf dem Weg nach unten. Die Luke von *dieser* Air Force One war mindestens sieben Fuß breit.«

»Dann war es...«, begann der Flugzeugführer der Eagle.

»Dann konnte es nicht...«, fiel Bodenstation Neapel ein.

»Nein«, erwiderte Eagle Two, »es war weder ein BC-137 C-Stratoliner noch irgendeine andere Boeing-707-320B. Ich vermute, daß man irgendeine alte Frachtmaschine aufgetakelt hat, damit sie wie Air Force One ausschaute.«

»Genau das vermute ich auch«, murmelte Philpott, den man per Dreierschaltung eingeblendet hatte. »Und ich weiß sogar, wer dahintersteckt.«

Sonja Kolschinsky stürzte ins Büro, Anspannung und Besorgnis standen ihr im Gesicht geschrieben. »Ist es wahr?« fragte sie. »General Morwood sagt, Air Force One ist abgeschossen oder bombardiert worden. Ist das wahr?«

Philpott drehte sich in seinem Stuhl um und lachte zu ihr auf: »O ja, es ist wahr, mein Schätzchen. Aber sag General Morwood, er soll sich keine Sorgen machen: Wir haben noch eine.«

9

Über den Resten eines Betonbunkers genau rechts vom Rollfeld, das dort plötzlich in eine tiefe Erdspalte überging, zeichneten sich gegen den dunklen Nachthimmel die verfallenen Überreste von Kriegsruinen ab. Man hatte, um die äußerste Grenze der benutzbaren Rollbahn zu markieren, Erdwälle aufgeschichtet, die dem Anprall eines landenden Düsenflugzeuges freilich beängstigend wenig Widerstand entgegensetzen würden.

Links und rechts entlang des Rollfeldes standen laut zischende Paraffinlampen, deren flackernde Lichter vom Wind hin und her getrieben wurden. Eine ganze Batterie davon markierte das Ende des Rollfeldes. Ganz ohne Zweifel war Mister Smiths Behelfsflugplatz in Kosgo nicht dazu bestimmt, eine Boeing 707 aufzunehmen.

Smith lehnte an einem kleinen Betonmäuerchen und dirigierte von dort aus die Aufstellung des gut vierzig Mann starken Empfangskomitees – alle in groben Kampfanzügen, alle schwer bewaffnet.

»Warum sind wir hier?« fragte das Mädchen. Ihr zartes Gesicht schaute unter der Kapuze eines Zobelpelzes hervor, die Hände steckten im dazu passenden Muff und die Füße in zobelverzierten Stiefeln.

»Wir warten«, erwiderte Mister Smith auf serbokroatisch.

»Worauf?«

Smith hob einen Finger zu den Lippen und sagte: »Pst, Kleines.« Sie folgte seinem Blick, der sich zum Himmel hob.

Kaum hörbar in der Seebrise durchschnitt das kehlige Röhren eines Düsenmotors die dicken, niedrig schwebenden Wolken. Smith ließ seine Finger über die Lippen des Mädchens gleiten, das jede Fingerspitze einzeln küßte.

»Wie lang?«, krächzte Fairman.

»Höchstens tausendfünfhundert Meter«, bestätigte Jagger.

»Höchstens?«

»Na ja, die Bahn wurde für Düsenflugzeuge gebaut, aber nicht für große.«

»Es ist unmöglich«, protestierte Fairman.

Jagger schüttelte den Kopf. »Gute, altmodische Fliegerei, Tom. Sie müssen nur an die Erdspalte am Ende der Rollbahn denken.«

»Erdspalte?«

»Ja, die Rollbahn endet irgendwo im Nichts. Sie fällt ziemlich tief ab.«

»Gott im Himmel!«

Jagger lächelte und sagte: »Vielleicht hilft ja Beten?«

Kowalski machte darauf aufmerksam, daß an Backbord eine Insel auftauchte.

»Gut, aber sagen Sie das nicht uns«, bemerkte Latimer. »Sie sind der Navigator. Was ist es?«

Wenn sie ihren Kurs eingehalten hätten, erklärte Kowalski, müßte es sich um die Insel Vis handeln. »Noch andere Inseln zu sehen?« fragte er.

»Wo?«

»Steuerbord.«

Latimer versuchte, mit den Augen die Schwärze zu durchdringen und machte zwei Schatten rechter Hand aus. Er gab dem Navigator die Neuigkeit weiter. »Angelangt«, sagte Kowalski, »bei der ersten Insel handelt es sich um Hvar, die zweite ist Brac. Wir sind dicht vor der Landung.«

»Na so was, danke«, sagte Fairman.

Der Commander erbat von Jagger weitere Einzelheiten über den Behelfsflugplatz. Die Rollbahn, informierte ihn der Doppelgänger, sei durch Paraffinlampen markiert. Fairman sackte das Kinn herunter. »Sagten Sie Paraffinlampen?«

»Natürlich, sie sind ausgezeichnet im Nebel.«

»Es ist nicht neblig«, betonte Latimer.

»Verlassen Sie sich drauf«, erwiderte Jagger, »die haben komisches Wetter hier unten.«

Fairman seufzte und sagte: »Weiter.«

Jagger grinste und versicherte dem Commander, daß sie die schlimmsten der schlimmen Neuigkeiten jetzt hinter sich hätten. »Das war die negative Seite der Angelegenheit«, setzte er hinzu.

»Im übrigen sind die aber ziemlich gut ausgestattet. Sie haben ein Antwortgerät, das auf eurer Radarfrequenz operiert, so daß ihr haarscharf eure Position bestimmen könnt. Außerdem haben sie UKW-Drehfunkfeuer, batteriebetrieben natürlich, ihr könnt euch also auch genau über die Bodenbedingungen informieren.«

»Dann sprechen sie vielleicht auch Englisch?« fragte Fairman säuerlich, »nicht etwa Altsumerisch oder in Grunzlauten aus der Steinzeit?«

»Einer von ihnen spricht bestimmt alle drei Sprachen.«

Latimer fragte, ob das Flugzeug, da sie ja nun fast an Ort und Stelle wären, seinen UKW-Funk wiederhaben dürfe, damit sie die genaue Frequenz einschalten könnten. »Natürlich, Pat«, erwiderte Jagger, »du kannst den Funk haben, aber ich werde ihn abstimmen. Je weniger du weißt, desto besser.«

Jagger stülpte sich den Kopfhörer über, stellte mit seiner freien Hand Frequenz 118.1 ein und hatte die Verbindung mit der Bodenstation Kosgo. Den Übermittler übergab er Fairman. Der Commander vernahm eine präzise und kultivierte englische Stimme, die alle Einzelheiten herunterbetete, die er wissen mußte: Ausrichtung des Rollfeldes, atmosphärischer Druck auf Höhe des Flughafens, Windgeschwindigkeit und Windrichtung.

»Rufen Sie zurück«, setzte Smith hinzu, »wenn das Sendesignal auf Ihrem Bildschirm erscheint, das die genaue Position des Flugplatzes anzeigt.« Fairman knurrte irgend etwas und gab Jagger die Kopfhörer zurück, der daraufhin abschaltete.

»Na, zufrieden jetzt«, sagte der Doppelgänger.

Fairman ignorierte ihn und sagte zu Latimer: »Wir werden die Maschine niedrig und langsam runterziehen. Wenn das Echozeichen kommt, übernehme ich die Steuerung und versuche es mit 110 Knoten, dann werden wir einkurven und auf ›manuell‹ zurückschalten, falls wir, wie ich hoffe, die Positionslichter ausmachen können.«

Die Boeing flog weitere zwanzig Meilen auf einer Flughöhe von 250 Fuß, und zwar, zu Kowalskis ungeheurer Befriedigung, bolzengerade, wie der grüne Punkt auf dem Wetterradar bewies.

»Sagen Sie Ihren Freunden, daß wir auf Sichtweite heran sind«, instruierte Fairman Jagger und behandelte ihn unbewußt wie einen von der Air-Force-One-Besatzung – was er ja in Fairmans Augen auch wirklich war, wenn auch nicht im Hinblick aufs Cockpit. Als Jagger die Nachricht weitergegeben hatte, fügte Fairman, ohne sich nach dem Doppelgänger umzudrehen, noch hinzu: »Falls Sie noch wissen, was Sie tun, dann schaffen Sie sich für die nächsten zehn, fünfzehn Minuten aus dem Weg.«

Jagger hielt sich hinten an Fairmans Sessel fest, als die Maschine sich aufbäumte, und führte dann den Lauf seiner Kanone so dicht an den Nacken des Commanders heran, daß sich dessen kurze Nackenhaare sträubten, obwohl das Metall ihn gar nicht berührte. »Hören Sie zu, Tom«, säuselte Jagger, »wenn Sie dieses Flugzeug nicht zu Boden bringen, dann werde ich es tun.«

»Das«, sagte Latimer, »würde ich gern sehen.«

»Aber Sie würden es nicht erleben, Pat«, erwiderte Jagger sanft, »da liegt der Hase im Pfeffer. Ihr würdet alle tot sein.«

Stille senkte sich über die Crew, und man konzentrierte sich fast zu verbissen auf das, was zu tun war. Jagger hatte ihnen seine Botschaft eingebleut, und nicht einer von ihnen bezweifelte, daß er meinte, was er sagte.

Sabrina schloß die Galleytür und legte den Sicherheitsverschluß vor. Zumindest lebten Wynanski und Jeannie noch, wenn sie auch vermutlich nicht so bald wieder zu sich kommen würden. Aber wer hatte es getan? Und warum? Und was konnte sie jetzt machen?

Sie kämpfte sich, nach jedem Halt greifend, an den Wänden entlang zur Kabine zurück, den Erste-Hilfe-Kasten aus Leder in der Hand. Dr. Hamady, der seinen Sicherheitsgurt gelöst hatte und sich besorgt über den behinderten Zeidan und seinen Enkel beugte, erhob sich, als sie die Balance verlor und gegen den Tisch knallte, um ihr zu helfen. Dann verharrten sie wie festgenagelt in ihrer gebeugten Haltung, bis Hamady merkte, daß das Flugzeug sich aus seiner steilen Lage wieder aufgerichtet hatte. Erleichtert richtete Sabrina sich auf. »Wir haben also«, sagte Dorani, »aufgehört zu fallen.«

Scheich Arbeid, der wortkarge Iraker, stellte eine Tasse auf die polierte Tischplatte vor sich. Sie ratterte leicht, blieb aber stehen. Er grunzte zustimmend.

Sabrina eilte zu Scheich Zeidan und nahm ihm sanft den Buben aus dem Arm, der jetzt fast bewußtlos war. Sie löste den Sicherheitsgurt und öffnete die Hosen von Feisals makellosem grauen Anzug. Zeidan griff mit der Linken nach der Lehne seines Rollstuhls und zog mit der Rechten die Beine des Buben auf seinen Schoß, bis dieser völlig ausgestreckt dalag. Sabrina rollte Feisals Hose und Unterhose herunter, drückte ein Stück Fleisch vom kleinen festen Hinterteil des Buben zusammen und tupfte es ab. Dann injizierte sie eine Dosis Insulin.

Fast augenblicklich hörte das fiebrige Gemurmel des Buben auf und sein Atem beruhigte sich wieder. Zeidan tupfte die Schweißtropfen vom Gesicht seines Enkels und flüsterte auf arabisch: »Schlaf gut, mein Schatz, mein Prinz .«

Sämtliche OPEC-Minister und auch ihre Adjutanten hatten nun wieder Platz genommen, und Hamady, der höflich abgewartet hatte, bis das Medikament verabreicht war, schaute nun ärgerlich zu Hawley Hemmingsway hin.

»Vor geraumer Zeit schon, Minister«, sagte er, »versprachen Sie, daß Sie herausfinden wollten, warum man uns diesen nicht unbeträchtlichen Gefahren aussetzt, von den Unannehmlichkeiten ganz zu schweigen. Sollte Ihnen aber nicht klar sein, wie sehr man *uns* in Gefahr gebracht hat, dann darf ich Ihnen doch zu bedeuten geben, daß der Enkel seiner Exzellenz, Scheich Zeidan, immer noch ernstlich erkranken könnte. Ich denke, Sie schulden uns eine Entschuldigung und eine ausreichende Erklärung.

Ich kann nur für den Monarchen und die Regierung von Saudi-Arabien sprechen, aber ich für mein Teil kann Ihnen versichern, daß wir weder diese Entschuldigung noch eine Erklärung akzeptieren werden, wenn beide nicht absolut zufriedenstellend sind und die Situation nicht sofort wieder normalisiert wird. Und was die Ölabmachungen betrifft, deretwegen wir diese demütigende Situation auf uns nehmen müssen... nun, das überlasse ich Ihrer Einbildungskraft, Mr. Hemmingsway.«

Der amerikanische Energieminister saß stumm und erschlagen da. Dann seufzte er tief und nickte langsam mit dem Kopf.

»Dr. Hamady, meine Herren«, sagte er, »ich habe nicht mehr Ahnung als Sie, was hier vor sich geht. Ich schlage vor, daß ich versuche, es herauszufinden.«

Er erhob sich, und seine Augen trafen die von Sabrina Carver, in denen unübersehbar die Warnung vor einer Gefahr stand, eine Warnung, die vorerst aber nur ihm allein zugedacht war, wenn auch Zeidan, wachsam wie immer, den Blickwechsel mitbekommen hatte. »Kommen Sie mit mir, junge Lady«, brummte Hemmingsway und ging in Richtung Cockpit davon.

»Lichter voraus, denke ich«, rief Latimer.

»Küstenlichter«, beruhigte Kowalski ihn. »Wir nähern uns jetzt dem Land. Könnte alles mögliche sein.«

Der Commander rief: »Landeklappen«, und Latimer streckte seine Linke aus, um auf den Schalter zu drücken, der sich mitten auf der Schaltkonsole befand. Die Positionsanzeiger rechts am Instrumentenbrett, die von Fairman und Kowalski – vor allem aber von Jagger – überwacht wurden, flammten auf.

Die Geschwindigkeit des Flugzeuges sank jetzt rapide, aber Fairman war sie noch zu hoch. Er befahl, das Fahrwerk auszufahren. Latimer befolgte seine Anweisungen wie ein Automat, sein attraktives Gesicht war von Anspannung und Erschöpfung gezeichnet. Ein hohles Rumpeln von unten zeigte an, daß das Fahrgestell ausgefahren war. Dieses Geräusch beim Einrasten des Fahrwerks pflanzte sich durch den Boden bis zu Jaggers Fußsohlen fort. Dann flammten über dem Bedienungspult auf Latimers Seite des Cockpits drei grüne Lichter auf.

Das Flugzeug wurde noch immer per Flugsystem gesteuert, aber die Boeing fing jetzt, wie alle Flugzeuge, die sich der Abreiß-geschwindigkeit nähern, zu stampfen und zu schlingern an. Und die Wirbel und Luftströmungen, die Warmluftthermik von der See und den großzügig verstreuten winzigen Inseln her, trugen keineswegs dazu bei, die Landung zu erleichtern.

Sorgfältig schloß Sabrina die Kabinentür, und sofort ergriff Hemmingsway ihren Arm und flüsterte heiser: »Was, zum Teufel, geht hier vor, Airman? Sie wissen etwas, nicht wahr? Erzählen Sie.«

Sabrina entzog ihm ihren Arm und sagte: »Sie tun mir weh, Sir. Das ist nicht nötig. Ich werde Ihnen auch so sagen, was hier los ist – und das ist, wenn ich Sie gleich vorwarnen darf, keineswegs erfreulich.«

Aus Hemmingsways großem, blühendem Gesicht wich alle Farbe, als Sabrina ihm erzählte, was sich in der hinteren Bordküche abgespielt hatte. Er wollte etwas sagen, aber es hatte ihm die Sprache verschlagen.

»Wenn Sie mich nun fragen, Sir, ob wir entführt worden sind«, sagte Sabrina, »dann kann ich das nur bejahen. Ich glaube, es ist so. Was immer hier mit uns geschieht, ausgeheckt wurde es im Cockpit, das man bestimmt vor uns verschlossen hat. Aber ich glaube, es gibt eine Möglichkeit, wie wir uns Gewißheit verschaffen können, eine, die jedermann überzeugen wird.«

Sie ging mit ihm zu dem hinteren Aufenthaltsraum und drückte die Türklinke herunter, stieß aber sofort auf Widerstand. Die Tür ging nur etwa drei Zentimeter weit auf. Hemmingsway legte sich mit seinem Gewicht dagegen, und der Körper des Ingenieurs, der davor gelegen hatte, wurde über den Teppichboden geschoben, bis er vor dem Kartentisch landete.

Sabrina verzog grimmig die Lippen. »Das habe ich am meisten befürchtet«, sagte sie und wies auf einen der drei Männer.

»Wer ist das?« fragte Hemmingsway.

»Bert Cooligan, Agent des Secret Service. Und seine Pistole ist weg«, erwiderte sie.

»Und was bedeutet das?«

»Es bedeutet«, sagte Sabrina, »daß Sicherheitschef Colonel McCafferty da vorn sein muß.« Sie wies mit der Hand in Richtung Cockpit. »Festgehalten, genau wie die Cockpit-Besatzung. Jetzt ist niemand mehr da, der uns helfen kann.«

Hemmingsway schaute ihr ernst in die Augen. »Nicht mal Sie, junge Lady, wie ich befürchte, denn Sie sind doch auch keine einfache Stewardeß, oder?«

Sabrina lächelte und sagte: »Nein, das bin ich nicht. Aber ich bin auf Ihrer Seite, genau wie Joe McCafferty. Bloß daß ich nicht bewaffnet bin. Aber das bringt uns keinen Schritt weiter.«

Der riesige Hemmingsway schien angesichts der bedenklichen Lage, in der sie sich befanden, förmlich zu schrumpfen. Dann aber riß er sich mit sichtlicher Anstrengung zusammen: »Das lasse ich nicht auf sich beruhen, Airman«, bellte er. »Ich gehe jetzt nach vorn. Ich werde herausfinden, wer uns gekidnappt hat, warum es geschehen ist und wohin man uns bringt.«

»Das würde ich Ihnen nicht raten, Sir«, sagte Sabrina besorgt. Hemmingsway durchbohrte sie mit einem strengen, aber maßvollen Blick. »In gewisser Hinsicht, Airman«, fuhr er fort, »ist dies mein Flugzeug. Ich habe die Verantwortung, und es ist mein Job, etwas zu unternehmen. Und ich drücke mich nie vor der Verantwortung. Nie.«

Er begab sich mit Sabrina am Arm vom Aufenthaltsraum zum Cockpit und blieb vor der Tür stehen. Schon hatte er die Hand erhoben, um anzuklopfen, als hinter ihm eine scharfe, schneidende Stimme sagte: »Stehenbleiben.« Sie drehten sich um und blickten in Achmed Fayeeds Pistole, die auf das linke Revers von Sabrinas Blazer gerichtet war. Achmed tat ein paar Schritte zurück und gab ihnen durch eine Bewegung zu verstehen, ihm zu folgen. Hemmingsway öffnete die Kabinentür und ließ Sabrina den Vortritt, und als der Araber ihn brutal an der Schulter packte, stolperte er hinterher. Dabei rannte er gegen einen Tisch und fiel hin; sein Kopf kam dicht neben Zeidans Rollstuhl zu liegen.

Zeidan heftete seine durchdringenden Augen auf seinen Adjutanten und sagte: »Was soll das, Achmed? Was soll diese Brutalität?«

Fayeed richtete sich auf und sagte höhnisch: »Sehen Sie es denn nicht selbst, Cousin? Dieses Flugzeug wurde unter mein Kommando gestellt. Es fliegt jetzt an einen Ort, den ich und meine Freunde bestimmt haben.«

»Und was passiert als nächstes?« fragte Dorani. Er war, genau wie die anderen Araber, völlig ungerührt.

»Das werden Sie schon rechtzeitig erfahren«, erwiderte Achmed. »Vorerst sind Sie alle meine Gefangenen. Bleiben Sie auf Ihren Plätzen und legen Sie den Sicherheitsgurt an.«

Hemmingsway richtete sich auf. Er atmete fast so heftig wie Achmed einige Augenblick zuvor.

»Damit werden Sie, verdammt noch mal, nicht durchkommen«, zischte er. »Dieses Flugzeug gehört dem Präsi...«

»Mir ist völlig klar«, schnitt Achmed ihm das Wort ab, »wem das Flugzeug gehört. Deshalb haben wir es ja gekapert. Und Sie irren sich in jedem Fall, Mr. Hemmingsway. Wir sind schon damit durchgekommen. Ihnen sind die Hände gebunden, Sie können uns durch nichts davon abhalten, unser Vorhaben auszuführen. Und auch Ihre Leute in Washington, und Ihre, Ihre...« wütend lief er in der Kabine auf und ab, »... die wissen in Wirklichkeit überhaupt nicht, was hier passiert, und wenn sie's wüßten, sie würden's nicht glauben.«

»Warum nicht?« fragte Zeidan neugierig.

»Weil sie glauben, daß Sie alle hin sind«, erwiderte Achmed.

Sabrina erblaßte. Achmed sagte zu ihr: »Ihre Hilfe als Stewardeß wird nicht mehr länger benötigt, und in Ihrer Funktion als Geheimagentin hat man Sie kaltgestellt. Setzen Sie sich hin wie die anderen auch und legen Sie den Sicherheitsgurt an.«

Betäubt gab Sabrina nach. Philpotts schlimmste Befürchtungen hatten sich bewahrheitet. Man hatte die Boeing des Präsidenten in der Luft gekapert.

Ihr fielen seine Worte ein: »Wenn das passieren sollte, kann niemand Ihnen helfen. Dann müssen Sie selbst sehen...«

Fairman schwitzte, und er wußte, daß Latimer es bemerkt hatte. Der Commander fand es gar nicht so einfach, bloß dazusitzen, die Hände im Schoß zu falten und mit den Füßen leicht die Steuerung zu bedienen, einfach nur den Impulsen zu folgen, die das Computerhirn aussandte, das in Wirklichkeit das Flugzeug steuerte. Seine Augen huschten wieder zum Geschwindigkeitsanzeiger hin, der nach wie vor auf hundertzehn Knoten stand.

»Noch ungefähr drei Meilen, schätze ich«, sagte Latimer. »Sehen Sie irgendwas?«

»Absolut nichts«, erwiderte Fairman. Cody Jagger ließ ihn nicht weiterreden.

»Da«, schrie er und wies nach vorn. Sie versuchten, die bewölkte Nacht mit den Augen zu durchdringen, und dann sahen sie, nebelhaft und verschwommen, aber schon in nächster Nähe, ein Signallicht.

»Höhenmessereinstellung«, sagte Fairman erregt.

»Eins-null-null-neun«, antwortete Jagger, »Wind drei-sechs-null Grad mit eins-sechs.«

»Denn mal mit der Nase voraus, Baby«, sagte Fairman. »Ich übernehme die Steuerung.« Im Sprechen drückte er den Schalter links auf seinem Bedienungsfeld, um die automatische Steuerung abzuschalten, und machte sich daran, die Boeing von Hand zu steuern.

Das Flugzeug vibrierte, als es in eine Turbulenz geriet, und der Steuerbordflügel sank steil ab. Fairman richtete ihn in einer Reflexbewegung wieder auf. Das Rollfeld kam im Schein der flackernden Paraffinlampen in Sicht. Fairman legte die Hände locker nach vorn, um zur Landung anzusetzen.

Er murmelte, daß er sich wie beim ersten Flugunterricht vorkomme: Sah man das Ende der Rollbahn vor der Frontscheibe hinuntergleiten, war man zu hoch, glitt es rauf, war man verdammt zu niedrig. Einstweilen aber verharrte es genau in der Mitte, und Fairman hoffte, ja betete darum, daß es dort bleiben möge.

Es war ein langer, gefährlich langsamer Sinkflug. Air Force One warf die Suchstrahlen ihrer Landescheinwerfer voraus, und hundert Tonnen Flugzeug folgten nach, auf die Spur zu, die Smiths Männer ausgegraben und hergerichtet hatten, die Spur, die zwischen den qualmenden Paraffinlampen zum Abhang führte.

Fairman ließ die Triebwerke auslaufen, und der große, silberne Airliner schoß mit quietschenden Reifen über die Rollbahn. Fairmans Fingerknöchel wurden weiß vor Anstrengung, als er das Steuer umklammerte und darum kämpfte, es unter Kontrolle zu halten.

»Bremsschub«, brüllte er. Latimer tat wie geheißen. Das Geräusch der Düsentriebwerke schwoll zu einem ohrenbetäubenden Dröhnen an, und die geballten 76 000 Tonnen Druck wurden nun eingesetzt, um zu verhindern, daß das Flugzeug über die absurd kurze Landebahn hinausschoß.

Air Force One dröhnte und erbebte, die Geschwindigkeit der Triebwerke fiel rapide ab und drückte die Passagiere in der Kabine mit Gewalt in die Sicherheitsgurte. Alles was herumlag, persönliches Eigentum, Aktenköfferchen, Taschen, flog vom Tisch und knallte gegen die Trennwand.

Das Mädchen draußen legte, als der riesige Schatten über sie hinwegglitt, die Hand vor den Mund, um einen Entsetzensschrei zurückzuhalten. Sie klammerte sich an Smiths Arm, und er ließ sich willig hinter das niedrige Mäuerchen ziehen, als ob es tatsächlich Schutz vor dem rasenden Düsenflugzeug geboten hätte.

Fairman sah, wie sich der schwache, flackernde Damm aus Lichtern am Ende der Landebahn schneller und schneller näherte. Und dann, plötzlich, war nichts als Schwärze vor der Windschutzscheibe.

Latimer, Kowalski und Jagger hielten sich an allem fest, was irgendeinen Halt bot, während die Boeing mit qualmenden Reifen hart nach rechts einbog. Sie kam fast im rechten Winkel zum Abhang zum Stehen, der Steuerbordflügel hing über die tiefe Spalte der Schlucht hinaus.

Latimer fuhr sich mit der Zunge über die trockenen Lippen und sagte: »Verdammt knapp.«

»Triebwerke abstellen«, sagte Fairman aufatmend. Der Pilot bewegte die Schalter, und das Brüllen der Düsentriebwerke erstarb zu einem Flüstern.

»Ausgezeichnet«, säuselte Smith. »Du siehst, meine schöne Branka«, sagte er zu dem Mädchen, »im Notfall ist auf die Luftwaffe der Vereinigten Staaten immer Verlaß.«

»Gleich zweimal Air Force One?« wollte Morwood wissen. Philpott erklärte es ihm: Die eine sei entführt und umgeleitet, die andere so lange an ihrer Stelle eingesetzt worden, bis der Radar ihre Spur wieder aufgenommen hatte. Sie würden so lange auf dem korrekten Kurs und in der vorgesehenen Flughöhe bleiben, bis ihre Besatzung, vermutlich in der Nähe eines Schiffes, das sie aufnehmen würde, mit dem Fallschirm absprang. Die Bombe an Bord sollte Pentagon wie UNACO in totale Verwirrung stürzen, während man die wirkliche Air Force One einfach wegzauberte.

»Und wohin, wenn ich fragen darf?«

»Der Winkel, in dem die Spur auf dem Radarschirm kurz vor dem Verschwinden des Liners abgedreht hat, deutet auf Jugoslawien oder Griechenland hin«, vermutete Philpott.

»Nichts, was näher liegt?« sagte Morwood hartnäckig.

»Wenn ich raten sollte«, erwiderte Philpott, »dann würde ich auf Jugoslawien tippen. Wenn es sich um Smith handelt, und wenn er, wie ich annehme, Unterstützung hat, dann wird es Jugoslawien sein, weil er in Griechenland nicht genügend Handlungsfreiheit hätte, und schon gar nicht die Art von Unterstützung, die er meiner Meinung nach hat.«

»Und woraus soll die bestehen?«

»Aus dem KGB.«

Morwood schluckte die Information, im wahrsten Sinn des Wortes versucht, sie als ungenießbar wieder auszuspeien. Philpott unterbrach die anschließende Stille, um das Bild von Mister Smith, das sich in des Generals klugem Hirn schon abzuzeichnen begann, zu vervollständigen. Schließlich war das Pentagon überzeugt, daß die bislang bekannten Verbrechen Smiths gegen die Menschlichkeit, gegen Gesellschaftssysteme und Konventionen, gegen die verbriefte Ordnung und Sicherheit ausreichten, um tatsächlich diesen Mann hinter der Entführung von Air Force One, dem Flugzeug des Präsidenten, zu vermuten. Und als Philpott dann noch behauptete, daß hinter dem Verbrechen vermutlich die Sowjets stünden, akzeptierte Morwood auch das als Arbeitshypothese.

»Macht die Sache allerdings keineswegs leichter für uns, Malcom«, fügte er hinzu.

»Das leuchtet mir ein«, gestand Philpott. »Die USA können, unter welchem Vorwand auch immer, unmöglich auf jugoslawischem Boden in Aktion treten. Unsere Anwesenheit in Griechenland wäre vielleicht noch durchgegangen, aber in Jugoslawien – ausgeschlossen. Das muß ich akzeptieren. Dazu kommt, was du noch gar nicht erwähnt hast, daß das ein Fall für die UNACO ist. Für sonst niemanden.«

Morwood kicherte. Amerika spiele diesmal wohl nur eine Nebenrolle – und die Gegenseite habe schon einen hübschen Vorsprung vor der UNACO.

»Wie das?« fragte Philpott.

Aus Morwoods Kichern wurde bellendes Gelächter. »Hast du die letzte Übertragung von der Sitzung der Vereinten Nationen nicht mitgekriegt? Es wurde eigens eine Dringlichkeitsdebatte über die vermutliche Flugzeugentführung angesetzt, und die Russen reizen das Thema schon aus bis zur äußersten Grenze ihrer Sanktionsmöglichkeiten, die, wie ich dir versichern kann, beachtlich sind. Du bist praktisch schon auf dem Verlierertrip, alter Junge, ehe du auch nur einen Schuß abfeuern kannst. Bin gespannt, wie du dich aus der Affäre ziehst.«

Philpott verfluchte sich insgeheim, daß er die, denen er verantwortlich war, nicht schärfer im Auge behalten hatte und befahl Swann, die Generalversammlung auf Videoband aufzunehmen. Es war allzu offensichtlich, daß Morwood, wenn er schon etwas unterschätzte, dann die schwierige Lage, in der die UNACO sich befand.

Saudi-Arabien hatte sich dem Irak, Bahrain, Iran und jeder anderen Kombination wütender OPEC-Würdenträger angeschlossen, um zuerst die Amerikaner und dann die UNACO anzugreifen, weil sie es zugelassen habe, daß genau vor ihrer Nase, im angeblich absolut sicheren persönlichen Flugzeug des US-Präsidenten, der internationale Terrorismus zugeschlagen habe.

»Ist das Leben unserer führenden Bürger für unsere angeblich Verbündeten von so geringem Wert, daß sie unfähig sind, auf einem Flug von fünf Stunden für ihre Sicherheit zu garantieren?« donnerte Libyen.

»Nie zuvor haben selbst die imperialistischen Banditen der westlichen Welt eine so offenkundige und brutale Verachtung für die Diener des Islam gezeigt«, echote Iran. »Sind wir so sehr Dreck unter ihren Füßen, daß man uns mit dem ersten besten und dahergelaufenen kriminellen Hund in Verbindung bringt und einem Mann ausliefert, der danach lechzt, die Gebote seines Meisters zu befolgen und seine Taschen mit einem Lösegeld zu füllen, von dem die Amerikaner zuverlässig wissen, daß nicht sie es aufbringen müssen?«

Philpott saß vor seinem Fernsehmonitor und wand sich. Aber es würde noch schlimmer kommen.

»Und dieser bläßliche Lakai der Vereinigten Staaten, die UNACO« (der Botschafter Bahrains stieß das Wort mit solcher Wut hervor, daß Philpott befürchtete, die Buchstaben an der Tür seines Amtes würden davon schmelzen), »diese Kryptokapitalisten mischen sich in die gesamte Politik der UNO ein, deren Gehälter wir zahlen, deren Belegschaft in ihrer eitlen Selbstgefälligkeit wir unterstützen, die in der Tat die volle Verantwortung für die Sicherheit des Fluges übernommen hat ... ist es zu gehässig, den Verdacht zu äußern, daß man diesem Luftpiraten die Türen geöffnet, daß man Hände geschmiert und Seelen korrumpiert hat – daß Malcolm Philpott, Garant unserer Freiheit, Säule internationaler Redlichkeit, beherzter Anwalt der Unterdrückten und Gegner aller üblen Elemente ... ist es so unvorstellbar, daß Philpott vielleicht auch seinen Anteil an dieser faulen und feigen Verschwörung hat?«

Philpott griff nach dem Schalter, aber noch ehe die Bilder auf dem Monitor erloschen, sah er die russische Delegation die verschränkten Arme lösen und in zynischer Zustimmung auf den Tisch klopfen.

Smiths Guerillas spannten einen Traktor vor Air Force One und ließen das Flugzeug zu einem verfallenen, aber geräumigen Hangar ziehen. Dort trat ein einziger kleiner Kran in Aktion, der – bis auf die Haupteinstiegsluke – jeden sichtbaren Zoll der Boeing mit Zeltplanen bedeckte. Eine Gangway wurde angefahren, und Achmed Fayeed öffnete die Tür. Smith, der gerade den Hangar betreten hatte, stellte sich vor der Treppe auf, die behandschuhte Hand auf einen Ebenholzstock mit silbernem Knauf gelegt. Dunkelhäutige Leutnants umringten ihn, die Maschinenpistolen im Anschlag.

Achmed machte den Anführer. Er stand, breit grinsend, vor Smith und drehte nach Cowboyart die Pistole in den Fingern. Smith sagte nichts, streckte aber die Hand vor und legte sie in einer unmißverständlichen Geste der Zustimmung und Kameradschaft dem jungen Araber auf die linke Schulter.

Geiseln und Besatzungsmitglieder kamen, einer nach dem anderen, heraus oder wurden die Treppe hinuntergetragen, auf die OPEC-Minister folgten Hemmingsway, dann Sabrina Carver. Zu ihrer Verwunderung deutete nichts auf McCaffertys Anwesenheit hin, und wilde Hoffnung erfaßte sie, daß er sich vielleicht doch noch in Freiheit befinden könnte, um im rechten Moment die Gefangenen herauszuschlagen. Außerdem rechnete sie damit, daß es ihr aufgrund ihrer Air-Force-One-Uniform und ihrer offensichtlichen Anonymität gelingen werde, ihre Identität zu verschleiern. Darin aber sollte sie sich täuschen.

Auf Smiths Gesicht stand jetzt ein eindeutig amüsiertes Lächeln, als er sah, wie sie Hemmingsway als Schutzschild benutzte. »Ich muß zugeben«, sagte er, »daß ich nicht erwartete, *Sie* an Bord dieses Flugzeuges vorzufinden. Aber warum denn das unschuldige Veilchen spielen, meine liebe Sabrina? Bescheidenheit hat Ihnen noch nie gestanden, wenn ich an das kurze Vergnügen vor unserem unseligen Eiffelturm-Abenteuer in meinem Schloß denke. Wäre es möglich, daß Sie nach – wie lange mag es wohl her sein? – nach dreieinhalb Jahren Ihrer Berufung untreu geworden sind? Daß Sie nicht mehr bloß die exzellente internationale Juwelendiebin sind, sondern in den klösterlichen Bauch des Geheimdienstes gewandert sind? Vielleicht machen Sie sich die Mühe, Ihre Anwesenheit hier zu erklären?«

Achmed unterbrach ihn. »Nicht nötig, Mister Smith. Ich kann Ihnen sagen, was mit ihr los ist. Sie gehört zur UNACO.«

»Ach soooo«, sagte Smith gedehnt, »also eine von Mr. Philpotts emsigen kleinen Arbeitsbienen. Zweifellos haben Sie sich bei unserer letzten Begegnung ebenfalls für ihn prostituiert? Ja, Ihr Schweigen und Ihre offensichtliche Beschämung bestätigen es mir. Nun denn, Miß Sabrina Carver, ich habe Sie damals eindeutig unterschätzt. Seien Sie versichert, daß ich den gleichen Fehler nicht noch einmal machen werde. Achmed, ich übergebe sie deiner persönlichen Obhut. Mach mit ihr, was du willst – wenn sie nur hübsch leidet… Ich verlaß' mich auf dich, Achmed!«

Fayeed ergriff sie am Handgelenk und zog sie zu sich hinüber. Sabrina fraß ihre Rachegedanken in sich hinein, denn sie wußte nur zu gut, daß jetzt nicht die Zeit dafür war. Erst mußte sie herausfinden, wo sie sich befanden, und mit Philpott in Verbindung treten. Und sie mußte sich um den Jungen kümmern. Achmed konnte warten.

Smith fuhr fort: »Aber es gibt noch einen, der mir hier abgeht. Könnte es sein, daß auch er unter dieser so ungewohnten Scheu leidet?«

»Keineswegs, Mister Smith«, rief Jagger vom Ausstieg des Flugzeugs her.

»Mein lieber Colonel«, krähte Smith, »bitte kommen Sie doch hierher zu uns, um unser Vergnügen zu vervollkommnen.«

Alle Augen ruhten auf ihm, als Jagger die Treppe hinunterkam, auf ihm und auf der Pistole, die er noch immer in der Hand hielt.

»Mein Gott, nein«, sagte Sabrina mit angehaltenem Atem. »Nicht du, Mac. Nicht du.«

»O doch«, höhnte Mister Smith. »ich weiß wirklich nicht, wie wir alles ohne Colonel McCaffertys nur allzu bereitwilligen Beistand fertiggebracht hätten.«

10

Der US-Konsul in Bahrain war ordentlich, pedantisch und ein Querkopf, und er hieß Mackie-Belton. Sowie er den schmutzigen, blutverkrusteten Menschen gesehen hatte, der mit Gewalt in sein Haus eingedrungen war und sein Dinner mit einer arabischen Dame von ungeheurer Diskretion, aber nur sehr wenig Geduld, gewaltsam unterbrochen hatte, stand sein Vorurteil fest. Und nun war es auch um Mackie-Beltons Geduld geschehen.

»Versetzen Sie sich doch in meine Lage«, sagte er mit Nachdruck, »und nennen Sie mir nur einen Grund – nicht ein halbes Dutzend oder zwanzig – bloß einen einzigen Grund, warum ich Ihnen glauben sollte. Sie stürzen hier unangemeldet herein, tragen schäbige arabische Kleidung und ein USAF-Hemd, USAF-Unterwäsche und -Socken. Ganz offensichtlich haben Sie sich auf irgendeiner miesen Saufparty herumgetrieben, und jetzt bestehen Sie, ohne auch nur den Schimmer eines Beweises zu haben oder sich irgendwie identifizieren zu können, darauf, daß Sie jemand sind, der Sie, wie ich mit eigenen Augen gesehen habe, einfach nicht sein können.

Und wenn ich mich einfach weigere, Ihre Story zu glauben, dann beschuldigen Sie mich, dann drohen Sie mir, werden unverschämt, schmeicheln mir, damit ich den Direktor der UNACO und die Funkzentrale im Pentagon anrufe – und dann geraten Sie auch noch völlig außer sich, wenn ich vorschlage, die Polizei zu rufen. Lasen Sie mich Ihnen sagen – und bitte kommen Sie mir nicht noch näher –, daß der einzige Grund, weshalb Sie noch hier sind und die Polizei noch nicht, der ist, daß Ihre Geschichte so unglaublich, so unwahrscheinlich, so fantastisch ist, daß sogar ein Körnchen Wahrheit darin stecken könnte.«

Mac seufzte und fiel, die Beine von sich gestreckt, in einen klotzigen Sessel. Seine Finger zupften ruhelos an der Perlstickerei des Polsters. Müde hob er die Augen zu Mackie-Belton auf, aber die unerbittliche Feindseligkeit des plumpen, kleinen Mannes im weißen Smoking, mit dem dünner werdenden braunen Haar, das festgeklatscht die kahlen Schädelstellen überdecken sollte, mit den Bockszähnen, die in dem schmalen Mund schimmerten, nahm ihm jede Hoffnung. Die Bügel der Bifokalbrille des Konsuls waren an einer dünnen Goldkette befestigt, die um seinen Nacken lag. Vorn fiel die Brille, dem extravaganten Orden eines Potentaten aus dem Mittleren Osten gleich, auf sein weißes plissiertes Dinnerhemd.

»Was werden Sie also tun, Mr. Belton?« murmelte er.

»Mackie-Belton, wenn es Ihnen nichts ausmacht. Nun, ich werde zunächst weder mit dem Pentagon noch mit der UNACO Kontakt aufnehmen, sondern versuchen, irgend jemanden auf dieser Insel zu finden, der Sie vielleicht kennt und bestätigen kann, daß Sie Colonel Joseph McCafferty, von dem wir wissen, daß er sich an Bord der Air Force One befindet, zumindest einigermaßen ähnlich sehen – was Sie übrigens meiner Meinung nach nicht tun, wenn ich den Gentleman auch nur einmal getroffen habe.«

Mac stöhnte und legte die Hand über die Stirn – dann aber nahm er sie mit einem Ruck wieder fort und setzte sich kerzengerade in seinem Sessel auf, wobei seine flammenden Augen und sein stoßweiser Atem Mackie-Belton nur noch mehr verwirrten.

»Natürlich«, heulte er triumphierend, und Mackie-Belton wimmerte erneut, »natürlich haben Sie recht! Und jetzt halten Sie den Mund und hören Sie zu, denn ich werde Ihnen jetzt was erzählen, das Sie glauben werden.

Ankara, war es nicht Ankara? Unterbrechen Sie mich nicht, bewegen Sie sich nicht, halten Sie den Atem an... Ankara... ja, vor drei, nein vor vier Jahren. Man hatte mir die Brieftasche geklaut und das Geld abgenommen. Ich kam zu Ihnen...«, er runzelte angestrengt die Brauen und versuchte sich zu erinnern, »ich kam zu Ihnen in ein kleines grünes Büro...« (er schloß die Augen und ballte die Fäuste), »... mit einer verdammten grünen Palme in einer Ecke. Auf der Tür stand ›Konsulat: Dokumente und Beglaubigungen‹ oder irgend so was.

Sie gaben mir fünfhundert Dollar, nicht wahr? Zwar zögernd, wie ich mich entsinne, aber Sie konnten ja meine Papiere einsehen und fanden, daß alles stimmte. Ich überwies Ihnen die Summe, sobald ich wieder in London war. Um Himmels willen, Mr. Mackie-Belton, nur wir beide waren in dem Zimmer. Keine Sekretärin, keine Hilfskraft. Ich könnte das einfach nicht wissen, wenn ich nicht dagewesen wäre. Mir fällt sogar noch ein, daß Sie als letztes sagten: ›Empfehlen Sie mich bei Fortnum & Mason‹, und ich erwiderte, daß mir Selfridge's Lebensmittelabteilung mehr liege, was Ihnen überhaupt nicht zu gefallen schien.

Na also, verdammt noch mal, habe ich recht? Und wenn ja, wer bin ich dann?«

Mackie-Belton runzelte die Stirn, hob die goldene Bifokalbrille an ihrer goldenen Kette hoch, hauchte erst auf ein Glas, dann auf das andere, holte aus seiner Jackettasche ein sorgfältig gefaltetes Taschentuch und polierte die Gläser mit wahrer Hingabe. Dann sagte er langsam: »Sie sind Colonel McCafferty.«

Mac lehnte sich im Sessel zurück, schlug die Beine übereinander, grinste und sagte: »Olé und Jippie! Dann können wir uns also an die Arbeit machen? Denn jetzt, Mr. Mackie-Belton, geht es um jede Minute. Die Air Force One wird entführt, verstehen Sie, Konsul!« Er erhob sich, wobei er seinen zwar widerstrebenden, aber gottergebenen Gastgeber überragte. »Vielleicht in diesem Augenblick.«

Im Verlauf der nächsten halben Stunde tobte, raste und kochte McCafferty, während Mackie-Belton die amerikanischen Botschaften in Ankara und London anrief, dann die Andrews Air Force Base, dann seinen Bruder an der Princeton University; und als er überzeugt war, genug persönliche Rückendeckung zu haben, um seine eigene Karriere nicht zu gefährden, falls sich Mac als außergewöhnlich begabter Irrer erweisen sollte, raffte er sich auf, Basil Swann anzurufen – der ihm nicht glaubte.

Mackie-Belton kaute an seinen Lippen, summte, unmusikalisch bis auf die Knochen, etwas vor sich hin und hob seine zerzausten Brauen, als er McCafferty den Hörer übergab, wobei er sich genauestens notierte, wie lange die Gespräche dauerten, um die Rechnung dann der UNACO zu präsentieren. Wenn aber Mac schon den Konsul stur gefunden hatte, so war er doch nicht annähernd vom gleichen Kaliber wie Basil Swann. Vergebens kämpfte McCafferty gegen Basils unerschütterliche Logik an, wechselte dann die Taktik und ging zu persönlichen Erinnerungen über, die auch Mackie-Belton am Ende überzeugt hatten.

Ganz allmählich kamen Zweifel in Basils Stimme auf, und Mac ergriff die Gelegenheit, in einem Ton – den Swann (der sich noch nie zuvor mit McCafferty angelegt hatte) nicht überhören konnte – zu verlangen, mit Philpott verbunden zu werden.

Eine Stunde und fünfzehn Minuten nachdem er in des Konsuls glücklicherweise einsam gelegene Villa getorkelt war, wo die keineswegs stoische Geduld der arabischen Lady inzwischen die Zerreißprobe überschritten hatte, sprach Mac schließlich mit seinem Chef. Sie stückelten aus Fragmenten beiderseitiger Erinnerungen und inspirierten Vermutungen die Geschichte zusammen: Mac wußte nicht direkt, daß Smith beteiligt war. Er wußte aber von Dunkels, Achmed und der jugoslawischen Verbindung. Philpott wußte nichts von dem Anschlag in Bahrain, konnte aber die Lücken ausfüllen, indem er die Geschehnisse auf dem Radarschirm und das Verschwinden des Leitkurses von AF One zugleich mit der Explosion der falschen Boeing erwähnte.

Philpott faßte schließlich einen schnellen Entschluß. McCaffertys Geschichte grenzte ans Unglaubliche, darin waren beide Männer sich einig. Dennoch stellten sie fest, daß a) das Flugzeug des Präsidenten mit dem wirklichen oder falschen McCafferty an Bord entführt worden sein mußte, und daß b) Smith dahintersteckte, der auf irgendeine Weise und zu einem bislang noch nicht enträtselten Zweck ein Flugzeug nach Jugoslawien gelockt hatte, wo er eine russische Verbindung (fast mit Sicherheit zum KGB) besaß.

»Richtig«, sagte Philpott, »wir kommen voran – wenn auch, fürchte ich, nicht nach Jugoslawien. Wir müssen unsere Karten hier besonders geschickt ausspielen, Mac. Bei allem, was mit diesem Land und mit irgendeinem anderen Angehörigen des Roten Lagers zusammenhängt, befinden wir uns auf lebensgefährlichem Terrain. Sie mögen ja Mitglied der UNACO sein, aber sie würden wie die Tiger fauchen, falls ich die Unterstellung wagen sollte, daß irgendeiner von ihnen, wenn auch nur unbeabsichtigt, in irgend etwas verwickelt sein könnte.«

»Also wohin gehen wir, und was tun wir?« fragte McCafferty.

»Wir gehen nach Rom«, erwiderte Philpott, »und von dort aus legen wir los. Rom ist, wie Sie wissen, die beste Ausgangsbasis Europas. Es ist das reinste Vergnügen, mit den Italienern zu arbeiten. Sie sind so auf Doppelzüngigkeit eingestellt, daß sie sich regelmäßig ins eigene Fleisch schneiden.«

»Und was sollen wir tun, wenn wir dort sind?«

»Mit etwas Glück werden wir dort erfahren, wo dieser Bursche, dieser Dunkels ist, und dann können wir nur hoffen, daß er uns zur Air Force One führt.«

»Die in Jugoslawien ist«, betonte Mac.

»Inzwischen«, sagte Philpott vorsichtig, »werde ich die jugoslawische Regierung überzeugt haben, einer streng begrenzten UNACO-Einheit ihre streng begrenzte Kooperation zu gewähren.«

»Sie und ich?«

»Richtig, Mac. Und Sabrina Carver, die im Flugzeug ist, kommt noch dazu.«

An McCaffertys Ende der Leitung trat unheilschwangere Stille ein. Dann sagte er, wobei allmählich so etwas wie Verdacht und Wut in ihm aufstieg: »Ich wußte nicht, daß Sabrina Carver eine der unseren ist, Sir.«

»Nein«, sagte Philpott, »das wußten Sie nicht.«

Rechts von der steinernen Türumrandung hing ein fast zwei Meter langer Wandteppich bis zum Boden herunter. Wie das etwa gleich große, dunkle Ölgemälde mit den üppigen Farben daneben, zeigte die Tapisserie eine Jagdszene. Das verblichene Gewebe erzählte in dumpfen Braun-, Grün- und Blautönen, wie eine kleine Schar von Jägern einen Bären erlegte. Es war ein ungleicher Kampf, obgleich der Bär den Speeren eine Zeitlang erfolgreich die Zähne zeigte. Die Szene auf dem Ölgemälde war weniger ungewöhnlich: Ein Hirsch war in einer Schlucht von einer Meute knurrender Hunde, die von berittenen Jägern angefeuert wurden, gestellt worden. Die Hunde krümmten sich vor Blutgier. Nur der Hirsch wahrte einen Hauch von Würde. In seinen großen Augen stand eher Erstaunen als Furcht.

Das Auge glitt von diesem Bild fast gezwungenermaßen zu dem vollendeten Stück, das den langen Raum mit den weißen Wänden beherrschte: Es war der Kopf eines ›Königs-‹ oder ›Kaiserhirsches‹, Spiegelbild des dem Tod geweihten Riesen auf dem Ölbild. Sein Zwölfendergeweih warf im Lampenlicht gleitende, spitze Schatten auf die Mauer. Unterhalb des Königs der Tiere, aber immer noch über Türhöhe, zog sich gleich einem Trauerfries eine Prozession plötzlichen Todes um das Zimmer herum: kleinere Hirsche, ein oder zwei Adler, ein Pilgerfalke, ein grinsender Bär, einige Schleiereulen, die obligatorischen Füchse und ein paar Jagdhunde. Dazwischen hatte man die Messingtrichter von Jagdhörnern und alte Gewehre angebracht.

Das Mobiliar war aus schwerem gemaserten Holz, und die Fensterkreuze bestanden aus Schmiedeeisen. Das trübe Licht zweier Ölfunzeln warf lange Schatten, schaffte Nischen und gleitende Übergänge. Sabrina fand es ausgesprochen passend, daß Mister Smith seine Geiseln bei seinen Trophäen einsperrte. Und das fand, wie es sich herausstellte, auch Mister Smith.

Von den Geweihen und den ausgestopften Tieren gingen Angst und Verzweiflung aus, und beides übertrug sich auch auf die Gefangenen. Die Mitglieder der Crew sprachen nur im Flüsterton miteinander, meist sinnloses Zeug. Jeannie Fenstermaker preßte ein Taschentuch vor die Augen, während der kleine Wynanski sie tröstete; Cooligan lehnte, die Lippen in kalter Wut über McCaffertys Verrat zusammengepreßt, an einem Tisch weit weg von den Ingenieuren. Fairman, Kowalski und Latimer unterhielten sich gedämpft über die möglichen Örtlichkeiten, zu denen man sie verschleppt haben könnte. Denn wenn sie auch ungefähr wußten, wo dieser Behelfsflugplatz in Jugoslawien lag, so hatte man ihnen doch auf der Fahrt zum Schloß die Augen verbunden, so daß sie sich nicht hatten orientieren können. Dorani war der einzige der Öltitanen, der, zu Hamadys Mißvergnügen, endlos Stumpen qualmte, während beide sich über Lösegelder unterhielten, und Hemmingsway überschüttete Scheich Arbeids taube Ohren mit einem Schwall von Worten. Nur Zeidan, unbeweglich und wachsam wie ein mächtiger Hirsch, ließ seine Augen umherwandern, erkundete die entferntesten Ecken des Raumes und suchte irgendwelche Schwachstellen, Unzulänglichkeiten, Mängel...

Der Minibus mit den verdunkelten Fenstern war außerhalb des Hangars von Kosgo zum Halten gekommen, und Scheich Zeidan hatte die eine Frage gestellt, die Smith den Geiseln gestattet hatte:

»Wer sind Sie, Sie Hund?« sagte der alte Araber. Smiths Hände streichelten den silbernen Knauf seines Ebenholzstockes.

Er tat drei Schritte und postierte sich vor dem verkrüppelten Scheich, die Augen verengt, der Mund einer Falle gleich, die zugefallen war. Zeidan hatte sich nicht einmal die Mühe gemacht, seinem Blick zu begegnen.

»Sie dürfen mich Mister Smith nennen.«

»Darf ich – Smith?«

Achmed packten den Rollstuhl und drehte ihn abrupt herum,

so daß Zeidan ihm ins Gesicht sehen mußte. »*Mister* Smith, Cousin«, knirschte er, »vergessen Sie das nicht.«

Achmed drehte den Stuhl wieder um, und Feisal sprang hinzu. Der Junge brachte den Rollstuhl zum Stehen und sagte mit leiser Stimme, so daß nur Achmed und Zeidan ihn hören konnten:

»Du *Schlange*. Alle diese Kröten, diese Schurken werden sterben, aber dir werde ich einen so schrecklichen Tod reservieren, daß die Made, die du dein Gehirn nennst, unfähig sein wird, ihn zu ertragen.«

Achmed wollte schon lachen, dann aber verzogen sich seine Lippen zu einem wütenden Knurren, und er schlug Feisal mitten ins Gesicht, so daß er direkt in Sabrinas ausgebreitete Arme fiel. »Was habe ich von einem senilen Krüppel und seiner zuckerkranken Brut schon zu befürchten«, schrie er. »*Ihr* seid es, die...«

»Halt die Klappe«, kommandierte Smith, und seine eisige Stimme durchbrach die gespielte Tapferkeit des Jungen. »Ihr haltet alle die Klappe! *Ich* werde euch sagen, wann ihr sprechen dürft, und das ist nicht jetzt! Und du« – er zeigte auf den Mann in Kriegsausrüstung, der aus dem Minibus gestiegen war – »bringst sie fort. Und zwar unverzüglich!«

Smith ergriff Brankas Arm und zog sie mit sich zum Auto. Fayeed, noch immer wütend, gab den Guerillas durch Zeichen zu verstehen, daß sie die Gefangenen fesseln und ihnen die Augen verbinden sollten. Dann wurden die Geiseln, taumelnd und hilflos, in das Transportfahrzeug gestoßen.

Der Bus fuhr auf der von Zagreb kommenden Straße landeinwärts bis nach Masienica und bog dann in eine Nebenstraße nach Knin ein, die steil hinauf in die Dinarischen Alpen führte. Die Gefangenen, deprimiert in ihrer Blindheit, konnten nicht sehen, wie das Land im hellen Mondlicht wilder und zerklüfteter wurde. Die Straße wand sich die Berge hinauf, ging dann in einen einfachen Feldweg über, bis endlich eine ebene Strecke kam, wo der Weg besser wurde.

Von zwei niedrigen dicken Steinwällen flankiert, klammerte die Straße sich an einen Hügel, der allmählich flacher wurde und in eine Art Amphitheater überging, einen Halbkegel, der in einen Bergvorsprung gehauen schien. Dort lag Schloß Windischgrätz.

Bei Tag war es ein überwältigender Anblick. Die Straße krümmte und wand sich bis zuletzt, und plötzlich stand das Schloß vor ihnen, dem Gebirge aufgepfropft wie das Stück Kohle im Gesicht des Schneemanns. Der schmale Weg weitete sich und bildete ein Quadrat, den Parkplatz. Smiths Besuchern gegenüber lag eine Zugbrücke, die einen buschbestandenen Graben überspannte. Sie führte zu einem Gang und zu einer Eingangshalle, die durch eine riesige gewölbte Toreinfahrt und geschnitzte Doppeltüren von der Außenwelt abgeschlossen war. Zugbrücke und Eingangsportal nahmen fast die ganze Breite dieser Außenwand ein, denn Schloß Windischgrätz war zwar ein langgestrecktes Gebäude, aber schmal und bogenförmig erbaut, um sich den Konturen des Felsens anzupassen.

Die stolzen Mauern wurden von spitzen Schieferdächern gekrönt, die ebenfalls in den Felsen hineingebaut waren. Hoch über dem Schloß türmte sich der bewaldete Felsen auf. Das Eindrucksvollste aber war die gähnende Öffnung einer darüberliegenden Höhle, die ins Innere des Berges führte. Einem Heiligenschein gleich schwebte sie über dem höchsten Punkt des Gebäudes. Die Dachschiefer wölbten sich zu pyramidenförmigen Türmchen, unter denen im verwitterten Stein der Mauern dunkle Fensterreihen saßen.

Schloß Windischgrätz, etwa fünfhundert Meter über dem Meeresspiegel gelegen, war ein Adlerhorst, uneinnehmbar, dem sich seit den Tagen Karls des Großen kaum jemand zu nähern gewagt hatte.

Mister Smiths Geiseln wurden über die Zugbrücke in einen Innenhof dirigiert, wo zwei Kanonen eine weitere Steinpforte bewachten. Dort befahl Smith, die Augenbinden und Fesseln zu entfernen und die Gefangenen in den Trophäensaal zu bringen. Scheich Zeidan wurde von zwei bulligen Mitgliedern der Entführertruppe die Treppe hinaufgetragen und sein Rollstuhl hinter ihm hergeschleudert.

Vor der Tür stand Smith, einen riesigen Schlüssel in der Hand. »Du gehst zum Funkraum«, befahl er Fayeed, »und wartest dort auf eine Verbindung mit Dunkels. Er sollte inzwischen unterwegs sein. Ich werde einstweilen unsere Gäste ein bißchen unterhalten. Sobald du hörst, was sich bei Dunkels tut, will ich informiert werden.«

Achmed eilte davon, und Smith drehte lautlos den Schlüssel im Schloß. Hinter ihm tauchten zwei Wächter auf, Maschinenpistolen im Anschlag wie zuvor.

Hemmingsway bemerkte säuerlich, er hoffe, daß sich Smith

inzwischen über seine Forderung im klaren sei. »Gewiß doch«, sagte Smith. Fairman fragte, wie lange Smith sie hier festhalten werde. Sie würden freigelassen, sobald er das verlangte Lösegeld in Händen habe, behauptete Smith.

»Aha«, sagte Hamady und atmete hörbar aus, »es geht also um ein Lösegeld.«

»Natürlich«, sagte Smith. »Dachten Sie, ich habe Sie kidnappen lassen, nur um mich an Ihrer Gegenwart zu erfreuen?«

»Wir haben uns tatsächlich schon gefragt«, sagte Zeidan nachdrücklich, »ob die Entführung nicht doch etwas mit unserem exponierten Status als Abgesandte der OPEC zu tun haben könnte; ob Ihre Motive vielleicht doch eher politischer als, sagen wir, kaufmännischer Natur sind.«

Smith in seinem Wahn schluckte die Beleidigung, ohne mit der Wimper zu zucken. »Ihr sogenannter exponierter Status, Scheich, ist für mich nur von kommerziellem Wert«, sagte er höhnisch. »In gewisser Hinsicht verabscheue ich das, wofür Sie stehen, die Tatsache nämlich, daß Sie die westliche Welt mit Ihrer Ölversorgung im Würgegriff haben, Ihre Gier, die primitive Grausamkeit Ihren Leuten gegenüber... Bloß bin ich weder Politiker noch Moralist, Euer Exzellenz. Ich betrachte Sie als mittelalterliche Raubritter. Meiner Meinung nach ist es schon längst Zeit, daß man Ihnen von Ihrem enormen Reichtum etwas wegnimmt. Ich bedaure, daß ein untadeliger Amerikaner unter Ihnen ist, und in der Besatzung dieses Präsidentenspielzeugs sehe ich nichts als ein vorübergehendes Ärgernis. Mit Miß Carver allerdings habe ich andere Pläne. Von Ihnen, Gentlemen«, und er zeigte auf die sitzenden Araber, »verlange ich nichts als Geld – in Naturalien.«

»Was für Geld und in was für Naturalien?« fragte Hemmingsway.

Überrascht musterte Smith ihn. »Vielleicht *möchten* Sie ja für diese Herren sprechen und ihretwegen feilschen, Mr. Hemmingsway. Also gut. Das Lösegeld beträgt fünfzig Millionen Dollar.«

Hemmingsway schluckte mühsam und fuhr sich mit der Zunge über die trockenen Lippen. »Und in welcher Form?«

»In geschliffenen Diamanten«, erwiderte Smith hart. »Sie sind so hübsch – und so ungeheuer verkäuflich, finden Sie nicht auch?«

Mackie-Belton bediente sich eines bahrainischen Polizeioffiziers von hohem Rang und äußerster Diskretion, um McCafferty mit Kleidung zu versorgen, die ›für ein etwas kühleres Klima‹ angemessen war. Swann gab telefonisch die Nachricht durch, daß schon ein Düsenflugzeug zur Golfinsel unterwegs sei, das ihn von dort nach Rom bringen werde. »Mitsamt einigen Extras«, erklärte Basil. »Paß, Dokumente, Waffenausrüstung für Sie, Miß Carver und den Agenten Cooligan, Feldstecher, Walky-Talkies und dergleichen. Alles in einem Seesack an Bord des Flugzeuges. Sie haben also nichts weiter zu tun, als am Leonardo-da-Vinci-Flughafen in Rom damit herauszuspazieren. Der Düsenjet wird noch vor der Dämmerung in Bahrain sein. Viel Glück, Mac!«

»Danke, Basil«, erwiderte McCafferty und stellte, noch ehe Swann einhängen konnte, schnell die Frage nach Geld.

»Völlig blank, wissen Sie«, erklärte er.

Swann kicherte, eine Seltenheit bei ihm. »Warum versuchen Sie's nicht mal beim Konsul«, schlug er vor und unterbrach die Verbindung.

»Das«, sagte Mackie-Belton später, als er von einer weiteren, seinem Ego nicht eben bekömmlichen Sitzung bei der arabischen Lady zurückgekehrt, fünfhundert Dollar hinblätterte, »das wächst sich allmählich zu einer üblen Gewohnheit aus.«

Um drei Uhr nachmittags sagte der Konsul mit Bedauern der arabischen Dame Goodbye, und um drei Uhr dreißig erhielt McCafferty den Anruf des bahrainischen Polizeihauptmanns, wonach Siegfried Dunkels die Insel verlassen habe.

»Mit welchem Ziel?« fragte Mac hoffnungsvoll.

Er sah geradezu, wie der Polizist schmunzelte: »Erster Stop in Athen, dann Zagreb.«

Zum gleichen Zeitpunkt sah sich Philpott noch außerstande, irgendwelche Instruktionen zu geben, da man ihn gerade erst zu einem entschieden eisigen Meeting mit dem starrsinnigen und humorlosen Generalsekretär der UNO befohlen hatte. So war Mac schon in der Luft, als der Befehl von der UNACO kam, sein Flugzeug nach Jugoslawien umzuleiten und dort dem Deutschen aufzulauern.

Als Smith die Geiseln das nächstemal besuchte, brachte er auch die bewaffneten Wächter wieder mit, dazu noch drei Guerillas, die Stative und eine große Elektrobatterie schleppten.

»Ich dachte mir, Sie bräuchten ein bißchen mehr Licht«, sagte er liebenswürdig, »und selbst wenn Sie's nicht brauchen, ich brauche es.«

Die Männer installierten die Ausrüstung und stellten riesige Fotolampen im Raum auf. Fayeed gesellte sich mit einer Polaroidkamera dazu, und Smith postierte die Geiseln, die OPEC-Leute vorn, Besatzungsmitglieder hinten, vor einen absolut neutralen Wandabschnitt, von dem er alle Trophäen, Bilder und Möbel entfernen ließ – alles, was zu einer Lokalisierung der Örtlichkeit hätte führen können.

Nachdem er sich vergewissert hatte, daß keiner aus der Gruppe etwa ein verbotenes Signal mit Fingern oder Augen gab, nickte Smith Achmed zu, der zu knipsen anfing und verschiedene einigermaßen vernünftige Fotos hervorbrachte. Vier der Bilder fanden Smiths Zustimmung und er instruierte Achmed, sie sofort per Kurier nach Triest und Dubrovnik zu schicken. »Sie müssen noch rechtzeitig für die Morgenausgabe der Zeitung kommen«, betonte er, »zugleich mit den Einzelheiten der Lösegeldforderung.

Und vergiß nicht – auch eins an die Agentur Associated Press. Ich möchte, daß die Sache auch in den Vereinigten Staaten einschlägt wie eine Bombe. Schließlich handelt es sich um das Flugzeug des Präsidenten.«

Daraufhin murmelte Fairman etwas, und Smith beugte mit einem verständnisvollen Grinsen sein Ohr zu ihm hin. »Wenn ich richtig mitbekommen habe, was Sie sagten, Colonel«, meinte er freundlich, »dann äußerten Sie die Ansicht, daß man Air Force One durch Funkpeilung über Satelliten ausmachen könnte. Habe ich recht?« Fairman nickte widerwillig. »Das dachte ich mir«, fuhr Smith fort, »und ich bedaure, Sie enttäuschen zu müssen. Die Triebwerke wurden, sobald die Zeltbahnen ausgelegt waren, in Trockeneis gehüllt. Innerhalb von Sekunden waren sie ausgekühlt. Man kann das Flugzeug bedauerlicherweise unmöglich aufspüren. Und nun werden Sie« – er wandte sich an alle – »mit Erleichterung vernehmen, daß ich nicht die Absicht habe, Sie zu zwingen, die Nacht in dieser unwirtlichen Umgebung zu verbringen.

Achmed wird Sie zu den Quartieren führen, die für Sie vorbereitet sind. Ich fürchte, einige von Ihnen werden ihr Quartier mit jemandem teilen müssen. Ich kann nur hoffen, daß die Ihnen zugeteilten Partner Ihnen angenehm sind. Achmed?«

Wieder wurden die Geiseln hinausgeführt, und die einzige Schwierigkeit für Achmed ergab sich, als er versuchte, Sabrina und Feisal zu trennen. Er hatte sie für sich selbst gewollt, das Schicksal des Jungen ging ihn nichts an.

»Ich muß mit ihm zusammenbleiben«, wandte sie sich an Smith. »Er ist krank. Sie können bestimmt nicht wollen, daß ihm etwas zustößt. Er ist nicht einmal auf der Lösegeldliste.«

Zeidan unterstützte Sabrinas Bitte. Nur sie könne Feisal, falls er einen weiteren Anfall habe, behandeln und ihm seine Medikamente geben. Achmed war sichtlich verärgert, als Smith zustimmte. Sabrina und Feisal wurden eine Treppe hinaufgeführt und in ein Zimmer gebracht, das man offenbar in aller Eile hergerichtet hatte. Es waren nur zwei Betten, ein Tisch und ein Waschbecken darin, und nebenan gab es eine Toilette. Das Auffallendste an diesem Raum war der lange Spalt, der die ganze Länge der Außenwand entlanglief, gegen die schlimmsten Witterungseinflüsse durch eine herunterhängende Dachrinne geschützt.

Die Öffnung war jetzt mit Glas verschalt, aber Sabrina vermutete, daß hier einst ein Ausguck gewesen war, von dem aus man das ganze Gebiet hatte überblicken können – vorausgesetzt, sie befanden sich so hoch in den Bergen, wie es die Eiseskälte im Zimmer vermuten ließ. Es gab keinerlei Beleuchtung in diesem Raum. So kleideten sie sich schnell aus, Sabrina hatte sich gerade in ihre Bettdecke gehüllt, als sie vom Hof den Lärm eines gerade anfahrenden Motorrades hörte.

Sie schob die Bettdecke zurück und wickelte sich darin ein. Dann eilte sie zum Fenster. Feisal folgte ihr. Ein lautes Klick kam irgendwoher von links, und Feisal wisperte: »Das muß eine Zugbrücke sein.«

»Kluger Gedanke«, sagte Sabrina. Sie zitterte vor Kälte. Der Motorradfahrer fuhr knatternd davon, und sie konnten von ihrem hochgelegenen Ausguck aus verfolgen, wie sich die Lichter scheinbar meilenweit die kurvenreiche Strecke hinunterbewegten.

»Das war eine Honda«, sagte Sabrina zufrieden. Sie kannte sich mit Motorrädern fast so gut aus wie mit Autos und konnte auch beides fahren.

Feisal nickte zustimmend. »Hondamatic 400«, bestätigte er.

Sabrina starrte ihn an. »Woher weißt du denn das?« fragte sie.

Diesmal wieherte Feisal vor Vergnügen. »Er ist mindestens 180 Meter gefahren, ohne zu schalten. Bei einer Hondamatic muß man erst bei über 80 Stundenkilometern umschalten.« Sabrinas Augen weiteten sich. »Das wußte ich nicht«, versicherte sie.

»Was mich keineswegs überrascht«, bemerkte Feisal. »Woher sollte eine Frau das auch wissen!«

Sabrina versuchte, ein Grinsen zu verbergen. »Hör mal, du kleiner Klugscheißer«, begann sie, aber Feisal fiel ihr ins Wort.

»Das sagen alle«, versicherte er ihr eitel. »Und nebenbei, Ihre nicht ganz schickliche Bekleidung hat sich verschoben. Darf ich Ihnen zu Ihren herrlichen Brüsten gratulieren?« Er sprang in sein Bett zurück und war in dem Moment, als sein Kopf das Kissen berührte, schon fest eingeschlafen.

McCaffertys Sonderjet brauste durch die Nacht und lieferte den Agenten sicher in Zagreb ab, noch ehe die Sonne im Osten aufgestiegen war. Mit einem Seesack auf dem Rücken, der das Zeichen diplomatischer Immunität trug – ein eilig gefälschter *laisser passer*, das Mac, wie Swann angedeutet hatte, unter den nützlichen Dokumenten im Flugzeug gefunden hatte –, kam er ohne weiteres durch den Zoll. Die jugoslawischen Zöllner prüften das Papier und warfen neugierige Blicke auf den Seesack, winkten Mac aber durch.

Er benutzte seine neuen Kreditkarten, um sich einen Wagen zu mieten, einen kleinen Polski Fiat, der jedoch einen starken Motor hatte und dessen Tacho eine fantastische Höchstgeschwindigkeit versprach. Er mußte nicht lange warten. Dunkels Flugzeug kam pünktlich an, und Mac sah, auf dem Rücksitz seines Autos zusammengekauert, wie der Deutsche am Avis-Schalter die gleiche Schau abzog wie er selbst. Sobald Dunkels die Formalitäten erledigt hatte, rief ihm jemand von der Straße aus etwas zu.

Mac drehte sich um und sah einen schwarzen Mercedes mit Schweizer Kennzeichen, der am Straßenrand geparkt war. Dr. Steins gesprächiger Chauffeur grinste, als er Dunkels offensichtliche Überraschung sah. Der Deutsche sprang auf den Vordersitz, und der Mercedes schoß davon – der Fiat folgte ihm in angemessenem Abstand. McCafferty knirschte mit den Zähnen, als er mit dem Fuß aufs Gas trat. Er hatte mit Dunkels abzurechnen. Und mit Smith. Er fühlte, daß diese Verfolgungsjagd der Start zur letzten Runde war.

11

Dunkels fuhr südlich von Zagreb auf der M12a, die laut Hinweis-
schild nach Busevec, Lekenik und Zazina führte. Die Straße war
kaum befahren, und Mac mußte mit seinem Fiat gebührend Abstand halten, um nicht entdeckt zu werden. Nach ungefähr zehn
Kilometern schwenkte der Mercedes mit Dunkels rechts nach Gora
ein und bog dann nach links auf einen kleinen Privatflugplatz ab.
Er bestand aus kaum mehr als einer Graspiste, die nicht länger als
etwa fünfhundert Meter war. In der Nähe einiger verrosteter
Wellblechbaracken, die als Hangar dienten, stand ein in Rußland
gebauter Kamov-Hubschrauber.

Der Propeller des Hubschraubers wirbelte schon zum Abflug,
und der Mercedes fuhr geradewegs darauf zu. Ein paar Sekunden
später sah McCafferty, wie Dunkels geduckt darunter durchlief
und an Bord ging. Die Tür hatte sich kaum geschlossen, als der
Motor auch schon auf Touren gebracht wurde und ein dumpfes
Knattern den Abflug der Kamov anzeigte.

Mac fluchte vor sich hin. So etwas hätte er voraussehen oder er
hätte auf Unterstützung warten sollen. Jetzt stand er hilflos da,
ohne dem Deutschen auf der Spur bleiben zu können. Er parkte
den Fiat auf einem Grasflecken hinter einem mit allerlei Abfall
gefüllten Metallkorb, als der Mercedes an ihm vorbeischoß und
zum Wenden ansetzte. Mac zog sich die Kapuze seines Anoraks
über, um sein Gesicht zu verbergen, aber der Chauffeur fuhr an
ihm vorbei, ohne auch nur hinzusehen.

Dann steigerte sich das Motorengeräusch der Kamov zu einem
Dröhnen, und der Hubschrauber flog über seinen Kopf hinweg;
seine Abwinde streiften die Baumwipfel und preßten das Gras zu
Boden.

Verdrossen startete der Amerikaner seinen Motor und fuhr die
enge Straße zum Flugplatz entlang, um dort zu drehen und nach
Zagreb zurückzufahren. Als er beim Wenden nach hinten schaute,
fiel sein Blick auf eine Anzahl leichterer Flugzeuge, die in der Nähe
der Baracken standen. Er gab einen leisen Pfiff von sich: »He,
Weihnachten und Neujahr auf einmal, oder was seh' ich da?«

Mac wendete erneut und fuhr den Fiat in eine Lücke zwischen
zwei Schuppen. Dann stieg er aus, um das unerwartete Geschenk
zu inspizieren. Es gab eine zweimotorige Cessna, eine alte Piper
Tripacer, eine italienische Marchetti und, wie es schien, verschie-

dene Versionen der jugoslawischen UTVA. Er vergewisserte sich, daß weit und breit kein Mensch zu sehen war, und inspizierte dann die drei ersten jugoslawischen Flugzeuge. Er hatte noch nie eines geflogen, war aber, da er die einschlägigen technischen Zeitschriften las, informiert, daß die UTVA nur eine geringe Überziehgeschwindigkeit, dafür aber gute Kurzlandemöglichkeiten hatte und normalerweise überraschend gut beschleunigen konnte.

McCafferty rieb sich das Kinn und steckte sich einen Kaugummi in den Mund. »Grob geschätzt ist sie vierzig bis fünfundvierzig Meilen pro Stunde schneller als die Kamov«, sagte er zu sich. Dann kam ihm ein anderer Gedanke: Die UTVA konnte mindestens siebentausend Fuß höher fliegen als der Hubschrauber. Ein Grinsen verklärte sein Gesicht, und er sagte, diesmal laut: »Na, denn mal ran an den Speck. Schauen wir nach, ob irgend jemand so schlampig war, in einem von diesen Babys den Schlüssel stecken zu lassen.«

Er suchte sich das Flugzeug aus, das neben dem ersten Hangar abgestellt war. Und sofort stieß er auf Gold: Die Schlüssel waren da. Vorsichtig schlenderte er zum Fiat zurück, ständig nach irgendwelchen Lebenszeichen Ausschau haltend. Mac nahm seinen Seesack aus dem Auto und verschloß die Autotür. Dann eilte er zur UTVA zurück, sprang ins Cockpit und absolvierte die vor dem Abflug vorgeschriebenen Tests, wobei er den Körper immer unter der Fensterlinie hielt.

Mac überprüfte den Hauptschalter, und der Indikator zeigte an, daß der Treibstofftank voll war. Die elektrische Anlage funktionierte, wie sich herausstellte, und es gab auch keine Kontrollschlösser am Steuerknüppel und am Seitenruderpedal. Flüsternd wünschte er sich selbst ›Viel Glück‹ und drückte den Anlaßknopf.

Das war der gefährlichste Teil der Operation, denn der Lärm der UTVA würde ihn todsicher verraten – wenn es mit etwas Glück zu spät sein würde, ihn noch aufzuhalten. Das Triebwerk sprang sofort an, und das Glück blieb Mac treu: Er schaute aus dem Fenster, jetzt völlig unbekümmert, ob ihn jemand sah, denn inzwischen hatte er eine Pistole in der Hand und war entschlossen, notfalls von ihr Gebrauch zu machen – aber noch immer hatte er den Flugplatz für sich allein. Er zuckte mit den Schultern, gab Vollgas (auch wenn das keineswegs der üblichen Praxis entsprach), und brachte die Rumpfspitze des Flugzeugs in eine Position, die ihm die längstmögliche Startlaufstrecke verschaffte. Nach etwa hundert Metern reagierte das Heck des Flugzeugs auf die sanfte Vorwärtsneigung des Steuerknüppels. Sowie sich der Rumpf des reichlich altmodischen Flugzeugs allmählich hob, wurde auch die Sicht besser, und nach weiteren fünfzig Metern zeigte der Fahrtmesser schon fünfundvierzig Knoten. Er drehte die Höhenruder-Trimmung in die Reiseflug-Stellung und stieg sanft und steil auf, ohne daß er sich besonders hätte anstrengen müssen.

Als er das Ende des kleinen Flugplatzes überflog, zeigte der Höhenmesser schon zweihundert Fuß. Er gab einen erleichterten Seufzer von sich und drehte bei, um über das Flugfeld zurück in Richtung Süden zu fliegen und Dunkels' Verfolgung aufzunehmen. Als er unter sich wieder die verrosteten Baracken sah, war, so sehr er auch Ausschau hielt, noch immer kein Anzeichen von Leben zu entdecken. »Wo, zum Teufel, ist der zuständige Mechaniker?« sagte er zu sich. Es mußte doch einen geben. Man konnte doch nicht einen ganzen Platz unbewacht lassen, auf dem so viele Flugzeuge herumstanden. Dann dämmerte es ihm: Smith mußte den Mechaniker bestochen haben, um Dunkels einen gefahrlosen Start zu ermöglichen.

McCafferty wandte seine Aufmerksamkeit wieder Dunkels zu. Die Kamov würde jetzt etwa einen Kurs von 190 Grad haben. Er ging auf denselben Kurs und stieg auf viertausend, um sein Blickfeld zu vergrößern und die Zeit, die der Deutsche ihm seit dem Start voraus hatte, wieder wettzumachen. Die Abtrift vom Kurs würde er mit der überlegenen Motorleistung der UTVA leicht aufholen können – besonders, wenn er die gebotene Geschwindigkeitsgrenze leicht überschritt. Er suchte das Land unter sich und die Luft um sich mit den Augen ab. Die Schönheit der dahingleitenden Landschaft, die im strahlenden Sonnenlicht liegenden bewaldeten Hänge, all das sah er nicht – er hielt nur Ausschau nach jenen verräterischen Zeichen, die den flüchtigen Hubschrauber verraten würden: ein Aufblitzen, wenn sich das Licht in dem wirbelnden Propeller spiegelte, ein schwarzer Fleck gegen das helle Blau, winzig wie eine Fliege, ein dunkler Schatten über einer grünen Wiese.

Eine Straße, ein Fluß und eine Eisenbahnstrecke lagen unter ihm. Zu seiner Linken schmiegte sich eine kleine Stadt in eine Falte des sanften Hügels. Anhang einer zerknitterten Karte, die im Cockpit lag und nur noch aus Eselsohren bestand, identifizierte er die Stadt als Glina. Er schaute sich die Karte näher an: Der nächste Anhaltspunkt war Topusko – Steuerbord.

Er lehnte sich nach rechts, hielt Ausschau nach Topusko, und da sah er die Kamov. Sie flog so niedrig, daß es einen flüchtigen Moment so aussah, als krieche sie wie ein Auto auf dem Boden. McCafferty kicherte und spuckte den Kaugummi aus, der sowieso keinen Geschmack mehr hatte.

Noch während er McCafferty nach Jugoslawien umleitete, beschloß Philpott, daß er und Sonja sich an ihren ursprünglichen Plan halten und nach Rom aufmachen würden. Als VIPs hatte man sie schnell durch den Zoll in Fiumicino geschleust, und sie verließen den Flughafen, ohne daß man ihr bißchen Gepäck angetastet hatte. Sie ignorierten die unlizenzierten Taxifahrer und auch die gelben Taxis und gingen zum Auto der NATO-Belegschaft, das unter einem Parkverbotsschild stand. Der abgehetzte hohe Offizier in der Uniform der britischen Armee, der neben dem Auto stand, nahm die Arme auseinander und machte zur Begrüßung eine Verbeugung. Er war groß, schon etwas grau, mit kühnen Augen und einem Schnurrbart wie eine Zahnbürste, der genau in den Mundwinkeln endete. »Morgen. Tomlin. Brigadier.«

Philpott erwiderte: »Morgen. Philpott. UNACO.«

Tomlin sagte: »Ich bin von der NATO. Neapel. Zuständig für die Öffentlichkeitsarbeit.«

Philpott sagte: »Meine Mitarbeiterin Mrs. Kolschinsky. Wir sind zuständig für jede Art von Arbeit.« Er nickte in Sonjas Richtung, und dann schüttelten beide dem Soldaten die Hand.

»Normalerweise haben wir ja keine – hm – durchreisenden Feuerwehrleute zu Besuch«, fuhr Tomlin ernst fort und ignorierte Philpotts düster zusammengezogene Brauen. »Da man mich aber nun einmal zu dieser Unzeit hierher beordert hat, scheinen Sie ja ganz schön wichtig zu sein.«

»Nicht wirklich«, erwiderte Philpott ungezwungen, »ich bin bloß ein ganz gewöhnlicher Bursche mit einigen gewöhnlichen Fragen, Brigadier.«

»Oh, großartig«, sagte Tomlin und brachte sie zum Auto. »Verdammt gute Show. Dann legen Sie mal los!«

Sonja faßte Philpott fest am Handgelenk und bewahrte ihn damit vor einem Wutanfall, wenn er es auch schwierig fand, seinen Zorn angesichts von Tomlins absoluter Sorglosigkeit ganz zu beherrschen. »Also zunächst mal: Gibt es irgendeine Nachricht über den Absturz der Air Force One?« fragte er.

»Aha«, sagte Tomlin und lehnte sich verschwörerisch vor, »ja, die gibt es.« Er befahl dem Corporal am Steuer des Wagens loszufahren und berichtete Philpott dann, daß man das Wrack lokalisiert habe.

»Aber...«, setzte er hinzu, und der Mund blieb ihm offenstehen, als Philpott ergänzte, »aber es ist nicht Air Force One.«

»Genau«, bestätigte Tomlin. »Aber wie um alle Welt konnten Sie das wissen?«

Philpott klopfte sich an die Stirn: »Feuerwehrmanns Geheimnis«, flüsterte er. »Es war eine Boeing 707, stimmt's?«

Das stimmte, gab Tomlin zu, aber es handle sich, soweit sie aufgrund der Überreste hätten eruieren können, nicht um einen Airliner, sondern um einen Frachter. Es gebe keine Registrationsnummer, und so könne es noch Tage dauern, bis man dem Flugzeug auf die Spur gekommen sei.

Philpott schluckte die Nachricht. Er hatte gehofft, Smith definitiv mit der Entführung in Verbindung bringen zu können, indem man den ›Zwilling‹ sofort identifizierte, aber es sah so aus, als ob er auf diese Bestätigung noch warten müsse.

Ein Quäken vorn aus dem Auto kündigte eine Funkdurchsage an. Tomlin kurbelte die Trennscheibe herunter und bellte: »Was sagen die da, Corporal?«

»Hauptquartier, Sir«, erwiderte der NATO-Corporal. »Lösegeldforderung für die OPEC-Minister in Triest eingegangen und auch, glaube ich, in Dubrovnik. Irgendwas ist auch an eine der amerikanischen Presseagenturen gegangen.«

Der Brigadier war nun ganz dienstlich: »Also Hauptquartier. Und bleiben Sie dran.« Er plusterte sich auf, als sei er persönlich für die Einführung des Funkverkehrs verantwortlich, und sagte zu Philpott: »Ganz hübscher Rummel, was?«

»Nein«, sagte Philpott, »das habe ich erwartet.« Der Soldat hob gekonnt eine Augenbraue, sagte aber nichts. Philpott setzte langsam zum vernichtenden Schlag an: »Und außerdem, Brigadier«, sagte er schlau, »steht es eins zu zehn, daß der Kerl, der hinter dem Lösegeld steckt, ein sogenannter Smith ist.«

Tomlin schnüffelte. »Bißchen – eh – allzu häufig, der Name, oder?«

Philpott kicherte. »Der Name schon, aber der Mann nicht.«

In der Funkzentrale des NATO-Hauptquartiers studierten Philpott und Sonja die Vergrößerungen der Polaroidfotos, die man auf

Anfrage aus Triest vom Associated-Press-Büro in Belgrad telegrafisch übermittelt hatte. Tomlin legte eine davon unter ein Episkop, das das Bild groß an die Wand warf. »Alles gut zu sehen, Sir?« fragte er, seit der Entdeckung, daß der Entführer tatsächlich Mister Smith hieß, entschieden geläutert.

Im Geist hakten Philpott und Sonja die Minister und Besatzungsmitglieder ab, deren Daten bei der UNACO gespeichert waren. Unauffällig überprüften sie ein Gesicht aus dem guten Dutzend besonders gründlich – denn Jagger befand sich – natürlich – unter den Entführten.

»Unglaublich«, murmelte Philpott. »Unheimlich«, sagte Sonja. »Die ungeheuerlichste Fälschung, die ich je gesehen habe. Jeder... selbst Macs Mutter würde schwören...«

»Brigadier«, schnitt Philpott ihr mit einer bestimmten, aber nicht unfreundlichen Geste das Wort ab, »haben Sie sich schon irgendeine Vorstellung über den Hintergrund des Schnappschusses machen können?«

Ohne zu zögern antwortete der Brigadier, daß es sich wohl um ein Schloß handeln müsse. »Gekachelter Boden«, erklärte er lässig, »rohes Mauerwerk. In England haben wir einige davon, wissen Sie.«

»Nein, habe ich nicht gewußt«, sagte Philpott interessiert, »davon müssen Sie mir gelegentlich erzählen.«

Die sarkastische Bemerkung war bei Tomlin verschwendet. Der nickte bloß und wiederholte: »Kein Zweifel, ein Schloß.«

Philpott stimmte zu und fragte den Brigadier, ob er irgendwelche Schlösser in Jugoslawien kenne.

»Was, da soll es sein?« blökte Tomlin.

Philpott nickte. »Und vermutlich gibt es da so viele, daß man das richtige ohne irgendeinen Anhaltspunkt wohl kaum finden kann.«

Ein Angestellter brachte einige Kopien mit der Lösegeldforderung, und Philpott stieß – wie zuvor Hemmingsway – einen Pfiff aus, als er las, daß Smith geschliffene Diamanten im Wert von fünfzig Millionen Dollar forderte. »Verdammt viel Geld«, sagte er nachdenklich.

»Und was ist mit dem Rest?« sagte Tomlin unsicher.

»Rest?« fragte Philpott zurück.

Tomlin schwenkte das Blatt mit der Notiz von Associated Press, die den ganzen Vorfall schilderte – im Gegensatz zum UNACO-Bericht, der in einzelne Abschnitte, jeweils mit Analyse, aufgeteilt war, von denen Philpott nur den ersten besaß. »Falls die arabischen Nationen – oder irgendwer... hier ist die UNACO genannt... Smiths Forderungen nicht erfüllen, wird er alle drei Stunden einen der Minister umbringen... Mein Gott«, flüsterte Tomlin, »er muß wahnsinnig sein. Glauben Sie, daß er das wirklich meint?«

Philpott schaute vom UNACO-Report hoch. »Oh, der ist schon ernst zu nehmen«, sagte er feierlich. »Und er dürfte auch verrückt genug sein, es auszuführen.«

Sonja preßte die Lippen zusammen, so daß sie eine einzige waagerechte Linie bildeten. »Gibt es eine Frist, Brigadier?«

Tomlin schaute sich noch einmal die Unterlagen an, die er in der Hand hielt. »Die gibt es«, bestätigte er. »In einer Stunde von...«, er schaute auf seine Uhr, »... jetzt an. Falls die UNACO mit Smiths Bedingungen einverstanden ist, muß sie das über AFN Rom genau um 10 Uhr Ortszeit durchgeben lassen.« Er schaute Philpott gerade in die Augen. »Das ist Ihre Sache, Sir«, fügte er hinzu.

Philpott atmete tief ein und mit einem Seufzer wieder aus, in dem Resignation und Frustration lagen.

»Eine Stunde«, murmelte er..., »nur eine Stunde, bis wir vielleicht Hawley Hemmingsway verlieren.«

»Warum Hemmingsway?« fragte Sonja.

Philpott lächelte. »Kannst du dir vorstellen, daß Smith einen wertvollen Araber vor einem nutzlosen Amerikaner dranglauben läßt?«

Eine steife Brise brachte Philpotts Haar durcheinander, und die warme Sonne auf der Piazza Barberini zwang ihn dazu, seine Augen zu beschatten und den Ober anzublinzeln.

»Signore?« fragte der Ober.

»Eh... cappuccino«, erwiderte Philpott. Dann sah er einen Mann von der Metrostation her über die Straße kommen.

»Signore!« rief er dem entschwindenden Ober nach. Der Ober drehte sich um, sogar sein frisch gebügeltes weißes Kellnerhemd schien vor Ablehnung zu knistern. »Due cappuccini«, bestellte Philpott. Der Ober wiederholte: »Due. Prego. Signore«, und schlurfte davon. Der Mann von der Metro kam näher und setzte sich unaufgefordert und ohne ein Lächeln an Philpotts Tisch...

Das erste, was die UNACO tun mußte, nachdem sie jeden Aspekt der Lösegeldforderung untersucht hatte, war zu überlegen, wie man Zeit gewinnen könne. Als zweites mußte man das Lösegeld zusammenbringen. Das war die leichtere Aufgabe. Sonja ließ sich auf Philpotts Anweisung hin mit den Diamantenbörsen in Johannesburg und Amsterdam sowie dem Präsidenten von De Beers verbinden. Die Summe wurde auf Bürgschaft der UNACO hin zur Verfügung gestellt. Mit dem nächsten Flug von Schipol nach Fiumicino sollte ihr Äquivalent in geschliffenen Diamanten aus Amsterdam übernommen und dann Smith ausgehändigt werden.

Inzwischen hatte Philpott alle Aspekte dieser Situation eingehend überprüft. »Ich muß Zeit gewinnen, um Smith zu finden«, sagte er und schlug mit der Handfläche auf den Tisch in der Funkzentrale der NATO. »Man darf ihm das Kommando nicht überlassen. Wenn wir erst einmal über Radio unsere Zustimmung zu seinen Bedingungen gegeben haben, wird er doppelt so schnell mit dem Ort für die Übergabe des Lösegeldes herausrücken und sich, ehe wir uns umschauen, damit aus dem Staub machen.«

»Aber Sie werden doch die Radiomeldung durchgeben lassen, Sir?« fragte Tomlin bedacht. »Ich weiß, daß das jedem von uns gegen den Strich geht, Sir, aber Sie sind doch sicher auch der Meinung, daß wir das Leben keines der OPEC-Minister riskieren dürfen. Es sei denn, Sie glauben, daß Smith nur blufft?«

Philpott strich sich langsam mit der Hand über die Stirn und ließ dann die Finger über sein Gesicht gleiten. Er schaute aus dem Fenster und starrte auf den stummen Strudel des römischen Verkehrs drunten. »Er mag vielleicht insofern bluffen, als er nicht *selbst* einen Minister umbringt«, erwiderte er schließlich. »Killen ist nicht Smiths Stil. Andererseits aber werden naturgemäß labile Leute um ihn herum sein... von zweien habe ich eine ungefähre Vorstellung. Abgesehen davon wird Smith sicherlich keine so überzeugende Exekution veranstalten, um dann noch irgendeiner der Geiseln Gelegenheit zu geben, uns davon zu berichten. Zweifellos verfügt Smith über Funk – und den wird er dazu benutzen, uns zu erpressen; er wird in so kurzen Intervallen funken, daß wir die Frequenz unmöglich feststellen können.«

Tomlin nickte düster. »Und wir würden nicht wissen, ob das alles stimmt oder nicht«, bestätigte er. »Wir müßten annehmen, daß es tatsächlich so ist. Ein Bluff, auf den wir nicht reagieren könnten.«

Die beiden Männer saßen eine Minute lang so da, jeder in seine Gedanken versunken, dann rutschte Philpott mit einem Ruck auf seinem Stuhl nach vorn und schrieb etwas auf den Notizblock, der vor ihm lag. Er riß das Blatt ab und gab es Tomlin.

Der Brigadier las und lächelte dann leicht verwirrt. »So leicht soll das sein?« fragte er. Philpott zuckte mit den Schultern. »Wir müssen uns Zeit erkaufen.«

»Aber Sie wissen doch gar nicht, wie Sie mit Smith Kontakt aufnehmen können. Wir haben doch keine Ahnung, wo er steckt«, warf der Brigadier ein.

»Das versuche ich ja gerade herauszufinden«, erwiderte Philpott. »Ich muß ihn ausräuchern. Lassen Sie die Radionachricht um neun Uhr dreißig durchgeben, dann wird Smith, das garantiere ich Ihnen, um zehn wieder da sein. Und bis dahin habe ich herausgefunden, wie ich an ihn herankomme.«

»Und wenn nicht?«

»Wenn nicht, dann verlieren wir Hemmingsway.«

Tomlin biß sich betreten auf die Lippen und sagte: »Ich bin wirklich froh, daß ich dieses Risiko nicht wahrnehmen muß. Ihr Präsident wird es weder sonderlich begrüßen, einen Freund noch auch sein Flugzeug zu verlieren, wenn Sie mir diese Bemerkung gestatten, Sir.«

Philpott nickte zustimmend. »Wir müssen unsere Chancen bei Smith da beim Schopf fassen, wo wir sie kriegen, Brigadier«, fuhr er fort. »Und die Ruhe behalten. Präsident Wheeler weiß ganz genau, daß ich nicht die Absicht habe, Hawley Hemmingsway oder einen der Ölminister zu opfern. Ich glaube, daß ich es schaffen kann, aber ich brauche Zeit – und Zeit haben wir nicht. Wenn Sie mir jetzt ein paar Minuten gestatten?«

Tomlin nickte und begab sich zum anderen Ende der Funkzentrale. Philpott wählte eine Telefonnummer, und als der Mann in der Botschaft der UdSSR »Buon giorno, Signore« sagte, antwortete er auf russisch.

Philpott spielte sein Spiel auf Verdacht. Sollte es fehlgehen, so wären sie Smith auf Gedeih und Verderb ausgeliefert, und der amerikanische Staatssekretär schwebte in höchster Gefahr, ermordet zu werden. Er schluckte die Galle, die ihm aufgestiegen war, und sagte: »Ich möchte mit General Alexis Nesterenko sprechen.«

Die erwartete Stille trat ein, bevor der Mann die erwartete Antwort gab: Es gebe keinen General Nesterenko bei der Botschaft. Unbeirrt fuhr Philpott fort: »Vielleicht kennen Sie ihn besser bei seinem Codenamen Myshkin.« Er konnte das Klicken hören, als der zuständige Kommandant des KGB sich einschaltete.

»Wir kennen niemanden dieses Namens und wissen auch nicht, was Sie mit dem Codenamen meinen«, sagte der Diensthabende stur.

»Na gut«, sagte Philpott, »dann muß ich annehmen, daß Sie sich weigern, Ihren Vorgesetzten eine Information weiterzugeben, die für Ihre weiteren Pläne so eminent wichtig ist, daß Sie sie unbedingt erhalten sollten. Ich werde mich folglich verabschieden.«

»Eh, warten Sie noch einen Augenblick, *Signore*«, unterbrach ihn der Mann am anderen Ende und ging zum Italienischen über. »Sie... haben nicht...«, er versuchte ganz offensichtlich, Anweisungen auszulegen, die ihm über eine andere Leitung zugeflüstert wurden. »Sie haben uns Ihren Namen nicht genannt.«

»Mein Name ist Malcolm Philpott, und ich bin der Direktor der United Nations Anti-Crime Organisation. Ich verstehe nicht, wieso Sie das interessiert, da Sie ja vorgeben, den Mann, dem ich diese Informationen weitergeben möchte, nicht zu kennen.«

Wieder Stille, und Philpott konnte hören, wie sich das Klicken in der Leitung vervielfachte, als ob Grashüpfer sich paarten. Dann war die Telefonzentrale wieder da: »Es ist so wie Sie sagten, Mr. Philpott, wir kennen weder den Mann, von dem Sie sprachen, noch den anderen Namen, den Sie gebrauchten. Aber vielleicht wäre es nützlich, wenn Sie uns den unmittelbaren Anlaß für dieses Telefonat nennen könnten?«

»Wozu?« fragte Philpott unschuldig.

Wieder stolperte der Diensthabende über seine Worte, brachte es aber doch fertig, die lahme Entschuldigung herauszustottern, daß das vielleicht der bewußten Sache nützen könne.

Philpott spielte noch eine weitere Minute mit ihm und sagte dann etwas schroff: »Na schön, ich werde in genau zehn Minuten im Ristorante Aurelio an der Piazza Barberini sein. Ich trinke einen Kaffee an einem Tisch auf dem Gehweg. Vermutlich leiste ich mir auch eine Zigarre. Zweifellos werde ich den Ober beleidigen, indem ich mich weigere, die Rechnung zu zahlen. Die Piazza Barberini liegt, wie Sie sicher wissen, ganz in der Nähe der amerikanischen Botschaft in der Via Veneto.«

»Wir wissen, wo die amerikanische Botschaft ist, *Signore*«, erwiderte der Diensthabende steif und unterbrach die Verbindung.

»Sie müssen meinen Anruf erwartet haben«, behauptete Philpott amüsiert, als der Kaffee kam. Myshkin schnaubte mißbilligend und änderte die Bestellung für sich auf *caffé negro*. Philpott entschuldigte sich und zog die zweite Tasse *cappuccino* zu sich herüber.

»Sagen Sie, was Sie zu sagen haben, und bitte schnell«, sagte Myshkin beißend.

»Sind Sie überhaupt nicht daran interessiert, zu erfahren, woher ich weiß, daß Sie in die Sache verwickelt und daß Sie überhaupt in Rom sind?« fragte Philpott.

»Das wußten Sie nicht«, fiel Myshkin ein, »es war nur ein Schuß ins Blaue. Und Sie können auch nicht mit Sicherheit wissen, daß ich oder mein Land in die Affäre verwickelt sind, um die es Ihnen im Moment geht.«

»Warum sind Sie dann hier?« fragte Philpott mit höflichem Nachdruck. Er konnte es sich nicht leisten, den Russen zu verschrecken, wenn er auch den begründeten Argwohn hatte, daß Myshkin nicht die mindeste Absicht hatte, sich einschüchtern zu lassen.

Myshkin ließ es zu, daß die Spur eines Lächelns sein umwölktes Gesicht überzog. »Neugier, Mr. Philpott, sonst nichts. Mein schneller Aufstieg zu einer Machtposition im Politbüro hat wohl nicht nur die westlichen Geheimdienste, sondern auch die UNACO interessiert, sonst würden Sie weder meinen wirklichen Namen, geschweige denn meinen Codenamen kennen. Es könnte aber auch...«, er zögerte, als gebe er eine Schwäche zu, »... vielleicht könnten wir uns auch gegenseitig helfen.«

»Schon zu tief drin, Myshkin?« fragte Philpott ironisch.

»Nicht im mindesten«, protestierte Myshkin. Er zündete sich mit einem Dupont-Feuerzeug eine stinkende Zigarette an und schlürfte seinen Kaffee. Dann betrachtete er prüfend seine Fingernägel und schaute genüßlich über den Platz. Vier Mädchen, hübsch, gepflegt, jung und verführerisch, gingen in Richtung Via Veneto. »Ein verbotenes Rendezvous?« flüsterte er Philpott zu. »Eine Verabredung mit irgendwelchen Geldonkels in einem dieser sündteuren Hotels?«

»Zu dieser Tageszeit?« erkundigte sich Philpott und genoß die Verwirrung des Russen. Dann schaute er auf seine Uhr, und ihm wurde klar, daß die Scharade jetzt bald ein Ende haben mußte. Eindeutig wollte der KGB keine Initiative ergreifen, also mußte die UNACO es tun.

Langsam und nachdem er sich eine Zigarre angesteckt und eine Rauchwolke in Myshkins Richtung gepustet hatte, begann er: »Da Sie die Angelegenheit erwähnten, um die es mir im Moment geht, wie Sie sich, wenn ich mich recht entsinne, ausdrückten, würden Sie es unhöflich oder unpassend finden, wenn ich offen darüber spreche?« Myshkin gab vor, nichts gehört zu haben. Philpott grinste und schnippte etwas Zigarrenasche auf den Boden.

»Daß die UNACO beteiligt ist, ist wohl offensichtlich«, fuhr Philpott fort. »Ein Überfall auf das persönliche Flugzeug des Präsidenten ist an sich schon schlimm genug, wenn es sich bei den Passagieren aber um OPEC-Leute handelt, dann ist das eindeutig etwas, was die ganze Welt mißbilligen muß – oder zumindest nicht ignorieren kann. Der Verbrecher Smith, dessen Name Ihnen vielleicht nicht unbekannt ist...« Myshkin überlegte etwas und schüttelte dann den Kopf, »... dieser Smith ist, von welcher Seite aus man es auch betrachtet, in den Augen der Welt ein kriminelles Individuum. Es handelt sich bei seiner Tat um einen Akt zynischen Brigantentums, der mit allem Nachdruck von den rechtlich denkenden Nationen, die sich ihrer Kultur und Zivilisation bewußt sind, verurteilt werden muß.«

Myshkin nickte ernst und drückte seine Zigarette energisch im Aschenbecher aus. Dann schaute er Philpott fragend an und nahm dankend eine Zigarre aus dem hübschen Lederetui des Amerikaners, auf dem in Gold geprägt stand: ›Mit Zuneigung und Hochachtung: Leonid Breschnew‹.

»Natürlich«, sagte Philpott, »handelt Smith als Einzelgänger, da es für jede Nation undenkbar wäre, besonders aber für eine, die auch noch Mitglied der UNACO ist, das Vorgehen einer solchen Kreatur zu billigen, von Unterstützung gar nicht zu reden.«

»Natürlich«, sagte Myshkin zustimmend.

»Eine solche Nation, falls sie existieren sollte, würde sich die Feindschaft jedes UNO-Mitglieds einhandeln, besonders aber der Länder, die ihren Einflußbereich auf so problematische Gebiete wie den Mittleren Osten ausgedehnt haben. Denn genau diese Gebiete könnten für einen Staat, der so unklug wäre, einem Piraten wie Smith, einem Mann ohne irgendein Gefühl der politischen Zugehörigkeit und ohne Gewissen, Unterstützung zu gewähren, von lebenswichtigem Interesse sein.«

»Natürlich«, sagte Myshkin und widmete sich betont dem Studium der Rechnung. »Diese modischen *ristoranti* sind nicht billig, Mr. Philpott.«

»Und genauso steht es mit dem internationalen Ansehen, General Nesterenko«, warf Philpott ein. »Und um auf die betreffende Sache zurückzukommen – eine solche Nation könnte sich ernstlich im Irrtum befinden, falls sie annehmen sollte, daß Amerika allein die Schuld an jenem unglücklichen Zwischenfall auf sich nehmen wird, der den Tod eines oder sogar mehrerer OPEC-Minister zur Folge haben könnte.«

Myshkin schaute ihn scharf an. »Was veranlaßt Sie, das zu sagen?« fragte er brüsk. Philpott nannte ihm die Lösegeldbedingungen von Smith und die damit verbundene Drohung.

»Es sieht ganz danach aus, als ob Amerika augenblicklich den Hauptanteil der internationalen Kritik auf sich gezogen hat«, bemerkte der Russe.

»Aber nur so lange«, erwiderte Philpott ernst, »wie die Welt die Identität der Nation nicht kennt, die Smith bei seiner Entführung unterstützte. Sowie aber feststeht, daß Smith aktive Unterstützung erhielt, daß man ihm sogar Leute und Waffen zur Verfügung gestellt und zusätzlich die Ausreise in ein gastfreundliches Land erleichtert hat, wird sich die Verachtung der betroffenen Nationen zweifellos dem Land zuwenden, das all dies ermöglichte.«

Der Russe grinste geradezu bewundernd. »Ihre Diät, Mr. Philpott«, sagte er trocken, »muß ausschließlich aus Karotten und Fisch bestehen. Sie sind ein Meister darin, Schüsse ins Dunkel abzufeuern.«

Philpott rief nach dem Kellner und bezahlte die Rechnung mit einer Fünftausend-Lire-Note, wobei er das Wechselgeld weder zurückerwartete noch erhielt. Sorgfältig legte er ein Exemplar der Zeitung *Il Messagero* auf den Tisch zwischen sich und den Russen.

»Ich weiß, daß Ihre Landsleute stolz darauf sind, über die politische Entwicklung in Italien immer auf dem laufenden zu sein«, sagte er. »Unter der ersten Seite liegt der Text der Botschaft, die in etwa drei Minuten über AFN Rom gesendet wird. Um zehn Uhr wird sie wiederholt. Es handelt sich nicht um die Botschaft, die Smith erwartet hat. Statt dessen wird darin um eine Frist von zwei Stunden gebeten. Ich würde es als Direktor der UNACO begrüßen, ja, ich würde es als Entgegenkommen empfinden, wenn man Smith etwas unter Druck setzte, damit er einwilligt. Und es ist klar, daß Smith, sollte irgendeinem der Minister auch nur das geringste zustoßen, bis ans Ende der Welt gejagt werden wird. Vielleicht, mein lieber Myshkin, machen Sie sich die Mühe, darüber nachzudenken, wie man Mister Smith diese Nachricht am besten übermitteln kann.«

Myshkin schaute ihn zweifelnd an. »Ich, Mister Philpott? Was um alle Welt veranlaßt Sie, anzunehmen, daß ich einen Kanal zu diesem Monstrum haben könnte?«

Philpott beugte den Kopf. »Wenn ich Ihnen diesen Eindruck vermittelt haben sollte, General, dann entschuldige ich mich in aller Form dafür. Wir werden uns zweifellos bald wiedersehen.«

Er ging auf die Piazza Barberini hinaus, und ein großer dunkelbrauner NATO-Wagen, auf dessen Kühler eine Flagge wehte, fuhr neben ihm vor. Philpott stieg ein, und das Auto fuhr fort.

Myshkin zog noch einmal kräftig an seiner kubanischen Zigarre, schüttelte die Aschenkrone ab und warf dann den glühenden Stummel zu Boden. Als er auf den Platz hinausging, trat er darauf. Eine schwarze Zil-Limousine mit flatternder Sowjetfahne hielt dicht neben ihm. Er drehte sich um, und die Tür flog auf…

Fünf Minuten nach zehn läutete im Funkraum der NATO das Telefon, und Smith sagte: »Zwei Stunden, Mr. Philpott, nicht eine Sekunde mehr.«

»Sie haben mein Wort«, erwiderte Philpott, darauf bedacht, den Anrufer, da Tomlin neben ihm stand, nicht zu identifizieren. »Das gestattet uns lediglich, ein paar Formalitäten zu erledigen.«

»Keine Tricks, Philpott«, warnte Smith. »Nicht nur die Amerikaner und Araber, auch ihre bewundernswerte Sabrina Carver ist meiner Gnade ausgeliefert, denken Sie daran.«

»Stimmt«, gestand Philpott, »wenn ich auch zuversichtlich bin, daß Sie keinem etwas antun werden. Sie müssen inzwischen – vermutlich durch Dunkels – wissen, daß mein Freund, der ehemalige Sicherheitschef von Air Force One, in Bahrain aus der Gefangenschaft entflohen ist. Er war die einzige Karte in Ihrer Hand, an der die Russen einigermaßen interessiert sein konnten. Und die werden ganz sicher nicht begeistert davon sein, daß er ihnen durch Ihre Schuld entwischt ist. Natürlich haben Sie sich inzwischen eine hübsche Geschichte ausgedacht, aber sie würden *mir* glauben, Smith, wenn ich ihnen erzählte, daß er entflohen ist. Ich glaube kaum, daß Sie möchten, daß ich's den Russen erzähle.«

»Daher ja auch mein Einverständnis mit dem erbetenen Auf-

schub«, antwortete Smith. »Nutzen Sie Ihre Zeit klug, Herr Direktor.«

»Darauf können Sie sich verlassen«, sagte Philpott und warf
Tomlin einen Blick zu.

12

Soweit McCafferty es beurteilen konnte, hatte der Pilot der Kamov
offenbar den Befehl, im Tiefflug der Radarkontrolle zu entgehen.
Mac drosselte den Motor, um bei Dunkels Verfolgung seinen
Höhenvorteil besser nutzen zu können. Der Hubschrauber versuchte eindeutig, auch das kleinste Dorf zu vermeiden, von größeren Häuseransammlungen ganz zu schweigen.

Der Amerikaner war aufgrund der Vorsichtsmaßnahmen des
Kamov-Piloten überzeugt, daß dieser wußte, daß ihm von oben die
meiste Gefahr drohte. Er würde also seine Augen offenhalten. Wer
die Absicht hatte, die Kamov zu verfolgen, konnte sich nur vor
oder hinter ihr halten, dachte Mac.

Er wechselte die Geschwindigkeit, trat kräftig ins Ruder, drückte den Knüppel in die Ecke und stürzte im Side-Slip erdwärts.
Dann stieg er steil wieder hoch und flog dann in einer Höhe von
fünfzig Fuß etwa eine Viertelmeile waagerecht hinter der kleinen
Kamov her, die buchstäblich die Baumwipfel abrasierte.

Auf den nächsten hundert Meilen sah McCafferty tatsächlich
nichts als eine Anzahl grüner und brauner Farbflächen, die kaum
in sein Bewußtsein drangen. Er konzentrierte sich ganz auf den
stahlgrauen Rumpf der Kamov, die jetzt enge Täler hinaufflog,
über Bergspitzen tanzte, mit den Wipfeln der großen Waldbäume
flirtete und über ein Dutzend saphirblauer Seen hinwegbrummte.

Es vergingen eineinhalb Stunden, in denen McCafferty versuchte, Höhenruder, Steuer- und Querruder auszubalancieren, indem
er unzählige Male beschleunigte und die Geschwindigkeit wieder
drosselte, um nicht gesehen zu werden und doch mit seinem
Zielobjekt in Verbindung zu bleiben, dessen Geschwindigkeit
zwischen neunzig Meilen (die auch Mac leicht halten konnte) und
weniger als fünfzig Meilen in der Stunde variierte. Und diese
Geschwindigkeit war durchaus problematisch, weil sie die UTVA
zum Überziehen zwang, so daß sie verzweifelt mit nachlassender

Stabilität und zu wenig Höhe zu kämpfen hatte, wenn sie sich von den Auswirkungen auch nur des winzigsten Fehlers ihres Piloten erholen wollte. Der Schweiß lief in Strömen über Macs Gesicht, und er fluchte wüst vor sich hin.

Plötzlich stieg der Boden langsam an. Macs Höhenmesser zeigte zwölfhundert Fuß über Null, die Ausgangsposition, die er vor dem Abflug vom niedrig gelegenen Flugplatz bei Gora festgelegt hatte. Besorgt betrachtete er das, was vor ihm lag. Da gab es Berggipfel, die noch fünf- bis sechshundert Meter höher zu sein schienen. Er warf einen eiligen Blick auf die Karte und sah, daß er die Dinarischen Alpen vor sich hatte.

Als er zurückschaute, war die Kamov verschwunden.

McCafferty kämpfte verzweifelt gegen eine Panik an. Der Hubschrauber konnte nicht einfach vom Erdboden verschwunden sein. Macs erster Impuls war, Gas zu geben und so schnell wie möglich weiterzufliegen, aber Instinkt und Vernunft hielten ihn zurück. Irgendwo war die Kamov bestimmt noch. Sein Problem war bloß, daß er sie nicht sehen konnte.

Er ließ die UTVA in steilen Spiralen aufsteigen, damit sie unauffällig die Gegend überfliegen konnte. Innerhalb von rund drei Minuten zeigte der Höhenmesser viertausend Fuß mehr an, und Mac nahm wieder seinen normalen Kurs auf. Er schaute nach Steuerbord, um das felsige Terrain abzusuchen. Dann grinste er und sagte: »Heiß, äußerst heiß.«

Das Rätsel war gelöst. Der Hubschrauber war über eine natürliche Gletscherformation hinweg in ein steil abfallendes Tal entwischt, das wie ein Daumenabdruck in den steilen, hoch aufragenden Bergen aussah. Dort gab es eine grasbewachsene, von Bäumen gesäumte Plattform, die am Ende der sich nach oben windenden Straße in den Berg hinein gebaut war.

Diesem natürlichen Vorsprung gegenüber lag, zuerst nur als ein verschwommener Fleck auszumachen, dann aber zu beachtlicher Größe heranwachsend, ein Schloß. Gefährlich hoch gelegen, lehnte es sich gegen einen Bergeinschnitt.

Etwas tiefer hatte man ein flaches Stück aus dem Berg gehauen und eingeebnet. Dort stand die Kamov, deren Propeller sich nur noch langsam drehte.

Siegfried Dunkels war an seinem Bestimmungsort angelangt.

Ein Assistent stürzte in aller Hast in die Computerzentrale der NATO und fragte nach Philpott. Von einem rothaarigen amerikanischen Major mit einem gereizten Wink weitergeschickt, flüsterte der Kurier dem UNACO-Direktor nervös zu, daß ein Transportflugzeug bereitstehe, um ihn vom Leonardo-da-Vinci-Flugplatz nach Zagreb zu bringen.

Philpott war gerade mit Sonja Kolschinsky beschäftigt, die ihm versicherte, daß die Diamanten beisammen seien und durch einen leitenden Angestellten der Amsterdamer Diamantenbörse überbracht würden; zugleich mußte er sich mit Tomlins offenbarer Entschlossenheit, die UNACO von *seiner* Entschlossenheit zu überzeugen, auseinandersetzen.

»Ich habe ebenfalls ein Geschwader von P-90ern aufgestellt, das die Strände und Salzbänke absuchen kann, überhaupt jedes offene Gelände, das eine 707 aufnehmen könnte«, erklärte der Brigadier.

»Jugoslawische Strände?« fragte Philpott erstaunt. »Jugoslawien ist, wie Sie wissen, Brigadier, nicht Mitglied der NATO.« Tomlin sah aus wie ein verlegener Schuljunge, der aus einem Striplokal kommt. »Ich bin mir dessen bewußt, Sir«, sagte er brüsk, »aber da wir Jugoslawien neben Italien, Sizilien, Griechenland und den griechischen Inseln, Korfu und der albanischen Küste scheinbar nur beiläufig in das abzusuchende Gebiet einbeziehen, habe ich mit den jugoslawischen Behörden zumindest Verbindung aufgenommen und das Problem erörtert, von dem man dort seit den Nachrichten natürlich ebenfalls weiß. Auch *dort* befürchtet man, daß Air Force One und die Gefangenen in Jugoslawien sind, und...«

»Und man meint, daß Sie schlicht Treibstoff verschwenden, wenn Sie irgendwo sonst suchen, gleichzeitig aber läßt man Sie nicht ins Land. Ist es so, Brigadier?«

»So ungefähr«, murmelte Tomlin.

»Genau deshalb fliege ich nach Zagreb«, setzte Philpott hinzu, »denn wenn die Jugoslawen nicht wollen, daß die NATO überall in ihrem wunderschönen Land herumtrampelt, dann müssen sie dulden – ja ihre Mitgliedschaft in dieser Organisation verpflichtet sie sogar dazu –, daß ein kleines Kontingent der UNACO sie vertritt.« Tomlin bekannte sodann mit einem schüchternen Grinsen, daß er seine Piloten instruiert habe, die Suche in den Gebieten außerhalb des jugoslawischen Luftraums nicht allzu nachdrücklich zu betreiben. »Wir werden nicht allzuviel Treibstoff vergeuden, Sir«, setzte er hinzu, »schon deshalb nicht, weil wir keine Ahnung haben, wo man ein Flugzeug dieser Größe überhaupt verstecken könnte.«

Philpott hörte auf, Papiere in eine Aktentasche zu stopfen und schenkte dem Soldaten einen mitfühlenden und zugleich wissenden Blick. »Sie werden es nicht finden, Brigadier. So ein Flugzeug läßt sich nicht einfach verstecken, also wird Smith es untergestellt haben. Er wird auch dafür gesorgt haben, daß es nicht durch Hitzesensoren aufgespürt werden kann. Er wird es ausgekühlt haben, oder was weiß ich ... Sollte ich Smith auch nur einigermaßen kennen, dann steht die Maschine jetzt längst irgendwo unter einer Zeltplane.«

Tomlin nickte. »Vermutlich haben Sie recht«, seufzte er.

»Ich werde die Jagdhunde zurückpfeifen. Übrigens«, setzte er hinzu, »gibt es noch etwas, was mich beunruhigt.« Er wartete einen ermunternden Wink des Leiters der UNACO ab und sagte dann: »Tatsache ist doch, daß Triest völlig außerhalb unseres Aktionsradius liegt. Warum hat Ihrer Meinung nach Smith die Lösegeldforderung dorthin geschickt?«

Philpott dachte nach und sagte dann: »Ihre Frage ist nicht unberechtigt, Brigadier, keineswegs unberechtigt.« Tomlin errötete vor Freude. »Ich kann nur vermuten«, fuhr Philpott fort, »daß man uns damit auf die falsche Fährte locken wollte. Jetzt, da Sie es erwähnen, bin ich mehr und mehr der Meinung, daß Dubrovnik dem von uns vermuteten Aktionszentrum näher liegt. Es wird also gut sein, von Zagreb aus zu starten. Denken Sie weiter nach. Sie können das wirklich sehr gut, Brigadier!«

Und damit lehnte sich Philpott vor, um Sonja einen Kuß zu geben, wobei sich Tomlins Röte noch vertiefte, und verließ dann den Raum, einen Schwarm uniformierter Helfer im Gefolge. Sein Flugzeug war erst drei Minuten in der Luft, als bei Sonja Kolschinsky das Telefon läutete und eine atemlose Stimme sagte: »Ist der Chef da, Sonja? Ich muß unbedingt mit ihm sprechen. Hier ist Joe McCafferty. Ich habe Smith gefunden.« Sonja gab dem rothaarigen Major einen Wink mit der Hand, der sofort hochschnellte und erst vor einem Stuhl wieder zum Halten kam. »Egal was es kostet und wie schwierig es ist«, sagte sie, »aber ich möchte, daß man den Anruf von dieser Leitung hier«, – sie zeigte auf den Hörer in ihrer Hand, »zu Mr. Philpotts Flugzeug durchlegt, und zwar *sofort*!«

»Ja, Ma'am«, erwiderte der Major, »o ja, Ma'am.« Er schoß in

Richtung Funkraum davon, als hinge es allein von ihm ab, den Dritten Weltkrieg zu verhindern...

Sabrina und Feisal hatten das Frühstück abgelehnt. Aber Feisal mußte zu festgesetzten Zeiten essen, und so stocherten sie nun lustlos in einer morgendlichen Zwischenmahlzeit herum, die Smith in die Dachkammer hinaufgeschickt hatte. Es war irgend etwas, das Haferschleim ähnelte. Pampige Brocken schwammen darin herum, und schon bald fanden sie das Zeug ungenießbar. »Ich hatte keine Ahnung, daß jugoslawisches Essen so mies ist«, begann Sabrina und bedauerte gleich darauf, damit angefangen zu haben, denn Feisal ließ sich sogleich ausführlich über mitteleuropäische Eßgewohnheiten aus.

Als sie allerdings ihre Augen in gespieltem Entsetzen zur Decke hob, gab er es auf. Doch sie schaute noch immer unverwandt hoch, und er folgte ihrem Blick. Sie hatte etwas entdeckt, das ihnen zuvor nicht aufgefallen war – eine schmale Öffnung in der Decke, durch die der nackte Fels sichtbar wurde. Sabrina schaute in das Loch hinein. »He«, rief sie aus, »ich kann das Tageslicht sehen, Feisal.«

Der Araber lief zu ihr hinüber, und beide ließen ihre Finger über den bloßen Fels gleiten. Es handelte sich tatsächlich nur um einen schmalen Spalt in der Zimmerdecke, durch den ein Schimmer Tageslicht einfiel.

»Ich fürchte, daß das für mich nicht breit genug ist«, sagte Sabrina zweifelnd.

»Aber für mich«, behauptete Feisal. »Wir Araber achten auf unseren Körper. Wir halten Diät, wissen Sie.«

»Verstehe«, sagte Sabrina eilig. »Schau, Feisal, ich weiß, daß du es gut meinst, aber ich frage mich, ob ich dich das Risiko eingehen lassen darf, dieses Loch hochzukriechen. Dein Großvater wäre wütend auf mich, wenn...«

»Und er wäre wütend auf *mich*, wenn ich es *nicht* täte«, sagte Feisal widerspenstig. »Und damit hat sich die Sache. Wenn Sie jetzt so freundlich sein würden, mich hochzuheben...«

Gerade als Sabrina sich vorbeugte, damit er ihr auf den Rücken steigen konnte, hörte sie, wie sich der Schlüssel im Schloß drehte. Als die Tür aufflog, saßen beide am Tisch. Bert Cooligan taumelte ins Zimmer.

»Er war so verrückt, einen Ausbruchsversuch zu machen«, sagte Achmed Fayeed, der hinter dem Agenten auftauchte. »Und

Sie dürfen es sich hinter die Ohren schreiben: Flucht aus Schloß Windischgrätz ist unmöglich. Zum Dank für seine Mühe darf Mr. Cooligan Ihnen jetzt Gesellschaft leisten.«

Cooligan setzte sich aufs Bett und massierte seine übel zugerichteten Glieder. Er sei seinen Bewachern bei einem Gang zur Toilette entschlüpft, erzählte er, und hatte es sogar bis zum Innenhof geschafft, als Fayeed vor seinen Augen die Zugbrücke hochgezogen hatte.

»Tapfer von Ihnen, Bert«, tröstete Sabrina ihn, »aber ich glaube, es ist wirklich zwecklos, wie der Mann gesagt hat.«

Cooligan schaute sie verschwörerisch an. »Glauben Sie doch das nicht, mein Goldkind«, flüsterte er. »Ich bin der letzte, von dem sie erwarten, daß er's noch einmal versucht, nachdem ich einmal entwischt und wieder geschnappt wurde. Aber genau das werde ich tun: es wieder versuchen.«

»Großartig«, lobte Feisal ihn, »seien Sie versichert, daß ich Ihnen jeden Beistand gewähren werde.«

Cooligan glotzte den Jungen an und atmete schwer. »Du hast doch wohl nicht gesagt...«

Sabrina grinste. »Er hat es gesagt, fürchte ich, und nicht nur einmal. Aber er hat seine Gründe.« Und sie zeigte auf die Maueröffnung in der Zimmerdecke.

Sie schauten sie sich gemeinsam an. Der Agent nickte zustimmend und hatte im gleichen Moment Feisal schon hochgehoben. Mit ausgestreckten Armen stemmte er ihn in das Loch hinein. »Hast du Platz?« rief er.

»Mehr als genug«, rief Feisal zurück und zog sich in dem Loch so weit nach oben, daß er den Lichtschimmer zum Erlöschen brachte...

Mac scherte erneut aus und umflog das Schloß in weitem Bogen. Dann flog er das Tal entlang und sah dabei den holprigen Karrenweg, der als Straße diente. Ansonsten schien rundum niemand zu wohnen, denn das Tal, das aus der Luft besonders eng aussah, wand sich durch eine Schlucht und stieg dann in engen Kurven zu einer flachen Hochebene auf. Der Amerikaner flog nun so hoch, daß er sogar bis zur Adria sehen konnte, vor deren Küste die winzigen Inseln schwammen.

Sein Plan stand fest: Er mußte landen und versuchen, mit Philpott Kontakt aufzunehmen, denn er hatte nicht den mindesten

Zweifel, daß er Smiths Hauptquartier und das Gefängnis der Geiseln gefunden hatte. Das Gebiet, das, einer Bratpfanne nicht unähnlich, unter ihm lag, mußte der Eingang zum Tal sein, und dort erspähte er auch genau das, was er suchte: ein zerfallenes Haus, das in einem einstmals sicher schönen und riesigen Parkgelände lag, dessen Spuren aus der Luft noch deutlich auszumachen waren. Jetzt weideten da, wo einstmals die große Rasenfläche war, Schafe und Ziegen, aber ihm schien es, daß die Wiese glatt und flach und mit ihren etwa 300 Metern auch lang genug war, um dort zu landen.

Er bereitete sich auf das Landemanöver vor, flog aber zuvor noch einmal im Tiefflug über das Gebiet hinweg, um die Tiere in eine Ecke der Weide zu scheuchen. Dann machte er eine kurze Drehung und war zur Landung bereit. Die UTVA glitt – mit genau fünfundvierzig Knoten – über die brüchigen Mauern hinweg, und Mac setzte so vollendet auf, daß er sogar nur zwei Drittel der Strecke brauchte.

In der Nähe einer riesigen Baumgruppe und vom Haus nicht allzu weit entfernt, sah er eine große offene Scheune. Der Amerikaner gab noch einmal Gas und rollte darauf zu. Die Scheune war zerfallen, das Dach durchlöchert, aber sie bot dem kleinen Flugzeug genug Platz.

Kurz darauf wanderte McCafferty, der aus der Luft ein Dorf erspäht hatte, das nicht allzu weit entfernt schien, schon den kaum sichtbaren Pfad entlang wie ein entschlossener Tourist auf Abwegen. Er hatte den Seesack geschultert, den Anorak darübergehängt und pfiff zufrieden das Lied vom ›Fröhlichen Wandersmann‹.

Er wechselte mit riesigem Verlust die Dollars aus Mackie-Beltons Barschaft in Dinare um, goß in einem Café ein paar Bierchen hinunter und erfragte sich den Weg zur Dorfpost, in der es, wie er herausgefunden hatte, das einzige Telefon weit und breit gab.

Zwanzig reichlich entnervende Minuten später war er dank der interpretatorischen Hilfe der sechzehnjährigen Tochter des Gastwirts wundersamerweise mit Philpott verbunden, der fünf Meilen über ihm kreuzte.

Er gab dem UNACO-Direktor die Lage des Schlosses durch. Es war Schloß Windischgrätz, wie er von seinen neuen Freunden erfuhr. Außerdem erklärte er Philpott, wie er nach Luka, dem Dorf, wo er sich aufhielt, gelangte. Sie verabredeten sich für den frühen Abend.

»Vermutlich werde nur ich kommen«, warnte ihn Philpott.

»Aber zuvor muß ich herausfinden, wie die Jugoslawen zu uns stehen. Ich habe keine Ahnung, ob die jugoslawischen Behörden mir irgendwelche Hilfe oder vielleicht sogar ihre Mitarbeit gewähren, deshalb verspreche ich dir besser auch keine Befreiungsarmee. Aller Voraussicht nach wird sie nur aus mir und dir bestehen, Joe.«

»Dann sieh zu, daß du gut in Form bist«, gab Mac fröhlich zurück, obwohl er dem, was auf sie zukam, keineswegs vertrauensvoll entgegensah.

Philpott legte auf, und während sich McCafferty per Esel und zu Fuß aufmachte, Schloß Windischgrätz auszukundschaften, setzte das Flugzeug des UNACO-Direktors zur Landung in Zagreb an.

Feisal zwängte seinen schlanken Körper aus dem Loch heraus und stand, wie er feststellte, direkt über dem senkrecht abfallenden Berg. Er schluckte und zog den Kopf wieder zurück, schaute dann nach oben und nach beiden Seiten. Der Spalt mündete im Eingang der Höhle über dem Schloß, und der Junge überwand den Rest ohne Schwierigkeiten. Er stand jetzt praktisch auf dem Dach des Schlosses und bewegte sich vorsichtig zu einem der Pyramidentürmchen hin. Von dort aus sah er den Abhang, die Straße und das Tal.

Er ging um die Pyramide herum und kam zu einem flacheren Teil des Daches. Von der Spitze des Turms ragte ein Flaggenmast auf, dessen Haltetau schlaff am Mast herunterbaumelte.

Der Junge lächelte und wollte schon den Turm ersteigen, als er von unten Stimmen hörte. Feisal kroch auf Knien bis zum Ende des Daches. Die Stimmen kamen aus einem Lüftungsschacht, der, wie er annahm, vom Trophäensaal, wo die Geiseln gefangen waren, nach oben führte. Mister Smith sprach.

»... sieht es also so aus, Gentlemen, als ob Ihre jeweiligen Regierungen sich weniger um Ihr Leben als um die vergleichsweise läppische Summe sorgen, die es kosten wird. Zumindest gibt es für den Wunsch nach einer Verlängerung der Frist auf zwei Stunden keine andere Erklärung. Ich kann nicht glauben, daß sie so verrückt sind, sich Gedanken darüber zu machen, wie sie uns aufspüren wollen, denn damit würden sie unvermeidlich Sie alle opfern. Ich wiederhole, ich kann nur vermuten, daß man Ihrer aller Leben gegen bloße fünfzig Millionen Dollar in Diamanten in die Waagschale wirft.«

Smith hatte die Minister von der Crew, die für ihn wertlos war, getrennt. Links und rechts von ihm standen Dunkels und Jagger, beide mit Schmeisser-Maschinenpistolen bewaffnet, und Fayeed führte einen Guerilla-Trupp an, der den restlichen Trophäensaal bewachte.

Hawley Hemmingsway, unbestreitbar der größte und stärkste Mann im Raum, kreuzte die Arme und sagte mit einem verächtlichen Schnaufen: »Vielleicht ist nur keine der betroffenen Regierungen scharf darauf, mit einem Mann wie Ihnen, dem Abschaum der Menschheit, zu tun zu haben, Smith. Das wäre zumindest verständlich.«

Smith sah ihn mit nachsichtiger Ironie an, aber der Pfeil hatte gesessen. Noch nie hatte Smith Kritik vertragen können; es gehörte zur Selbstverteidigung dieses Größenwahnsinnigen, daß er immer und überall recht haben, über jeden Tadel erhaben sein und ob der Ästhetik und Perfektion seiner Verbrechen gefeiert und bewundert werden mußte. Außerdem bildete er sich auch viel auf seine eiserne Selbstkontrolle ein, die ihn fast nie im Stich ließ. Jetzt allerdings hatte er sie bitter nötig, um seine Wut zu unterdrücken. Er legte sich schon eine entsprechend bissige Antwort zurecht, als ihn Scheich Zeidan der Mühe enthob.

Der alte Araber hob beschwichtigend die Hand und brummte Hemmingsway zu: »Immer mit der Ruhe, mein Freund, immer mit der Ruhe. Nur Geduld. Sie würden sich doch auch nicht mit einem rasenden Hund anlegen? Natürlich nicht. Sie würden Ihre Meinung für sich behalten und ihm aus dem Weg gehen.«

Smiths Zähne schlugen aufeinander und seine Augen bohrten sich in Zeidans, aber er konnte dem brennenden, geringschätzigen Blick des Mannes im Rollstuhl nicht standhalten. Hemmingsway aber, der Bostoner Aristokrat mit dem Blut von nachweislich seit sechs Jahrhunderten in Amerika ansässigen englischen und kolonialen Ahnen in den Adern, hatte es noch nie nötig gehabt, im Umgang mit so erbärmlichen Kreaturen wie der, die jetzt vor ihm stand, sein Temperament zu zügeln.

Er nahm die Arme auseinander, ließ sie locker herabfallen und zog zischend die Luft ein; die Augen traten ihm vor Wut fast aus den Höhlen. Er fühlte sich zutiefst verletzt. »Ich danke Eurer Exzellenz für den Rat«, sagte er, »aber ich habe einen nicht geringen Teil meines Lebens damit zugebracht, im Krieg und in der Politik mit Ungeziefer wie diesem umzugehen. Denen kann man nur immer wieder einbleuen, daß Männer wie Sie und ich und Ihre

Kollegen nicht eingeschüchtert werden *können* und sich nicht einschüchtern *lassen*. Wir können und werden in dem miesen Spiel dieser Schacherer nicht die Bauern abgeben, die man als Handelsware über die schäbige Theke reicht, nur damit diese Kreaturen zu dem Geld kommen, das ihr widerliches Dasein verlängert, nur um ihnen...«

»Warum klappen Sie nicht einfach den Mund zu, wie der Mann gesagt hat?« Die trockene und höfliche Stimme Jaggers stoppte Hemmingsways Ausbruch, und jeder im Raum fühlte sich plötzlich bedroht. Dr. Hamady schaute sich nach der Stimme um und fuhr sichtlich zusammen, als Jaggers kalter Blick ihn traf. Dorani zerrte nervös an Hemmingsways Ärmel, aber der Amerikaner schüttelte ihn ab. Scheich Arbeid wandte seinen Blick von Jaggers Augen – und sah, wohin er auch blickte, in andere Augen: tote Augen, Augen von Adlern, Hirschen, Bären, großen, wütenden Hunden, vorwurfsvolle Augen, die nichts verziehen.

Auch Hemmingsway war jetzt bis zum äußersten gereizt. Wenn Smith zumindest noch die Verantwortung und die Ausstrahlung dessen besaß, der die Befehle gab, so lag Jagger, der abtrünnige Amerikaner, der um des Geldes willen Verrat beging, für Hemmingsway so weit jenseits dessen, wofür er noch Verachtung empfinden konnte, daß dieser endgültig die Nerven verlor.

»*Sie*, McCafferty«, schnaufte er, »*Sie*... ohne *Sie* wäre nichts von all dem passiert. *Sie* haben sich verkauft, sich, Ihr Land und Ihre Ehre, an dieses Lumpenpack, an diese Läuse, nur um Ihre Taschen aufzufüllen und sich dann im ersten besten Abwasserkanal davonschwemmen zu lassen.« Schaum stand ihm vor dem Mund, und er machte ein paar Schritte auf Jagger zu, bis nur noch etwa drei Meter zwischen ihnen lagen.

»Kommen Sie zurück, Hemmingsway«, bat Dr. Hamady.

»Keinen Schritt näher, Freund«, sagte Jagger, »wagen Sie es nicht!« Aber Hemmingsway hörte ihn nicht. Er zitterte vor Wut und verschlang den Mann, der vor ihm stand, mit Augen und Sinnen.

»Daß Sie es wagen, mit mir zu sprechen, ist schon so widerlich, daß ich beim bloßen Gedanken daran kotzen könnte«, tobte er. »Verglichen mit Ihnen ist Smith ein Ritter in glänzender Rüstung. Und wenn es das letzte ist, was ich tun werde, McCafferty, aber ich werde alles daransetzen, daß Sie für Ihren Verrat büßen müssen. Ich werde mich darum kümmern, daß Sie zahlen für die Uniform, die Sie beschmutzt haben und die Sie noch immer tragen. Hören Sie, Sie Stück Dreck, Sie stinkender Abschaum... hören Sie? Ich werde Ihren Körper mit meinen eigenen Händen in Stücke reißen«, ein weiterer Schritt vorwärts, »ich schlitze Ihnen...«

Ohne zu zielen, ohne sich auch nur zu bewegen, legte Jagger den Finger an den Abzug seiner Maschinenpistole und schickte eine Ladung Metall in Hemmingsways Körper, der sich noch immer mit ausgestreckten Armen auf ihn zubewegte. Eine Hand fiel herunter, am Handgelenk abgetrennt; Hemmingsways Gesicht verschwand in einem Klumpen von Blut und splitternden Knochen; sein Rumpf wurde fast in zwei Teile gerissen, als die Geschosse durch ihn hindurchschlugen, und jeder im Raum war wie betäubt von dem entsetzlichen Getöse und dem Qualm der Maschinenpistole.

Smith hatte einen schwachen Versuch gemacht, den Doppelgänger zurückzuhalten; aber hier wäre jeder Versuch nutzlos gewesen, denn Jagger war einer aus dem Dschungel, einer ohne Gewissen, der weder Finessen noch Skrupel kannte. Und auch keine Selbstbeherrschung, da er sie nie gebraucht hatte. Wenn Hemmingsway geglaubt hatte, es schon mit den widerlichsten Kreaturen zu tun gehabt zu haben, einem Typ wie Jagger war er noch nie begegnet, einer absolut amoralischen Bestie aus dem Zwielicht der Unterwelt.

Als alles vorüber war, legte Smith Jagger die Hand auf den Arm. Er schaute dem Doppelgänger ruhig und unverwandt in die Augen, bis das mörderische Brennen darin erlosch.

»Soweit, Gentlemen«, sagte Smith feierlich, und wandte sein gutaussehendes, falsches Gesicht wieder den Arabern zu, »soweit ist es also gekommen. Sie haben meine Ehre und die meines Mannes verletzt. Ich bin, wenn Sie es auch nicht glauben werden, ein Mann von Ehre. Dies hier habe ich *nicht* gewollt... daran werden Sie nicht zweifeln können. Aber vielleicht wird es Ihnen eine Warnung sein, Ihnen und Ihren Regierungen, die Ihnen so wenig Achtung erweisen, daß Sie mich nicht ernst genommen haben.«

»Wie ich schon sagte...« Die Stimme versagte ihm, so daß alle Mühe hatten, ihn zu verstehen, »wie ich schon sagte, bin ich ein Mann von Ehre. Ich halte mein Wort. Ich habe mich bei Malcolm Philpott von der UNACO mit meinem Wort verbürgt, daß ich, falls diese das mir zustehende Lösegeld nicht unverzüglich aufbringt und mir das bestätigt, alle drei Stunden einen von Ihnen töten werde.

Ich sollte Ihnen nun vielleicht mitteilen, daß ich ohnedies die Absicht hatte, mich Mr. Hawley Hemmingsways genau um Mitternacht zu entledigen. Er hat sich durch seine eigene Unbesonnenheit um eine Stunde seines Lebens gebracht. Solche Leute sind Narren. Sie, glaube ich, werden vernünftiger sein.«

Smith drehte sich auf dem Absatz um und verschwand, die Geiseln vor Entsetzen erstarrt zurücklassend, als hätte man sie mitten in einer Ballettszene eingefroren.

Feisal klammerte sich an den Turm und kämpfte mit den Tränen, als ihm dort oben im leichten Wind die Ungeheuerlichkeit dessen, was sich im Trophäensaal zugetragen hatte, bewußt wurde. Dann aber besann er sich wieder auf seine Aufgabe und arbeitete sich mit Ellbogen, Armen und Händen wieder zurück zu dem Spalt.

Im Loch in der Decke erschienen seine Beine, und Cooligan rief: »Laß dich fallen, Sonny, ich fang' dich auf.« Feisal fiel in Cooligans Arme. Der trug ihn zum Bett zurück, wo sich Sabrina besorgt über ihn beugte. Der Junge war hochrot im Gesicht, und der Schweiß lief ihm über die Schläfen. Sabrina gab ihm eine weitere Injektion und zwang ihn, etwas von dem Haferschleim und ein Stück Schwarzbrot zu essen. Allmählich sank das Fieber.

Cooligan wartete geduldig, bis der Junge sich wieder erholt hatte, denn er und Sabrina hatten die Schüsse auch gehört und hofften, daß Feisal ihnen vielleicht Einzelheiten berichten könnte. Der kleine Araber kaute verzweifelt an seinem Essen, und Sabrina klopfte ihm auf den Rücken und wischte ihm den Mund ab. »Erzähl uns, was los war, Feisal, wenn du kannst«, sagte sie sanft.

Er setzte sich auf und klammerte sich an Sabrinas Arm. »Sie haben ihn getötet, Sabrina, sie haben ihn umgebracht«, schluchzte er.

»Wen?« fragte Cooligan.

»Mr. Hemmingsway, den amerikanischen Gentleman. Es gab einen schrecklichen Streit zwischen Mr. Hemmingsway und Mr. Smith, und mein Großvater sagte zu Mr. Hemmingsway, er solle doch ruhig sein, und dann hat jemand anderes gesprochen, und Mr. Hemmingsway hat ihm geantwortet und ihm Sachen gesagt... und...«, die Stimme versagte ihm.

»Und was?« insistierte Sabrina.

»Und – und der andere Mann hat ihn erschossen. Er muß tot sein, ich weiß es. Es wurden eine Menge Schüsse abgefeuert. Und es hat so lange gedauert. Dann hat auf einmal niemand mehr etwas gesagt, bis dann Mister Smith gesagt hat, er hätte Mr. Hemmingsway sowieso erschossen, aber noch nicht jetzt.« Cooligan ließ den Jungen sich in Sabrinas Armen ausweinen. Feisal schnüffelte und blinzelte und sagte dann: »Ich weiß, was Sie von mir erwarten, Mr. Cooligan. Ich will es Ihnen auch sagen, soweit ich kann. Der Mann, der Mr. Hemmingsway umgebracht hat, war, glaube ich, Colonel McCafferty. Ich bin nicht ganz sicher, aber so ist es mir da oben vorgekommen.«

Der Agent richtete sich auf. »Es hört sich irgendwie... es hört sich einfach nicht ganz richtig an. Ich weiß, daß Mac sich verkauft hat, aber er ist doch bei Gott kein Killer, einer, der es aus Wut oder Rache tut. Es... es haut einfach nicht hin. Könntest du dich geirrt haben, Feisal?« Der junge Araber schüttelte den Kopf. »Das glaube ich nicht.«

Cooligan verzog die Lippen und strich sich übers Kinn. »Das bringt dann das Faß zum Überlaufen«, fuhr er langsam fort. »Als erstes werde ich, wenn ich hier rauskomme, diesen Höllenhund dahin schaffen, wo er hingehört... noch sechs Fuß tiefer als der Mann, den er ermordet hat.«

Erst dann bemerkte Sabrina, die Feisal noch immer in den Armen hielt, das Seil, das er sich fest um den Körper geschlungen hatte. Sie befühlte es neugierig, und er gestattete ihr, es ihm abzunehmen.

Cooligan sprang zum Bett hin und ergriff das Tau. »Wo hast du es gefunden?«

Feisal erklärte, daß es vom Flaggenmast heruntergegangen habe. Vermutlich, meinte er, sei es lang genug, daß Cooligan sich daran zu einem der unteren Stockwerke abseilen könnte. »Sie können durch diesen Ausguck dort kriechen...« Er zeigte zur Außenmauer. »An diesem Fenster hier sind keine eisernen Riegel angebracht, weil man nicht annimmt, daß jemand verrückt genug wäre, hier hinauszuklettern. Aber da Sie nun über ein Seil verfügen...« Feisal hatte seine Zuversicht wiedergefunden und war in belehrender Laune. Cooligan brauchte keine zweite Einladung.

Er ging zur Maueröffnung. »Frisch gewagt ist halb gewonnen«, sagte er und schaute sich nach etwas um, womit er das Glas zertrümmern konnte.

Am Flughafen Zagreb wurde Philpott von einer Anzahl eifriger jugoslawischer Würdenträger, angeführt vom stellvertretenden Innenminister, empfangen. »Meine Regierung«, verkündete der Politiker, »wird alles tun, was in ihrer Macht steht, um diese Angelegenheit zu einem befriedigenden Ende zu bringen. Als loyales Mitglied der UNACO sind wir wild entschlossen, mit Kriminellen wie Smith aufzuräumen und die Ausweitung des internationalen Terrorismus zu verhindern.«

»Sehr anständig, Minister«, erwiderte Philpott und dachte bei sich, daß Myshkin wohl schon am Werk gewesen war. »Dann darf ich wohl annehmen, daß Sie bereit sind, mir jede notwendige Unterstützung zu gewähren, damit ich Smiths Hinterhalt im Sturm einnehmen kann?«

»Eh – wissen Sie denn, wo er ist, Mr. Philpott?« Philpott bestätigte, daß er das wisse, worauf der Minister überlegte, ob ein massierter Einsatz von Streitkräften wohl klug sei.

Philpott grinste bei dem Gedanken, daß der stellvertretende Minister sicherlich nur sehr ungern jugoslawische Streitkräfte bei einer Aktion einsetzen würde, an der die Russen beteiligt waren. Er versicherte dem Politiker, daß auch er annehme, daß eine kleine UNACO-Streitmacht eher in der Lage sei, in Smiths Lager einzudringen, als eine Truppe, die frontal angreife, da erstere weniger Angriffsfläche biete. »Haben Sie eine Transportmöglichkeit für mich?« fragte er.

»Aber gewiß doch«, rief der stellvertretende Minister, »einer unserer besten Hubschrauber wartet hier am Flughafen auf Sie. Sie können nach Belieben über ihn verfügen.«

Er zeigte in eine weit entfernte Ecke des Flugplatzes, wo ein ganz offenbar gut gepflegter Hubschrauber stand. Man informierte Philpott, daß der Pilot über genaue Karten des Gebietes verfüge, in dem Smith sich vermutlich versteckt halte – wo immer das sein mochte. Philpott drückte seinen Dank aus und war schon auf dem Weg zum Flugzeug, als er seinen Namen hörte. Die UNACO sei am Telefon, sagte der stellvertretende Minister. Eine dringende Botschaft.

Philpott erkannte schon an Sonjas Tonfall, daß es eine wenig angenehme Neuigkeit gab.

»Smith hat seine Bedingungen für die Lösegeldübergabe bekanntgegeben«, sagte sie, nachdem er sich gemeldet hatte. »Ich gebe sie dir durch, ja?«

»Nein«, sagte Philpott, »bitte die schlechte Nachricht zuerst.«

»Schlechte Nachricht?« wiederholte sie. »Nun gut... es gibt eine... Malcolm, er hat Hawley Hemmingsway umgebracht.«

»O mein Gott«, stöhnte Philpott, »ich hätte nie gedacht, daß er das wirklich tut. Es ist mein Fehler, Sonja, ich habe mit dem Leben des armen Hawley gespielt.«

Sie machte ihm klar, daß es nutzlos sei, sich derlei Vorwürfe zu machen, denn Hemmingsway sei nicht Smiths Plan entsprechend umgebracht worden. »Er hat es nicht selbst getan. Nach Smiths Funkdurchsage wurde Hemmingsway wegen mangelnder Kooperation und weil er Smith beleidigt hat erschossen.«

»Und wer hat geschossen?«

»Das haben sie nicht verraten.«

Philpott seufzte erbittert. »Dann hat Smith es geschehen lassen«, sagte er nachdrücklich, »aber ich möchte nach wie vor wetten, daß es zu seinem Plan gehörte. Vielleicht konnte er es nicht verhindern, aber ich bezweifle, daß es soweit gekommen wäre, wenn er es wirklich hätte verhindern wollen. Es muß ihm ganz gut in den Kram gepaßt haben, daß einer seiner Leute den wilden Affen spielte.«

Sonja beließ es eine Weile bei der tröstlichen Stille, dann berichtete sie Philpott, daß Smith nun gedroht habe, sämtliche Geiseln zu töten, sowohl die Araber als auch die Mitglieder der Crew, wenn irgendein Versuch zu ihrer Rettung unternommen werde.

»Ich glaube, er meint, was er sagt, Malcolm«, flüsterte Sonja. »Ich glaube, er ahnt, daß wir ihn eingekreist haben. Er weiß von McCaffertys Flucht aus Bahrain, und er muß die Wahrheit ahnen: daß Mac sich dem Deutschen, diesem Dunkels, bis zum Schloß an die Fersen geheftet hat. Er weiß, daß du in Zagreb bist, das haben die Russen wohl durchsickern lassen, und vermutlich denkt er, daß du mit einer ganzen Streitmacht unterwegs zum Schloß bist. Ich glaube, daß er lieber alle tot sieht, sich selbst eingeschlossen, als daß er an Übergabe denkt.«

Philpott kicherte trocken und ohne eine Spur von Humor. »Ganze Streitmacht«, murmelte er. »Einer, der über die besten Jahre schon hinaus ist und ein Flieger, den sie ziemlich übel zugerichtet haben, ich bitte dich!«

13

Philpotts übel zugerichteter Flieger schlug sich durchs Gestrüpp und fluchte wohl zum hundertsten Mal, als er zum vermutlich tausendsten Mal hinfiel. Wäre McCafferty nicht schon zuvor ausreichend mit Hieben bedient worden, hier bekam er nun den Rest.

Ursprünglich hatte er vorgehabt, sich dem Schloß nicht von unten, von der Straße, sondern von oben her zu nähern. Und das hieß bedauerlicherweise, sich von seinem traurig dreinblickenden Esel zu trennen und allein auf Klettertour zu gehen. Die Abhänge fielen inzwischen fast senkrecht ab, und er hatte das Tier, so weit er es wagen konnte, ohne vom Schloß aus gesehen oder vom Esel abgeworfen zu werden, mitgenommen.

Aber jetzt schnaubte der Esel, brüllte und weigerte sich, auch nur einen Schritt weiterzugehen. McCafferty konnte es ihm nicht übelnehmen. Er sah zu, wie sich das Tier schlitternd und fallend wieder den Berg hinunterquälte und hoffte, es vielleicht später, wenn er es zu seiner Verabredung mit Philpott brauchte, wiederzufinden. Auch seinen Seesack hatte er nicht mehr bei sich. Vermutlich würde die Tochter des Posthalters der Versuchung nicht widerstehen können und ihn durchsuchen.

Nun war er also zu Fuß unterwegs, klammerte sich an die kümmerlichen Büsche, rieb sich den Staub aus den tränenden Augen und quälte sich durch das Unterholz. Er hatte sich ein Funksprechgerät mitgebracht. Bewaffnet war er mit einer halbautomatischen Maschinenpistole, die an einem ledernen Riemen über seiner Schulter hing und ihn beim Klettern ziemlich behinderte. Schließlich erreichte er einen Bergvorsprung, auf dem er sich zumindest flach ausstrecken und wieder zu Atem kommen konnte. Als er wieder durchatmen konnte, setzte er sich auf, um seine schmerzenden Muskeln zu entspannen, und zog den Reißverschluß seines Anoraks hoch, denn es war beißend kalt. Unter ihm lag Schloß Windischgrätz.

Aus der Vogelperspektive war das Schloß noch weit eindrucksvoller. Mac sah die beiden Innenhöfe und den Graben, über den normalerweise die Zugbrücke führte. Linker Hand zog sich bewaldetes Gelände hoch. Der dichte Baumbestand wurde mit zunehmender Höhe immer spärlicher, und da, wo Mac stand, war es fast kahl.

Von seinem Bergvorsprung aus konnte der Amerikaner praktisch den ganzen Schloßberg überblicken, und er beschloß, die Gelegenheit zu nutzen, und Schloß und Umgebung von dort aus zu erkunden. Deutlich folgte das Bauwerk mit seiner Rundung der natürlichen Ausbuchtung des Berges. Und dort stand mit laufendem Propeller die Kamov auf einer provisorischen Rampe. Von Macs Standpunkt aus links lag ein großer Parkplatz, der bis zum Berg reichte. Er war von Bäumen umgeben, die sich auch den Hügel hinaufzogen. Und dort sah McCafferty den rennenden Mann.

Er stellte den Feldstecher schärfer ein und war so sehr damit beschäftigt, den stolpernden und zuweilen kriechenden Mann zu beobachten, daß ihm die Bedeutung des wirbelnden Propellers erst zu Bewußtsein kam, als die Kamov schon über die nahen Wälder hinwegflog. Zugleich sah Mac, und er verfluchte sich insgeheim, daß es ihm erst so spät auffiel, den Suchtrupp an den Abhängen unterhalb des Schlosses, über die der Hubschrauber wie ein wütendes Insekt hinwegfegte.

Aber das Wild, das man jagte – und wer außer dem laufenden Mann hätte es sein können? – befand sich oberhalb des Schlosses. Sicher war der Mann aus dem Schloß ausgebrochen, und er war seinen Verfolgern um eine Nasenlänge voraus.

Und jetzt hatte man zur Treibjagd geblasen. McCafferty richtete seinen Feldstecher erneut auf den Flüchtling, aber er wußte, noch ehe er sich Gewißheit verschafft hatte, daß es sich nur um Bert Cooligan handeln konnte.

Cooligan hatte den Strick fest an einem Dachvorsprung vertäut und sich zum ersten Stock abgeseilt. Er landete vor einem, wie sich herausstellte, leeren Zimmer und gab Sabrina ein Zeichen. Sie löste den Strick und warf ihn zu Cooligan herunter.

Er zertrümmerte ein weiteres Fenster und wiederholte seinen Trick. So war er schon ein ganzes Stück tiefer gekommen, war aber noch immer etwa zehn Meter vom Boden entfernt. Jede Sekunde, die er weithin sichtbar an der Mauer hing, bedeutete höchste Gefahr. Das Gelände unter ihm schien bis auf eine Plane mit ihm vage bekannt vorkommenden Konturen verlassen zu sein.

Cooligan ließ den Strick zurück, suchte sich für die letzte Etappe seines Abstiegs einen Halt für die Füße – und erstarrte. Ein bewaffneter Wächter tauchte auf und entfernte die Plane von einem Kuriermotorrad. Hätte er seine Augen gehoben, wäre ihm bestimmt der Agent aufgefallen, der regungslos über seinem Kopf hing und nicht zu atmen, geschweige denn zu hoffen wagte, daß sich weiter niemand zeigen werde.

Aber der Wächter blieb allein, blickte bewundernd auf das Motorrad – eine solche Maschine würde er sich nie leisten können – und entfernte sich schließlich achselzuckend, um seinen Posten am Haupttor wieder einzunehmen.

Cooligan ließ sich das letzte Stück fallen. Er landete fast genau auf dem Motorrad. Im gleichen Moment hörte er von oben das letzte, was er zu hören wünschte: einen lauten Warnschrei. Die natürliche Biegung der Schloßmauer und der leicht überhängende Vorsprung des ersten Stockwerks boten Cooligan einen gewissen Schutz, weshalb er auch das Motorrad nicht gleich hatte bemerken können. Er setzte sich auf die Maschine, ließ den Starter an und gab Gas. Das triumphierende Geräusch des aufheulenden Motors ließ Achmed Fayeed oben in der Dachkammer erstarren, dem natürlich gleich aufgefallen war, daß Cooligan abgehauen war.

Von seinem Standpunkt aus konnte der Araber das Gelände nicht überschauen, nur das Dröhnen des Motorrades gab ihm die ungefähre Richtung des Flüchtlings an. Dennoch schickte er ihm eine Salve aus der Maschinenpistole hinterher, die auch die Wachen am Eingangstor alarmieren sollte. Aber da hatte Bert den Innenhof schon passiert und raste wie der Teufel der Freiheit entgegen.

Der Wachhabende am Tor beging den Fehler, gleich auf sein schwankendes Ziel anzulegen. Er hatte schon zwei Schuß abgegeben, als ihm klar wurde, daß es aussichtslos war, Cooligan so treffen zu wollen. Also warf er das Gewehr fort und machte sich eilig daran, die Zugbrücke hochzuziehen.

Bert sah, wie die Kurbel sich drehte und die dicken Eichenbohlen an ihren rostigen Ketten sich vom Boden hoben. Nicht einmal das Dröhnen der Maschine übertönte den quietschenden und rasselnden Mechanismus. Als Bert die Wachen passierte, schwebte die Zugbrücke schon etwa einen Meter in der Luft. Aber für Cooligan gab es jetzt kein Halten mehr.

Der Wachmann ließ vor Schreck die Kurbel fahren, als die Honda auf die Brücke aufprallte. Donnernd fielen die alten Bohlen wieder herunter, die Honda raste weiter, schoß ins Leere hinaus und kam erst etwa vier Meter weiter wieder auf den Boden. Bert brüllte auf und gab Gas, und Achmed Fayeed oben am Ausguck ließ einen Kugelhagel aus seiner Maschinenpistole los. Zwei Wächter unten an der Brücke unterstützten ihn mit ihren Gewehren, aber Cooligan raste davon. Er versuchte den Geschossen seitlich auszuweichen – da sah er den Mann, der eine geschlossene rotweiße Stahlschranke bewachte, auf die er gerade zusteuerte.

Sofort bog Bert nach rechts ab. Die Maschine machte erneut einen Luftsprung und holperte dann durch das Unterholz. Dreißig Meter vor Bert lag die bewachte Schranke, dreißig Meter zurück die bewachte Zugbrücke, aber sämtliche Wächter hatten gesehen, welche Richtung das Motorrad eingeschlagen hatte.

Im Fahren überlegte sich Bert, daß es das beste wäre, mit dem Motorrad zur Talsohle hinunterzuschlittern, aber ehe er noch dazu kam, knallte die Maschine mit Vollgas gegen einen verrotteten Baumstumpf.

Cooligan wurde in einen Busch katapultiert, aus dem er sich leicht verletzt wieder befreite. Dann rannte er weiter. Nur wenn es ihm gelang, hinter die Barriere zu kommen, hatte er vielleicht eine Chance, die Straße zu überqueren und sich in die Berge zu schlagen. Weiter oben konnte er seine Verfolger vielleicht abschütteln.

Er hatte Glück. Niemand entdeckte ihn. Er rannte, ständig nach Deckung suchend, weiter, als McCafferty ihn sah...

Philpott saß bei einem Scotch on the Rocks und überflog erneut die Notizen, die er sich beim Telefonat mit Sonja zur Lösegeldübergabe gemacht hatte. Es stand noch ein Funkbild aus, das ihm von Rom aus nach Zagreb übermittelt werden sollte. Der jugoslawische Minister hatte versprochen, es ihm per Expreßboten direkt zum Flughafen zu schicken. Vorerst aber war noch ein anderer Besucher bei Philpott. Der Mann hatte eine bauchige Tasche aus glattem Gemsenleder bei sich und schüttelte sie bedeutungsvoll.

»Ich habe Ihnen gebracht, was Sie haben wollten, Mr. Philpott«, sagte der Diamantenhändler. Er übergab die Tasche Philpott, der ihren Inhalt nicht einmal überprüfte. Ein Mitglied der Amsterdamer Diamantenbörse war absolut vertrauenswürdig.

Man ließ den Eilboten mit dem Funkbild ein. Philpott studierte das Foto mit einem Vergrößerungsglas. Es zeigte eine winzige Insel – die ›Untertasseninsel‹, laut Kommentar. Ein Kartenhinweis lag ebenfalls bei. Die Insel schien sich kaum über den Meeresspiegel zu erheben und lag, wie man aus der Karte ersehen konnte, vor der dalmatinischen Küste. Das felsige Eiland mochte etwa zwischen fünfzig und hundert Quadratmeter groß sein. Es wirkte flach und kahl – bis auf einen Mast mit einem im rechten Winkel angebrachten Querbalken, der einem Galgen gleichsah.

»Ist das etwa ein Galgen?« fragte Philpott besorgt.

Der stellvertretende Minister beugte sich über das Foto.

»Es sieht wie ein Galgen aus, aber logischerweise kann es keiner sein«, sagte er. »Warum sollte sich einer die Mühe machen, seine Opfer umständlich zu einer Insel zu transportieren, auf der ein Galgen steht, wenn er sie viel bequemer im Gefängnishof liquidieren lassen kann.«

Der senkrechte Pfosten, dessen Querbalken übers Meer hinausragte, war mittels eines Haltetaus an einem Bolzen befestigt, den man in den Felsboden der Insel getrieben hatte.

»›Stecken Sie die Diamanten in einen Lederbeutel, der oben fest zu verschließen ist. An seinem Verschluß soll ein Stahlring von genau fünfzehn Zentimeter Durchmesser befestigt werden‹«, las Philpott ungläubig aus Smiths Anweisungen vor. »›Hängen Sie den Ring über den vorstehenden Balken.‹«

»Ist das alles?« fragte der stellvertretende Minister.

»Nein«, erwiderte Philpott. »Es geht weiter: ›Setzen Sie keinen Fuß auf die Insel. Die Operation muß von einem Boot aus durchgeführt werden. Ich warne Sie: Die Insel ist vermint. Das Lösegeld muß sich um 20 Uhr heute abend am angegebenen Ort befinden oder ein weiteres Leben ist verwirkt. Und vergessen Sie nicht: Jeder Befreiungsversuch wird mit dem Tod *aller*, ich wiederhole, *aller* Geiseln beantwortet.‹«

»Äußerst merkwürdig«, kommentierte der Politiker und erkundigte sich bei Philpott, was sie unter diesen Umständen für ihn tun könnten.

»Befolgen Sie genau Smiths Anweisungen«, antwortete Philpott. »Lassen Sie ein Boot zur Insel aufbrechen, aber keineswegs dort landen. Hängen Sie den Beutel mit den Diamanten auf den vorstehenden Balken, sonst nichts, genau wie vorgeschrieben. Keine Tricks! Kein ausgetauschter Inhalt! Ich möchte, daß geschliffene Diamanten im Wert von fünfzig Millionen Dollar in diesem Beutel sind, und ich möchte, daß sie genau da sind, wo Smith sie haben will, und genau zu dem von ihm genannten Zeitpunkt. Später werde ich Ihnen weitere Direktiven geben können, nehme ich an.«

Der Minister verbeugte sich. »Ich glaube, Sir, daß ich Sie ausreichend darauf hingewiesen habe, daß ausschließlich Sie für die gesamte Operation verantwortlich sind. Falls also etwas schiefgehen sollte...« Er ließ die möglichen Konsequenzen offen.

»Was, glauben Sie, wird Smith unternehmen, um in den Besitz der Diamanten zu gelangen?« fragte der Politiker und verzögerte den Abflug von Philpotts Hubschrauber noch mehr.

Philpott drehte sich um und sagte: »Wenn ich das wüßte, dann wüßte ich auch, wie ich ihn aufhalten kann. Aber ich weiß es nicht.« Er begab sich zum Abfertigungsfeld des Flugplatzes und bestieg den Hubschrauber.

Die Sonne stand schon tief, und McCafferty nutzte die langen Schatten, sich auf seinem Bergvorsprung so weit vorzuarbeiten, daß er sich genau über Cooligan befand. Langsam und vorsichtig machte er sich an den Abstieg, denn er wollte weder Cooligan alarmieren noch die Aufmerksamkeit des Hubschrauberpiloten auf sich lenken. Als er sich nur noch wenige Meter über Cooligan befand, rief er leise: »Bert, ich bin's, Mac!«

Cooligan wandte sich heftig um und reagierte so, wie Mac es nie und nimmer erwartet hätte: Er warf sich, dunkelrot vor Wut, seinem Retter entgegen.

Es wäre Mac ein leichtes gewesen, sich den offenbar völlig durchgedrehten Agenten mit der Maschinenpistole vom Leib zu halten. Aber er war so perplex, daß er sich auf ein Handgemenge mit Cooligan einließ.

»Du dreckiger Hund, jetzt mach' ich *dich* fertig, genau wie du Hemmingsway fertiggemacht hast!« Cooligan keuchte, als er McCafferty an die Kehle fuhr. Mac taumelte, brachte es aber immer noch nicht fertig, sich gegen seinen Freund zu wehren oder gar die Waffe zu gebrauchen.

»Was, zum Teufel, soll das heißen, Bert«, zischte er durch die Zähne. »Und sei um Gottes willen leise, sonst erwischen sie uns alle beide.«

Sie kämpften erbittert miteinander. Cooligan, von Raserei und Haß getrieben, ging wie ein Berserker auf ihn los. Blindlings schlug er McCafferty mit der Faust ins Gesicht und erwischte ihn dabei am Jochbein. Mac taumelte, sein Fuß verfing sich in einer Wurzel und er stürzte zu Boden. Cooligans Augen glühten, als er vorwärts sprang, um McCafferty seinen Schuh ins Gesicht zu treten. Verzweifelt rollte Mac sich zur Seite und versuchte dabei immer noch,

Cooligan klarzumachen, daß er einen grauenhaften Fehler mache, daß er sein Freund, der alte Mac sei, und daß er einen Doppelgänger habe...

Cooligan verfehlte Mac beim ersten Fußtritt, wirbelte auf dem Absatz herum und trat mit dem anderen Fuß zu. McCafferty, der sich noch immer sträubte, von seiner Waffe Gebrauch zu machen, erwischte den Fuß kurz vor seinem Gesicht, drehte ihn mit aller Gewalt um, und Cooligan schrie auf vor Schmerz, drehte sich um die eigene Achse und trat erneut zu. Mit ausgestreckten Armen versuchte er noch, die Balance zu halten, fiel dann aber mitten aufs Gesicht und rang verzweifelt nach Luft. Das war Macs Chance. Er nahm alle Kraft zusammen, schnellte vom Boden hoch und ließ sich flach auf Cooligans Rücken fallen. Dann faßte er Berts Arm, drehte ihn um und hielt ihn, zwischen die Schulterblätter gepreßt, fest.

»Und jetzt wirst *du* mir zuhören! Sag nichts. Hör nur zu! Es gibt zwei von uns, du Blödmann! *Zwei!* Nur *so* konnte uns Smith an Bord der Air Force One austricksen. Sie haben einen *Doppelgänger* von mir eingesetzt – und der ist jetzt hier draußen und sucht nach dir. Ich konnte abhauen in Bahrain, wo sie mich entführt hatten. Und jetzt bin ich auf Philpotts Befehl hier. Ich treffe mich unten im Tal. Und wirst du um Himmels willen *jetzt endlich aufhören*, dich gegen mich zu stellen und dich retten zu lassen, du Arschloch!«

Cooligans ganze Wut war im Kampf verpufft. Erschöpft lag er auf dem Gesicht und hörte zum ersten Mal, was McCafferty sagte. »Dann bist du... du bist...?«

»Ja, ich bin Joe McCafferty, Bert. Er ist... ich weiß nicht, irgendwer sonst. Irgendeiner, den Smith durch eine plastische Operation so hat frisieren lassen, daß er aussieht wie ich, spricht wie ich, handelt wie ich... gut genug, um alle im Flugzeug zum Narren zu halten und euch mitsamt Flugzeug zu entführen. Und jetzt müssen wir ihn stoppen, Bert. Ich glaube, ich weiß, wie das anzustellen ist.«

Er ließ von Cooligan ab, hielt ihn aber zur Sicherheit immer noch auf Gewehrlänge von sich. Cooligan setzte sich auf und betrachtete mißtrauisch die Waffe. »Ich nehme an... na, ich muß dir wohl glauben, Mac«, sagte er langsam. »Irgendwas schien mit dir – ich meine mit *ihm* – auch wirklich nicht in Ordnung, schon im Hotel in Bahrain, und dann im Flugzeug. Und ich wußte auch die ganze Zeit, daß du, selbst wenn du dich verkauft hättest, doch nicht fähig gewesen wärst, das zu tun, was du angeblich getan haben sollst.«

Er schilderte die Einzelheiten von Hemmingsways Ermordung. Betroffen schüttelte McCafferty den Kopf. Er hatte Hawley Hemmingsway gekannt und seiner Aufrichtigkeit und Entschlossenheit wegen gemocht. Was sie jetzt tun sollten, fragte Cooligan. Mac erkundigte sich, ob der Doppelgänger immer noch die Air-Force-One-Uniform trage, was Bert bestätigte.

»Dann tausche die Kleider mit mir«, verlangte Mac. »*Ich* werde jetzt da unten als Doppelgänger auftreten und denen befehlen, die Jagd abzublasen. Dann haben die erst mal kein Öl mehr im Tank und wir haben Zeit zum Überlegen.«

Schnell wechselten sie die Kleidung. McCafferty nahm über Funk Kontakt mit den Guerillas auf und befahl ihnen, sich wieder ins Schloß zu begeben. Dabei hielt er ständig Ausschau nach dem Doppelgänger, der sich ja der Suchmannschaft angeschlossen haben konnte. Unter einem eilig erfundenen Vorwand trennte er sich dann wieder von der Kampftruppe. Gerade hatte er sich wieder bei C eingefunden, als ein lautes Poltern von unten ihre Aufmerksamkeit erregte. »Die Zugbrücke ist runtergegangen«, sagte Cooligan. »Irgendwer verläßt das Schloß.«

Sie sahen den Minibus über die hölzerne Brücke holpern und dann, von einem Lastwagen und zwei Jeeps gefolgt, die Straße bergabwärts nehmen. Mac setzte den Feldstecher an die Augen und zählte die Passagiere im Bus.

»Es ist Smith mit den Geiseln«, sagte er zu Cooligan. »Ich glaube, daß alle im Bus sind. Es sei denn, eine...«

»Wer denn?« fragte Bert.

Mac zögerte. »Ich weiß nicht, ob sie überhaupt mit dabei war; aber sie sollte am Flug teilnehmen.«

»Meinst du Sabrina Carver?« fragte Bert.

»Ja, alle außer ihr waren da.«

»Dann muß sie noch im Schloß sein«, sagte Cooligan. »Und Mac, da ist noch was, was du nicht weißt. Sie gehört nicht nur zur Crew von Air Force One, sie ist auch Agentin der UNACO. Sie gehört zu deinen Leuten, und sie ist in Lebensgefahr.«

»Das weiß ich nur zu gut, Bert«, sagte McCafferty, »und deshalb mache ich mich jetzt auf die Socken. Ich muß sie rausschlagen.«

McCafferty ließ ein Funksprechgerät bei Cooligan zurück und befahl ihm, in Deckung zu bleiben. »Ich habe einen Plan«, erklärte er, »mit dem ich schon mal glänzend gefahren bin. Ich sehe keinen

Grund, warum's nicht wieder klappen sollte. Ich behalte deine Uniform noch an, wenn's dir nichts ausmacht.«

Er ging zum Schloß zurück, immer noch das Gewehr geschultert, und wurde von den Wachen festgehalten. McCafferty, der sich jetzt in der geradezu schizophrenen Situation befand, in diesem hirnrissigen Stück, das Smith inszeniert hatte, sich selbst zu spielen, erklärte den Wachen kurz, daß einer der Jeeps, der die Geiseln begleitet habe, einen Motorschaden habe. Die meisten der Guerillas hatten offenbar das Schloß schon verlassen, und Mac nutzte die Gelegenheit, noch ein paar mehr loszuwerden. Er befahl den Wachen, bei der Reparatur des Jeeps zu helfen, und ihn, falls er nicht zu reparieren sei, von der Straße fortzuschaffen.

Zwei der Guerillas blieben als Wachen am Hauptportal zurück, und Mac machte sich, Cooligans Beschreibung folgend, auf die Suche nach der Dachkammer, in der Sabrina festgehalten wurde. Er stieg die schmalen Stufen hinauf, klopfte an die Tür der Mansarde – und hörte die Stimme eines Mannes, die einen widerlichen, heiseren Triumphschrei ausstieß...

Sabrina befürchtete, daß die Wachen Cooligan, noch ehe er den Boden erreichte, gefangennehmen oder töten könnten, so schnell hatte man seine Flucht entdeckt. Ein verhängnisvoller Zufall wollte es, daß sich Achmed, angestachelt von dem brutalen Mord an Hemmingsway, ausgerechnet zu diesem Zeitpunkt entschlossen hatte, Sabrina Carver dafür büßen zu lassen, daß sie ihn an Bord der AF One hereingelegt hatte. Sie sollte leiden – wie Smith es befohlen hatte.

Achmed hatte sich eingehend mit dem schönen Mädchen in der Dachkammer des Schlosses beschäftigt. Er mußte Sabrina erst von Feisal isolieren und sie sich dann gefügig machen. Also rannte er hoch zur Dachkammer, drehte den Schlüssel im Schloß und stieß die Tür auf. Sabrina und Feisal standen noch immer am Fenster, um Cooligans Abstieg zu überwachen. Aber Achmed hatte schließlich eigenhändig den Secret-Service-Agenten in der Dachkammer eingesperrt, und so kapierte er gleich, was geschehen war. Er brüllte nach einer Wache, rannte zum Fenster, zerschmetterte mit dem Kolben seiner Maschinenpistole das Glas und ließ eine Maschinengewehrsalve auf den nur hin und wieder auftauchenden Flüchtling los.

Fluchend mußte er mitansehen, wie sich Cooligan auf der

geklauten Honda davonmachte und über die Zugbrücke schoß. Er schrie dem Guerilla, der auf seinen Befehl hin erschienen war, zu, Feisal in den Trophäensaal zu bringen und entweder Smith oder Dunkels zu informieren, daß der Agent geflohen sei. Sabrina wollte sich Feisal anschließen, aber Achmed packte sie am Arm und stieß sie brutal ins Zimmer zurück. Er versetzte ihr einen Schlag mit dem Handrücken, so daß sie aufs Bett fiel und das Gefühl hatte, der Kopf werde ihr zerspringen.

Der Araber hatte immer noch das Gewehr auf Sabrina angelegt, als sich die Tür hinter dem Guerilla und dem verängstigten Jungen schloß. »Jetzt ist Schluß«, sagte er drohend. »Du hast uns zum letztenmal reingelegt, und ich glaube, Mister Smith wird sich nicht allzu viele Gedanken machen, was mit dir passiert. Ich weiß, er denkt wie ich: Es wäre wirklich eine Schande, ein so offensichtliches Talent wie dich zu vergeuden und gleich umzubringen.«

Er hatte sich in Wut geredet und brüllte jetzt: »Du verdammte Yankee-Hure, du gehörst mir mitsamt deinem Körper. Und jetzt wirst du für alles zahlen, kapiert? Und falls du noch keinen Araber im Bett gehabt hast, ich kann dir versichern, daß wir Experten im Umgang mit Weibern sind. Du wirst eine Erfahrung wie die nicht mehr machen können.« Er lachte, aber es war kein gutes Lachen. »Garantiert nicht mehr«, sagte er, »aber weshalb soll deine letzte Liebesnacht nicht auch deine beste sein?«

Achmed preßte die Maschinenpistole unter den Arm und hatte so eine Hand frei, um den breiten Ledergürtel an seinem Kampfanzug zu lösen. »Die Fummeln runter, du Schlampe«, kommandierte er. Als sie sich nicht rührte, riß er ein Messer mit langer Scheide aus seinem Gürtel. »Strippen, hab' ich gesagt. Wird's bald. Oder ich schneide dir sämtliche Fummel vom Leib, egal, ob dann deine Kleider mitsamt deiner hübschen hellen Haut runterkommen.«

Sabrina sah ihn nur unverwandt an. In ihren blauen Augen stand nichts als Entschlossenheit. Achmed ging langsam auf sie zu, den Gürtel halb offen, das Gewehr in der einen, das Messer in der anderen Hand. »Wie hast du's denn gern?« flüsterte er, »sanft und zärtlich oder hart und brutal? Lust oder Schmerz? Ich werde dich haben, ob du willst oder nicht, ob du willig bist oder nicht, ob du dich wehrst oder nicht. Mir ist es scheißegal, in welchem Zustand du bist, wenn ich erst deine Beine auseinander habe. Ich kann dich genausogut tot wie lebendig nehmen.« Sabrina kroch ein eisiger Schauer über den Rücken, als sie, trotz des groben

Materials seiner Uniform, sah, daß sein Entschluß unwiderruflich feststand. Sie hatte gehofft, ihn herausfordern und dann zu einer überhasteten Reaktion verleiten zu können, wenn sie ihm einfach keine Antwort gab. Aber er ging mit dem Messer um wie ein erfahrener Messerheld, und die Pistole, die mit der Mündung auf ihr Gesicht zeigte, schwankte nicht.

Die Lippen zusammengepreßt, die Augen funkelnd vor Wut, kniete sie sich aufs Bett und zog ihren Blazer aus. Dann nestelte sie an den Knöpfen ihrer Bluse herum, riß die Haken am Rock auf und stellte sich, ohne die Hände zu benutzen, auf die Füße. Sie beugte sich über Achmed Fayeed, der sich auf dem Bett ausgestreckt hatte. Irgendwo fuhren irgendwelche Fahrzeuge fort, aber sie achtete nicht darauf. Sie schlüpfte aus der Bluse, zog den Reißverschluß des Rocks herunter, die Kleider fielen auf die Bettdecke, und sie trat einen Schritt zurück.

Sabrina führte zwar einen raffinierten Strip vor, aber ihm fehlte auch die geringste Andeutung von Stil und Raffinement. Sie verhielt sich wie eine Frau, die vergewaltigt werden soll. Einen Moment lang ließen ihre Augen von Achmed ab, und ihre Zähne schlugen trotzig und herausfordernd aufeinander. Niemals, schwor sie sich, würde sie von alleine zu ihm gehen. Achmed Fayeed würde nur zu bald schon herausfinden, daß sie, Sabrina Carver, Möglichkeiten hatte, ihn noch auf dem Gipfel seiner Lust kleinzukriegen!

Sie fegte Bluse und Rock vom Bett, stand da, fast nackt, und schaute auf ihn herunter, die Hände über der Brust verschränkt. »Den Rest«, flüsterte Achmed, »den Rest runter.«

Sie machte keinerlei Anstalten, dem Befehl zu folgen.

»Knie dich hin«, befahl er, und sie ließ sich zusammensinken, bis sie vor ihm kniete. »Den Rest«, sagte er wieder und zeigte mit dem Lauf seiner Maschinenpistole auf ihren BH und den Slip.

Schneller als seine Augen folgen konnten, hatte sie die Hand am Griff der Pistole. Sein Finger geriet in den Abzug. Er stieß einen Schmerzensschrei aus und entriß ihr die Pistole. »Dafür wirst du mir büßen«, brüllte er, »bei Gott, du wirst dafür büßen.«

Sabrina hatte die Augen auf den Lauf der Pistole gerichtet. Sie sah das Messer erst, als die scharfe Klinge ihren BH vorn aufriß. Er fiel herunter, und auf der nackten Haut ihrer Brüste zeigte sich eine feine Blutspur. Sie versuchte, ihre Brüste mit den Händen zu bedecken, als Fayeed zwei Finger in ihren seidenen Slip hakte und ihr das Nichts von einem Kleidungsstück von den Hüften zerrte. Sie konnte den Schrei aus Schmerz, Wut und dann Angst nicht unterdrücken, den einzigen Laut, der bis dahin ihren Lippen entflohen war.

Sabrina fiel auf das Bett, und ihre Beine öffneten sich. Als der Araber sie so sah, riß er sich den Gürtel herunter, um sich ebenfalls auszuziehen. Das Messer warf er auf den Holzboden, wo es zitternd steckenblieb. Dann ließ er die Maschinenpistole fallen. Er stieß in seiner Muttersprache einen wilden Triumph- und Lustschrei aus – und sank dann halb über ihr zusammen. In diesem Augenblick zog McCafferty ihm den Kolben seiner Maschinenpistole über den Schädel.

Mac zerrte den Araber vom Bett und ließ ihn auf den Boden fallen. Sabrina griff hastig nach ihren Kleidern, um ihre Erniedrigung und ihre Scham zu verbergen. Aber ihre Augen glühten vor Verachtung.

»Nicht gerade die netteste Art, jemanden anzuschauen, der einen gerade vor einem Schicksal bewahrt hat, das schlimmer ist als der Tod. Und vor dem Tod vermutlich auch«, sagte McCafferty. »Sie müssen sich ja nicht gerade bedanken, aber Sie sollten mir zumindest nicht das Gefühl geben, es wäre Ihnen lieber, daß *ich* da unten und *er* oben auf dem Bett läge und seine widerliche Tour abzöge.«

»Wenn's darum geht«, fuhr Sabrina ihn wütend an, »dann würde ich in gewisser Hinsicht Achmed Ihnen vorziehen. Er hat sich zwar wie ein Stück Vieh benommen, aber immerhin hat er mich wirklich haben wollen. Er ist ein echter Wüstling. Aber Sie, Mister, stecken von oben bis unten voller Tricks. Sie sind so gemein und dreckig, daß ich lieber sterben würde, als mich von Ihnen anfassen zu lassen.«

Mac seufzte. »Allmächtiger, dieser Kerl macht mir wirklich das Leben zur Hölle, ohne auch nur das geringste von mir zu wissen.«

Sabrina zog schützend die Bettdecke über sich. Sie wollte nicht nur ihre Blöße bedecken, ihr war auch kalt. »Was meinen Sie damit?« fragte sie. »Von wem sprechen Sie?«

McCafferty erklärte ihr alles. Und er war keineswegs überrascht, daß sie ihm, wie zuvor Basil Swann und Bert Cooligan, kein Wort glaubte. Aber schließlich gelang es ihm doch, sie zu überzeugen. Sie redeten noch immer, als Achmed sich das Messer vom Boden angelte und versuchte, es dem Amerikaner in den Bauch zu stoßen. Sabrinas Schrei warnte McCafferty. Er beugte sich gerade noch rechtzeitig zurück, so daß ihm die Klinge nur die Haut aufritzte.

Wieder holte Mac mit der Maschinenpistole aus, und Achmed, der wieder auf die Knie gekommen war und erneut das Messer schwang, fühlte, wie ihm der Kolben der Waffe das Gesicht aufriß. Er spuckte aus und sprang auf die Füße, das Blut schoß ihm aus dem Mund. Achmed wußte genau, daß Mac nicht schießen konnte, weil er sonst die Wachen auf dem Hals gehabt hätte. Also stürzte er sich mit hocherhobenem Messer auf den Amerikaner. Mac schmetterte ihm das Gewehr in die Hüfte, und das Messer flog quer durchs Zimmer.

Macs Fuß schoß vor und hakte sich um Achmeds bloßes Bein. Der schwankte und drohte zu fallen, und McCafferty, der nun die Maschinenpistole mit beiden Händen gepackt hatte, warf dem Araber den Ledergurt der Waffe wie ein Lasso über den Kopf und drehte so lange, bis es sich um den Hals zusammengezogen hatte. Mac benutzte die Waffe wie einen Hebel beim chinesischen Würgegriff. Der Araber konnte den Kopf nicht mehr bewegen, und Mac rammte ihm, als das Gewehr quer vor seiner Kehle lag, das Knie ins Kreuz. Achmed Fayeed, der Möchtegernprinz von Bahrain, gab keinen Laut mehr von sich. Sekunden später war er tot. Sein Gesicht war blutüberströmt, die kleinen Blutgefäße in den Augen waren geplatzt, und die geschwollene Zunge hatte ihm den Mund verstopft.

14

Die Maschinenpistole geschultert und halb unter dem Anorak verborgen, um ihre verräterische amerikanische Herkunft zu kaschieren, begleitete McCafferty Sabrina im Schutz von Achmed Fayeeds Maschinenpistole nach unten. Er hatte einen mit Proviant beladenen weiteren Jeep im Innenhof erspäht. Drei Jeeps standen außerdem noch auf dem Parkplatz.

Das Schloß wirkte verlassen, aber Mac bewegte sich dennoch mit äußerster Vorsicht, falls sich der Doppelgänger irgendwo herumtreiben sollte. Denn unter den Passagieren hatte er ihn nicht entdecken können. Er konnte es sich auch nicht leisten, einem der Wächter zu begegnen, die vielleicht mit dem Doppelgänger auf vertrautem Fuß standen. Im Innenhof lud ein Bursche die letzten Vorräte auf den Jeep. Neugierig musterte er McCafferty und das Mädchen, sagte aber nichts.

Sabrina flüsterte: »Wo sind sie denn alle, um Himmels willen?«

»Fort«, erwiderte McCafferty kurz. »Man hat sie in einen Bus verfrachtet und weggefahren. Wohin, weiß ich nicht. Ich wollte, ich wüßte es. Aber noch schlimmer ist, daß ich keine Ahnung habe, wie wir sie finden sollen.«

»Auch der Junge«, fragte Sabrina, »auch Feisal? War er bei den anderen? Ich muß es unbedingt wissen. Er ist krank, und ich bin die einzige, die ihm im Notfall helfen kann.« Mac gab ihr flüsternd zu verstehen, daß Feisal ebenfalls im Bus gewesen sei.

Sie gingen, vorbei an den drei noch verbliebenen Wächtern, über die Zugbrücke. Einer davon, der am Eingangstor lehnte, richtete sich beim Anblick McCaffertys plötzlich auf. »So schnell zurück?« fragte er in schwerfälligem Englisch mit einem schrecklichen Akzent.

»Befehl«, sagte Mac. Das runde, pockennarbige Gesicht des Wächters nahm einen erstaunten Ausdruck an, und er flüsterte auf serbokroatisch mit einem anderen Wächter. Dann richtete er seine Augen wieder auf Mac und fragte bohrend: »Befehl von wem? Mister Smith ist schon lange weggefahren.«

McCafferty schaute zum Parkplatz hinüber. Dort standen nur noch zwei Jeeps. Mit dem dritten mußte der Doppelgänger inzwischen den anderen gefolgt sein, wohin man sie auch gebracht hatte. Er riß das Funksprechgerät vom Gürtel und sagte höhnisch: »Man kann seine Befehle auch noch auf andere Art kriegen, du Dussel. Sie müssen einem nicht direkt zugebrüllt werden. Aber wenn du's genau wissen willst, man hat mich zurückgeschickt, damit ich *sie* hole.« Er zeigte auf Sabrina.

»Kümmert sich um die nicht der Araber?« fragte der Wächter lauernd.

Mac grinste. »Hat er ja. Und jetzt erholt er sich davon.«

Der Wächter lachte und übersetzte für seine Freunde.

McCafferty erzählte, Smith habe ihm befohlen, Sabrina sofort zu ihm zu bringen. Achmed und die anderen Wächter sollten noch eine halbe Stunde abwarten und dann mit dem verbliebenen Jeep nachfolgen.

»Und der Versorgungswagen?« fragte der Wächter und deutete mit dem Gewehr in Richtung Innenhof.

»Soll abfahren, sobald er bereit ist«, befahl Mac.

»Zu den Höhlen?«

»Wohin denn sonst!«

Mac drängte Sabrina zu dem am nächsten stehenden Jeep. Sie übernahm das Steuer und chauffierte den Wagen aus dem Parkplatz heraus und auf die Straße. »Höhlen?« sagte sie nachdenklich.

»Sieht so aus. In jedem Fall ist das der einzige Hinweis, den wir haben. Wir müssen uns jetzt an den Proviantwagen anhängen. Dummerweise haben wir nur ein Fahrzeug, und das brauche ich selbst, um mich mit Philpott zu treffen. Keine Ahnung, wie wir das deichseln sollen.«

Als sie um eine Kurve fuhren, sah Mac in der Ferne den rotweißen Querbalken einer Straßensperre. Ein Guerilla lehnte lässig an der mit einem Gewicht beschwerten Schranke.

»Verdammt«, fluchte McCafferty, »genau das habe ich befürchtet. Wir müssen noch Bert Cooligan auflesen, und ich wollte alle im Schloß glauben machen, daß wir stracks zu den Höhlen durchfahren. Nun, mir bleibt nichts übrig als zu tun, was ich tun muß.«

Er bat sie, an der Sperre anzuhalten und stieg genau in dem Moment aus dem Wagen, als der Wächter die mit einem Lot beschwerte Barriere hochhieven wollte. »Kannst du Englisch?« fragte Mac den Guerilla.

»Etwas«, erwiderte der Mann unsicher.

Mac deutete auf die Brust des Wächters und in Richtung Schloß. »*Du* gehst *dahin* zurück«, bedeutete er ihm.

Der Jugoslawe nickte dankbar, hängte sich das Gewehr über und wandte sich zum Gehen. Im selben Moment schlang Mac ihm einen Arm um die Kehle und stieß ihm Achmeds Messer in den Rücken. Lautlos fiel der Wächter zu Boden. Mac zerrte ihn zum Straßenrand und rollte den Toten ins Gebüsch.

»Und jetzt?« fragte Sabrina. McCafferty warf das Messer in hohem Bogen von sich und sagte: »Wir haben ja noch ein Fahrzeug, fällt mir gerade ein.«

»Klar«, fiel Sabrina ein. »Bert ist ja auf einem Motorrad abgehauen. Bloß, wo ist es?«

»Sie nehmen den Jeep, Sabrina«, befahl Mac, »und hängen sich an das Proviantauto dran, und ich versuche, das Motorrad zu finden. Schließlich bin ich mit Philpott verabredet.«

»Und warum nicht anders herum«, gab sie zurück. »Ich falle auf einem Motorrad und unter einem Sturzhelm bestimmt weniger auf als Sie, und Mr. Philpott hätte es im Jeep weit bequemer.«

Erstaunt schüttelte McCafferty den Kopf. »Ich hätte es wissen müssen. Vermutlich waren Sie schon auf der Highschool Champion im Rechthaben?«

Sabrina zwinkerte ihm zu. »Nicht ganz. Aber ich habe den Champion dazu gebracht, es mir beizubringen.«

Sie suchten die Gegend ab, wo Mac das Motorrad vermutete, und Sabrina fand es schließlich auch. Sturzhelm war allerdings keiner da. »Es ist noch ganz«, rief sie triumphierend, richtete es wieder auf und trat auf den Starter. »Und es läuft!« Gemeinsam schoben sie die Honda auf die Straße und versteckten sich dann mitsamt der Maschine hinter einer Baumgruppe. Gleich darauf hörten sie, wie sich ein Fahrzeug näherte. Sabrina bestieg die Honda, die Mac festhielt, und ließ dann den Motor an.

Der Jeep, dessen schwankende Last mit Stricken befestigt war, fuhr an ihnen vorbei. Sabrina zählte bis zehn, gab dann Gas und fuhr mit aufheulendem Motor hinter dem Fahrzeug her. Sie hatte McCaffertys Funksprechgerät am Gürtel.

Cooligan, der sich im Gelände verborgen hielt, erwartete ihre Nachricht, sowie sie das neue Versteck der Geiseln ausgekundschaftet hatte.

McCafferty begab sich zu Bert Cooligan und machte ihn mit den Einzelheiten seines Plans vertraut. Bert sollte, sobald die Luft rein war, zum Schloß zurückkehren und dort warten, bis sich Sabrina meldete. McCafferty gab ihm die Maschinenpistole des toten Wächters mit.

»Und Sabrina?« fragte Bert, »hat sie auch ein Gewehr?«

Mac nickte zögernd. »Der Araber, dieser Achmed, wollte sie vergewaltigen. Ich konnte es gerade noch verhindern, aber ich mußte ihn umbringen. Sie hat seine Maschinenpistole. Sowie ich mit Philpott zusammentreffe, erhalte ich weitere Waffen. Wir werden eine richtige kleine Armee sein, was?«

Cooligan grinste und wünschte McCafferty Glück, als dieser sich verabschiedete. Mac setzte sich in den Jeep und fuhr ins Tal zurück. Der Secret-Service-Agent indessen ging in die Hocke, das Gewehr, Kolben voran, vor sich auf den Boden gestemmt. Unter ihm lag im violetten Licht der Nachmittagssonne das immer noch besetzte Schloß. Bert wartete.

Der Weg führte aus dem Gebirge heraus zur Stadt Knin. Dort trafen drei Hauptstraßen zusammen. Sabrina behielt den Jeep immer in Sichtweite, bis in der Küstenebene Kroatiens das Gelände flacher wurde. Sabrina hatte bislang geglaubt, daß der Jeep in Richtung des Ferienortes Šibenik fahre. Aber in Knin bog er in eine kleine Straße ein, die nach Benkovac und zur Küste führte. Dann schlängelte er sich durch einen Irrgarten kleinerer Straßen, bis er endlich einen ihrer Meinung nach etwa zwanzig bis dreißig Kilometer vom Schloß entfernten Ort erreichte. Das Gelände wurde wieder hügelig, wenn es auch bei weitem nicht so imposant wie die Dinarischen Alpen war.

Sabrina mußte jetzt höllisch aufpassen, daß sie vom Jeep aus nicht gesehen wurde, denn die beiden Fahrzeuge hatten die Straße nun ganz für sich. Aber glücklicherweise war sie, wie der Weg vom Schluß herunter, kurvenreich, so daß Sabrina immer wieder zurückfallen konnte, um dann später wieder aufzuholen. Die Sonne war inzwischen nur noch ein verblassendes Segment im Westen, und Sabrina bekreuzigte sich im Geist und betete, daß sie noch vor der Dämmerung die Höhlen fänden.

Jetzt verlangsamte der Jeep die Fahrt. Sabrina bog vom Weg ab und lenkte die Honda zu einigen verstreut liegenden Felsblöcken hin. Der Jeep bog nach rechts ein und erklomm die schroffen Hügel. Hoch oben war vor einem riesigen Betonvorbau, der in die Flanke des Hügels gebaut worden war, ein vergittertes und jetzt geschlossenes Tor angebracht. Dort hielt der Jeep. Ein bewaffneter Wächter erschien, um die Besucher zu überprüfen. Sabrina erkannte gerade noch hinter dem Betonbau die dunkle Öffnung einer Höhle.

Sie lehnte die Honda an einen Felsen und kletterte so, daß sie nicht gesehen werden konnte, nach oben. Sie wollte über den Eingang der Höhle gelangen, um sich einen Überblick zu verschaffen. Oben angelangt, lehnte sie sich gefährlich weit vor und sah, daß der Vorbau breit und tief genug war, um den Minibus und verschiedene andere Fahrzeuge aufzunehmen, und daß dann immer noch ausreichend Platz blieb. Sie veränderte ihre Lage und verrenkte sich den Hals, um in die Höhle selbst hineinschauen zu können. Ein zerschossener, herausgerissener Wegweiser lehnte verloren an der Eingangsmauer. Ein Totenkopf mit zwei gekreuzten Knochen und darunter in Deutsch die Warnung ›Achtung‹ waren darauf angebracht, außerdem ein Zeichen, das vor Sprengstoff warnte.

Vielleicht war dort im Krieg ein Munitionslager gewesen? Der

Platz war ideal. Sie sah die Stalaktiten, die von der gewölbten Kuppel herunterhingen. Mehr ließ sich nicht ausmachen, auch wenn alles gut ausgeleuchtet war. Den Strom lieferte ein summender Generator im Hintergrund.

Sabrina verzog das Gesicht und trat den Rückzug an. Sie mußte sich genauer über die Höhle und ihre Lage informieren. Außerdem mußte sie herausfinden, wo genau sich die Gefangenen aufhielten.

Vorsichtig, denn der Wächter war noch immer auf seinem Posten, kletterte sie wieder zum Kamm des Hügels hinauf. Die Höhlen mußten viel tiefer in den Berg hineinreichen, als sie zuerst angenommen hatte. Und sie mußten auch irgendwie durch einen natürlichen Einschnitt unterteilt sein, soviel war Sabrina inzwischen klar.

Von der großen Eingangshöhle, die sich zu einer tiefen Schlucht weitete, in der unsichtbar aber deutlich vernehmbar ein reißender Fluß tobte, zweigten andere Höhlen ab. Eine schmale Hängebrükke überspannte die Schlucht. Der Pfad, der auf der anderen Seite weiterführte, mündete in die Öffnung einer weiteren Höhle. Die Brücke war durch ein Geländer gesichert, das aber nicht allzu solide wirkte. Sabrina grinste. Sie war überzeugt, das Versteck der Geiseln gefunden zu haben, denn Smith würde sich eine so glänzende Möglichkeit nicht entgehen lassen, Rettung oder Flucht der Geiseln so gut wie auszuschließen.

Sie stellte das Funksprechgerät ein, wartete einige Sekunden und sprach dann heftig auf Bert Cooligan ein, der inzwischen wieder auf Schloß Windischgrätz gelandet war.

Als der Minibus vor der Höhle ankam, schloß Smith eigenhändig das Tor auf. Die Geiseln wurden ohne große Umstände aus dem Bus gezerrt, und Scheich Zeidan, an dessen Hand sich Feisal klammerte, wurde wieder in seinen Rollstuhl gehoben. Auch Dunkels war mit seiner Kamov zur Stelle, wie der Motorenlärm verriet. Einer von Smiths Guerillas stellte den Generator ein und drückte auf einen Schalter. Licht durchflutete die düstere Höhle. Der in vielen Farben schillernde Kalkstein an Decke und Boden entlockte Feisal einen bewundernden Schrei.

Wachen geleiteten die Gefangenen durch die große Höhle. Als sie die schwankende Brücke erreichten, wurde Scheich Zeidan wieder aus dem Rollstuhl gehoben. Dr. Hamady war der erste, der einen zaghaften Schritt auf die Brücke wagte. Er klammerte sich ans Geländer und ließ sich mit geschlossenen Augen auf die andere Seite führen. Als nächster kam Zeidan dran, den zwei Wächter auf einem Stuhl herübertrugen, ängstlich beobachtet von Feisal, der sich angeschlossen hatte. Dann kamen Dorani und Arbeid, anschließend führten Fairman und Latimer die Crew der Air Force One an, die ihnen im Gänsemarsch folgte.

Smith bildete die Nachhut. Noch bevor er die Brücke betrat, befahl er Dunkels, Funkkontakt mit dem Schloß aufzunehmen. »Frag Jagger, ob sie Cooligan inzwischen wieder erwischt haben. Wenn nicht, steig sofort wieder mit dem Hubschrauber auf, um die Suche zu unterstützen. Sobald alles geregelt ist, möchte ich das Personal vom Schloß auch hier in der Höhle haben. Sag Fayeed, er soll sich die Carver vom Hals schaffen – egal wie, das überlasse ich ihm.«

Dunkels verschwand, und Smith überquerte die Schlucht, um sich zu den Geiseln zu begeben, die unter den wachsamen Augen zweier Guerillas wie die Hühner auf der Stange auf einem Felsvorsprung hockten, der auf drei Seiten mehr als dreißig Meter tief abfiel. Von der Höhle aus führten Treppenstufen hinunter, die in den Berg gehauen waren. Vorsichtig machte Smith sich an den Abstieg und bemerkte, als er dann vor den Geiseln stand: »Nicht gerade das Ritz. Aber Sie haben zumindest ein Dach über dem Kopf.«

Scheich Dorani musterte ihn drohend. »Wann gedenken Sie uns freizulassen?« wollte er wissen.

»Sobald ich das Lösegeld in Händen habe«, gab Smith leutselig zurück.

»Und wann wird das sein?« fragte Scheich Zeidan grollend.

Smith schaute auf seine Uhr. »Bei Einbruch der Nacht«, sagte er nachdenklich. »Fünfzig Millionen Dollar in Diamanten. Das höchste Lösegeld in der Geschichte, glaube ich.«

»Kidnapper«, hob Zeidan an, »sind nicht nur wegen der Höhe ihrer ungesetzlichen Gewinne berüchtigt, sondern auch, weil ihre Verbrechen der pure Wahnsinn sind. Falls sich Ihrer überhaupt jemand entsinnen wird, Mister Smith, dann als des ganz und gar ungewöhnlichen Verbrechers, der Sie zweifellos sind.«

Smith wandte dem alten Araber, der sich in seinen Rollstuhl zurücklehnte wie in einen goldenen Thron, sein Gesicht zu. Er betrachtete den Gefangenen mit Abscheu. Zeidan wußte, daß nur er von allen Geiseln Smith aus der Fassung bringen konnte und setzte diese Waffe äußerst sparsam, immer aber mit großem Erfolg ein. Jetzt rechnete er damit, daß Smith, rasend vor verletztem Stolz und gekränkter Eitelkeit, die Wahrheit ausspucken würde, die er hören wollte.

Doch Smith drohte mit seidenweicher Stimme. »Wäre es Ihnen, Exzellenz, lieber, wenn ich als Massenmörder in Erinnerung bleibe?«

»Das ist Ihr Privileg«, knurrte Zeidan, »und es könnte auch zu Ihrer Grabschrift werden.«

»Sollte es *meine* Grabschrift werden, Scheich Zeidan, dann wird es, ich verspreche es Ihnen, bestimmt auch die Ihre und die Ihres Enkels sein.«

Vom Rand des Felsvorsprungs her höhnte Latimer: »Sie sind ja reif für die Klapse, Smith, wenn Sie sich einbilden, daß Sie davonkämen, falls Sie uns alle umbringen. Und das müßten Sie schließlich tun, und außerdem noch das Lösegeld an sich bringen!«

Smith schaute zu ihm herüber. Seine gute Laune und sein Selbstbewußtsein waren zurückgekehrt. »Zu Ihrem Glück, Major, bin ich weder verrückt noch der geborene Killer. *Dennoch*... wenn Sie mich zu sehr provozieren, und das gilt für Sie alle, oder wenn Sie zu fliehen versuchen, dann werden Sie, das garantiere ich Ihnen, diesen Ort nicht lebend verlassen.« Er drehte sich um und stieg die Stufen wieder hoch – Stille, Zweifel und Angst hinter sich zurücklassend...

Kaum hatte McCafferty Sabrinas Honda in der Ferne auftauchen sehen, als er auch schon das Steuerrad des Jeeps herumdrehte und zu seiner Verabredung mit Philpott fuhr. Ohne einem weiteren Fahrzeug begegnet zu sein, erreichte er das Dorf. Bei der Tochter des Posthalters holte er seinen Seesack wieder ab und stärkte sich mit einigen Bierchen, um sich die Zeit zu vertreiben. Er mußte nicht lange warten: Er sah den Hubschrauber schon, ehe ihn der Motorenlärm erreichte, und ging insgeheim mit sich selbst eine Wette ein – die er gewann –, daß der Pilot auf derselben Weide landen werde, auf der er seine UTVA abgestellt hatte.

Mac sah, wie Philpott sich unnötigerweise bückte, als er unter den Propellerblättern hindurchrannte, und stellte, als der Hubschrauber sofort wieder abhob, erfreut fest, daß er und Philpott völlig alleine waren.

Philpott hörte sich McCaffertys Bericht an und befragte ihn dann noch ausführlich zu den wichtigsten Punkten. Als Mac geendet hatte, sagte Philpott grimmig: »Dann wissen wir also immer noch nicht genau, wo die Geiseln sind, und können's auch nicht herausfinden, ehe wir nicht mit Cooligan Kontakt haben?«

»So ungefähr«, gab Mac zu.

»Und wir wissen auch nicht, was Sabrina tut und ob sie in Gefahr ist?«

»Das macht mir am meisten zu schaffen, muß ich zugeben«, erwiderte McCafferty.

Währenddessen schlitterte Sabrina, hauptsächlich auf dem Hintern, wieder den Hang hinunter. Ohne entdeckt zu werden, erreichte sie die Honda, ließ den Motor an und schob die Maschine auf den Weg, um auf der gleichen Route, die sie gekommen war, wieder zum Schloß zu gelangen. Plötzlich bemerkte sie den Hubschrauber, der auf sie zuhielt.

Dunkels war schon in der Luft gewesen, bevor Sabrina bei den Höhlen ankam. Er hatte per Funk aus dem Schloß erfahren, daß man Cooligan noch nicht wieder eingefangen und Achmed Fayeed stranguliert hatte. Außerdem vermißte man Sabrina Carver. Der Deutsche hatte versucht, aus den konfusen Berichten über das geheimnisvolle Wiedererscheinen Jaggers schlau zu werden, der im Schloß aufgetaucht war, als er eigentlich schon längst bei Smith in den Höhlen sein mußte.

Dunkels erstattete Smith Bericht, und der brauchte nicht lange, um zu begreifen, daß der echte McCafferty zurückgekehrt war, um seinem *alter ego* wieder zu seiner wahren Natur zu verhelfen, indem er, McCafferty, als er selbst auftrat.

»Wie können Sie da so sicher sein?« erkundigte sich Dunkels.

Außer sich vor Wut fiel Smith über ihn her. »Jagger war *hier*!« brüllte er. »Also kann er nicht im Schloß gewesen sein, Idiot. Er ist *immer* noch hier. Steig sofort in den Hubschrauber. Bring mir die Carver, und zwar lebendig. Ich muß herausbringen, was Philpott vorhat. Halte nach einem Motorrad Ausschau. Sie werden den Jeep aufgegeben haben.

Bestimmt hat sich McCafferty inzwischen davongemacht, um sich mit Philpott und seinen Leuten zu treffen, aber die Carver muß noch hier in der Gegend sein, und zwar auf dem Motorrad, das Cooligan zur Flucht benutzte. *Bring* sie mir, Dunkels!«

»Woher können Sie wissen, daß sie sich noch hier herumtreibt«, fragte Dunkels unklugerweise, als er sich zum Gehen wandte.

»Weil sie dem Proviantjeep gefolgt sein wird«, brüllte Smith, jetzt rasend vor Wut. »Die Zeit stimmt genau, du Idiot. Steig mit dem Hubschrauber auf. Sofort! Und komm mir nicht ohne sie zurück!«

Sabrina duckte sich auf das Motorrad und verließ die Straße. Unter einer gewaltigen Buche kam die Maschine schlitternd zum Halten. Über ihr kreiste die Kamov, und Sabrina spähte durch die Zweige zu ihr hoch. Die Sonne war schon fast am Horizont verschwunden, aber die Luft war klar und durchsichtig in dieser Dämmerstunde. So konnte sie deutlich Dunkels am Steuer erkennen, der den Hubschrauber immer tiefer herunterzog, bis er fast die Baumkronen abrasierte.

Sie legte die Maschinenpistole an, zielte sorgfältig und feuerte dann durch die Zweige hindurch eine Salve auf den grauen, immer tiefer herabsinkenden Schatten. Eine verirrte Kugel traf den Rumpf der Kamov, und Dunkels warf das Steuer herum und stieg höher, um den Hubschrauber außer Reichweite der Schüsse zu bringen. Dann stürzte er erneut wie ein rasendes Insekt auf Sabrinas Versteck zu. Dabei sah er, daß links von ihm freies Gelände war. Also stieg er in einer Spirale wieder auf und brachte das Flugzeug dann in Schräglage, um Sabrina zu signalisieren, daß er landen wolle.

Sabrina schluckte den Köder. Als die Kamov nur noch einige Meter über dem Boden dahinfegte, stieg sie auf ihre Honda und verließ mit aufheulendem Motor den Schutz der Bäume.

Erst als das Motorengeheul der Kamov wieder anstieg, kapierte sie, daß Dunkels sie ausgetrickst hatte. Er hatte nicht landen, er hatte sie nur aus ihrem Versteck locken wollen!

Sie fluchte in allen Tonlagen und umrundete einen buschbestandenen kleinen Hügel, durchbrach dann eine Hecke, die sie, wie sie hoffte, wieder in ein Gebüsch führen würde. Aber hinter der Hecke war freies Gelände, hinter dem allerdings wieder ein Wäldchen lag, auf das sie jetzt zusteuerte. Aber da hatte Dunkels sie bereits eingeholt. Die erste Salve aus seiner Maschinenpistole peitschte ganze Rasenstücke in die Luft.

Der Deutsche spielte Katz und Maus mit ihr. Sie konnte ihn in seiner Kanzel sehen, wie er lachend den Hubschrauber wieder herunterzog, um ihr den Weg zu blockieren und sie gefährlich ins Schleudern zu bringen. Dann drehte er bei und nahm seinen alten Kurs wieder auf, drückte aber gleich darauf die Maschine erneut so weit herunter, daß sie den Wind des Propellers im Gesicht spürte.

Jetzt jagte Dunkels sie regelrecht, zwang sie zurück auf den Weg, den sie gekommen war, bis sie die Honda herumwarf und sich, tief in den Sattel geduckt, genau unter dem Hubschrauber befand.

Aber sie war weder schnell noch manövrierfähig genug, ihn abzuhängen. Das Ende schien unausweichlich, denn Dunkels hatte etwas bemerkt, was sie nicht sehen konnte. Zwischen dem freien Gelände und dem Gebüsch, auf das sie zuhielt, lag in einer Bodensenke ein kleiner Weiher.

Er trieb sie an wie der Schäferhund seine Schafe, und sie fegte davon wie das verängstigte Kaninchen, das den scharfen Zähnen des Hundes entgehen will, der es verfolgt – genau in die Richtung, in der er sie haben wollte. Sie schlingerte und fuhr im Zickzack, um dem Hubschrauber sowie dem Geschoßhagel zu entgehen. Schon als Kind hatte sie es gehaßt, in die Enge getrieben zu werden, geschah es aber, dann war ihre Entschlossenheit zu kämpfen geradezu in Hysterie ausgeartet. Jetzt schluchzte sie im Fahren und war der Panik nahe, als die Honda plötzlich vom Boden abhob und davonschnellte – mitten in den Weiher hinein.

Betäubt und halb ertrunken lag sie in dem trüben Wasser und kam erst wieder zu sich, als Dunkels sie am Kragen packte und ans morastige Ufer zog. Er stand einfach vor ihr und ließ sie in ihrem Elend daliegen, und es dauerte eine Weile, bis er sie an den Haaren hochzog und ihr seine Faust ins Gesicht schlug. Zum zweitenmal verlor sie das Bewußtsein, und als sie wieder zu sich kam und versuchte, sich durch den Nebel in ihrem Hirn zu kämpfen, war es das Motorengeräusch der Kamov, das sie vollends in Verwirrung stürzte. Sie riß sich zusammen und versuchte, Arme und Beine zu bewegen. Dunkels, der sie in den Hubschrauber gezerrt hatte, hatte es noch nicht einmal für nötig gehalten, sie zu fesseln.

Bert Cooligan vernahm durch den Motorenlärm hindurch gerade noch die wenigen Worte, die Sabrina ins Funksprechgerät rief, ehe Dunkels es in Stücke schoß.

»Bert«, schrie sie, »sie haben mich erwischt! Sie bringen mich zu den Höhlen.«

Sonja Kolschinsky fühlte sich seltsam getröstet durch die Anwesenheit von Brigadier Tomlin, der neben ihr am Bug der Motorbarkasse stand, die vor der dalmatinischen Küste die Wasser der Adria durchschnitt. Seit man Philpott die Verantwortung für die Leitung der Operation übertragen hatte, war es auch Sonja gelungen, die Jugoslawen kraft der Autorität der UNACO so weit einzuschüchtern, daß sie ihr jede gewünschte Unterstützung gaben. Mit einem beachtlichen Einsatzkommando der Marine im Rücken hatte sie dann, auf die ganz harte Tour, den stellvertretenden Minister dazu gebracht, ihr einen NATO-Kommandanten zuzugestehen. Man hatte Tomlin nicht zweimal bitten müssen. Er war sofort von Neapel herübergejettet, kaum daß der Minister ausgeredet hatte.

Jetzt schaute er düster über die Schulter ins schwindende Tageslicht und knipste seine Taschenlampe an, um eine Seekarte zu studieren, auf der die Myriaden von Inseln verzeichnet waren, die wie Seetang zwischen Split, dem Hafen, wo sie an Bord gegangen waren, und dem Golf von Venedig verstreut lagen.

Sonja seufzte und schaute auf die Lichter von Šibenik. Die Lichter der nächsten größeren Küstenstadt Zadar lagen noch in weiter Ferne. Der Behelfsflugplatz, das Schloß, die Höhlen, sie alle ließen aufgrund ihrer geographischen Beziehung zueinander vermuten, daß Smiths Lösegeldinsel irgendwo zwischen Šibenik und Zadar liegen mußte. Auch die Karten bestätigten diesen Eindruck. Aber sie hatten das gesamte Gebiet schon einmal abgesucht, und es war inzwischen schon fast sieben Uhr abends, nur noch eine Stunde bis zu dem Zeitpunkt, zu dem die Diamanten am Galgen hängen mußten.

»Wir müssen sie beim erstenmal einfach übersehen haben«, erklärte Tomlin. »Auf ein Neues dann.«

»Aber es ist schon fast dunkel!« protestierte sie.

»Wir suchen trotzdem weiter«, sagte Tomlin streng. Zu seiner Flottille gehörten noch drei weitere Boote. Auf jedem der Boote hatte er einen englisch sprechenden Gewährsmann, mit dem er in ständiger Verbindung war. »Wir grasen das gesamte Gebiet noch einmal ab«, befahl der Brigadier seinen Leuten. »Und bedenken Sie, daß die Insel verdammt viel kleiner sein könnte, als wir bisher aufgrund der Fotografie angenommen haben. Vielleicht ist das, wonach wir suchen, nicht einmal eine Insel, sondern bloß ein Felsen.«

Tomlin wandte sich wieder seiner Karte zu. Sie hatten gerade die Insel Kakan umrundet. An Steuerbord wurde Kaprije und an Backbord die größere Insel Kornati sichtbar. Sie glitten an Murter und Put vorbei und sahen, der Küste von Pasman vorgelagert, ein weiteres kleines Inselchen, das Tomlin sofort erkannte. Er legte einen Finger auf seine Seekarte und sagte mit ungeheurer Befriedigung: »Ein Leuchtturm.« Und schon näherte sich von dort her ein Lichtstrahl und erhellte die See vor ihnen.

»Da ist sie!« stammelte Sonja, »da drüben!«

Als der Lichtstrahl erneut übers Meer strich, bestätigte sich der erste flüchtige Eindruck. Er beleuchtete die flache Erhebung der Untertassen-Insel, die wie ein umgedrehter Teller im Meer lag, von Brechern umtost. Und an der Steuerbordseite der Insel stand der Galgen!

Der Steuermann folgte mit seiner Barkasse der Richtung von Sonjas Zeigefinger, und sie durchpflügten die rauhe See bis zur Insel. Tomlin hielt das Polaroidfoto hoch und verglich es mit der kleinen Insel, die nun im Licht ihrer eigenen und der Scheinwerfer der beiden Begleitboote deutlich sichtbar vor ihnen lag. »Wir sind an Ort und Stelle«, sagte der Brigadier. »Gut gemacht, Mrs. Kolschinsky. Erstklassige Arbeit!«

Das Boot umrundete die Insel einmal, ehe es beidrehte und seine Position in der Nähe des merkwürdigen Pfostens mit dem horizontalen Querbalken einnahm.

»Nicht zu nah rangehen«, warnte Tomlin die Seeleute. »Und niemand, aber auch absolut niemand darf auch nur den Versuch machen, auf der Insel zu landen. Und daß keiner einen Angelhaken in der Nähe des Pfostens auswirft oder den Pfosten mit seinem Gewehr durchlöchert. Wir werden nur so nahe herangehen, daß ich diesen Lederbeutel über den Balken werfen kann, und das geht auch, wenn wir Fahrt machen. Sollte ich den Balken nicht erwischen, dann versuchen wir es so lange, bis es mir gelingt.«

Es stellte sich heraus, daß sie dreimal vor dem Balken kreuzen mußten, bis es Tomlin endlich gelang, den Ring darüberzuhängen. Zufrieden rieb er sich die Hände, und seine Zähne unter dem streichholzkurzen Schnurrbart blitzten, als er Sonja mit einem Lächeln bedachte.

»Ausgezeichnet!« verkündete er feierlich. »Und jetzt legen wir ab und beziehen Posten.«

»Und wo, wenn ich fragen darf«, erkundigte sich Sonja.

Tomlin zeigte mit einer ruckartigen Kopfbewegung zur Nachbarinsel. »Sinnlos, hier draußen in der Kälte zu warten, wenn wir es uns bei einer Kanne mit heißem Kakao da drüben gemütlich machen können.«

»Kakao?« gab sie verblüfft zurück.

»Genau das«, erwiderte Tomlin. »Habe noch nie einen Leuchtturmwärter erlebt, der nicht einen verdammt guten Kakao macht. Wir werden da unser Hauptquartier aufschlagen, Ma'am, falls Sie einverstanden sind.«

Sonja grinste zustimmend und sagte: »Also los, Brigadier. Mit Ihnen auf allen Wegen. Diesmal zum Kakao!«

Tomlin bellte in sein Funkgerät: »An alle Einheiten. Rufe alle Einheiten. Vorwärts zum Bestimmungsort, sofort! Flaggschiff wird an der Insel dreißig Grad Steuerbord festmachen, Kommandoposten ist der Leuchtturm, der uns volle Sicht auf den Felsen gibt. Wenn verstanden, bitte Bestätigung.«

Drei Aldis-Lampen blinkten bestätigend auf, und Tomlin gab seiner Mannschaft den Befehl, in Richtung Leuchtturm abzudampfen, während die Flottille mit den bewaffneten Marinesoldaten die Insel noch einmal umrundete und dann eine Viertelmeile entfernt Posten bezog, einem Haifisch gleich, der auf seine Beute lauert.

Smith empfing Sabrina mit eisiger Höflichkeit und äußerte die Vermutung, daß sich ihre Lage, gemessen an den Zusammenstößen mit Achmed und Dunkels, keineswegs verschlechtert habe.

»Nein, keineswegs«, sagte sie zuckersüß, »die beiden haben sich wirklich wie die perfekten Gentlemen benommen, die sie offensichtlich sind.«

»Oder waren, was Achmed anbelangt«, wies Smith sie zurecht. Sabrina versuchte, ihr Erschrecken zu verbergen. Er wußte also von Achmeds Tod!

Aber Smith ersparte ihr alle Lügen, die sie sich eventuell zurechtgelegt hätte: »Natürlich weiß ich, daß Achmed tot ist«, sagte er, »und ich weiß sogar, wer ihn umgebracht hat. Es war Colonel McCafferty – nicht unser ›Ersatz‹, wenn Sie mir folgen können, unser schon etwas abgewracktes Modell.«

Wieder wünschte sie sich sehnlichst, ein Pokergesicht aufsetzen zu können, aber was die Natur ihr versagt hatte, vermochte sie auch jetzt nicht herbeizuzaubern. Also erwiderte sie nur vage: »Was ja nur beweist, Mister Smith, daß Sie dabei sind zu verlieren, nicht wahr?«

»Ganz im Gegenteil«, sagte Smith strahlend. »Philpott wird nichts, aber auch gar nichts dagegen tun können, daß ich das Lösegeld kassiere, und ich habe zu meiner Rückendeckung noch eine kleine Überraschung in petto. Diese Araber gehen mir allmählich auf den Geist. Nein, Sabrina, ich habe keineswegs ausgespielt, und es wird auch nicht dazu kommen. Philpott tut ja nichts weiter, als vor meiner Insel zu lauern, und das mit einer...«

»Wenn Sie *das* glauben...«, begann sie und biß sich gleich darauf wütend auf die Lippen.

»Nicht wirklich«, säuselte Smith. »Ich vermute, daß er meinem Schloß wesentlich näher ist als der Küste, denn Sie sind bestimmt so freundlich gewesen, ihn per Funk genau zu instruieren, wo die Höhlen zu finden sind. Und da hätte er kaum noch die Zeit gehabt, es bis hierher zu schaffen, oder? Ich bin überzeugt, daß er mit McCafferty und Bert Cooligan zusammengetroffen ist und die drei jetzt gemeinsam planen, wie sie die Festung am besten berennen können.«

Wieder versuchte sie, sich nichts von ihren Gefühlen anmerken zu lassen, und wieder mißlang es ihr. Smith lachte nun wirklich amüsiert.

»Meine liebe Sabrina«, kicherte er, »es lohnt sich wirklich nicht, an Sie noch Überredungskunst zu verschwenden. Man braucht einfach nur in Ihrem hübschen Gesicht zu lesen, und schon hat man alle Antworten, die man braucht. Ich bin mir inzwischen sicher, daß Philpott, und vermutlich auch McCafferty und Cooligan, im Schloß oder in dessen Nähe sind, und daß sie kaum über eine ganze Armee verfügen, um mich zu schlagen. Sie werden wahrscheinlich ganz allein agieren. Vielleicht unterstützt man sie von der See her, wo meiner Schätzung nach die hochachtbare Mrs. Kolschinsky die Stellung hält....«

Sabrina errötete, und ihre Unterlippe zitterte. »Wieder ein Volltreffer!« kicherte Smith. »Und somit rundet sich das Bild.« Er wandte sich dem ebenfalls grinsenden Dunkels zu: »Siegfried, mach unserer schönen Brunhilde Dampf unterm Hintern und bring sie dann zu den anderen. Sie sollen alle gemeinsam ihrer *Götterdämmerung* entgegensehen.«

Er lachte aus vollem Hals und ging mit langen Schritten zur Haupthöhle...

Philpott stöhnte und fluchte, als Cooligan ihn und McCafferty von Sabrinas Gefangennahme unterrichtete.

»Wann haben Sie die Nachricht erhalten?« fragte er erregt.

»Vor noch nicht ganz zehn Minuten«, erwiderte Cooligan.

»Verdammt und zugenäht«, sagte Philpott mit Gefühl.

»Warum so düster, Chef?« fragte McCafferty. »Sabrina ist ja schließlich nicht auf den Kopf gefallen, oder? Sie wird vermutlich für sich selbst sorgen können.«

Philpott antwortete mit einem resignierten Seufzer. »Darum handelt es sich nicht, Mac«, bekannte er. »Wir dürfen nur getrost annehmen, daß Smith über alles Bescheid weiß und sich entsprechend verhalten wird.«

»Wie das?« fragte Cooligan erschrocken und genauso verwirrt wie McCafferty.

Philpott grinste bedauernd. »Sabrina konnte noch nie jemand ins Gesicht lügen«, erklärte er. »Sie ist wie ein offenes Buch: Verdammt viel Mumm in den Knochen, Köpfchen mehr als genug, aber nicht die Spur von Verstellungskunst.

Nein, inzwischen wird Smith alles, was er wissen muß, herausgefunden haben. Ich wollte, um die Geiseln nicht unnötig zu gefährden, einstweilen noch nicht zu den Höhlen vordringen, bis er das Lösegeld hat. Aber das sieht jetzt anders aus. Wir müssen bei den Höhlen losschlagen, und zwar schnell. Ich habe den Verdacht, daß das Leben der Geiseln keinen roten Heller mehr wert ist, wenn Smith erst mal die Diamanten in der Hand hat.«

»Ich dachte, er sei nicht der geborene Mörder?« warf McCafferty ein.

Müde schüttelte Philpott den Kopf. »Ich weiß, Mac«, erwiderte er, »aber bei dieser Operation verläuft offenbar alles anders. Er hat schon zugelassen, daß Hawley Hemmingsway umgebracht wurde, und da er inzwischen weiß, daß wir ihm auf den Fersen sind, wird er sich auch ernstlich bedroht fühlen. Und was tut eine Ratte, wenn man sie in die Enge getrieben hat? Ich fürchte, ich habe bisher in Mister Smith so etwas wie einen Gentleman-Verbrecher gesehen und seine andere Seite nicht wahrgenommen. Aber er ist böse, Mac. Wir müssen jetzt allen zuliebe, und dazu gehört auch Sabrina, sehr überlegt vorgehen.«

Als der ›Stoßtrupp‹ den Jeep bestieg, der sie zu den Höhlen bringen sollte, stand Smith mit verschränkten Armen neben Jagger auf der Seite der Hängebrücke, wo die Gefangenen auf ihrem kalten, schmalen Felsvorsprung hockten.

Smith nickte beifällig bei ihrem Anblick, und Jagger grinste. Das Licht seiner Taschenlampe traf den Guerilla, der eine Ladung mit Plastiksprengstoff in einem Spalt der Höhlenwand über dem Felsvorsprung anbrachte.

Die Geiseln unten konnten den Mann nicht sehen, der einen Sprengzünder an die Plastikbombe anschloß und dann eine Spule mit einem glänzenden gelben Kabel zu Jagger hinüberrollte. Der Doppelgänger wickelte das Kabel auf und verband das lose Ende mit einer Winde. Dann ging er rückwärts über die Brücke, wobei er das Kabel abrollen ließ, und Smith folgte ihm, peinlichst darauf bedacht, nicht auf das Kabel zu treten.

15

Sabrina hockte auf einem Felsen und aß stark gepfeffertes Gulasch. Sie dachte über Smiths letzte Bemerkung nach. Und es war keineswegs tröstlich, was sich ihr beim Gedanken an Richard Wagner, an Siegfried und Brunhilde aus der *Götterdämmerung* aufdrängte, denn Götterdämmerung – das bedeutete praktisch die Vernichtung alles Lebendigen.

Dunkels hatte sie vor seiner Pistole her über die Brücke getrieben, wo sie Smith und Jagger hatte Platz machen müssen, die von den Geiseln kamen. Ihr Blick begegnete dem des Doppelgängers, und einen Augenblick lang hatte sie das Gefühl, ein kalter Stahl dringe ihr ins Herz.

Aber der flüchtige Moment, als sich Jaggers Augen in die ihren bohrten, hatte ihr unmißverständlich klargemacht, was sie bislang nur vermutet hatte: Egal welches Schicksal sich Smith für seine Gefangenen ausgedacht hatte. Jagger würde sie alle umbringen.

Die Botschaft hatte so unmißverständlich in den Augen des Doppelgängers gestanden, als habe er sie ausgesprochen. Und diese Augen hatten auch nicht das erbarmungslose Verlangen nach ihr, Sabrina, verleugnet. Der Doppelgänger wußte, daß er sie nie wiedersehen würde!

Die Erkenntnis ließ sie mitten auf der schwankenden Brücke anhalten, bis sie den Kolben von Dunkels' Maschinenpistole im Rücken spürte. Wütend drehte sie sich nach ihm um, blickte hinunter auf die heftig schwankenden Holzplanken unter ihren Füßen und zurück zum Eingang der Haupthöhle – und stolperte, als sie weiterging. Aber Dunkels Arm schoß vor und fing sie halb im Fallen auf. Aber sie hatte, noch ehe er sie brutal weiterschob, das gelbe Kabel gesehen, das sich neben der Brücke hinzog.

Ihre Angst wich ohnmächtiger Wut. Sie wankte von der Brücke herunter und bemerkte kaum die Bombe, die deutlich sichtbar in einer Felsspalte angebracht war. Dunkels begleitete sie die Felsstufen hinunter. Unten rannte Feisal auf sie zu, und sie fing den Jungen mit den Armen auf.

»Laß sie nicht aus den Augen«, sagte Dunkels zum einzigen verbliebenen Wächter auf serbokroatisch, »und halt sie dir vom Leib. Sie ist gefährlich. Sie sieht vielleicht nicht so aus, aber sie ist es.« Der Wächter nickte kurz, und Dunkels stieg die Stufen wieder hinauf und verschwand.

Sabrina löste sich aus der Umarmung des Jungen und ließ sich von ihm zu seinem Großvater führen. Vermutlich wußten weder Scheich Zeidan noch die anderen Geiseln, daß Jagger nun dank Smith in der Lage war, sie alle umbringen zu können. Sie zog es vor, zuerst mit Zeidan zu sprechen und seinen Rat einzuholen.

Stumm hörte der alte Araber sie an. Nur einmal ließ er seine Augen flüchtig zu der Stelle oben im Felsen gleiten, wo nach Sabrinas Aussage die Bombe angebracht war. Aber Feisal war seinem Blick gefolgt und ließ fortan die Augen nicht mehr von Sabrina.

»Wie Sie sich erinnern werden«, sagte er schließlich sanft, »bin ich sehr gut im Klettern. Sollte es Ihnen oder sonst irgend jemandem gelingen, die Wache dazu zu bringen, nicht herzuschauen, dann könnte ich, glaube ich, hinaufklettern und die Bombe entschärfen.«

Sabrina schüttelte leidenschaftlich den Kopf. »Nein«, flüsterte sie. »Nie! Ich könnte es mir nie vergeben, wenn dir irgend etwas zustieße.«

Die Hand Scheich Zeidans sank auf die ihre, und er tätschelte sie freundlich. »Die Entscheidung, Miß Carver, liegt nicht bei Ihnen«, sagte er, »und sie würde Ihnen auch gar nicht zustehen. Feisal ist königlichen Geblüts, er ist von meinem Blut, das unzählige Jahrhunderte zurückreicht. Er ist tapfer wie der Löwe der Wüste und furchtlos wie ein jagender Falke. Wenn er versuchen will, die Bombe zu entschärfen, dann soll er es tun. Außerdem«, setzte Zeidan mit einem verschmitzten Lächeln hinzu, »versteht er etwas von Chemie.«

»Wirklich?«

»O ja«, sagte Feisal, »ich gehe nicht zum erstenmal mit Sprengstoff um.«

Philpott schnupperte noch einmal. »Für mich riecht's immer noch nach Gulasch«, sagte er.

»Egal, was es ist«, erwiderte McCafferty, »wir haben den Aufenthaltsort der Geiseln gefunden.«

Sie waren zusammen mit Cooligan dahin gefahren, wo sich nach Sabrinas Angaben die Höhlen befinden mußten, und hatten dann zwanzig Minuten lang vergebens die Gegend mit verdunkelten Taschenlampen abgesucht, bis endlich Philpott der Duft der deftigen Hausmannskost in die Nase gestiegen war.

»Sie bleiben hier, Chef«, ordnete Mac an. »Bert, Sie gehen rüber zur anderen Seite des Vorbaus; da ist offenbar der Eingang zu den Höhlen. Ich sehe zu, daß ich irgendwie über den Eingang gelange, damit ich dir von oben Lichtsignale geben kann. Einmal Blinken bedeutet ›Alles klar‹, zweimal heißt ›Wächter in Sicht‹. Und keinerlei Antwort von dir, verstanden?«

Sie hatten noch kaum ihre Positionen bezogen, als ihnen jeder Zweifel genommen wurde. Die Eingangshöhle lag plötzlich in strahlendem Licht, die beiden Wächter tauchten auf, und dann spazierte Mister Smith heraus und zu dem Parkplatz, den McCafferty jetzt deutlich erkennen konnte. Dort standen der Minibus, eine Anzahl Jeeps und Dunkels' Kamov-Hubschrauber.

Smith blieb vor dem Bus stehen und wandte sich dann nochmals zur Höhle um. Jagger kam herbeigeeilt.

Joe McCafferty und Malcolm Philpott sahen den Doppelgänger nun zum erstenmal in Fleisch und Blut, und jeder der beiden fühlte, wie ihm die Angst über den Rücken kroch bei dem Gedanken, wie fast unmöglich es für die Besatzung der Air Force One gewesen war, den Doppelgänger und den wirklichen McCafferty auseinanderzuhalten. Und das galt für jeden, der McCafferty gekannt hatte.

Smiths Stimme wurde bis zu Philpott getragen: »Sobald ich die Diamanten habe«, sagte er zu Jagger, »gebe ich dir ein Signal. Dann kannst du verschwinden und die Geiseln sich selbst überlassen. Ich werde dann dafür sorgen, daß Philpott erfährt, wo sie sind.«

»Und haben Sie irgendwelche Sicherheiten für den Notfall?« fragte Jagger.

Smith hob die Hand, in der er eine kleine Box mit Schalter und eingebauter Zeituhr hielt. »Das hier ist für den Notfall«, sagte er. »Irgendwelche Schwierigkeiten mit dem Lösegeld, und ich drücke auf den Knopf. Aber ich lasse dir vorher eine Warnung zukommen, damit du unsere Leute aus dem Weg schaffen kannst.«

»Wird das Ding auch stark genug sein, eine Bombe von irgendwo draußen auf See explodieren zu lassen?« erkundigte sich Jagger.

Smith grinste: »Mehr als stark genug. Schließlich habe ich es selbst gebaut.«

Zum Zeitpunkt dieses Gespräches hatte sich Philpott allmählich so weit vorgearbeitet, daß er sich unter dem Eingang zur Höhle befand. Er zog sich hoch, landete auf dem Parkplatz und kroch gerade hinter den Minibus, als Smith sich von dem Doppelgänger verabschiedete und den Bus bestieg. Smith sprach angelegentlich mit dem Fahrer, so daß ihm entging, was Jagger als nächstes tat. Aber Philpott sah es.

Der Doppelgänger zog eine Box aus der Tasche, die der von Smith täuschend ähnlich war. Er schaute sie an und stopfte sie dann wieder in die Tasche.

Stotternd kam der Motor des Minibus zum Leben, und als das Fahrzeug anfuhr, um den steilen Anstieg zur Straße zu nehmen, klammerte Philpott sich verzweifelt an den hinteren Gepäckträger...

Einer der Guerillas, die den Höhleneingang bewachten, lehnte sich nach Smiths Abfahrt erleichtert an den Felsen, rief einem seiner Kameraden auf serbokroatisch irgend etwas Unverständliches zu und verschwand nach drinnen.

Der andere Wächter schloß das Tor, verriegelte es und ging auf seinen Posten zurück. In diesem Moment ließ McCafferty sich vom Felsen fallen. Er landete genau auf dem Rücken des Wächters, der unter McCaffertys Gewicht zu Boden fiel. Er stöhnte, und die Luft ging ihm aus. Mac schlug ihm mit der Handkante hinters rechte Ohr, dann pfiff er durch die Lippen, und Cooligan kam herbeigerannt. Sie packten den Guerilla an Armen und Beinen und schleiften ihn, nachdem sie ihn gebunden und geknebelt hatten, zum Parkplatz, wo sie ihn unter einen Lastwagen schoben.

»Jetzt auf zu Sabrina«, flüsterte Mac zum zweitenmal in dieser Nacht. Miß Carver, bemerkte er dann, wachse sich allmählich wirklich zu einem Problem aus.

»Yeah«, gab Cooligan zurück, »ich frage mich auch, was sie treibt.«

Sie bemühte sich gerade, einen der Guerillas zu verführen. Langsam schlenderte sie zu dem jugoslawischen Bewacher hinüber, der die Maschinenpistole von der Schulter nahm und auf sie anlegte, so daß sie geradewegs in die Mündung schaute. Sein Finger lag am Abzug, und er sagte etwas dem Tonfall nach äußerst Unfreundliches auf serbokroatisch zu ihr.

»Höflich bist du ja nicht gerade«, murmelte sie. »Ich wollte bloß mit dir bekannt werden. Ausgesprochen langweilig hier, weißt du.«

Seine Augen zeigten, daß er kein Wort verstanden hatte. Also fuhr sie im gleichen Konversationston fort: »Feisal, los jetzt, hoch mit dir. Dieser Bursche hier ist so scharf darauf, mich zu bewachen, daß wir einen Trupp Zirkuselefanten hier reinschmuggeln könnten, und er würde es nicht merken.«

Feisal schlüpfte hinter dem Rollstuhl seines Großvaters hervor und begann dann, die anderen Araber als Deckung benutzend, sich langsam aus dem Gesichtsfeld des Guerillas zu schleichen. Fairman, der an der Felswand lehnte, hob Feisal hoch und hielt ihn so lange, bis seine Füße einen Halt gefunden hatten.

Sabrina rückte dem Wächter immer näher auf den Leib, bis schließlich die Mündung der Maschinenpistole genau im Tal zwischen ihren Brüsten stehenblieb. Sie fuhr sich mit der Zunge über die Lippen und gurrte: »Ist das alles, was du kannst? Der Wächter wurde puterrot und fuhr zurück, aber seine Augen waren noch immer unverwandt auf sie gerichtet, während Feisal flink und wortlos immer höher hinaufkletterte. Der Jugoslawe bedeutete Sabrina ungeduldig mit dem Gewehr, auf Distanz zu gehen. Sabrina zog ihm eine Fratze und schlängelte sich zum Abhang hin. Sie neigte sich vor – und das Gewehr des Wächters folgte jeder ihrer Bewegungen. Sie schaute über die Schulter zurück und grinste ihn an, dann packte sie eine Handvoll Steinchen.

Sie stand am äußersten Ende des Felsvorsprungs und schaute in die dunkle Schlucht hinunter. Ihr Hinterteil schwang verführerisch hin und her, als sie ein Steinchen nach dem anderen ins Leere warf...

Von seinem luftigen Ausguck aus sah Philpott die Scheinwerfer des Minibusses nach links gleiten, und als der Bus die Straße verließ und anhielt, ließ er sich fallen und rollte hinter einen nahen Busch. Er versuchte, die Dunkelheit mit seinen Blicken zu durchbohren, hörte Wellen ans Ufer schlagen und roch die nahe See.

Smith befahl dem Fahrer, den Bus nach Schloß Windischgrätz zurückzufahren, und war kurz darauf allein mit den Geräuschen der Nacht, des Wassers und der seufzenden Meeresbrise – und mit Malcolm Philpott.

Philpott hob vorsichtig den Kopf und sah, wie ein einsamer Radfahrer an Smith vorbeifuhr und auf dessen freundlichen Gruß im örtlichen Dialekt ihm dankte und seinen Weg fortsetzte. Smith überquerte die Straße und hob sich einen Augenblick lang im hellen Mondlicht deutlich vom Horizont ab. Dann war er plötzlich verschwunden. Steif kam Philpott wieder auf die Füße und nahm die Verfolgung auf. Er hörte, wie Smith auf der anderen Straßenseite einen Abhang hinunterkletterte. Philpott wartete, bis Smith unten angekommen war, und folgte ihm dann.

Eine Laterne flackerte auf. In ihrem Licht sah Philpott, wie Smith aus einem Versteck unter einem Felsen ein Avon-Dingi mit einem Außenbordmotor hervorzerrte. Gewissenhaft säuberte er das Boot von Unkraut und Sand, schraubte dann den Deckel des Benzintanks auf und füllte Treibstoff ein. Er schob den Ärmel seines neuen Anoraks hoch und schaute auf das erleuchtete Zifferblatt seiner Uhr. Die Frist für die Ablieferung des Lösegeldes war schon um eine gute halbe Stunde überschritten, aber Mister Smith schien es keineswegs übertrieben eilig zu haben. Er lächelte ausgesprochen zufrieden in sich hinein und schaute gelassen auf die See hinaus.

Zehn Minuten vergingen, und Philpott zappelte schon ungeduldig hin und her, denn er hatte einen Krampf im Bein. Er hielt das Gewehr in der Linken, und mit dem rechten Arm umklammerte er einen Baumstamm. Aber die erzwungene Hockstellung setzte ihm zu.

Dann bewegte sich Smith. Er bückte sich, hob ein Seil hoch, das Philpott bisher nicht bemerkt hatte, und zog daran. Philpott sah, wie sich, ausgehend von der Küste, in gerader Linie Blasen hoben und auf der Wasseroberfläche explodierten.

Philpott richtete sich halb auf und beugte sich vor, um besser zu sehen. Der Schiefer unter seinen Füßen bröckelte ab, und Philpott rutschte mit einem lauten Schrei die Düne hinunter und landete genau vor Smiths Füßen.

Das Gewehr rutschte ihm aus der Hand, und er kroch wie eine Krabbe auf allen vieren, um es wieder an sich zu ziehen, bis Smith entschlossen einen Fuß auf seine Hand setzte.

Sabrina warf den letzten Stein in den Abgrund und wandte sich um, dem Jugoslawen zuzuwinken, der die Augen nicht von ihr lassen konnte. Und genau diesen Augenblick einer sexuellen Begegnung zweiter Art suchte Feisal sich für seinen Sturz aus. Seine Hand war an einem Steinbrocken abgeglitten, und er rutschte mit einem lauten Schrei den Felsen hinunter, bis er etwa drei Meter über dem Kopf des Wächters liegenblieb.

Dieser schaute erschrocken zu dem Jungen hoch, Sabrina packte ihn im gleichen Moment an den Beinen. Er taumelte nach rückwärts und fiel hin, die Finger noch immer um den Griff der Maschinenpistole geklammert. Als Sabrina sich duckte, um nach dem Gewehr zu greifen, spannte der Wächter den Abzug.

Ein Geschoßhagel splitterte gegen den Fels, und die Kugeln prallten in der Höhle von Wand zu Wand wie eine Schar irrer Leuchtkäfer. Scheich Dorani heulte auf, als ein Querschläger ihm den Schulterknochen durchschlug, und Sabrina kämpfte heldenhaft, um dem Wächter die Hand, mit der er die Pistole hielt, zurückzubiegen. Die Finger ihrer anderen Hand krallte sie dem Mann ins Gesicht, bis das Blut hervorschoß, und er schloß die Augen, um noch Schlimmeres zu verhüten. Sein Knie stieß zwischen ihre Beine. Sie stöhnte und keuchte, und die Männer von Air Force One mußten hilflos zuschauen, denn solange der Mann seine Maschinenpistole in der Hand hatte, konnten sie nichts unternehmen.

Der Wächter brachte es fertig, Sabrina mit ungeheurer Wut seinen Ellbogen ins Gesicht zu knallen und sich zugleich auf die Füße zu stellen, während Sabrina noch immer sein Gewehr umklammerte.

Wieder schlug der Guerilla wütend auf sie ein, entriß ihr die Pistole und heulte auf vor Schmerz und Schreck, als Feisal schwer auf seinem Rücken landete.

Der Mann und der Junge stürzten gemeinsam zu Boden, und im gleichen Moment stotterte und keuchte auch die Maschinenpistole wieder. Aber es war Feisal, der sich, Blut an den Händen und mit blutdurchtränktem Hemd, erhob. Der Jugoslawe lag auf dem Rücken. Gesicht, Kehle und Brust waren weggeschossen, und ein totes Auge starrte zu den kristallenen Tropfsteingebilden an der Decke hoch.

Sabrina legte die Arme um das schluchzende Kind und küßte es auf die Wangen. Dann übergab sie ihn Dr. Hamady und befahl

Fairman, auf die Knie zu gehen. Sie stellte sich auf seinen Rücken und machte sich zähneknirschend daran, den Felsen hinaufzuklettern. Denn die Bombe war noch immer nicht entschärft...

Jagger und Dunkels überwachten in der Haupthöhle den Rückzug der Guerillas, als sie den ersten Feuerstoß hörten. Die meisten Guerillas waren schon zu ihrem geheimen Versteck in den Bergen aufgebrochen. Jagger fluchte, griff nach seiner Maschinenpistole und befahl Dunkels, ihm auf dem Weg zur Brücke Rückendeckung zu geben. Dann rannte er los, um zu erkunden, was geschehen war.

Cooligan und McCafferty duckten sich in der Eingangshöhle und überlegten sich die nächsten Schritte, als sie die Schießerei hörten. Cooligan zog sofort den falschen Schluß. »Er hat's *getan*, der Hund!« rief er und wollte zum Tunnel rennen, der zur Brücke führte. McCafferty packte ihn am Arm und zog ihn zurück. Der Doppelgänger würde wohl kaum ein blutiges Massaker mit eigener Hand veranstalten, wenn er nur eine Bombe zu zünden brauchte.

Die beiden Agenten schlichen sich im Schutz der Felsen zum Tunnel, und es war schieres Mißgeschick, daß sich Dunkels genau in dem Moment umdrehte, als ein Lichtstrahl auf McCaffertys Gewehrlauf fiel...

Lang und gründlich schaute Sabrina sich die Bombe an. Der Zünder war sorgfältig in eine Felsspalte geschoben worden, und die in einer porösen rosa Plastikmasse verborgenen Drähte würden vermutlich so raffiniert verteilt sein, daß sie sich nur schwer entschärfen ließ. Sie konnte es aber auch nicht wagen, den Sprengstoff einfach zur Explosion zu bringen, also versuchte sie, das Kabel an einer scharfen Felskante zu durchsägen. Sie war ganz in ihre Arbeit vertieft, als Jaggers Pistole die Härchen hinter ihrem linken Ohr kitzelte und seine Stimme sagte: »Laß das Kabel fallen.«

Sie erstarrte. Das Kabel entglitt ihren Händen. Der Doppelgänger zog ihr die Maschinenpistole aus dem Gürtel und dirigierte sie zurück ins Innere der Höhle.

Dann aber erstarrte auch Jagger, als ein weiterer Geschoßhagel neben ihm einschlug. Er drehte sich hastig um und sah Siegfried Dunkels aus dem Tunnel zur Brücke taumeln, die Hände auf den aufgerissenen Leib gepreßt. Langsam wie in Zeitlupe sank Dunkels zusammen und fiel über das Seil der Hängebrücke. Er versuchte, sich wieder aufzurichten, aber sein Kopf fiel im Sterben nach vorn, und sein Körper stürzte in den Abgrund.

McCafferty sprang über die Leiche des Guerillas hinweg, der mit derselben Salve getötet worden war, und stand nun endlich seinem anderen Selbst von Angesicht zu Angesicht gegenüber. Sieben Meter schwankender Brücke lagen zwischen ihnen.

Mac hob die Maschinenpistole, nahm aber gerade noch rechtzeitig den Finger vom Abzug, als er sah, daß der Doppelgänger Sabrina Carver als Schutzschild benutzte.

»Zurück, McCafferty!« schrie Jagger, »oder sie kriegt die ganze Ladung. Und Sie auch, Cooligan.«

Mac bedeutete Bert zu verschwinden und zog sich selbst, ohne den Doppelgänger aus den Augen zu lassen, zurück. Irgendwie ahnte Jagger, daß sich das Blatt gewendet hatte, und er spielte verzweifelt seine letzte Karte aus. Die Angst vor den Russen, vor Karilian, vor dem, was sie mit ihm anstellen würden, wenn er ihre Befehle nicht erfolgreich zu Ende führte, bestimmte bis zuletzt sein Leben. Er wühlte in seinen Taschen und brachte den Zünder zutage.

»Noch drei Minuten«, keuchte er und drückte auf den Schalter der Zeituhr, »drei Minuten, und ihr seid alle tot.«

Er schob Sabrina vor sich her, um mit ihr gemeinsam über die Brücke zu gehen, und sah, wie McCafferty und Cooligan sich in den Tunnel zurückzogen. Sicher erreichten Sabrina und Jagger die andere Seite. Sowie sie wieder sicheren Boden unter den Füßen hatte, schrie Sabrina wütend auf Jagger ein: »Das *können* Sie nicht tun. Sie *dürfen* das nicht. Diese Leute haben Ihnen nichts getan. Was sind Sie bloß für ein Stück Vieh, Mister Namenlos?«

Bei dem Doppelgänger brannten die Sicherungen durch. Er schlug ihr ins Gesicht, und sie sackte zu Boden und schlug mit dem Kopf auf einem Felsen auf. »Mein Name ist Cody Jagger, hast du *gehört*!« brüllte er auf das bewußtlose Mädchen ein. »Und *Sie* auch, McCafferty? Ich bin Cody Jagger, und ich werde euch beide und alle anderen umbringen.«

Mac antwortete mit einer Salve aus seiner Maschinenpistole, und Jagger versuchte, sich in der Dunkelheit der Brücke der Gefahr zu entziehen. Er fluchte, als ihm der Zünder aus der Hand fiel und kurz vor Sabrinas Kopf liegenblieb. Die Zeituhr zeigte zwei Minuten vor der Explosion.

Jagger kroch auf den Zünder zu, aber McCafferty hatte ihn nun deutlich im Schußfeld. »Ich hab' dich, Jagger«, schrie er. »Laß die Kanone fallen!«

Cody erhob sich und feuerte eine zweite Salve, bis der Mechanismus ans leere Magazin klickte.

Die Zeituhr des Zünders rückte voran. Noch eine Minute.

Jagger warf das nutzlose Gewehr weg und zog mit einem Ruck die Maschinenpistole heraus, die er Sabrina abgenommen hatte. Er kam nicht mehr dazu, den Abzug zu ziehen. McCafferty schoß ihm zweimal in die Hand, und das Gewehr schlitterte auf die Brücke.

Mac tastete sich vor, seine Augen glitten zum tickenden Zeitzünder und dann wieder zurück zu Jaggers Gesicht... seinem eigenen Gesicht, von Haß verzerrt...

»Du Hurensohn, McCafferty, ich hätte dich schon in Bahrain umbringen sollen, aber die Russen wollten dich lebendig...«

»Die Russen«, schrie McCafferty, »du arbeitest für...«

Das war der Moment, in dem Sabrina wieder aufwachte und sich bewegte. McCafferty hatte nur einen Augenblick zu ihr hingesehen, einen Augenblick zu lang. Cody warf sich auf den Amerikaner und trat ihn in die Leiste.

Die Zeituhr tickte. Noch zweiunddreißig Sekunden, einunddreißig, dreißig...

Der Tritt traf Mac mit voller Wucht. Er kippte nach hinten, Jagger nahm die Maschinenpistole in die verwundete Hand und stieß die andere Mac ins Gesicht. Aber er konnte die Waffe nicht mehr halten. Blut quoll aus seiner Hand, und seine Finger gaben nach. Er versuchte, sich mit einer Hand zu verteidigen, aber McCafferty bekam ihn zu fassen und zersplitterte ihm mit dem Gewehrkolben den Backenknochen.

Noch einmal hob Cody den Kopf, seine Lippen glitten von den Zähnen, seine Augen wurden glasig. Mac schlug erneut mit dem Gewehrkolben zu, und Jagger fiel seitlich übers Geländer. Es brach unter seinem Gewicht zusammen, Jagger stürzte, und sein Todesschrei hallte nach, bis sein Körper unten auf den Felsen im Flußbett aufschlug.

Sabrina schrie auf, als sich Mac nun ihr zuwandte. Verzweifelt versuchte sie, sich klarzuwerden, wer nun vor ihr stand. Wer war es? Wer hatte den Kampf gewonnen? Sie griff nach der Maschinenpistole, und McCafferty brüllte: »Du dämliches Weib, ich bin's, Mac!«

Sie ließ die Waffe fallen. In der anschließenden Stille hörte man das gleichmäßige, mechanische Ticken des Zeitzünders. Sie versuchten beide zugleich, ihn zu erreichen. Sabrina war näher dran.

Als sie den Zünder ausschaltete und das Kabel durchtrennte, zeigte das Zifferblatt der Uhr zwei Sekunden vor der Explosion an.

»Fast habe ich Sie erwartet, Philpott«, bemerkte Smith großzügig, »aber ich hätte doch nicht gedacht, daß Sie auf diese ganz gewöhnliche Art einfach vom Baum fallen würden.«

Er nahm seinen Schuh von Philpotts Hand und kickte das Gewehr ins Meer. »Stehen Sie auf«, kommandierte er. Philpott versuchte es, fiel aber mit schmerzverzerrtem Gesicht wieder zurück.

»Ich glaube, ich habe mir den Fuß verrenkt«, sagte er.

»Geschieht Ihnen ganz recht«, sagte Smith, »auch wenn Ihre Fahrt hierher nicht gerade gemütlich gewesen sein dürfte, habe ich recht? Ich nehme an, daß Sie auf dem Dach des Busses gefahren sind?«

»So ähnlich«, gab Philpott zu.

Smiths Augen funkelten, und er lächelte breit. »Dann dürften Sie allein gekommen sein. Wie angenehm – für mich. Ich würde Ihnen raten, es sich auf dem Sand bequem zu machen. Sie werden nicht lange zu warten brauchen. Und ich verspreche Ihnen, daß Sie etwas zu sehen bekommen, das für Sie von höchstem Interesse ist.«

Philpott stöhnte und legte sich, die Arme hinter dem Kopf verschränkt, zurück. »Und was machten Sie eben, als ich mich Ihnen so rüde aufdrängte?« fragte er.

Smith legte einen Finger auf die Lippen. »Nur Geduld«, sagte er, »und alles wird enthüllt werden.« Er nahm eine kleine flache Metallbox aus der Tasche seines Anoraks.

Philpott prallte entsetzt zurück. »Tun Sie das nicht, Smith«, bat er, »tun Sie's um Himmels willen nicht. Diese Leute sind unschuldig. Sie werden Ihr Lösegeld bekommen. Sie verdienen es nicht zu sterben.«

Smith lächelte und manipulierte geschickt an der Box herum. »Dachte ich mir's doch«, sagte er nachdenklich. »Sie wissen weit mehr, als gut für Sie ist. Aber diesmal, Philpott, sitzen Sie auf dem falschen Dampfer. *Diese Box*«, er zeigte auf die in seiner Hand, »ist *nicht* der Zünder für die Bombe in der Höhle.«

Er zog eine andere, anscheinend gleiche Box aus derselben Tasche. »*Diese* ist es.«

Erstaunt betrachtete Philpott ihn. »Zwei Zünder für ein und dieselbe Sache? Oder vielmehr drei?«

»Drei?« wiederholte Smith. »Wovon reden Sie?«

Jetzt war es an Philpott zu lächeln. »Es gibt eben doch noch etwas, das Sie nicht wissen, Mister Smith. Ihr hochgeschätzter Doppelgänger hat eine Box, die dieser verdammt ähnlich sieht«, sagte er.

Smith sah besorgt aus – und beeindruckt. »Wie clever von Ihnen, das herauszubringen, Mr. Philpott«, murmelte er. »Also hat unser Colonel McCafferty – dessen Name übrigens Cody Jagger ist – offenbar ebenfalls Absichten auf die Geiseln.« Fast eine Minute lang verharrte er in Gedanken, dann wandte er seine leeren grauen Augen dem UNACO-Chef zu.

»Ich hätte nur im äußersten Notfall die Tötung der Geiseln in Erwägung gezogen, Philpott. Ich nehme an, Sie glauben mir. Jagger allerdings... Jagger ist ein Stück Vieh. Ich darf keine Zeit mehr verlieren.«

Er schob den Zeitzünder für den Sprengstoff wieder in die Tasche und drückte einen Knopf an der zweiten Vorrichtung. »Schauen Sie«, sagte er zu Philpott und zeigte mit einer dramatischen Geste aufs Meer hinaus.

Philpott folgte der Richtung seines Armes. In einem feurigen Funkenregen hob sich auf der Untertassen-Insel eine Rakete zum Himmel und zog ihren Kometenschweif in die Nacht.

16

Brigadier Tomlin stakste zum dreibeinigen Stativ im Turmzimmer und legte seine Augen zum hundertstenmal ans Teleskop. »Es wird allmählich lächerlich«, bellte er, »nichts, aber auch gar nichts tut sich.«

»Es ist noch nicht ganz eine Stunde seit dem festgesetzten Zeitpunkt vergangen«, sagte Sonja beruhigend, »und Smith hat ja keineswegs versprochen, daß er sofort handeln wird. Außerdem könnte es ja auch sein, daß wir mit all dem Metall rundum nichts anderes erreicht haben, als ihn zu vergraulen. Er weiß ja schließlich nicht, daß wir bloß hier sind, um uns die Sache anzusehen.«

Tomlin richtete sich auf und fuhr sie giftig an: »Es ist nicht mein Job, Ma'am, einem Kerl wie Smith das Leben zu erleichtern.«

Sie überlegte eine passende Antwort, als der Leuchtturmwärter sie auf eine Rakete hinwies, die sie beide nicht gesehen hatten, weil sie viel zu sehr mit sich selbst beschäftigt waren.

»Verdammt und zugenäht«, brüllte Tomlin, »*so* macht er das also.«

Er schnappte sich sein Sprechfunkgerät vom Tisch und bellte: »An alle Einheiten, wiederhole, an alle Einheiten. Raketenspur verfolgen. Nicht aus der Sicht verlieren. Markieren, wo sie runtergeht, und dann auffinden. Vorwärts.«

Smith betrachtete die Vorstellung durch ein starkes Fernglas und kicherte. »Wirklich herrlich, das Militär, man kann alles, was sie tun, so schön vorhersagen. Finden Sie nicht auch, Mr. Philpott?«

»Ich nehme an, daß dieses kleine Extrafeuerwerk nichts mit der Lösegeldübergabe zu tun hat?« bemerkte Philpott.

Smith wiegte den Kopf, sagte »ts, ts, ts« und »hier irren Sie gewaltig, mein lieber Freund. Es war natürlich ein hübsches Schauspiel, aber im Grunde dient es einem ganz anderen Zweck, und der ist wichtig, sogar entscheidend für meinen Plan, an die Diamanten zu gelangen.«

Sonja Kolschinsky war nicht so leicht hereinzulegen.

»Wir fahren zur Insel, Brigadier« kündigte sie streng an.

»Das tun wir nicht, Mrs. Kolschinsky«, sagte Tomlin stur.

Sonja hielt sich zurück. »Sie haben wirklich genug Einheiten hinter dieser Römischen Kerze hergeschickt, Tomlin«, sagte sie. »Wir nehmen jetzt das Kommandoboot, Ihr sogenanntes Flaggschiff, und machen uns auf zur Insel.«

»Und warum, wenn ich bitten darf?«

»In erster Linie, weil ich es befehle. Oder sollte ich Sie daran erinnern müssen, Brigadier, daß Sie unter meinem Kommando stehen? Ich glaube nicht einen Augenblick, daß die Rakete ausgeschickt wurde, um durch reine Magie den Beutel mit den Diamanten zum Bestimmungsort zu bringen, wo unser lieber Mister Smith sie in Empfang nimmt. Nein, wir werden der Sache nachgehen, Brigadier.«

Tomlin seufzte theatralisch und brummte: »Wie Sie wünschen, Ma'am.«

Kurz vor der Insel und nahe dem Galgen verlangsamte das Boot seine Fahrt. Tomlin wies mit der Hand zu der Stelle hin, wo sich zuvor der Pfosten befunden hatte, und sagte: »Da, sehen Sie, er ist weg, wie ich es Ihnen ja gesagt hatte.«

Sonja runzelte die Stirn. Die starken Bootsscheinwerfer glitten über das Wasser. »Er ist nicht weg, Brigadier«, rief sie, »er ist noch da.«

Ehe Tomlin es verhindern konnte, sprang sie von Deck und watete durch das Wasser zur Insel. Tomlin schrie: »Sie ist vermint! Um Himmels willen, seien Sie vorsichtig!«

Sonja drehte sich um und winkte ihm zu. »Seien Sie nicht albern, natürlich ist sie nicht vermint«, rief sie.

Sie lief bis zur Mitte des Felsplateaus und fand den winzigen Tunnel, von dem aus die Rakete losgegangen war. Ein Stück versengter Schnur schaute aus der Öffnung heraus, und sie untersuchte es neugierig. Dann machte sie sich auf die Suche nach dem Pfosten. Und er war da, wie sie vermutet hatte. Nur schwamm er jetzt, Querbalken senkrecht nach unten, horizontal im Wasser.

Tomlin folgte ihrem Blick. »Allmächtiger«, murmelte er ungläubig, »der Beutel ist noch dran. Soll ich ihn rausholen?«

»Bitte, Brigadier«, erwiderte Sonja.

Als sich aber einer der Seeleute mit einem Bootshaken vorbeugte, um nach dem Lederbeutel zu angeln, durchschnitt ein dunkler, geisterhafter Schatten die See längsseits des Kutters. Er spießte sich den fünfzehn Zentimeter großen Metallring aufs Maul, den man laut Smiths Befehl am Verschluß des Beutels hatte anbringen müssen, und schwamm davon. Und mit ihm fünfzig Millionen Dollar in geschliffenen Diamanten. Tomlin sprangen fast die Augen aus dem Kopf. »Was, zum Himmeldonnerwetter, war denn das?« sprudelte er hervor.

Fast wie im Traum und halb zu sich selbst murmelte Sonja Kolschinsky: »Allmächtiger Gott, *du* sollst es Smith überbringen, nicht wahr?«

»*Was war das*?« verlangte Tomlin zu wissen. Im grellen Scheinwerferlicht hatte seine rotbraune Haut nun einen Stich ins Purpurne angenommen.

Sonja riß sich zusammen. »Was das war, Brigadier? Ein Delphin natürlich. Was, um alle Welt, dachten Sie denn? Ein Unterseeboot etwa?«

Als McCafferty Sabrinas Kopfverletzung versorgt hatte, bemerkte er ungerührt: »Du wirst es überleben, denke ich.«

»Oh, vielen Dank«, erwiderte sie schnippisch. »Dann sind wir also bereit?«

McCafferty verbeugte sich und half ihr auf einen der engen Sitze des Hubschraubers. »Die Kutsche steht bereit, Mylady«, ulkte er.

Sie hatten die Geiseln unter Cooligans Aufsicht zum Flugplatz von Kosgo zurückgeschickt, den die jugoslawische Luftwaffe ihnen zur Verfügung gestellt hatte. Mac hatte vorgeschlagen, daß die Mannschaft von Air Force One ihr Flugzeug wieder übernehmen und startbereit machen sollte. Ging alles gut und würde man Smith gefangennehmen oder zumindest davon abhalten können, die Diamanten zu kassieren, würden Philpott und seine Leute später mit nach Genf zurückfliegen. »Ich werde Sie in jedem Fall auf dem laufenden halten, Bert«, versprach er, als der kleine Konvoi den Parkplatz bei den Höhlen verließ und talabwärts fuhr.

»Wohin jetzt?« fragte Sabrina, als der Hubschrauber abgehoben hatte.

»Zur Küste«, erwiderte McCafferty entschlossen.

»Garantiert wird das Lösegeld da übergeben.« Sie stiegen zum sternbesäten Himmel auf. Sofort ging Mac mit der Kamov in Schräglage, um dann im Steilflug geradewegs die Adria anzufliegen...

»Ein was?« fragte Philpott erschöpft.

»Ein Delphin«, sagte Smith. »Als ich eben an dem Kabel zog, habe ich die Tür des Delphinkäfigs geöffnet und damit dem Delphinweibchen das Signal zum Losschwimmen gegeben.

Das Tier braucht nur drei oder vier Minuten einem Ultraschallsignal und dann dem Leuchtsignal zu folgen, das in den Pfosten Ihres sogenannten Galgens eingebaut ist, den Ihre beachtliche Armee nicht zu untersuchen wagte, weil er und vielleicht auch die ganze Insel vermint sein konnte.«

»Was natürlich nicht der Fall war«, ergänzte Philpott trocken.

»Was nicht der Fall war«, bestätigte Smith. Dann ließ er sich des langen und breiten darüber aus, wie er den Delphin erworben und in einem Delphinarium in Amerika trainiert hatte, bis er die Übernahme des Beutels im Schlaf beherrschte. Und die Rakete, erzählte er, habe einen Mechanismus ausgelöst, der das Befestigungstau des Pfostens herausgerissen und so den Galgen zum

Umstürzen gebracht hatte. Der sei dann einfach ins Meer gekippt, erklärte Smith.

Stumm hörte Philpott ihm zu, atmete dann tief ein und mit einem resignierten Seufzer wieder aus und sagte: »Ich gebe es äußerst ungern zu, Mister Smith, aber es ist unmöglich, Ihren Stil nicht zu bewundern, wenn auch nicht Ihre Absichten und Ihre Methoden.«

»Oh, vielen Dank«, sagte Smith stolz und verbeugte sich spöttisch vor dem UNACO-Direktor. Er schaute wieder auf die See hinaus, als Philpott bemerkte: »Das begabte Weibchen ist zu Daddy heimgekehrt.« Wieder stiegen Blasen auf, lebhafter als zuvor.

Smith packte erneut das Seil und watete ins Wasser hinaus. Er zog an der Leine, und langsam tauchte der Delphin mitsamt seinem Käfig aus dem Wasser. »Gut gemacht, mein Engel«, brummte Smith, tätschelte dem Delphin das Maul und nahm mit schnellem Griff den Beutel mit den Diamanten an sich. »Vielleicht werde ich dich nie wiedersehen, aber glaube mir, ich werde dir ewig dankbar sein.«

Er drehte sich um und watete aus dem Wasser heraus, den Beutel aus Gamsleder über der Schulter. »Ich werde Sie jetzt verlassen, Philpott«, verkündete er, »aber lassen Sie mich Ihnen vorsorglich noch einen wohlgemeinten Rat geben: Sollten Sie annehmen, Sie könnten mich von der Flucht abhalten, dann denken Sie daran, daß ich *noch* einen Fernzünder habe. *Diesen* hier!«

Er zog eine Metallbox aus seinem Anorak, und Philpott hatte nicht die Spur eines Zweifels, daß es der Zünder für die in der Höhle angebrachte Bombe war, die die Araber und amerikanischen Gefangenen gemeinsam in die Luft sprengen konnte – vorausgesetzt, daß Jagger sie nicht schon zuvor umgebracht hatte.

Stumm und verdrossen beobachtete Philpott, wie das Dingi von der Küste ablegte. Er bohrte die Hände in den Sand und zog sie mit einer ganzen Ladung wäßriger Körner wieder heraus, die er hinter Smith herwarf, als könnte er ihn noch zurückhalten, wenn er ihm nur zeigte, wie verdammt wütend er war...

Die Kamov flog über die Küstenlinie hinaus auf die Kette winziger Inseln zu. McCafferty und Sabrina beobachteten aus der Kanzel die hektische Aktivität an Deck der drei Marinekutter, die nach dem Verbleib der längst erloschenen Rakete suchten. Sie sahen auch Sonja, die auf einen großen, rotgesichtigen (bestimmt englischen, dachte Sabrina) Soldaten einredete, und zwar auf einem Boot, das vor einer Insel lag, die kaum mehr als ein Felsplateau war.

»Vielleicht ist Smith schon abgehauen?« rief Sabrina durch den Motorenlärm hindurch.

McCafferty nickte und zeigte mit dem Finger auf die Insel. »Sollen wir landen und herausfinden, was da vor sich geht?« fragte er und wiederholte das Ganze noch einmal mit beredten Gesten für den Fall, daß sie nicht verstanden hatte.

»Was meinst du denn?« brüllte Sabrina zurück. Mac überlegte und schüttelte den Kopf. Er gab ihr durch Gebärden zu verstehen, daß sie besser umkehren und nach Philpott suchen sollten. »Vielleicht ist er ja hinter irgend etwas her?« rief er.

Sie drosselten die Maschine, bis sie so dicht über die Wellenkämme jagte, daß sie die Gischt zu spüren glaubten. Sie rechneten zwar nicht damit, etwas zu sehen, suchten aber die Bucht, jeden vielversprechenden Schlupfwinkel und jedes Riff ab. Überall Fehlanzeige. Bis Sabrina endlich eine Feuerstelle sah.

Mac stieß ein Triumphgeheul aus und ging in Schräglage. »Er ist es!« brüllte Sabrina, als sie über den Strand fegten, »und er wirft immer noch Holz ins Feuer, und neben ihm liegt ein Benzinkanister, den Smith zurückgelassen haben muß.«

McCafferty manövrierte die Kamov auf das am zuverlässigsten aussehende Stück Strand und brachte es fertig, in der kleinen Bucht dicht bei Philpotts Feuerstelle zu landen. Mac und Sabrina stiegen aus. Bei Philpott angekommen, erfuhren sie sofort, daß der UNACO-Chef sowohl unter seinem gekränkten Stolz als auch einem verstauchten Knöchel litt. Sabrina tröstete ihn mit einer Zusammenfassung der letzten Ereignisse und einer kalten Kompresse.

Philpott hatte sich mit McCaffertys Unterstützung mühsam erhoben, während Sabrina berichtete, wie Jagger getötet und die Bombe entschärft worden war. Philpott schwankte und wäre fast wieder gefallen. Als Sabrina zu Hilfe kam, hatte Mac ihn schon aufgefangen und stützte ihn.

»Was tut ihr beiden noch hier?« rief Philpott aufgeregt.

»Heftet euch Smith an die Fersen. Das einzige, was mich davon abgehalten hat, ihn selbst zu verfolgen, war dieser verdammte Fernzünder und dieser dreimal verdammte Knöchel. Ich konnte ja nicht riskieren, daß euch allen was zustößt, obwohl ich aufgrund eurer Flucht schon ahnte, daß Mac was aus dem Hut gezaubert hat.

Aber jetzt dürfen wir nicht eine einzige Sekunde mehr verlieren. Er ist hier irgendwo mitsamt seinem verfluchten Dingi. Ich weiß nicht, wo er hin will, aber ich vermute, er steuert auf ein größeres Boot zu, das ihn aufnehmen wird. Oder er landet mitsamt seiner Beute küstenaufwärts. Vielleicht hat er irgendwo ein Fahrzeug versteckt. Auf jeden Fall ist er in dieser Richtung aufgebrochen. Los, beeilt euch, hinter ihm her! Ich kann selbst für mich sorgen.«

Sie rannten zum Hubschrauber, nachdem sie versprochen hatten, daß Sabrina per Funk Philpotts Aufenthaltsort an Sonja durchgeben würde. McCafferty erspähte das Dingi schon nach weniger als zwanzig Meilen. Es pflügte um die Insel Pag herum und war im Begriff, in den Velebitski-Kanal einzubiegen, ein gefährliches, trügerisches Küstengewässer mit halb unter Wasser verborgenen Klippen und allen möglichen anderen Fallen für den unerfahrenen Seefahrer.

Wieder brachte Mac den Hubschrauber in Schräglage und bedeutete Sabrina, die beiden Maschinenpistolen an sich zu nehmen. »Knall ihn ab«, brüllte er, so laut er konnte. »Um das Lösegeld werden wir uns später kümmern.«

Smith war ungefähr noch fünfhundert Meter von der Küste entfernt. Mit einer Hand umklammerte er das Steuer des Dingi, während die andere locker auf dem Beutel mit den Diamanten lag. Ein glückliches, ja geradezu wahnsinniges Lächeln stand auf seinem Gesicht. Gischt überschwemmte das Boot, und der Wind zerrte an seinen Haaren. Aber all das kümmerte Mister Smith nicht mehr. Er hatte gewonnen, er hatte es immer gewußt! Er war wahrhaft unbesiegbar, unverletzlich. Niemand kam gegen ihn auf, auch nicht der große Philpott, hinter dem die allmächtige UNACO stand!

»Ich versuche, ihn an die Küste oder auf eine Klippe zu treiben«, schrie McCafferty. »Sobald ich nahe genug an ihm dran bin, ballerst du los. Leg ihn um, wenn's sein muß. Aber am liebsten hätte ich ihn noch heil und schlotternd vor Angst.«

Sabrina zitterte, als sie die Maschinenpistole überprüfte. Zu sehr saß ihr noch diese andere Hubschrauberjagd in den Knochen, bei der sie die Gejagte gewesen war. Nie würde sie das Entsetzen und die Verzweiflung vergessen, die sie erfaßt hatte, als dieser schnelle Riesenvogel sie gejagt hatte, weit cleverer und umbarmherziger als ein wirklicher Raubvogel. Fast bedauerte sie Smith. Als sie ihn aber im Visier hatte und das halbe Magazin mit Leuchtspurmunition auf das schnell dahingleitende Boot abfeuerte, war auch ihr Haß wieder da, und sie war wieder die eiskalt kalkulierende Spezialagentin.

Das idiotische Grinsen verschwand aus Smiths Gesicht, als die Geschosse das Wasser zu beiden Seiten des Dingi aufpeitschten. Er schaute über die Schulter zurück und sah die Kamov. Dunkels, vermutete er zuerst. Er mußte sich eingebildet haben, daß man ihn beschossen hatte. Aber dann eröffnete Sabrina erneut das Feuer, und im Licht der Suchscheinwerfer des Hubschraubers erkannte er sogar flüchtig ihr Gesicht und die gewaltige braune Haarmähne, die ihr über die Schultern fiel.

McCafferty tauchte so weit zum Dingi herunter, wie er es riskieren konnte. Er drosselte die Geschwindigkeit, sauste dicht über Smiths Kopf hinweg. Aber noch ehe Sabrina wieder feuern konnte, hatte Smith seinen Kurs schon gewechselt und brauste mit Vollgas davon. Der Helikopter drehte bei und setzte zu einem gefährlich niedrigen Überflug an. Diesmal war Smith gezwungen, das Ruder nach Steuerbord herumzureißen und mit dem Boot auf die Küste zuzuhalten.

Mac gab ein Triumphgeheul von sich und heftete sich Smith an die Fersen. »Schnapp ihn dir, solange er geradeaus hält«, rief er Sabrina zu, die den im Boot kauernden Mann schon im Visier hatte. Aber irgendein Instinkt warnte Smith, und er setzte, als sie den Finger schon am Abzug hatte, seine Gegner matt, indem er mit seinem Boot zu einer verzweifelten Rechtswendung ansetzte.

Erneut schoß der Hubschrauber über sein Ziel hinaus, und Smith nahm seinen Kurs parallel zur Küste wieder auf. Zum drittenmal drehte Mac mit der Kamov bei und griff Smith vom Bug her an. Wasser und Gischt spritzten auf, Smith schloß die Augen, kauerte sich noch tiefer ins Boot hinein, schützte sein Gesicht mit dem Ärmel seines Anoraks und hielt störrisch seinen Kurs. Er gab Gas, nahm es wieder weg und ließ das Dingi wie ein wahrer Meister übers Wasser tanzen, nur um den verfluchten Hubschrauber abzuschütteln. Und um McCafferty zu einem fatalen Irrtum zu verleiten.

Sabrina gab Mac durch Gebärden zu verstehen, er solle sich genau über dem Dingi halten und sich Smiths Geschwindigkeit anpassen, um ihr eine gute Schußposition zu ermöglichen. Folgsam hielt Mac die Maschine über dem Boot, während Sabrina die Bootswände mit Geschossen durchlöcherte. Aber Smith, der nun flach auf dem Boden seines Bootes lag und blind steuerte, blieb unverletzt.

Sabrina bestand darauf, daß Mac seine Position hielt, was er gleich darauf bedauerte, denn Smith, das Steuer in der einen Hand, die Tasche mit den Diamanten zwischen den Knien, feuerte mit der anderen Hand aus der Hüfte heraus. Als die Geschosse im Hubschrauber einschlugen, drosselte McCafferty den Motor, gab sofort wieder Gas und donnerte davon.

»Du hast ihn gereizt, mein Täubchen«, brüllte er Sabrina zu, die zurückschrie: »Und wenn schon!«

»Überlaß ihn mir«, schrie McCafferty beschwörend. »Ich hab' eine Idee, die gar nicht schiefgehen kann. Du schießt erst wieder, wenn ich dir's sage.«

Er hielt mit der Kamov wieder auf die Steuerbordseite des Bootes zu, gab Gas und ging plötzlich auf der zur See gewandten Seite tiefer, brüllte »jetzt«, Sabrina drückte auf den Abzug der Maschinenpistole und ließ den Finger so lange dran, bis das Gewehr nur noch heiße Luft ausspuckte.

Irritiert riß Smith das Steuer herum und durchpflügte das Meer in Richtung Küste. Er feuerte über die Schulter zurück, täuschte aber nur, und McCafferty, der sich hätte zurückziehen müssen, fiel darauf herein. Er rückte Smith mit fünf Knoten Geschwindigkeit so dicht auf die Pelle, daß er direkt über dem Boot und im gleichen Tempo flog.

So sehr er es darauf anlegte, Smith konnte die Kamov einfach nicht loswerden, die jetzt nur noch einige Meter über seinem Kopf stand und immer tiefer ging, so daß Smith schon den Wind des Propellers spürte.

Das Wasser ergoß sich in riesigen Wogen über das Boot, so daß sein Steuermann völlig durchnäßt war und nichts mehr sah. Auch von der Waffe konnte Smith keinen Gebrauch mehr machen, denn er sah sein Ziel nicht mehr. Er ließ das Dingi blindlings treiben, riß und zerrte dann wieder am Steuer, drehte zur einen und dann wieder zur anderen Seite bei, geriet völlig außer Kurs und fand ihn doch irgendwie wieder. Er war zwar ein erfahrener Seemann, aber dies war schlimmer als der schlimmste Taifun, den er je erlebt hatte. Er brüllte Wind und Wellen seine Wut entgegen und kam dabei, ohne es zu merken, der felsigen Küste immer näher.

McCafferty sah durch den Gischt hindurch den Strand vor sich auftauchen, weniger als fünfzig Meter entfernt. Erbarmungslos hielt er die Kamov auf Kurs, die ebenfalls wie ein Korken auf dem Wasser hin und her geschüttelt wurde, wenn auch vom eigenen Sog. Im letztmöglichen Moment zog er die Maschine wieder hoch – und Smith hatte wieder Sicht. Aber es war zu spät. Er drehte verzweifelt am Steuer, um die Klippen zu vermeiden, lief aber statt dessen einige Meter vor dem Strand auf ein riesiges Stück Treibholz.

Das durchweichte, zersplitterte Holz wirkte wie eine Abschußrampe. Smiths Dingi schoß in die Luft und flog wie ein Speer weiter, bis es sich in den Strand bohrte. Smith wurde durch die Frontscheibe katapultiert und landete wie eine Holzpuppe auf dem feuchten Sand. Vor seinen Augen explodierten Funken, und er war froh, daß die Tortur vorbei war. McCafferty breitete achselzuckend die Hände aus, und Sabrina kapierte, daß er hier nicht landen konnte. Sie deutete mit dem Finger auf den Mann, der zusammengekrümmt im Sand lag, und Mac nickte bestätigend. Sabrina vergewisserte sich, daß noch ein voller Ladestreifen im Magazin der Maschinenpistole war, schlang sie sich über die Schulter und schob sich aus der Kamov. Ihre Füße fanden auf den Kufen Halt, und locker schwang sie sich zu Boden. Mac entschwand mit einem tröstlichen Wink, um einen anderen Landeplatz zu suchen.

Sie beugte sich über Smith. Er kam allmählich wieder zu sich. Boshaft nahm Sabrina den Beutel mit den Diamanten und legte ihn als Stützkissen unter Smiths Kopf. Dann durchsuchte sie das gestrandete Avon-Dingi, nahm Smiths Maschinenpistole an sich, entlud sie und warf das Magazin fort. Die Laterne, die er mitgenommen hatte, war unbeschädigt. Sie zündete sie an und stellte sie auf einen Felsen.

Smith öffnete die Augen und sah über sich im Licht des Vollmonds Sabrinas bleiches Gesicht, von der Aureole ihres Haares umgeben. Dann fiel sein Blick auf das Gewehr im Anschlag. Sie kniete einen Meter vor ihm und entspannte sich erst, als er sich mühsam aufrichtete und auf die Ellbogen gestützt hatte.

»Das Spiel ist aus, Mister Smith«, sagte sie lakonisch. »Zu schade. Auf Ihre perverse, unheimliche Art sind Sie im Grund wirklich ein toller Hecht.«

Sein Kopf ruckte auf der Suche nach dem Beutel mit den

Diamanten wie der einer Kobra von einer Seite zur anderen. Sabrina grinste und bemerkte: »Aber vielleicht sind Sie doch nicht ganz so smart, oder?«

»Was haben Sie damit gemacht?« fragte Smith. »Zurück zu Philpott gebracht? Ich kann mir nicht vorstellen, daß Sie das fertigbringen, Sabrina... Ausgerechnet Sie! Wo doch Ihr Luxuskörper mit all den Steinchen erst richtig exquisit aussähe!«

Sabrina kicherte nur ironisch. »Mister«, sagte sie, »ich habe mehr Diamanten geklaut, als Sie je Hummer verzehren konnten. Was soll an diesen hier so Besonderes sein?«

»Daß sie *mir* gehören«, erwiderte Smith, »ich habe den Coup ausgeheckt, geplant und superb ausgeführt, also gehören sie *mir*, und ich will sie haben... Aber ich werde mit Ihnen teilen. Fifty-fifty?«

Sie schüttelte den Kopf. »Auf die Art wäre kein Spaß mehr dabei. Mich törnt es an, Diamanten zu *stehlen*, und nicht, sie geschenkt zu kriegen. Und außerdem, wo könnte ich sie denn zu Geld machen? Ich habe nicht Ihre Kontakte, Mister Smith, und Mr. Philpott würde sehr ungehalten sein.«

Smith setzte sich auf und schüttelte die überstandenen Schrecknisse von sich. »Dann kommen Sie doch mit mir«, drängte er. »Ich werde alles mit Ihnen teilen, Sabrina, und... Ich habe unendlich viel. Große Häuser, Schlösser, eine Ranch, eine Insel in Mikronesien...«

»Nur eine?«

Smith grinste. »Ich weiß, Sie machen sich über mich lustig, aber strengen Sie doch mal Ihr schlaues Köpfchen an und denken Sie nach. Sie sind noch jung und ausgesprochen schön. Wollen Sie sich denn kaputtmachen, indem Sie vor der Polizei von ein paar Dutzend Ländern davonlaufen oder einem Malcolm Philpott und seinem schäbigen Lohn zuliebe Ihr Leben riskieren?

Sie sind eine verrückte Type, ich weiß, ausgesprochen verrückt. Einerseits sind Sie herrlich amoralisch, und ich bewundere Sie zutiefst wegen Ihrer bemerkenswerten Vollkommenheit als Juwelendiebin. Auf der anderen Seite haben Sie aber auch eine geradezu grotesk puritanische Ader, die Sie vermutlich dazu bringt, anderen Leuten eben das Vergnügen zu versagen, das Sie selbst, liebe Sabrina, aus Ihrer kriminellen Tätigkeit ziehen. Eine irritierende Mischung, zugegeben, und ich bin mir nicht sicher, ob ich mich ohne weiteres daran gewöhnen könnte.«

»Damit wäre der Fall ja dann erledigt«, gab Sabrina brüsk zurück. »Habe ich Ihnen nicht schon gesagt, daß wir uns nie einigen würden. Und davon ganz abgesehen, was weiß ich denn wirklich über Sie, Mister Smith? Was wissen die Leute? Und Sie selbst? Woher kommen Sie, wer sind Sie, wie sehen Sie wirklich aus? Oh, ich kenne das Gesicht, das Sie mir jetzt präsentieren, aber Sie hatten es noch nicht, als wir uns zum letztenmal begegneten. Nein, auch nach einigem Nachdenken, nein, Mister Smith, ich glaube kaum, daß ich mich, wie Sie es ausdrücken, *gewöhnen* könnte an jemanden, der so verzweifelt anonym ist wie Sie. Sie mögen ein Superverbrecher sein, ein Mensch im üblichen Sinn sind Sie nicht. Sie sind so eine Art Kaleidoskop. Und Farbmuster langweilen mich. Ich liebe kalte, glitzernde Funken – je mehr, desto besser.«

Smith beobachtete sie mit einem sardonischen Grinsen: »Zu dumm. Aber sagen Sie mir wenigstens, was Sie mit den Diamanten gemacht haben.«

Sie deutete auf eine Stelle neben ihm. »Der Metallring, auf dem Sie so bestanden haben, befindet sich momentan etwa dreißig und einen halben Zentimeter von Ihrem rechten Handrücken entfernt.«

Smith senkte die Augen und murmelte: »Entzückend, meine Liebe. Sie sind wirklich kapriziös. Ich mag das.«

Sie hob drohend das Gewehr. »Und näher werden Sie den Diamanten auch nicht kommen, Teuerster. Sowie McCafferty zurückkommt, landen Sie, Mister Smith, wieder im Knast, und die Klunker, leider, bei der Amsterdamer Diamantenbörse. Aber ich glaube, daß ich die Maschine schon höre.«

Smith lauschte und sagte, daß sie vermutlich recht habe. Dann ließ er einen Strom endlosen Geredes über sie niedergehen, beschäftigte sich mit den winzigsten Belanglosigkeiten, lobte sie, lobte Philpott, McCafferty, die UNACO, den Grill Room im Savoy Hotel... und als der Verdacht, den er hatte zerstreuen wollen, bei Sabrina schon zur Gewißheit wurde, tauchte ein Boot an der Küste auf. Ein Mann in einem feuchten schwarzen Anzug stand hinter ihr, in der einen Hand eine große Stabtaschenlampe und in der anderen eine Knarre.

»Sie«, sagte der Mann in gutturalem Englisch. »Sie Mädchen aufstehen.« Sabrina streckte sich, drehte sich, auf den Knien sitzend, um – und schaute direkt in die Mündung einer Pistole.

Und sieben weitere waren auf sie gerichtet. Ein stummer Kreis von Männern, in feuchten Anzügen und anonym, gab ihr eindeutig zu verstehen, daß sie sterben würde, falls sie zu kämpfen versuchte.

Sie erhob sich und warf die Maschinenpistole in einen Busch.

»Gut«, sagte der Mann und wandte sich Smith zu. »Du ins Boot.«

»Mein Freund«, schrie Smith, »ich weiß nicht, wer Sie sind, aber Sie sind im richtigen Moment gekommen. Ich möchte...«

Er beugte sich schnell zurück, als der Leiter der Gruppe ihn hart auf den Mund schlug. Blut tropfte von seiner aufgerissenen Lippe, seine Augen weiteten sich vor Angst.

»Ins Boot. Keine Zeit zum Sprechen.«

Smith gewann wieder Haltung. »Natürlich, natürlich«, sagte er beschwichtigend. »Ich verstehe Sie völlig.« Triumphierend beugte er sich zu Sabrina herüber. »Nun, meine Süße«, krähte er, »es sieht so aus, als ob am Ende Sie verloren und ich gewonnen hätte. Ewig schade, daß Sie mein Angebot nicht angenommen haben. Es läßt sich natürlich nicht wiederholen.«

»Mit dieser Enttäuschung werde ich leben können«, sagte Sabrina trocken, wenn sie auch innerlich vor Wut und Enttäuschung kochte. Wie *hatte* sie nur so töricht sein können, die Bootsmotoren mit denen von McCaffertys Hubschrauber zu verwechseln. Und wo zum Teufel *war* Mac?

Smith verbeugte sich höflich – aber gleich darauf glitzerten seine Augen wieder böse, als die beiden Männer ihn roh am Arm packten und zum Boot zerrten. Er protestierte laut, aber sie hoben ihn einfach hoch und warfen ihn ins Boot, wobei er den Beutel mit den Diamanten fest umklammert hielt.

Der Motor des Bootes sprang an, die See tobte im Kielwasser des Schiffs, und der Wind heulte. Und über allem klang die Stimme von Smith an Sabrinas Ohr, schreiend, bittend, drohend, befehlend...

Als das Boot mit seinem Passagier und den stummen Wächtern abgelegt hatte, flog in elegantem Bogen ein dunkles Etwas durch die Luft und landete direkt vor Sabrinas Füßen.

Sie hob es am metallenen Ring auf und öffnete den Lederbeutel.

Fünfzig Millionen Dollar in geschliffenen Diamanten glitzerten ihr verheißungsvoll entgegen.

Philpott hatte sich eine provisorische Krücke gesucht und stocherte jetzt damit im Feuer, das er mehr der kühlen Nachtluft und weniger seiner Signalwirkung wegen in Gang hielt. Er war zwar ganz versunken in seine Tätigkeit, dennoch spürte er mehr, als er sie hörte, die leichten Schritte, die sich von hinten näherten. Sofort waren all seine Instinkte wach. Er suchte nach der Maschinenpistole, die McCafferty ihm zurückgelassen hatte. Sie lag neben der Feuerstelle, wo er sie zuvor als Schürhaken benutzt hatte.

»Sie werden die Waffe nicht brauchen, Mr. Philpott«, sagte Myshkins sanfte, dunkle Stimme hinter ihm. »Ich sehe mit Bedauern, daß Sie verletzt sind. Ich hoffe, es ist nichts Ernstes...«

Philpott wandte sich um, den Besucher zu grüßen. Hinter seinem Kopf flackerte das Feuer. »Nicht allzu ernst, General«, erwiderte er. »Was verschafft mir das Vergnügen Ihrer Gesellschaft?«

Myshkins Lippen verzogen sich zu einem Lächeln. »Ich wollte Sie bloß beglückwünschen, Mr. Philpott. Sie haben zumindest die halbe Schlacht gewonnen.«

»Gewonnen? Wovon sprechen Sie?« erkundigte sich Philpott.

Myshkins verkniffener Mund entspannte sich zusehends. »Ich bin sicher, das werden Sie in Kürze erfahren. Im Moment mag es genügen, Ihnen mitzuteilen, daß Ihre charmante Mitarbeiterin, die Agentin Miß Carver, im Besitz des Lösegeldes ist. Des vollständigen. Keinerlei Abzüge für die Auslagen.«

Mit offenem Mund starrte Philpott ihn an. »Und Smith?«

Myshkin zuckte die Achseln und breitete entschuldigend die Arme aus. »Das, fürchte ich, ist die Hälfte der Schlacht, die Sie verloren haben. Mister Smith wurde, sagen wir einmal, für eine Weile aus dem Verkehr gezogen. Hätten ihn Ihre Leute gefangengenommen, dann hätten Sie ihn gleich wieder ins Gefängnis gesteckt, und das, mein lieber Philpott, wäre wirklich eine geradezu verbrecherische Vergeudung eines außerordentlichen kriminellen Hirns gewesen.«

Philpott ließ ein Kichern hören. »Sie meinen, daß *Sie* ihn haben, General, und daß Sie sichergehen wollen, daß er über Ihre eigene fragwürdige Rolle in dieser Affäre den Mund hält.«

Wieder zuckte Myshkin die Achseln und bemerkte, Smith sei vermutlich für eine angemessene Frist außer Gefecht gesetzt. »Aber dann... Wer weiß?«

»In der Tat, wer?« gab Philpott zurück. »Und wann, bitte, haben sich all diese Wunder zugetragen, Myshkin?«

Der KGB-Mann blickte auf seine Uhr und sagte: »Ich denke, Sie werden feststellen können, daß meine Auskünfte stimmen, Mr. Philpott.«

Philpott neigte bestätigend den Kopf. »Es ist gut zu wissen, daß Sie als Vertreter eines loyalen und aufrechten Mitgliedstaates der UNACO handeln, General.«

Myshkin gestattete sich erneut ein öliges Grinsen.

»Ich dachte mir, daß auch Sie sich zu dieser Ansicht durchringen würden, Mr. Philpott. Darf ich Ihnen eine Zigarre anbieten?«

»Sie dürfen.«

Myshkin zog ein hübsches ledernes Zigarrenetui hervor, auf das in goldenen Buchstaben geprägt war: ›Mit Zuneigung und Hochachtung: Warren G. Wheeler‹. Philpott nahm sich eine Havanna heraus, ließ sich Feuer geben und sog den Rauch in tiefen Zügen ein.

»Ist das nicht das Flugzeug, das Sie abholen soll?« fragte Myshkin plötzlich und zeigte zum Himmel. Philpott schaute hoch und sah die flimmernden Lichter eines Hubschraubers. »Ja«, bestätigte er, »und Mac kommt mit einem unserer Boote hierher. Ich werde also bequem zurückkehren können.«

Er wandte sich um und begann: »Nun, ich muß schon sagen, General, ich bin äußerst beeindruckt...«

Aber mitten im Satz hielt er inne. Myshkin war in der Nacht verschwunden...

Philpott saß, den verstauchten Fuß auf einem Polster, an einem Tisch der Air Force One und strahlte übers ganze Gesicht, als Dr. Hamady sagte: »Selbstverständlich kann ich nur für den souveränen Staat Saudi-Arabien sprechen, ich halte es aber durchaus für möglich, daß wir, wenn auch nur, um unserem dahingegangenen und betrauerten Kollegen Hawley Hemmingsway den gebührenden Tribut zu zollen, erwägen, die Ölabmachungen zu einem erfolgreichen Abschluß zu bringen. Was sagen Sie dazu, Exzellenz?« fragte er Scheich Arbeid.

Der Iraker brummte zustimmend, Scheich Dorani, der Libyer, schloß sich ihm an, und Scheich Zeidan lächelte würdevoll, während Feisal begeistert nickte.

»Ich bin überzeugt, daß die amerikanische Regierung Ihnen äußerst dankbar sein wird, Gentlemen«, strahlte Philpott.

»*Ihnen* sollte sie dankbar sein«, warf Zeidan ein, »und natürlich auch der UNACO und ihren Agenten. Ohne Sie wären wir nicht gerettet worden, und auch das Lösegeld wäre dahin, was allerdings nicht so wichtig ist.«

»Oh, wirklich?« sagte Philpott gelassen.

Zeidan lehnte sich vor und flüsterte Philpott ins Ohr: »Sollten wir unsere Dankbarkeit nicht auch in anderer Richtung äußern?«

»Was meinen Sie damit?« flüsterte Philpott zurück.

Zeidan lächelte wissend. »Sie dürfen bitte nicht einen Augenblick lang glauben, daß ich etwa annehme, Mister Smith hätte eine Operation dieses Ausmaßes ohne eine, sagen wir, wohlwollende Unterstützung durchführen können. Seine bloße Anwesenheit in Jugoslawien, die Beschaffung von Leuten, Waffen und Maschinen, all das wäre nicht möglich gewesen, wenn nicht...«

»Wenn nicht?«

»Wenn er nicht die Hilfe eines – großen Bruders gehabt hätte. Eines großen roten Bruders. Aber wo ist denn, nebenbei bemerkt, Smith? Haben Sie ihn? Werden wir ihn je wiedersehen, Mr. Philpott?«

»Ich fürchte, ja, Euer Exzellenz«, antwortete Philpott düster und zwinkerte Scheich Zeidan zu.

Sabrina Carver erschien mit einer Teekanne voll Scotch – und der Aussicht auf eine interessante Nacht mit McCafferty in Genf – am Tisch.

»Nun, Exzellenz«, sagte sie zu Scheich Arbeid, »darf es Tee mit Zucker und Milch oder Kaffee mit Sahne oder Zucker oder Tee mit Sahne...«

Chief Steward Pete Wynanski neben ihr stöhnte. »Diese Dame«, sagte er vertraulich zu McCafferty, »wird nie zu etwas zu gebrauchen sein!«

Alistair MacLean – ein Meister der Spannung

Mit einer Gesamtauflage von inzwischen mehr als 50 Millionen Exemplaren ist Alistair MacLean einer der gefragtesten internationalen Thriller-Autoren. Tapfere Agenten, rauhe Soldaten und edle Spione stehen im Mittelpunkt der Romane des ehemaligen Marineoffiziers.

Alistair Stuart MacLean, Sohn eines kalvinistischen Geistlichen, wurde 1922 in Daviot im schottischen Hochland geboren. Im Alter von 18 Jahren ging er zur Kriegsmarine und diente dort bis 1946. Anschließend studierte MacLean an der Glasgower Universität Englisch. Seinen Lebensunterhalt verdiente er sich während dieser Zeit durch Arbeit bei der Post und als Straßenkehrer.

Nach Abschluß seines Studiums bekam er eine Anstellung als Englischlehrer an einer höheren Schule bei Glasgow. In seiner Freizeit schrieb MacLean Kurzgeschichten, und als 32jähriger nahm er – wegen des Geldes, wie er sagte – an einem mit £ 100 dotierten Kurzgeschichten-Wettbewerb des *Glasgow Herald* teil. Er sandte eine traurige Geschichte über eine Fischerfamilie in den westlichen Highlands ein – und gewann den ersten Preis.

Der Verlagslektor Ian Chapman beobachtete, wie seine Frau beim Lesen dieser Geschichte zu weinen begann. Er las sie selbst, war begeistert, suchte den Autor auf und bat ihn, einen Roman zu schreiben. MacLean war jedoch gerade mit einer anderen ertragreichen Tätigkeit beschäftigt: Er organisierte Ausflugsfahrten zur Insel Arran. Chapmans hartnäckiges Drängen hatte jedoch schließlich Erfolg, und im September 1955 erschien der Seekriegsroman „Die Männer der ‚Ulysses'. Bis Ende Dezember waren bereits 250 000 Exemplare verkauft. Alistair MacLean schaffte auf Anhieb den Aufstieg in die Ränge der Bestseller-Autoren.

Jeder der etwa dreißig Action-Thriller, die daraufhin entstanden, wurde ein voller Erfolg. Viele von ihnen wurden mit Star-Besetzung verfilmt. »Ich glaube, man muß die Handlung so schnell anlegen, daß der Leser niemals Zeit hat, über die Wahrscheinlichkeit oder Unglaubwürdigkeit irgendeiner Begebenheit nachzudenken«, sagte der Meister der Spannung auf die Frage nach seiner Strategie.

Der materielle Wohlstand, den MacLean durch seine Arbeit erlangte, bereitete ihm eher Unbehagen. Er führte stets ein zurückgezogenes und sehr einfaches Leben.

1987 starb Alistair MacLean in München.

Verzeichnis lieferbarer Titel
(Stand November 1990)

Agenten sterben einsam
(01/956)
Angst ist der Schlüssel (01/642)
Circus (01/5535)
Einsame See (01/6772)
Eisstation Zebra (01/658)
Die Erpressung (01/6731)
Fluß des Grauens (01/6515)
Geheimkommando Zenica
(01/5120)
Das Geheimnis der San
Andreas (01/6916)
Golden Gate (01/5454)
Goodbye Kalifornien (01/5921)
Die Hölle von Athabasca
(01/6144)
Die Insel (01/5280)
Jenseits der Grenze (01/576)
Die Kanonen von Navarone
(01/7983)
Die Männer der „Ulysses"
(01/6931)
Meerhexe (01/5657)
Das Mörderschiff
Nacht ohne Ende (01/433)
Nevada Pass (01/5330)
Partisanen (01/6592)
Rendezvous mit dem Tod
Der Santorin-Schock (01/7754)
Der Satanskäfer (01/5034)
Die schwarze Hornisse (01/944)
Dem Sieger eine Handvoll Erde
(01/5245)

Souvenirs (01/5148)
Tobendes Meer (01/7690)
Tödliche Fiesta (01/5192)
Der Traum vom Südland (19/52)
Die Überlebenden der Kerry
Dancer (01/504)

ALISTAIR MACLEAN/
JOHN DENIS:
Geiseldrama in Paris (01/6032)
Höllenflug der Air Force 1
(01/6332)

ZWEI BZW. DREI ROMANE
IN EINEM BAND:
Eisstation Zebra/Circus/
Meerhexe (23/35)
Geheimkommando Zenica/
Angst ist der Schlüssel/
Die Überlebenden der Kerry
Dancer (23/1)
Das Mörderschiff/
Rendezvous mit dem Tod
Nacht ohne Ende/Dem Sieger
eine Handvoll Erde/Jenseits der
Grenze (23/17)
Tödliche Fiesta/Nevada Pass/
Der Satanskäfer (23/47)

Die Bandnummern der Heyne-Taschenbücher sind jeweils in Klammern angegeben.

 **HEYNE BÜCHER**

ALISTAIR MACLEAN

*Der Großmeister
der Spannungs-
literatur mit
Niveau*

01/685

01/956

01/5148

01/944

01/5192

01/5245

01/6515

01/6144

ALISTAIR MACLEAN

Dramatisch, erregend, brillant. Die großen Erfolge des internationalen Bestseller-Autors.

01/6592

01/6731

01/6772

01/6916

01/6931

01/7690

01/7754

01/7983